BEST SELLER

Peter Berling nació en Meseritz-Obrawalde (Alemania) en 1934. Es una de las personalidades más insólitas y reveladoras de la actual literatura europea. Políglota y erudito en numerosas disciplinas, ha trabajado como escenógrafo, actor en más de sesenta películas, productor de varios films del célebre director R. W. Fassbinder, relaciones públicas y restaurador, amén de cultivar la pintura y, desde hace pocos años, la literatura. En esta última, es autor de una ambiciosa tetralogía de novelas históricas que han obtenido un fulminante éxito de crítica y público, integrada por *Los hijos del Grial*, *Sangre de reyes*, *La corona del mundo* y *El cáliz negro*. Reside en Roma desde hace más de veinte años.

Biblioteca

PETER BERLING

Los hijos del Grial

Traducción de

Helga Pawlowsky

DEBOLSILLO

Título original: *Die Kinder des Gral*
Diseño de la portada original: Next

Primera edición en este formato: noviembre, 2003

Printed in Spain – Impreso en España

ISBN: 84-9793-013-4 (vol. 310/1)
Depósito legal: B. 45.568 - 2003

Fotocomposición: Alfonso Lozano

Impreso en Novoprint, S. A.
Energia, 53. Sant Andreu de la Barca (Barcelona)

P 830134

Dedicado al poder de la memoria
Elgaine de Balliers
NEC SPE NEC METU

OBSERVACIONES DEL AUTOR

En la presente obra se citan en extracto algunas anotaciones del fraile franciscano William de Roebruk (*1222), que durante mucho tiempo se habían dado por perdidas en las bibliotecas árabes. No había quien se interesara por ellas ni quien las buscara o se preocupara de su posible traducción. Muchas hojas desaparecieron a lo largo de los siglos; algunas fueron objeto de copia en lengua árabe, y en estas últimas se ha basado el autor para reconstruir la presente historia, así como en otras fuentes. La introducción está basada en un escrito que el fraile minorita confió, presumiblemente en vísperas de su viaje a Mongolia, a su compañero Lorenzo de Orta (de Portugal), misión que lo llevó en los años 1253-1255 como emisario del rey Luis IX de Francia hasta Karakorum, la sede del gran kan. Dicho documento fue hallado entre los "Pergaminos de Starkenberg" y se reproduce aquí en forma abreviada.

La "Crónica de Roebruk" propiamente dicha se inicia poco antes de 1244, año de la capitulación del castillo de Montségur donde se cobijaba el "santo Grial"; año también de la pérdida definitiva de Jerusalén. Está redactada en su mayor parte en una jerga latinista, pero contiene numerosas citas y versos en los idiomas entonces habituales en el espacio mediterráneo, entre otros el provenzal, el griego y el árabe. Algunas de estas citas se han conservado en su forma original, ofreciéndose la correspondiente traducción en el anexo. Para facilitar al lector interesado una ayuda que le permita familiarizarse con la historia, el autor ha anotado bajo cada subcapítulo el lugar y la fecha de la acción o suceso relatados, a la vez que antepone a los pasajes que constituyen una transcripción del texto original de William de Roebruk la observación de que se trata de una "crónica". También se ofrece antes de iniciar el texto una lista detallada de los personajes que, además, se han clasificado por grupos para su mejor identificación. El anexo incluye un extenso glosario y ofrece una explicación de los hechos y datos históricos que configuran el relato.

DRAMATIS PERSONAE

EL CRONISTA

Willem van Roebruk, llamado también "William", de la Orden de los frailes menores

LOS INFANTES

Roger-Ramón Bertrand, llamado "Roç"
Isabelle Constanza Ramona, llamada "Yeza"

AL SERVICIO DEL SANTO GRIAL

Cátaros:

Bertrand en Marti, obispo
Pierre-Roger, vizconde de Mirepoix, comandante de la fortaleza de Montségur
Ramón de Perelha, señor del castillo
Esclarmonde de Perelha, su hija
Bertrand de la Beccalaria, maestro constructor
Roxalba Cecilia Estefanía de Cab d'Aret, llamada "la Loba"
Xacbert de Barberá, llamado *Lion de combat,* señor del castillo de Quéribus
Alfia de Cucugnan, nodriza

Asesinos:

Tarik ibn-Nasr, canciller de los "asesinos" de Masyaf (Siria)
Crean de Bourivan, hijo de John Turnbull, convertido al Islam

La Prieuré: *Marie de Saint-Clair*, llamada *la grande maîtresse*
Guillem de Gisors, su hijastro, caballero templario
Gavin Montbard de Bethune, preceptor de Rennes-le-Château
John Turnbull, alias conde Jean-Odo de Monte Sión, antes embajador imperial ante el sultán

AL SERVICIO DEL IMPERIO

El emperador Federico II

En Cortona: *Elía, barón Coppi de Cortona*, antiguo ministro general de los frailes franciscanos, llamado también el *bombarone*
Gersenda, su ama de llaves
Biro, dueño de El Becerro de Oro

En Otranto: *Laurence de Belgrave*, condesa de Otranto, llamada "la abadesa"
Hamo L'Estrange, su hijo
Clarion de Salento, su hija adoptiva
Guiscard el amalfitano, su capitán

En Tierra Santa: *Sigbert von Öxfeld*, comendador de la Orden de caballeros teutónicos
Constancio de Selinonte, alias Fassr ed-Din
Octay, llamado también "el halcón rojo"

Entre los *saratz*: *Rüesch-Savoign*, muchacha sarracena
Xaver, su padre
Alva, su madre
Firouz, su prometido
Zaroth, el *podestà*
Madulain, prima de Rüesch-Savoign

AL SERVICIO DE LA IGLESIA

El papa Inocencio IV

Cistercienses:	*Rainiero de Capoccio*, el "cardenal gris" *Fulco de Procida*, inquisidor *Vito de Viterbo*, hijo bastardo de Rainiero de Capoccio
Dominicos:	*Mateo de París*, archivero *Simón de Saint-Quentin* *Andrés de Longjumeau* *Anselmo de Longjumeau*, llamado también "fra'Ascelino", hermano menor del primero
Franciscanos:	*Lorenzo de Orta* *Giovanni Pian del Carpine*, llamado "Pian" *Benedicto de Polonia* *Bartolomeo de Cremona* *Walter dalla Martorana*
En Francia:	*Pierre Amiel*, arzobispo de Narbona *Monseñor Durand*, obispo de Albi
En Tierra Santa:	*Alberto de Rezzato*, patriarca de Antioquía *Galerán*, obispo de Beirut
En Constantinopla:	*Nicola della Porta*, obispo latino *Yarzinth*, su cocinero

AL SERVICIO DE FRANCIA

El rey Luis IX, llamado "el Santo"
El conde Jean de Joinville, senescal de la Champagne, cronista
Hugues des Arcis, senescal de Carcasona
Oliver de Termes, renegado cátaro
Yves "el Bretón"
Gorka, capitán de los montañeses

OTROS

Roberto, reventador de cadenas
Ruiz, pirata
Ingolinda de Metz, prostituta
Aibeg y *Serkis*, monjes nestorianos, emisarios de los mongoles

PRÓLOGO

In memoriam infantium ex sanguine reali
(De la crónica de William de Roebruk)

Cuando el sol de la tarde ya se había puesto para mí, aún resplandecía bajo su luz dorada la fortaleza de los herejes, como si Dios quisiera resaltar una vez más ante nuestros ojos la obcecación de aquéllos antes de aniquilarla con su ira en justo castigo de sus pecados. Acabábamos de llegar al pie del peñón llamado *pog* y abajo en el valle, donde nos encontrábamos acampados, la noche establecía con rapidez sus dominios cubriéndonos con sus sombras negras y violetas. Así fue como se me presentó por primera vez el Montségur y, sin querer, me emocioné, aunque me sentí a disgusto conmigo mismo por esta misma causa. Entonces todavía pensaba que Dios estaba a favor de nuestra misión y no dudaba de la firmeza de mi fe católica, con la cual había partido para incorporarme a la campaña de extirpación de aquel tumor pestilente de herejía infame. Yo, William de Roebruk, recio y astuto campesino de las tierras de Flandes, ataviado con el pobre hábito de la Orden de los hermanos menores pero dotado, gracias a una beca del conde, de la correspondiente altivez que todo estudiante parisino lleva en el corazón y la frente –pues había asistido a la Universidad de París–, me sentía entonces como si fuese el gran inquisidor en persona: "¡Tiembla, nido de víboras cátaras, alumbrado por el brillo falso de un sol hereje! ¡Otro fuego os mostrará dentro de poco el camino del infierno, cuando vuestras almas impías se despidan liberadas por la hoguera!"

Ahora, transcurridos diez años desde aquellas fechas, con más de treinta de edad a mis espaldas y dotado de una prematura calva, no puedo por menos que sonreírme y recordar con melancolía al pobre, ignorante y torpe franciscano que era entonces, aunque situado ya en el disparadero hacia un mundo jamás soñado de personajes importantes, misteriosos, salvajes y crueles, incluso pérfidos; emplazado, sin saberlo, al borde de un cráter abismal lleno de aventuras, penurias, amenazas y catástrofes, dispuesto a incorporarme –pero ¡qué digo!, a arrojarme– al combate de una vida sacudida y revuelta de pasiones, envidias, intrigas y odios. Una vida en la que yo no sería mucho más que una simple pelota que otros lanzaban de aquí para allá según su antojo, de modo que muy pronto no sabría dónde tenía la cabeza. En aquellos instantes no fui capaz de adivinar lo que me esperaba, pero sí recuerdo mi conmoción cuando vi el castillo del santo Grial bajo aquella luz. ¡El legendario “Montsalvat”!

Es cierto que había iniciado mi vida en otro lugar bien distinto y lejano. La familia condal de Hennegau, feliz al ver que uno de sus miembros había sido elegido emperador de Constantinopla, otorgó una gracia a la parroquia de Roebruk: un hijo del pueblo, alguno que fuese benjamín de una familia pobre y tuviese una inteligencia más que prometedora, podría estudiar para mayor honra de Dios, siempre en el supuesto de contar con el consenso del párroco. Por desgracia, yo era el hermano menor en casa, de modo que, acompañado de la bendición de la Iglesia, es decir, su *obolus*, mi padre me condujo a golpes y latigazos al convento de franciscanos más próximo sin preocuparse de mis gritos de protesta. Las lágrimas de mi madre no se debían tanto a mi angustia como a su preocupación de que el hijo desbaratara sus ambiciones de tener un misionero famoso entre sus descendientes. ¡Creo que hasta les habría parecido bien contar entre los suyos a un mártir degollado por los herejes!

Pude superar el noviciado sin daño del cuerpo gracias a ciertos dulces bocados que me llegaban en secreto, lo cual me dotó desde el comienzo del aura gloriosa de los elegidos. A partir de entonces elevé la mendicación desde su rango menor de virtud al de un arte que, por perfectamente disimulado, no fallaba en aportarme sus dorados frutos. Apenas desfigurado por la tonsura, no me resultó difícil convencer a mis superiores para que me procuraran un puesto en la Universidad. Mi padre, lleno de orgullo, se dedicó a la cría de cerdos, y mi madre fue incubando una esperanza cada día más vehemente de asistir a una especie de canonización maravillosa o como mínimo a una segura beatificación de su hijo. Cuando yo apenas contaba diecinueve primaveras me despacharon *–viribus unitis–* hacia París.

¡Dios, qué ciudad, y qué carestía de vida! Allí desarrollé el don de vivir del gorroneo en el que mi Orden me había educado con firmeza, y conseguí afinarlo de modo extraordinario. ¿Vivir de limosna? ¡Qué concepto tan humillante, propio de una existencia indigna! Lo que aprendí fue a soportar la compañía de aquellos que me mantenían, y desde entonces siempre he preferido pensar que se trataba de un libre intercambio de favores recíprocos.

Pude sustraerme en gran medida al estudio difícilmente prescindible de la teología clásica, aunque solía tranquilizar mi "conciencia de misionero" conformándome con la lengua árabe como asignatura obligatoria, con la idea de prepararme así para el caso indeseable de que a mis custodios se les ocurriese un día, puesto que mi madre no cejaba en su empeño, deportarme a los desiertos de Tierra Santa. Pensé que como mínimo debía saber cómo rogar a los herejes para que, aunque no se avinieran a perdonarme la vida, al menos me concedieran un trago de agua. Siempre me he sentido impresionado por el poder de la palabra bien dispuesta, por lo que jamás descuidé las disciplinas de la libre predicación y las formas más severas de la liturgia.

Sucedió después que mi rey buscaba a alguien que pudiese instruirle en el idioma de los musulmanes. Quiero creer que el santo rey Luis coqueteaba ya entonces con la idea prodigiosa de retar personalmente al sultán a que renunciara de buen grado a sus creencias impías. Otro argumento no menos convincente sería el de que su primo imperial, Federico, dominaba con gran soltura dicha lengua y gozaba de enorme fama por dicho motivo. En mi situación de ambicioso bachiller, un papel que entonces me cuadraba a las mil maravillas, me pareció que el aprendizaje de aquel idioma no era más que un instrumento menospreciado para que ciertos tuberculosos crónicos se pasaran el día tosiendo y escupiéndose a la cara. Cuando en los tiempos presentes escucho los versos de algún poeta árabe siento una profunda vergüenza por aquella ignorancia juvenil, pues la espléndida sonoridad de tales versos nos eleva a una altura más luminosa que la de cualquier otra lengua bella por bien sonante que sea.

Pero mi rey no calaba tan hondo. Seguramente no se atrevió a llamar a la Corte al venerado maestro Ibn Ikhs Ibn-Sihlon, con quien había aprendido yo el árabe. De modo que me eligieron como intermediario inocentón, convencidos todos de que yo profesaba un especial cariño a dicho idioma.

Nunca conseguimos establecer un horario regular para dar las clases. Cada vez que mi soberano me concedía una brevísima audiencia él mismo prefería que la pasáramos rezando juntos, o bien me pedía que le relatara historias de san Francisco sin reparar en el hecho de que jamás llegué a conocerlo personalmente, detalle que yo silencié con gran sagacidad para no desilusionarlo. Los dos nos dábamos por satisfechos con esta situación.

Mi señor y benevolentísimo soberano debió sufrir una horrible pesadilla, o bien fueron los males que lo atormentaban, entre ellos la anemia y la erisipela, o también es posible que sus demás consejeros espirituales, entre los que yo difícilmente podía contarme, estuvieran atosigándolo semana tras semana para que se decidiera al fin por arrancar la última espina de herejía que seguía clavada en el flanco meridional del reino, durante mucho tiempo torturado y aguijoneado por los herejes. Lo más probable es que fuesen las murmuraciones de su oscuro confesor Vito de Viterbo, enviado personal del Papa, las que lo empujaran a reconciliarse con Nuestra Señora y a vengar la insolencia del asesinato del inquisidor de Avignonet. Sea como fuere, aquel devoto creyente había jurado ante la Virgen Santísima acabar con el nido de herejes establecido en el *pog* de Montségur. El inmundo topo romano a quien nunca pude ver la cara tal vez estuviese disgustado por nuestros rezos comunes, aguijón que lo llevó a insistir para que cierto y aciago día amaneciera yo agraciado con los signos de la mayor bondad real: me concedieron el privilegio de incorporarme a la empresa dirigida contra la fortaleza de los cátaros, con el cargo de capellán militar de un senescal de provincias que ya disponía de otros dos capellanes y en realidad no deseaba en absoluto cargar con uno más.

El de Viterbo se preocupó de que me extendieran sin tardanza la cédula de mi nombramiento y me pusiera en marcha sin más. Previendo una estancia monótona en pleno campo me hice con un par de libros que esperé nadie echaría demasiado en falta en la biblioteca real, con la intención de contrarrestar la probable rutina de un campamento militar en provincias oponiéndole mi programa personal de formación espiritual. Ni siquiera pude despedirme de mis amantísimos padres, que con regularidad agradable habían procurado que, tanto a mí como a la casa de mi Orden en la capital, no nos faltaran nunca las morcillas y el tocino, y emprendí sin ningún entusiasmo el viaje previsto hacia el sofocante sur. Jamás volvería a ver mi pueblo, ni París, ni las tierras amables de Flandes.

Una vez sumergido en el remolino mediterráneo me vi preso de Escila y Caribdis, que me hundieron en sus profundidades y me arrastraron a viva fuerza para arrojarme después a unas playas con cuya existencia jamás había soñado. ¿No fue así? No eran aquéllos los desiertos infinitos, los montes pedregosos por los que el demonio tentador me condujo hacia el castillo, los páramos que tanto temor me inspiraron de pequeño y que, cuando aún era novicio, tuve que atravesar siendo arrastrado a través de ellos, yo, insignificante peón rural en el gigantesco tablero de ajedrez de los grandes de este mundo. Tan pronto creía ser alfil, o caballo, como me veía amenazado por oscuras torres, halagado por altivas señoras o rebajado a mera figura secundaria en la partida de algún que otro soberano.

Al principio serví con fidelidad incondicional a Luis. Él era mi buen rey; si le faltara me daría vergüenza hasta donde me era posible sentir vergüenza todavía. Pero a medida que fue alejándose de mi vista fue extinguiéndose también mi simpleza campesina y flamenca. Siempre fui un desarraigado. Hubo otras fuerzas que me empujaron hasta el borde del universo, me arrojaron del primitivo tablero con sus reglas y campos comprensibles, tan inequívocamente marcados en blanco y negro. Esas mismas fuerzas me devolvían al juego cuando yo ya había renunciado, me atosigaban, después se olvidaban otra vez de mí. ¿Acaso podía ser el campo negro el terreno del bien por el cual debe luchar un monje devoto de la santa Iglesia católica? ¿Podía considerarse aún la cruz roja de los templarios, con sus extremos terminados en zarpas, como un signo de Cristo? El paño verde de los musulmanes, ¿era promesa o condena? ¿Serían las insignias de guerra de los mongoles un signo marcado por el hierro candente del diablo? Y las vestiduras tan blancas y volanderas de los cátaros, ¿no prometían acaso el paraíso? A lo largo de mi vida he visto y experimentado la misericordia de los "asesinos" y la fidelidad incondicional de los tártaros; hallé amigos entre los caballeros cristianos y nobleza en los emires árabes; sufrí las consecuencias del veneno, de la traición y la tortura mortal; supe lo que es amor y sacrificio. Pero ningún otro destino me ha conmovido más que el de los niños llamados "los hijos del Grial".

Desde ahora me siento obligado a guardar fidelidad a su memoria, pues llegaron a parecerme parientes míos, miembros de mi familia. Sus figuras delicadas, representantes de la esperanza que otros poderes crueles mueven sobre el tablero de juego de la historia, conformaban una pareja de soberanos infantiles sometidos a la idea de un "gran proyecto". ¡Mi rey y mi reina! Con su final quedó destrozado el sueño de paz y felicidad para el resto del mundo. Yo no era más que un pequeño peón sin importancia a quien le fue permitido sobrevivir. Ellos, en cambio, fueron sacrificados aun antes de acabada la partida.

De ellos os quiero hablar…

I

MONTSÉGUR

EL ASEDIO

Montségur, otoño de 1243

El Montségur es una roca cónica de vertientes escarpadas que se eleva partiendo de una llanura tortuosa, hasta el punto de semejar a primera vista más bien una ilusión lejana, algo que no pertenece a este mundo. Parece que esté ahí para acoger a los ejércitos de los ángeles que, desde su perspectiva seráfica, tal vez sean capaces de descubrir ese palmo de meseta plana donde apoyar una escalera celestial. El invasor humano que se acerca desde el norte parece tener el monte al alcance de la mano, como un casco que alguien ha retirado de su cabeza pero que, después, una mano mágica va elevando más y más conforme el pie del caminante se acerca a uno de sus flancos. Si llega desde el este, abandonándose al engaño de una loma suavemente descendente de la montaña, el escudo alzado del Roc de la Tour lo hará retroceder, si no lo arroja sin más a la garganta espumosa del río Lasset, tan profundamente cortada en la roca que desde allá abajo ni siquiera se ve la cima de la montaña y mucho menos el castillo. Tan sólo por el suroeste se ofrece, tras superar una pendiente armoniosa, una loma cubierta de bosque; pero en cuanto el escalador jadeante abandone la protección de la maleza se encontrará con que la pared restante, compuesta de desnuda piedra, asciende casi en vertical. Verá entonces los muros de la fortaleza asomarse muy por encima de él, su corazón se entregará a un galope salvaje, su respiración se tornará dificultosa, el aire se enrarecerá y las cimas de los Pirineos cercanos iluminarán el camino con su luz violeta y azulada mostrando sus cumbres que, en aquel veranillo de san Martín de 1243, aparecían ya cubiertas de nieve. El viento sacude ruidoso las hojas del bojedal. El invasor no alcanzará a oír el silbido de la saeta que le abrirá la garganta dejándolo clavado al tronco de un arbolillo, y la sangre brotará de la herida como lo haría esa fuente refrescante que tanto anhelaba encontrar durante el ascenso. Repitiendo los golpes de su corazón desfalleciente esa sangre seguirá manando hasta que las rocas grises de allá arriba se fundan con los muros, llenándose de una luz clara como el cielo que hay detrás, y los sentidos lo abandonarán antes de caer de espaldas hacia el verde oscuro del bosque del que jamás debió haberse apartado.

La orden era montar el campamento en el prado cuya suave pendiente se sitúa enfrente y a distancia respetuosa del peñón, o *pog*, lo suficientemente lejos como para quedar a salvo del alcance de las ballestas. En el centro del campamento se alzaron las tiendas para los dos capitanes: la de Pierre Amiel, arzobispo de Narbona y legado del Papa quien, poseído por un feroz fanatismo, se había propuesto destruir aquella "sinagoga de Satanás" y, a distancia conveniente aunque sin especial intención, la de Hugues des Arcis, senescal de Carcasona, a quien el rey había nombrado caudillo militar de la empresa. Como hacía cada mañana, el legado había oficiado la misa ante el ejército en pleno, aunque hubiese preferido asaltar en seguida la fortaleza de los herejes encabezando a sus hombres armados de escaleras y torres de asalto; y el senescal se había arrodillado de nuevo delante de su tienda, también como siempre en cuanto sonaban las campanadas del Ángelus, rodeado de los tres capellanes de campaña entre los cuales figuraba William de Roebruk.

El arzobispo, considerando que rezaban demasiado y luchaban poco, esperó con impaciencia apenas contenida el fin de la plegaria:

–¡Deberíais buscar el bien de vuestras almas no tanto en la paz con Dios como en la lucha contra sus enemigos!

El senescal prefirió no levantar todavía la rodilla que mantenía hincada en tierra y permaneció con los ojos cerrados y las manos juntas, con las que formó unos puños apretados hasta mostrar los nudillos blancos, pero no contestó.

–Demasiado tiempo hace ya que el conde de Tolosa sostiene esta especie de asedio atenuado, y mi señor, el Papa…

–Yo sirvo al rey de Francia– lo interrumpió en ese instante Hugues des Arcis, quien había conseguido restablecer su equilibrio íntimo y no vaciló en hacerle sentir a su contricante sacerdotal, sin inmutarse en lo más mínimo, el disgusto que le provocaba su presencia, –y, si Dios quiere, ejecutaré fielmente sus órdenes: ¡conquistaré el Montségur!

Se incorporó y despidió a sus capellanes con un gesto brusco de la mano.

–La persecución de los herejes que tanto afecta a vuestro corazón debe seguir sometida a la primacía de mis órdenes. Esperar que el conde de Tolosa cumpla con esta tarea revela una pobre visión política, puesto que los defensores del castillo son sus propios antiguos vasallos, en muchos casos incluso sus parientes próximos.

–*Faidits!*– rezongó el arzobispo. –¡Traidores infieles y rebeldes! ¡Por no hablar del señor feudal de esta región, el vizconde de Foix, a quien ni siquiera le ha parecido necesario presentarse a saludarnos!

El senescal inició la retirada:

–Hace tiempo que tiene designado sucesor: Guy de Levis, hijo del compañero de armas del gran Monfort. Lo que pretende es que sea éste quien le saque las castañas del fuego.

Pierre Amiel lo siguió pegado a sus talones y echando espumarajos de rabia.

–¿Habláis de fuego? Eso es lo que debéis prender allá arriba: ¡incendiad ese nido de víboras malignas, y que el humo y las llamas los transporten al infierno!

El senescal, muy tranquilo, se inclinó para sacar una rama encendida de una de las fogatas.

–¡La antorcha de la Inquisición!– dijo burlón tendiéndole el madero ardiendo al sorprendido arzobispo. –¡Llevadla vos mismo! ¡Si vais soplando mientras subís al castillo, y si la santísima Virgen os presta su aliento, no se os apagará!– Como el legado no hiciera el ademán de aceptar la rama encendida, el senescal la devolvió a la hoguera y se alejó. Sus seguidores, ya acostumbrados a tales exabruptos, reprimían a duras penas la risa.

Caía el atardecer, y por todas partes empezaron a arder las hogueras. Las cantineras llenaban los calderos; los soldados hacían girar los asados ensartados, puesto que la caza en los bosques de Corret y el saqueo de las haciendas de Taulat les había aportado más de una pieza. De no ser por tamaña suerte habrían tenido que conformarse con recoger bellotas y castañas y el pan seco que repartían los forrajeadores.

La tropa se componía de mercenarios. Sus señores, los caballeros templarios, eran nobles procedentes del norte del país que no veían la manera de oponerse al deseo de su soberano Luis; también los había que intentaban conseguir favores del rey e incluso simples aventureros que, una vez perdidos sus feudos y sus beneficios, se prometían alguna ganancia procedente de los saqueos u otras ventajas, puesto que la Iglesia había prometido además a cada participante el perdón de todos los pecados.

Los muros del Montségur, cuyo flanco más poderoso formaba un ángulo obtuso por encima del campamento, se doraron con los rayos del sol en su ocaso.

–¿Cuántos pueden ser?– Esclarmonde de Perelha, la joven hija del señor y dueño del castillo, se acercó sin miedo al repecho del muro sin almenar y se detuvo a observar el valle. –¿Seis mil, diez mil?

El vizconde Pierre-Roger de Mirepoix, cuñado de Esclarmonde y comandante de la fortaleza, sonrió.

–Eso no debería preocuparos– y la empujó suavemente hacia atrás –mientras no sean capaces de hacer subir a más de cien a estos muros.

–Pero querrán someternos por hambre…

–Hasta el momento cada uno de esos señores ha plantado su tienda según su parecer, bien separados unos de otros– el de Mirepoix señaló con la mano hacia el prado, la montaña y los valles. –Esa arrogancia estúpida, apoyada por un contorno accidentado y poco supervisible y por la oscuridad de los bosques, a los que temen, tiene para nosotros una consecuencia favorable, y es la de que el cerco a que pretenden someternos tiene más agujeros que el queso de los Pirineos que nos traen fresco cada semana.

Era evidente que deseaba insuflarle valor. El nombre de pila de Esclarmonde le obligaba a tener presente el ejemplo de aquella otra cátara famosa entre todas, llamada también "hermana de Parsifal", que unos cuarenta años atrás había restaurado y rehabilitado la fortaleza de Montségur. Como ella, la joven Esclarmonde era una *parfaite*, una virgen pura. Si la montaña de la salvación no resistía, correría el máximo peligro. Pero no parecía apreciar el riesgo.

–Jamás conocerán el santo Grial– dijo en voz baja comunicando así su única preocupación al vizconde, –jamás caerá en sus manos.

Dos niños pequeños se habían acercado con gran sigilo. El muchacho rodeó temeroso con sus bracitos las piernas de la joven mientras la niña, de estatura pequeña y delicada, se aproximó con atrevimiento al repecho del muro para arrojar una piedra al abismo y escuchar con atención y entusiasmo el golpe que anunciaba el final de su vuelo. Y fue ese ruido lo que atrajo la atención del comandante.

–Os tengo prohibido subir aquí arriba– exclamó mientras veía ya al aya trepando por la escalera de piedra que subía muy empinada desde el patio interior del castillo. Propinó una leve palmada a la pequeña; después la agarró por el cuello y se la entregó a la criada. Esclarmonde le acarició el cabello al muchacho, que siguió obediente a la niña.

–¿Cuánto tiempo durará esto?– se dirigió Esclarmonde de nuevo al vizconde.

El comandante de la fortaleza parecía sumido en honda reflexión.

–Federico no nos abandonará a nuestra suerte...– pero su voz no conseguía ocultar del todo la duda.

–El germano no dudaría en pisotear lo más sagrado– dijo la muchacha con escepticismo aunque sin amargura –ni por su propio provecho ni por el de su estirpe. ¡No debéis confiar en él, por el bien de esos niños!– y arrojó una mirada hacia los dos infantes, que hacían cuanto podían por dificultarle al aya el descenso por la empinada escalera de piedra.

–Pero sí os puedo asegurar que existe un poder superior que me lleva a juraros, Esclarmonde, que ellos se salvarán. ¡Ved aquí!– Se acercó al rincón oriental, donde estaba el observatorio cubierto. –Por este lado, donde el río Lasset atraviesa los montes de Tabor en los que sus aguas han cortado una profunda garganta, no hay vigilancia ni puede haberla.

Esclarmonde unió las palmas de las manos para saludar a los ancianos vestidos de blanco, *parfaits* como ella, que desde la plataforma observaban el curso de los astros cuyas luces se iban encendiendo.

–Además de la poca disciplina que caracteriza a nuestros enemigos– prosiguió Mirepoix –nos favorece también el hecho de que muchos de los mercenarios, en el fondo, simpatizan con nosotros. Por ejemplo, los de Camon, que son antiguos vasallos de mi padre, y que precisamente están acampados debajo del Roc de la Tour– intentaba dar ánimos a la joven. –Mientras esa roca esté en nuestras manos no se interrumpirá la comunicación con el mundo exterior, de modo que siempre podemos albergar esperanzas...

–Por favor, Pierre-Roger– la muchacha le puso una mano en el hombro, –no esperéis nada del mundo exterior, puesto que lo único que se consigue así es cerrar los ojos ante la visión de las puertas del paraíso. ¡El paraíso es la certeza que nadie nos puede arrancar!

Y lo despidió con una sonrisa alegre.

Entretanto el Montségur había quedado envuelto en las tinieblas de la oscuridad nocturna, a la vez que las estrellas lucían con un brillo más claro. Abajo en el valle ardían las hogueras, pero las canciones obscenas, los gritos de las prostitutas y las blasfemias de los soldados entregados al juego de dados y a la bebida no llegaban hasta la cima de la montaña.

El ambiente en el campamento dejaba mucho que desear. Se acercaba el otoño. Ya hacía más de medio año que estaban acampados en aquel lugar, y aunque en los primeros días algunos atrevidos habían pretendido asaltar el monte, confiando en sus propias fuerzas, todos los intentos acabaron en fracaso. Su situación estratégica y las poderosas defensas de la fortaleza venían resistiendo durante más de dos generaciones a todos los ataques.

El senescal lo sabía y se mantenía a la expectativa a pesar de los continuos apremios del legado, pero también Hugues des Arcis se mostraba cada vez más irritado conforme transcurrían los aburridos días de espera al pie del *pog*. Ordenó a sus capellanes que leyeran misa varias veces al día, como si sus oraciones pudiesen mejorar la situación militar. Cierta noche en que se había presentado el franciscano para rezar con él, el senescal tuvo una súbita revelación.

–¡Cazadores de montaña del país vasco!– le espetó a William, quien siguiendo la costumbre se había arrodillado ya. –Deberíamos contratarlos de inmediato, por mucho dinero que nos costaran, aunque es difícil que se avengan a ningún trato antes de haber recogido sus cosechas.

–Santificado sea el nombre del Señor y de la santísima…– empezó William.

–Levanta ese culo flamenco– resopló el senescal –y alcánzame la jarra. ¡La idea merece un trago!

LOS MONTAÑESES

Montségur, invierno de 1243-44 (*crónica*)

A finales de otoño llegó el cuerpo de montañeses procedente del lejano país vasco. Mi señor, el senescal, no quiso que acamparan entre los demás, sino que los condujo personalmente mas allá del ángulo noroccidental del *pog*, bajo el Roc de la Portaille, donde la pared rocosa asciende con tanta verticalidad que desde abajo apenas puede atisbarse la gran torre central del Montségur. Una vez allí, les permitió descansar.

Yo fui el único elegido para acompañarlo, lo que provocó la envidia de mis compañeros. Por la tarde volvimos a emprender la marcha, deslizándonos de uno en uno por debajo de la pared norte, protegidos de cualquier mirada por los altos pinos del bosque de Serralunga, cuyas lindes llegan hasta la misma roca.

Caminando detrás de Gorka, uno de los cabecillas vascos, conseguía yo a duras penas mantenerme al ritmo de sus pasos y al mismo tiempo sostener una conversación para la cual nos servíamos de una mezcla de voces italianas y latinas. No tenía la más leve idea de la dirección que tomaba nuestra expedición secreta.

–Roc de la Tour– me informó Gorka sin más rodeos.

Yo jadeaba, tropezando por el camino:

–¿Para qué?

–Para cortar un embutido hay que atarlo primero. Se ve que habían olvidado ese detalle.

Me callé. En parte porque sus palabras me hicieron sentir hambre en seguida, y en parte también porque la misma idea de la comida me hizo pensar de inmediato en el santo Grial del que andaban todos murmurando en el campamento, pero acerca del cual nadie podía darme una respuesta que fuese mínimamente satisfactoria. Debía tratarse de algo superior a un tesoro, de una especie de bebida reconfortante que ya no hiciera sentir sed jamás, de un maná celestial que elevaría a un pobre fraile como era yo por encima de toda fatiga terrenal.

–¿No estamos buscando un tesoro, eso que llaman el Grial?– seguí indagando con cierto recato, pues me daba vergüenza no saberlo mejor y porque muchas veces había visto las reacciones más extrañas de rechazo cuando alguno de nosotros preguntaba por el motivo real de aquella cruzada.

–Pues no, William– sonrió Gorka, –vamos a la conquista de un montón de piedras que no valen nada, y de las que hasta la fecha nadie se ha preocupado, por lo cual se han convertido para los defensores del Montségur en una cómoda abertura por la que reciben sus provisiones. ¡Pero nosotros somos el gato que a partir de ahora vigilará esa ratonera!

Su risa sonaba sarcástica y yo seguía tan enterado como antes, aunque ahora podía imaginarme dónde estaba situado el Roc de la Tour: en la punta más extrema de la parte nororiental del *pog*, donde la loma de la montaña va descendiendo y deja nuevamente en libertad al río Lasset.

–¿Por qué no atravesamos la garganta, que parece el camino más corto?

–Muy sencillo, ¡porque allí están instalados los templarios y habrían dado aviso a los de arriba de nuestra llegada!

–Pero los templarios son caballeros cristianos– resoplé indignado, –¿cómo podéis creer que se relacionan con los herejes?

–¿No habías preguntado por el Grial, pequeño franciscano? ¡Pues ésa es la respuesta!– Y aceleró sus pasos dándome a entender que no deseaba decirme nada más.

Muy pronto llegamos al pie de la roca donde acampaban las gentes procedentes de Camon. La recepción fue fría, por no decir poco amistosa. Saludaron formalmente al senescal e ignoraron a los vascos. "¡Traidores!", los oí mascullar entre dientes.

Se había hecho de noche. El senescal prohibió encender hogueras para evitar que traicionaran su presencia y esta orden no contribuyó a mejorar el ambiente.

Por encima de nosotros, ocultándose a medias detrás de unas nubes desgarradas que se desplazaban con rapidez, se erguía el antepecho de la fortaleza de los herejes en aquella noche sin luna. Los montañeses se habían teñido los rostros morenos con hollín para oscurecerlos todavía más, y no llevaban armaduras ni armas pesadas; sólo unos chalecos ajustados de cuero, y puñales de dos filos cuyos mangos les asomaban por encima del hombro o en el borde de las botas.

El senescal me ordenó bendecir a cada uno de ellos, y cuando le tocó la vez a Gorka le susurré después de haber trazado el signo de la cruz:

–Que la Madre de Dios te guarde…

Pero él, sin inmutarse, se sacó de la bragueta una pata negra de gato y murmuró:

–Escupe encima si quieres hacerme un favor.

Simulé un acceso de tos y cumplí su deseo.

Los montañeses se movían en efecto como gatos salvajes, se entendían por medio de sonidos animales, y apenas se hubieron introducido entre las rocas desaparecieron de nuestra vista.

Pasé el resto de la noche bebiendo en compañía del senescal. Nos mantuvimos callados y atentos a cualquier ruido que pudiera llegarnos. No sé ahora si me lo imaginé o si me encontraba aún bajo el influjo de las palabras de Gorka; en cualquier caso, yo veía en mi imaginación lo que estaba sucediendo como si lo estuviese presenciando: los montañeses alcanzaron sin tardanza las alturas del Roc de la Tour, y allí se quedaron pegados a las rocas escarpadas, inmóviles, hasta que llegó la madrugada.

Los defensores de las avanzadas de la fortaleza eran ballesteros catalanes que se habían pasado la noche con la mirada fija en la oscuridad y a quienes no se les había ocultado la llegada de los vascos. Cuando al fin empezó a clarear el día les pareció que por esta vez habían superado el peligro. Relajaron la tensión de sus párpados y así transcurrió, en medio de un silencio traicionero, el tiempo que se tarda en rezar un avemaría, y entonces los montañeses asaltaron a los defensores agotados mientras tiraban de sus puñales. Se oyeron jadeos, gemidos, el golpe de la caída de algún que otro cuerpo y el silbido de las ballestas mientras se desprendían piedras de la roca, hasta que los catalanes decidieron retirarse a través de los bosques de la loma y refugiarse tras los muros protectores del castillo. Los vascos no se atrevieron a seguirlos. A cierta distancia los ballesteros tenían más oportunidad de defenderse, pero como aún reinaba un cierto claroscuro renunciaron a ahuyentar de nuevo a los montañeses.

De este modo quedó cortada la última comunicación de los asediados con el mundo exterior, al menos por lo que sabíamos nosotros, y se cerró el cerco en torno al Montségur. Cuando días después volví a encontrar a Gorka en el campamento me contó el resto de lo sucedido. Abajo, en el valle, el hábil monseñor Durand, que en realidad era obispo de Albi, estaba entregado a la tarea de desmontar sus famosas catapultas de lanzamiento, que los vascos procedieron a subir pieza a pieza con ayuda de cuerdas. Pero los defensores habían podido contrarrestar esta ventaja gracias a la inventiva de otro genial catapultador, Bertrand de la Beccalaria. Este ingeniero de Capdenac, cuando se enteró de la situación de emergencia por la que pasaban sus amigos no dudó en abandonar espontáneamente la construcción de la catedral de Montauban, obra que dirigía por entonces, y había conseguido llegar en secreto a la fortaleza con sus ayudantes en el último minuto. Sus catapultas transportables estaban instaladas en el Pas de Trébuchet, y respondieron con tanta efectividad a los atacantes que no cabía pensar en un ulterior avance.

Las alturas de la loma, cubierta de bosque y atravesada por senderos ocultos entre las rocas que a veces cruzaban por debajo y otras por encima del terreno; un conjunto de tierra y piedras que se presentaba además agujereado por cuevas con salidas secretas, seguían en manos de los catalanes. Los montañeses se limitaron a mantener la cabeza de puente conquistada. Sin embargo, el poder de sus máquinas no alcanzaba desde allí más que hasta la barbacana, la potente defensa exterior del Montségur.

–¡Imposible acercarse a la muralla del castillo!

–¿Y por qué no os proporcionan refuerzos– quise enterarme a la vez que me sentía como se debe sentir un estratega importante –y acabáis de una vez con ese nido de víboras del infierno?

Gorka silbó entre dientes y respondió:

–¡Porque ni el señor senescal ni el señor arzobispo, y por supuesto tampoco sus pobres mercenarios acobardados, son buenos escaladores!– y se echó a reír. –¡Además, nosotros ya hemos cumplido con la tarea que nos fue encomendada!

Y, en efecto, desde entonces pudimos oír cómo las máquinas de monseñor Durand arrojaban ciegamente, día y noche, sus piedras asesinas por encima del bosque hacia los muros de los últimos bastiones exteriores, para gran regocijo del legado.

–Esos herejes morirán en la barbacana como si los estuviesen machacando en un mortero– se alegraba Gorka.

–Y al morir les administrarán el *consolamentum*, los santos óleos de los renegados, y así se freirán mejor en el infierno– quise completar sus palabras sarcásticas.

–¡Aunque también los defensores hacen funcionar sus catapultas mortales, destrozan nuestros cuerpos, barren a los asaltantes atrevidos de la pendiente rocosa y los arrojan a lo más hondo, donde el señor arzobispo nos espera para abrirnos las puertas del cielo!

–Y vos mismo, Gorka, ¿acaso no teméis a la muerte?

–¡Yo confío en una magia mejor!– reía el hombre. –A mí me han profetizado que no me reuniré con mis antepasados hasta verme rodeado de una "santísima trinidad" compuesta por un obispo romano, un templario hereje y un guarda franciscano del santo Grial. ¡O sea, que me queda vida para rato!

–Dios sabe que nosotros, los frailes menores, nos dedicamos más bien a guardar ovejas– exclamé. –Pero decidme, ¿qué artes de brujería pagana son ésas que os conceden tanta protección?– Le tenía envidia por la profecía de que se vanagloriaba, mientras yo sólo podía invocar la protección de la Virgen y de algunos santos. De todos modos mi vida tampoco corría peligro, a menos que, equivocando su rumbo, alguna piedra cayera sobre mi cabeza. –¡Podríais revelármelo!

–¿Acaso no has oído hablar de esa mujer sabia que...? Es raro– Gorka me observó con una mirada que expresaba al mismo tiempo extrañeza y mofa. –¡En cambio ella os conoce!

Gorka prefirió no decir nada más aunque yo le insistí. Pero después me lo reveló a la vez que mostraba su desagrado:

–"¡Mantened lejos de mí a ese pájaro franciscano de mal agüero que merodea por vuestro campamento!" Eso fue lo que dijo, ya que os empeñáis en saberlo. "¡No quisiera tropezarme con él por nada del mundo!"

Comprendí muy bien que esa misma postura era la que deseaba mantener Gorka frente a mí. De ahí que experimentara disgusto y vergüenza a un tiempo, y a partir de entonces ambos evitamos todo encuentro. Pero sobre todo he de decir que, desde ese mismo momento, me invadió cierto desasosiego.

Poco después llamaron a los montañeses a reunirse junto al *pog*. Esta vez no hubo bendiciones, y si las hubieran previsto les habría tocado impartirlas a mis colegas, de modo que no tuve ocasión de hablar otra vez con Gorka y preguntarle qué pensaba de mí y de las palabras de aquella mujer sabia a quien todos conocían por el nombre de "la Loba".

Seguramente se trataba de cierta bruja cátara que habitaba en el bosque de Corret y en cuyos augurios se podía confiar, según murmuraban en el campamento. Arropado por la simpleza de mi carácter me sentí inclinado a enfrentarme a ella, para así cerciorarme de la veracidad de sus palabras sabias en lo que se referían a mi persona. Me veía muy capaz de soportar sus profecías, pues ¿acaso no dice el Señor: "De todo lo que se vende en el mercado de la carne debéis comer, y no indagar más para no cargar vuestra conciencia?"

Todas las citas que se refieren a la comida han quedado para siempre grabadas en mi memoria. Pensé que, si el Señor hacía tan amables concesiones a mi estómago, cuánto más amable no se mostraría con mi mente.

LA BARBACANA

Montségur, invierno de 1243-44

Los vascos escalaron el Pas de Trébuchet soportando estoicamente y en silencio las bajas que sufrieron, pues también eso se lo había vaticinado "la Loba" al capitán de los montañeses: "¡El abrigo de la noche no protege contra los lanzamientos ciegos!", y sus puñales acabaron con la vida de quienes hacían funcionar las catapultas tras vencerlos en duro combate cuerpo a cuerpo. Mientras los defensores de la barbacana aún tendían desconfiados su oído hacia la oscuridad, asombrados porque hubiese enmudecido tan repentinamente el silbido y el traqueteo de las catapultas a cuyos ruidos ya se habían acostumbrado, los vascos cayeron sobre ellos. La campana de alarma sonó demasiado tarde. Medio dormidos, fueron exterminados antes de que la dotación del castillo pudiese acudir en su ayuda.

Al amanecer, los mismos montañeses se quedaron espantados al ver la pared vertical que habían escalado en la oscuridad.

–¡Que la barbacana haya cambiado de ocupantes significa para nosotros, defensores del Montségur, que nos queda justo el tiempo que necesita la milicia de monseñor Durand para colocar su catapulta gigante, la *adoratrix murorum*, en posición adecuada para atacarnos desde allí!– informaba arriba, junto al muro de la fortaleza, Bertrand de la Beccalaria a sus anfitriones, sin dejar traslucir ninguna emoción.

–No podemos evitarlo– se empeñaba el castellano Ramón de Perelha en mostrarse confiado, –y, sin embargo, estoy seguro de que resistiremos también esta prueba.

Muy pronto comenzaron a golpear las pesadas bolas de granito, de cien libras de peso cada una, contra los muros del castillo.

La pared oriental tenía cuatro metros de grosor y pudo resistir las embestidas, pero el techo del observatorio que allí habían montado cayó sin tardanza convertido en astillas, y los tejados que quedaban debajo, en el patio, mostraron muy pronto un número creciente de brechas y roturas.

El castellano se burlaba, comentando que los disparos llegaban silbando "a intervalos de un rosario rezado con cierto apresuramiento". El estruendo del disparo era seguido del estallido que provocaba al alcanzar un objeto de madera, o de un retumbar opaco cuando rompía el suelo de piedra del patio interior además de causar destrozos en el ánimo de las mujeres y los niños que se acurrucaban asustados en las casamatas.

Pero no todos se mostraban especialmente impresionados por aquella lluvia de canicas gigantescas. El niño tímido y la niña que lo acompañaba habían esquivado la atención del aya y se ocultaban bajo los escalones de piedra que conducían hacia el observatorio. A cada silbido que oían volar por encima de sus cabezas cerraban los ojos y apostaban a ciegas si el disparo alcanzaría el tejado o el patio. Después registraban con entusiasmo los daños causados en las tejas y el rodar de las gigantescas bolas sobre la arena distribuida por el pavimento para evitar que las piedras arrancadas saltaran lejos.

Una de aquellas canicas especialmente grande se acercó rodando lentamente al escondite de los niños, por lo que el aya, descompuesta en llanto, pudo al fin descubrir dónde estaban. Mientras ella agitaba desesperada los brazos en el aire llamándolos, éstos palpaban interesados la piedra redonda que había detenido su avance justo delante de ellos. Algunos soldados los instaron con palabras amables a abandonar el escondite y los condujeron después, a todo correr, siempre a la sombra del muro, hacia la torre central, que ofrecía mayor protección, intentado llegar antes de que los alcanzara la próxima piedra catapultada.

–La guarnición no ha perdido la esperanza– informó Ramón de Perelha con cierto orgullo al comandante, el vizconde de Mirepoix. –Los ballesteros catalanes siguen manteniendo libre la entrada del castillo en todas las direcciones y la pérdida de vidas se mantiene todavía entre ciertos límites; aún tenemos hombres suficientes para cubrir todos los puestos de guardia y las defensas…

–Incluso teniendo en cuenta el hecho de que los *parfaits* jamás echarían mano de las armas... hasta los momentos de máximo peligro– añadió el ingeniero jefe con cierto sarcasmo.

–Si lo hicieran– le respondió el joven comandante –renunciarían a su propio ser y el Montségur estaría perdido aun antes de haber capitulado.

–¡Jamás habrá capitulación!– los interrumpió el castellano con cierta brusquedad. –Tenemos provisiones y leña en abundancia y las cisternas siguen repletas de agua.

LA CAPITULACIÓN

Montségur, primavera de 1244 (*crónica*)

Las misas diarias por la salvación del alma de mi señor senescal eran celebradas por mis dos colegas de Nivernais sin que ninguno mostrara deseos de que yo estuviera presente. De todos modos, ellos no tenían otras ocasiones para ver a Hugues des Arcis, quien últimamente les insistía para que rezaran más deprisa mientras hacía sonar nervioso sus espuelas y yo deambulaba sin saber muy bien qué hacer.

La verdad es que el comandante en jefe no tenía por qué exteriorizar tanta prisa, y él mismo habría podido convencer de ello a todos los interesados, con excepción, como es natural, del arzobispo: era imposible tomar al asalto la montaña y su orgulloso castillo a menos que se aceptasen ingentes pérdidas de vidas humanas. De modo que me quedaba mucho tiempo para rezar mientras iba merodeando con curiosidad por los diferentes campamentos.

En todas partes me encontraba con caballeros que se limitaban a cepillar malhumorados sus caballos, puesto que no se les ofrecía ocasión para galopar *macte anime* al encuentro de una batalla que les permitiera desbancar al enemigo de su silla clavándole una gruesa lanza en el cuerpo.

Así fue como me tropecé con Gavin el templario. Dicho caballero, el muy noble Montbard de Bethune, era preceptor en la casa cercana de la Orden, en Rennes-le-Château, y se había presentado allí junto con una partida de jinetes sin formar realmente parte de ninguno de los bandos: la regla de su Orden no les permitía someterse al mando del senescal, y tampoco el arzobispo tenía poder sobre ellos. De modo que Gavin llegó a ocupar un estatuto de observador, lo que le permitió plantar la tienda en el lugar más bello y espectacular, al borde mismo de la garganta del

Lasset, mientras sus acólitos acampaban a su alrededor. Trabé amistad con él y en lo sucesivo tuvimos una serie de conversaciones bastante sorprendentes.

Gavin era originario de aquellas tierras, como demostraba el nombre de su madre que él añadía con orgullo al apellido paterno. Los de Bethune eran señores feudales que dependían del conde de Tolosa, con el que estaban incluso emparentados por varias ramas. Gavin había conocido a un Trencavel en persona, y hasta había participado en los sucesos de Carcasona. Reprimí mi deseo de preguntarle en qué bando. Era evidente que Carcasona representaba para él un recuerdo difícil de soportar, lo que me tenía bastante intrigado.

A juzgar por los abundantes hilos grises que mostraba su barba hirsuta, Gavin debía pasar ya de los cincuenta. Conocía muy bien los alrededores del *pog* y también estaba muy bien informado acerca de los ocupantes del castillo, que estimaba en más de cuatrocientos hombres aptos para el combate entre soldados, sargentos y mercenarios auxiliares, además de una docena de caballeros a quienes conocía por sus nombres. Los *parfaits*, como solía calificar con respeto a los herejes, sumaban seguramente, junto con sus familias, otras doscientas cabezas.

Gavin tenía demasiados datos, ¡debía haber estado allá arriba, en aquel nido de herejes! ¿No existirían otras relaciones ocultas e indirectas entre los templarios y los cátaros? Al fin y al cabo, por los rincones no dejaban de oírse murmuraciones acerca de un cadáver perteneciente a todos en común y que descansaba en una tumba desconocida. Un tesoro oculto, severamente custodiado, ¿sería éste el santo Grial? ¿Se trataría de algún oscuro rito pagano? ¿Quién podría saber además los detalles al parecer increíbles que contenía la regla secreta de la Orden del Temple?

–¿Será verdad– pregunté a Gavin mientras trazaba rápidamente la señal de la cruz –que esos herejes dejados de la mano de Dios y del Espíritu Santo no sólo hacen mofa del Papa sino que dudan de la concepción virginal de nuestro Señor, no creen que sea Hijo de Dios, y hasta niegan que haya muerto en la cruz por nosotros?

–Dios no deja a nadie de su mano– me corrigió el templario con una seriedad que me obligó a reflexionar sobre todas las conclusiones que posibilitaba la frase. Después volvió a dominarle el sarcasmo habitual: –*Quidquid pertinens vicarium, partheno-*

genesem, filium spiritumque sanctum: hasta la Santísima Trinidad les parece excesiva.

¿Se estaba burlando de la Iglesia? ¿Quería inducirme a perder la firmeza de mi fe en los sacramentos? ¿Se habría introducido el demonio seductor en el cuerpo de Gavin y se ocultaría ahora bajo su manto blanco sin respetar la cruz roja que lo distinguía?

–A ellos les basta con el "ser divino único" y su contrario, el elemento luciferino...

¡De modo que era verdad!

–¿Quiere decir que creen en el demonio y tal vez lo adoran en secreto?

–¿Y vos, no creéis acaso en el demonio, hermano William?– Gavin soltó una risa atronadora al ver mi cara de fraile asustado, que lo miraba como si se acabase de encontrar con el mismísimo diablo envuelto en una nube de azufre y alquitrán. –Pobre hermano William– dijo. –¡La verdad es que hay cosas entre el cielo y Asís que un franciscano no puede imaginarse ni en sus peores visiones provocadas por el hambre!

Al mismo tiempo miraba divertido mi barriga sobre la que se tensaba peligrosamente el hábito marrón, aunque lo más seguro era que cada día fuera perdiendo en aquel campamento algunas libras de peso o ¡aunque sólo fueran onzas! Me dio vergüenza y vi que Gavin disfrutaba con mi desconcierto.

–El templo de Salomón en Jerusalén descansa sobre otros principios que la Portiuncula; es un lugar mágico, ¡y lo mismo puede decirse del Montségur que está allá arriba!

Me callé, profundamente confundido. ¿Qué abismos se abrían ante mí? ¿O no debía preguntarme, más bien, hasta qué alturas es capaz de volar la mente humana?

Nuestro avance había sufrido un parón, y aunque yo me sentía íntimamente unido, por medio de mis oraciones, a los valerosos vascos que habían sido capaces de subir casi hasta arriba y me parecía estar en primera fila junto a ellos, por otra parte rogaba a Dios que me guardara de semejante destino. La verdad era que el comandante de los herejes y el señor de su castillo se vieron con el ánimo suficiente como para atreverse a intentar una salida, destinada a hacer callar a la *adoratrix murorum* instalada en la barbacana.

Cierta noche de invierno, ventosa y seca, muy adecuada para arrojar brea y fuego contra la máquina, salió con gran sigilo un pequeño y selecto grupo de aquellos demonios por un portón lateral oculto. Para nuestra desgracia, los defensores del castillo disponían también de un contingente de auxiliares vascos que se enardecían pensando en vengarse de sus paisanos "traidores", palabras con las que se referían a nuestros valerosos montañeses a quienes reprochaban "haber aceptado la paga de Judas de los represores franceses".

En la mente de aquellos jóvenes campesinos el mundo mostraba un aspecto muy diferente: ¡no desperdiciaban ni un pensamiento en el hecho de que con sus fechorías minaban los fundamentos de la Iglesia, su santa madre! Ni mucho menos pensaban que ellos mismos estaban luchando a sueldo del infierno, y sus sentidos estaban tan trastocados como para jurar que los nuestros "morirían con el gaznate seccionado sin poder disfrutar de su sangrienta paga".

La igualdad del idioma casi habría dado la victoria a los asaltantes por sorpresa a no ser porque en cierto momento las diferencias dialectales –¡gracias a la santísima Madre de Dios!– permitieron distinguir entre amigo y enemigo y se produjo un terrible tumulto.

El ruido de las armas llegó hasta nosotros, hasta el valle, donde el obispo Durand, desde su puesto de observación al pie del *pog*, vio aterrorizado cómo salían las primeras llamas del armazón de madera de su preciosa catapulta.

Yo me había acercado a él.

–¡María, llena eres de gracia!– recé en voz alta, pues no sabía contribuir de otro modo a la salvación de la *adoratrix murorum*.

–¡Deja ya de lamentarte!– me gritó. –¡Reza más bien porque cambie el viento!

No perdí los ánimos.

–Laudato si' mi Signore per il fratre vento– se me ocurrió la frase adecuada, que tomé prestada de mi amado san Francisco, *–et per aere et nubilo et sereno…*

–¡No hay quien lo entienda!– aulló el obispo, y me arrojó el báculo mientras allá arriba, muy por encima de nosotros, se desarrollaba un combate cuerpo a cuerpo envuelto en el humo irritante de la brea y las sombras oscilantes que arrojaba el fuego. El viento helado despedazaba las consignas, las blasfemias y los gritos de muerte.

–¿Entonces, no debo rezar?– pregunté compungido.

–No, ¡mejor harías en soplar!– Gavin reía con sarcasmo. Se había acercado a nosotros protegido por la oscuridad, sin que nos diéramos cuenta. Miramos hacia arriba en silencio, oyendo cómo caían los cuerpos por las rocas para estrellarse centenares de metros más abajo entre los salientes. Finalmente, nuestros ocupantes de la barbacana pudieron vencer a los atacantes, ahuyentar a los que seguían vivos y apagar los fuegos encendidos.

–Laudate e benedicte mi' Signore et rengratiate e serveateli cum grande humilitate!– Gavin había citado estas palabras finales del cántico, pues yo ya no me atrevía a abrir la boca. El obispo le lanzó una mirada como para asegurarse de si el templario estaba en su sano juicio. Yo me sentí agradecido a él, pues consideré que acababa de restaurar el honor de un insignificante hermano minorita.

–Los comandantes defensores deberían comprender– intervino monseñor Durand –que no pueden repetir así como así este tipo de salidas sin debilitar considerablemente el número de hombres aptos para la lucha que hay en el castillo.

–Aún tienen cuerda para rato– reflexionó el templario en voz alta sin apartar la mirada del Montségur.

–¡No les durará siempre!– Nuestro obispo no sería un fanático de la fe, pero sí demostraba ser un técnico pragmático.

–Un nido de águilas solitarias en un país donde hace tiempo no queda pájaro que cante.– Estas palabras, pronunciadas por Gavin, no hacían el menor esfuerzo por ocultar sus simpatías.

A mí me habrían parecido algo idealistas, a no ser por la tristeza y la melancolía que reflejaban; y, por extraño que parezca, el obispo adoptó el mismo tono en lugar de reprender al templario.

–Y no hay salvación para ellos– constató en voz baja el mismo hombre que acababa de hacerme callar tan rudamente. –¡Imposible que nadie acuda en su ayuda!– Los dos intercambiaron una mirada que me pareció revelar un consenso sospechoso.

–No acudirá quien los pueda salvar, pero sí tendrán un consuelo: el consejo de su obispo– observó el templario con tal seguridad en sus aseveraciones que me sentí confundido, aunque no parecía sucederle lo mismo al obispo católico de Albi.

–Bertrand en-Marti declarará, después de meditar largamente y orar por sus hermanos y hermanas en la fe, que deben estar "dispuestos".

Durand había recogido el hilo del pensamiento de ambos sin ironía ni sarcasmo, y permitió a Gavin que le pusiera punto final.

–Pues sí, ¡dispuestos para el último sacrificio!

Tal fue la manera en que coincidieron sus pensamientos, que no por divergentes mantuvieron ocultos, sin que mi presencia los perturbara en lo más mínimo. Yo no era para ellos más que un soplo de aire, una mota leve de polvo. Cierto es que Cristo dice: "Ama a tu enemigo", ¿pero acaso podían tomarse esta palabra tan en serio? William, me dije, posiblemente hayas vivido hasta ahora una vida demasiado simple. ¿Será posible que tus creencias hayan sido en exceso superficiales?

Llegaban los primeros muertos y heridos al valle. De repente se me ocurrió que Gorka pudiese ser uno de ellos, aunque se oponía a mi idea la extraña profecía de su muerte, tal como el vasco me la había confiado. ¿Y si Gavin resultara ser un templario hereje? Durand podía ser calificado sin duda alguna de obispo romano, pero difícilmente podría ser considerado yo un franciscano protector del Grial. A pesar de ello, con mucho gusto me habría escabullido de allí.

–¡Alto, *francescone!*– me retuvo monseñor Durand, –¡no te muevas de aquí! Habrá que administrar los últimos sacramentos y supongo que no tendrás miedo de enfrentarte a la muerte y de cerrar con delicadeza los ojos a los fallecidos.– Me hizo una señal y me indicó el cuerpo que acababan de depositar, sin dar más vueltas, a sus pies.

Gorka traía el pecho destrozado, pero aún respiraba y me miraba con los ojos muy abiertos.

–¿Eres tú, William?– En aquel momento se acercaba también el templario. –¿Acaso tú eres el guarda de…?

Mi mano cubrió con rapidez sus labios.

–Dime la verdad: ¿qué dijo esa mujer de mí?

–¡Me muero, minorita!– jadeó en voz baja. –Veo que me rodean un templario y un obispo– su respiración se volvió entrecortada. *–Et tu mi rompi le palle!*

Me sentí malo y mal a la vez, pero deseaba oír las palabras de "la Loba" referidas a mí antes de que él se las llevara a la tumba.

–No morirás, Gorka– quise asegurarme más para mí que para él. –¡Yo no soy el guarda del santo Grial!

–¡Sí lo eres!– jadeó él. –Tú guardarás el tesoro, tú viajarás hasta los confines del mundo perseguido por la Iglesia, honrado por los reyes; tú, el gordo fraile de Flandes cuyo destino se cumplirá, igual que se cumple el mío antes de haber caído el Montségur.

Me arrodillé con movimientos atropellados y acerqué mi oreja a sus labios.

–¡Habla!.. ¡sigue hablando!

–¡Vete al cuerno!– y un chorro de sangre fluyó de su boca. –¡Un templario, un obispo y un minorita gordo! ¡Dejadme en paz!...

No movió más los labios. Aún estuve un tiempo atento; le cerré los ojos e hice la señal de la cruz. Sentí un malestar como otras veces sólo había sentido después de haber zampado demasiado. No fue la desaparición de Gorka lo que me afectó, sino el hecho de que su muerte me revelara unos poderes ocultos dispuestos a apoderarse también de mi vida.

El siguiente domingo por la mañana, cuando ya habían cesado todos los actos enemigos para respetar la *tregua Dei* –aunque a mí me pareciera innecesario y humillante para la Iglesia el respeto de dicha tregua frente a semejantes herejes–, el comandante de la fortaleza hizo llegar al senescal del rey un mensaje en el sentido de que estaría dispuesto a considerar las condiciones de una posible capitulación.

La simple fórmula servía para dar testimonio de una arrogancia increíble: ¡a mí, que era un hijo fiel y cándido de la Iglesia, me pareció que sólo cabía hablar de entrega incondicional y sumisión a ojos cerrados! No obstante, me contuve antes de revelar mis pensamientos a Gavin cuando tropecé con él en la garganta del Lasset, en un encuentro que por cierto no fue del todo casual.

Al principio pareció que mi señor, el senescal, quisiera llevarme consigo para asistir a las negociaciones, pero sus capellanes se opusieron al intento con positivo éxito para su empeño. De modo que tuve que quedarme abajo mientras ellos ascendían penosamente por el *pog*, formando parte del séquito de Hugues des Arcis. A media altura debía tener lugar el encuentro con Pierre-Roger de Mirepoix, el comandante.

–¿Aceptaremos esa capitulación?– Con estas palabras, que me parecían poco arriesgadas, inicié la conversación.

En cambio él no renunció a propinarme una reprimenda:

–¡A vosotros, cuervos de la Iglesia, bien os gustaría negaros a aceptarla!– el templario se estaba mofando de mí. –Pero los soldados que exponen sus vidas para conservar las vuestras están cansados de esperar. Sobre todo aquéllos que cumplen una obligación feudal y no han venido aquí en defensa de sus convicciones, y que desde hace más de diez meses se encuentran inmovilizados en estos montes inhóspitos. De modo que insistirán en que se ponga fin al asedio…

–¿Y cuál será el castigo de los herejes?– se me escapó una de las preguntas que albergaba en la mente.

El templario me destinó una mirada llena de conmiseración que me avergonzó profundamente, pero no se avino a despejar mis dudas.

–¡Hugues des Arcis necesita conseguir un éxito, aún más que una victoria! La orden que le ha sido dada en nombre del rey de Francia es ocupar el Montségur, ¡no la de vengarse! Supongo que intentará cumplirla, aunque las condiciones no acaben de gustarle a la Iglesia.

El preceptor se dirigió en busca de la tienda del senescal, quien entretanto debía de haber regresado de su excursión, y yo lo seguí. Sin que él me lo hubiese solicitado, seguí trotando detrás de él como un perro abandonado que encuentra nuevo amo. De modo que también él se propuso disfrutar endilgándome otras lecciones que más bien parecían pedradas.

–Únicamente hay que hacer callar a Pierre Amiel– me hizo saber sin volver la cabeza hacia atrás. –El arzobispo está sediento, igual que vos, hermano William, por hacerse con las almas de los herejes que se refugian allá arriba; pero no para devolverlas a la verdadera fe, ni mucho menos, sino para verlas huir en forma de humaradas negras directamente desde las llamas del fuego terrenal hacia el infierno.

Yo no estaba dispuesto a aceptar que me atribuyeran semejantes intenciones.

–Siempre es bueno perdonar a un pecador arrepentido.

–Y el que no tiene conciencia de su culpa, ¿de dónde sacará el arrepentimiento?– me seguía insistiendo el templario, que no cesaba de burlarse de mí y cuyas mortificaciones empecé a temer, aunque seguía pendiente de sus labios. –Para alguien que se considera creyente y *puro* sería precisamente un pecado renegar de sus creencias, como exigís vosotros. En lugar de eso preferirá la muerte; es una actitud que debería merecer todo tu respeto, William.

Yo encogí la cola; comprendí que él tenía razón, que los muros de mi educación religiosa empezaban a agrietarse, que el armazón de vigas de mis estudios teológicos crujía y se vencía. De modo que callé e incluso me quedé un poco más rezagado, puesto que además habíamos alcanzado el punto donde estaba clavada la insignia de nuestro comandante.

–¡...y libre retirada para la guarnición!– oí que exclamaba el arzobispo, que parecía a punto de estallar en un acceso de cólera.

–¡Pero todos los demás serán conducidos ante el tribunal de la santa Inquisición!– Era evidente que esta segunda propuesta provocaba gran satisfacción en Pierre Amiel; en cambio, yo sentí un repentino temblor. –¡La entrega se hará después de transcurrido medio mes!– añadió el senescal, como si no se tratara más que de un aspecto secundario.

–¿Y cómo es eso?– preguntó indignado el arzobispo, que sospechaba una trampa y en cualquier caso veía que se aplazaba la hora de su máximo deleite.

–Conditio sine qua non!– le comunicó Hugues des Arcis, dando por terminada la conversación. –A mí me satisface haber solucionado la cuestión haciendo esta única concesión puramente temporal y vos, eminencia, deberíais dar ejemplo de santa paciencia.

El arzobispo abandonó el lugar y su disgusto lo rodeaba como el mal olor de una ventosidad. Gavin entró en la tienda del senescal obedeciendo a una señal casi imperceptible de éste, mientras yo me sentaba encima de una piedra.

Se había hecho de noche; un repentino silencio festivo rodeaba el peñón, el *pog*, en su estoica verticalidad: una tranquilidad irreal que no respondía a un ambiente de paz sino más bien de distanciamiento en el tiempo y el espacio. ¿Acaso esa sensación partía de mi propio corazón? ¿O provenía de las personas que me imaginaba allá arriba, detrás de los gruesos muros del castillo, asistiendo a una apretada reunión?

Miré algo confundido en torno a mí y vi que muchos de los hombres se destocaban. Los soldados, capitanes, ingenieros, zapadores, ballesteros, tiradores, caballeros y escuderos dirigían sus miradas hacia arriba. El círculo de asediadores permanecía en tenso silencio, llenos de inseguridad acerca de lo que estaría sucediendo y sobre todo gestándose entre los encerrados y cercados; actos que para nuestros ojos eran invisibles e incomprensibles para nuestras mentes.

Me arrodillé a rezar. ¡Y recé por los hombres, las mujeres y los niños de Montségur!

Bajo los últimos rayos del sol en su ocaso, cuando los valles se habían teñido hacía tiempo del color violeta de una noche que los inundaba con rapidez, se iluminó el castillo que guardaba el santo Grial sobre la cima vertical del *pog* por el que tanto se había luchado, resaltando por última vez bajo el azul pálido de un cielo primaveral sin nubes.

Faltaban apenas tres semanas para la fiesta de Pascua del año del Señor de 1244.

La primera transcurrió volando; en nuestro quehacer cotidiano se notaba que había cedido la tensión de una posible actividad guerrera inmediata dejando su lugar a las necesidades de reposo y sueño. A ello se añadía la tarea de ordenar nuestros equipos para la retirada. Pero después, cuando todo estaba dispuesto y preparado para el gran acto final, se produjo un vacío que afectó a nuestros ánimos. Un ejército de asediadores que no tiene a quien asediar es lo más absurdo que pueda imaginarse.

La espera tiraba de nuestros nervios. Empezamos a contar los días a partir de la segunda semana. Por orden del senescal, que ahora nos necesitaba aún menos que antes, nosotros, los predicadores, cruzábamos el campamento de un extremo a otro para influir en los soldados con nuestras devotas oraciones e insuflarles paciencia y apaciguamiento, puesto que ya empezaban a surgir las primeras disputas entre los diferentes grupos: peleas por una mujer, puñaladas como consecuencia de una partida de dados, discusiones nacidas de la borrachera, del aburrimiento y del mal humor. Además rezábamos con y por aquellos que eran ahorcados por toda clase de crímenes.

Tuve un encuentro con el obispo Durand de Albi, en cuyo campamento ya se estaba preparando la retirada. Vestido con calzones y jubón vigilaba la tarea de descomponer y embalar sus catapultas, de las que al final quedó sólo un hatillo de vigas, cuerdas enrolladas y un montón de piezas forjadas de hierro.

–¿Es ésta la *adoratrix murorum?*– pregunté desconcertado, sin acertar a comprender que una construcción tan gloriosa tuviese un esqueleto tan mísero.

–¡Ah, querido pajarillo cantor de Asís!– me saludó con gran alborozo. –La *adoratrix* seguirá allá arriba entre las rocas hasta que se haya entragado el último defensor– y se limpió el sudor de la frente. –Mal estratega sería quien retirara sus armas antes de tiempo. La confianza es como la fe en el Todopoderoso; la seguridad, en cambio, descansa sobre hechos concretos.

Mi educación escolástica se sintió provocada ante tal interpretación del poder divino.

–Nuestro Creador no es un hecho ni un objeto...– inicié mi sermón.

–Sí lo es– me interrumpió él. –¡Es las dos cosas! Tu pobre certeza lo convierte en hecho y en cosa, aunque Él, como Supremo Hacedor, no tiene necesidad de ello.

–¿De modo que puedo confiar en Él cuando rezo?

–En Él, sí; pero no en los seres humanos.

Creo que el hombre no me tomaba demasiado en serio y además, a la vista de sus brazos remangados, no daba la impresión de ser un verdadero obispo. Cuando sostenía mis conversaciones con él siempre me parecía acabar preso en las redes arrojadas por una mente superior a la mía. En aquel momento pasó a caballo mi senescal y me hizo señas para que lo siguiera. Iba en compañía de Gavin Montbard de Bethune, quien, sin embargo, no dio muestras de querer revelar que nos conocíamos.

De modo que seguí jadeante a los caballos hasta llegar a la tienda redonda del arzobispo. Pierre Amiel, vestido con todo su ornato, salió a nuestro encuentro en cuanto nos oyó venir, pero después se repuso con rapidez, seguramente para provocar en nosotros el mayor respeto con su imagen de máximo dignatario de la Iglesia y legado del Papa.

–¿Por qué no ponemos fin a esta situación? Ese nido de herejes...– inició su discurso.

–Eminencia– cortó Hugues des Arcis las quejas que eran de esperar y que siempre acababan en furiosos insultos, –les di mi palabra a esas gentes, y creo que el plazo concedido de quince días es justo y compensa la vida de los soldados que perdería si se llegara a romper el acuerdo tomado para la capitulación y me decidiese a atacar a unas personas que…

–¡Son herejes!– resopló furioso el arzobispo. –Como representante de…

–¡Yo actúo en nombre del rey de Francia!– le opuso enérgicamente el senescal, quien no alcanzaba a comprender por qué Pierre Amiel había interrumpido de repente su declaración. Detrás de ellos, sobre una leve elevación plana del terreno donde se había montado el altar para las misas cotidianas, acababa de presentarse con una escolta de ocho caballeros templarios un palanquín negro. El mismo número de porteadores, sargentos vestidos de oscuro, se aprestaba a dejarlo en tierra.

En la cortina del palaquín se entreabrió una rendija y pudo verse un báculo que la empujaba ligeramente a un lado. También distinguí durante breves instantes una delicada mano blanca. El bastón de mando hizo una señal concisa a uno de los templarios, un caballero sorprendentemente joven cuyos rasgos eran casi femeninos. Gavin, que se había adelantado, descendió del caballo. Para gran sorpresa mía dobló la rodilla, y en esa postura recibió, al parecer, el permiso o la orden de informar. Los demás, que estábamos de pie o montados a caballo delante de la tienda, igual que el senescal, no fuimos capaces de entender ni una palabra de lo que allí se hablaba.

–¡La *grande mâitresse!*– se atrevió monseñor Durand a susurrar al oído de Hugues des Arcis. –Ved lo que son las cosas: nosotros exponemos nuestras cabezas y los templarios recogen los beneficios.

El servidor del rey se inclinó con alguna reserva.

–La conclusión es aún mas sencilla, querido mío: ¡no habrá vencedores ni vencidos! La mano que allá arriba en el castillo deposita la espada es la misma que vuelve a recogerla aquí abajo...

–Y nosotros, bravos luchadores y hábiles estrategas– le respondió en voz baja Durand, –sólo somos figurantes en el escenario, aunque nos imaginemos que luchamos por la verdadera fe y la auténtica corona. ¡No somos más que unos bufones!

Enmudeció después al ver que el joven templario dirigía su caballo hacia nuestro grupo, seguido a paso lento por Gavin, después de que éste hubiese intercambiado una última palabra con la misteriosa visitante. El báculo dio dos breves golpes detrás de las cortinas de terciopelo negro y los porteadores volvieron a recoger el sombrío palanquín. Éste no llevaba escudo alguno, ni siquiera la cruz roja ancorada de la Orden cuyos extremos semejan zarpas.

–¡Guillem de Gisors, eminencia!– se presentó el caballero con una breve inclinación de la cabeza.

–¿Qué tenéis vos que decir al legado del santo padre?– rugió Pierre Amiel, temblando de rabia y con ánimo de provocar.

–El mensaje dice así: *pacta sunt servanda!*– respondió el muchacho con su voz clara. Y sin esperar la respuesta del arzobispo le hincó las espuelas a su montura para incorporarse al séquito del palanquín que se alejaba.

Hugues des Arcis sonrió.

–Falta poco para que se cumpla el plazo– intentó animar al nuncio, que había quedado como petrificado aunque sus dientes rechinaban: –sólo dos días...

–¡En los que aflojará aún más vuestra vigilancia!– exclamó con furia el arzobispo. Pero no era sarcasmo, sino auténtica preocupación lo que se desprendía de sus palabras. –¡Esos herejes malignos que no respetan ni a la santísima Virgen, ni la ley ni la palabra dada podrían aprovechar el tiempo que les queda para huir de su merecido castigo!

Hugues des Arcis estaba harto no sólo de una guerra agotadora, sino también de sus continuas querellas con aquel representante vengativo de la curia.

–La guarnición puede retirarse en libertad y, por lo que yo sé de esos cátaros, ninguno saldrá corriendo para escapar de vuestro máximo tribunal, ¡incluso sabiendo que vos no conocéis ni la piedad ni la misericordia!– el viejo militar no ocultaba su disgusto. –¡Podréis reunir un número suficiente de cuerpos vivos y palpitantes para componer un buen *autodafé,* eminencia! ¡Hombres y, aún más, mujeres, viejas y jóvenes, ancianos y niños!

Se apartó con un breve saludo dirigido al preceptor y al obispo de Albi, dejando a Pierre Amiel con la respuesta en la boca. Éste intentó poner de su lado al obispo dirigiéndole un gesto amable, pero monseñor Durand prefirió escalar con Gavin una roca cercana e ignorar aquel intento lamentable de establecer un compañerismo eclesiástico. El arzobispo se retiró ofendido.

–¿Han quedado contentos allá arriba?– preguntó Durand al caballero templario midiendo cuidadosamente las palabras.

–Cuando se trata de una salvación no importan las condiciones de la paz, hay que darse por satisfechos con salvar lo que es preciso salvaguardar.

–¿Pero dónde queda un lugar que ofrezca seguridad cuando ni siquiera el Montségur puede ofrecerla ya…?– opuso en voz baja el obispo.

–El “Montsalvat” seguirá siendo eternamente custodio de la salvación– dijo Gavin con la mente como perdida en un ensueño: –el gran consuelo…

Pero Durand seguía fiel a sus principios pragmáticos:

–Yo creía que ahora había necesidad de salvar ese consuelo…

–Todo está bien dispuesto– Gavin Montbard de Bethune, preceptor de la Orden de los templarios, envuelto en su capa blanca que ostentaba una cruz de un rojo luminoso como la sangre, con los extremos terminados en zarpas, fijó su mirada inmóvil en el Montségur, sobre el que había caído también la oscuridad.

LA ÚLTIMA NOCHE

Montségur, primavera de 1244

Sólo faltaban pocas horas hasta la medianoche, la noche del equinoccio. Los *parfaits* habían seguido dedicados a la observación de las constelaciones celestes aunque los ataques habían destruido gran parte de sus instrumentos de astronomía. Ahora abandonaban el observatorio descendiendo por la empinada y estrecha escalera de piedra. En el patio del castillo de Montségur se estaban reuniendo los defensores y sus protegidos en torno al obispo Bertrand en-Marti. Todos los cátaros se presentaron ataviados con su ropa de fiesta; muchos de ellos regalaban sus pertenencias a los soldados de la guarnición, agradeciendo así su heroica defensa y en demostración de que ya no necesitarían ningún objeto terrenal. Los "puros" daban por finalizada su vida en este mundo.

Bertrand en-Marti había dispuesto de dos largas semanas para preparar a los creyentes para este último paso. Todos habían recibido el *consolamentum*. Ahora podrían asistir juntos a la gran fiesta largamente deseada: la celebración común de la *maxima constellatio*. La alegría que para ellos irradiaba de dicha oportunidad, resultado de una preparación espiritual difícil de igualar, iluminaba todo cuanto pudiera venir después: el último trecho del camino que, aunque plagado de sufrimientos, conduce ya sin rodeos a la entrada del paraíso.

Dos de los que habían estado preparándose para emprender ese camino fueron excluidos, sin embargo, por Bertrand en-Marti de su prevista participación: los dos *parfaits* escogidos fueron destinados a salvar y llevar a un puesto seguro tanto a sus propias personas como, sobre todo, determinados objetos y documentos, ¡y debían partir ahora mismo y en seguida!

Los asediantes creían tener bajo control todos los movimientos de entrada y salida en el Montségur, pero las tropas de asalto, concretamente los montañeses y los catapultadores de Durand, jamás se habían atrevido a ocupar plenamente la loma desgarrada y cubierta por un denso bosque que en la parte oriental de la fortaleza transcurre junto a la barbacana, rebasa el Pas de Trébuchet y llega hasta el Roc de la Tour. Los asediantes se acurrucaban al borde de las rocas que les ofrecían protección de las flechas de gran alcance que disparaban los catalanes, y no tenían intención alguna de pisar aquel terreno inquietante del cual no había regresado hasta entonces ninguno de los exploradores destinados a estudiar sus recorridos secretos. Se murmuraba que algunos de éstos conducían desde el castillo directamente hacia algunas cuevas y pasadizos y se introducían en las paredes verticales del peñón, es decir: se encontraban debajo de sus propios pies.

La luna difundía una luz clara, por lo cual los dos seleccionados fueron conducidos por unos subterráneos oscuros en los que, con alguna frecuencia, oían por encima de sus cabezas las voces del otro bando. En una gruta cuya salida se estrechaba hasta formar una rendija casi invisible fueron envueltos con su valiosa carga en sábanas blancas bien atadas, y los hicieron descender con largas cuerdas por la cara oriental, difícil de vigilar, hasta alcanzar el fondo de la garganta del Lasset. El estruendo del río ahogaba cualquier otro ruido. Aquella misma noche los templarios, bajo el mando de Montbard de Bethune, consiguieron tapar la rendija de entrada en la roca.

Más abajo los esperaba un grupo de porteadores con varios animales de carga. Y en el mismo momento en que los mercenarios vascos, conocedores del arte de la escalada, se disponían a retirar las cuerdas, surgieron dos caballeros entre las sombras oscuras de la garganta bañada por las aguas espumosas.

Su ropaje los envolvía casi del todo, las armaduras no mostraban escudo alguno ni llevaban emblemas en los cascos; tenían las viseras bajadas y conducían sus caballos cogidos firmemente por las riendas.

Uno de ellos era de estatura gigantesca; su casco redondo y su camisa de mallas parecían de factura germánica. Su compañero era esbelto y la armadura que llevaba era de costosa factura oriental, como las que a veces se consiguen en Tierra Santa. Ninguno de los dos pronunció palabra alguna; sin romper su mudez echaron mano de las cuerdas que colgaban.

Los que ayudaban en la huida quedaron perplejos e intimidados al ver las espadas desnudas en manos de los extraños: entonces asomó por el borde de la garganta un caballero templario comunicándoles con un gesto que todo estaba en regla, tras lo cual volvió a desaparecer.

Los ayudantes tenían prisa. Rápidamente envolvieron a los caballeros en las sábanas que habían quedado vacías y los vascos tiraron de ellos para arriba.

Dentro de la gruta oculta los saludó el dueño del castillo con voces amortiguadas mientras abrazaba primero el poderoso cuerpo del mayor de los caballeros, después al más joven, a la vez que decía:

–Llegué a temer que no llegarais, caballero del emperador, o que lo hicierais demasiado tarde, príncipe de Selinonte.

–No había motivo alguno para vuestro temor– rió este último levantando la visera cincelada que protegía su rostro, –aunque hay que decir que el último trozo de camino sólo es adecuado para gente que no sufre de vértigo.– Sus rasgos angulosos y su acento gutural indicaban que se trataba de un extranjero. –¡Ayudad a Sigbert a desembarazarse de su envoltorio!– y señaló a su recio acompañante, que se encontraba con dificultades para liberarse de la sábana. –¡No está cómodo con ese disfraz de gusano de seda!

El interpelado se arrancó el casco de los cabellos grises mientras gruñía:

–Prefiero mirar de frente a una docena de enemigos que volver la vista a ese abismo espantoso.

–Vuestra valentía, comendador, honra al emperador.

–¡Federico no sabe nada de esta empresa!– le respondió Sigbert con encono. –Y más vale que sea así.

Los llevaron hacia el interior del castillo, donde los *parfaits* y los *credentes*, cada uno con una vela encendida en la mano, acababan de formar una procesión festiva para entrar entonando cánticos en la sala de ceremonias de la torre de homenaje. Después se cerraron las puertas de la sala. Ellos quedaron fuera.

–¿Esos cristianos celebran su resurrección aun antes de morir?– susurró el hombre que se hacía llamar Constancio de Selinonte sin que su voz revelara ningún respeto. Era difícil imaginar su edad pues su piel oscura, la barba perfectamente recortada y sobre todo su nariz aguileña le proporcionaban el aspecto de un ave de presa, y sus vigilantes ojos oscuros reforzaban dicha imagen.

El viejo caballero no se tomó prisa en responder.

–¿Qué muerte? Ellos no le dan importancia, incluso la niegan– gruñó con su acostumbrada rudeza. –¡En eso consiste precisamente su herejía!– Sigbert von Öxfeld, viejo y antiguo miembro de la Orden teutónica, era lo que se dice un gigante: tenía el cráneo pesado de los alemanes, el mentón afeitado, y los pliegues de su piel recordaban a un tranquilo perro de san Bernardo.

Y como los soldados y caballeros que estaban a su lado guardaron un silencio conmovido, tampoco ellos siguieron la conversación ni hicieron más preguntas.

INTERLUDIO NOCTURNO

Montségur, primavera de 1244 (crónica)

Ser introducido en la magia negra, conocer los detalles de la cábala mística, había sido desde el comienzo de mis estudios uno de los deseos ocultos y ansiosos del gordezuelo muchacho campesino procedente de Flandes que entonces era yo. Apenas hube llegado a París no dejé pasar ni una celebración alquimista ni sesión de exorcismo sin asistir a ellas. De día escuchaba las lecciones del estupendo dominico Alberto, ya por entonces llamado Magno, pero de noche recorría con el grupo del que formaba parte mi compañero inglés Roger Baconius, *magister artium* y *doctor mirabilis*, las callejuelas de la ciudad; fue él quien convirtió el Willem flamenco en el actual William mundano, cambio que acepté con mucho gusto. También visité al famoso astrólogo Nasir ed-Din el-Tusi, y traté de asistir en la Universidad a las lecciones de Ibn al-Kifti, médico muy afamado, para obtener por mediación suya alguna impresión de los misterios de Oriente.

Y sin embargo todo este pasado mío palidecía y se convertía en una fantasmada superficial e incolora, cuando no en pura superstición, ante el hecho de que en lo más profundo del bosque, más allá del río Lasset, habitaba una bruja de verdad que no sólo me conocía por mi nombre y mi figura, sino que poseía incluso conocimientos misteriosos acerca de mi futuro destino.

Ya me resultaba lo suficientemente angustioso que se hubiesen cumplido las circunstancias que ella predijo con tanta precisión en torno a la muerte del vasco, aunque se hubiese equivocado al hablar de un franciscano "guarda" del santo Grial, cuya presencia en todo caso me había pasado inadvertida. Sin embargo, las continuas murmuraciones en torno al tan mentado Grial ya no me dejaban en paz.

"La Loba" me estaba esperando aunque ella proclamase lo contrario, como les gusta hacer a las mujeres y de seguro mucho más a una bruja. Se mantenía oculta como una araña en el espeso bosque de Corret, y yo andaba zumbando a su alrededor como un moscón grueso y estúpido, dando vueltas alrededor de la llama de la que yo, después de haber estudiado teología, debería saber perfectamente que sería capaz de quemarme las alas y hasta el alma y el cuerpo. Tales eran las dudas que me atormentaban en aquella noche.

Durante un tiempo estuve observando cómo se afanaban los soldados al pie del *pog* por erigir, bajo el mando del preboste, una gigantesca montaña de leña. Gruesos postes en las esquinas, unidos por robustas vigas transversales de madera recién cortada, que aguanta mucho, todo entremezclado con paja o ramaje seco. Construir un "*bon bûcher*" es un auténtico arte. No obstante, me sentía incapaz de admirar su tarea de todo corazón, pues cuando veía acercarse al arzobispo, que se frotaba las manos mientras se convencía de que iba progresando la obra, yo sentía un malestar en el estómago que me hacía alejarme de allí, por lo que decidí en primer lugar exponer a Gavin Montbard de Bethune algunas de las dudas que me pesaban en el alma. Pero a la entrada de la garganta del Lasset me retuvieron algunos de sus sargentos, sin tener en cuenta que yo era un personaje perfectamente conocido allí.

–Ahora no puede ser– dijeron con firmeza. –¡Los caballeros están reunidos!

Me di cuenta de que era inútil insistir y me alejé. Pero había entrevisto luces en las tiendas y ese hecho despertó mi curiosidad.

Ascendí lateralmente por el bosque, aunque ésta era una empresa algo arriesgada en medio de la noche. Las horas en que se igualan el día y la noche están dominadas por los espíritus y los elfos. No hacía viento y, sin embargo, el ramaje crujía y me llegaba un susurro desde las copas de los árboles. De repente oí resonar unos cascos de caballo por encima de mi cabeza. Vi un estrecho sendero que ascendía medio oculto hacia las alturas por el que se alejaban a caballo dos figuras blancas como la nieve y con las caras tapadas; algunos gnomos corrían junto a las cabalgaduras. Nadie decía una palabra, y en brevísimos instantes desapareció la visión, que a mí me había hecho caer de rodillas y apretarme contra la maleza baja del terreno. Ya sólo me faltaba ponerme a rezar. Aquellas figuras vestidas de blanco procedían de la garganta del Lasset, y forzosamente tenían que haber cruzado el campamento de los templarios. ¿Serían dos caballeros de la Orden? ¿Podría preguntar por ellos a Gavin? Miré temeroso a mi alrededor y después me incorporé.

A través de los troncos de los árboles se entreveían, por debajo de mi emplazamiento, las tiendas de los templarios. Ahora reinaba el silencio allí donde otras veces había un animado vaivén. Delante de la tienda de Gavin habían puesto una larga mesa cubierta de un lienzo blanco en la que vi tres candelabros de plata, cada uno de siete brazos. En un extremo de la mesa descansaba, sobre un paño, una calavera. La luz vacilante de las velas daba vida a las oscuras cavidades oculares y su rostro me lanzaba miradas horribles. Apenas me atreví a mirar de nuevo cuando descubrí enfrente de la calavera a Gavin, con un libro abierto delante de la cara.

A cada lado de la mesa se colocaron cinco de los caballeros mayores. Todos parecían estar a la espera de algo, aunque no lo traicionaban con ningún gesto de impaciencia. Después se abrió la tienda detrás de ellos, y el mismo joven templario de rasgos femeninos que había visto con anterioridad junto al palanquín cubierto de terciopelo negro conducía ahora del brazo a una figura vestida de blanco. No pude reconocer nada en absoluto de los rasgos de ésta, pues llevaba la cabeza cubierta con una gorra puntiaguda cuyo paño caía sobre el rostro hasta los hombros y no dejaba abiertos más que dos orificios a la altura de los ojos. Aquella figura se movía con lentitud y dignidad mientras transportaba sobre ambas manos el báculo mas valioso que jamás había visto. El mango era de oro macizo y una serpiente doble se enroscaba –uno de sus cuerpos tallados en marfil, el otro en madera de ébano– en torno al bastón, acabando los dos extremos junto a una cabeza de águila. Mientras el pico del águila destrozaba una de las cabezas de la serpiente la otra le mordía en la nuca.

El joven condujo a la figura arropada hacia uno de los extremos de la mesa, donde quedó depositado el báculo con gran ceremonia.

El bello templario se alejó después.

Aún no se había escuchado palabra alguna.

Aunque yo estaba acurrucado en la maleza y bastante lejos de aquel espectáculo su imagen quedó grabada en mi memoria como si alguien me hubiese mostrado el báculo a mí en especial y sólo a mí. Me pareció que los cuerpos entrelazados de las serpientes despedían llamas, por lo que quedé sin saber si moría la blanca y mordía la negra o al revés, o si ambas sufrían y otorgaban a la vez el mismo destino.

–¡La piedra se volvió cáliz!– me arrancó de mis pensamientos la voz del personaje blanco encapuchado. ¿Era un hombre o una mujer? No habría podido afirmarlo. El viento de la noche me traía las palabras con su vuelo, pero los árboles que se entrecruzaban en el camino las partían, las revolvían y las apagaban. –El cáliz recibió la sangre…

Es una sublimación, fue la idea que atravesó mi mente al recordar mis conocimientos ocultos: la elevación de una cosa sobre y por la otra. ¿A quién se le estaba revelando allí qué clase de misterio? ¿Estarían hablando del santo Grial?

–Cuando María de Magdala pisó tierra en este lugar llevaba consigo la sagrada sangre, la llevaba dentro de sí– entendí la voz del personaje encapuchado. –Unos sacerdotes druidas conocedores del misterio, escribanos avisados de la antigua fe judaica, la esperaban impacientes y la acogieron, la hicieron parir y encarnar…

Gesta Dei per Francos: ¿acaso estaba insinuando o recordando aquella superioridad constantemente reclamada por la nobleza francesa, que se creía preferida por Dios? Cierto que no estábamos en el reino de Francia, pero nuestra tarea consistía precisamente en extender ese reino y era muy posible que Dios hubiese tomado sus medidas al respecto.

–¡La sangre! ¡Una corriente que circula siempre, pujante y viva!– exclamó el viejo druida. –No es necesaria la transubstanciación, pues se sustrae a ella, se volatiliza transformándose en espíritu, hasta convertirse en el “conocimiento de la sangre”…

Sublimatio ultima, pensé satisfecho, aunque también un tanto confundido; me habría gustado ver con mis propios ojos un auténtico cáliz de materia verdadera. ¡Mejor aún si llevaba algunas gotas resecas de aquel preciado líquido!

El viejo –la verdad es que podía tratarse asimismo de una sacerdotisa– parecía cansado y se apoyó, como afectado por un leve mareo, en la mesa. Espero, pensé en aquel momento, que no arrastre consigo el mantel junto con la calavera y el báculo, pero ninguno de los caballeros acudió en su ayuda, del mismo modo que nadie se había movido desde el comienzo del ritual.

–El conocimiento del último misterio– prosiguió la voz como en un murmullo –no corre peligro, pero sí lo corren aquellos que son sus portadores y están destinados a entregarlo a otros. Esto nos obliga a acudir, en busca de ayuda, a los que representáis nuestro brazo armado. ¡Puesto que debéis vuestra nobleza a esa sangre, tenéis la obligación de proteger y salvaguardar con todo el poder espiritual de vuestro amor lo que es nuestra salvación y bienaventuranza!

No había entendido yo el nombre de quien se estaba hablando, ni a quién se trataba de proteger. El viento y las hojas se habían tragado muchas palabras. Los templarios, con Gavin a su cabeza, rodearon en un círculo cerrado al personaje vestido de blanco, se pusieron cada uno la mano derecha sobre la cabeza y se hincaron de rodillas. Murmuraron algo que me pareció ser un juramento. Y yo, hijo de unos simples campesinos de Flandes, llegué a pensar que se trataba de una banda arrogante y elitista, pues sólo quien es del mismo origen y la misma sangre de los francos es admitido en su círculo. La figura vestida de blanco, rodeada de misterio, maestre supremo de una secta que al parecer era lo suficientemente importante como para mandar sobre los orgullosos templarios quienes, en realidad, sólo debían obediencia personal al Papa, tendió su bastón para que lo besara a Gavin, que seguía arrodillado, tras lo cual los caballeros se incorporaron en silencio. Se presentó entonces de nuevo el joven Guillem de Gisors –su nombre volvió a mi memoria justo en ese momento– seguido de diez escuderos. Mientras éstos se colocaban detrás de los caballeros, el joven ayudó con suma delicadeza al personaje de la blanca veste a retirarse.

Mis pensamientos estaban trastocados. Si aquellos hombres habían estado hablando del "santo Grial" –*lapis excillis, lapis ex coelis*: ¡cuántas noches nos habíamos pasado discutiendo en París en torno a esta cita tomada de Wolfram von Eschenbach!– lo más probable era que aquel personaje fuese un extranjero. Pero María de Magdala, la prostituta, ¿qué tenía que ver con todo eso? ¿Acaso creían aquellos obcecados que el Mesías se había rebajado hasta el punto de cohabitar con ella? Venerar el fruto de su vientre como si fuese partícipe de la "santísima sangre", ¿no significaba traicionar a María, única y verdadera madre de Dios? ¿Habría pecado Jesús? Me era imposible aceptar que su miembro viril fuera como el de cualquier hombre, y lo máximo que en este sentido estaba dispuesto a conceder era que Jesús-niño ostentaría una mínima y juguetona pitilina. *Pax et bonum!* ¿Acaso se podía admitir que hubiese tenido un traspiés con aquella mujerzuela licenciosa y atrevida a la que en cambio sí cabía imaginar acercándosele demasiado mientras le untaba los pies con óleo? Pero, aunque Él se hubiese manifestado en otro ser vivo, ¿había acaso motivo para tanto revuelo, para oponer a la *Ecclesia catolica*, legítima heredera del Mesías, otra línea de sangre más que dudosa? ¿Rendir honores a un fruto ilegítimo no bendecido por el santísimo sacramento del matrimonio?

Había algo en la cadena de mis reproches íntimos que subvertía todo orden: si mi señor Papa podía equivocarse, ¿acaso no procedía afirmar lo mismo de Jesucristo, nuestro Señor, que era tanto Señor mío como suyo? Es decir, si éste había cometido un pecado divirtiéndose con María de Magdala, tal vez hubo alguien a quien no gustó lo sucedido y que, en consecuencia, nos castigó a nosotros, frailes y sacerdotes, a prescindir por todos los tiempos de actos similares, ¡prohibiéndonos hasta pensar en ellos! ¡De modo que seríamos nosotros los que padeceríamos por culpa de los pecados del Señor y no al revés!

Sentí un estremecimiento. Por primera vez en mi vida maldije la malsana curiosidad que me había llevado a aquel lugar, pues era evidente que había sido testigo de algo que no estaba destinado ni a los oídos ni a los ojos de extraños. Y aunque no había comprendido todos los detalles de aquel místico espectáculo e incluso era posible que hubiese malentendido profundamente uno u otro aspecto, una cosa sí la veía clara: ante mí había sido desvelado el extremo de un misterio que sobrepasaba con mucho el horizonte de un franciscano insignificante. Y comprendí también que sería mejor mantener la boca cerrada acerca de lo que acababa de presenciar, si no quería correr grandes riesgos físicos y espirituales.

William, me dije a mí mismo mientras seguía acurrucado entre los matojos, sin saberlo te has convertido, en efecto, en guarda de un misterio relacionado con el Grial. En aquel momento aún no sospechaba que los lazos que me atarían al gran misterio sólo habían empezado a anudarse.

En el claro del bosque reinaba un gran silencio. A derecha e izquierda del preceptor se sentaban los antiguos caballeros de la Orden y detrás de cada uno de ellos se situaba erguido un joven escudero, jarra en mano. Todos callaban y estaba inmóviles, no se percibía ni un gesto. Después, Gavin Montbard de Bethune dio un ligero golpe con el bastón en el tablero de la mesa. Cada uno de los caballeros elevó la copa que tenía delante y bebió. Otro golpe en la mesa y dejaron las copas; los jóvenes que estaban detrás de ellos volvieron a llenarlas mientras Gavin daba vuelta a una página del libro. Él no bebía. De nuevo cayeron en la misma inmovilidad contemplativa y no me acuerdo de cuánto tiempo estuve observando aquel severo espectáculo, hasta que tres golpes seguidos me arrancaron de mi encantamiento. Los caballeros apagaron cada uno una vela, se incorporaron, cada uno besó en las mejillas y en los labios al escanciador joven que tenía detrás, Gavin apagó la última vela, y el escenario se hundió en la oscuridad.

Con mucho cuidado y asustándome cada vez que se quebraba una rama bajo mis pies volví a deslizarme fuera del bosque y llegué hasta donde estaban apostados los vigilantes.

Me condujeron ante Gavin, que estaba sentado en una silla plegable delante de su tienda. La mesa larga con las velas y la calavera había desaparecido. A la luz de la hoguera, la cruz roja cuyos extremos parecían zarpas y que lucía en su ropaje parecía pintada con sangre fresca.

–Frailecito– dijo con su toque de ironía habitual, –¿qué te hace corretear por ahí a tales horas? ¿Acaso no sabes lo peligroso que es andar por los bosques esta noche?

Sentí los pálpitos del corazón llegarme hasta el cuello. ¡Él nada sabe, no puede saber que yo…! No acabé de pensarlo pero el demonio, que se alimenta de nuestras culpas y pecados, me empujó a preguntar:

–¿A quién sirve en realidad la Orden de los caballeros templarios?– porque me era imposible borrar esta duda de mi cabeza. Él parecía muy tranquilo.

–Su nombre lo dice: su misión es proteger el templo de Jerusalén…

–¡…por eso el gran maestre reside en San Juan de Acre!– me atreví a interrumpirle con cierta insolencia.

Gavin se mordió los labios, pero prosiguió, dominando sus emociones:

–…y la protección de la Cristiandad en ultramar, en su conjunto.

–¿Nada más?– insistí. –¿No hay ningún misterio? ¿Algún… tesoro oculto?

–¿Crees que Tierra Santa no es lo suficientemente valiosa?– se burló él, ya bastante más incomodado, pero yo no aflojé:

–Me refiero a un tesoro dentro del tesoro, a la verdadera esencia que merece ser protegida, a la Orden que hay detrás de la Orden visible, a la autoridad real, al gran guía del que se murmura. Y, ¿qué tiene que ver con vos la *grande maîtresse* que hace poco…?

–¿Quién te ha mencionado ese nombre?– resopló furioso. Su mirada adquirió un aire de acecho, casi de enfado. –¡No vuelvas a pronunciarlo jamás!– me reprendió con violencia, y se lo juré allí mismo. Comprendí que había ido demasiado lejos.

–No todo lo que uno escucha sin estar autorizado para oírlo– me instruyó después el preceptor adoptando un tono de peligrosa benevolencia –puede ser repetido sin más.– A continuación me estuvo observando largamente. Después sonrió:

–Frailecito, ¿acaso crees que en vuestros reclinatorios y en vuestras cátedras os enseñan el trato correcto con los misterios esotéricos? ¡Ni siquiera interpretáis bien el Evangelio de san Juan, y nada sabéis de la existencia de los escritos apócrifos! Guárdate bien, William, pues el príncipe de los infiernos puede adoptar cualquier disfraz.

Yo no dejaba de darle mentalmente la razón, pero lo cierto es que el demonio me tentó una vez más. Gavin se había incorporado y quería dejarme solo, pero yo le tiré de la manga.

–¿Y qué hay de la bienaventuranza?– le pregunté. –¿Y ese bien que hay que salvaguardar?

Muy lentamente el preceptor se volvió de nuevo hacia mí:

–William, ten en cuenta que no saberlo y, sin embargo, buscarlo, podría significar tu propia salvación: podría convertirte en un bienaventurado.

Yo intentaba desesperadamente encontrar algún punto de partida para formular mi pregunta en torno a la sublimación sin que mis palabras traicionaran mi condición de espía. No quería empezar hablando de la sangre de la prostituta, porque era posible que en secreto fuese considerada una santa por la Orden, lo cual significaría mi muerte segura. Incluso era posible que todos los templarios fuesen descendientes de ella, hasta el mismísimo Gavin Montbard de Bethune.

Pero él ahuyentó mis tribulaciones:

–Como sucede en todos los cuentos, William– dijo mostrándome de nuevo su rostro paternal de preceptor omnisapiente, –te he permitido tres preguntas, ¡de modo que ahora ya te puedes ir a acostar!

Otra vez había caído en el tono irónico que solía emplear frente a mí y que tanta rabia me daba. Para impresionarlo con mis conocimientos, le contesté aún siguiendo una repentina inspiración:

–¿Acaso debo pedir consejo a "la Loba"? ¡Tal vez ella sepa una respuesta a mis preguntas! ¡Es una mujer sabia que también sabe curar!

–*Baucent à la rescousse!*– Optó por mostrarme el sarcasmo más cruel y darme un buen rapapolvo. –¡Habladurías estúpidas de cantinera! Es una leyenda no tan antigua como la barba que llevo, puesto que nació el día en que las mujeres y la tropa empezaron a aburrirse aquí, al pie del *pog*. ¡Pura invención!

Tal estallido del caballero templario, a quien siempre había visto tan sosegado, debería haberme llamado la atención, pero lo único que hizo fue despertar mi tozudez.

–Esa vieja existe realmente, está viva y es de carne y hueso– insistí; –incluso me han descrito el camino para llegar hasta ella, de modo que iré…

Gavin me interrumpió con una severidad inesperada.

–¡La regla de san Francisco no es lo mismo que una iniciación de adeptos! Guardaos bien, William, de meteros sin preparación en una situación a cuya altura no podéis estar por faltaros la instrucción adecuada. ¡Id a dormir y olvidad a la vieja!

–Esta noche, no– le respondí con decisión. –Es una noche mágica, ¡la última noche del Montségur!

–Frailecito– me amenazó con resignación ficticia para adoptar inmediatamente después su acostumbrada ironía punzante, –frailecito, no es la última noche, sino *la* noche. Y precisamente porque no sabes nada acerca de la *maxima constellatio* será mejor que metas la cabeza bajo la manta.

–¿Y cómo voy a participar alguna vez en el "gran proyecto"?– Me indignaba su arrogancia elitista, pero añadí con aire algo más humilde: –¡Por algo hay que empezar!

–Lee los libros, o aún mejor: zapatero, a tus zapatos. ¡Reza!

Hice como que asentía, pero pensé para mí que nada me retendría ante la posibilidad de descubrir el misterio y el papel que yo estaba destinado a jugar en él.

Me despedí; creo que era poco antes de medianoche y decidí en aquel mismo momento salir sin más en busca de la bruja. El senescal me había comunicado que al finalizar la campaña el rey volvería a reclamarme a su servicio, incluso había preguntado ya por mi persona. Al día siguiente debía ponerme en camino, de modo que había que actuar sin pérdida de tiempo a no ser que quisiera pasar el resto de mi vida lamentando la ocasión perdida.

Posiblemente habría sido mejor para mí aprovechar aquella última ocasión para huir, mientras estaba a tiempo. Pero, por otra parte, tal vez fuese ya demasiado tarde para eso. *Deus vult!*

MAXIMA CONSTELLATIO

Montségur, primavera de 1244

La noche era clara y estaba cuajada de estrellas. En los muros y las almenas del Montségur se veían las siluetas de los vigías destacándose inmóviles contra el cielo. Los hombres de la guarnición formaban grupos silenciosos en el patio del castillo, no habían encendido las hogueras habituales. Los soldados se guarecían entre las sombras de los altos muros no para buscar ya protección ante alguna de las pesadas piedras que pudieran ser lanzadas, sino por un deseo indefinido de no perturbar el silencio del lugar ni siquiera con el más leve movimiento y para demostrar un último gesto de admiración y respeto hacia los que se habían reunido junto a los cátaros en la sala de ceremonias. Nadie pronunciaba palabra alguna y, pese a ello, en el Montségur no parecía reinar el silencio paralizante de la muerte próxima, sino que se había instaurado una quietud expectante. El aire vivía, los muros respiraban, y las estrellas brillaban y resplandecían por encima de todos ellos con una intensidad tal que alguno que otro creía escuchar una música procedente de la lejanía; y si una estrella fugaz trazaba su curva sobre el firmamento era imaginable que hubiese salido de la propia fortaleza para consumirse en el infinito de la grandiosa cúpula.

En el interior del castillo los caballeros esperaban en la antesala. Se encontraban allí en tensa aglomeración, algunos incluso ocupaban los escalones de acceso. Aunque fuese un círculo cerrado sometido a una inmensa tensión, ninguno de ellos se atrevía a pisar el espacio libre que restaba delante de la puerta. No tanto para no exponerse a la sospecha de querer escuchar como para demostrar que la espiritualidad de aquellos que se habían retirado tras los batientes de roble del portal establecía una zona visible de separación entre unos y otros.

Muchos de los que esperaban fuera sabían que dentro estaban sus mujeres, sus madres y sus hermanas; también sabían que ninguno de los que se reunían en la sala abandonaría al día siguiente junto a ellos el Montségur, atravesando la puerta principal. Todas las luchas y discusiones que hubieran podido quedar pendientes habían sido canceladas. La decisión de los que recibían el *consolamentum* era irrevocable. Lo aceptaban con alegría, pues les abría las puertas del paraíso. Así pues, sus amigos y parientes reprimían los sollozos, aunque a algunos los traicionaba una que otra lágrima que corría por la mejilla, y en la estrechez del lugar no podía dejar de oírse algún ligero gemido de alguien a quien el compañero de al lado respondía buscándole la mano y apretándosela. La respiración de todos era pesada.

Sigbert, el comendador gruñón de la Orden de caballeros teutónicos, le pasó la mano por el cabello a un muchacho que se encontraba solo, algo apartado y con la mirada fija en el portal. El niño quiso esquivar su gesto cariñoso. La mirada de la criatura era dura y el viejo luchador se sintió invadido por la tristeza.

Una hora después se abrió un hueco en el portal y salieron la joven Esclarmonde y Pierre-Roger de Mirepoix con su séquito.

Constancio de Selinonte estaba apostado junto a Sigbert y no pudo resistir la tentación de arrojar una rápida mirada al claroscuro del interior. La cabecera de la sala aparecía sumergida en una luz mágica cuya fuente le fue imposible descubrir, pues estaba cubierta por los que asistían arrodillados al oficio. Sus ojos intentaron penetrar un mundo que le estaba vedado, semejante a una cueva llena de estalacmitas, un milagro que ha tomado cuerpo, un recorrido extraño; pero pronto sus pensamientos regresaron a la superficie asoleada exterior: Esclarmonde le parecía ser la luz del mundo, la propia pureza iluminada, y provocaba en él recuerdos que se había propuesto olvidar. Se obligó a volver sus pensamientos al "Montsalvat", al espacio que quedaba detrás de aquella puerta.

¿Qué verían allá adentro los escogidos que no le sería posible comprender a él? ¿Cuál era la fuente de aquella claridad sin sombras, sin oscilaciones, que irradiaba sobre los reunidos? ¿Sería posible que la luz procediera de ellos mismos, que fuese el reflejo de la máxima concentración espiritual, sustrayendo el cuerpo a las leyes de la materia, a la carga de la corporalidad? Constancio recordó la conversación que tiempos atrás había sostenido con un viejo sufí, y que se refería a la liberación del cuerpo de todo dolor y todo miedo mortal a través del éxtasis de la meditación. ¿Habrían avanzado tanto los "puros" por este camino como para ver ya abiertas las puertas del paraíso? Miró furtivamente a Sigbert, pero su amigo paternal, el comendador, permanecía inmóvil, con las piernas separadas y apoyado sobre su espada, a la vez que mantenía la cabeza inclinada en señal de reverencia. Sigbert no gastaba el tiempo en pensar acerca del porqué y el dónde. Sus sentidos tenían una orientación práctica: pensaba en la tarea que tenía por delante y rezaba en silencio por el éxito.

En torno a Esclarmonde inclinaban la cabeza, con los brazos cariñosamente entrelazados, unos cuantos hombres y mujeres formando un grupo cerrado que después se abrió hacia los que esperaban delante de la puerta. Las camareras presentaron a la joven señora dos niños envueltos en enormes refajos de los que sólo les asomaban la boca y la nariz. Parecían momias y, no obstante, aunque fuera sólo por el carácter irreal del momento, trascendía de sus rostros un aire distinguido, elevado sobre las realidades terrenales. Aquellas criaturas eran la niña rubia y el muchacho tímido que ya hemos conocido. Probablemente habían sido drogados con un somnífero.

–*Diaus vos benesiga!*– La hija de Ramón besó una vez más los pequeños rostros antes de entregar el precioso bien a los dos extraños. Sufrió un leve e invisible temblor cuando deslizó el bulto del que asomaba el delicado rostro de la niña entre las manos de Constancio; al mismo tiempo su mirada se iluminó con la luz del recuerdo: –Por amor de Dios, caballero, ¡transferid el cariño con el que me queríais servir a estos niños! *Aitals vos etz forz, qu'el les pogues defendre!*

El caballero extranjero dobló la rodilla y respondió:

–Con mucho gusto lo juro, *n'Esclarmunda. Vostre noms significa que Vos donatz clardat al mon et etz monda, que no fes non dever. Aitals etz plan al ric nom tanhia.*

La muchacha se apartó sin contestar y retornó a la oscuridad. Sigbert, que llevaba al niño en brazos, observó con evidente embarazo que todos cuantos esperaban más allá del portal se arrodillaban a su paso.

Después entraron en el subterráneo y el comandante acompañó a los caballeros hasta la estrecha salida de la gruta entre las rocas, donde los vascos se hicieron cargo de ellos. Antes de envolver a los propios caballeros en sábanas y atarles cuerdas alrededor de las caderas y por debajo de los brazos, les ataron a los niños, bien arropados, delante del pecho.

–Recordad, amigos– dijo el defensor de Montségur con una voz opaca que revelaba al propio tiempo orgullo y tristeza, –que estos niños son nuestro testamento y nuestra esperanza a la vez, puesto que son…– las lágrimas le impidieron seguir hablando, mientras los dos caballeros, con los cuerpos de los niños firmemente apretados a los suyos, desaparecían por el borde de las rocas. *–Ay, efans, que Diaus Vos gardaz!*

II

EL RESCATE

“LA LOBA”

Montségur, primavera de 1244 (crónica)

¿Qué es el santo Grial?

Yo sabía que no debería haber formulado una pregunta así ni pronunciar siquiera la palabra mágica, pero no había nada que me interesara más en este mundo que desvelar dicho misterio. Me parecía haber vivido toda una eternidad acurrucado en la choza de la vieja; como mínimo era consciente de haber pasado allí el resto de aquella larga noche. “La Loba” no era una anciana encogida dedicada al cocimiento de hierbas, como yo la había imaginado, ni siquiera una bruja desdentada, y tampoco se veían en su refugio otros ingredientes extraños, como serían fetos de batracio encerrados en recipientes de vidrio o serpientes venenosas u otras sabandijas, ni tan sólo una bola de cristal que arrojara una luz mágica para esclarecer mi futuro. “La Loba” posiblemente debería su nombre a su cuerpo musculoso; al perfil agudo que hacía resaltar su poderosa dentadura cuando abría los labios, dentadura en la que por cierto no faltaba ni una pieza. Me imaginé con estremecido temblor cómo hincaría los dientes en el cuello de un cabrito o le arrancaría, de una dentellada, la cabeza a una gallina. Pero eran sobre todo sus movimientos los que le daban ese aire de animal depredador, de criatura al acecho, que se desliza y ¡de repente! ataca.

También yo quedé como petrificado apenas me hube sentado en su alcoba de piedra. Con unos pocos y rápidos cortes dejó mi alma al desnudo, trazó la autopsia de mis esperanzas y mis temores, mordió mi escudo protector tejido de moral y virtud, y escupió mi fe como se escupen las conchas de un marisco. Yo estaba más bien acostado que sentado, echado hacia atrás con la cabeza apoyada en la piedra fría, y seguía sus movimientos sin sentirme con voluntad propia. “La Loba” calló para dejar que me acabara de cocer en mi propia salsa. De vez en cuando tomaba un par de hojas verdes o ramas recién partidas y las introducía con cuidado entre las llamas, donde al quebrarse producían un chisporroteo. El olor vivificó mi cerebro y aparecieron girando en la superficie mis pensamientos más ocultos; el giro se hizo cada vez más rápido y mi cabeza parecía reventar; los pensamientos pugnaban por salir hacia fuera con todas sus fuerzas, mientras la bóveda rocosa protegía el cráneo como una mano invisible. El sudor me bañaba el rostro. En un pequeño caldero burbujeaba un cocimiento de hierbas cuyo vaho con olor a tierra húmeda me tranquilizaba, me adormecía, hacía que se evaporaran mis deseos y extendía delante de mí todas mis mentiras como los huesecitos blancos de un sapo.

No habíamos cruzado ni una sola palabra. "La Loba" no me había preguntado nada y yo no pronuncié frase alguna, excepto aquella única que tanto me conmovía; y apenas la hube dicho supe que no era digno de una respuesta, de ninguna respuesta en absoluto. Sentí un temblor frío.

El ruido de unos cascos de caballo acercándose por el bosque se convirtió en un revuelo de voces, agitadas y apenas reprimidas, de los *faidits* que acampaban delante de la choza; después hubo un ruido de armas y de repente se abrió la puerta: dos figuras envueltas en sucias sábanas blancas empujaban para entrar en la estancia.

–*Les enfants du mont!*

Sostienen dos envoltorios en alto como si fuesen trofeos. La anciana se ha incorporado y los espera delante del fuego encendido de su hogar: una sacerdotisa pagana ante el altar.

"La Loba" levanta su báculo de druida.

–*Salvaz!*– murmura en un tono que revela respeto y alivio.

En ese instante los caballeros me descubren a mí, un monje franciscano con la cruz de madera sobre el pecho...

–¡Traición!– sisea el joven entre dientes, y un destello parte de su espada.

–*Salvaz!*– "La Loba" echa con mano rápida un puñado de polvo al fuego, que se aviva arrojando chispas; después asciende de las llamas una espesa nube blanca de humo que me separa de mi agresor. A través del vaho danzante comprendo que el caballero mayor ha intervenido para desviar el golpe, veo estrellas de fuego sorteando la niebla lechosa. Mi cabeza resuena como una enorme campana; el golpe, aunque desviado, me ha arrojado hacia atrás...

La primavera irrumpía con su aliento cálido en todo el país, un detalle que muchos no habían podido apreciar hasta entonces, cuando sus sentidos quedaron liberados. La paz retornó con suave resplandor a todos los corazones...

Me arrancaron de un profundo letargo; cuando más bello era el sueño desperté de mi desmayo. Me encontré atado de pies y manos fuera de la choza, con la cabeza dolorida, pero vendada. Seguía siendo noche oscura y sobre mí se inclinaba Gavin Montbard de Bethune.

–¿No te dije, hermano William, que una oveja del rebaño de san Francisco no debería ir vagabundeando de noche por el bosque oscuro ni adentrarse en la cueva de "la Loba"? ¡Apenas me dio tiempo de salvarte de las garras del halcón y de las manazas del oso!– El extraño preceptor con su capa de templario me sonreía mientras señalaba á los dos caballeros, que no se dignaban concederme ni una mirada.

De la chimenea de la choza seguía saliendo a intervalos irregulares el mismo humo blanco y lechoso que probablemente me había salvado la vida. Una señal para otros ojos ajenos y lejanos que desde el cielo observaban el bosque oscuro de Corret: "¡Montsalvat!" Pues sí, aquel humo era una señal: ¿tal vez de que se había conseguido culminar la salvación?

–¿Y qué sucederá conmigo?– susurré excitado aunque sin temor, sólo un tanto aturdido. –¡Mi cráneo! Ni siquiera me veo capaz de palparlo con las manos.

–Emprenderás un viaje– sonrió Gavin mientras procedía a arrancar una ancha tira de mi camisa. –¡Poco más se puede hacer por un monje demasiado curioso que se encuentra en el lugar equivocado en el momento más inoportuno!

Alrededor de nosotros se habían puesto en pie los *faidits* que había visto acampados delante de la choza cuando me presenté allí como un asno gordo a quien nadie espera. Tampoco entonces me miraron con especial cariño ni mucho menos con compasión.

Gavin me vendó los ojos y oí estas palabras de su boca:

–"La Loba" ha curado ese chichón provocado por tu curiosidad desmedida aplicándole hierbas mágicas. ¡Sobrevivirás al viaje!– Después de soltarme las ataduras me subieron a un caballo.

–Te aconsejo, minorita– oí gruñir la voz del caballero mayor con un típico acento germano, –que no añadas a tu torpe curiosidad la estupidez de un heroísmo equivocado, pues podría suceder que…

–¡…que su Orden tuviese un mártir más que añadir a la lista!– intervino el joven que había intentado quitarme la vida y que ofrecía visos de seguir con las mismas ganas de hacerlo. –¡Aunque a los gordos no los canonizan nunca!– Su voz sonaba gutural, como suelen hablar los moros y los judíos, y sus palabras se perdieron entre las risas de los *faidits*.

–No huirá– intentó calmarlos mi templario, y dio un golpe en la grupa al caballo que yo montaba. –¡Que lo pases bien, hermano William! ¡Si no consigues entrar en el cielo puede que nos volvamos a ver! *Vive Dieu Saint-Amour!*

LE TROU' DES TIPLI'ES

Occitania, primavera de 1244 (crónica)

Cabalgamos durante toda la noche por caminos en los que, al parecer, tuvimos muy pocos encuentros. La venda que cubría mis ojos resbaló un poco, de modo que fui capaz de observar a derecha y a izquierda unas botas metidas en estribos y unos breves puñales asomando de la caña, por lo cual mantuve las manos sin soltar las riendas hasta que clareó el día y pude ver el suelo del bosque bajo los cascos de los caballos. Como nadie me hablaba tuve tiempo para ordenar mis pensamientos, tarea nada fácil en vista del embrollo en que yo mismo me había metido. No sentía miedo; si hubiesen querido matarme por ser un entrometido incómodo lo habrían hecho en seguida, y la verdad era que aquel halcón del desierto, de pasiones fácilmente inflamables, lo había intentado. A partir de entonces sólo un traspiés insensato por mi parte podría provocar de nuevo el peligro, o bien algún suceso imprevisto que hiciese cundir el pánico. Me guardaría muy bien de dar lugar al primero; el resto había que dejarlo en manos de la santísima Madre de Dios.

–*Ave Maria, gratia plena...*– fui rezando en voz baja. ¿Qué se me habría perdido a mí en aquella "última cruzada contra el Montségur hereje"? ¿No nos había insistido san Francisco a los hermanos en que no buscáramos ninguna clase de "saber" o "conocimiento", sino que viviéramos únicamente según la palabra de Dios y para difundirla? Me estaba bien empleado por querer convertirme en un "gran cerebro" engreído, por haber olvidado mis obligaciones de servidor humilde y pobre; una pobreza que el "señor" William de Roebruk había despreciado, cubriéndose así de vergüenza y oprobio. ¡Qué ridículas eran mis fantasías cuando pretendieron, no conformes con predicar con toda humildad el Evangelio en tierras lejanas y salvajes, difundir más bien sus propios "conocimientos" inteligentes! Aunque en mi fuero interno seguía muy satisfecho de poder soñar con mis fantasías de misionero ilustrado que habita un mundo mejor, es decir, nuestro mundo occidental: por ejemplo junto a una chimenea encendida entre los muros de la capital, practicando la filosofía, estimulado por un buen vaso de precioso vino de Borgoña después de tomar una comida suculenta en la cocina real, donde los criados me escuchaban con reverencia y me guardaban con mucho gusto las piezas de asado más finas entre las sobras de la mesa del rey, complaciendo así a este pobre minorita de la Orden de los siempre hambrientos hermanos de Asís. Pero las tornas habían cambiado y, en vez de seguir alimentándome bajo las faldas cálidas de las cocineras del Louvre y vivir una existencia cómoda, me encontraba cabalgando, con el estómago vacío y el cráneo dolido, sin saber hacia dónde me dirigía ni cuál sería el destino al que me veía empujado a punta de lanza.

De repente, alguien me sujetó las riendas e hizo parar con mano firme mi caballo, a la vez que también los demás se detuvieron. Únicamente se oía ya el ligero resoplar de los animales y la respiración jadeante de los jinetes. En aquel silencio pudimos advertir nítidamente el ruido de otros cascos de caballo que ascendían desde el valle hacia nosotros.

–¡La peste negra!– siseó en voz baja el vigilante que se mantenía a mi lado.

–Los cuervos tienen prisa por llegar cuanto antes al lugar del suplicio– murmuró otro –para que no se les escapen las almas en pena!

Después se alejaron los ruidos de los cascos y el resonar de las armas.

–Es el señor inquisidor– gruñó la voz del alemán que nos guiaba, –¡cuánta prisa ciega por llegar! Pero lo que él busca...– y sus risotadas rompieron la tensión que hasta entonces dominaba a su séquito –¡se lo hemos quitado delante de las narices! ¡Adelante!

Y nuestra comitiva se puso de nuevo en marcha. Estuvimos todo el día y aún media noche cabalgando sin parar, atravesando bosques oscuros, por senderos en los que nos encontrábamos muy pocas veces con alguien que nos cedía el paso en silencio, sin tener que pronunciar palabra. Al fin llegamos a lo que parecía ser un castillo, como pude reconocer por el golpe de los cascos sobre un camino empedrado y por la sombra que me llegó de una arcada.

Los caballos se detuvieron y una voz para mí desconocida pronunció las siguientes palabras:

–Gracias, hermano, ¡no he podido cabalgar con vosotros, pues me habría quedado allá arriba para compartir el destino que les espera!

–*Insha'allah!* A nosotros esto no nos afecta– respondió riéndose el más joven de mis acompañantes: –Sigbert von Öxfeld se acoge firmemente al credo de su Orden teutónica, y yo...

No tuvo necesidad de decir nada más, pues todos estallaron en risas.

Me ayudaron a descender del caballo y me quitaron la venda de los ojos. Nos encontrábamos en el oscuro patio de un castillo que parecía más bien un lugar en obras, dominado por una actividad frenética. A la luz de los hachones vi gigantescos armazones de vigas, torres de madera en las que giraban ruedas, cuerdas que movían y transportaban cubos que desaparecían en lo más profundo para volver a surgir cargados con escombros y piedras.

–Crean de Bourivan– con este nombre se nos presentó el caballero que nos había esperado. Aún no era viejo, pero su rostro surcado por las cicatrices y su cabello tempranamente canoso me mostraron que debía haber vivido muy intensamente; más que eso, que había sufrido mucho. Sus ojos grises rebosaban de tristeza y cansancio, aunque en aquel momento no dejaba de observarme con atención despierta.

–¡Un pajarillo de Asís!– advirtió el joven caballero que no me perdía de vista con su mirada de halcón. –Se nos metió entre los cascos cuando los caballos soltaron sus excrementos calientes, y el de Montbard nos mandó recogerlo y llevarlo con nosotros, en lugar de aplastar su cerebro de gorrión...

–El preceptor lo avala– intervino el caballero mayor, quien parecía interesarse más por el sentido de las obras que se estaban efectuando que por la justificación de mi presencia.

–¡El templario es listo!– exclamó nuestro nuevo anfitrión. –¡A todas partes se viaja mejor acompañado de un auténtico minorita! Aunque a vos, querido Constancio de Selinonte– añadió después con soltura, –quiero rogaros que no utilicéis la imagen del excremento de caballo para ocultar que nos traéis el más preciado tesoro!

El interpelado se inclinó con la mano puesta sobre el corazón, a modo de disculpa. Crean cortó mis ataduras y ordenó que me dieran de comer.

–Tu vida, William, depende de tu prudencia.– Me arrojé con hambre canina sobre la frugal comida. –¡Si nos traicionas, bajarás al infierno; de no ser así te dejaremos en libertad en cuanto estemos en lugar seguro!

Como mi interlocutor no esperaba respuesta me limité a asentir cerrando la boca que masticaba a carrillos llenos y miré con sigilo a mi alrededor. La solución que me parecía más probable era que estuvieran buscando en lo más profundo de la montaña, bajo la protección de los altos muros, algún mineral o metal precioso, puesto que los obreros que trabajaban en el interior del hueco eran vigilados por templarios armados iguales a aquellos otros que, desde muy arriba, detrás de las almenas, vigilaban el oscuro bosque que nos rodeaba. ¿Habrían encontrado una veta de oro? Pero no vi ningún tipo de instalación como la que sirve para lavar la arenilla trasegada, ni nadie parecía preocuparse de tales detalles, excepto de que los obreros emplearan las piedras útiles para reforzar y elevar más todavía las murallas y los bastiones rodeados de armazones. En aquel momento quedaban ya los vigías muy alejados de nosotros, de modo que apenas podían verse sus figuras a la luz oscilante de las antorchas.

Aparte de mí, sólo el caballero mayor parecía tomar nota de las obras que se estaban realizando. Había supuesto bien al imaginar que se trataba de un caballero teutónico, puesto que además se hacía llamar "Sigbert", aunque aquí, en el Languedoc, su presencia no dejaba de ser bastante extraña. Empezó a hablar con los albañiles y mineros, que eran gentes procedentes de los montes alemanes. Me contuve y no me atreví a darles a entender que comprendía perfectamente su idioma. Los obreros respondían con monosílabos, y a mi entender se mostraban muy intimidados.

–Esta obra no tiene nombre– contestó uno de los carpinteros; –nosotros le decimos: *trou'des tipli'e*– me imaginé que aquello podría significar "agujero de los templarios". –No lejos de aquí hay un pueblo que se llama Bugarach, pero no nos dejan acercarnos allá…

–¿Y qué?

–¡A trabajar!– se escuchó una voz de mando que llegaba desde arriba, y los obreros se alejaron rápidamente, antes de que Sigbert pudiese plantearles más preguntas.

Constancio regresó con Crean y con los dos fajos atados que parecían almohadones excesivamente grandes. Y de entre las ropas sacaron a dos niños que hacía mucho tiempo habían dejado atrás los pañales. Podían tener de cuatro a cinco años, un niño y una niña, ella rubia y él de cabello oscuro.

Vi salir del portal de la fortaleza a Guillem de Gisors, aquel muchacho templario a quien había visto ya en el séquito de la *grande maîtresse* y durante el extraño ritual celebrado de noche en el bosque. No se dignó dirigirme ni una mirada, pero sus ojos se posaron con enorme cariño en los niños. Éstos parecían seguir un tanto adormecidos por la droga que les habrían administrado, o puede que estuviesen también agotados de cansancio. Me daban lástima. Me habría gustado saber cómo se llamaban. ¡Tal vez ni siquiera estuviesen bautizados!

LA HOGUERA

Camp des Cremats, primavera de 1244 (crónica)

Reiniciamos el viaje antes de la madrugada. Ya no me obligaban a ir con los ojos vendados. Crean de Bourivan era conocedor de la región y, por tanto, cabalgaba en cabeza; a continuación seguían los *faidits* rodeando un carro cubierto con un toldo en el que iba sentado yo y en el que atrás dormían los niños en un montón de heno. El alemán Sigbert y Constancio, que a mí me parecía poco de fiar, formaban la retaguardia.

Avanzábamos con rapidez hacia el sureste por caminos apartados de las grandes calzadas y las ciudades. Cuando descansábamos lo hacíamos en casa de gentes de confianza que no preguntaban y que después nos acompañaban frecuentemente un trecho hasta poder entregarnos al cuidado de otros. Debían intercambiar entre ellos algún signo secreto de reconocimiento, pues jamás oí que alguien preguntara nada y nunca vi que Bourivan tuviese que mostrar un documento. De modo que mis pensamientos no se entretenían en indagar un futuro que podía ser cercano o lejano, sino que acepté mi destino con resignación, *insha'allah!*; la verdad es que en mi fuero interno me sentía feliz de poder participar en una misión secreta de las que, por regla general, suele encomendarse tan sólo a los más nobles caballeros.

Muchas veces volvía la cabeza hacia donde dormían los niños y pensaba en el Montségur. Hoy ya no recuerdo cuáles de mis impresiones de entonces se han mezclado con lo que más adelante me contaron acerca del final. Una fuerza poderosa me había arrancado de un tablero de juego, un fuerza tan sobrenatural que fue capaz de darme su aviso con anterioridad, para arrojarme después a otra partida que ahora me tenía ya enfebrecido. Mis visiones se parecían, en efecto, a los sueños producidos por la fiebre, y se me presentaban en pleno día, mientras iba sentado sobre el pescante, dejándome en un estado de paralización del que desperté repetidas veces asustado y bañado en sudor para entregarme de inmediato otra vez a ellas. Las visiones del Montségur…

A primera hora de la mañana se abre una pequeña salida lateral en la que antes nadie había reparado. Ha transcurrido el plazo acordado para la entrega. Por ese portón sale el joven conde Pierre-Roger de Mirepoix, seguido de su esposa, su hermano y el señor del castillo, Ramón de Perelha. Los acompaña la mayor parte de los caballeros que con tanto ahínco han defendido al Montségur y a todos aquellos que buscaron refugio en el castillo. Gracias a Gavin conozco a casi todos por su nombre y, aunque nunca en mi vida llegué a verlos, para mí, espectador que queda al margen, resulta fácil atribuirle a cada personaje un título adecuado. Es como un cortejo que parte a celebrar un torneo festivo, y sus banderines ondean orgullosos en el aire. Llevan consigo sus pertenencias, sus caballos y sus armaduras, y los escoltan sargentos y tropas auxiliares. El senescal permite que se retiren incluso algunos *faidits* buscados por todo el país. Sin embargo, todos deben pasar por la prueba de presenciar primero el espectáculo montado por el señor arzobispo.

Sigo el curso de los sucesos, obligado pues no me agrada ser testigo de lo que va a suceder ahora. Me niego y lo rechazo... y me encuentro manoteando en el aire, sentado sobre el pescante de un carro del que casi me habría caído por viajar entregado a una pesadilla soñada a la luz del día. Me vuelvo asustado hacia los niños con un temor absurdo de que puedan haber retornado a las imágenes del Montségur, de que todavía puedan ser atrapados por el peligro horrible cuya imaginación aún he podido aplazar, pero los niños seguían allá atrás, acostados en el heno, y sólo se revolvían intranquilos en sus propios sueños. Me tranquilicé pensando que todo era una horrible fantasía y volví a caer en un estado de clarividencia interior, pues lo cierto es que sí sentía interes por ver, por convertir mi terror íntimo en una curiosidad excitada…

Hacia el mediodía se abren ampliamente los batientes de la puerta principal y a paso lento, formando una larga fila, entrelazados en grupos de dos o de tres, descienden los herejes por la pendiente pedregosa. Primero las mujeres, guiadas por la bella Esclarmonde. Sus vestidos son de un color blanco festivo, sus miradas serenas y hasta alegres. En cabeza de los hombres avanza el anciano obispo Bertrand en-Marti, rodeado por los *parfaits*, seguido por los *credentes* para quienes la incorporación a la comunidad de la Iglesia del Amor coincide con su muerte corporal. Entre ellos más de un caballero y algunos escuderos; también algún que otro simple soldado que en el curso de la última noche decidió tomar el *consolamentum* para poder compartir el destino de los amigos.

Una comitiva solemne, que parece encabezada por ángeles bajados del cielo. Los rodea una luz como un aura de gloria e intento agarrarme a esa visión preciosa, emerger de ella como de un agua profunda y clara en la que penetra desde arriba un rayo de sol; no quiero que la realidad brutal y cruel caiga sobre ellos. Porque yo, William de Roebruk, sé lo que los espera: mis ojos han visto *le bûcher*, la enorme hoguera preparada en forma de gigantesco cuadrado de leña hábilmente amontonada. No es tanto la leve y seguramente inútil esperanza de que dicha visión haga volver a alguno de los que han decidido aceptar la muerte en la hoguera, arrepentido, al seno de la santa madre Iglesia, única y verdadera, lo que ha guiado la mano de quienes montaron con tanta perfección el cruel tinglado, sino más bien la satisfacción y el placer de poder alargar el sufrimiento de las víctimas, ofreciéndoles un avance de las torturas que padecerán en el infierno.

Sin embargo, los cátaros no les conceden ni un favor ni otro al legado de Roma y a su inquisidor: ellos han terminado con su vida terrenal, saben que el tránsito significa una pasión dolorosa y lo consideran pago justo del pasaje; ya sólo ven la meta y ésta queda al otro lado del fuego que deben atravesar.

Más de doscientos hombres, mujeres, ancianos y niños suben cantando, después de alcanzar el campamento, al gran montón de leña cuya base de paja es encendida inmediatamente.

Me imagino al negro inquisidor que llega en el último minuto para ejercer su terrible oficio: "¡Arrepentíos!", les grita a los niños que, cogidos de las manos de sus padres o llevados en sus brazos, desfilan delante de él. "¡Haced penitencia!" ¿Les arrancará los hijos a sus madres para salvarlos de las horribles lesiones que les causará el fuego? Pues no, aún los empujará, echando espuma por la boca, para que acaben todos en la hoguera. "¡Que ardan todos!" grita, insiste, golpea. Una densa humareda envuelve pronto todo el lugar del suplicio y las llamas ascendentes impiden respirar a los condenados, ahogándolos a veces antes de que el propio fuego pueda hacer presa en su carne.

Me fijo, temblando, en algunos cuerpos que se convulsionan y se agitan, quiero ver cómo se desvanece la belleza pura de Esclarmonde. No lo consigo, pero tampoco puedo deshacerme de la visión del fuego que con sus lenguas llameantes quiere llegar hasta mí. No me despierto, aunque el peligro crece como una nube de humo que se expande, hasta que uno de los esbirros del arzobispo se da cuenta de que también yo soy un hereje, me agarra por las ropas, me arrastra y me arroja a la hoguera, las llamas me atrapan, grito…

Me despierto sentado en el pescante, mis chillidos aún suspendidos en el aire, como observo por la frente fruncida de Sigbert, quien se había acercado cabalgando hasta mi carro deseoso de cerciorarse del estado de los niños. Sentí vergüenza. El horrible sonido que escapó de mi garganta medio ahogada debió despertarlos, por lo que lloriqueaban en voz baja. El caballero teutónico me indicó con una mirada que tuviese más cuidado, pero mis pensamientos estremecidos retornaban al lugar de los sucesos, no fuera que se me escapara el horror reflejado en el rostro de los espectadores afectados…

De modo que veremos a ese gordo franciscano, quien tendría que estar viajando ya de vuelta para ponerse al servicio de su rey y al que por tanto nadie debe descubrir deslizarse entre los espectadores, ocultarse debajo de ellos acechando el rostro petrificado del señor del castillo, obligado a presenciar la muerte de su mujer junto con su vieja madre y su única hija. Con ellos arden muchos otros de sangre noble; todas las mujeres han seguido a sus maridos a la muerte, pues son ellas quienes les han asistido con su amor y su consuelo en los días de *endura*, apoyándolos en su decisión.

Cuando las cenizas hayan dejado de chisporrotear y se hundan sobre sí mismas, el humo permanecerá aún durante muchas horas suspendido entre aquellos valles…

También mi ánimo permaneció oscurecido durante mucho tiempo, como una cortina pesada que no quiere abrirse. ¡Y ese olor! Ese olor horrible a carne quemada, un olor que no pude sacudirme de encima y que volvía a descubrir entre las flores primaverales y las hierbas que nacían en los campos. Era una tarde cálida la del día en que se había entregado el Montségur; habíamos dejado atrás el bosque y atravesábamos ahora una región de onduladas praderas. Imposible ignorar que los *faidits* se encontraban ya de vuelta en casa; sus gritos y sus risas resonaban sin temor a que alguien pudiera traicionarlos…

–Maman, maman!– Una quejumbrosa voz infantil llegó hasta mi oído. *–Ma maman!*

Intenté distinguir si se trataba del niño o de la niña, pero no me volví, porque me veía incapaz de resistir sus miradas de reproche y de triste interrogación. Mi propia situación me pareció carente de importancia si la comparaba con el destino de esos pequeños seres que había entrevisto apenas, durante unos breves instantes, en brazos de los dos caballeros. Aquellas criaturas eran la causa del trato severo y desconfiado que me prodigaban quienes me rodeaban, estaba tan seguro de ello como de que había visto la muerte de su madre en la hoguera.

¿Qué tendría que ver una Orden que ha jurado obediencia al Papa, como es la de los templarios, con los herejes? ¿No sería que los caballeros abrigados en sus capas blancas que ostentan una cruz roja con extremos en forma de zarpa mantenían un pacto secreto con el diablo? Aquel castillo encantado en el bosque, ¿no guardaría la entrada del infierno? ¿Qué estarían buscando allí en las entrañas de la tierra con ayuda de los demonios a quienes habrían vendido sus almas? ¿Y esos infantes? Arrojé una rápida mirada hacia atrás: la niña mostraba un perfil delicado, un tanto altivo, y unos rizos casi blancos de tan rubios; me miraba con sus ojos de color gris verdoso, sin reproche, sin lamento, pero mostrando una viva animosidad. Para ella yo formaba parte de los culpables, de aquellos que habían obrado mal.

–¿Cómo te llamas?– intenté congraciarme con ella.

Entonces reforzó su mirada con una dosis de desprecio antes de volver a inclinarse sobre su compañero, que seguía llorando en voz baja. Lo acarició como una madre y yo aparté la vista de ellos, golpeado por la imagen de desdicha que componían los dos niños como una inverosímil *pietà*.

El humo de la hoguera seguía irritándome los ojos y oscurecía mi vista como una niebla, me picaba en la nariz y no quería retirarse, por mucho que quisiera convencerme a mí mismo, basándome en la razón y sobre todo en la "legalidad", de que no había sucedido otra cosa que un *autodafé* en el que habían sido quemados unos herejes que se empeñaron en terminar sus vidas de ese modo. ¿Cómo pensar que eran víctimas? ¿Víctimas sacrificadas a quién?

XACBERT DE BARBERÁ

Occitania, verano de 1244

Nuestro pequeño grupo siguió adelante, en dirección este, en lugar de girar hacia abajo, a la costa. Crean de Bourivan temía que los puertos cercanos estuviesen vigilados, aunque los templarios hubiesen conseguido hacer prosperar el rumor de que los huidos del Montségur habían escapado cruzando las alturas de los Pirineos.

El camino emprendido a través del Rosellón era por lo demás también dificultoso. Los *faidits* tuvieron que descender muchas veces de sus caballerías y arrastrar el carro en el que viajaban William y los infantes. Las sendas pedregosas serpenteaban a lo largo de escarpadas lomas de montaña, aunque esto ofrecía la ventaja de poder observar cuanto se movía en los valles, renunciando en cambio a la posibilidad de ocultarse ante un enemigo que viniese de frente. Así pudo suceder que, detrás de una vuelta rocosa, se encontraran de repente con unos caballeros enfundados en ricas armaduras. Sigbert y Constancio blandieron sus espadas y acercaron sus caballos al carro. Pero los *faidits* estallaron en júbilo a la vista de los extraños y agitaron sus armas a modo de saludo:

–*Lion de combat!*– gritaron. –¡Amigo y protector!– Del grupo de caballeros se separó una figura barbuda de aspecto salvaje que se acercó a todo galope al carro y a sus acompañantes.

Crean tiró de las riendas de su caballo, pero siguió sujetando la lanza en posición de ataque.

–¡Nobles señores!– exclamó el barbudo. –¡No temáis! ¡Sólo queríamos asegurarnos de que los hijos del Grial no pasaran de largo ante el castillo de Quéribus sin haber gozado de la hospitalidad de Xacbert de Barberá.

Y sin esperar otra respuesta la comitiva se puso de nuevo en marcha con los caballeros desconocidos en cabeza.

Aunque el dueño del castillo pareciera apreciar tanto la presencia de los infantes como para presentarles sus respetos, el comportamiento que mostró después no daba muestra de ello. Apenas había conseguido Xacbert que sus sorprendidos huéspedes cruzaran bajo los altos muros de su castillo cuando ya se aprestó a conducir a Sigbert, Crean y Constancio hacia la bodega que guardaba el poderoso *donjon* o torreón central con el fin de hacerles gustar sus maravillosos vinos. En lo que respecta a los demás, los *faidits*, William y los niños, se limitó a dar a sus criados unas breves órdenes para que fueran atendidos.

Tuvo que ser el fraile quien insistiera en la preparación de un baño para sus pequeños protegidos, que llevaban diez días de viaje. Mientras se cumplían los preparativos quedó solo con los infantes.

Xacbert invitó a los caballeros a sentarse en torno a la mesa y en seguida acudieron los escanciadores con jarras para llenar las copas.

–¡Por el santo Grial y sus herederos!– exclamó el señor del castillo. Bebió y se pasó la mano por la barba florida para limpiarla de los restos de vino. Sólo Sigbert pudo mantener el mismo ritmo de bebida, mientras que Constancio apenas la probaba e incluso ni se sentó, a la vez que Crean rechazaba con cortesía, aunque con decisión, tomar cualquier trago.

–No quería ofenderos, Bourivan– rezongó Xacbert sin enfado. –Sigo viendo en vos a un hijo de Occitania y se me olvida que habéis elegido otra vía.

Crean sonrió.

–El muchacho indómito que luchó a vuestro lado, Xacbert, por la libertad de su país, hace tiempo que se ha convertido a una vida ascética...

–...no obstante, ¡su cuerpo lo arrastra muchas veces por otros caminos!– tomó Constancio la palabra. –Aunque en este momento debe sentir lo mismo que yo: más que bañar nuestras gargantas precisamos de líquido para limpiar el cuerpo; un baño de agua caliente nos vendría en este momento mejor que el vino más fresco.

Xacbert parecía ligeramente ofendido por dicha propuesta, que estaba a punto de estropear su festín. No obstante, dio instrucciones inmediatas para que prepararan la sala de baños.

–¡Tendréis agua *y tendréis* vino!– les insistió con un gruñido.

–Os agradezco las molestias que os tomáis por nosotros, que somos unos extraños para vos.– Constancio no se dejaba confundir y añadió con malicia: –Todos sabemos poco unos de otros, ni siquiera por qué caminos hemos venido a encontrarnos aquí.

–Nosotros somos caballeros al servicio de una Orden invisible– le sermoneó Sigbert elevando su copa hacia Xacbert, –y obedecemos sin formular preguntas.

Crean se mantenía callado y apartado, pero Constancio no sentía inclinación a reprimir su curiosidad.

–No os voy a preguntar por el misterio del santo Grial– dijo, y tomó un trago largo intentando que Xacbert y Sigbert se sintieran reconciliados con él, –pero tal vez podríais informarnos un poco acerca del círculo de personas que respaldan esa leyenda, que a su vez…

–¿Leyenda? ¡La familia del Grial no es un invento!– le interrumpió bruscamente el dueño del castillo. –Los nobles Trencavel eran hombres y mujeres de sangre y hueso, a los que incluso he conocido.

–¡Contadnos!– dijo Sigbert, a la vez que solicitaba que volviesen a llenarle la copa. –Nuestro Wolfram von Eschenbach nos legó el canto de aquel que "corta por en medio", el ingenuo Parsifal…

–No era precisamente un tonto– se indignó Xacbert; –al revés, más bien era demasiado bueno para este mundo.– El señor de Quéribus respondía al reclamo, como buen cronista que era, y aún más al ver que también Crean se acercaba. –Los vizcondes de Carcasona, muy emparentados y unidos a la casa de Occitania, eran vasallos del rey de Aragón. Sabréis que también yo serví a don Jaime el Conquistador…

–¡Estuvisteis en la conquista de Mallorca!– lo alabó Crean, y Xacbert prosiguió a velas desplegadas:

–Aquello ya fue hacia el final.– Tomó un largo trago y prosiguió: –Al principio estuvimos en la cruzada de Simón de Montfort. El bueno de Trencavel, Roger-Ramón II, a quien vosotros, los alemanes, llamáis "Parsifal", defendía Carcasona. Esa vieja fortaleza de los godos, que incluso había conseguido resistirse a Carlomagno, parecía inconquistable. Estaba repleta de refugiados cátaros, a cuya entrega se negó el buen vizconde. Entonces el legado del Papa le ofreció negociaciones.

"Un joven templario, Gavin Montbard de Bethune, le aseguró que tendría libre escolta, pero la palabra dada no fue cumplida: el noble Trencavel fue hecho prisionero, encarcelado y muerto. La ayuda del rey de Aragón llegó demasiado tarde y acabó mal. Los franceses se hicieron con el dominio del país, convirtieron a Occitania en provincia y los «puros» fueron condenados al exilio.

Los criados anunciaron que el baño estaba preparado. Xacbert estaba de muy buen humor, cogió su copa y pidió a sus huéspedes y a los escanciadores que lo siguieran con las jarras llenas. Atravesando escaleras y pasillos llegaron hasta la sala de baños, instalada en una cueva abierta en la roca, donde un gran barreño los esperaba despidiendo vapor. Allí se despojaron de las ropas.

El señor del castillo se dirigió a Sigbert:

–¡Espero que el señor de Bourivan, tan abstemio él, no se beba el agua, porque nos obligaría a bañarnos en el zumo de las uvas!

Todos rieron, y los huéspedes se introdujeron en el agua caliente, donde Crean ya los esperaba sentado.

–Sé dominarme perfectamente– respondió éste con gran complacencia, –y después de esta advertencia lo sabré aún mejor. Supongo que hace mucho tiempo que no pisáis vos mismo el vino, Xacbert, puesto que se os ha olvidado lo pegajoso que es.

–En efecto, para los pies puede que sea mejor el agua– intervino Sigbert, –pero para beber preferiré siempre el vino. Alcanzadme la copa, joven emir– dijo a Constancio, –y hacednos el honor de beber también: ¡las leyes del Corán aún no han llegado hasta Quéribus!

El interpelado se agachó junto a ellos.

–Os engañáis, buen señor. No lejos de aquí fue donde Roldán tocó en su día el olifante.– Pero sonreía.

De modo que sólo Crean siguió resistiendo cuando los escanciadores llenaron nuevamente las copas. Algunas mozas se acercaron al borde del barreño y empezaron a frotar con cepillos y paños de grueso lino la espalda a los caballeros, rociándolos después con cubos de agua limpia.

–Tras la caída de Carcasona– prosiguió Xacbert su relato –me retiré por primera vez más allá de los Pirineos y guerreé con don Jaime contra los infieles; perdonad, señor, este adjetivo– dijo volviéndose hacia Constancio, –tras lo cual el señor Papa tuvo a bien levantarle la excomunión al pertinaz hereje Xacbert– de nuevo resonó su estruendosa risa de guerrero. –Una vez de regreso en mi Languedoc natal formé, junto con Oliver de Termes, en el séquito del hijo de Trencavel, Ramón-Roger III, e intentamos reconquistar Carcasona. El joven vizconde halló allí la muerte, Oliver se sometió a Luis, y yo me retiré a este castillo. Desde entonces se considera que la estirpe de los Trencavel está extinguida, pero desde hace bastante tiempo hay murmuraciones entre los *faidits* de que en el Montségur estaban criando a dos infantes continuadores de la familia. El hecho de que se os haya enviado a vosotros, nobles señores, a su rescate, me permite esperar que viviré algún día para ver…

–¿Y hasta entonces creéis poder resistir en Quéribus?– preguntó Sigbert después de tomar un profundo trago. Y, sosteniendo la copa vacía en una mano, se puso a chapotear en el agua del baño. –Éste es el último refugio de los "puros" en el mar de Francia.

–¡Eso a mí no me incomoda! ¡La roca de Quéribus seguirá siendo tierra de Languedoc hasta el final!

Levantó su copa y brindó por su destino a la vez que miraba desafiante a Crean:

–¡La misma postura que mantuvo el señor Lionel de Belgrave, donde os enseñaron a vos a utilizar la espada!

–Belgrave es ahora una ruina a quien nadie nombra– observó Crean en un tono lleno de sarcasmo; –lo único que queda es un bueno vino para recordar aquella estirpe gloriosa.

–¡Así pues, bebamos al menos por los viejos tiempos!– exclamó Xacbert. –Recordemos cómo le abollamos el yelmo al de Montfort ante Tolosa: *E venc tot dreit la peira lai on era mestiers / E feric lo comte sobre l'elm, qu'es d'acers…*– rompió a cantar el barbudo luchador. Crean, que conocía la *canço*, lo acompañó:

–Que'ls olhs e las cervelas e'ls caichals estremiers, / E'l front e las maichelas li partie a certiers, / E'l coms cazec en terra mortz e sagnens e niers!

Elevaron sus copas y bebieron.

EL ASNO DE SAN FRANCISCO

Quéribus, verano de 1244 (crónica)

"Abrevad a los caballos en el castillo, allí el agua es mucho mejor", había indicado el barbudo castellano a los *faidits* mostrando su preocupación por las cabalgaduras antes de alejarse, pero sin preocuparse para nada de nuestro bienestar, y picó con las espuelas a su corcel para ascender con el grupo de caballeros por el desfiladero cortado en la roca.

Nosotros seguimos *nolens volens* en el carro, aunque un pozo junto al borde del camino, con su murete y su cuerda para subir el agua, parecía invitar a refrescarnos. Pero probablemente era mejor no despreciar la recomendación de Xacbert de Barberá.

Tras la siguiente curva del camino vi erguirse ante mis ojos la torre más gigantesca que jamás se me ha puesto delante; una pieza que parecía plantada por un puño gigante sobre la cima de una colina escarpada para burlarse de cualquier enemigo. El patio del castillo era relativamente estrecho y estaba atiborrado de refugiados cátaros, aunque en seguida me di cuenta de que todavía reinaba entre ellos cierto espíritu de lucha y que estaban lejos de la resignación, el desprendimiento y el aura de espiritualidad que emanaba de los ocupantes del "Montsalvat".

A mí me disgustó, no por lo que pudiese afectar a mi persona sino en nombre de los infantes, el trato áspero que el impaciente guerrero nos había dispensado –la verdad es que no nos dispensó trato alguno– a la vez que desaparecía con nuestros nobles caballeros en la torre. Mientras seguía aún sentado en el pescante exigí a los criados, que se acercaban con curiosidad, que nos prepararan un baño caliente.

–Pues tendréis que hacer vos mismo el esfuerzo de trasladar vuestro corpachón a la sala de baños– me respondió una moza con risa insolente. –¡Con mucho gusto os cepillaremos allí y os trataremos con duchas alternas hasta que os hierva la sangre!

–Ahí veremos qué es más duro, mi cepillo o vuestro...– se burló otra mientras los demás reían.

–¡Ya verás si soy duro o no– exclamé en voz alta, –siempre que te metas conmigo en el barreño!– Es sabido que la insolencia sólo se supera con la provocación más autoritaria. –Además, os exijo que traigáis el barreño hacia aquí, pues quiero un baño al aire libre.– Se alejaron platicando, aunque en último término parecían dispuestas a cumplir con mi deseo.

–¡Quiero acercarme un momento al muro!– oí detrás de mí la voz del muchacho. Me deslicé del pescante y lo ayudé a bajar.

Sin tardanza se incorporó también la niña. Sus ojos parecían querer atravesarme:

–¿Qué crees, que yo no hago pipí?

De modo que también le ofrecí mi brazo a ella, pero insistió en saltar directamente del carro a las piedras. En el último momento pude retener su cuerpecillo.

–¡Yeza sabe sola!– me recriminó con un ligero ceceo mientras el muchacho cogía mi mano. Nos acercamos al muro. Los dos me miraron con gran expectación. –¡A ver quién llega más lejos!– dijo Yeza. Y puesto que su compañero se dispuso a sacar su pequeña pitilina del calzón y al fin y al cabo lo que yo pretendía era ganarme la confianza de los niños me subí las ropas y saqué el pistolón.

Meamos los dos contra el muro y perdí la apuesta. Después aún tuve que agacharme para hacerle compañía a Yeza, y como no quedaba en el patio del castillo ni un hierbajo saqué de mi faltriquera algunas hojas de fárfara, que por precaución siempre llevo conmigo. Le limpié el pequeño trasero y nos hicimos amigos, al menos eso fue lo que llegué a pensar.

–Me llamo Roger-Ramón– dijo el muchacho. –¡Pero te permito que me llames simplemente Roç!

–¡Roc!– repetí yo.

–¡No, *Rodsh!*– me corrigió Yeza, ceceando de emoción, –y recuerda que mi nombre verdadero es Isabelle. Y tú, ¿cómo te llamas?

–Yo soy un hermano de la Orden de san Francisco– empecé mi relato.

–Tú eres William– me aclaró Roç, –y, según dice Sigbert, eres un asno.

Me tragé el sapo y los devolví al carro, al que subieron sin resistirse, para burlarse una vez estuvieron arriba con grandes exclamaciones de "¡iiiah-iiiah!"

–¡Os contaré la historia de san Francisco y los asnos!– Y subí al pescante mientras los niños se revolcaban a mis pies gritando "¡iiiah-iiiah!", medio hundidos en el heno. –Un viejo asno…

–¡William! ¡William!– exclamaron.

–Pues bien, William, el viejo asno– admití con resignación, –se queja ante san Francisco de su mala suerte…

–¡iiihi…!– quiso seguir burlándose Yeza, pero Roç le dio codazos hasta que enmudeció y pude proseguir:

–"Me he pasado la vida cargando pesados fardos, tengo el lomo dolorido, la piel agujereada, las orejas destrozadas y los dientes amarillos partidos. De noche grito porque tengo hambre…"

–¡Pero si puede comer tanta hierba como quiera!– intervino Roç.

–¡Cuando le dejan!– respondí. –"Jamás me liberan de mis alforjas, me cargan con sacos y cestas que me empujan casi hasta el suelo, tengo que subir y bajar montañas, y además me pegan con el palo cuando deseo caerme de cansancio, de dolor en los huesos, de las heridas cubiertas de moscas porque mi pobre rabo ya no las alcanza. Soy la criatura más miserable de la tierra, ¡ayúdame, hermano!"

–¿Y lo ayudó?– quiso saber Roç, que me escuchaba con atención mientras Yeza recogía algunas flores secas que asomaban entre el heno.

–A san Francisco le brotaron las lágrimas ante la pena del asno y lo consoló. "Fíjate", le dijo, "fíjate en Dios y en cómo se te parece. ¿No ves que tiene una boca como la tuya, desgarrada por el dolor? ¿No ves tu propia tristeza reflejada en sus grandes y bellos ojos, bajo pestañas sedosas? ¿Y tus orejas? También Jesús nuestro Señor tiene las orejas tan grandes como para poder escuchar tus lamentos hasta en el propio cielo; también Él tuvo que soportar que se le desgarrara la piel para llevar sobre sus espaldas el sufrimiento del mundo, y sufrió golpes igual que tú. También Él grita en su dolor «¡iiaaah-iiaah!», pues sufre al igual que todas las criaturas. Aquel que insulta a Dios con vuestro nombre no sabe que Dios sonríe, pues para Él vuestro nombre es un halago." Desde entonces todos los asnos se sienten felices y gritan a coro: "¡iiiah-iiaah!"

–¿De modo que te gusta ser un asno, William?– me preguntó Roç con seriedad.

–No sé– reflexioné en voz alta. –¡Qué cosa mejor puedo desear si Dios mismo es un asno!

Yeza me entregó el ramo de flores que había recogido.

–No tienes que comértelas, William, si no te apetece, pero puedes olerlas– y con la rapidez de un rayo puso sus bracitos alrededor de mi cuello y me abrazó.

–¿Y de dónde procede esa leyenda blasfema, pues no creo que sea de ese santo vuestro de Asís?– preguntó divertido Constancio, que había estado escuchando sin que yo me diera cuenta.

–¡Tenéis razón!– tuve que confesar. –Es del hermano Roberto di Lerici, a quien le dieron, a cambio, ¡cuarenta latigazos con una correa de piel de asno!, y lo tuvieron cuarenta días sujeto al yugo.

–En mi país le habrían cortado la cabeza: "no debes hacerte figura ni imagen..."

–¡William no es un asno!– se dispuso Roç a defenderme ante el otro.

Constancio se echó a reír:

–¡Ay, cristianos! Sois capaces de quemar a los "puros" porque os parecen herejes, y al mismo tiempo convertís a Dios todopoderoso en una figura familiar y semejante a padre, madre, hijo y animales de la cuadra...

Me sentí confundido y callé. A mi entender, aquél a quien llamaban Constancio y al que sus compañeros daban a veces el título de "príncipe" procedía de Oriente; con toda seguridad era musulmán. Precisamente por eso me daba rabia no saber qué contestarle.

En aquel momento los peones trajeron un enorme barreño que depositaron delante del carro, y las criadas cubos de madera colgados de un *juk*, como decimos en Flandes, llenos de agua que echaba vapor.

Pero antes de que se llenara el barreño salieron Crean y Sigbert de la torre principal. Nuestro guía consiguió estropearnos el gozo con un gesto austero, y ayudó al alemán a subirse al caballo. Al parecer, Sigbert había ingerido abundante vino; era el único que había acompañado al señor del castillo en su desenfreno; Crean estaba tan cuerdo como Constancio.

–¡Ya es difícil encontrar aquí, *inter pocula*, a un caballero tan resistente del emperador!– Xacbert de Barberá se sonó conmovido en un enorme pañuelo; besó las manos de los niños; dio a Sigbert, que se balanceaba encima de la caballería, unas cuantas palmadas amistosas en el muslo, y partimos de Quéribus en dirección nordeste sin haber podido bañarnos, pero acompañados en cambio de una escolta que el dueño del castillo insistió en asignarnos.

LOS GITANOS

Camargue, verano de 1244 (crónica)

A medida que abandonábamos las tierras de Occitania, Crean volvía a buscar la protección del bosque. Con muchas precauciones y teniendo que bajar con frecuencia de los caballos seguimos el curso de algunos riachuelos, y también envolvimos las ruedas de los carros con trapos en algún que otro desfiladero. De este modo pudimos atravesar la región provenzal.

Los niños permanecieron casi todo el tiempo despiertos y conversaban en voz baja empleando la *langue d'oc*, con toda probabilidad para que yo no los entendiese. De vez en cuando les sonreía para darles ánimo.

Yeza parecía la menos miedosa de los dos. A veces estrechaba en un abrazo consolador al asustado Roç, que se apretaba temeroso contra el heno siempre que nos encontrábamos con otro carro o con algún jinete.

Por el mismo camino que nuestro pequeño grupo circulaban cada vez más gitanos de piel oscura. Sus mujeres vestían ropas de colores llamativos y se apretujaban casi todas junto a un montón respetable de niños sobre sus carros cargados de enseres y géneros de mercadería: ¡estábamos en la Camargue!

Yeza se subió conmigo al pescante para observar con curiosidad el vaivén de aquellas gentes, pero de inmediato el gruñón de Sigbert acercó su caballo y me obligó a llevar a los niños ocultos, de modo que no los viera nadie. Yeza obedeció y se volvió a esconder atrás, no sin sacarle la lengua a sus espaldas.

Hacia la noche llegamos a un campamento de gitanos acurrucados en torno a un fuego abierto. Nuestros *faidits* intercambiaron unas palabras con el jefe en una lengua que yo jamás había escuchado, pero que fueron suficientes para borrar cualquier desconfianza. Rechazaron orgullosos las monedas de oro que les ofreció Crean, y nos abrieron su círculo con respeto, invitándonos a compartir sus asados de conejo y puerco espín con dientes de ajo, cebollas adobadas con clavo y raíces de hinojo silvestre.

Crean estuvo conversando con el jefe del grupo, que hablaba algo de francés, y pude oír como éste le llamaba la atención para que se guardase de las gentes del rey, que estaban construyendo una ciudad nueva en la costa de "su" Camargue: un puerto reforzado como si fuese un gigantesco castillo, con calles y casas de piedra, lo cual parecía indignar especialmente a los gitanos. Decían que por todas partes pululaban artesanos extranjeros cortando árboles y partiendo piedras y soldados que en lugar de vigilar iban a la caza de asnos salvajes y de las mujeres jóvenes de su tribu. En los próximos días se esperaba la llegada del rey, que deseaba verificar personalmente el avance de las obras.

Había otros dos extranjeros acurrucados junto al fuego que, al escuchar cierta información, prestaron mucha atención y murmuraron entre ellos. Me daba la impresión de que hablaban en árabe. Su comportamiento un tanto llamativo tampoco escapó al ojo siempre vigilante de Constancio de Selinonte. Éste procuró sentarse a su lado como por casualidad, pero como no se dirigió a ellos no le di mayor importancia a mis observaciones. Cuando llegó el momento de dormir busqué un sitio tranquilo y me convertí, sin quererlo ni saberlo, en testigo de una disputa llevada en voz baja entre mis caballeros.

–Son "asesinos"– dijo Constancio en un susurro, y la mano del viejo Sigbert se desplazó instintivamente hacia su espada.

–¡Y a nosotros qué nos importa!– intentó Crean tranquilizar a ambos. Pero tuve la impresión de que también a él dicho descubrimiento le era en grado sumo desagradable.

Por primera vez vi a Sigbert ligeramente nervioso.

–No estarían aquí sin un encargo preciso…

–¡Habrá algún antiguo y meritorio caballero de la Orden teutónica por aquí que represente el objetivo elegido de sus puñales!– se burló Constancio. –En tu lugar no dormiría esta noche…

–Mientras no nos molesten– intervino Crean cerrando el tema, –¡será más inteligente olvidarse de ellos!– Era evidente que nuestro guía no creía conveniente seguir hablando de un asunto que no lo intranquilizaba tanto como lo irritaba. –¡Buenas noches, señores!

Después de haber tapado con todo cariño a los niños, acostumbrados a ver en mí a una especie de nodriza gorda, intenté rezar. ¿Por quién? ¿Por mí? Tal vez habría podido huir todavía, resguardado por el manto de la oscuridad. Pero me rodeaba un país salvaje cuyos habitantes no lo eran menos, y la sotana de un hermano minorita, por pobre que fuese, no me parecía una protección muy segura. Incluso si me encontrara con gentes de mi rey Luis, ¿qué explicación podría darle a mi devoto soberano? ¿Que había sido secuestrado por un grupo formado por templarios, caballeros de la Orden teutónica, *faidits* y súbditos del sultán, con la mediación de una bruja que habita en el bosque, "la Loba", un nombre que seguramente habría llegado ya a sus oídos?

Y además estaban los niños. ¿Qué sucedería con los niños? Así que recé por ellos y después me esforcé por conciliar el sueño, aunque el Montségur se introducía constantemente en mis visiones como las nubes intentan ocultar la luna. ¿Sería el santo Grial algún "objeto" que en las profundidades más esotéricas de la mente, donde yo era un extraño, se mostraba capaz de unir a unos caballeros militantes de órdenes cristianas con los adeptos de la "Iglesia del Amor"? ¿Eran Roger e Isabelle "hijos del amor"? ¿Y de qué clase de amor? ¿Hasta el punto de que por su causa se unieran los representantes de intereses tan contrarios, incluso enemigos en la fe, para llevar a buen fin una obra de salvamento como la que estábamos realizando? ¿Era éste el aspecto "excelente", *ex coelis*, que los distinguía? Roger, el muchacho, a quien incluso los *faidits* llamaban sólo Roç, era de carácter tímido, callado, pero frecuentemente lo veía adoptar un aire de grave dignidad. Su piel oscura y sus ojos morenos señalaban una procedencia mediterránea; podía tratarse de un hijo de Occitania puesto que dominaba con fluidez la *langue d'oc*, para gran satisfacción de los *faidits*, que lo trataban como a un pequeño rey. Yeza era en cambio, por su aspecto, más bien un cuerpo extraño; y su carácter, atrevido, muy diferente del que suelen mostrar las niñas pequeñas del sur. No se comportaba como "princesa" de una tierra situada entre oriente y occidente, como Constancio la había titulado con galantería en cierta ocasión, sino como un muchacho disfrazado de niña cuyo único deseo fuera conquistar la fama y vivir aventuras. Era emprendedora, despierta, muchas veces insolente. Sigbert, el gran gruñón, le había tomado especial cariño; pero los dos caballeros nunca mencionaron nada acerca de su origen, y yo tampoco me atreví a preguntar a Crean.

Una vez más comprobé si estaban bien tapados. Descansaban profundamente dormidos, con los brazos entrelazados. Sus rostros cansados reflejaban una sonrisa; a decir verdad, irradiaba de ellos un encanto indescriptible que me tenía cautivado.

Los *faidits* empezaron a canturrear versos obscenos, referidos casi todos al rey Luis y sus curitas. Durante mucho tiempo permanecí despierto sin poder dormir; después me afectaron extraños sueños.

Más allá de las humaredas pálidas de la hoguera apagada que pasan por delante del *pog* como si fuesen nubes bajas, el castillo se yergue incólume contra el cielo que nos pertenece a todos. ¿También a los herejes? Una vez el último ocupante hubo abandonado la fortaleza, los franceses, con los mercenarios en cabeza, asaltan el portal abierto. El saqueo les proporciona un rico botín, pues los cátaros no se han llevado nada en su último viaje. El arzobispo llega poco después, pero no encuentra lo que busca por mucho que ordene a sus soldados remover cada rincón, aunque los haga bajar a lo más profundo de las cuevas y cavernas, incluso sumergirse en el agua oscura de la cisterna: el misterioso Grial, valioso tesoro de los malditos herejes, no aparece por ninguna parte, y no queda nadie a quien pueda preguntar.

Pierre Amiel viene acompañado de su colega, el obispo Durand, que ha seguido con ojo vigilante los trabajos necesarios para desmontar la niña de sus ojos, la *adoratrix murorum*, que había quedado instalada en la barbacana. Ahora, empujado por su curiosidad de técnico especialista, desea echar un vistazo a los muros que han resistido tan valientemente las embestidas de su grandiosa catapulta. Lo divierte la búsqueda inútil, la forma de golpear apresuradamente las paredes, hurgar con palos en la cisterna y entre los escombros, el hecho de que el legado incluso haga cavar algunos agujeros en el suelo pedregoso del patio del castillo. No encuentran nada. Sólo tropiezan con la figura siniestra del inquisidor, el monje dominico aparecido como surgiendo de la nada para presenciar el *autodafé* de los herejes, sin presentarse a nadie, y que ahora también está buscando algo aquí arriba. ¿Qué busca? ¿Qué se propone descubrir?

–¿Acaso queréis cosechar lo que no habéis sembrado?– se dirige el legado con irritación al siniestro fraile. –El tesoro pertenece a quienes han luchado…

El monje es un personaje alto, de estatura poderosa, incluso basta, y se dirige con una lentitud provocadora al legado, a quien no concede más que una mirada de desprecio.

–Cualquier cosa que aparezca es propiedad del rey de Francia– responde con rencor, –¡como todo en este mundo! Pero tampoco vos hallaréis el tesoro. A la Iglesia le pertenecen las almas de los pecadores y, en el mejor de los casos, los cuerpos en los que habitan.

–¡Todos los herejes han perecido en el fuego!– Pierre Amiel se pone a la defensiva ante el acoso a que lo somete el inquisidor.

–¡No podíais esperar ni un minuto!– responde con resentimiento. –Os habéis entrometido de la forma más perversa entre la Inquisición y la muerte. Un enemigo declarado de la Iglesia no podría haberle causado un perjuicio mayor. ¡Habéis cerrado las bocas que debían hablar, habéis anulado los cerebros que podían saber y que sabían!

El legado está pálido como la ceniza, como las paredes de piedra que los rodean; busca las palabras adecuadas para responder, para corregir al desvergonzado. El obispo Durand aprovecha el momentáneo silencio.

–El símbolo místico de la bienaventuranza de los "puros" se ha desvanecido– informa en voz baja, como hablando consigo mismo –después de haberse revelado a sus creyentes y haberles dispensado un último consuelo.– Quien no lo conociera no podría saber jamás si hablaba en son de burla o para provocar.

El inquisidor lo mide con una mirada que no es la de un enemigo que calcula las fuerzas de su contrincante, sino la del verdugo que toma medidas.

–¡Os alejáis mucho del idioma habitual de nuestra santa madre la Iglesia católica, y os acercáis peligrosamente a las ideas de los herejes, eminencia!– enjuicia la intervención del obispo de Albi para volver a caer de nuevo como un rayo que no conoce límites sobre el legado: –Queríais encontrar y salvar para vos el santo Grial, porque éste, en vuestro entendimiento limitado y vengativo y, por lo que veo, también ambicioso de oro, si es que poseéis algún entendimiento, ¡no representa otra cosa que un "tesoro"!

Pierre Amiel ha tenido tiempo para movilizar sus fuerzas:

–¿Y qué es en realidad ese dichoso Grial, acaso lo sabéis vos?– le ladra a su contrincante. –¿Es algo que se puede tocar, coger con la mano? ¡Quién sois vos como para atreveros a hablarme de este modo!

–Vito de Viterbo– responde el inquisidor tranquilamente, y deja solos a los dos obispos.

Sus imágenes se desvanecen ante mi vista interior y ya sólo queda la sombra negra y gigantesca del inquisidor. Esta sombra crece y crece y extiende las manos hacia mi persona. En mi angustia le opongo el crucifijo de madera, pero me arde entre las manos y se convierte en una fuente de luz chispeante que me ciega. No obstante, consigue ahuyentar la sombra turbadora, que se disuelve en humo. Entonces me doy cuenta de que lo que sostengo entre las manos es el santo Grial. Acerco los ojos para verlo con más detalle –mi corazón late con ansiedad y temor–, pero mis manos están vacías…

Gracias a la misericordia de la Madre de Dios caí al fin en un profundo sueño reparador que me salvó de la confusión provocada por mis pensamientos herejes. Todavía era de noche, aunque clareada por la luna, cuando nos despertó Crean. Tanto él como sus compañeros se cubrían ya con los mantos blancos de los templarios, y también los *faidits* se protegían con las capas negras de *armigieri* de la Orden, con la misma cruz roja de extremos acabados en forma de zarpa, tras haberlas sacado de donde las llevábamos guardadas, debajo del heno del carro.

Al amanecer nos sorprendió una densa niebla. Formamos un grupo compacto, pero me era difícil no perder de vista el manto blanco de Crean, que iba en cabeza. De repente oímos ruido de cascos detrás de nosotros y un carruaje que se acercaba con rapidez y gran traqueteo.

–¡Paso al preboste del rey!– gritó una voz ronca. –¡Abrid paso!

Me quedó el tiempo justo de apartar el carro a un lado para dejar pasar a los soldados; detrás de ellos venía una carreta descubierta. Encima vi tres cadáveres; sus heridas abiertas y la sangre que cubría sus pálidos rostros pregonaban que habían sido muertos a golpes, ¡pero lo que más me asustó fue la figura del preso, cuyos ojos de mirada punzante se fijaron en mí, al pasar delante, como si yo fuese el mismísimo diablo!

Yo conocía esos ojos y recordé que pertenecían a un estudiante que había sido compañero mío en París. Un muchacho callado, siempre algo misterioso, que se apartaba de los demás cuando nos proponíamos no perdernos ni una de las diversiones que ofrecía la vida en la capital. Aquel joven canónigo aprendió mejor y con más rapidez que todos nosotros a hablar el árabe. Seguía llevando la misma sotana gastada de la que, por lo que yo recuerdo, no se separaba nunca. ¡Dios nos asista!

Tracé rápidamente el signo de la cruz cuando la comitiva fantasmal hubo pasado y desaparecido como si se la hubiese tragado la niebla. Las manos de los *faidits* soltaron las empuñaduras de las armas que antes habían agarrado con fuerza. El joven preso iba cargado de cadenas, ¡por tanto, él debía ser el asesino! ¡Hasta ahí podía llegar un servidor de la Iglesia!

EN TIERRAS DE BABILONIA

Marsella, verano de 1244 (crónica)

A última hora de la tarde llegamos a Marsella. Exactamente así me imagino yo que debía de ser Babilonia, la Constantinopla de los griegos, símbolo de todos los pecados antes de que venciera allí la verdadera fe católica. Este puerto provenzal rodeado de pantanos no es parte de nuestra Francia cristiana; más bien representa ya el Oriente maldito, una pústula abierta en el cuerpo de la rectitud occidental. Vemos allí extranjeros de piel oscura en largos ropajes, que adornan sus cuellos con collares de ámbar, jaspe y marfil, y que no se esfuerzan por ocultar avergonzados su forma de ser diferente sino que pasean provocadores su impiedad por delante de nuestras iglesias: según me dijeron, se trata de sicilianos, ¡o sea, súbditos del ignominioso emperador germano! Algunos de ellos incluso son negros como la brea y llevan aros de oro en las narices. Pero estos últimos son pobres infieles que no rechazan a Jesús nuestro Señor ni luchan contra Él, puesto que ni siquiera lo conocen. De modo que sus almas aún no están perdidas, ¡si es que esos salvajes poseen alma!

Nuestro grupo no llamaba la atención en el revuelo formado por la actividad de los bazares, con su griterío y el olor a pescado que llega de los mercados. Pudimos abrirnos camino a través de telas apiladas brillantes y sedosas procedentes de Damasco, sacos abiertos llenos de especias y madera de sándalo de Alejandría, ánforas con esencias aromáticas de Túnez. En el muelle se amontonaban toneles, cajas y cestas descargados de veleros recién arribados. Las mercancías eran subastadas allí mismo y cargadas después sobre las espaldas de los porteadores.

El barco que debía esperarnos no había llegado aún, según se enteró Crean delante de una taberna por la información que le suministró un ser dudoso que volvió a sumergirse de inmediato entre el hormigueo de la gente. De modo que pasaríamos la noche en el mismo hostal anexo.

El patrono abrió mucho su boca desdentada cuando se enteró, con gran susto por su parte, de que tan distinguido grupo de viajeros pretendía hacerle el honor de pasar la noche en su mísero albergue. Una moneda de oro le hizo enmudecer y le tapó la boca, pero también enmudeció la algarabía, callaron las blasfemias, los gritos de los marineros y los chillidos de las mujerzuelas en la taberna. Durante un instante, lo que se tarda en tomar un trago, se produjo un silencio absoluto. Hay que entender que no entra cada día en un tugurio así un grupo de caballeros templarios, ¡y mucho menos en compañía de un franciscano que sabe comportarse como es debido! Pero después volvieron a abrirse las bocas y las miradas se apartaron de nosotros, excepto las de dos personajes que vi en un rincón y que reconocí al instante: ¡los dos "asesinos"!

Nos dieron la mejor mesa; los que hasta entonces la tenían ocupada nos cedieron diligentes sus asientos. Nos sentamos a comer, y pronto acabamos compartiendo entre todos un buen vino. Un herrero tolosano y un oficial de tintorero de la región de Ariège conversaban en voz baja a mi lado, quejándose de los desmanes de la Inquisición en sus tierras:

–Sacan hasta a los niños de los orfanatos, incluso de los asilos parroquiales.

–Dan caza a todo el que sepa correr y hablar, desde tres años para arriba y hasta siete años, a menos que los padres respondan de su nacimiento y la Iglesia certifique su bautismo.

–¡El rey Herodes no podía hacerlo peor!– intervino chillando una pescadera.

–Y se muestran especialmente crueles con los pueblos trashumantes, de los que sospechan que dan cobijo a los hijos de los herejes, y para escarmentarlos matan a las criaturas de esas tribus ante los ojos de sus padres. ¡Es una vergüenza!

El herrero se dirigió a mí:

–Tened cuidado de que esos dos críos– y señaló a Yeza y Roç, que a Dios gracias estaban demasiado cansados como para prestar atención a la conversación, cada vez más excitada y animada dentro del ruido general de la taberna –no caigan en sus manos, si es que pretendéis llegar a tierras de herejes.

Me guardé muy bien de decirles que de allí era de donde veníamos precisamente, y sonreí algo mortificado.

–Son infantes cristianos– susurré, –y de buena cuna.– Con una mirada hacia los templarios subrayé la credibilidad de mis informes.

Sigbert y Constancio salieron al aire libre para ver si se acercaba la nave. Llevé a los niños a dormir en un cobertizo donde la mujer del mesonero amontonó apresurada un poco de paja fresca. Los niños habían aceptado con sorprendente tranquilidad la aventura que los esperaba después de que Crean les hablara de un largo viaje a cuyo final su nodriza volvería a estrecharlos entre los brazos. Yo esperaba que alguna buena mujer me reemplazara pronto, puesto que ya no podía contar con entregar los niños a su propia madre. A mi entender, dicha señora no podía ser otra que una de las herejes que había preferido la muerte en la hoguera para dar testimonio de su fe en lugar de cumplir con sus obligaciones de madre, pues de no ser así ¡no habría admitido que secuestraran a sus hijos!

¿Pero tal vez fuese otro el peligro que los acechaba? Una persecución vil con intenciones asesinas, como la que comentaban las gentes en la taberna. ¿Por qué hizo asesinar Herodes a los infantes? Porque deseaba apoderarse del niño Jesús. ¿Y por qué enviaba ahora la Iglesia a sus ángeles vengadores a matar? Más o menos, las edades que se habían mencionado concordaban con las de los infantes.

Yo había tomado nota de la advertencia, y el desconocimiento de la situación real me deprimía. Yeza e incluso Roger creían que todo lo vivido hasta entonces era sumamente excitante; ya no lloraban, pero en cambio su curiosidad era cada día más difícil de satisfacer. Yo respondía con paciencia a todas sus preguntas, dando casi siempre preferencia a contentar a los niños en lugar de contarles toda la verdad. ¿Acaso no enseña también la Iglesia que más le vale a la mente humana ser feliz a través de la fe que acaparar un exceso de conocimientos?

Esperé hasta que por fin quedaron dormidos. En el momento en que pretendía volver a entrar en la taberna alguien abrió la puerta exterior: ¡soldados del rey! Vi a los *faidits* haciendo gestos de coger las armas, pero Crean los obligó a quedarse sentados en el banco. Un señor de aspecto noble, rodeado de un séquito numeroso del cual se separó un caballero para acercarse a Crean, cruzó el umbral.

–¡Ah, el señor de Bourivan! ¿Desde cuándo pertenece a la Orden?– exclamó, sorprendido al parecer, aunque sin expresar mayores sospechas.

Crean se mantuvo perfectamente sereno.

–¡Estoy en misión secreta!– comunicó al caballero quien, a su vez, le preguntó con asombrada desconfianza:

–¿Servimos todavía al mismo rey?

Extraje con toda rapidez el documento de mi nombramiento con el sello del rey Luis, que llevaba siempre conmigo en el bolsillo interior, y me acerqué con diligencia:

–¡Estamos camino de la Corte!– e hice bailar el documento ante sus ojos. –¡Estos señores me dan escolta!– añadí con aire de hombre de mundo. –¿Con quién tiene el honor de hablar este humilde hermano William, prior de la Orden de los minoritas?

Crean me presentó, algo anonadado, a su paisano Oliver de Termes, y éste a su vez se apresuró a realzar la presencia de su noble acompañante, el conde Jean de Joinville, que se había acercado al puerto para encargar pasaje en alguna nave para él y su primo, pues, junto con sus vasallos, deseaban acompañar al rey de Francia en su próxima cruzada. Crean rogó a los señores que se acercaran a la mesa donde los *faidits*, con sus ropas de *armigieri*, les cedieron gustosamente el sitio y se alejaron, pues la cercanía de los soldados franceses no les era demasiado agradable. Éstos formaron a partir de entonces un muro de protección –¿o de prisión?– en torno a nosotros. Yo mismo rechacé con toda humildad sentarme entre ellos, aunque no cabía pensar en una huida. Pensé en los niños y recé porque estuviesen profundamente dormidos.

–¿Y cómo os atrevéis, señor Oliver, a conducir al noble senescal de la Champaña a este mal albergue?– Crean había recuperado su seguridad y sabía muy bien que el ataque es la mejor defensa. Joinville respondió en lugar de su adjunto.

–¡O sea que en misión secreta...!– me sonrió, y yo le devolví en silencio mi expresión más devota, las manos enlazadas delante del vientre.

–Venimos precisamente de ver a su cristianísima Majestad, que se encuentra en Aigues Mortes– nos explicó, bien dispuesto, –donde está inspeccionando las obras y proporcionándonos una y otra vez el ejemplo luminoso del sentido de la justicia humana y del orden divino que posee. El rey Luis acababa de salir de la capilla, primer edificio que ha sido levantado en la nueva ciudad destinada a los cruzados, justo en el mismo momento en que pasaba la carreta del preboste de París con los cadáveres de tres hombres que habían sido muertos por un sacerdote. Los tres eran sargentos de la Corona. Su Majestad pidió al preboste que informara, y resultó que los sargentos habían atacado a personas inocentes en calles desiertas, robándoles cuanto llevaban encima, pero que nadie se había atrevido a denunciarlos porque estaban al servicio del rey.

Me parecía que aquel hombre tenía la lengua muy suelta, aunque de todos modos dispondría de alguna capacidad política o de buenas relaciones, pues de otro modo no habría sido nombrado senescal. En cualquier caso tuvimos que prestarle nuestro oído hasta habernos enterado de todos los detalles de aquel caso criminal, mientras estábamos sobre ascuas, por lo menos yo, por el temor razonable de que los niños, medio dormidos, se presentaran en cualquier instante ante nosotros, cosa que les gustaba hacer, a Roç cuando había dormido mal y a Yeza por pura curiosidad. También Crean se esforzaba por ocultar su nerviosismo.

Joinville prosiguió así su relato:

–También aquel pobre y delgado clérigo había caído en manos de los desaprensivos sargentos, que le quitaron de encima cuanto llevaba y lo dejaron en camisa. Pero el pobre cura, sin decir una palabra, corrió hasta el albergue y volvió armado con una espada y una ballesta. Los tres sargentos aún estaban riéndose cuando atravesó de un flechazo el corazón del primero de ellos: los otros dos intentaron escapar. Uno quiso saltar por encima de una valla, pero nuestro sacerdote le cortó la pierna con su espada dejándola limpiamente dentro de la bota. Después corrió detrás del otro, que clamaba pidiendo auxilio, y le partió el cráneo de un golpe hasta la mandíbula, tras lo cual, y sin mostrar síntoma alguno de arrepentimiento, se presentó ante el brazo de la Ley. Y el preboste pudo llevárselo consigo sin que se resistiera.

No se cumplió mi deseo de que la historia hubiese acabado allí. Sólo yo me había dado cuenta de que Constancio y Sigbert habían regresado, aunque se mantenían discretamente retirados al fondo. ¡No parecía conveniente tener que presentarles también a ellos a nuestro conde! ¿Qué nombre de guerra les podíamos dar? Los caballeros templarios suelen ser casi todos nobles de Franconia, pero como mínimo nadie espera encontrarse en tierras de Francia con alguien que es innegablemente alemán, y mucho menos aún con un siciliano, ¡si es que aquel tipo lo era! Por otra parte, el peligro no nos acechaba tanto de parte de quien estaba relatando aquella historia truculenta como de Oliver, cuyo nombre me revelaba que era un renegado de la causa cátara y se encontraba ahora al servicio del rey. ¡Todo renegado intentará siempre hacer méritos ante su rey, más que merecer la estima de sus semejantes!

–"Joven"– dijo Joinville que comentó el rey: –"vuestro valor os ha quitado la oportunidad de seguir ejerciendo el oficio de sacerdote. Sin embargo, os quiero tomar a mi servicio para que vuestro arrojo me acompañe más allá de los mares. ¿Cuál es vuestro nombre?" "Yves el Bretón", proclamó el preboste, que no comprendía bien el cambio de orientación en lo sucedido. "No lo hago solamente por vos, Yves, ¡sino porque deseo que todos comprendan que ningún crimen queda impune en mi reino!", finalizó el rey. Y todos los que pudimos asistir a ese acto de sabiduría salomónica mostramos nuestro júbilo ante la sentencia de quien es "árbitro máximo".

El conde, tras haber acabado de contar una historia tan rimbombante, miró a su alrededor pidiendo un aplauso, y también a Crean a la espera de su reacción, por lo cual me apresuré a batir palmas. Joinville me lo agradeció con una sonrisa campechana que, a su vez, empujó al señor de Termes a confiarnos en voz baja el verdadero motivo de su presencia en aquel lugar, sin excluirme a mí del círculo de confidentes:

–¡Y pensar que un señor tan bondadoso está expuesto a que cualquier asesino intente acabar con su vida!– reflexión a la que el señor de Bourivan no respondió con la consternación debida.

Como Crean no mostrara, pues, una reacción satisfactoria, intenté atraerme la atención de nuestro interlocutor, satisfaciendo en parte mi propia vanidad. Me incliné hacia él dando muestras del mayor interés.

–El "Anciano de la montaña"– prosiguió Oliver con aire de conspirador –ha encargado a sus fieles más fanáticos que busquen al rey…

De repente también Crean se mostró interesado, aunque con un tono incrédulo de rechazo, casi de protesta.

–¿Cómo es posible?– se le escapó.

–El máximo superior de esos demonios está disgustado por el hecho de que nuestro soberano prepare una cruzada…

–…es la razón por la que quieren asesinarlo y cegar el recorrido de una vida tan virtuosa– intervino Joinville, haciéndose cargo con mucho gusto de proseguir el relato. –Sabemos que esos poseídos no muestran reparo en anunciar previamente sus crímenes, pues se creen infalibles en su ejecución– bajó la voz, pues tampoco él parecía tenerlas todas consigo; –y, según parece, ¡ya han sido vistos dos "asesinos" en estos alrededores!

No hice caso de la breve mirada que, como para conjurarme, me dirigió Crean.

–Debemos atraparlos antes de que...– siseó Oliver. Y al fin pude mostrarme como leal servidor de mi rey:

–¡Yo los he visto!– sentí cómo mis palabras, tan importantes, se me deshacían susurradas en voz baja sobre la lengua. –¡Los he visto aquí, bajo este mismo techo!– Me volví con toda precaución, queriendo señalar subrepticiamente a los dos extraños mientras todos echaban mano de sus espadas, pero el lugar donde antes los había visto sentados estaba vacío. La tensión se deshizo con algún daño para mi reputación; todos rieron, se rieron de mí, y al producirse poco después la despedida general nadie se dignó dirigirme un saludo.

Volvíamos a estar entre nosotros. Sigbert y Constancio informaron de que el barco llegaría a primera hora de la madrugada. Después Crean se dirigió a mí, que en mi orgullo ofendido esperaba obtener confirmación y elogio.

–Hermano William– dijo a su manera tranquila, –has actuado con inteligencia intentando defendernos lealmente a nosotros y a los niños, ¡pero tu pretensión de querer frenar el curso del destino es también signo de una gran insensatez, cuando no de algo peor!– Crean se dirigió hacia sus dos compañeros: –¡Puede que un franciscano sepa conciliar con la salvación de su alma el hecho de ayudar a unos esbirros, pero querer oponerse a la *faida* significa querer poner a prueba a Dios! ¡Traicionarla es una ofensa que sólo podría ser lavada con sangre! ¡Puedes agradecerle a tu Creador que no haya dado resultado!

Su violencia se me contagió y olvidé cual era mi situación:

–¡Unos "asesinos" infieles!– me rebelé. –¡Delatarlos es obligación de todo cristiano!

Crean se dominó; pareció ignorarme, y dirigió sus palabras a los demás:

–Ni siquiera un minorita puede mostrarse tan ignorante, aunque haya equiparado su cerebro al de las alondras: ¡los ismaelitas son musulmantes profundamente creyentes, y no infieles ni asesinos borrachos! Ellos cumplen una misión que responde a un concepto de justicia más elevada que la de ese rey Luis, ¡tan sentimental que admite que en su reino un sacerdote haga de juez y un matón sea puesto como ejemplo! Un rey que entrega a los más nobles de sus súbditos a la Iglesia, la Inquisición y la hoguera; un supuesto "santo" que ahora pretende caer con un ejército de aventureros sin escrúpulos, ávidos de riquezas, sobre un país al que, para subrayar su ambición, ha bautizado con el nombre de Tierra Santa, ¡aunque no hace otra cosa que llevar la guerra y la perdición a esa región! Por mi parte, ¡rezaré de todo corazón para que esos dos hombres no pierdan la vida antes de haber cumplido con su noble tarea!

El señor de Bourivan se había enfurecido más y más conforme hablaba, y parecía preferible no irritarlo todavía más.

–Y ahora, William de Roebruk, puedes ir rezando porque suceda lo contrario. Te encontrarás en compañía de lo mejorcito de la sociedad cristiana, ¡pero no te imagines, ni en sueños ni en tus devaneos más íntimos, que Jesucristo está a tu lado!

Callé; aunque parecía avergonzado, en realidad estaba confundido y herido. Con la cabeza gacha, una cabeza que nadie pretendía cortar, me retiré al cobertizo donde dormían los niños. Es probable que también Crean sea un renegado, me dije a mí mismo, porque si no fuese así, ¡no se apasionaría tanto! Aún tienes mucho que aprender, William de Roebruk.

A la mañana siguiente, mientras intentábamos atravesar la densa marea humana reunida allí, quise escudriñar los alrededores por si veía a los dos extraños. Y aunque vi muchos rostros sospechosos: por ejemplo, algunas gentes del norte de nariz aplastada, cabello rubio como la estopa recogido en trencitas y con ganas de matar en su mirada azul; o las narices largas de los godos a continuación de una frente estrecha bajo la cual anidaban sus instintos primitivos; o también las narices ganchudas en el rostro de los bizantinos, tan torcidas como sus puñales llenos de falsedad –aunque no mayor que la de los armenios, que te obligan a contar los dedos de tu mano cuando has apretado la suya–, no vi ni rastro de los "asesinos", lo cual me alivió. ¡Estaba bastante seguro de que no se habían dejado atrapar por Joinville!

Constancio nos condujo sin vacilar hacia un muelle apartado donde nos esperaba un velero. Apenas llegamos a bordo se retiraron los *faidits*, que nos enviaron saludos de despedida mientras los niños les correspondían también muy emocionados, y la nave se hizo a la mar. Cuando ya navegábamos por delante de la última torre de vigía de la ensenada del puerto, el gigantesco alemán se dirigió hacia mí:

–Nadie debe intentar deshacer una profecía, sobre todo cuando sale de la boca de una vidente como es "la Loba": te has convertido en conocedor de un misterio y viajero hasta los confines del mundo; el futuro dirá si tu Iglesia te perseguirá por esta causa o tu rey te honrará por ello.

Busqué con la mirada a Crean para solicitar su apoyo, pero éste se encontraba con ambos niños en la proa, mirando fijamente al mar. Supuse que también él conocía las palabras de la bruja y sentí un gran temor.

–Pero a partir de ahora– prosiguió Sigbert –el bienestar de los niños ya no estará ligado a tu persona, que se cruzó por una estúpida casualidad (¡no quiero creer que fuese por previsión divina!) en nuestro camino, llegando a ser testigo de su salvación, tarea sagrada que nos incumbe únicamente a nosotros.

Se acercó a mí, que estaba anonadado porque nunca le había oído pronunciar un discurso tan largo. Aún prosiguió con estas palabras amables:

–¡Espero, hermano William, que sepas nadar!

Me cogió con sus gigantescas manos por debajo de los hombros, como si quisiera abrazarme, y Constancio, quien se había acercado sin hacer ruido, tiró de mis piernas hacia atrás. Con ampuloso gesto me arrojaron por la borda al agua, como se tira una red llena de cangrejos inservibles. Aún me acuerdo de los rostros de los niños, de los ojos muy abiertos y asustados del muchacho, de las manos de la pequeña Yeza batiendo palmas por lo que consideraba un juego divertido. Y después, pataleando como un perro, intenté alcanzar la orilla antes de que mi sotana empapada me arrastrara hacia la profundidad, hasta que al fin sentí tierra bajo los pies y pude salvarme jadeando.

Me alcanzó una bolsa repleta.

–¡Cógela, *poverello!*– me gritó Crean. –¡Nosotros, los "asesinos", podemos ser comprados, pero no aceptamos regalos, ni siquiera el regalo de una vida!

Me llevé un susto de muerte. ¿A qué horrible conjura había asistido? Me encontré en la orilla temblando de miedo y de frío, sin atreverme a despedirlos con un saludo. Poco a poco desaparecieron ante mi vista hasta convertirse en un punto diminuto en el lejano mar…

III

IN FUGAM PAPA

EL *MAPAMUNDI*

Castel Sant'Angelo, verano de 1244

Los barqueros hicieron avanzar la barcaza plana remando, más que navegando a vela, aguas arriba por el río Tíber. Eran pescadores de Ostia, de donde el río desemboca en el mar junto a las instalaciones portuarias de Claudio, ahora enfangadas y medio ocultas por la arena. Los hombres no esperaban de su pasajero una buena propina aparte del precio fijado para el pasaje, pero se habían mostrado de acuerdo en transportar a aquel dominico corpulento de edad indefinida, seguramente un gabacho, que apenas había respondido a sus lamentaciones y había tirado de su capucha hasta ocultar la mayor parte de su rostro duro. Durante el viaje, sin embargo, sintieron sobre ellos el aguijón de sus ojos vigilantes, de modo que prescindieron de las bromas habituales y realizaron su esforzado trabajo exteriorizando un casi mal humor. Tanto más sorprendidos se quedaron cuando el pasajero les entregó una moneda francesa de oro antes de saltar a tierra, justo debajo del Castel Sant'Angelo. Lo vieron tomar a paso enérgico la pendiente de la orilla hasta llegar, sin tirar de la cuerda que movería la campana, a un punto donde el repentino descenso de una estrecha y alta puerta forma un puente que tuvo que cruzar antes de que los muros se tragaran su figura oscura.

Vito de Viterbo no era francés; procedía de los alrededores del bastión más septentrional del estado de la Iglesia. Los viterbinos eran considerados, muchas veces sin que alguien les preguntara su opinión, creyentes muy devotos del Papa, una fama que les había proporcionado la familia de los Capoccio. Al servicio de éstos había estado Vito y siguió estándolo cuando el Papa le envió a París, no tanto para mantener el oído cerca de los labios del devoto Luis como para guiar la solícita devoción de éste por la vía correcta. Aunque confesor del rey, Vito seguía siendo adicto a los Capoccio. En aquella ocasión se acercaba a Roma para informar.

Conocía muy bien el revuelo de pasillos y rampas que se suceden en el interior de ese panteón que generaciones de papas, en su búsqueda de protección o su huida ante la adversa opinión pública, habían abierto en el túmulo de Adriano como si se tratara de dotar a aquel vientre de intestinos, estómagos, riñones y testículos arañados a la tierra. El pasillo que recorría Vito estaba débilmente iluminado por lamparillas de aceite y representaba incluso para el entendido una especie de laberinto tridimensional, que asciende cuando piensas tener que bajar, y que sube formando una espiral o rodea en un zigzag las puertas que el visitante desea evitar, conduciéndolo en cambio hacia otros accesos ocultos.

No se encontró con ningún guardián que le pidiera la consigna o le preguntara por las armas que llevaba, pues el Castel Sant'Angelo se vigila a sí mismo. Era la central de mando secreta de la curia: en sus cámaras secas se acumulaban los *archivi secreti*; se amontonaban las cajas con las reservas monetarias para sostener sus guerras, guardadas bajo rejas de hierro en una antigua cisterna vacía, y en lo más profundo de sus cuevas se pudrían "por tiempo indefinido" ciertas *personae sine gratia* de las que la Santa Sede había retirado su benevolente mano.

Con la seguridad que otorga el servicio prestado durante muchos años, Vito pasó bajo arcos que descansan sobre gruesas pilastras, cruzó balaustradas suspendidas como puentes de las que unos cabrestantes devanaban gruesas cuerdas para depositar su carga en algún escondrijo no identificable, recorrió escaleras que subían y rampas que bajaban hacia salidas invisibles para el ojo, y de las que sólo aquellos que dominaban los hilos sabían si daban a la nada o a nuevos subterráneos.

Al fin se abrió frente a él la gran sala del *mapamundi*. Los primeros seres humanos a quienes vio allí eran dos franciscanos subidos a un andamio de escaleras. Éste se deslizaba delante de un mapa del mundo que cubría tres paredes del espacio, desde el suelo hasta la bóveda. El mapa se iniciaba en el occidente más extremo con el océano, el mar universal, antes de que se tocaran, junto a Dchebel al-Tarik, los desiertos de Miramamolín con *al Andalus*. A la altura de la cabeza quedaba el *Mare Nostrum*, por encima de la costa de Mauritania con sus mercados de esclavos; se doblaba junto a Cartago, donde reinaba el emir de Túnez, ya en el centro de la pared, para descender después hacia la bahía de Sirte; volvía a subir con la Cirenaica, por debajo de la cual (*hic sunt leones*) se extiende el desierto hasta llegar al rodapié, dejando ver a continuación, conforme se alcanzaba la tercera pared, el delta del Nilo que se disuelve en el azul del mar, y en uno de cuyos brazos está inserto El Cairo, formando un brazalete de brillantes, sin que el curso del poderoso río se perdiera del todo en las arenas sedientas del zócalo restante. Junto a Gaza asciende después, casi inesperadamente, Tierra Santa con Jerusalén, divina *Hyerosolima*, rodeada de la corona radiante que forman la ciudad de Damasco, mercado de espadas finas y tejidos delicados y ciudad de san Pablo también; después la capital babilónica de Bagdad, bajo cuyo esplendor palidecen las numerosas otras ciudades del califa que surgen en su entorno; más allá, en el este, la tierra incógnita de los tártaros que no construyen ciudades; a lo largo de la costa siguen a Trípoli, de fama legendaria, las montañas de los "asesinos" y el antiquísimo patriarcado de Antioquía, para acabar –allí donde viven los armenios, gente de mal fiar–, antes de volver al mar, con una gran masa de tierra que representa Asia Menor. En esta bañera flota, como un pececillo, Chipre, la isla de Afrodita. Una ancha lengua de tierra perteneciente a los seleúcidas se acerca al Bósforo, junto al Cuerno de Oro de Constantinopla, mientras que el mar Negro no es más que un enorme lago, después del cual vuelve a instalarse el imperio de los kanes mongólicos, cuya ruta de la seda se pierde en el vacío.

Allí donde se agolpan las islas griegas, el mapa retorna a la pared central y sigue por Acaya y Epiro, a lo largo de la costa adriática dálmata, hacia arriba. Al antiguo Bizancio, que ahora no es más que un "imperio latino" en descomposición, le sigue Hungría, y el ojo del observador queda atrapado, junto al patriarcado de Aquilea, ahora caído en el olvido, en los dominios de la Serenísima. Hacia el sur cuelga en el Mediterráneo azul la bota italiana, objeto de tantas luchas; en el reborde superior doblado asoma la Liga lombarda del imperio; alrededor de la pantorrilla se arruga la media con el Patrimonio de San Pedro y la Roma eterna, *caput mundi*, en forma de hebilla brillante adornada de joyas; más abajo están el talón de Apulia, la tibia napolitana, y el empeine de Calabria perteneciente al odiado imperio romano-germánico, cuya punta parece pisar el reino de Sicilia como si fuese una piedra molesta.

Más hacia el norte bailan Cerdeña y Córcega dentro de la esfera de poder del oleaje genovés. ¡Pero volvamos hacia atrás, doblemos hacia el norte! Después de cruzar la cordillera de los Alpes se encuentran hacia el este los ducados de Suabia, Baviera y Austria; a continuación los reinos de Bohemia y Polonia; y más allá vuelve a dominar la salvaje estepa de los mongoles, que aquí se denominan la "Horda de Oro". ¡Las tierras de su imperio son tan ilimitadas que podemos darnos por satisfechos con decir que la superficie del *mapamundi* no es capaz de abarcar sus confines! Hacia el norte están las islas de daneses y vikingos, ya en los mares helados, mientras que si cruzamos las tierras de Sajonia llegamos con nuestro gigantesco dedo invisible, una vez traspasado el Rin, a tierras de occidente. Nuestro dedo señala más allá de Lorena y Flandes hacia el interior de Francia, hasta París. Al otro lado del canal normando vemos una mancha de tierra retorcida que representa Inglaterra, enzarzada en una disputa continua con Irlanda, la rebelde, y con la orgullosa Escocia. Si dejamos Bretaña volviéndonos hacia el sur nos encontramos con Aquitania, tierra amorosa, para pasar a Tolosa, la hereje, y después de cruzar los Pirineos nos encontramos en el Aragón cristiano, siempre atormentado por la cristianísima Castilla, mientras que en *al Andalus* se extiende, cómodamente asentado, el califato islámico.

–Algún día el puño férreo de nuestra reconquista volverá a expulsar a los moros, exactamente por Gibraltar, por donde entraron, alejándolos a la fuerza de Iberia, como se expulsa la espuma de clara de huevo azucarada haciéndola pasar por un embudo puntiagudo, ¡y aún llegaremos a escribir la palabra "Cristo" con letras indelebles en sus desiertos de arena!

El franciscano que pronunciaba palabras tan entusiastas mientras trepaba por la escalera era un calvo rechoncho en cuyo rostro pastoso flotaban un par de ojos muy azules. Mostraba los pómulos salientes de la gente nacida en las marcas orientales del imperio, donde la misión de los minoritas conseguía reclutar a sus seguidores más adictos.

Benedicto de Polonia se encandiló revelando aquella extraña mezcla de odio a los infieles y sueño de glotonería voraz.

–Escucha, Lorenzo– se dirigió a su compañero, más enclenque, –¡y deja de chuparte los dedos!– Siempre le daba rabia que se burlaran de él. –Les sacaremos la sangre del cuerpo antes de que se les coagule en las venas por efecto del calor o que mueran ahogados. Creo más bien que morirán de sed, pues sus pozos están envenenados por su falsa fe; o morirán de hambre, pues no son capaces de asimilar el corazón del Mesías…

–Hermano– le sonrió desde las alturas del andamio el compañero interpelado con el nombre de Lorenzo, –¡más te vale sacar un trocito de pan de tu bolsa antes de imaginarte el cuerpo de nuestro Señor en forma de asado dominguero!

Al dar media vuelta Benedicto descubrió, entre las columnas, a un extraño que estudiaba en silencio el mapa del mundo sin haberles ofrecido un *Pace e bene!* o cualquier otra palabra de saludo. Vito había sido citado allí, pero llegaba demasiado pronto, y su castigo consistió en tener que soportar el parloteo de aquellos minoritas. Precisamente por haberles dado a entender que no apreciaba su compañía los franciscanos se sintieron impulsados a entretener a su taciturno huésped.

Entretanto, Benedicto había alcanzado a su compañero sobre el andamio oscilante, situado delante de la cara derecha del campo central, allí donde transcurre el límite oriental del "Sacro imperio romano-germánico". El tal mapa del mundo estaba fabricado con delgadas capas de álamo montadas sobre un marco invisible de roble, pintado con gran esmero con llamativa pintura de cal, pero mostraba pocos detalles geográficos, a menos que un río o una cordillera representaran también una frontera natural, pues estaba destinado, más que otra cosa, a reflejar el cambio de las fronteras feudales. Los frailes estaban ocupados en eliminar de las marcas germánicas orientales las huellas de las incursiones tartáricas sufridas tres años atrás.

Unas figuras rechonchas de madera, sujetas con agujas puntiagudas y coronadas por una cruz, significaban abadías, sedes obispales y demás posesiones eclesiásticas inamovibles, a menos que les sucediera alguna desgracia por pérdida, incendio o transformación en mezquita, mientras que los límites de los señoríos terrenales eran figuras móviles que podían ser trasladadas junto con sus ejércitos, simbolizados por pequeños estandartes. Lorenzo sacó de un cestillo algunos monasterios que allí guardaba y sembró de ellos una Silesia devastada, mientras que Benedicto consiguió poner en repentina huida a todo un ejército de mongoles bajo el mando de Batú kan.

–Si tu emperador hereje hubiese ayudado a mi rey, como lo hicieron los caballeros de la Orden teutónica, el duque Enrique no habría perecido en Liegnitz, y habría…

–¡Habría, habría!– Lorenzo lo interrumpió excitado. –Si nuestro señor Papa no hubiese convencido a Federico de no intervenir, ni siquiera habríamos llegado tan lejos. ¿Acaso el emperador no hizo un llamamiento a todos los príncipes de la tierra para que se opusieran sin tardanza a los invasores? ¡Al fin y al cabo, ha sido su fama de guerrero lo que los hizo huir!

–¡No me hagas reír!– Benedicto dedicó sus afanes a los banderines mongoles, que retiró de Hungría. –¿Huida? ¿Y por qué cayeron, pues, sobre el pobre rey Bela, a cuyo hermano dieron muerte junto al río Sajo? Tan sólo la amenaza de nuestro señor Papa de aliarse con el rey-sacerdote Juan consiguió ahuyentar finalmente a esa chusma.

Lorenzo de Orta, con su figura delgada como un palillo y coronada por un remolino claro de pequeños rizos, cuyo color rubio hacía tiempo que estaba siendo desplazado por un gris plateado, no aceptó que el polaco le desmintiera ni lo apartara de su línea leal al emperador:

–¡El señor Gregorio se despidió de este mundo en cuanto supo del horror de sus crímenes, y ningún Cristiano ha visto en su vida la cara del rey-sacerdote Juan! Te diré qué fue lo que hizo temblar y retirarse a esos mongoles…

–El emperador germano, en su obcecación, fue quien llamó a los infieles, para vergüenza de toda la cristiandad– intervino ahora en tono seco, casi irritado, el visitante desde el pie del andamio, –y cuando se marcharon fue debido a la muerte de Ogodai, su gran kan. ¡No hubo otro motivo!– Vito se sentía disgustado, pues en realidad no tenía intención de dar una lección a los minoritas. –¡Regresarán en cuanto el *kuriltay* elija sucesor y, una vez más, no tendremos nada que oponerles!

–*¡Siempre nos queda la palabra de Cristo!*– En la tarima que sobresalía de la única pared libre de la sala se había abierto una puerta oculta, y una figura delgada se había acercado a la balaustrada.

–¡El “cardenal gris”!– susurró Benedicto asustado, y poco le faltó para hacer la señal de la cruz. La figura de aquél, envuelta en una capa color antracita y con una capucha que le cubría casi toda la cabeza, se ocultaba además detrás de una máscara de las que se utilizan durante el carnaval; la máscara también era de color gris ratón y no estaba hecha para provocar la risa. Incluso el intrépido Lorenzo se sintió intimidado.

–Su Santidad ha nombrado doce nuevos cardenales– se dirigió la máscara desde arriba a Vito. –Dirigíos al archivo de asuntos del imperio, donde el hermano Anselmo os señalará vuestra tarea.– Dicho esto, despidió con gesto autoritario a Vito, quien se encaminó de inmediato a su destino. –Vos en cambio, hermano Benedicto, fiel hijo de la Iglesia– el cardenal arrojó desde arriba un atado de papeles que el polaco se apresuró a recoger, –quedáis encargado de inscribir los nombres de los elegidos en el registro, y vos, Lorenzo de Orta, podéis dirigiros a la celda de castigo hasta que la sed os haga beber el agua que baja por las paredes y aprendáis a sujetar la lengua.– La figura gris dio media vuelta y se ausentó de nuevo.

–Tenía que ser Rainiero de Capoccio– gruñó el pequeño fraile castigado mientras descendía obediente por la escalera. –¡Nadie odia tanto al emperador como él!

–¡Silencio!– siseó Benedicto con visible terror. –Aún perderás la vida a causa de tus habladurías.

–¡En cambio tú ascenderás a escribiente de los cardenales!– se burló Lorenzo abiertamente cuando vio al polaco, pálido y confuso, con la lista en la mano; él sabía perfectamente que Benedicto ni siquiera era capaz de escribir su propio nombre y mucho menos el de otros. –¡Apresúrate!– añadió con bonachona brusquedad. –Dame esa lista y tráeme pluma, tinta y una vela a la celda de castigo. Yo arreglaré este entuerto.

–Gracias, hermano– susurró Benedicto mirando temeroso a su alrededor. –Con mucho gusto te llevaría también un poco de pan si...

–¡...si no tuvieses tanto miedo de ese espantapájaros que nos vigila!

Benedicto encogió la cabeza.

–¿No podría ser también Jacobo de Preneste?– añadió dominado por la curiosidad.

–¡Pero si está casi muerto, igual que el de Colonna, el que se esfumó tan de repente en febrero después de haber sido su antecesor en el macabro puesto de *spaventa passeri!* No, ¡ha sido Capoccio!

Benedicto se tapó los oídos para no oír las insolencias de su compañero, quien abandonaba la sala con un despreocupado canturreo, disponiéndose a descender por las escaleras del fondo.

La luz del sol caía a través de una abertura redonda, situada en lo más alto de la cúpula, sobre los estantes entre los que paseaba Vito en compañía del monje Anselmo, dominico como él y hermano menor del famoso Andrés de Longjumeau.

–*Omnes praelati / Papa mandante vocati / et tres legati / veniant huc usque ligati.*

–El perdedor no se salva de la burla, fra' Ascelino– reconvino Vito al joven. –Ha sido un duro golpe para el Santo padre y el motivo auténtico de que su débil corazón no pudiese seguir latiendo en este mundo desagradecido; de tal modo lo afectó la infamia de los pisanos y de Enzo, el bastardo imperial...

–Pero hay que conceder que ha sido una jugada genial la de su enemigo encarnizado: ¡mira que hacer secuestrar, en alta mar y por las galeras genovesas, a los devotos prelados cuando se dirigían a un pacífico concilio en el que con toda probabilidad habrían condenado al germano...!

–Ese hijo de carnicero está condenado de todos modos, y aunque el año pasado tuvo que soltar a sus prisioneros, los que han sobrevivido a las torturas lo odiarán hasta la muerte; precisamente acaban de nombrar a doce nuevos cardenales, ¡y ninguno de ellos será precisamente amigo de Federico...!

–¿Como por ejemplo Galfrido de Milán?– lo interrumpió Ascelino con sarcasmo vigilante. –Al cardenal obispo de Sabina nunca se le ha considerado enemigo del germano. ¿Es ésa la razón por la que Celestino IV tuvo que dejar este mundo después de sólo catorce días de papado?

–La verdad es que muchos nos abandonan en estos tiempos– se lamentó Vito. –No sólo hemos perdido por dos veces a nuestro Papa en el mismo año; también nuestro amigo Federico ha vuelto a perder, con profundo pesar de su parte, a una de sus amantes mientras daba a luz, y su primogénito eligió el suicidio para escapar al destino de tener un padre tan monstruoso.

–Mucho debéis odiarlo– observó Ascelino con franqueza, –puesto que estáis ciego para el hecho de que una maldad no hace más que arrastrar a otra.

–Nuestro reciente papa Inocencio IV ha confirmado de inmediato la excomunión pronunciada por su gran antecesor Gregorio. ¿Acaso pretendéis defender a un condenado por el Papa? ¡Os llamo la atención, Anselmo de Longjumeau!

–Nada más lejos de mis intenciones– repuso Ascelino con aire condescendiente, aunque sin permitir que lo impresionaran las palabras del otro. –Lo único que hago es conservar mi sano juicio político. Espero que, dada vuestra responsabilidad dentro de la *Ecclesia catolica*, tengáis siempre presente la seguridad del Santo padre. ¿Acaso no ayudasteis también al señor Rainiero cuando la traición de Viterbo?

–¡Y me enorgullezco de ello!– le respondió Vito con la mirada chispeante. –Cualquier alevosía, cualquier traición dirigida contra el Anticristo y sus seguidores me acerca más al reino de los cielos!

–Pues Federico os ayudaría con mucho gusto a alcanzarlo– murmuró Ascelino con sequedad; –lo malo es que también lo hace pagar a otros.

–¿De qué lado estáis en realidad, hermano?

–Yo soy un *canis Domini* igual que vos, hermano, pero decidme, ¿qué puedo hacer por ayudaros en vuestra noble empresa, cómo puedo serviros?

El de Viterbo se mostró dudoso al observar la ironía con que su interlocutor cambiaba de tema. Por otra parte, ¿no había sido precisamente el "cardenal gris" quien le había hablado de ese hermano de su misma Orden, merecedor de toda confianza? Como si su recelo hubiese hallado eco en un oído autorizado se escuchó ahora una voz cuya procedencia se hacía difícil precisar.

–¡Habla, Vito de Viterbo! ¿Acaso quieres sopesar tu recelo contra mi confianza?

Vito se encogió del susto. Fra' Ascelino le sonreía con beatitud.

–Se trata de los infantes– susurró el de Viterbo. –Los bastardos herejes, las crías ilegítimas del emperador germano.

Vito pasó a exponer la trama de una conjura.

–¡Han conseguido escapar del Montségur! Cierto William de Roebruk, uno más de los gorriones desleales de nuestro amigo, el de los pájaros de Asís, desapareció del campamento la misma noche de la entrega del castillo sin dejar rastro alguno. No quiero decir con eso que tenga algo que ver con la intriga, pero...

–¿Es ésa razón suficiente para desencadenar un baño de sangre en el Languedoc entre los huérfanos de la misma edad? ¡Te llaman Herodes, y con ello has causado deshonra y rodeado de escándalo el nombre de la Iglesia!

Vito pasó a defenderse:

–Una vez verificadas sus identidades, hemos entregado cada uno de los niños recogidos a sus padres, al asilo o a un monasterio, sin que sufrieran daño alguno. ¡Ahí veis cómo se calumnia a la Inquisición!

–Donde se ve humo es que hay fuego, lo dice el pueblo. Los herejes se muestran triunfantes y afirman: ¡Ahí veis lo que es la santa Iglesia católica, que asesina vilmente a unos niños! ¡Y tú, en cambio, sigues con las manos vacías!

–¡Tengo todos los puertos vigilados!– se defendió un Vito apocado.

–Han sido vistos en Marsella– se escuchó una vez más la voz del personaje invisible, y esa voz no ocultaba su desilusión. *–¡Reflexionad bien acerca de vuestros próximos pasos!*

Vito se atragantó y miró a su alrededor; después hacia arriba, a lo alto. Pero no vio más que armarios y estantes repletos de documentos confidenciales, informes de agentes y espías, actas personales, falsificaciones y sentencias secretas, bulas oficiales y convenios no publicados.

–Pensé que un franciscano traicionero en realidad no puede hacer otra cosa que acudir al único refugio que le queda: Elía de Cortona...– convino bastante deprimido.

–Tranquilizaos, tenemos al *bombarone* bajo vigilancia, hermano– reemprendió Ascelino la conversación, –pero lo más probable es que se hayan aprovechado de ese minorita para darnos una pista falsa. Sea quien fuere el autor del proyecto, no habría dejado su ejecución en unas manos tan...

–¡Tenéis razón!– Vito confiaba ahora plenamente en su interlocutor y quería seguir hablando, pero Ascelino lo interrumpió bruscamente y le mandó callar. Había oído un crujido y descubrieron detrás de un estante a un Lorenzo acurrucado, con aspecto de mochuelo despeinado, sentado sobre una escalera alta de biblioteca mientras sostenía unas hojas sobre las rodillas y dibujaba con ayuda de un lapiz rojo. Era evidente que estaba tomando apuntes y que los dominicos le servían de modelo.

–¡Baja de ahí!– le ordenó Ascelino. Lorenzo se tomó unos segundos para acabar su obra con unos últimos trazos atrevidos.

–¿No deberías encontrarte ya en la celda de castigo?– observó Ascelino como al descuido mientras le retiraba las hojas.

–Sólo hasta que lamiera el agua de las paredes– sonrió Lorenzo, –y es lo que hice nada más entrar en ella.

–¿Lo sabe el cardenal?– Ascelino intentaba mostrarse severo.

–El cardenal lo sabe todo– contestó Lorenzo con entonación alegre.

Vito miró el dibujo, que mostraba un retrato bien logrado, aunque ligeramente caricaturesco, de su propia persona, pero ni un esbozo de Ascelino: ni siquiera un intento de iniciarlo. El detalle le llamó la atención.

–¿Cómo es eso?– interpeló con severidad al delgado minorita.

–Poseéis un cráneo de mucho carácter– lo aduló el artista con arrojo sin dejar de mirar las fuertes manos de su contrario; –tanto que no pude resistirme.

Vito hizo crujir sus mandíbulas poderosas apretando la dentadura con cierto embarazo mientras le devolvía con aire generoso la hoja.

–Lorenzo de Orta goza entre nosotros de cierta licencia de artista– sonrió Ascelino. –¡La rutina de este castillo en que estamos día y noche al servicio de la curia, realizando un esfuerzo tan secreto como responsable, precisa de cuando en cuando de alguna pequeña provocación refrescante para que no nos destrocemos unos a otros!

–Lamento mucho– gruñó Vito apenas se hubo alejado Lorenzo –mi desconfianza del principio. Hace tanto tiempo que estoy en el exterior que ya no conozco al detalle las costumbres de este viejo Castel Sant'Angelo– Ascelino le sonrió para infundirle ánimo y Vito se engañó en seguida al respecto. Adoptó un tono de charla amistosa: –Decidme, pues, ¿qué es lo que sabéis aquí de esos niños, fra'Ascelino?

–*¡Vos sabéis más que suficiente! ¡Os basta para poner manos a la tarea de cumplir con vuestro encargo! ¡Hermano Vito de Viterbo, os esperan en la sala del mapamundi!*

La voz del "cardenal gris" no revelaba emoción alguna, igual que en ocasiones anteriores. Pero Vito sabía muy bien con quién estaba tratando. Se sintió satisfecho de poder alejarse de allí. El tal Lorenzo de Orta gozaría de ciertas licencias de artista, pero a otros les podía suceder que una palabra equivocada fuese la última de su vida. Se despidió con un gesto de su compañero de Orden y dejó el archivo de asuntos imperiales.

En la sala grande, Benedicto de Polonia estaba fregando el suelo. Lorenzo había tirado del andamio un cubo con pintura roja y sus salpicaduras llegaban hasta Nápoles; incluso Tierra Santa había quedado manchada mientras un chorro rojo, seguramente esparcido al caer el cubo, alcanzaba desde el este, pasando por Bagdad, hasta la misma Sicilia.

Vito se detuvo unos instantes, indeciso, ante el *mapamundi*; pensaba en lo que significan el ascenso y la caída y en la mucha sangre derramada cuando vio que arrojaban a sus pies un rollo de pergaminos. Comprendió que a partir de entonces recibiría los encargos por escrito, para que "él" pudiese exigirle una mejor rendición de cuentas. Se agachó a recoger el rollo, y cuando al reincorporarse cayó su mirada sobre la figura de Cristo crucificado que había en un rincón sintió lástima de sí mismo.

VANA ILUSIÓN DEL FUGITIVO

Sutri, verano de 1244 (crónica)

Aunque conseguí salvarme de las aguas en Marsella perdí en ellas mi valor. Ya no me atrevía a presentarme ante el senescal, y mucho menos ante los ojos de mi rey. Los pocos días que pasé de viaje en compañía de los niños habían cortado el hilo con todo lo que había sido mi vida anterior. Me encaramé a la orilla como el náufrago que llega a una isla extraña. Es verdad que me habían obligado, y que podría haber citado a la vieja bruja como testigo ante un tribunal, ¿pero quién me había mandado acudir a ella? ¿Y Gavin? Se apartaría de mí, y hasta me entregaría a un tribunal de la Inquisición. En el mejor de los casos acabaría mi vida asesinado en una cárcel secreta. Me había comportado como un idiota y, en realidad, había perdido mi identidad. Ya podía ir diciendo por ahí que mi nombre era William de Roebruk, de Flandes, puesto que ni siquiera podía regresar a mi país, donde no haría más que atraer vergüenza y oprobio sobre mis padres.

Estuve a punto de arrojarme de nuevo al agua cuando observé que pasaba cerca de allí una nave mercantil de Pisa. Los italianos se regocijaban con mi aspecto y no parecían sentir mucha lástima de mí, que no era más que un fraile chorreando agua. Guardé la bolsa, única prueba contundente de mi vida pasada, bajo la sotana, y salté; otra vez estuve pateando el agua hasta alcanzar el primer remo extendido, y después unas manos amistosas me ayudaron a subir a bordo.

Una vez en la nave procuré ser útil hasta donde me fue posible, castigándome a mí mismo con períodos de ayuno autoimpuesto, aunque la mayor parte del tiempo el comerciante, un tal Plivano, me obligó a pasarlo rezando, ¡aduciendo que estábamos navegando por aguas genovesas! Es cierto que por la noche rodeábamos las islas y sus guarniciones y de día nos ocultábamos en silenciosas bahías, pero él no dejaba de sentir un miedo horrible.

Al fin llegamos a la Toscana. Antes de remar por el río Arno para arriba me dejaron en la orilla, cargado con numerosos regalos, pues el comerciante consideró que le había traído suerte. El obsequio más valioso era un abrigo rojo de brocado, forrado de seda, y un traje de terciopelo del mismo color. Junto con el traje me regalaron unos calzones y botas de piel vuelta. Me sentí como un artista, como uno de aquellos famosos retratistas italianos que había visto en la corte de Luis y que obtenían por cada suave pincelada abundantes monedas de oro, pues les sonreían los príncipes y la fortuna; en mi nuevo hábito de viaje me veía a mí mismo como uno de esos señores agraciados. Arrojé lejos de mí el hábito de franciscano, que de todos modos apestaba a agua de mar. Únicamente me quedé con la cruz de madera.

Fui caminando por la costa, y al ver que los pescadores, cuando levantaban la vista de las redes que estaban remendando, me miraban sorprendidos y me pedían la bendición, que yo por otra parte les otorgaba graciosamente, comprendí que seguían viendo en mí a un servidor de Dios. De modo que rogué a uno de aquellos hombres que me mostrara el albergue más próximo.

Delante de un edificio solitario situado junto a la vía Aurelia, que conduce a Roma, vi un carruaje extrañamente adornado con campanillas y cintas de colores. Se trataba de una carreta de dos ruedas, cerrada inmediatamente detrás del pescante con un toldo, como el de una tienda. Un mozo jorobado pero de complexión fuerte se ocupaba del caballo y me miró de arriba abajo.

El comedor estaba vacío. Pasó algún tiempo antes de que se presentara el mesonero, despeinado y estirándose los calzones para arriba, que se me acercó arrastrando los pies en cuanto me vio, pues debí parecerle un huésped de alto rango. Pedí que me asignara una habitación en la planta superior, y exigí que me prepararan un caballo para la mañana siguiente y que me subieran sin tardanza vino, pan y queso.

Aquel hombre ni siquiera se molestó en darme las gracias. Es posible que mi llegada lo arrancara del lecho donde estaría divirtiéndose con su mujer. Y, sin embargo, se quedó arrojando miradas indecisas de un lado a otro hasta que me sentí obligado a adelantarle una moneda de oro. La recogió al vuelo, me dedicó un guiño de compañerismo estúpido, y se dirigió con pasos torpes hacia la escalera. *Pace e bene!*

Apenas me hube estirado en el lecho cuando se abrió la puerta y entró una dama maravillosa que me saludó con las palabras siguientes:

–¡Buenos días, bello extranjero!

Llevaba cuanto yo había solicitado en una bandeja que sostenía sobre su abundante pecho, por lo que fijé mi vista más allá del queso sobre tan generosa oferta apenas sujeta por el tejido. La muchacha tenía un cabello negro como la brea y ojos rasgados de brillo peligroso. Dejó la bandeja en el suelo, delante de mi cama, con movimientos tan lentos y provocadores que nuestras cabezas casi entrechocaron cuando volvió a incorporarse riendo.

Sin dirigirme ni una pregunta cogió una de mis piernas, la sujetó con un rápido giro por detrás entre sus muslos, y me quitó con manos ágiles la primera bota. Cuando le llegó el turno a la segunda me lanzó una mirada incitante por encima del hombro, de modo que le tendí la segunda pierna, pero en lugar de cogerla levantó sus faldas y quedó ante mi vista del todo desnuda, maravillosa y redondeada. Mis manos ya no me obedecían: se pusieron en movimiento como dos gansos borrachos.

–¡La bota, señor!– gorjeó separando ligeramente sus piernas de modo que me pareció perder el sentido. Temblando con todo el cuerpo avancé la punta de la otra bota a través del arco triunfal que se me abría prometiendo placeres sin fin, y me esforcé emocionado en no tocar las ramitas que colgaban de aquel oscuro jardín de las delicias. Después su trasero se cerró como un portal marmóreo, cayeron las faldas, su carne se apretó en torno a mi pierna, y apenas noté cómo me quitaba la segunda bota.

Pero no liberó mi pierna sino que se agachó, dándome siempre la espalda, y por el ruido del chorro de líquido pude darme cuenta de que estaba escanciando el vino. A continuación soltó la presión de sus muslos, dejó que mi pierna temblorosa se deslizara por todo el largo del borde interior de su piel cálida hasta volver a tocar el suelo, y se volvió hacia mí con un vaso en cada mano. Me tendió uno, se sentó a mi lado en la cama, y empezamos a comer.

–Soy Ingolinda de Metz– y me presentó un rostro de expresión radiante. –¡Ingolinda *la grande puttana!*– añadió aún mientras yo asentía, muy contento. Cortó el queso en trozos convenientes quitándole primero la corteza y me los fue metiendo en la boca.

–Puedes llamarme William– le dije con el mejor aire condescendiente que supe adoptar, –y además podemos conversar en francés…

–Me lo imaginaba, William, ¡habrás aprendido ese refinamiento en París!– seguía charlando alegre Ingolinda.

Había traído también algunas uvas y tomó una de ellas entre los dientes, acercándola después a mi boca cuyos labios se abrían con avidez. Dejó escapar la uva con gran habilidad y yo quedé preso de sus maravillosos senos en cuyo valle el sediento hallaba el maravilloso fruto que revienta entre los dientes. Otros granos de uva rodaron sobre mi cuerpo corriendo por mis calzones, por lo que la dama de Metz sintió la necesidad de no permitir que se perdiera ni uno. Con la habilidad de un carterista me deshizo las ropas, liberó mi estoque, lo besó a modo de saludo, se arremangó las faldas y lo introdujo en su sótano húmedo y prometedor, tras lo cual nos dedicamos a pisar el vino a un ritmo salvaje.

Desde que me vi alejado de los camerinos de las sirvientas en el palacio real de París, de los blandos vientres de las amables cocineras, de las flacas y duras carnes de las lavanderas que nunca se tomaban el tiempo de incorporarse para intercambiar una broma, de las camareras con sus risitas que por respeto a sus faldones tiesos sólo admitían ser sacudidas de pie y en un rincón; después de todos aquellos pajares conocidos donde se me había permitido entrar a buscar placer, no había conseguido, ni en el campamento ni durante mi último viaje por tierra y por mar, ponerme debajo a una dama. ¡Y pensar que ahora estaba sepultado bajo aquella mole inmensa de mujer!

Ingolinda de Metz sabía por qué se dedicaba a la prostitución. Y también me lo hizo saber a mí. Tan sólo después de haber derramado todo el vino, mordido todas las uvas, y cuando ya pensé que jamás volvería a estar vivo y solo, redujo sin dejar de reírse el ritmo de nuestros esfuerzos, aunque sin dar la más mínima señal de querer respetar las campanadas que llamaban al rezo del Ángelus, ni de poner el fin merecido a nuestra tarea. Por otra parte, mi estoque no es de los que se retiran en seguida.

Como si hubiese adivinado la divergencia surgida entre la carne y el espíritu, me prometió:

–Mañana no necesitarás caballo, te llevaré adonde tú quieras, ¡pero esta noche quiero ser una vez más tu montura!– Lo dijo y me besó en la boca antes de que hubiese podido responderle.

–¡Voy de camino a ver al Papa!– Estas palabras salieron de mi boca sin que antes jamás hubiese pensado en nada parecido. Pero en lugar de causarle la esperada impresión e intimidarla, *la grande puttana* estalló en una franca carcajada.

–¡Yo pretendo lo mismo!– y bajó de mi cuerpo exclamando: –¡Hasta mañana por la mañana– arrojó un beso al aire, –hasta mañana por la noche!– tras lo cual abandonó mi habitación con la misma frescura que antes trajo consigo.

Estaba demasiado cansado como para desnudarme siquiera, de modo que me dormí en seguida; pero dormí mal, con la consecuencia de despertarme cuando todavía era de madrugada.

Salí hacia el pozo y encontré allí al mesonero gruñón, que de nuevo me guiñó un ojo en un gesto de confianzuda adulación similar a la del día anterior. Le di otras tres monedas de oro señalando sin dejar lugar a dudas la carreta de la prostituta, y pedí que me presentaran el caballo, un triste jamelgo acompañado de su bastante torpe ayudante. Con ellos abandoné en silencio aquel hostal, en el que me pareció oír aún los ronquidos de Ingolinda, y proseguí mi viaje en dirección al sur.

No tenía ni la más leve idea de cómo iba a proseguir mi vida, y me decía: ¡Acabarás mal, William! Mas esta duda tuvo un fin inesperado cuando llegamos a la región etrusca de Tarquinia sin haber sido atacados por los bandoleros, que eran legión, sobre todo en la zona de la *maremma*. Es posible que mi ropaje fuese demasiado llamativo y diese que pensar, insinuando la sospecha de que yo era algo así como un cebo expuesto detrás del cual se cierra la trampa, por lo que ninguno de los atrevidos salteadores de caminos quiso extender la mano y atraparme. Y eso que por toda compañía llevaba a Filippo, el torpe ayudante que trotaba en silencio detrás de mí y sabía atender mejor al caballo que a mi persona.

¡De repente se presentó ante nuestra vista un grupo de jinetes del Papa! Me asusté, pues seguía con mala conciencia por llevar unos ropajes que no me correspondían. No obstante, el capitán me hizo una reverencia y después observó con cierto reproche:

–¡Perdonad, pero viajáis con excesiva ligereza de ánimo! Vuestra eminencia no debería estar sin protección. Hace tiempo que los demás señores cardenales se han reunido en Sutri con el Papa. ¡Permitid que os escoltemos!

Mi susto aumentó al doble: el buen hombre creía que yo era un purpurado y quería llevarme tal como estaba a presencia del Santo padre. Me quedé sin habla, pero a ellos les pareció natural en un extranjero, y aún les entendí lo siguiente:

–¿De dónde llegáis tan atrasado?

–Los pisanos...– inicié mi discurso.

–¡Ah, esos criminales malignos!– me interrumpió, afortunadamente. –Podéis dar gracias al Señor por haber escapado de los piratas, aunque también estas tierras son peligrosas– añadió después subrayando su ánimo protector, –pues están plagadas de tropas imperiales.

Despedí a Filippo pagándole el jamelgo a un precio por el que podría haber comprado, en mi pueblo, un tiro de cuatro caballos. Se atrevió, no obstante, a protestar, pero el capitán lo ahuyentó de malos modos.

–¡Otro malhechor de la región de Pisa! ¡Podéis estar contento de que no os haya cortado la cabeza y robado la bolsa en el transcurso de la noche!

Seguimos cabalgando en silencio tierra adentro. En mi cabeza confusa reinaba un único pensamiento: ¡Imposible presentarse así ante el Santo padre; sería una vergüenza para mi Orden, pues estaba hecho una pena! ¡Por no hablar de los interrogatorios angustiosos a los que sería sometido! ¡Me hallaba atrapado entre Escila y Caribdis! ¡Si por lo menos no hubiese arrojado lejos de mí el hábito de franciscano! ¡San Francisco, así castigas a los orgullosos! ¡Cómo deshacerme de aquel ropaje rojo como el infierno que me ardía en la piel, cómo cambiarlo por cualquier andrajo! De haberse cruzado algún pobre franciscano en mi camino habría intentado simular una urgencia, aunque ni siquiera tenía que fingirlo: ¡hacía tiempo que mis intestinos se rebelaban de puro miedo y excitación! Ten valor, William, conserva la mente clara: ningún franciscano habría aceptado cambiar su hábito marrón, el traje de honor de los pobres, por el tuyo, ¡y raro sería encontrarse con otro franciscano tan falso como tú!

–¿Cómo es que el Papa está en Sutri?

Apenas habían escapado estas palabras de mi pobre boca cuando ya me arrepentí. Un cardenal debe saber por qué el Papa tiene que dejar Roma atrás, pero el capitán me concedió una sonrisa benevolente.

–No lo habríais encontrado en Civitacastellana, puesto que el noble señor de Capoccio consideró que la fortaleza no ofrece seguridad suficiente para albergar con garantías a su Santidad…– Me midió con mirada escudriñadora y decidí pensar que se refería sólo a mi persona. No supe responder de otro modo que guiñándole un ojo en señal de entendimiento.

–¡Supongo que con toda la razón, puesto que el cardenal no ha hecho otra cosa que irritar al emperador germano!– Añadió con estas palabras su propia opinión, pues había cogido confianza conmigo. –Cuando alguien se porta tan mal como...– en ese mismo instante pareció sentir cierta reserva, al desconocer mi punto de vista.

–Soy francés y del norte– me apresuré a tranquilizarlo, –y todas esas intrigas romanas…

–Y yo soy genovés– me agradeció la posibilidad de descargar su corazón; –no cabe duda de que defenderemos al papa Inocencio, que antes fue nuestro venerado señor obispo y como tal un buen amigo del emperador, aunque este último siempre ha dado preferencia a Pisa. ¡Pero nosotros no somos enemigos del imperio!

–Por el bien de toda la Cristiandad– suspiré con aire de purpurado responsable sobre cuyos hombros descansan todas las preocupaciones de la Iglesia, –¡ambos deberían llegar a un acuerdo!

–Tenéis toda la razón, eminencia, pero entre vosotros, los purpurados, y perdonad si repito la *vox populi,* hay algunos lobos más bien negros, ¡y que no tienen nada de ovejas!, que quieren evitarlo a toda costa. El Santo padre se había dirigido a Civitacastellana porque muchos hombres razonables como vos, eminencia, lo instaban a llegar a un acuerdo con el emperador. Federico llegó de Toscana como una leona a quien han arrebatado su cría, para volver a arrancar Viterbo de las garras del peor de todos los lobos, vuestro colega Rainiero de Capoccio, que consiguió hacerse con la ciudad para su beneficio personal y del modo más infame…

–¿Y el Papa no pudo…?– pregunté indignado, puesto que desconocía aquellos detalles aunque no debía demostrarlo.

–El Santo padre no tuvo otra alternativa que hacerse el ignorante, pero reprendió al cardenal en público y castigó a los de Viterbo, que por cierto no tenían culpa alguna del embrollo, con un impuesto especial...

–…que ha venido a enriquecer sus arcas para la guerra– añadí siguiendo mi intuición.

El capitán asintió, a la vez comprensivo y disconforme. Después reflexionó acerca de la situación del Papa:

–Inocencio siente un temor indefinido a tener que enfrentarse algún día a Federico…

–Y ese temor está muy justificado, dada la malicia del germano– contribuí a la conversación con una nota que fue aceptada con agradecimiento.

–¡…el emperador sería capaz de secuestrar a su Santidad! Por otra parte– continuó el capitán, que era muy hablador, –puede que también sienta el temor de que le suceda lo mismo que a su antecesor, que en cuanto mostró cierta disposición pacífica frente al emperador…

–¡…fue llamado por Dios a su lado de una manera sorprendente e inmediata!

–¡El "cardenal gris"!– susurró el hombre, y fue ésa la primera vez que oí hablar de la institución más misteriosa de una curia cuya orientación era política y terrenal; de un personaje que personificaba la ambición de poder y que, al parecer, era incluso una pesadilla para el Papa, a quien hacía sentirse amenazado por una sospecha jamás formulada. –¡Sólo mientras el Santo padre consiga mantener la excomunión contra Federico estará seguro de poder seguir viviendo!– me confió el capitán del ejército papal, y comprendí finalmente el dilema, y también supe ver que no sería tan sencillo salir de aquel atolladero.

–Y precisamente el levantamiento de la excomunión es la condición puesta *a priori* por el emperador– adiviné, confiando en mi buena suerte y buscando un final digno a la conversación.

Era el momento justo, pues ante nosotros y entre los árboles surgió el castillo de Sutri. A mí me habría gustado enterarme de algún detalle más en torno a las finas redes tejidas por la curia, pero mi capitán partió al galope para ponerse a la cabeza de su grupo, sin duda también por respeto al temible Rainiero de Capoccio quien, al parecer, tiraba de los hilos con mayor poder que cualquier cardenal corriente. De esos mismos hilos colgaba, según todos los indicios, también mi señor, el Papa.

William de Roebruk, pensé, pequeño fraile vestido de una púrpura inmerecida, tú no eres más que un grano de polvo que esos señores pisarán por descuido si no se te ocurre meterte en su ojo y molestarlos, porque en este último caso te aplastarán como a un piojo. Volví a sentirme muy mal. Ese sentimiento quedó reforzado por la visión de unos muros negros que se levantaban amenazadores detrás de otras murallas de piedra cuadrada cubierta de musgo, piedras que debían ser mucho más antiguas que el Imperio romano. Piedra volcánica, se me ocurrió pensar de repente: ese mismo aspecto es el que deben tener las puertas ocultas del infierno por las que sale el demonio para hacerse con el dominio de la tierra. Hacia ellas arrastra a las pobres almas que caen en sus manos por ligereza, curiosidad o falta de moral cristiana. ¡Pobre de ti, William; lo más probable es que haya olfateado tu aparición!

Pasamos por delante de un anfiteatro romano que, al resaltar ante los oscuros muros, me hizo recordar algún lugar donde las brujas y los gnomos celebran sus aquelarres; donde Belcebú festeja la noche de los brujos y hechiceros después de atravesar todas las cuevas desde las profundidades de su fortaleza para bajar más adelante con su presa, ¡riendo y mofándose de ella!

Cabalgamos por una profunda garganta que no permitía escape alguno hasta llegar a lo alto del castillo. Mi escolta descendió de sus caballerías, me hizo una reverencia y yo la remuneré generosamente echando mano de mi bolsa mientras los guardias del portal elevaban sus lanzas para saludarme. Después avancé por la entrada pavimentada de piedra.

Crucé asimismo el segundo puesto de guardia, junto a las escaleras, sin tropiezo alguno. ¡Casi deseaba que me descubrieran, me desenmascararan, me arrojaran a la cárcel más profunda! Todo sería preferible a esa terrible escena en que el destino empuja, sin misericordia alguna, ante el trono de su Santidad al pobre William de Roebruk, vestido como un pavo engalanado de un rojo como el fuego.

Estuve buscando desesperado una última oportunidad para huir de allí, pero no veía más que sirvientes apresurados por todas partes, diáconos que me saludaban con devoción, gente armada en todos los rincones. Cuánto me habría gustado escabullirme detrás de la puerta de alguna de esas cámaras, saltar por la ventana hacia el foso del castillo, encerrarme en algún lugar al que acude el ser humano en su necesidad…

Por la actividad desenfrenada que veía crecer a mi alrededor me di cuenta de que estaba cada vez más cerca de la estancia donde tendría lugar mi ejecución. Fue entonces cuando se me acercó un joven dominico de rostro pálido y espiritual.

–¡Perdonad mi atrevimiento, eminencia, pero es urgente que os cambiéis de ropa!

Sufrí un estremecimiento profundo; me sentí atrapado, todo en mi mente era confusión cuando me oí decir, obedeciendo sin duda al diablo que se ocultaba entre aquellos ropajes:

–¡Hijo mío, debo ver al Santo padre!

¿Estaría loco para retar de tal modo a mi destino? Pero mi suerte fue que el joven dominico no se dejó apabullar y me sonrió condescendiente, como quien debe tener paciencia con los purpurados, ¡sobre todo cuando no tienen muchos años y son tan corpulentos como yo, representante típico de un prelado sin méritos que zampa con exceso!

–El Santo padre os espera en ropa de viaje– dijo con firmeza, e hizo señas a un paje para que se acercara: –Lleva al señor cardenal a una estancia que esté libre y búscale ropa– después me midió con mirada práctica y añadió en un ligero tono de compasión: –¡ropa adecuada!

Me dejó en manos del paje tras despedirse con un gesto leve de la cabeza, a lo que el paje respondió presuroso:

–¡A vuestras órdenes, fra'Ascelino!– y me abrió camino. Casi a empellones me hizo entrar en un gabinete donde no había más que una cama y una silla:

–¡Debemos apresurarnos, pues están ya a punto de partir!

Sospeché que me encontraba ante una oportunidad única y saqué mi bolsa.

–¿No sería posible proporcionarme un sencillo hábito de franciscano…?

–Aquí tenemos de todo, eminencia– se guardó la moneda. –Aunque, en realidad, no deberíais llevar ropa ecla-ecli-eclesiástica– tartamudeó, algo avergonzado. –Se trata de ofrecer un aspecto mundano…

–Si caigo en manos del dueño de este mundo me reconocerá en cualquier ropaje– lo consolé. –Por otra parte, ¡mi deseo es presentarme ante el trono de mi Creador vestido con el hábito más humilde!– terminé mi discurso con gran aplomo y el muchacho, impresionado, salió a toda prisa.

Aún no lo podía creer. Me deshice tan pronto como pude del ropaje rojo, que arrojé a tierra. Pero tampoco quise mostrarme desagradecido, puesto que aquel traje me había transportado sano y salvo hasta donde estaba. De modo que lo volví a recoger y lo extendí cuidadosamente sobre el lecho. Quién sabe, tal vez pudiese serme útil algún día; aunque por otro lado parecía preferible no dejar huella alguna. Abrí la puerta de un armario empotrado, del que me llegó un vaho de podredumbre húmeda procedente de una rendija que observé en el tablero que hacía de pared posterior. Dicho tablero podía deslizarse hacia un lado... ¿conduciría a un pasadizo secreto?

Si no emprendía ahora mismo la huida jamás podría dirigirle ya reproche alguno a mi Padre celestial. De modo que intenté avanzar vestido sólo con calzoncillos, pero después de doblar la primera esquina comprobé que se había acabado la huida, pues me encontraba delante de otra pared de madera, posiblemente de nuevo un armario transitable. Justo cuando quería iniciar el retorno empecé a oír voces.

–¿...y se ha tragado el anzuelo el vanidoso señor de Cortona?

–¡Elía no tiene otra ambición que satisfacer a su soberano, eminencia!– reconocí la voz del joven dominico que me había secuestrado en el pasillo, ¡fra' Ascelino! –Tengo entendido que esta misma noche, en cuanto reine la oscuridad, ¡caerán trescientos jinetes turcos sobre este castillo para tomar preso al señor Papa!

Sentí cómo me inundaba el sudor: estaba en marcha una conspiración contra el máximo representante de la Cristiandad, y yo, William de Roebruk, un personaje que en realidad ni siquiera convenía que existiera, encerrado entre la púrpura y el hábito y de momento vestido sólo con calzoncillos además de estar atrapado entre dos armarios, era el único testigo y no podía intervenir. De modo que no podía hacer otra cosa que regresar antes de que el paje... pero mi curiosidad fue superior.

–¿...y cuándo llegará el mensajero, al que espero ver sangrando por las heridas sufridas en combate, con esa noticia de Civitacastellana?– La voz del interpelante tenía un tono que me atravesaba los huesos y me eché a temblar.

–Cuando vos queráis, eminencia– respondió el dominico. Apreté mi ojo contra un agujero que había en la madera, sospechando que aquel tal vez fuese el temible Capoccio, ¡o incluso el propio "cardenal gris"! Mis dientes empezaron a castañetear. No veía más que una mano avanzada desde una manga y un poco del perfil del delgado fraile que insinuaba un beso en el anillo.

–Esperad, Anselmo de Longjumeau– lo retuvo la voz del segundo. *–¿Qué hay de esos infantes que el emperador germano ha mandado salvar del Montségur?*

Se produjo una pausa prolongada antes de llegar la respuesta, mientras yo seguí sudando: ¡ahora sí que el demonio me tenía clavado en su horquilla! Al mismo tiempo me dio por temblar de frío.

–No es nada seguro que Federico sepa algo de esto– respondió el dominico pensativo. –Es cierto que se presentaron allí dos caballeros que le son fieles: uno de la Orden teutónica, de Starkenberg, y un infiel a quien nuestro máximo protector de la Cristiandad ha armado caballero con sus propias manos...

–Ya sé– llegó la voz del cardenal, *–es el hijo del visir. ¡Lástima que no podamos hacer uso de esta información ni ahora ni aquí!*

Creí oír un suspiro. En cambio para mí aquellas palabras significaron un gran alivio. ¡O sea que se habían salvado, al menos hasta el momento! ¿Y nadie hablaba de mí? Mi orgullo se sintió ofendido, pero no supe si rabiar por ello o alegrarme. Aquellos que hablaban detrás de la pared del armario no daban la impresión de que se entretendrían mucho interesándose por un pequeño franciscano quien, tanto si lo hizo sabiendo y queriendo como si no, había participado en tan extraordinaria conjura contra la Iglesia.

–Lo que me interesa no es su procedencia ni el camino que han tomado, sino su futuro destino. ¿Por qué se empeñan tanto los franceses en rescatarlos?

La pausa que siguió a la pregunta me dejó tiempo para sumirme de nuevo en el temor por la suerte de los pequeños, a la que unos personajes tan lúgubres prestaban tanta atención.

–Hasta el propio Vito de Viterbo parece haber olvidado para qué fin lo habíamos enviado a la corte de París. ¡Se comporta como si fuese un emisario del rey en misión especial! ¡No tiene otra cosa en la cabeza que esos niños!– Era evidente que el cardenal se sentía irritado.

–El rey Luis ignora el peligro que puedan representar esos infantes para la estirpe de los Capet…

–*Podrían, desde luego*– su eminencia se permitió, durante un instante, algo así como una reacción humana, –*¡pero no ahora que vosotros,* canes Domini, *habéis conseguido seguirles la pista!*

–De momento la hemos vuelto a perder– Fra' Ascelino formuló esta confesión en el tono más despreocupado que le era posible. Durante unos instantes reinó el silencio.

Después oyeron unos toques en la puerta.

–Hemos interceptado un escrito dirigido a Elía de Cortona...

–Dádmelo– dijo fra' Ascelino, pero el cardenal pareció arrancárselo de la mano sin muchas contemplaciones; alguien abrió la puerta del armario.

–*Lo dejaremos para más adelante...*– y un rollo de pergamino dio contra mi pecho.

Me quedé tieso del susto, porque la luz entrante casi me había cegado y temí ser descubierto allí mismo.

–*¡Procurad que sea incluido en el equipaje y me sea presentado más adelante!*– ordenó su eminencia, al parecer abrumado por otros problemas, y la puerta del armario se cerró de golpe.

El cardenal parecía haber recuperado su aire inaccesible y su voz el tono helado de antes.

–*Observo que el emperador no sabe nada; el rey no sabe nada de nada; el Papa no sabe nada, al menos según las informaciones de que dispongo, y mi servicio secreto está tan desocupado al parecer que inventa una conspiración de la que ni siquiera…*

–Perdonad, eminencia, aún hay otros poderes…

–*...os ruego que ahora no perdáis la cabeza pensando en ellos, Anselmo de Longjumeau*– lo interrumpió con aspereza la fría voz del cardenal, –*¡y que os dediquéis al fin a aquellas tareas que en este momento son las más urgentes!*

Silencio, pasos, una puerta que se cierra.

Yo estaba allí, en calzoncillos, y me sentía poseído por todos los demonios. Todo indicaba que el ministro general de mi Orden, Elía, había sido destituido como tal y estaba amenazado por la excomunión aunque, desde luego, seguía siendo un personaje... ¿Y si me dirigiera a él? Cierto escrito, que con toda probabilidad él echaría en falta, podría servir para atraerme su afecto. Palpé el oscuro armario buscando el rollo de pergamino con el cuidado que se pone en tocar una serpiente venenosa, y después hice acopio de valor y me lo guardé en el calzoncillo, pues no tenía otro lugar donde esconderlo. Si me pescaban, estaría perdido de todos modos; tendría asegurada la cuerda que me atarían al cuello para que no pudiese caer del todo al vacío. ¿Y qué importancia tenía, dado el caso, que me colgaran por espía o por ladrón? Además, ¡qué podía pesar un simple hurto en una situación como ésta!

Regresé a toda prisa a mi gabinete y me arrojé sobre la cama justo en el momento preciso en que el paje acudía corriendo:

–¡He encontrado un hábito negro, no había ninguno marrón de la talla adecuada, pero no creo que tenga importancia!

Para él, podía no tenerla. Yo no sabía si la tendría o no y, además, no debía permitir que se me notara. De modo que vestí el hábito de benedictino.

–¡Esperad aquí a que vengan a buscaros!– me aclaró el muchacho, y cerró la puerta.

William de Roebruk en la antesala del Papa. ¿Sería éste un guiño del destino; convendría tal vez que le confesara a él mi historia, aligerando así mi conciencia; me liberaría él de mis dudas…? ¡…en Tus manos pongo mi destino…! Pues sí, ése era el camino que yo debía recorrer, con ese fin me había puesto el Señor en la presente encrucijada. Los caminos del Señor son inescrutables, pero seguiré sus indicaciones, ahora, aquí, en este momento. ¿Acaso no era mi obligación advertir al Santo padre de lo que otros estaban tramando a sus espaldas? ¡…pues el Señor me ilumina y me protege, y a Él obedeceré!

Abrí con mucha precaución la puerta y me deslicé por el pasillo. Se había acallado algo el alboroto que antes agitaba el castillo y una tensión extraña pesaba en el ambiente, como suele suceder antes de una tormenta. ¡También mi alma exigía una purificación! Siempre había soñado con ver al Santo padre en unas estancias altas y luminosas, con las paredes cubiertas de costosos tapices testigos de la historia magnífica de la Iglesia y de sus mártires, los techos cubiertos con frescos de alegre colorido con escenas de poderío celestial y gloria. En cambio ahora me encontraba en un cruce de pasillos oscuros en los que apenas irrumpía un rayo de sol, y las primeras estancias por las que crucé con paso vacilante eran austeras y carecían de todo adorno, incluso adolecían de cierto aire de abandono. El mismo grupo de guardias que hace un momento me había presentado sus honores no es que ahora me cerrara el paso, pero su oficial mandó que revisaran mis ropajes en busca de armas. El rollo de pergaminos que llevaba en mis calzones resistió la prueba; no me ardía sobre la piel sino que parecía más bien un trozo de hielo erguido allí donde mi miembro solía ocupar su sitio acostumbrado.

Me llevaron como a un detenido a unas habitaciones que habían sido provisionalmente habilitadas para despachos. ¡En mi ropaje de cardenal las habría podido cruzar con la cabeza alta, o con la cabeza gacha y sumido en meditación!

Nunca me habría imaginado así la antesala que conduce al trono de su Santidad: una chimenea medio derruida, en la que unos maderos demasiado mojados despedían un humo azulado hacia el interior por estar cegado el tiro; unos soldados que jugaban a los dados en un rincón, y en el centro, formando una barrera, una larga mesa de roble llena de manchas de grasa, charcos de vino tinto y migas de pan, detrás de la cual el secretario preguntó con aire condescendiente por mis deseos sin dirigirme la mirada. Me faltaron las palabras.

–¿Quién os ha citado?– preguntó aburrido después de haberme dirigido una breve invitación expresada en estos términos: –¡El siguiente!

–Mi alma está confusa– respondí sin apartarme de la verdad; él me arrojó una breve mirada de desaprobación.

–No es extraño en esta casa de locos– bromeó otro escribiente que se alejaba a toda prisa con los brazos llenos de rollos de pergaminos. Y me lanzó una sonrisa estimulante.

–Necesito ayuda...– proseguí mi declaración espontánea.

–¡Por todos los santos! ¡No es el momento para que nadie venga a presentar solicitudes!– le siseó un prelado magro al oído del secretario antes de pasar de largo y desaparecer por la puerta abierta que conducía a las estancias posteriores. A esas mismas iba a poder acceder yo, una vez atravesado el purgatorio. En mi insensatez había imaginado que sería conducido sin más ante el Santo padre y que éste, en cuanto me viera, dejaría el trono y levantaría al monje de Roebruk, arrodillado ante él, mientras pronunciaba algo así como: "¡Al fin has venido!" Y añadiría: "¡Explícanos lo que te pesa en el alma, William!" Si llegué a pensarlo estaba pero que muy equivocado. Y además, ¿cómo me iba a identificar el Santo padre, si no vestía siquiera el hábito marrón de los franciscanos?

El secretario tamborileó con los dedos sobre el tablero de la mesa, arrancándome así de mis sueños.

–Tengo que saber lo que pasa con esos niños– susurré en mi desesperación. –He tenido un extraño encuentro que sólo puedo confiar al oído del Santo padre, ¡quiero confesarme con él!

Algunos de los presentes giraron los ojos para mirar al techo ennegrecido, otros parecían morirse de risa. El secretario, en cambio, parecía estar acostumbrado a tratar con más de un pájaro extraviado.

–El Santo padre está en una reunión importante– me hizo saber a mí, monje despistado, con una entonación de amable rutina. –Si pudierais poner por escrito vuestra solicitud, describiendo exactamente la visión que habéis tenido, así como los gastos sufridos hasta el momento por dicha causa, ¡la someteríamos a su Santidad!– Con estas palabras creía haberme despachado.

Pero no había contado con mi tozudez flamenca.

–Es que son de carne y hueso– me indigné, levantando la voz, –y tengo que decírselo al mismísimo Papa– las últimas palabras terminaron en un susurro, pues estaba asustado de mi propio atrevimiento.

De la habitación de al lado, de detrás de la puerta, nos llegó una voz que reconocí como la de fra' Ascelino:

–¿Qué noticias trae?

El secretario repondió a gritos:

–¡Urgentes y secretas!

Insistió:

–¿Está herido?

El secretario miró incrédulo mis manos y mis pies, como si esperara descubrir en ellos las heridas de Cristo. Le mostré sonriente la palma de mis manos.

–¡No, está enterito!

–¡Pues echadlo a puntapiés!

Me adelanté a dicha pretensión y, antes de que nadie me pudiese agarrar, salí corriendo de aquella habitación llena de individuos presuntuosos y hasta peligrosos. En la misma puerta tuve casi un encontronazo con un mensajero que sangraba en la frente y en el brazo, llevaba el chaleco de cuero destrozado e iba seguido por un grupo de soldados excitados que no sabían si ayudarlo o impedirle la entrada, y que a duras penas se abría camino hacia la antesala de audiencias.

–¡Traición, traición!– gemía el mensajero. –¡El emperador...!

El secretario se puso en pie de un salto:

–¡Detenedlo!

Creí que estaba refiriéndose a mí, e impulsado por el pánico atravesé los pasillos, bajé las escaleras e irrumpí desde atrás entre los guardias confusos que precisamente estaban ocupados en cerrar los pesados batientes de los portales.

¡Así escapé de aquel castillo de los demonios! ¿Quién me había mandado meterme en esa madriguera? Resbalé sobre las piedras, tropecé con la raíz de un árbol, sentí fuego en la cabeza y quedé tumbado casi sin sentido.

Recordé la choza de "la Loba", el golpe, ¡las llamas que se elevaban al cielo! El ruido de unos cascos y unas armaduras me devolvió a la realidad. Tenía delante un árbol y desarrollé una agilidad insospechada teniendo en cuenta mi corpulencia, pues trepé a las ramas mientras reprimía los gemidos. Tan sólo cuando estuve a salvo de las miradas de mis perseguidores, muy por encima del suelo, me detuve a pensar. El diablo te persigue, William, ¡pero una vez más has conseguido escapar de sus garras! La respiración me fallaba cuando me di cuenta de que ya estaba cayendo la oscuridad y las hojas me envolvían amorosamente. Señor, ¡te doy las gracias!

Confiando en Él trepé por el ramaje hasta poder mirar más allá de los muros. En todas las ventanas del castillo se veían luces, movimientos de faroles y sombras, se oían gritos y órdenes, incluso lamentos. Mi fantasía me ayudó a imaginarme el dormitorio del Papa y cómo los camareros se esforzaban en ayudar a Inocencio a vestirse, cómo el cardenal Rainiero insistía en la antesala en que se dieran prisa y cómo su perro guardián, fra' Ascelino, atravesaba jadeando los pasillos y las estancias reuniendo a mis colegas disfrazados. Tampoco el Papa se vestiría con gran ornato sino que adoptaría el ropaje de un sencillo viajero. Sus cardenales y prelados lo rodeaban ahora, todos ellos vestidos, igual que él, con ropas poco llamativas, y de no ser por alguna que otra valiosa espada que asomaba por aquí y por allá o por los anillos que llevaban en el dedo podría habérseles tomado por un grupo de cazadores que se reúnen casualmente. En el patio del castillo esperaban impacientes los caballos, resoplando y rascando entre las piedras. En las almenas se habían apostado los arqueros. Apenas me atreví a respirar, pues cualquier ruido que oyeran haría que me convirtieran en un san Sebastián antes de haber pisado de nuevo la tierra.

Se abrió el portal; salió una avanzadilla, y después la guardia armada. Allí donde el remolino era más denso y los escudos más altos, tenía que estar él, ¡el pobre Papa en manos del diablo! ¿A dónde lo llevarían esta vez?

El remolino infernal se introdujo con gran ruido de herraduras y de armas en la oscuridad de la noche, hasta que ya no se vieron más que las últimas antorchas relucientes como gusanillos de luz. Los arqueros bajaron de las murallas sin dejar de gastar bromas.

"¡El demonio se lleva a nuestro señor Papa!" Aún no me cabe en la cabeza, pero así fue.

Una vez cerrado el portal también yo me atreví a descender de mi escondite aireado, y eché a caminar sin saber hacia dónde dirigirme.

CRUCE ENTRE DOS FUGAS

Civitavecchia, verano de 1244

El barco que los condujo desde Marsella a través del mar Tirreno llevaba una tripulación compuesta por seis hombres intrépidos, de modo que los tres caballeros y sus caballos completaban la carga al máximo, sin contar a los niños, aunque éstos no pesaban. Pero era una embarcación vieja, y cuando atracaron en la isla de Elba para aprovisionarse por última vez de agua potable y alimentos, Crean de Bourivan hizo que la repasaran una vez más con brea y resina, pues el puerto de Civitavecchia quedaba aún bastante lejos, allá en el sur. La tripulación extranjera estaba al mando de un cierto capitán Ruiz, y hasta el momento no se había rebelado, pues les habían prometido una paga tan generosa si entregaban a sus pasajeros en el lugar convenido que después de aquel viaje cada uno de ellos podría comprarse un barco propio y el capitán incluso tres, aunque afirmaban que el oro no era lo más importante para ellos y para el cumplimiento de su misión. Decían ser procedentes de *al Andalus*, y hablaban entre sí en un dialecto salpicado de sonidos griegos que sólo Crean entendía a duras penas, gracias a su estancia en Acaya. Por otra parte, él era su interlocutor directo, lo cual indicaba que aquellos hombres, lo mismo que él, pertenecían de algún modo a la amplia red de la hermandad de corsarios góticos que cubría todo el Mediterráneo. La verdad era que no parecían conocer el miedo, aunque tomaban muchas precauciones y procuraban no encontrarse con otras embarcaciones genovesas ni pisanas.

A la altura del Monte de Plata, que se adelanta hacia el mar, aunque no descubrieron una vía de agua en la nave, se dieron cuenta de que el agua que entraba por la quilla subía de nivel, y tuvieron que empezar a sacarla a cubazos. Los niños no parecían sentir miedo: jugaban al escondite entre los caballos, que parecían gustarles muchísimo, y participaban divertidos con sus platillos de comer en la difícil tarea de los marineros de achicar el agua y devolverla al mar. Pero la charca en el barco aumentaba incesantemente, por lo que Ruiz giró el timón en dirección a la costa. Era mediodía, y un viento favorable los llevó en línea oblicua a una playa.

–Allá arriba está Tarquinia– avisó Ruiz, –sólo quedan pocas millas y tal vez…

–No lo conseguiremos– resopló Sigbert, –tenemos que bajar a tierra.

Crean reflexionó un instante.

–¡Acostad a los caballos y cubridlos con redes antes de que puedan vernos desde la orilla!

Ruiz añadió:

–En ese caso será mejor recoger las velas y pescar al menos con una red, pues cualquier otro detalle llamaría la atención– y procedieron según su consejo.

Para Roç y la pequeña Yeza fue una experiencia especialmente emocionante, pues al fin podían ver los ojos grandes de los caballos de cerca, observar sus ollares, meterles hierbas en la boca y jugar sobre sus poderosos cuerpos, aprovechándose de que los mayores no podían ocuparse de lo que hacían. Se ocultaron con los caballos debajo de la red y los consolaban acariciando y toqueteando sus cuerpos nerviosos bajo el pelaje liso, intentando mantener tranquilas sus colas agitadas.

–¡Cuidado con las herraduras!– les advirtió Constancio, y Roç respondió ofendido:

–¡No les haremos daño!

–¡A ver si os escondéis de una vez y os estáis quietos!– exclamó Crean.

Así fue acercándose el barco, avanzando a golpe de remo, arrastrando una red detrás, hasta que la costa quedó visible, y lo que vieron en ella les hizo detenerse de inmediato. Varios grupos de jinetes recorrían el camino de la costa en una y otra dirección, y cada vez que pensaban tener la playa despejada se presentaba un nuevo grupo explorador en las colinas, como si estuviesen a la espera de algo: de un ataque enemigo, aunque no procedente del mar, sino de tierra adentro.

–¡Demasiados honores para nosotros!– gruñó Sigbert, quien, mientras dos de los tripulantes sujetaban la red, permanecía junto a Constancio ayudando a achicar el agua.

–Ojalá no pesquemos nada ahora– bromeó Constancio, –¡porque esta góndola se hundiría definitivamente!– No había mucho peligro, pues tampoco Ruiz y sus hombres parecían tener demasiada experiencia en las labores de pesca.

–Uno de nosotros tiene que acercarse a tierra y llegar hasta Civitavecchia para hablar con nuestros aliados– dijo Crean. –Quién sabe lo que estará sucediendo allí. Tanta milicia no presagia nada bueno.

–Yo nadaré a tierra– Sigbert ya se estaba quitando la camisa. –Me llevaré unos cuantos lenguados y perchas para vender en el mercado…

–¡Por Alá! Los pescadores de verdad te demostrarán su afecto– se burló Constancio. –Además, tú no tienes más que abrir la boca para que reconozcan en ti a un alemán, y los jinetes que hemos visto son tropas papales…

–Pues vos, "halcón rojo", aún lo haríais peor, porque cualquiera sospecharía de inmediato que sois un espía, y si no os ahorcan le causaréis considerables problemas al emperador en el caso de que os detengan. ¡Iré yo mismo!– Crean era al fin y al cabo el guía de aquella empresa y podía disponer. –En cuanto caiga la oscuridad os acercáis hasta mil pies del faro; allí os recogeré con otra embarcación.

–Espero que no– opinó el joven emir, quien seguía con ganas de bromear. –¡Espero que hasta entonces podamos mantener a nuestra nave flotando!

–¡Pues no dejéis de ir achicando el agua!– respondió Crean, y saltó al mar. Muy pronto les fue ya imposible distinguir la cabeza del nadador a contraluz del sol, que estaba en su ocaso.

–¿Es peligroso ahogarse?– preguntó la pequeña Yeza al caballero de la Orden teutónica.

–Sólo si tragas demasiada agua– la consoló el viejo con un gruñido acariciando la rubia cabellera de la niña.

Todos los hombres estaban dedicados a achicar el agua. Ruiz asó sobre un fuego abierto los primeros peces que por descuido habían entrado en la red, tras vencer las protestas de Roç, quien consideró que matar a unos peces que se movían con viveza por medio de un golpe y un cuchillo y asarlos después en la parrilla era difícil de soportar, pues era muy sensible. Se negó a participar en la comida. Sólo cuando Yeza, más comprensiva, empezó a meterle en la boca los apetitosos trocitos de pescado asado, consintió en tragárselos.

Se habían alejado de nuevo de la costa y ahora se dirigían lentamente hacia el sur.

En el puerto la vida parecía transcurrir con normalidad, pero a los habitantes no se les había escapado la presencia de los jinetes que se acercaban a las murallas y volvían a desaparecer, como si quisieran cerciorarse de la resistencia de sus defensas antes de iniciar un ataque. Estaban convencidos de que Civitavecchia seguía firmemente en manos del Papa, quien tenía sus buenas razones para no aflojar el control, puesto que el puerto de Ostia, más cercano a Roma, estaba siempre sujeto a los caprichos de los munícipes romanos, y éstos nunca fueron demasiado amigos del Papa. Especialmente desde que Inocencio se había dirigido al Lacio, en el norte, la curia utilizaba el antiguo puerto etrusco como nudo principal de comunicaciones para sus viajes.

Por la mañana había arribado un velero procedente de Beirut que traía de Tierra Santa a dos altos dignatarios de la Iglesia. Aunque el comandante del puerto les comunicó con toda confianza que podían esperar allí la llegada del Santo padre, que arribaría pronto, ellos insistieron en ser escoltados hasta Civitacastellana, porque sabían de buena tinta que Inocencio estaba allí.

Su urgencia en entrevistarse con el Santo padre no les impidió, sin embargo, exigir en la taberna del puerto una degustación del vino de Toscana, lo que a su vez estimuló el patriotismo local del mesonero. De modo que les ofreció, por cuenta de la casa, el mejor vino de que disponía, y bebieron hasta el punto de tener que ser ayudados después a subirse al caballo y atados para no caerse.

Una vez hubieron abandonado el lugar, balanceándose sobre sus monturas y acompañados de ásperas risotadas, los numerosos huéspedes se enteraron por boca de los marineros que allí quedaron de la terrible desgracia sucedida entre tanto en Tierra Santa, un relato que los estremeció.

El contramaestre era quien mejor sabía contar la historia. Su piel era negra como la brea y llevaba un pequeño aro de oro en una de las aletas nasales, más otro aro grandísimo en la oreja derecha. Le faltaba la izquierda.

–Los jorezmos– dijo, y la palabra rodó con un sonido de mal augurio sobre su lengua, –una tribu de jinetes salvajes, en su huida ante los tártaros, aún más temibles– y masticó las palabras como si fuesen carne cruda, –han invadido Siria. Damasco les pareció estar demasiado bien defendida, de modo que se dirigieron de repente contra Jerusalén, donde todos dormían apaciblemente y sin sospechar nada malo– giró los ojos en sus cuencas hasta que ya no se le veía más que el blanco; –sorprendieron a la guardia– y explicó, pasando la mano plana por su garganta, lo sucedido con aquellos desgraciados, –abrieron los portales, violaron a las monjas, masacraron a los sacerdotes y a todos cuantos no pudieron refugiarse en la ciudadela, y todo ello sin apearse casi de sus rápidos caballos; ¡como quien dice a todo galope!– El mesonero ofreció al narrador y a sus amigos una nueva ronda. El marino prosiguió, regodeándose en su relato: –A falta de un ejército cristiano, el comandante de la ciudad pidió ayuda a sus vecinos musulmanes…

–¡Qué vergüenza!– exclamaron todos. –¿Y dónde quedan nuestros caballeros cruzados?– Las protestas de los oyentes se convirtieron en indignación al escuchar la noticia de la solicitud de ayuda a los infieles. El contramaestre pidió silencio.

–Los musulmanes no quisieron defender a los cristianos, pero consiguieron que la población civil de la ciudad pudiese refugiarse y buscar salvación en la torre de David. Los judíos no se fían de la paz y no quieren retirarse. Seis mil cristianos se replegaron confiados hasta Jaffa, o Yafo, como lo llamamos nosotros. Bueno, ¿y qué queréis que os diga? ¡Llegaron vivos trescientos!

En ese instante se elevó un griterío de rabia, indignación y desconsuelo: "¿Jerusalén perdida?" "Sí, ¡perdida definitivamente!" "¡El Santo Sepulcro ya no es más que un montón de ruinas!" "¡Dios, perdónanos nuestra culpa!" "¡Ah, Sión amada!" Muchos lloraban.

Sin poder contener las lágrimas, el mesonero llenaba los vasos de los marineros. Todos ellos derramaron ardientes lágrimas; los lamentos y las quejas rebasaron los muros de la taberna y se extendieron como los brazos de un pulpo invisible por las travesías y las callejuelas de la ciudad.

Un punto diminuto se distinguía en el mar resplandeciente: el barquito de Marsella que llevaba los niños a bordo. Bajo el mando de

Sigbert, el gigantesco caballero teutón, la tripulación seguía achicando el agua sin descanso, pero las tablas podridas dejaban pasar raudales de agua nueva y sus fuerzas amenazaban con ceder.

–Muy pronto no nos quedará otra elección que escoger entre la boca del lobo y la garganta de los tiburones– intentaba bromear Constancio para que el ambiente cargado de tristeza no se deslizara hacia la desesperación.

–O se acercará un barco y nos salvará de todos los males...– dijo Sigbert soñando con los ojos abiertos, y señaló hacia el mar, donde se veía aparecer por el sur una vela en el horizonte. Y no sólo una, ¡eran varias! Las telas se hinchaban con el viento y mantenían el rumbo dirigido hacia la barquita; se distinguían claramente las cruces blancas sobre el tejido de color marrón rojizo.

–¡La flota genovesa!– gritó Sigbert furioso. –¡Dejad de hacer señales, tumbad los caballos!

Era más fácil ordenarlo que conseguirlo, pues los animales ya se habían cansado de estar medio acostados en el agua y se resistían. Constancio los obligó a tumbarse, y los niños se sentaron entre las cabezas de los caballos acariciándolos y prodigándoles su cariño para darles confianza, mientras los marineros extendían de nuevo una red sobre ellos. Ruiz arrojó otra de las redes al agua y dirigió la embarcación hacia un lugar que quedara fuera del rumbo que tomaban las grandes naves. Éstas se fueron acercando al puerto de Civitavecchia.

Para susto de todos, la red se llenó en seguida, de modo que Sigbert, para no infundir sospechas, ordenó izarla a bordo. El interior de la barquichuela, sobrecargada ya por el peso de los caballos y el agua entrante, se llenó con un enjambre de peces plateados que se sacudían, vibraban e intentaban saltar, pero la abundante presa hizo que el secreto de la embarcación quedara oculto a la vista de los genoveses, que pasaron muy de cerca. Los hombres saludaban y Sigbert, Constancio y los marselleses, todos ellos con el torso desnudo, agitaron alegremente las manos.

–¡Al agua con todo ese pescado!– gritó Constancio apenas se hubo alejado la flota. –¡O nos hundimos!– y empezó a arrojar la preciosa carga de nuevo al mar, empleando ambas manos, excepto unos pececillos que Roç y Yeza quisieron proteger de común acuerdo para que pudieran proseguir su existencia en la charca formada junto a la quilla del barco.

Todos se empeñaron de nuevo en achicar, pero el nivel del agua no bajaba, más bien subía, y siguieron en una espera angustiosa de que cayera la oscuridad para que no los vieran.

El papa Inocencio IV y su séquito, en el que se encontraba el cardenal Rainiero de Capoccio, habían cabalgado a buen ritmo durante toda la noche e incluso al día siguiente, casi sin descansar, y tan sólo cuando apretó el calor del mediodía se refrescaron brevemente en una terma romana de la cordillera de Tolfa, de modo que al fin llegaron por la noche al puerto reforzado de Civitavecchia.

Allí los esperaba Vito de Viterbo con la vistosa flota genovesa que había traído desde Roma. Eran veintitrés galeras, cada una equipada con más de cien remeros y un número incontable de tropas armadas.

Pero en lugar del alegre entusiasmo que esperaba encontrar su Santidad en la población, a la que imaginaba feliz ante la visita inesperada, halló a Civitavecchia deprimida y triste por la pérdida de Jerusalén. En algún que otro caso también pudo sospechar que reinaba una irritación secreta, pues de no ser por la disputa calamitosa entre Federico y la curia el emperador podría haber intervenido hacía tiempo en Tierra Santa ahorrándole a la Cristiandad aquella terrible derrota. Éstos eran los sentimientos de la gente sencilla, que padecía a causa de lo sucedido. En cambio, las fuerzas vivas de la ciudad, y hasta la delegación de los genoveses recién llegados con el almirante en cabeza, consideraron que no se trataba más que de un inconveniente estúpido que no les impediría celebrar la llegada del Santo padre con una fiesta y un banquete. Sin embargo, Inocencio poseía el don de intuir los deseos y los temores del pueblo. Celebró una misa al aire libre, en cuyo transcurso lamentó con amargas palabras la pérdida de los Santos Lugares, y juró solemnemente su recuperación.

El cardenal Rainiero se echó cenizas sobre la cabeza, *coram publico* y junto al Papa, aunque en secreto deseaba que se fuera al cuerno la ciudad de Jerusalén, provocadora de tantos lamentos, cuando lo peor de la situación era sin duda la maligna persecución que sufría la Iglesia por parte del emperador germano, ese *incubus* de la Cristiandad. Apenas se hubo incorporado se secó las lágrimas y se sacudió las cenizas, llamando de inmediato a su presencia a Vito de Viterbo. Por mucho que se hubiese perdido en Jerusalén, ¡allí estaba él para decidir el destino de la *Ecclesia romana!*

El cardenal recibió a su "matarife" –como solían decir algunas malas lenguas del castillo al comentar la extraña relación, o más bien la desproporción existente entre una cabeza inteligente y una mano brutal– entre los muros almenados de la fortaleza portuaria. Prefería que no lo viesen con Vito en público.

–¡Mi buena estrella!– saludó Capoccio a su esbirro que subía malhumorado las escaleras; un recibimiento en el que Vito caía cada vez de nuevo como en una trampa, posiblemente apoyándose en la oculta esperanza de que aquel hombre abrazado al poder, frío como un témpano, traicionara alguna vez algo de cariño por su persona. Pero la realidad era que el poderoso no veía en él otra cosa que una especie de garrote guarnecido de puntas férreas que en ocasiones podía serle útil.

–La numerosa tropa está divirtiéndose en el puerto– le reprochó con voz cortante el cardenal, –¡en lugar de formar un cordón armado en torno a la ciudad!

–Los muros nos protegen...– intentó defenderse Vito, pero el cardenal le retiró de inmediato la palabra:

–¡...los muros no serán obstáculo especial para el emperador cuando éste se entere de la huida de Inocencio!

–¿Y por qué iba a querer el emperador impedirle la huida? ¡El Anticristo estallará en júbilo!

–¡Vito!– El cardenal lo miró sorprendido como cada vez que tropezaba con esa actitud que, según él, revelaba la profunda ignorancia del de Viterbo. –El emperador no quiere echar al Papa sino conservarlo en su sede de Roma, pero que lo sea por la gracia de Federico, ajustado a su papel de sacerdote supremo del Sacro imperio romano, ¡ni más ni menos! ¡Desea un Papa obediente y al servicio del emperador germano!– dijo con sarcasmo el de Capoccio.

–¡Creo que sería capaz de asesinarlo!– resopló Vito indignado. –Inocencio, perdón, el Santo padre, ¡no podría estar ni un minuto seguro de su vida!

–Veo que no entiendes a ninguno de los dos: ¡al germano no le interesa un Papa muerto, puesto que el siguiente podría ser más renitente aún! El emperador quiere un muñeco coronado con la tiara y sentado en la silla de san Pedro, ¡no un mártir exiliado que pueda llamar a la revuelta!

–¿Y qué quiere el Papa?

El de Capoccio no contestó. Por la escalera empezó a asomar Anselmo de Longjumeau.

–¡Fra' Ascelino!– exclamó el cardenal con benevolencia y posiblemente también con alivio; él apreciaba la ambición y la brillantez del joven dominico. –Venid y conceded al señor de Viterbo un cuarto de hora de instrucción acerca del conflicto de intereses entre la Iglesia y el imperio, ¡adelante!

Retrocedió hasta el borde y tomó asiento entre las almenas, mientras el dominico se inclinaba ante Vito con un gesto exagerado de cortesía.

–El papado– inició su perorata –tiene que librarse del abrazo germano que, acercándose desde el norte, ha adelantado sus marcas hasta Tuscia y Spoleto, mientras que en el sur sigue rebrotando la mala hierba del reino normando, cuyo crecimiento salvaje ahoga ya a Gaeta– Ascelino carraspeó y observó a Vito, quien soportaba el discurso con la cabeza gacha, como haría un buey. –Si queremos conservar el patrimonio tradicional de la Iglesia hay que abrir una de estas dos tenazas que lo amenazan, y ¡todavía mejor si abrimos las dos! No hay posibilidad de acuerdo con los emperadores germanos: son demasiado ambiciosos y han tenido el éxito suficiente como para gustar las mieles del triunfo...

Aquí intervino de nuevo el cardenal mientras sus ojos iban y venían, pensativos, entre Vito y su instructor, o cruzaban por el puerto y el mar:

–Es decir, ¡cuando se ve la imposibilidad de podar un árbol hay que cortarlo del todo, antes de que sus raíces puedan aplastar los muros de nuestra pobre Iglesia!

–Supongamos que el gran jardinero lo consigue– intentó adularlo Vito, –pero, ¿qué sucederá en el jardín de Europa, donde todas las plantas crecen revueltas?

–Un esqueje lo dejaremos en Sicilia: otro tal vez vaya después a Nápoles, una tierra que nosotros podamos cuidar y mantener limpia– sonrió fra' Ascelino, –y un seto impenetrable de ciudades libres en Lombardía significará para nosotros que, por mucho que al otro lado de los Alpes cualquier descendiente de un tronco salvaje pretenda ser rey, no nos importe mucho y, si aspira a la dignidad de emperador, tenga que avenirse a una buena poda y presentarse en Roma llevando como donativo un cestillo de frutos selectos para inclinarse ante la más bella y espléndida de todas las flores…

–No me imagino a Federico adoptando tal postura de humildad– se atrevió a intervenir Vito, pero una mirada cruel del cardenal lo hizo enmudecer de nuevo.

–¡Los gatos se mearán en sus raíces!– la voz del joven dominico adquirió un tono chillón. –¡Los pulgones se comerán sus brotes! ¡Las orugas y otros insectos destrozarán sus hojas, los pájaros del cielo picarán sus frutos y los animales salvajes irrumpirán entre sus ramas! Y de noche…

–¿…vos serraréis el tronco?– dijo Vito en son de burla.

–Más bien seríais vos, Vito de Viterbo, quien procedería a una actuación tan basta– lo corrigió con frialdad el cardenal, quien, desde el muro, no había dejado de vigilar a ambos. –Pero aún no ha sonado la hora de la justicia.

Ascelino prosiguió excitado:

–Y por esta razón estamos obligados a trasplantar el símbolo de la pureza y de la bondad celestial, la rosa cristiana de Roma junto con su rosaleda, al jardín protegido del devoto Luis durante un breve tiempo.

–Apresuraos, pues– lo interrumpió impaciente el cardenal mientras abandonaba su puesto en el muro, –y procurad que podamos realizar ese trasplante antes de que el germano…

–¡Su ejército descansa una vez más de la derrota sufrida ante nuestra heroica Viterbo!– intervino Vito, deseoso de no dejarse amedrentar.

–Digamos mejor que hasta el momento ha preferido no atacar para no perjudicar así las negociaciones– suspiró el cardenal renunciando a proseguir, más porque se había dado cuenta de que Vito no sería jamás un estratega útil que por demostrar compasión con la que era ciudad materna de ambos.

–Si toma la carretera perfectamente adoquinada de Tarquinia, Federico puede estar aquí más pronto de lo que deseamos. En realidad es esto lo que había querido comunicaros– acabó el dominico su discurso, besó el anillo del cardenal y se retiró de nuevo por la escalera con una ligera reverencia en dirección a Vito.

La estatura de Vito rebasaba en una cabeza la del cardenal y, no obstante, se parecían como hermanos, sólo que los rasgos del primero eran más bastos, más primarios. Se cuadró ante el autoritario Capoccio con aire de alumno reprendido.

–Sí, padre, haré lo que...

–¡No me llames padre, ni siquiera cuando estamos solos! ¡Esa mala costumbre lleva implícito el recuerdo del desliz!

Pero la reprimenda no hizo más que despertar la rebeldía de la propia sangre.

–Eminencia– le contestó Vito refunfuñando, –espero poder dedicaros algún día, que deseo no esté demasiado lejano, el título de "santo" antepuesto al de "padre". Hasta entonces os tendréis que conformar con este último en su forma simple cuando estemos en privado. ¡La verdad es que con ello pretendo honrar a mi madre!

–¡Eres tan tozudo como ella!– rió el cardenal. –Sólo que en lugar de paja tienes muchos pajaritos en la cabeza. ¡Vamos, al trabajo!

Vito parecía ahora un toro irritado. ¡Cómo odiaba a su padre! No sólo porque éste rehusaba reconocer en él a su propio hijo, lo que no habría sido difícil, sino porque aprovechaba además la situación de consanguinidad para seguir tratando al hijo, quien entre tanto había rebasado los cuarenta años, como a un muchacho campesino cualquiera, como a un peón inculto.

De la sala de fiestas les llegó una voz que parecía ligeramente embriagada: "¡El alma vuela como un pájaro / escapada del lazo del cazador / rotas las ataduras!"

–¡Celebran su huida como si fuese una victoria!– observó Vito con amargura. –¡No se mostrarían tan alegres si supieran quién es el vencedor!

Pero aquel a quien iba destinada la frase hizo como que no había oído nada. Era increíble que alguien fuese tan estúpido como para pronunciar semejantes tonterías, lo más seguro es que no viviría mucho; en cualquier caso, no llegaría jamás a alcanzar cierto rango. ¡Era lamentable, pero era así!

Después, Capoccio se dirigió de nuevo con aire de disgusto a su hijo bastardo, sintiéndose abrumado por la ira:

–¿Qué haces todavía aquí? ¿Esperas a que te eche?

–Más valdría que echarais a esos señores– le respondió Vito con insolencia. –A vuestro rango le compete la honrosa tarea de dar por acabada la fiesta, puesto que el peligro acecha allá afuera, en el mar. Crece a cada minuto que pasamos aquí charlando. ¡La flota de los pisanos tiene práctica en recoger peces cardenales en sus redes, sin que les haga falta una orden del emperador para animarlos a hacerlo!

–Quien no tiene cabeza ha de tener pies. Tienes razón, hijo mío– Capoccio dirigió su mirada hacia el puerto. –¡Y qué pesca tan extraordinaria! No sólo el único almirante de Génova se encuentra cogido en la red, con las agallas batientes– la imagen parecía causar satisfacción al cardenal, aunque consiguió mantenerla reprimida; –¡hasta un vicario de san Pedro, ejemplar único de presencia y vistosidad impresionantes, se agita en las redes! Pero no, hoy todavía no, ¡así no! ¡No debería pensarlo ni decirlo!

Como si Vito hubiese adivinado sus reflexiones traidoras, pues era sabido que, en la curia, cada pez estaba acechando para ver la manera de comerse a otro menor que tuviese delante, se le ocurrió pensar que también a su propia cara le sentaría bien la púrpura. Aunque su ingreso en aquel acuario de *papábiles* dependía, de momento, de que su ambicioso padre pudiese permanecer aún durante bastante tiempo en calidad de lucio que vigila a las carpas y no tuviese que defenderse, vestido con su mejor ornato, de las mordeduras ávidas de los que venían detrás.

Restaurando, pues, la relación jerárquica, comentó:

–Eminencia, propongo que para desviar los eventuales ataques procedentes del mar salgan todas las barcas pescadoras con la orden de acompañar a las galeras genovesas hasta alta mar. Una vez allí, difícilmente les será posible a los pisanos descubrir de noche una flota que se aleja; por otra parte, para enfrentarse a ella necesitarían absolutamente todas sus embarcaciones.

–Supongo que no esperas un elogio, hijo mío, excepto el orgullo de verte denominado así. ¡Ponte a trabajar, Vito, que ya es hora!– El cardenal le tendió la mano para el beso de rigor y Vito de Viterbo se sumergió en la oscuridad.

El banquete había llegado a su fin; los soldados formaban un doble cordón en torno al puerto y la ciudad y ya no dejaban entrar a nadie. Algunos sacaron a los pescadores de las camas con gran lamento de sus mujeres, que temían lo peor; a los más reticentes los llevaron a golpes hacia las barcas y los obligaron a estar preparados para salir a la mar. Poco después se dirigió el Papa en compañía del almirante a la galera de éste, mientras los cardenales se distribuían por las otras naves. La escuadra partió. En efecto, dentro del revuelo de las barcas pescadoras que las rodeaban, las galeras genovesas eran difíciles de identificar. Los marineros izaron más de cien velas, y miles de remos empezaron a provocar un gran oleaje en la bahía del puerto. La vistosa flota se deslizó con rapidez hacia las aguas nocturnas.

–Vamos a dormir– el cardenal había observado la maniobra con gran satisfacción. –Es decir: ¡yo voy a dormir y tú vigilas!

Vito no había esperado otra cosa:

–¡Día y noche!

–¡Y me despiertas al menor suceso!

–¡Sólo os despertaré si se presenta el propio emperador, eminencia, por lo que os deseo un merecido descanso!

Los pescadores, una vez se hubieron separado de ellos los genoveses y puesto que de todos modos estaban en el mar, recogieron sus velas y arrojaron sus redes. Y como si el Santo padre, que en aquel momento huía a través del mar, los hubiese hecho partícipes de una bendición especial, consiguieron entre todos una rica pesca.

En medio del revuelo y la suerte de poder recoger unas redes tan llenas, nadie se preocupó de la extraña barca que iba mezclada entre las suyas y que los siguió dentro del enjambre que a primera hora de la mañana volvía a enfilar el puerto. Debería haberles llamado la atención el hecho de que transportara a tres caballos con todo su equipo y a tres caballeros con sus armaduras. Éstos vestían de nuevo la túnica blanca de los templarios y desembarcaron en plena Civitavecchia apenas su embarcación tocó el terreno pedregoso de la playa. Nadie reparó tampoco en los bultos que dos de ellos llevaban en brazos.

Los soldados que debían vigilar el puerto se habían retirado en cuanto vieron retornar a los pescadores, y se apresuraron a recuperar el sueño perdido durante la noche. También Vito había hecho una vez más la ronda de las guardias establecidas en las afueras, ordenando no dejar entrar a nadie hasta que el sol brillara alto en el cielo, para echarse después a dormir en una de las torres.

De modo que los tres caballeros, montados en sus caballos, atravesaron la ciudad cuyos habitantes se aprestaban a conciliar el sueño. Acababan de abandonarla por la puerta sur cuando alguien les dio el alto. Las manos de Constancio y de Crean acudieron prestas en busca de sus armas, pero el viejo Sigbert los tranquilizó. Hizo llamar al teniente a cuyas órdenes estaba la barrera que cerraba la salida. El teniente se presentó medio dormido y ligeramente confuso.

–¿Recuerdas la consigna?– le espetó Sigbert.

–¡No dejar entrar a nadie!

–Perfecto, hijo mío– gruñó el caballero, experto en el *codex militiae*. –¿Algún suceso del que informar?

–¡No, señor!

–¡Pues seguid así!– Sigbert se mostró generoso. Hizo un gesto condescendiente al teniente soñoliento que no cesaba de mirar, inseguro, los dos bultos que ocultaban a los infantes. –¡Todo debe seguir igual! ¡No dejéis de vigilar! ¡El enemigo no duerme!

En aquel instante asomó Yeza entre las mantas que sostenía Crean en brazos y le hizo una mueca al joven teniente.

–¿Qué hay de esos niños?– se atrevió éste a preguntar.

–Tenemos órdenes de llevarlos a cristianar– respondió Sigbert con fiereza y quiso clavarle las espuelas a su caballo.

En ese momento le dio a Yeza por cacarear divertida:

–¡Somos niños herejes!– y con ello despertó a Roç, a quien Constancio sostenía sobre su silla de montar.

–¿Dónde está el Papa?

Los soldados papales rodearon al pequeño grupo.

–No le hagáis caso– intentó tranquilizarlos Sigbert con aire autoritario, –se refiere al Santo padre.

–¡Papa payaso!– insistió Roç con terquedad y los soldados se echaron a reír. Sigbert les arrojó algunas monedas, tras lo cual se apresuraron a retirar la barrera para dejar pasar al grupo. Al teniente, mientras, se le había despejado bastante la cabeza, por lo que apuntó en el libro de guardias: "En la mañana del viernes dedicado a san Juan Bautista, a.D. 1244, abandonaron la ciudad un maestre templario y dos caballeros de la misma Orden llevando consigo a dos criaturas de ambos sexos".

Poco después los jinetes abandonaron la vía Aurelia que conduce a Roma y se dirigieron hacia el interior.

EL *BOMBARONE*

Cortona, verano de 1244 (crónica)

Justo por debajo de Cortona, donde se unen las carreteras de Siena y Perugia con las de Arezzo y Orvieto, estaba situada la taberna "El Becerro de Oro".

No es que fuese algo especial; muy por el contrario, era una choza bastante ruinosa, aunque nadie recordaba haberla visto jamás de otro modo. Además de la taberna había también un "albergue", lo cual significaba que en los edificios anexos, que en realidad eran establos, te dejaban dormir acostado en el suelo, a menos que le compraras a Biro, el mesonero, algunas brazadas de heno que solía vender a precio de forraje. La comida que brindaba a sus huéspedes era tan miserable que hasta los franciscanos preferían pedir un poco de limosna y reunir unos cuantos huesos y cortezas de pan antes de pisar su casa. Y, sin embargo, "El Becerro de Oro" siempre estaba lleno hasta los topes y muchos se albergaban durante semanas y meses entre sus muros.

La causa era Biro. El hombre representaba el único centro fiable y absolutamente neutral de comunicaciones entre los Apeninos y los montes albaneses. A cambio de moneda contante y sonante obtenía el cliente cuanto deseaba: novedades, rumores, entrega discreta de mensajes o supresión de los mismos, informaciones falsas y también discreción. ¡El importe de la paga decidía el trato preferente ante otros que solicitaban lo mismo o pedían todo lo contrario!

El propio lugar estaba en cierto modo sometido a una permanente *tregua Dei*, una prohibición absoluta de entablar combate. Y no es que Biro y sus peones fuesen especialmente devotos; la pobre capilla en ruinas que se perdía entre las edificaciones derrumbadas no daba al menos testimonio de ello; la campana sonaba únicamente cuando había una noticia de gran importancia que divulgar en la espaciosa taberna.

En ésta solía darse cita toda clase de gente de mala ralea: mercenarios huidos del imperio, esbirros de la Serenísima, espías de la curia y agentes de Palermo, asesinos a sueldo que estaban camino de cumplir su encargo o cuyos servicios aún estaban por alquilar, ladrones huidos y traidores perseguidos, agentes que buscaban contratar a mercenarios y cantineras, saltimbanquis y adivinadoras, alcahuetas y prostitutas; todos se reunían allí, y se trataban unos a otros con gran confianza, pues casi todos estaban de paso e iban buscando algo. Los ayudantes del tabernero arrojaban sin contemplaciones puertas afuera a quien intentara provocar un escándalo, causando al mismo tiempo y de paso la rotura de algunas costillas al presunto alborotador; si alguno no se daba por contento con este trato y se atrevía a sacar la navaja, podía darse por desaparecido sin que nadie preguntara jamás por él.

Ésta era la regla de vida de Biro, convertida por él en ley. Su protección permitía que tanto los frailes mendicantes y algún que otro corpulento prelado, como los comerciantes ricos y los campesinos honrados, pudieran descansar en su albergue y respirar, con temor o con desprecio, pero en cualquier caso con excitación, el aire salvaje y denso de un mundo inmoral, arrugar la nariz, y seguir después su propio camino, satisfecho de la propia decencia y de no pertenecer a ese mundo. La verdad es que Biro, sus huéspedes y sus clientes, entre los que distinguía con mucha delicadeza, estaban acostumbrados a ver de todo, y eso era lo que cimentaba su justa fama.

A mí me habían recomendado, como seguramente recomendarían a todo el que no sabía qué quería y a dónde deseaba ir a parar, que en mi viaje a través de la Toscana no dejara de asomar por allí. Biro estaba erguido delante de la puerta de su taberna cuando arribé vestido todavía con el hábito negro de los benedictinos y bajé del caballo que había podido adquirir gracias a las reservas que conservaba aún en la bolsa repleta que me regalara el capitán pisano. No vacilé en mostrársela a Biro para darle a entender que deseaba obtener alguna información de él.

–Tienes todo el aspecto de ser un franciscano disfrazado que no se atreve a presentarse ante su general– Biro se dirigió a mí tuteándome como a todo el mundo, pues esto formaba parte del negocio y de la fama, y me recibió con una sonrisa que me hizo ruborizarme. –¡Precisamente hoy, cuando todo el mundo intenta ser presentado a tu jefe!

Intentó morder la moneda que le había dado y después se la guardó. El oro me daba derecho a cierta información.

–¿Importantes visitas? Tenemos aquí al patriarca de Antioquía, acompañado del obispo de Beirut. No han conseguido llegar siquiera a Civitacastellana, donde, aunque parezca extraño, deseaban encontrarse con el Papa– Biro se divertía mientras relataba las andanzas de los dignatarios y, al mismo tiempo, se mostraba un tanto orgulloso de que hubiesen ido a parar a "El Becerro de Oro". –¡Durante el camino cayeron en manos de una avanzadilla imperial!

–¡Qué incautos!– Se me habían escapado estas palabras, pero la reacción de Biro me tranquilizó.

–¡Dios no desampara a los ingenuos! El oficial imperial los envió a Viterbo, donde uno de los jueces del tribunal supremo de Federico está al mando del asedio…

Yo no deseaba que llegara a considerarme un papista empedernido.

–¿Y allí los abandonó su ángel de la guarda?

–¡Nada de eso!– rió Biró. –Además, esos dos no necesitan un ángel, puesto que ellos mismos son más inocentes que unas criaturas. De modo que aquel hombre sereno, en lugar de hacerlos prisioneros en vista de que proclamaban a viva voz querer llegar hasta el Papa, en lugar de acabar con ellos los hizo entregar a Elía, el consejero del emperador, para que éste se rompiera la cabeza y decidiera qué hacer.

–¿Y el general los ha…?

–…aún no les ha visto la cara, pues más fuerte que su deseo de ver al Santo padre es el de probar un buen trago de nuestro vino toscano. Desde ayer tarde siguen ahí sentados…– y señaló satisfecho hacia atrás, de donde salía de la taberna un barullo de voces como si se tratase de la apertura del Concilio de Letrán y del cierre del bazar de Constantinopla a la vez. –¡Ahí están sentados, tragan y se lamentan y cuentan historias como si fuesen narradores de cuentos orientales!

Quise entrar de inmediato, pero Biro me sujetó por la ropa:

–Si entras vestido de ese modo creerán que eres un emisario del Santo padre que viene a buscarlos y ya no podrás deshacerte de ellos.

–Pues démosle la vuelta al asunto– le respondí. –Preséntame como un fraile pecador que espera obtener por mediación suya la bendición y el perdón del Papa.

–¡Eso te cuadra más!– asintió el listo mesonero, y me empujó hacia la taberna. Nadie volvió la cabeza para mirarnos, todos parecían prendidos de los labios de aquellos altos dignatarios de la Iglesia que, a pesar de la luenga barba blanca del mayor de ellos y de la especie de caldero puesto del revés que el segundo llevaba en la cabeza, no representaban una imagen precisamente edificante. Mantenían las cabezas, que les debían pesar a causa de los vahos del vino, apoyadas sobre un brazo, y éste acodado sobre el tablero mientras con la otra mano se agarraban cada uno a su copa.

–...y en lugar de volver a ocupar en seguida la santa ciudad de Jerusalén...

–...puesto que los jorezmos salvajes siguieron adelante, una vez satisfechas sus ansias de asesinato, quema y saqueo– completó su acompañante, que barrió con gran gesto las tablas de roble, húmedas de vino.

–...para ofrecerse a los egipcios– lo corrigió el de la barba blanca.

–¿Y qué pasó con Jerusalén?– Había vuelto a perder el hilo, por lo que tomó un buen trago mientras la gente se reía. Después murmuró: –Ah, ya me acuerdo: están formando un ejército, el de los barones de San Juan de Acre...

–Seiscientos diecisiete caballeros– entró su acompañante en la brecha, y observé que la embriaguez de éste se expresaba a través de una exactitud minuciosa en los detalles, –además de las Órdenes militares directamente sometidas al Papa...

–¡Hemos de presentarnos ante el Santo padre!– recordó el anciano. –¡Un último trago y después...!

Estas palabras hicieron brotar de nuevo la risa; era posible que la misma buena intención hubiese aflorado ya repetidas veces para verse ahogada después en el buen vino de Toscana.

–O sea, que las Órdenes aportarán cada una trescientos caballeros, los teutónicos algo menos...

–¿Cuántos suman entre todos?– La suma ofrecía dificultades, el público intentó ayudar, pero no hacía más que aumentar la confusión. Los hombres bebían, y a cada trago se les soltaba más la lengua. –En cualquier caso, ¡un ejército gigantesco!

–Además hay que contar con la leva importante de musulmanes que hará el Ismaelita de Damasco…

Esta aportación les resultaba increíble a los vinateros, ganaderos y honrados artesanos de Toscana: se negaban a admitirlo.

–¡Pero irán contra nosotros!– exclamaron. –¡En contra!

–No, ¡lucharán a nuestro lado!– El de la barba blanca dio un puñetazo sobre el tablero, haciendo bailar los vasos: –¡Son nuestros aliados!– Y su acompañante añadió:

–También contamos con Mansur Ibrahim, príncipe de Homs, y su ejército.

–¡Pero cómo es posible!– exclamaron aquellas gentes. –¡Y a eso lo llaman cruzada!

–Sí, incluso An-Nasir de El Kerak, encarnizado enemigo de los cristianos, se presentó con sus beduinos para incorporarse al ejército…

Entretanto se habían reunido todos los huéspedes de la taberna en torno a la mesa. No tardaron en ponerse de acuerdo: aquellos dos eran unos charlatanes venidos de Oriente, bufones que quieren hacernos caer en la trampa de sus bromas, ¡imposible que las cosas sean como ellos afirman! Las risas iban en aumento.

–¿Y qué pasará después?– provocaban la continuación del increíble relato. –Después todos se cogen de la mano y cantan juntos...

–¡Pero si fue así!– reafirmó el patriarca de cabello blanco, a quien alguien había volcado el vaso. –Todos marchan en unión…– y el obispo echó mano de los vasos y los colocó en orden de batalla; –todos unidos marcharán contra el enemigo común: Egipto...

La audiencia se quedó sin saber qué decir.

–¡Contra el sultán de El Cairo! El ejército de éste– y siguió ordenando los vasos para representar la batalla mientras los demás lo observaban fascinados –sigue siendo inferior en número, aunque se vea reforzado por los jorezmos– y retiró una jarra de las cercanías de Jerusalén, ciudad que era representada por un plato lleno de huesos de pollo, mondos y lirondos, –pero está bajo el mando de un emir jovencísimo llamado Rukn ed-Din Baibars, denominado también “el Arquero”. Junto a Gaza hubo un encontronazo entre las dunas…

–¡Seguid, seguid!– insistían los oyentes, incrédulos y confusos, pero asombrados, cuando entraron los soldados de Elía en la taberna, se abrieron paso a través de la multitud y rogaron a los dos altos dignatarios de la Iglesia, en términos inconfundibles, que los siguieran sin pérdida de tiempo.

La gente protestó, pero nadie levantó la mano para protegerlos. Tal vez los dos narradores no fuesen más que unos engañabobos, saltimbanquis habituados a contar historietas como esa increíble fábula de caballeros cristianos e infieles luchando codo a codo, ¡algo que simplemente no podía responder a la verdad!

Sin embargo, Biro sí retuvo a la escolta, y los soldados aceptaron con mucho gusto su invitación; incluso el sargento se avino a aceptarla, por no parecerle prudente rechazarla sin más. De modo que también a los dos dignatarios de la Iglesia les fue permitido tomar un último trago.

El mesonero me hizo una señal y dijo:

–Adelántate camino del castillo, así podrás unirte a los señores sin llamar la atención, ¡puesto que el *bombarone* no recibe a cualquiera! ¡Los retendré todavía algún tiempo!

Se lo agradecí con otra moneda de oro y me puse a toda prisa en camino.

El castillo de los barones Coppi de Cortona ocupa una pendiente de las colinas que asoman detrás del lugar. Había un muro doble que lo unía, serpenteando por el terreno, con el palacio de la ciudad, y que protegía también la entrada. Ascendí por ese camino que conduce al portal, siempre vestido con el hábito negro que me era ajeno.

En realidad, a los hermanos menores obedientes nos estaba prohibido en los términos más severos, y bajo castigo de ser excluidos de la Orden, entrar en contacto con Elía de Cortona, nuestro anterior ministro general y excomulgado por dos veces, pero nadie me reconocería vestido con aquel hábito y, en mi situación, ya no tenía importancia un pecado más cuando había acumulado otros mucho peores por mi conducta.

Aún no había llegado hasta arriba cuando pasó a mi lado, dando brincos sobre el adoquinado, un carruaje escoltado por soldados que llevaban la insignia de Elía, el disidente de la Iglesia. Los dos altos dignatarios que viajaban dentro se encontraban en un estado bastante lamentable, cosa que tranquilizó mi conciencia; por decirlo en breves palabras, ¡estaban borrachos como cubas! Hubo que sacarlos del carruaje y conducirlos al castillo. Como nadie se ocupaba de mí pude seguirlos, lo cual a su vez hizo creer a todos que formaba parte del grupo.

Así pues, me presenté ante Elía, quien nos recibió sentado detrás de una mesa en la estancia ricamente adornada que le servía de despacho y ni siquiera hizo el esfuerzo de ponerse en pie para saludarnos. Nos señaló a los dos eclesiásticos y a mi pobre persona, con un gesto hospitalario aunque cargado de suficiencia, unos asientos y quedó a la espera de que formuláramos nuestro pedido. Por parte de la pareja sólo obtuvo unos cuantos eructos y unas risitas un tanto infantiles.

La mirada de Elía se dirigió entonces a mí, que no pude hacer otra cosa que encogerme de hombros.

–No es que os haga responsable de su estado– me dijo entonces, –¡pero al menos deberíais presentármelos!

Bajé la vista avergonzado. Seguramente él pensaría que tampoco yo estaba del todo cuerdo, pero la realidad era que ni conocía los nombres de aquellos dignatarios ni deseaba exponerle mi propia historia en presencia de terceros.

En ese instante el sargento que estaba al mando de los soldados anunció con voz de maestro de ceremonias:

–¡Su eminencia Alberto de Rezzato, patriarca de Antioquía!– y señaló la magra figura del viejo con su abundante barba blanca, quien miraba furioso a su alrededor a la vez que su terquedad le hacía permanecer mudo. –¡Su excelencia Galerán, obispo de Beirut!– Éste se sintió interpelado y dijo:

–¡Queremos ver al Santo padre!

Elía lo miró sorprendido:

–¡Con mucho gusto!– Se adaptó con una flexibilidad admirable a un juego cuyo objetivo y cuyas reglas le eran desconocidas. –Informadme de la situación en nuestra preciosa Siria, donde yo mismo estuve un tiempo en calidad de custodio. Naturalmente, sólo debéis comunicarme lo que convenga a mis oídos. ¡Cuántas veces he echado en falta sus encantos y sus delicias, su pacífico...

En este punto lo interrumpió Alberto con palabras que tenían mucho de erupción casi colérica:

–¿Pacífico?– exclamó con sarcasmo. –¡Jerusalén está perdida, el reino al borde del abismo, los infieles triunfan!

Y Galerán intervino lamentándose con lloriqueo patético:

–Entre las dunas de Gaza, junto a Herbiya o La Forbie, como decimos nosotros, ¡murió destrozada nuestra fama de combatientes acompañados de la suerte! El maestre del Temple y su mariscal quedaron allí muertos: el de los Hospitalarios fue hecho prisionero. ¡Imaginad: consiguieron salvarse y llegar a Ascalón treinta y tres templarios, además de veintiséis sanjuanistas y tres caballeros teutónicos! Estamos perdidos– sollozó –si no acudís en nuestra ayuda.

–¿Cuantas veces hemos solicitado y mendigado del Santo padre?– Se indignó ahora también el patriarca y se puso de pie aunque se balanceaba un poco. –Ahora exijo a quien es cabeza de la Cristiandad que dirija sus fuerzas conjuntas al país que debería ser también para él un objetivo sagrado, y en cuya protección y salvación nos comprometió en su tiempo a todos su gran antecesor Urbano– aquí soltó un fuerte eructo, –en lugar de seguir aquí con sus disputas egoístas contra el emperador y el resto del mundo. Si sus acusaciones contra el emperador germano están justificadas le prestaré gustoso mi voto en el concilio para condenar a aquél a mantenerse dentro de sus justos límites; pero Inocencio, que es padre de todos nosotros, tiene la obligación...

Se adhirió Galerán a las palabras del primero e intentó levantarse.

–Queremos ver al Papa.

Elía batió palmas hasta que acudió una mujer corpulenta aportando una jarra de vino y unas copas. También yo me adherí, y muy pronto llegó el momento en que, aparte de algunos exabruptos ocasionales de Alberto y del deseo y los lamentos repetidos de Galerán por ser conducido al fin a presencia del Papa, ya no hubo nada de interés que pudieran contarnos.

Antes de que se cayeran de las sillas, el *bombarone* ordenó a su ama de llaves, llamada Gersenda, que sacara a los dos señores de la habitación, ayudada por los soldados, para que pudiesen dormir la mona. Después se dirigió a mí.

–*Pax et bonum*– inicié mi discurso. –Estimado Elía, pasad por alto mi hábito. Soy minorita, ¡tan bueno o tan malo como vos mismo!

Me dejó proseguir.

–Soy el hermano William de Roebruk y estoy en un aprieto, ¡os ruego que me ayudéis!– modifiqué mi táctica cuando me di cuenta de que no había otro modo de conmoverlo. Le relaté todas las aventuras vividas entre Montségur y Marsella, y añadí después el viaje por mar y mi intento de confesarme con el Papa.

Elía no me interrumpió, pero se mostró más y más intranquilo, sobre todo cuando le expuse mis pobres suposiciones, más que conclusiones, acerca del origen de los niños.

–Son infantes reales– le afirmé con palabras contundentes, en cierto modo para borrar también mis propias dudas con esa primera frase. –Tendrán un gran destino– añadí aún con entusiasmo. –¿No os recuerda toda esta historia la noche de Belén? ¡La constelación de los astros, la persecución por los esbirros de Herodes! San Jorge y san Miguel, los ángeles de la guarda disfrazados de caballeros– y conforme hablaba aumentaba el énfasis de mi discurso, –la nave salvadora. ¿No fue en Marsella donde tomó tierra María Magdalena?

–¡Cierto! ¡Y tú fuiste a parar al agua!

–¡Me arrojaron por la borda!

Elía me hizo callar. Dejó la silla y sacó varios tomos de documentos de los estantes que recorrían la pared. Los ojeó:

–¿Y qué crees tú, hermano William: de qué estirpe real proceden? ¿Son hermano y hermana? ¿Qué rasgos los distinguen?

–Se aman como hermanos, aunque por su carácter y su aspecto son muy diferentes uno del otro. ¡Por otra parte, también se parecen!– me esforcé por darle una descripción exacta de Roger y de la pequeña Yeza al observar que Elía se mostraba enojado por la ampulosidad de mis anteriores explicaciones, de otro modo tan contradictorias. –Me permito observar– me atreví a añadir finalmente –que las circunstancias indican el lugar: el castillo de los herejes, y nos señalan que deben ser de sangre cátara y occitana...

–¡Y por qué no hablar de un desliz por parte de algún caballero de la famosa y selecta tabla redonda del rey Arturo!– se burló el *bombarone*, pero no me permití mostrarme irritado.

–¿Por qué no? ¿Acaso no hay gente enterada, y os cuento a vos entre ellos, que afirma la procedencia auténtica del santo Grial del término *sang réal?*

–Mística hereje– resopló Elía con desprecio. –¡Deberían haberlos quemado con los demás en la gran hoguera!

–¡No hablaríais así– y me sentí furioso al darme cuenta de su crueldad –si hubieseis podido tenerlos en vuestros brazos! No os diré ni una palabra más. Me arrepiento…

–Sólo quería verificar tus sentimientos, hermano William; quiero dar todavía algunas vueltas a tu hipótesis. ¿Los caballeros? Dices que son fieles a nuestro emperador. Pero yo puedo asegurarte y confirmártelo mil veces que el emperador no desea adornar su sombrero con plumas herejes, ¡y mucho menos su corona! ¡En este momento, al menos, no quiere tener nada que ver con ellos!

Intervine yo:

–No obstante, debe haber…

–Déjame acabar: no obstante, puede tratarse de criaturas de origen real, germano, ¡incluso de su propia carne y su propia sangre!– Era indudable que estaba sopesando más sus pensamientos que sus palabras. –Sólo que en este momento no le queda otro remedio que negarlo, ¡incluso perseguir a quien lo proclame!– Me volvió a llenar el vaso y comprendí que se estaba perfilando una especie de conjura. –Yo me he hecho cargo de muchas tareas que el emperador debe rechazar debido a su rango y su situación. No sería la primera dinastía en la que unos servidores fieles tuvieran que realizar, a espaldas del despreocupado soberano e incluso contra su voluntad, cosas que en realidad le sirven para mantenerlo en el trono. ¡Tenlo en cuenta, William!– Levantó el vaso y bebimos, puestos de acuerdo. –Quién sabe si no es la divina Providencia la que te ha conducido ante mí en lugar de ante Inocencio.

Me imaginaba haber conseguido definitivamente su benevolencia. Volvió a llamar a Gersenda, la señora vistosa que no solamente era su ama de llaves sino que al parecer también gozaba de su confianza.

–Deja que los patriarcas duerman tanto como quieran. Son mis huéspedes y lo seguirán siendo mientras pueda evitar lo contrario. Dile al mesonero de El Becerro que pueden beber por nuestra cuenta cuanto quieran, pues hay que hacer lo posible para impedir su voto favorable a Inocencio, ¡impedir que se unan todos contra Federico!

–¡Se encontrarán bien aquí entre nosotros!– le aseguró Gersenda. –Si no les da un ataque o su hígado deja de prestarles servicio seguirán aquí cuando vos regreséis de Apulia.

–Llevaré a William conmigo– le comunicó el *bombarone* sin haberse dirigido a mí. –De repente adquiere sentido el extraño deseo de mi viejo amigo Turnbull, que insiste en volver a verme, precisamente en un lugar que es como el fin del mundo, ¡Apulia!– A pesar de lo expuesto Elía parecía muy pensativo. Seguramente no tenía muy claro el motivo, incluso ante el trasfondo de mi relato y de la historia de los niños. –No me agrada la idea de encadenarte, William– dijo después; –no obstante serás un huésped invisible: No quiero que alguien te vea de aquí en adelante, habrás desaparecido de la faz de la tierra. Saldremos de viaje dentro de pocos días.

Me puse de pie y a la vez me di cuenta de que algo me molestaba en los calzones. ¡El pergamino! Lo había olvidado del todo. ¡Dios mío! Lo que no podía hacer era levantarme el hábito delante de mi ministro general y meterme la mano en la entrepierna. Me dio vergüenza. Me habría gustado que me tragara la tierra.

Y en efecto, así sucedió, al menos en lo que se refiere a la parte de la tierra bañada por el sol. Me condenaron a vivir en las catacumbas de las cocinas y los sótanos. Pero nuestro viaje se retrasaba de día en día, y del mismo modo iba yo retrasando mi propuesta de entregar al *bombarone* el escrito que le iba destinado.

Apenas me encontré solo saqué inmediatamente el rollo a la luz del día, pero debo decir que ya no se podía hablar de rollo: era un feo conglomerado que además olía bastante mal. Me era imposible entregarlo en ese estado ni explicar su condición. De modo que oculté el pergamino y esperé que el Señor o la bendita Virgen me iluminaran para conseguir que apareciera de repente encima de su escritorio, transportado como por mano de ángel, algo arrugado pero ya sin aquel olor traicionero. Tampoco me atreví a abrirlo y leerlo, de modo que no me enteré de la importancia que podría tener.

Aquellas noches dormí mal, no se me ocurría nada sensato. Pasaron semanas. Elía me hablaba de la próxima partida y yo retrasaba el momento de sincerarme con él, pues seguía esperando una señal que me llegara del cielo.

IV

HUELLAS BORRADAS

CONTRA EL ANTICRISTO

Aigues Mortes, verano de 1244

Los muros cuadrados de Aigues Mortes fueron plantados en la charca sin vida de los pantanos de la Camargue porque el rey Luis, en su tozudez devota, no quería apoyarse en Marsella, ciudad gravemente pecaminosa y por otra parte innegablemente imperial; también porque necesitaba urgentemente un puerto para organizar su cruzada. Como pensaba reunir allí a un ejército gigantesco tuvo la suficiente previsión, dejando en un segundo plano su propia e impaciente devoción, de contar con un posible retraso por parte de los vasallos suyos a quienes había llamado a participar en la santa cruzada. De modo que procedió a construir una ciudad completa, con sólidos edificios de piedra. En una de esas casas, tan parecidas entre sí, celebraba sesión un consorcio de dominicos que se habían puesto de acuerdo en formar lo que era a medias un tribunal de la Inquisición, a medias una avanzadilla del concilio papal. No parecía molestarlos en lo más mínimo que los cadalsos estuviesen instalados delante de sus ventanas ni tener siempre ante la vista las piernas bamboleantes de los ahorcados.

–Necesitamos material presentable para oponerlo al emperador germano– declaró Andrés de Longjumeau abriendo con tono solemne la *seduta*. –La voluntad papal de celebrar un concilio para destruir al emperador es algo sabido por todos los presentes, ¡pero lo mejor sería disponer de material vivo que pudiésemos presentar aquí, y que nos sirviera de testimonio de las iniquidades y fechorías del Anticristo!

Sus acompañantes formaban un círculo intencionalmente reducido, compuesto por su joven hermano Anselmo, llamado también fra'Ascelino, muchacho ambicioso cuya inteligencia era muy superior a la de su hermano mayor, que no pasaba de ser un pavo vanidoso; Mateo de París, cronista afamado que administraba también la documentación secreta de la curia y tenía acceso al oído del "cardenal gris", y finalmente otra persona que no formaba parte ni del *ordo praedicatorum* ni era conocido por los demás: Yves "el Bretón". Éste asistía en calidad de observador representando a la corona francesa, en cuyos dominios tenía lugar la reunión. Pero su puesto honorífico no le impidió abrir en seguida la boca ni hablarle al mayor de los Longjumeau con sarcasmo apenas disimulado.

–Inocencio acaba de refugiarse en Génova– dijo, –y vos ya estáis pensando en una reunión multitudinaria de cardenales. ¡Primero hay que nombrarlos y después tienen que estar dispuestos a atravesar las tierras del emperador y a cruzar el mar para exponer su piel en este mercado!

–Vuestro rey se muestra más benevolente que vos, Yves. Os digo que el concilio se celebrará, aunque tardemos en reunirlo un año, ¡y aunque sea en suelo francés!

–Sinceramente, dudo de que lo consigáis, monseñor, pero no quiero desanimaros– lanzó "el Bretón" una última puntilla.

Fra'Ascelino se sintió obligado a acudir en ayuda de su estupefacto hermano:

–Nosotros, el sabio hermano Mateo y un servidor, hemos desarrollado un programa provisional que vos, estimado hermano, siempre que cuente con vuestra aprobación, deberíais someter al Santo padre en cuanto llegue el momento propicio y se digne considerar la propuesta. Contiene los puntos y los datos del comportamiento durante un discurso del que los autores creen que obtendrá el éxito deseado y necesario.

Aquí calló y sonrió, invitando astutamente a Mateo a respaldar la propuesta común, porque sabía que Andrés jamás la aceptaría si venía sólo de la boca de su hermano menor. ¡Por principio!

–Puesto que nuestro escrito contiene también algunas propuestas que se refieren a los gestos y la mímica, y nadie fuera de vos, Andrés, es capaz de hacerle comprender todo esto al Santo padre, os ruego permiso para presentarlo a dos voces: Yo me encargaría del texto propiamente dicho y fra'Ascelino de los comentarios confidenciales...– acabó por decir Mateo después de haber mirado de soslayo a Yves, tras lo cual Andrés le dedicó un gesto indicativo de que no había inconveniente.

–*Intricata*, en el Castel Sant'Angelo *composita* y *cantata* por monjes, ¡y además con voces alternas! Será difícil de soportar– dijo Yves con aspereza. –Retornaré en cuanto se hable aquí de algo importante– y se retiró.

Andrés dio, bastante indignado, señal de iniciar la presentación. Mateo y Ascelino se pusieron de pie y depositaron sobre el pupitre unas hojas cubiertas de densa escritura.

–Empezaremos por disparar nuestras armas pesadas– dijo Mateo a modo de introducción, –puesto que los reyes de Inglaterra y de Francia enviarán a sus observadores y os habréis dado cuenta de que éstos no son de ningún modo afectos a nuestra causa. Además, el emperador estará representado por su mejor jurista, juez de su tribunal supremo. El ambiente nos será adverso, y no está ni mucho menos decidido que el emperador germano sea condenado, pues algunos de nuestros prelados podrían vacilar; hemos de prevenir que se vean engañados por falsas afirmaciones de buena voluntad y por el ofrecimiento de soluciones pacíficas.

–Imaginemos la entrada de los asistentes con ropaje festivo– declamó Ascelino a continuación, esforzándose por responder a la gravedad de la situación. –La sesión se iniciará con una invocación solemne del Espíritu Santo; después se insistirá en la oración común para ponernos a tono, seguida por un silencio prolongado para entregarnos a la meditación. ¡El sermón no debe iniciarse ni demasiado pronto ni con excesivo apresuramiento!

Volvió a tomar Mateo la palabra:

–El tema será: "¡Todos cuantos recorréis este difícil camino, prestad atención y ved si hay un dolor tan intenso como el mío!"

–¡Las lamentaciones de Jeremías!– comentó Ascelino. –¡Primeros sollozos, aún reprimidos!

–Exposición del tema– prosiguió Mateo, quien disponía de un órgano sonoro y agradable: –su Santidad compara su dolor con las cinco llagas del Crucificado. Primer dolor: "el que le infligen los inhumanos tártaros, empeñados en destruir a la Cristiandad."

–¡Aflicción conmovedora!– sonó la voz clara de Ascelino. –¡Es de suponer que hallará un amplio consenso!

–Segundo dolor: "el causado por el cisma de la Iglesia griega ortodoxa que, contra todo derecho y razón, se ha separado y apartado del regazo de su madre, como si ésta fuese más bien su madrastra."

–Profundo pesar– intervino Ascelino. –¡Sufrimiento soportado con paciencia!

–Tercer dolor: "la lacra de diversas sectas heréticas que se extienden como manchas en varios lugares de la Cristiandad, muy especialmente en Lombardía."

–¡Indignación naciente, aún refrenada!– susurró Ascelino con aire de conspirador. –¡Cunde el nerviosismo!

–Cuarto dolor: "el causado en Tierra Santa, donde los jorezmos infames han destruido la ciudad de Jerusalén, haciendo correr torrentes de sangre cristiana…"

Mateo se vio interrumpido por Yves, que abrió la puerta con evidente satisfacción de poder molestar.

–¡Vuestro eficaz hermano Vito de Viterbo acaba de apresar a dos gitanos que afirman haber visto unos niños huidos!– Y empujó hacia la estancia a Vito quien, a su vez, arrastraba atados con cuerdas a dos pobres gitanos. Los tres venían cubiertos de fango, como si hubiesen estado revolcándose en los pantanos de la Camargue. Yves se detuvo indeciso en la puerta y miró hacia atrás, hacia el cadalso, como buscando una soga disponible, lo que hizo que se le escapara la rápida mirada con que Ascelino conminó a Vito a que guardase silencio e indicó también a su hermano Andrés que se abstuviera de todo comentario.

Para ir más seguro, el propio Vito expuso la situación:

–Esta gente acogió a los fugitivos. Eran tres caballeros de la Orden de los templarios…

–¡Pero si eso ya lo sabemos, querido Vito!– Ascelino se apresuró a interrumpirlo.

–Lo que no sabéis– opuso Vito ofendido en su orgullo de cazador –es que dos de ellos hablaron en árabe con dos "asesinos" que se hallaban en los alrededores.

Yves intervino en tono burlón:

–¡Esos dos ismaelitas han regresado ya a su país, cargados con ricos presentes de parte de nuestro rey!

–¿O sea, que puedo soltar a estos dos gitanos?– gruñó Vito, aunque no daba señal de querer desatar las cuerdas que sujetaban a los presos.

–No– respondió Yves con sequedad. –¡Cualquier participación en una conspiración para asesinar al rey significa alta traición! ¡Están condenados a morir en la horca!

Los dos gitanos no entendían probablemente el francés, pues no se sobresaltaron. Pero Vito sí se rebeló:

–¡No han hecho nada ni sabían nada!

–La ignorancia no los exime– contestó con frialdad "el Bretón". –¿No querréis oponeros a la ley?

–¡No deberíais hablar así, Yves!– A Vito se le encendió la frente de rabia ante su impotencia. –¿No os recibió el mismo rey con los brazos abiertos en lugar de entregaros al verdugo?

–¿Acaso soy yo el rey?– se mofó Yves, y empujó a los dos gitanos fuera de la habitación. –¿De qué niños huidos se trata, por cierto?– y al formular la pregunta se volvió una vez más hacia atrás.

Fra'Ascelino ironizó con rapidez:

–No tiene importancia: son consecuencia de un desliz ocurrido en la familia de los Capoccio.

Las risas que siguieron a esta observación, aunque Vito no se vio capaz de participar en ellas, convencieron a "el Bretón" de que el asunto carecía de interés, y se marchó. Poco después pudieron contemplar a través de la ventana cómo el preboste colocaba las cuerdas en torno al cuello de aquellos desgraciados.

–¿Donde habíamos quedado?– refunfuñó Andrés de Longjumeau.

–En los torrentes de sangre cristiana vertida– volvió a retomar Mateo el hilo, –Tierra Santa destruida y mancillada.

Y Ascelino añadió:

–Emoción que va creciendo en violencia, ¡a ser posible interrumpida por sollozos! Hacia el final podría repetirse alguna que otra exclamación como: "¡pobre y santa ciudad de Jerusalén!", proferida con una voz ahogada por las lágrimas, y después una pausa: un silencio que sirve para ponderar el gran sufrimiento...

Delante de las ventanas se inició en ese mismo instante un lamentable griterío. Algunas mujeres gitanas habían empujado a un lado a los guardias y rodeaban el cadalso con sus hijos colgados del pecho y de las manos. El griterío se convirtió en lloros y lamentaciones. Dos parejas de piernas se sacudieron unos momentos y quedaron después rígidas y colgadas como ramas secas que ya sólo mueve el viento de otoño.

Ascelino prosiguió:

–Hasta los partidarios más recalcitrantes del emperador deben preguntarse: "¿Cómo es posible que suceda esto?" Y después se iniciará en voz baja la respuesta...

Hizo un gesto de invitación a Mateo, quien había estado observando, pensativo, el bamboleo delante de la ventana.

–Pero el quinto y más profundo de los dolores es el siguiente: "por culpa del príncipe..."

–¡Nada de pronunciar nombres!– le recordó Ascelino:

–"...el príncipe que podría haber evitado este desastre..."

–En el aire quedará flotando, sin ser pronunciada, la observación: ¡Pero no interviene! ¿Por qué?

–...a pesar de ostentar el título de soberano máximo de este mundo, emperador sobre todos los reyes..."

–¡Eso no les va a gustar a los ingleses, y menos aún a los franceses!– comentó Ascelino con suavidad, casi disculpándose ante Mateo por las continuas interrupciones, pero éste se limitó a sonreír condescendiente:

–"¡...un emperador que debería actuar como protector de la Iglesia de Cristo, pero que en realidad se ha convertido en su enemigo más encarnizado; que persigue con crueldad a sus fieles servidores; que los entrega en secreto a los enemigos que hemos mencionado, favoreciendo a éstos en todo, haciendo causa común con ellos con toda desvergüenza y procurando día y noche la perdición de la Iglesia católica, nuestra santísima madre!"

–En este punto, el Santo padre– intervino Ascelino excitado, –no podrá seguir adelante, dominado por el dolor y la tristeza: ¡llorar! ¡llorar! Una oleada de compasión debe caer sobre el concilio y transformarse en fuente de ardientes lágrimas de amargura. El Papa no debe ceder; conviene que alguien lo apoye, pues el dolor lo abatirá de tanto sollozar; a ser posible caerá a tierra y permanecerá allí en oración muda, interrumpida sólo por los sollozos y las lágrimas, hasta que todos los prelados que piensen y sientan como el Santo padre hagan lo mismo y sus oponentes no se atrevan a abrir la boca.

–¡Buen trabajo, Mateo!– lo elogió Andrés. –¿Esto es lo que os enseñan en San Albano?– El interpelado sonrió con humildad y señaló reconocido al joven dominico que parecía agotado por la representación teatral realizada. –No obstante, mucho depende del arte oratorio del Santo padre. Con estas sencillas indicaciones pretendemos apoyar su glorioso talento exhibicionista para representar convenientemente la imagen del hombre dolorido, con el fin de que el frente de los defensores de Satán se tambalee primero, para después caer destrozado.

En este momento Vito, que había seguido con alguna dificultad la representación alterna de los dos frailes sin abandonar su expresión taciturna y ceñuda, pidió a su vez la palabra:

–¡Aún sería mejor añadir algo más, como colgarle al emperador la culpa de tener unos bastardos herejes! ¡Hay gente que le perdona sus amoríos y el hecho de que tenga casi un harén, pero el haber engendrado una mezcla de sangre real y sangre hereje provocaría el rechazo hasta de sus reales primos!

–¡Bien pensado, Vito de Viterbo!– respondió Andrés de Longjumeau. –Ésa será tu contribución a la derrota del Anticristo. Pero con la condición de que consigas traer a esos críos a tiempo para presentarlos al concilio, acompañados además de sus madres, ¡que deben confesar haber sido amantes pecadoras del emperador!

HISTORIAS DE HARÉN

Otranto, verano de 1244

El castillo había sido construido frente a la ciudad, sobre los restos de un antiguo templo griego. Poseía un embarcadero propio y desde lo alto vigilaba el antiguo puerto de Hydruntum, como se denominaba el lugar ahora llamado Otranto antes de que lo conquistaran primero los árabes y después los normandos. En un gesto cargado de espontaneidad, Federico II había cedido las fortificaciones exteriores de sus tierras de origen, en Apulia, a su antiguo almirante Enrico cuando se enteró del matrimonio tardío de éste con Laurence de Belgrave.

De modo que aquél era el lugar en que "la abadesa", título por el que se conocía en todas partes a tan notable mujer, había sentado sus reales después de aquellos años tormentosos. Ella se quedó con las tierras del feudo incluso después de que el conde muriera en Malta, al poco tiempo de su matrimonio. El motivo de dicha concesión no fue tanto el respeto que sentía el emperador germano por la bella y enérgica dama, cuya lealtad jamás puso en duda, sino la circunstancia de que lo hubiera liberado sabiamente de toda preocupación por el cuidado de una niña de la que ella se había hecho cargo en su día, al mismo tiempo que contraía matrimonio. El emperador sentía afecto por sus hijos bastardos y otorgó a la pequeña Clarion unos ingresos aceptables, así como el título de condesa de Salento. La criatura había cumplido diecinueve años, y cualquier madre natural estaría buscándole un novio adecuado.

No así Laurence, que sobrepasaba *discretissime* la cincuentena sin perder gran parte de sus encantos. Seguía en cierto modo el ejemplo de Circe, la gran hechicera, y aunque ya no se dedicaba a transformar a los hombres en cerdos, podía afirmarse que los volvía mansos como carneros y bueyes. Se había vuelto más severa y hacía tiempo que había hallado otros caminos para someter a los hombres a su autoridad.

Era inteligente, más que la mayoría de los que acudían a ella en busca de consejo. Era poderosa, porque era ella quien disponía las armas ante cualquier combate, y nadie era capaz de prever cuál sería su elección. Y además, gozaba de la protección evidente del emperador. Se murmuraba que había sido amante suya: la única que se había negado a tener descendencia con él. Otros la consideraban una bruja y los habitantes de Otranto la temían. Pero a nadie de los ciento sesenta remeros que formaban la tripulación de su trirreme, y que vivían allí con sus familias dedicados la mayor parte del tiempo a la pesca, se le habría ocurrido rebelarse contra su señora. La condesa de Otranto se había convertido, conforme fueron transcurriendo los años, en una institución similar al faro de navegación con su instalación fortificada; única institución con cuyos gastos corría la condesa en la parte opuesta, donde estaba la ciudad. Se había desvinculado de las intrigas feudales, la política de clanes, las luchas por el poder y las guerras imperiales, pero mantenía no obstante un tejido de relaciones que llegaba mucho más allá de Otranto, de Apulia y hasta más allá del mar.

¡Poderes misteriosos! ¡Hasta puede que fuera una aliada del diablo! Ella admitía que hubiese un obispo en la ciudad y de vez en cuando entregaba algún que otro donativo para la Iglesia, pero el señor obispo no podía pisar el castillo a menos que ella lo llamara. Nunca lo había llamado.

Laurence se encontraba en la azotea de su castillo de planta normanda, conversando con Sigbert von Öxfeld, comendador de la Orden teutónica. Como tampoco el teutón era ya muy joven, se perdieron un poco en comentar los golpes de suerte y de desgracia sufridos en épocas pasadas, y después, evitando cuidadosamente revelar demasiado, habían entresacado un número infinito de datos comunes que la casualidad o la divina Providencia les había deparado a lo largo de la vida. Así pues, observaban desde arriba a los demás, con atención y vigilantes, pero sin revelar ningún sentimiento propio.

–*Bismillahi al-rahmani al-rahim!*

En la plataforma destinada a acoger una catapulta, situada en la muralla del círculo inferior, veían rezar a dos hombres arrodillados con la cabeza en dirección a la Meca.

–*Qul a'udhu birabbi al-nasi…*

Habían extendido una valiosa alfombra y se habían desembarazado de la molesta armadura que llevaron durante el viaje, y también de la túnica protectora de los templarios: Crean de Bourivan y Constancio de Selinonte vestían sendas chilabas ligeras, de colores luminosos y con adornos tan ricos y valiosos que resultaban hasta provocadores. Pero en los dominios de la condesa la tolerancia no era ya cuestión de buenos modales y de educación cortesana, sino el propio elixir vital, del que la propia señora estaba más necesitada que todos sus huéspedes y protegidos.

–*…maliki al-nasi, ilahi al-nasi…*

El viento llevaba el sonsonete de las *suras* a través de patios y jardines.

–*…min charri al-waswasi al-janasi; alladhi yususu fi suduri al-nasi, min al-dchinnati wa al-nasi.*

–¿Y habéis aprendido el árabe allí?– Laurence siguió tejiendo el hilo de su conversación después de arrojar una mirada escudriñadora sobre los juegos acuáticos que se desarrollaban a sus pies. Las perlas del agua brillaban al sol, pero el sonido de sus chorros era superado por el de la marea que rompía contra el muro exterior de protección en la parte baja del castillo.

–Bueno, primero me negué– la informó Sigbert a su manera reflexiva. –Lo consideré indigno de un caballero cristiano, que es lo que yo pretendía ser. Mientras estuve en la guardia del obispo de Asís…

La condesa lo interrumpió divertida:

–Ah, ¿pero habéis estado con Guido?

–Sí, ¡aunque lo serví más mal que bien…!

–A ese monstruo gordo no se le podía servir peor de lo que merecía su gula insaciable. ¡Pobre hermano mío!

–¿Cómo decís?

–Éramos hijos de la misma madre, por cierto un personaje estupendo, ¡pero la semilla de padres tan diferentes seguramente fue causa de cierta *petite différence!* ¡Hombres!– dijo Laurence, y apenas se traslucía respeto por el otro sexo en su exclamación. –¡Pero hablad, Öxfeld! ¿Öxfeld? Decid, ¿tenéis un hermano mayor?

–¡Oh, sí!– Sigbert se sentía fascinado por la conversación con aquella mujer de la que tanto había oído hablar, pero de la que nadie sabía nada cierto. –¡Se llamaba Gunter! Fue él quien me llevó a Asís, donde era mensajero de la guardia episcopal. ¿Por qué lo preguntáis?

Laurence miró pensativa hacia el mar.

–¡Porque fue él quien desertó y me siguió a Constantinopla! Probablemente se había figurado que obtendría de mí otra recompensa de la que yo estaba dispuesta a pagarle. Después se puso al servicio de Villehardouin. Nunca más he sabido de él.

Ambos callaron; desilusionado Sigbert, porque durante un instante había esperado hallar la pista de un ser que había desaparecido de su vida.

–Os he apartado de vuestra propia historia– Laurence no se sentía culpable, pero en aquel instante le resultó desagradable el silencio que se había instalado entre ambos. –¿Por qué abandonasteis a Guido y Asís?

–¡Por culpa de las flechas del amor!– rió Sigbert; ahora que todo formaba parte del pasado se veía capaz de reírse de sí mismo. –El obispo me había metido, con toda la razón, en la celda de castigo. Anna me liberó y su acción fue para mí una sorpresa tan grande que huimos juntos. ¡Perdimos la cabeza! ¡Éramos criaturas y estábamos enamorados! Sufrimos una crisis de fiebre en la que se unían nuestras ganas de vivir aventuras, nuestra juventud y la recuperación de Jerusalén. ¡La cruzada infantil! Nos dejamos llevar por aquel vendaval de libertad y de fe, de amor indiferenciado por Jesús y por nuestros propios cuerpos…

Sigbert recordaba los sucesos del año 1213, cuando en toda Europa huyeron los niños de sus casas en busca de otra vida: de una vida en Cristo, de un paraíso lleno de placeres indefinidos, en un arrebato de locura que barría todos los obstáculos.

–Al principio atravesamos juntos el país en dirección al sur, incluso nos recibió el Papa en Roma, pero no supo recomendarnos otra cosa que regresar a casa. De modo que seguimos hacia los puertos meridionales. Anna tenía quince años y yo apenas dos años más. Ella no quería seguir siendo una niña y decía que no había abierto la celda de castigo, exponiéndose al peligro de ser atrapada, para que yo ahora fuese a su lado como un hermano mayor, los dos cogidos de la mano. Quería que yo fuese su hombre.– Sigbert luchaba al parecer con alguna dificultad para apreciar correctamente el papel que en aquel entonces le atribuyó el destino. –Yo sentía gran respeto por el amor auténtico y tal vez pensara con cierto desprecio en el amor carnal. Además, nunca estábamos solos. A Anna no la habría molestado, pero yo sí sentía vergüenza al pensar que tendríamos que unirnos a la vista de todos, como por otra parte hacían muchos de nosotros. De modo que fui retrasando la primera noche de nuestro encuentro corporal, la que sería primera para ambos, puesto que también ella era virgen, siempre a la espera de una ocasión "más digna". Y después surgieron otras tendencias y otras corrientes en nuestra expedición, aparecieron novicios menudos y fanáticos y monjas pálidas y retorcidas que se hicieron con el mando. Fuimos severamente separados por sexos y ya no nos veíamos más que esporádicamente y en secreto, apenas el tiempo para intercambiar algún que otro beso apresurado. Así alcanzamos el puerto de Amalfi. Nos trasladaron a diferentes barcos, y después...– Sigbert interrumpió el hilo de su relato. Al parecer, le resultaba más duro de lo que se había imaginado al principio. También era posible que hasta entonces no hubiese tenido jamás la ocasión de relatar de un modo tan completo a alguien cómo había transcurrido su vida cuando era joven.

Laurence no le insistió, no lo atosigó con preguntas curiosas. En términos generales sabía lo que había sucedido en aquellos años.

–¿Caísteis en manos de los moros vendedores de esclavos?

–Sí– respondió Sigbert con amargura, –fuimos vendidos, pero vendidos por los cristianos, en cuanto subimos a los barcos. Yo no me hacía ilusiones acerca del destino de Anna. La había perdido de vista al abandonar Amalfi. Después llegué a Egipto y fui comprado por la esposa de un científico de Alejandría, que prefería no tenerme en casa al menos durante el día, mientras él estaba ausente. De modo que el hombre me hacía acompañarlo a la gran biblioteca con el pretexto de llevarle los libros. Cuando descubrió en mí cierto interés por sus escritos ordenó que me instruyeran en las lenguas árabe y griega y me incluyó entre sus estudiantes. Un día se presentó un emir muy culto, que se mostró fascinado al comprobar mis conocimientos de las obras más diversas y desconocidas de aquella mayor biblioteca del mundo, en la que uno se podía imaginar muy bien pasar el resto de la vida leyendo y tomando notas. Mi propietario no supo oponerse al deseo, apenas insinuado, de una personalidad de tan alto rango. Me regalaron, es decir, me cambiaron por otros regalos o favores. Tuve suerte: el emir era un señor amable que carecía de prejuicios frente a los cristianos…

–¿Y después?– A Sigbert ni siquiera le llamó la atención el hecho de que su paciente interlocutora mostrara de repente un interés por su destino que rebasaba la cortesía habitual. –¿De modo que llegasteis hasta El Cairo?

–Mi nuevo propietario me informó en seguida de que no pensaba utilizarme como esclavo, mucho menos siendo alemán, pues había aprendido a estimar mucho al emperador germano y deseaba aprender el idioma de éste. Así pues, me introdujo en su palacio en calidad de "profesor particular" para que no surgiera entre el personal ningún tipo de dudas acerca de mi posición. Escuchó mi historia tal como acabo de exponerla ante vos. Debió conmoverlo profundamente, pues me abrazó y dijo: "Eres un hombre libre. Puedes dejar mi casa cuando quieras y te recompensaré generosamente. Pero si prefieres quedarte, ¡esta casa es también la tuya!" No entendí en absoluto por qué su comportamiento, si bien amable hasta entonces, había subido de tono, hasta mostrarse tan emocionado. Entonces mandó buscar a alguien en su harén, y por la puerta entró, sin que la cubriera ningún velo, ¡mi compañera Anna! La vi delgada, muy delicada, creo que ya entonces estaría enferma. Me sonrió y se acurrucó a los pies de su señor, quien derramó abundantes lágrimas. Yo había perdido el habla y ocultaba mi rostro en las manos en lugar de saludarla. Tan sólo cuando el brazo del emir rodeó mis hombros volví a levantar la vista. Junto a Anna estaba ahora un niño. "Fassr ed-Din, nuestro hijo", dijo el emir…

–…*Qul a'udhu birabbi al-falqui, min charri ma jalaka*…

–…y yo comprendí que él amaba a ambos. Entonces me acerqué al niño y lo abracé. "Alá te ha bendecido dándote estos padres", dije con toda la solemnidad que me fue posible demostrar. "Déjame que sea tu amigo mayor." El muchacho me había mirado primero como si fuese un intruso inoportuno, pero muy pronto me tomó confianza. "¡Siempre he deseado tener por amigo a un caballero del emperador!" No quise desilusionarlo, y me convertí en el "caballero Sigbert" mucho antes de abandonar El Cairo y de ingresar en la Orden. Poco después de haber marchado yo murió Anna– habían transcurrido doce años, –y he sido para Fassr padre y madre al mismo tiempo.

–*...wa min charri al-naffathati fil-uqadi, wa min charri hasidin idha hasada.*

Ambos se acercaron ahora al antepecho y miraron hacia la muralla, donde Crean y Constancio habían terminado sus oraciones y volvían a enrollar la alfombra.

–Magnífica visión de una posible *pax mediterranea*– observó la condesa en ligero son de burla. –Un cristiano convertido en ismaelita, aunque sea más bien de procedencia hereje, y un musulmán nombrado caballero por el emperador. Ambos se unen rezando al mismo Dios...

–Nada se oculta a vuestra inteligencia– observó Sigbert como despertando de un sueño. –¿Conocéis la identidad de Constancio?

–Parece cuestión de brujería– reflexionó Laurence; –todos aquellos con quienes me encuentro en la vida semejan estar ligados unos a otros como presos en una misma telaraña. Yo no soy ni quien teje los hilos ni la araña voraz que chupa la sangre de su presa, pero observo que bajo mis manos se entrecruzan unos caminos que, si las vidas tomasen un curso recto y lineal como sería de desear, ¡nunca se habrían encontrado!

–La magia es un don, no un espectáculo– Sigbert se sentía aún demasiado preso en su propia historia como para saber apreciar las preocupaciones de aquella mujer. –Tendrá algo que ver con la vida extraordinaria que habéis llevado, y que os hace ser faro de orientación y puerto de refugio para tanta gente, pues de no ser así no estaríamos aquí nosotros y, sobre todo, ¡no estarían los niños!

–Esos niños– dijo Laurence, –¿dónde estarán metidos, por cierto?

–Antes jugaban en el jardín y se acercaron sigilosamente a esa joven pareja...– y señaló hacia el surtidor, en cuyo borde había visto sentada antes a Clarion, y a sus pies a un adolescente cuyo perfil extranjero había llamado en seguida la atención del caballero. Los dos estaban corriendo ahora en torno al surtidor, sin que pudiera definirse si aquello era un juego de enamorados o si estaban enfadados uno con otro. Clarion jugueteaba con el muchacho, menor que ella, como juega una gata con su presa, y la condesa parecía verlo con evidente disgusto. En su frente asomó una arruga vertical de enfado, pero después pareció reflexionar. Se dirigió con severidad hacia Sigbert, como para querer llamar al orden a los dos jóvenes:

–Hamo, mi hijo, y Clarion no forman una pareja, aunque tampoco son hermanos a pesar de haber crecido juntos.

–Yo pensaba...– respondió Sigbert en tono levemente conciliador.

–Os está permitido pensar y suponer– Laurence se esforzaba por dar otro giro a la conversación. –Aunque tal vez no os sorprenda verme capaz de acabar el relato de vuestra historia, en cierto modo como prueba de mis dotes mágicas...– Y sonrió con amargura. –El nombre de vuestro emir es Fakhr ed-Din. El sultán le encargó que llevara las negociaciones secretas con el emperador Federico. Así se ganó la confianza y el favor de éste, y la consecuencia visible fue que su hijo predilecto Fassr fuese aceptado en la corte de Palermo y armado caballero por la propia mano del emperador: Constancio de Selinonte, ¡vuestro ahijado! Y para devolver la gracia, el emir envió a Brindisi, con ocasión de la boda del emperador con Yolanda, la joven reina de Jerusalén, a la más bella de sus hijas, Anaïs, cuya madre, según dicen, descendía del gran Salomón, para que ejerciera de dama de honor. Anaïs apenas tenía más edad que la propia novia, una niña de trece años, pero ya era toda una mujer, y además era coqueta y consciente de su madurez. El emperador, que tanto si está embriagado como si está cuerdo posee una sexualidad tan insaciable como insensible– y se le notaba a Laurence que ese tipo de hombre le daba asco; "jamás habrá sido amante del emperador", pensó Sigbert, –probablemente no halló en su lecho matrimonial satisfacción para su violenta lascivia, de modo que pronto abandonó a Yolanda, que concibió a su hijo tan sólo dos años después, y dirigió su atención hacia las camareras de su esposa, a las que solía encontrar delante de la puerta. Anaïs resaltaba entre las demás y no se opuso; el emperador la hizo suya allí mismo, de pie, *a tergo*, ante la mirada de las demás, mientras la esposa, humillada, sollozaba detrás de la puerta, hundida en sus almohadas. Anaïs quedó encinta y no cabía pensar en incorporarla al harén que el emperador mantiene en Palermo, aunque su padre había contado con semejante posibilidad, pero era de temer que Yolanda lo habría aprovechado para vengarse de ella. De modo que la entregaron al cuidado de la vieja madre del almirante...

–Enrico Pescatore, ¿vuestro esposo?– la animó Sigbert.

–Entonces aún no nos conocíamos– rechazó Laurence su incipiente curiosidad. –Cuando yo entregué mi mano al conde– y acentuó las palabras de modo que pudiera deducirse cuánto valor atribuía ella al hecho de que, al menos en su caso, no se trataba de un matrimonio por amor, y mucho menos por placer, –Clarion, la hija del emperador, tenía ya dos años de edad. Por aquella época murió Yolanda…

–De parto, al nacer nuestro rey Conrado– añadió Sigbert, en parte para demostrar que seguía atento al relato.

–…murió de parto y Anaïs, a quien Federico echaba mucho de menos, pudo ingresar al fin en el harén. Clarion se quedó aquí y ha sido educada por mí como si fuese de mi propia carne, junto con Hamo, a quien tuve poco después.

–O sea, que Clarion es nieta de mi emir y sobrina de Constancio, aunque éste no deberá saberlo…

–No le hace falta saberlo– observó Laurence con aspereza, –a menos que la niña insista en mirarlo demasiado con sus ojos bonitos. ¡Pero espero que, dada vuestra partida inminente, este problema se resuelva por sí mismo!

–No por eso debéis ahuyentarnos de vuestro paraíso– le respondió Sigbert pasando por alto lo que podía ser una afrenta. –A esa edad todas las niñas intentan comprobar cuál es el efecto que causan en los hombres, lo cual no significa que estén dispuestas a entregarse al primero que se presente…

–¡Clarion se está comportando como una gata en celo!– observó irritada la condesa, y la mirada que dirigió hacia el surtidor no sirvió para convencerla de lo contrario. –No le importaría cometer un incesto con tal de conseguir placer, sea con el hermano o con el tío, ¡no es más que una hembra lasciva!

A Sigbert le pareció desagradable la forma en que se expresó la condesa, pero estaba demasiado ocupado con sus propias ideas para oponerle algo.

Desde abajo les llegaba el aroma del romero silvestre y del tomillo oloroso, mezclado con el sabor salado de la espuma que subía entre las rocas. En su ascenso por los muros ese aroma se encontró con las leves vaharadas que despedían los arbustos de jazmín, con el olor intenso de los lirios de color violeta claro que adormece los sentidos. Las invisibles nubes aromáticas envolvían el placer y el dolor como una música tocada en *pizzicato* sobre la cuerda de un laúd que sonara en alguna parte, y cuyo sonido se desvaneciera entre las rocas y el mar.

EL SACRIFICIO DE BECCALARIA

Montauban, otoño de 1244

El visitante que se movía entre las piedras destinadas a los capiteles finamente labrados y los perfiles de las columnas en la plaza de Saint Pierre, donde se estaba construyendo la catedral, no tenía aspecto de obispo. Monseñor Durand vestía una ropa marrón más bien propia de un cazador, y lo que le había llevado hasta Montauban era precisamente una cacería. Había llegado solo. Dejó atado el caballo, del que colgaba la caza conseguida, al pie del gigantesco andamio y cuando, tras preguntar a los picapedreros por el maestro, le señalaron con el pulgar hacia arriba, inició el ascenso.

Fue subiendo peldaño a peldaño y empezó a sentirse lleno de admiración por el atrevimiento y la esbeltez de líneas con que los pilares del coro ascendían sin apoyo sus buenos cien pies hacia lo alto, antes de recogerse en unos arcos puntiagudos. "Deberíamos atrevernos a hacer algo parecido también en Albi", le pasó por la cabeza. "¡Lo conseguiríamos!" Pasó del andamio, que oscilaba levemente, hacia el pasadizo montado debajo del triforio, y halló la entrada que buscaba hacia una de las estrechas escaleras de caracol que se ocultaban entre las arcadas. Calculó que había más o menos una sesentena de escalones altos mientras daba vueltas a oscuras, hasta salir ya casi mareado de nuevo al aire libre una vez hubo llegado al extremo superior, por donde entraba la luz. La vista que se le ofrecía casi lo dejó sin respiración: el esqueleto de los altos ventanales subía sus buenos cincuenta pies hacia el cielo, que parecía atravesado por sus lanzas, un cielo que se adaptaba a las filigranas de la obra. Monseñor Durand miró hacia abajo, hacia el curso brillante del río Tarn y hacia allá donde, detrás del verde oscuro de los bosques de Montech, surgía la cadena azulada de los Pirineos. Siguió subiendo con mayores precauciones por la escalera, concentrando su mirada firmemente en cada escalón, hasta llegar en el punto más alto hasta donde el estrecho saliente de la bóveda había sido ensanchado con algunos tablones. Allí encontró al maestro constructor. Bertrand de la Beccalaria vigilaba la retirada de los andamios de madera, ahora vacíos, que habían apoyado la inserción de los estribos. Se acercó resoplando, pero también riendo al maestro:

–Esta obra tan delicada, aunque de piedra, no resistiría ni un disparo de catapulta, maestro, ¡ni siquiera un carraspeo algo fuerte de mi *adoratrix!* ¡Os saludo y os presento mis respetos!

El interpelado apenas lo había mirado; sus ojos seguían fijos en la cuerda tensa de la polea, hasta que vio que la pieza robusta de madera quedaba depositada en una plataforma inferior del andamio. Durand, comprensivo, cayó en la cuenta de que el maestro constructor era en realidad bastante joven todavía aunque hubiese encanecido pronto. Beccalaria se movía con la agilidad de una cabra montés que salta por las rocas.

–Espero que no utilizaréis jamás vuestra catapulta contra este edificio, monseñor– respondió en son de burla. –¡San Pedro es un muro sólidamente construido sobre fundamentos católicos, y lo único que temo es el invierno y sus heladas!– y señaló hacia los estribos y su atrevido arco, que precisamente estaban liberando del encofrado de madera los carpinteros. Éstos se movían con peligro de sus vidas en lo alto de la obra. El maestro se acercó al obispo y le tendió la mano.

–Estamos en tiempos de paz– dijo Durand; –la *adoratrix* destructora descansa, desmontada y engrasada, y espero no tener que sacarla de nuevo. ¡Deberíamos dedicarnos todos a construir para honrar a Nuestro Señor, como hacéis vos aquí!

Pero Beccalaria no parecía convencido del ánimo repentinamente pacífico del obispo, conocido por su afán guerrero:

–¿No os provocan las murallas de Quéribus el deseo de probar en ellas el poder de convicción de vuestra catapulta?

–¡Eso ya no es cosa de la Iglesia; en cualquier caso, no del obispo de Albi! Esa tarea le compete únicamente al rey de Francia. ¡Como máximo, tal vez al señor de Termes!

–¿Oliver?– preguntó el maestro en voz baja, y al obispo no se le escapó que sus rasgos se endurecieron. Sin esperar una confirmación, Beccalaria interrogó directamente a su visitante: –¿Con qué intención acudís a mí, excelencia? ¿No será para recordar nuestra experiencia común en la pasada guerra?

–Qué eufemismo tan amable, maestro. La verdad es que me he acercado porque soy un admirador sincero de vuestro famoso arte constructor. También en Albi hace tiempo que albergamos la idea piadosa…

Pero Beccalaria lo interrumpió:

–Hace mucho tiempo que la albergáis, pero la avaricia y la estrechez de horizontes de vuestros ricos ciudadanos los lleva a descansar con sus gruesos traseros sobre cajas y sacos llenos de monedas en lugar de financiar la obra de la catedral que desea su obispo y que redundaría en la salvación de sus almas.

–¡Así es!– suspiró el interpelado.

–Aunque sigo sin creer que sea ésa la razón verdadera de vuestra presencia personal aquí…

Monseñor Durand arrojó una larga mirada sobre el paisaje que tenía debajo: la ciudad junto al río, los castillos y monasterios en las colinas, los pueblos donde se celebra mercado y las haciendas situadas en los valles, entre campos y bosques. Una imagen de paz, una imagen que parecía decente y devota de Dios, pero que era engañosa. El espíritu de la herejía seguía incubándose bajo aquellos tejados como un humo que no consigue salir, y detrás de los muros continuaba ardiendo el fuego de la rebeldía contra el dominio impuesto de los franceses.

–En el Montségur había dos infantes– empezó el obispo a explicar su misión, y habló como si de un cuento se tratase, –un muchacho y una niña…

–Habéis llevado vuestra guerra contra muchos niños– le contestó con aspereza el maestro constructor. –¡Yo estaba demasiado ocupado en proteger su refugio como para poder ocuparme en detalle de su destino!

–¿Eso afirmáis?– contestó el obispo. –Es decir, ¿que el maestro constructor de una iglesia cristiana no tiene otro motivo especial para abandonar su puesto de trabajo que la simpatía que siente por los herejes?

Beccalaria le contestó con la cabeza gacha y expresión triste:

–Cuando oí decir que habíais colgado vuestro hábito eclesiástico para hacer funcionar una catapulta mortal...

–¡Dejemos esas historias!– le interrumpió Durand con habilidad. –No he venido para echar cuentas de nuestras repectivas hazañas guerreras…– En un gesto que quería ser amistoso puso la mano sobre el hombro del maestro y lo obligó a mirar, en lugar de mantener los ojos bajos, hacia la amplitud luminosa del paisaje. –Iniciaré la historia de otro modo: hace unos cinco años, una dama de alta alcurnia, según dicen de la más antigua e importante nobleza francesa, viajó, perfectamente escoltada pero de incógnito, a Fanjeaux. Allí, en el monasterio de Notre-Dame de Prouille, las monjas tenían bajo sus cuidados a una niña, hija de aquella dama, que era rigurosamente ocultada al mundo exterior, incluso la tenían allí bajo nombre supuesto, ¡lo cual seguramente obedecía a una buena razón!– El obispo observaba por el rabillo del ojo a su interlocutor, pero la mirada de éste descansaba en el horizonte lejano donde asomaban, entre la calina, las cimas nevadas de los Pirineos. –La muchacha era llamada Blanchefleur, había cumplido aquel año los dieciséis y era una niña bonita y sensible. La madre, a la que podemos titular tranquilamente "la duquesa"– e intentó obtener de su oyente un signo de aprobación, pero Beccalaria se limitaba a observar el paso de las nubes, –reveló a su hija, que desde algún tiempo estaba intentando descubrir el misterio de su origen –pues conforme aumentaba en años y progresaba en las artes del álgebra era capaz de calcular que, en el momento de su nacimiento, su madre ya hacía tres años que era viuda–, cuáles eran el nombre y el rango de su padre natural. Pero Blanchefleur no reaccionó, como esperaba la duquesa, con orgullo y satisfacción, sino con bastante confusión, y ésta aumentó aún cuando la duquesa informó a la niña de la existencia de un proyecto dinástico muy importante que la afectaba, aunque la señora no le explicó ese proyecto en detalle. Después de haberse convencido de que la hija estaba lo suficientemente madura como para contraer matrimonio, y dejándola a la espera de su futuro, marchó de nuevo. Pero Blanchefleur tenía unas ideas bastante diferentes acerca de ese futuro; yo lo sé porque era su confesor. Blanchefleur amaba, con intensidad virtuosa pero locamente decidida, a un joven noble cuyo rango, como acabó por entender, era sensiblemente inferior, y que además era pobre, tan pobre que ni siquiera había llegado a caballero y prefería ganarse la vida con el trabajo de sus manos y el ingenio de su mente. Quería llegar a ser maestro constructor y colaboraba como ayudante en los trabajos necesarios de renovación de la iglesia del monasterio, una fundación que databa de la época de santo Domingo. Blanchefleur y el joven ingeniero se encontraban a veces en el jardín del monasterio y fantaseaban juntos acerca de la posibilidad de construir catedrales más y más elevadas y esbeltas en ciertos lugares mágicos que podían calcularse si se tenían conocimientos acerca del curso de los astros, y cuyo equilibrio entre el cielo y la tierra, como sabéis, sólo depende de que el conjunto de puntales y contrafuertes esté correctamente situado y tenga la inclinación, la curvatura, el grosor y el punto de reposo convenientes. En dicho tema coincidían cada día más, y mientras el joven arquitecto dibujaba sus sueños, su inteligente alumna se pasaba las noches en la celda calculando las dimensiones, las curvas y las cargas. Al principio los encuentros fueron casuales, pero después se hicieron más frecuentes, siempre en secreto como es natural, y finalmente se convirtieron en regulares. No se atrevían a hablar aún de un amor que cualquier externo habría podido suponer sin dificultad, pero ellos lo expresaban en forma de esbozos y notas repletas de dibujos y secciones, además de fórmulas matemáticas, que intercambiaban en secreto.

"Cuando Blanchefleur supo por boca de su madre que aquel sueño encantado que se expresaba en ecuaciones de Pitágoras, Thales y Euclides tendría un pronto y abrupto fin, se decidió a actuar. Su decisión no consistió en revelar su amor a su ingeniero del alma, sino que lo conminó con toda serenidad para que procurara ayudarla en su huida del monasterio, afirmando que todo lo demás se resolvería después con la ayuda de Dios.

El obispo interrumpió el flujo borboteante de su relato, como si esperara o exigiera que su oyente mudo contribuyera con alguna observación, pero Beccalaria no apartaba la vista del paisaje, más bien se alejaba, siguiendo el curso de las nubes más allá de las montañas, y su expresión era de pleno rechazo. De modo que monseñor continuó, un tanto desilusionado:

–En efecto, todo se resolvió con la ayuda de Dios: Blanchefleur llegó hasta Montreal, donde había acordado encontrarse con el constructor. Pero éste no se presentó. ¡En lugar de ello cayó en manos del joven Trencavel, hijo de vuestro Parsifal!– Beccalaria no demostró con ningún gesto que la historia lo afectara de algún modo. –Ramón-Roger III estaba a punto de reconquistar Carcasona, su herencia paterna, y había instalado allí su cuartel general secreto, donde residía rodeado de los rebeldes y *faidits* que le eran fieles. El vizconde, un caballero en la flor de la edad, favorecido por el carisma de su padre muerto en tan trágicas circunstancias y envuelto aún en el aura radiante, aunque un tanto decaída, del mito que rodea el santo Grial, trató a su bella prisionera con toda deferencia, hasta donde sus actividades de conspirador dejaban un hueco libre en sus pensamientos y en su tiempo. No la cortejó y ella seguía esperando a su héroe, cuya imagen palidecía de día en día, porque no llegaba y no recibía noticias de él. La víspera del ataque decisivo sobre Carcasona, Blanchefleur se entregó voluntariamente a Trencavel, se convirtió en su amante. A la mañana siguiente el caballero besó a la tímida muchacha que, gracias a su delicadeza y entrega, le había ayudado a pasar una noche difícil, se adentró en la batalla y murió en ella. Blanchefleur tuvo que huir con ayuda de los pocos fieles que sobrevivieron al combate, de pueblo en pueblo, de escondrijo en escondrijo, por unas tierras que le eran ajenas y en las que, aparte del compañero que la había abandonado, no tenía otros amigos. Oliver de Termes, compañero de armas del desgraciado Trencavel, consiguió finalmente un refugio en el Montségur para la mujer, que estaba a punto de dar a luz…

–¡No es verdad!– respondió Beccalaria. –¡Oliver la traicionó por segunda vez! Fui yo quien la encontró, en plena miseria y a punto de morir, y la llevé en mis brazos, pues no disponía siquiera de un caballo, a lo alto del castillo del santo Grial. Fui yo quien, desconociendo del todo cómo actuar en caso de rapto de una mujer por un caballero, me había dirigido ya antes a Oliver, que conocía a mi familia, y con el que me sabía unido por mis simpatías hacia la fe de los "puros" y por mi amor a nuestra patria común, el Languedoc, pidiéndole que me aconsejara y me ayudara en aquella empresa que me era difícil ejecutar sin contar con su asistencia. Y Oliver tomó las riendas en su mano, ¡vaya si lo hizo! A mis espaldas tramó con Trencavel, en cuyo séquito figuraba, la entrega de aquella presa fácil; me hizo esperar en Villeneuve de Montreal –¡no Montreal sencillamente, lo sé muy bien!– sin moverme, pues me había advertido que podrían pasar días y días hasta ver realizada la proeza. Allí me descubrieron unos desconocidos que me propinaron una solemne paliza y me amenazaron de muerte si no me apartaba del caso, de modo que tardé meses en poder seguir la pista de Blanchefleur en su huida, hasta que finalmente la encontré. Oliver la había dejado abandonada de un modo ignominioso. Inmediatamente después del intento fracasado de conquistar Carcasona se puso a disposición del rey de Francia; es decir, se pasó al bando contrario. Después ya no vi más a Blanchefleur, pero sé que en el Montségur dio a luz a un niño, que recibió el nombre de Roger-Ramón Bertrand.

–Fue ese nombre lo que me hizo pensar en vos– dijo el obispo con voz medio apagada. –Ella fue vista una vez más, sin el niño, en la localidad de Prouille, pero después salió de allí para encerrarse en un monasterio desconocido, protegiéndose así durante el resto de su vida de la curiosidad del mundo, pero sobre todo frente a las indagaciones de su madre. Eso fue todo cuanto me confió.

El maestro constructor añadió:

–Qué extrañas vueltas da el destino. Tal vez Blanchefleur, al elegir al padre de aquel niño, haya sobrepasado en mucho las ambiciones de su madre, que según me imagino proyectaba un casamiento de alta cuna para ella. Pero la hija llegó mucho más alto de lo que la duquesa pudiera proyectar o desear. ¡Una unión de sangre con la estirpe casi extinguida de los Trencavel es lo más cercano posible que se puede imaginar a la línea sagrada del Grial!

Su tono era amargo, y el obispo no pudo por menos que intentar proteger al ofendido bajo el amplio manto de la Iglesia:

–¡Sólo hay una "sangre sagrada", la de Nuestro Señor Jesucristo!

–Eso es cierto– admitió Beccalaria.

–El sacerdote la muestra a los creyentes contenida en la sagrada custodia.

Pero el maestro constructor negó con un gesto:

–Los entendidos creen que la sangre sagrada corre por las venas de cierta nobleza entroncada con la familia del santo Grial, ¡esa familia es la auténtica heredera del Mesías nacido de la estirpe real de David!

–¿Y quién era, pues, la madre de vuestra Blanchefleur, puesto que os mostráis tan seguro de que en el niño Roger-Ramón Bertrand se produce una culminación increíble de unión sanguínea real?

–No lo sé, y tampoco sé quién fue su padre. Si lo supiera…

–Yo os puedo decir quién fue el padre: ¡el emperador! En cambio deseo que vos me reveléis el secreto de la duquesa.

–Pues no os ha servido de nada el esfuerzo. ¡Jamás lo pregunté y moriré tranquilo sin haberme enterado!

La mirada de ambos cayó sobre un carruaje negro acompañado de gente armada que se encaminaba, rodeado por una nube de polvo, hacia el lugar de la obra.

–Hay quien no ahorrará esfuerzos para que tengáis que hablar antes de poder morir en paz– dijo el obispo en voz baja y sin inflexión amenazante, más bien parecía expresar compasión. –Deberíais huir, Bertrand, pues ahí viene el inquisidor…

–Hay muchas preguntas que no tienen respuesta– dijo el maestro constructor, y se inclinó hacia adelante para seguir el recorrido del oscuro carruaje, que se había detenido ante la abertura destinada a portal. Los jinetes descabalgaron y empezaron a rodear la obra. El obispo intentó sujetarlo por la manga y se mostró sinceramente preocupado.

–Podéis huir por las escaleras de caracol; abajo encontraréis mi caballo, y una vez en Albi…

–Vuestra catedral– lo interrumpió Beccalaria muy amable, y durante un instante consiguió su tono conciliador disipar los temores de su interlocutor, –como muchas otras catedrales, no será construida jamás.

Y al decir esta última palabra dio un paso hacia atrás como si hubiese olvidado, en un descuido, que tenía el vacío a sus espaldas. Cayó al abismo, pero no fue una caída libre: primero dio contra el contrafuerte inferior, que lo despidió arrojando su cuerpo contra el puntal, ¡incluso llegó a descansar un instante sobre la bóveda del ábside! Pero después, como si la mano de Dios estuviese descomponiendo las piedras, el arco golpeado empezó a resquebrajarse y tras el maestro cayeron las piedras cuidadosamente ajustadas, primero una, después dos, tres, y finalmente el resto. Su caída apagó el ruido causado por el quiebro en el correspondiente contrafuerte, que se balanceó indeciso al verse abandonado por la resistencia que sostenía su peso, se inclinó y finalmente se derrumbó, tras lo cual la pared enfrentada que venía a apoyar tampoco pudo sostenerse y cayó en un movimiento reposado hacia afuera, rompiendo los contrafuertes de los demás puntales, arrastrándolos consigo como un fuego que se extiende hacia todos los lados con el giro de los vientos. A derecha e izquierda cayeron arcos, pilastras, paredes, en un estruendo de madera que se astilla y piedra que revienta, dejando un montón de escombros del que salían nubes de polvo hasta que sólo quedó una ruina de la obra de Saint-Pierre, con una única torre que permaneció incólume en medio del desastre.

EL "GRAN PROYECTO"

Cortona, verano de 1244 (crónica)

–*De profundis clamavi ad te, Domine...*

Mi día en el sótano de Cortona empezaba con una oración matutina.

Al principio Elía aún solía visitarme de cuando en cuando, disculpándose a veces por el mayor retraso con que lo hacía, y me hablaba de sus proyectos de edificar una iglesia y un monasterio dedicados a san Francisco. Me mostraba los bocetos y se quejaba de las reticencias de la comunidad, que si bien había puesto a su disposición un posible terreno para construir, arrastraba de semana en semana la firma del correspondiente documento. Pero después de transcurrido algún tiempo, más de un mes, apenas lo vi ya, y cuando venía se mostraba apresurado y nervioso y rehusaba hablarme, hasta que por fin pareció haberme olvidado del todo.

Me había familiarizado con los amplios subterráneos del castillo. Durante las tardes, la señora Gersenda me dejaba entrar y salir a mi antojo de la bodega, y de noche también me permitía ir al patio de la cocina para respirar durante unas horas aire puro. Lo que no me permitía, en cambio, era meter la mano bajo sus faldones cuando la tenía cerca. Los dormitorios de las criadas quedaban muy lejos, en las buhardillas. Gersenda era una mujer virtuosa, maternal, caritativa y emprendedora, pero no se le ocurrió siquiera juguetear con aquella parte de mi cuerpo que tanto lo habría deseado.

De modo que no me quedó otro remedio que darme a la bebida de una forma regular, y puesto que mi alcoba quedaba cerca de los toneles, siempre había un ligero vaho vinoso suspendido sobre mi lecho, como una suave almohada de plumas en que me sumergía a última hora de la tarde –a mi entender, la noche servía sólo para orinar–, y dormía la mona hasta bien entrado el mediodía. Al mismo tiempo envidiaba profundamente a los dos prelados llegados de Tierra Santa que cada noche regresaban, vociferando más que cantando, procedentes de El Becerro de Oro, para caer tambaleantes sobre sus colchones. Yo sólo podía oírlos, pues me estaba prohibido verlos y mucho menos hablarles.

Mi corpulencia iba en aumento, y si me enteraba de ello era sobre todo por las burlas y el rechazo de las criadas. Con todo lo cual se fue durmiendo mi instinto, en ocasiones todavía aguijoneado por el recuerdo de mi bella Ingolinda, y llegué a no desear siquiera darles placer a ellas, ya fuera en sus lechos, entre la paja o de cualquier otro modo, ya fuera tumbadas, de pie o sentadas. De repente me acordé un día del pergamino de Sutri, pero ya no fue un pensamiento que me traspasara como una lanza ardiente, sino más bien como una ligera idea de que podría serme útil para modificar aquella dormilona existencia de anfibio que soportaba.

Me dirigí, pues, arrastrando los pies, hacia donde estaba la señora Gersenda, y le rogué me proporcionara pluma, tinta y pergamino. Quería escribir, le dije, componer loas al Señor y tranquilizar mi conciencia. No le dije que pensaba realizar una copia digna del mensaje dirigido a su amo, ni hizo falta que se lo dijera, pues tuvo a bien mostrarse de inmediato contenta con mi propósito, pensando que eso me haría cambiar de actitud y que dejaría de sonreír lascivamente mientras miraba las faldas de las criadas y también las de ella, cuando no intentaba levantarlas por debajo.

Así pues, Gersenda me trajo lo solicitado y ademas unas velas de sebo. Me retiré, pues, con todo ello a mi escondrijo, donde saqué el documento que mantenía oculto, lo alisé todo lo bien que me fue posible, y empecé a leer...

> “Con un lazo múltiple está formado el sello de la Alianza Secreta, la punta de lanza de la fe surge de la copa del lirio, el trigón traspasa el círculo y flota sobre las aguas. Aquél que está destinado a saber, ¡sabrá quién le habla!
>
> El que busca la verdad hará bien en profundizar en la palabra de Dios tal como está escrita en la Biblia. En cambio no hará bien en confiar en los padres de la Iglesia. Pues éstos no buscaban el saber como él, sino que se limitaban a

interpretar las Escrituras según les parecía mejor para su propio provecho.

Pero el que busca la verdad también puede rogar a Dios que le permita leer en el gran libro de la historia. Dios no escribe con la tinta de los escribientes, sino con la vida de los seres humanos y de los pueblos.

Cuando Dios quiso liberar al pueblo de Israel de su situación de pueblo elegido, liberarlo de la carga aplastante que no le permitía desarrollar las fuerzas suficientes para hacer partícipes a otros pueblos del Dios único y verdadero, cuando vio que las almas de los hijos de Israel se habían endurecido como el cuero se endurece bajo el sol y se volvieron quebradizas, envió a sus profetas para que dieran testimonio de la magnitud de Su Reino.

El primero en llegar fue san Juan Bautista. Pero sus clamores se perdieron en el desierto, pues el pueblo se mostraba insensible y sus oídos estaban sordos.

Después vino Jesús, de la estirpe de David, que dio su vida. Pero sus discípulos retorcieron en la boca su mensaje de amor y falsificaron la herencia recibida a través de su sacrificio. Y finalmente Mahoma, que señaló a los pueblos confusos el camino sencillo que conduce recto al paraíso sin culpas ni perdones, por medio de una vida devota y justa sobre la tierra.

Del mismo modo que Dios castigó a Israel desde su salida de Egipto, también muestra su disgusto con los musulmanes desde la *hégira*, desde su salida de la Meca. Desde entonces la herencia de Mahoma está dividida entre aquellos que sólo quieren oír el mensaje, la *sunna*, y están ciegos para todo lo demás, y aquellos otros que clavan la mirada fijamente, sordos para cuanto los rodea, en el camino de la *chía*, el camino de la sangre. Sólo Dios sabe cuál de estos dos caminos es el correcto. Los musulmanes no lo saben.

Sin embargo, cuando el Señor más enmudece de ira es al observar al monstruo que los sucesores de Cristo han puesto en el mundo. Del mismo modo que se nombraban a sí mismos por su propia gracia, fundaron una Iglesia que se genera y se sucede a sí misma. Pero Él aún se sirve de ella para castigar a los demás: para dispersar a los judíos por todo el mundo, y para profundizar la división del Islam exponiendo a ambas ramas a los golpes que el monstruo imparte con sus colas mientras sus tentáculos ahogan, exprimen y roban a todos los demás.

Pero el rastro sanguinolento que el animal arrastra detrás de su cola es también una promesa de que Dios, Nuestro Señor, no olvidará sus crueldades. Sólo Dios sabe cuándo llegará el día del Juicio Final, ¡pero ese día llegará! Porque las atrocidades de los sucesores de Cristo claman al cielo.

Lo primero que hicieron fue negar la corporeidad humana de Jesús de Nazaret. En su delirio y su soberbia llegaron a declarar que era Hijo de Dios y lo constituyeron en un segundo dios. Y no bastándoles con ello elevaron también a Su madre al rango de Virgen de origen divino, lo que constituye una burla para la maternidad; de este modo consiguieron llenar el templo que Él acababa de limpiar, y que debía estar dedicado a un solo Dios, que es único, introduciendo gran número de altares secundarios.

Después buscaron el favor de los romanos, porque pretendían que en la capital de éstos, entonces la *caput mundi*, era donde debía anidar el monstruo ambicioso, para extender sus brazos y atraer a su seno a todos los humanos estrangulando de paso a quienes no lo adoraran.

Esta amenaza se extendía también a aquellos cristianos que habían seguido el mensaje de Jesús que dice: «Recorred el mundo», para enseñar Su palabra a los que tienen oídos para escuchar. Fueron doce los discípulos a quienes el Señor envió a cristianizar el mundo.

Saulo no era uno de ellos, y camino de Damasco no se convirtió en apóstol, sino en Pablo el estratega. Fue Pablo quien tomó la grave decisión en favor de la Roma de los césares, no en favor de Bagdad, que es la cuna de la humanidad; no en favor de Alejandría, donde se guarda un tesoro de espiritualidad, ni mucho menos en favor del Jerusalén de los antepasados. A él le debemos el desarrollo del pulpo, y no al honrado pescador que fue Pedro. Pablo implantó el animal allí donde no podía convertirse en otra cosa que en un monstruo.

Para adular a Roma los cabecillas de la Iglesia se propusieron hacer olvidar que habían sido los romanos quienes, en aplicación estricta del *codex militaris*, habían crucificado a Jesús de Nazaret, *Rex Iudaeorum*. En cambio atribuyeron el asesinato del Mesías a su propio pueblo, los judíos. De ese modo convirtieron a Jesús, primero en un Dios mártir, después en un Dios a secas, y así salió la primera nube tóxica de la boca del animal: una nube que desde entonces envenena presagiando desgracias a todo el mundo, y esta misma es la nube de odio que rechaza a los hijos de Israel y a los hijos de sus hijos. No hay nada que una tanto como un enemigo común.

El animal había hecho suyo el mensaje del Crucificado; se había apoderado de Su cuerpo a la vez que imaginaba haber ingerido también Su sangre. No había nada que enfureciera tanto al monstruo de Roma como saber que la línea sanguínea de la casa de David no se había extinguido, que su simiente seguía propagándose. Puesto que Jesús era para ellos Dios, Su estirpe, al menos aquella parte que no fue divinizada junto con Él, fue declarada aborrecible por el animal. De ahí que tacharan a su mujer de prostituta, y que Sus hijos, Bar-Rabbí y los demás, fueran equiparados a salteadores de caminos. Todo el que pudo salvarse de la justicia crucificadora de los romanos desapareció de la historia como si nunca hubiese existido.

Un destino parecido fue el que sufrieron las comunidades de los demás apóstoles. Apenas salió el animal de las catacumbas, apenas se encumbró en el trono de la Iglesia del estado romano, inició una persecución feroz contra quienes, según el monstruo se desviaban de la verdadera fe. Primero los tacharon de sectarios, después los insultaron por herejes y los pusieron en la picota. Todo el que se negaba a someterse a las exigencias de la Iglesia católica –éste fue el nombre adoptado por el monstruo– de ser la única poseedora de las llaves del paraíso acabó condenado por ella. A partir de ese momento ya no le bastó la picota, y empezó a amontonar paja y leña. El animal se propuso seguir las huellas dejadas por el imperio y a partir de entonces ya no se limitó a esparcir veneno, sino que echó mano del fuego. Ya entonces se encendieron las primeras hogueras.

¿Y el resto del mundo? Los seguidores del profeta Mahoma, que Dios envió después de Jesús –y Dios sabía lo que hacía– fueron tachados de infieles. A partir de entonces hubo todo un ejército de ellos, y si se amansaban y besaban voluntariamente la cruz se les permitía recibir el bautismo; pero si no consentían en la conversión lo mejor era liquidarlos en seguida.

Ahora bien, en estos últimos años nos hemos enterado de que muy lejos, en el Este, viven pueblos extensísimos, para cuyos soberanos, nosotros, los que nos agrupamos en torno al *Mare Nostrum*, los que reinamos desde la *caput mundi*, no somos más que el «resto del mundo». ¿Qué haremos con ellos desde nuestro punto de vista? ¿Y cómo procederán ellos a su vez con nosotros?

El animal se había asentado sobre una roca que ya estaba en descomposición: el Imperio romano se quebró.

La Roma oriental, Bizancio, que gracias a estar situada entre oriente y occidente representaba al principio la parte mas amplia del imperio, no tuvo dificultades para mantener separados los poderes terrenal y espiritual, reuniéndolos sin embargo en el mismo lugar. Los de Bizancio se comprendían a sí mismos como barrera contra los pueblos del sol naciente y al mismo tiempo como mediadores.

Pero el animal se asentaba en Roma occidental. Cuando el imperio sucumbió, el poder imperial pasó primero a manos de los emperadores germanos, siempre guerreros; después a manos del «Sacro Imperio Romano», que sigue en manos de los teutones. Pero la Iglesia, que desde un principio buscaba el poder terrenal, no estaba dispuesta a renunciar a su primacía. Los «Papas», tal era el nombre que adoptaron los supremos sacerdotes del monstruo, se adornaron con la tiara, una corona triple que llevan sin recato alguno para mostrar las riquezas acumuladas: se veían a sí mismos como auténticos sucesores de los césares. Estos vicarios de Cristo, representantes del Hijo de Dios, exigían obediencia y ordenaban a los príncipes que acudiesen a su trono para rendirles pleitesía. El monstruo exigía del patriarca de Bizancio y también del emperador germano que se inclinaran ante su poder. Así fue como Roma provocó el cisma y la disputa en torno a la investidura: ¿Quién nombra a quién? ¿El Papa al emperador? ¿El emperador al Papa?

Desde el hundimiento del Imperio romano y la penetración de los antiguos pueblos bárbaros que venían del norte y del este la faz del *orbis mundi* ha cambiado. Colonia, Londres y París ya no son guarniciones romanas, avanzadillas puestas en la selva celta o germánica, sino centros de naciones poderosas. Carlomagno gobernó como un césar sobre el mundo conocido de occidente. Es cierto que después se formaron reinos independientes, pero por encima de todos estaba el emperador, ¡una institución respaldada por la gracia de Dios!

En la península Ibérica y en el sur de Italia, que le pertenece a Bizancio, Occidente sufría agresiones por parte de la fuerza naciente del Islam. En cambio, el Imperio se extendía en dirección al este, sometiendo a los reyes de Bohemia, Polonia y Hungría, convertidos en vasallos del emperador, a la vez que los misioneros penetraban más hacia el norte y las marcas fronterizas se convertían en ducados.

El rey de Francia habría querido hacer lo mismo que los alemanes, pero le quedaba poco espacio disponible y no poseía la autoridad de la corona imperial.

Unas regiones en el sudoeste –Tolosa y el Languedoc– no se mostraron dispuestas a someterse ni a él ni a Roma: donde Nosis y Mani descendieron como el rocío sobre la tierra fértil, donde la *sang réal* se convirtió en el "santo Grial".

Según la leyenda, fue aquí donde los hijos de Jesús tomaron tierra y fueron acogidos por los judíos en su exilio. Su sangre, la de los Belises, se había mezclado primero con la de los reyes celtas, después con la de los reyes godos. La casa de Occitania, los Merovingios, los Trencavel, incluso toda la nobleza del país se deriva de ellos. Aquí surgió también el concepto mismo de lo que es la nobleza: una distinción otorgada por Dios a determinadas familias. Su país, una isla de los bienaventurados que durante siglos estuvo cerrada al exterior; que posee su propio idioma, la *langue d'oc*; una tierra con leyes propias, las *leys d'amor*, y con su propia religión, en la que no existía ningún Papa y donde el paraíso estaba cerca, regaló a Occidente la poesía del amor cantada por los trovadores. Pues bien, esta tierra es primero objeto de la mirada codiciosa de los franceses y después de la mirada torcida de Roma, cuando Occidente se pone una vez más en marcha, en el segundo milenio después del nacimiento de Cristo, en un movimiento autodestructor y catastrófico.

Roma hacía mucho que ya no era el centro de Occidente, la península Apenina no era ya más que un colgajo. La Lombardía, en su tiempo núcleo del Imperio, intentaba sacudirse la tutela de Roma. El *Patrimonium Petri*, como el monstruo había llegado a denominar su terreno, se había convertido en un estado propio: en el estado de la Iglesia. El sur del país, el floreciente pero salvaje y antiguo «Reino de las dos Sicilias», había caído en manos de un puñado de aventureros normandos, que arrancaron la presa a los árabes.

Los Papas habían quedado en la periferia de la historia: una historia cuyo centro se estaba desplazando cada vez más hacia el norte, el este y el oeste, y sólo de vez en cuando se acordaban los poderosos de su existencia y acudían a Roma, casi siempre para saquearla.

El monstruo no quiso soportarlo más. Fue entonces cuando Roma provocó, sin tener necesidad de ello, el cisma oficial. Bizancio se negó definitivamente a partir de entonces a reconocer la supremacía del Papa.

Más o menos diez años después se produjo en el norte de Europa una guerra que tendría graves consecuencias. Los normandos cruzaron el mar y conquistaron el reino de Inglaterra, con lo cual las fuerzas existentes en suelo francés quedaron en desequilibrio, y a partir de entonces se dedicaron a dilucidar sus propias divergencias, sin tener en cuenta ni al emperador ni al Papa.

Otro decenio después el papa Gregorio VII humilló al rey alemán Enrique IV haciéndolo esperar varios días delante del castillo de Canosa, antes de liberarlo de la excomunión. Enrique se vengó ahuyentando a Gregorio –quien tuvo que buscar refugio en el Castel Sant'Angelo–, y nombrando después a otro Papa, que lo coronaría emperador. Gregorio llamó en su ayuda a los normandos del sur de Italia, pero éstos destrozaron Roma hasta el punto de provocar el levantamiento de los romanos. Gregorio tuvo que huir junto con los normandos, abandonando la ciudad y buscando refugio en Salerno, donde acabó su vida.

En esta situación difícil, el sucesor de Gregorio, Urbano II, pronunció en el concilio de Clermont su llamamiento a realizar una cruzada. *Deus lo volt!*

Nadie podrá decir si Dios quiso esa cruzada; lo más probable es que ésta se convirtiera en uno más de los látigos con los que Él pensaba castigar a la humanidad, pues lo que Él quiere permite que suceda.

El monstruo, en su obcecación, dio curso a ese alud que no traería más que sangre y lágrimas, odios y ambiciones. Posiblemente contara íntimamente con la posibilidad de que algún día la humanidad indignada le arrancara los miembros, lo estrangulara y lo hiciese morir en la hoguera, pero con lo que no contaba era con la posibilidad de que los humanos miraran su obra con indiferencia y al final fuese olvidada.

Así pues, la cruzada no fue otra cosa que una prueba de fuerza bastante infantil por parte del papado para ponerse a la cabeza de todo occidente y para obligar a los príncipes a acudir a la campaña. Fueron los segundos y terceros hijos de las casas reinantes, los que no podían esperar una herencia o un feudo, los que cosieron la cruz a su manto y ocuparon la cabeza de aquella riada de gente. Los seguía el ejército de los pobres, ladrones huidos, matones y chulos, salteadores de caminos, pillos y jugadores, buscavidas y demás ralea, y a ellos se añadieron las mujeres: las que estaban en venta y las que buscaban una ilusión, las lascivas y las maternales, las amantes y las engañadas. Después aún vendrían los frailes y los curas, tanto los degenerados como los que ardían en ansias de reforma, fanáticos misioneros y otros que esperaban obtener buenas ganancias. Ésta fue la marejada de cruzados que atravesó toda Europa.

En todas partes la precedían las matanzas más salvajes: la siembra venenosa del monstruo trajo frutos. Matar a los judíos era un buen ejercicio, puesto que se pensaba dispensar el mismo trato a los infieles. El monstruo había prometido el perdón de todos los pecados a los pocos que aceptaron llevar la cruz por considerar que era su deber cristiano. Pero aquellos otros que se movían por razones terrenales pensaban alcanzar no sólo la salvación de sus almas, sino también enormes riquezas.

Muchos soñaban con el jardín de Edén, vacío de moradores desde la expulsión del Paraíso, y lo identificaban con palacios abandonados donde los esperaban abiertas las arcas llenas de tesoros, de oro y de joyas, y el monstruo les permitió soñar. Otros creían que los «infieles» los esperaban como los niños esperan a sus padres, mirando ansiosamente hacia el mar de donde vendrían los cruzados. Otros no pensaban en nada y se sorprendieron cuando encontraron en aquellas tierras una estructura feudal asentada desde hacía varios siglos, una civilización y una ciencia que eran muy superiores a las nuestras.

Aquellos que no habían quedado ciegos, sordos e insensibles a causa del veneno difundido por el animal, sufrieron la experiencia de Tierra Santa como un bofetón en pleno rostro. También para el monstruo resultó ser el experimento un duro golpe: de oriente no sólo llegaron perfumes y óleos aromáticos que acariciaron los poros de occidente; no sólo las artes del amor, del baile, de la música, del canto y de la poesía, sino también el espíritu y las ideas de la filosofía, la simiente del libre pensamiento. Eran estímulos que ya nunca más abandonarían las tierras de occidente por mucho que el animal resoplara y escupiera fuego. Éste sospechó que los vientos de oriente dispersarían algún día su aliento venenoso, que no podría mantenerse en el limpio ambiente de la razón.

La primera cruzada terminó con la conquista gloriosa de Jerusalén. Los conquistadores se bañaron tres días enteros en la sangre de los musulmanes muertos, de los judíos estrangulados y de los cristianos caídos en su lucha por la ciudad. Después proclamaron el «Reino eterno de Jerusalén» y distribuyeron tierras, castillos y ciudades entre los caudillos nobles. Los pobres que los habían seguido, si no habían muerto de hambre, sed, calor o frío, en las batallas o acabado como esclavos, siguieron siendo lo que habían sido siempre.

Tuvieron que pasar tres generaciones antes de que el mundo árabe pudiera reponerse del horror y unirse bajo un solo mando. Llegó primero Saladino, que consiguió reunir en sus manos el poder desde Siria hasta El Cairo para después acabar rápidamente con los cristianos. Así pues, éstos volvieron a perder Jerusalén en la batalla de los Cuernos de Hatti. ¡Pero no la perdieron del mismo modo que la habían ganado, ni mucho menos! Saladino no derramó la sangre de los vencidos. ¿Se sentirían éstos avergonzados, tal vez? Tampoco. Los cristianos no conocían la vergüenza.

Pero sobrevivieron. Bajo los sucesores de Saladino el poder del Islam se repartió entre tres grandes centros: Bagdad, la capital suprema, trono del soberano de todos los creyentes: el califa; la rica Damasco, fuerte en su deseo de libertad e independencia, abierta incluso a los cristianos; y finalmente la sede del sultán, la poderosa ciudad de El Cairo, prisionera de un glorioso pasado y de sus ejércitos de mercenarios. En medio había muchos emiratos mayores y menores que se unían a veces a una, a veces a otra de las partes. Ya hacía tiempo que no se trataba de imponer una fe, y también las conquistas guerreras eran problemas del pasado. De lo que se trataba era del comercio y de los puertos. Aunque no reinaba la paz, sí hubo una serie apenas interrumpida de armisticios: a veces los emiratos de Homs y Hama pagaban tributo a los señores cristianos de Beirut; otras veces los «asesinos» cobraban impuestos de Sidón y Trípoli. También los ingleses pidieron prestado el ejército de Mossul para combatir a los franceses en Jaffa o Tyros. Y la corte del «Reino de Jerusalén» residía en San Juan de Acre.

Desde el comienzo de las cruzadas han pasado cien años. Bajo el sol ardiente de las tierras orientales todos han encontrado un lugar a la sombra; cristianos y musulmanes se han acostumbrado unos a otros. Pero he aquí que el monstruo da a luz a otro monstruo, a un purpurado como hasta entonces no había visto el mundo: Inocencio III. El animal no había sido abandonado por su instinto. Sospechó que se avecinaba una amenaza, que Dios estaba forjando en algún lugar el hierro que podría cortarle la garganta.

Ese hierro eran unos germanos de la familia de los Hohenstaufen, la estirpe que convirtió el reino de Alemania en hereditario y que, desde el famoso Barbarroja, heredaba también el título de emperador. El hijo de Barbarroja casó con la última princesa normanda, heredera del Reino de las Dos Sicilias.

Se había producido, pues, lo que el animal siempre había temido: el sur se había unido al Imperio, *unio regnis ad imperium* ¡y en medio se encontraba el Patrimonio de San Pedro, rodeado por su abrazo mortal!

La pareja imperial proclamó en Jesi el nacimiento de su hijo: Federico II. El papa Inocencio, quien había iniciado su reinado reivindicando el poder universal del papado, adoptó al joven príncipe; el animal intentaba apresar a Federico con sus tentáculos, inocularle el veneno de la sumisión.

Inocencio, sentado en la silla de san Pedro, representaba la cabeza del monstruo agigantada hasta límites insospechados. El monstruo no daba ahora golpes a ciegas, sino que atacaba en el momento menos pensado, impartía puñaladas mortales bajo las cuales temblaba todo occidente. Inocencio aplicó su diabólica astucia a desviar la próxima cruzada, emprendida con ayuda de Venecia, deseosa de ampliar sus redes comerciales, contra la cismática Bizancio. El patriarca de Roma oriental, que durante tanto tiempo representó un aguijón en la carne del papado, tuvo que huir. El hecho de que con ello quedara destruida la barrera que Occidente había opuesto hasta entonces contra Oriente preocupaba poco al jinete de la bestia, cargado de odios.

El golpe siguiente que Inocencio descargó con toda su maldad fue dirigido contra los herejes, los cátaros de Occitania. Su herejía, consistente en oponer al lujo y la magnificencia de la Iglesia oficial romana la pobreza y la austeridad de sus propios sacerdotes; a las amenazas tenebrosas de los dominicos la alegre certeza del paraíso; a la venalidad y al nepotismo de la Iglesia católica el voluntarioso ánimo de sacrificio de los «puros», era motivo de rechazo por parte del animal. Había llegado el día de la venganza.

Así pues, el monstruo prometió a la Francia de los Capet tierras y títulos en el rico suroeste, y las ansias de poder de los reyes de París se sobrepusieron a todas las reservas. De este modo se desencadenó la «cruzada contra el santo Grial», llamada también la guerra contra los albigenses. Aunque el monstruo se había ganado ya antes ese nombre, ahora se apresuró a merecerlo todavía más, desplegando una crueldad que hasta entonces jamás había mostrado bestia alguna sobre la Tierra.

El aliento flamígero del animal hizo arder ciudades, mandó a la hoguera a católicos, cátaros y judíos. ¡Todos a la hoguera! fue la consigna lanzada por Roma. ¡El día del juicio final el Señor sabrá distinguir a los suyos! Y el monstruo reptó a través del Languedoc, aplastó a Tolosa y Carcasona, estranguló a Béziers y Termes, torturó entre las garras de la Inquisición, destrozó la cultura de la amable Occitania y borró su lengua y las vidas humanas.

Una vez saciado su apetito de sangre inocente, el monstruo dirigió su atención al ahijado. Tras la temprana muerte de sus padres, Federico había ascendido al trono siendo todavía un muchacho. Es cierto que el joven germano estaba bastante intoxicado, hasta el punto de no ver en los cátaros otra cosa que unos herejes merecedores de la muerte, y así sigue creyéndolo hasta nuestros días. Sin embargo, su idea fija acerca de la categoría y la posición que corresponden al emperador le permitió sustraerse a los abrazos de su tutor.

Inocencio murió de un ataque de apoplejía. Ahora bien, el cuerpo del monstruo engendró de inmediato una nueva cabeza mortífera: Gregorio IX. Bajo éste prosiguió sin piedad la persecución del emperador. Al Papa actual, Inocencio IV, se le llena la boca de espuma mientras jura destruir a Federico y su «cría de víboras». ¿Por qué no reunirá el emperador todas sus fuerzas para acabar con ese horrible animal, por qué no encenderá una gigantesca hoguera en el Castel Sant'Angelo hasta que sus muros revienten con el calor, entregando después sus cenizas a los vientos?

Estamos al inicio de una nueva cruzada, una empresa importante y cuidadosamente preparada por Luis IX, rey de

Francia. Yo, el autor de la presente memoria, me atrevo a predecir cómo acabará esta cruzada: en una catástrofe.

Jerusalén está perdida para siempre. Aunque la reconquistáramos, no podríamos retenerla. Ya no basta una cruzada: tendrían que mantenerse allí ejércitos gigantescos para ocupar Tierra Santa y poder defender permanentemente lo conquistado. Ciento cincuenta años de crímenes e injusticias, amenazas y odios, han provocado tanta amargura en ambos bandos que es imposible imaginar la paz y la reconciliación.

Todo ello me llena de profunda tristeza y preocupación. Para alguien como yo, para quien el mar Mediterráneo no es el *Mare Nostrum* de los romanos sino la *mediaterra*, o sea el nexo de unión y no el foso que separa los países de occidente y de oriente, ha llegado el momento de intentar contrarrestar, haciendo acopio de responsabilidad, esta evolución vergonzosa.

Yo soy un hijo del Languedoc, donde creo que está la cuna de Occidente; precisamente allí, y no en Roma. ¡Y además desde mucho antes de la entronización del monstruo! Aunque su aliento venenoso me haya empujado a exiliarme en oriente, sigo pensando como occitano:

Me veo incapaz de creer que la realeza elegible responda a la voluntad de Dios. ¡Yo creo en los soberanos ungidos por la gracia divina!

Sin embargo, no existe la dinastía de la que precisa el Imperio mediterráneo. ¡Aún no existe!

Señor, te ruego me ilumines para saber qué elementos de occidente deben introducirse en la gran mezcla, qué venas deben proporcionar el jugo vital, qué gotas de sangre son indispensables para conseguir la combinación divina. Señor, déjame tener parte en el *lapis excillis* con el fin de poder realizar el gran proyecto.

Con toda seguridad la base está en la descendencia de la casa de David, en la estirpe casi extinguida de los Trencavel. Su derecho es incuestionable y llena mi corazón de orgullo. Su sangre circula a ambos lados de los Pirineos y representa a toda Occitania.

¡Y después tenemos la nobleza de Francia! ¿No fue acaso el gran Bernard, de la casa Chatillon-Montbard, quien inició la fundación de la Orden de los templarios, quien recibió esta misión y la cumplió? Una estirpe en la que también cabe pensar sería la de los normandos que guardan el roble de Gisors. Con esto incluiríamos a la Inglaterra de los Anjou y a Aquitania.

En cuanto a los alemanes, la única familia que puede tomarse en consideración es la de los Hohenstaufen; estoy seguro de su ambición por unirse a la *sang réal*. En ellos todavía habita una fuerza que la casa de Occitania ha perdido ya. *Stupor mundi*: Federico no vivirá su triunfo, pero su semilla fructificará en los futuros soberanos.

Hoy sólo puedo hablar en nombre de Occidente. Su sangre, la de más alta cuna, ha sido rescatada; la combinación con la idea del Imperio deseado por Dios se ha realizado. Nuestra tarea es ahora conseguir la unión con la descendencia del profeta Mahoma, los chiítas. De ahí nuestro pacto con los «asesinos» de la tribu de Ismaël, que son los guardas de la otra sangre. Entonces se cerrará el círculo sobre el origen ario común, sobre el gran Zoroastro, sobre las enseñanzas de Mani: una unión dinástica entre los descendientes de ambos profetas unificará en el mundo el califato con el imperio y desembocará espiritualmente en la máxima *sublimatio*, en el santo Grial.

Pero aún está por crear ese imperio, el imperio de la reconciliación entre Oriente y Occidente, el imperio de los soberanos de la paz. ¿Cual será el centro de ese imperio? El nombre de Roma ha sido mancillado por los siglos de los siglos. ¿Palermo? ¿Lo aceptaría el mundo árabe? ¡Ah, si pudiésemos al menos ofrecer al Islam su retorno a Sicilia, en igualdad de derechos y condiciones!... Pero esto no podrá ser mientras reine el monstruo, tanto si está en Roma como si está en el exilio francés.

Si el centro se estableciera en Jerusalén sucedería que, según ya hemos visto, los príncipes de occidente se desentenderían, a menos que todos se empeñaran, con su patrimonio y su poder y sobre todo con entusiasmo, en favor de establecer de una vez por todas la «divina Hierosolyma» de la paz. Ahora bien, ¿no conduciría esto a la represión de los pueblos árabes y de la fe islámica? La superioridad de Jerusalén tendría, pues, que ser reconocida también por el califato de Bagdad y el sultanato de El Cairo en lugar de pelearse por su posesión, y Damasco tendría que renunciar a su sueño de la gran Siria para prosperar con orgullo a la sombra de los Santos Lugares. ¡Es difícil de imaginar! Del mismo modo que es difícil imaginar que los cristianos se avengan ahora, después de no haber sido capaces de hacerlo durante generaciones, a la presencia de seres que profesan otra fe. Por otra parte, tampoco los musulmanes estarían hoy dispuestos a creer en la honestidad de tal cambio, de modo que hemos de renunciar a Jerusalén.

¿Habría que repensar, pues, todas las religiones? Al primero que hay que excluir de cualquier comunidad que pudiera formarse es al animal, al monstruo. Sin embargo, también el Islam está mostrando rasgos de intolerancia. Tan sólo la Iglesia del Amor, la del santo Grial, se ofrece para cumplir con una tarea tan amplia, pues intenta retornar a los orígenes: Jesús de Nazaret, profeta, igual que Mahoma, sería una premisa aceptable incluso para el Islam. La sangre dinástica de ambos profetas aún existe, aunque esté oculta.

Nos encontramos en el año del Señor de 1244. El pueblo de Israel sigue a la espera del Mesías, y según el Islam han transcurrido 622 años desde la *hégira*. Ambos, tanto la Cristiandad como el Islam, siguen padeciendo bajo las garras del monstruo, verdadero y horrible castigo de Dios. Junto con ellos padecen todos los cristianos que han tenido acceso al mensaje originario y no falseado de Jesús de Nazaret y tratan de vivir en secreto segun dicho mensaje, por lo que son perseguidos y condenados. El mundo espera.

Uno se convirtió en dos; se dobló en cuatro, y junto con el tres y el uno son ocho, lo mismo que cuatro y cuatro. Mil doscientos cuarenta y cuatro. Seiscientos veintidós años despues del nacimiento del profeta Jesús fue cuando el profeta Mahoma abandonó la sagrada ciudad de La Meca. Desde entonces han vuelto a transcurrir 622 años. 1244 es el año de la pérdida definitiva de Jerusalén por los cristianos, de la apoteosis de los «puros» del Montségur, y es también el umbral de una nueva época. Surgirá un nuevo reino: el Imperio de los reyes de la Paz, el Imperio del santo

Grial. Su luz irrumpirá sobre nosotros desde la oscuridad en la que está oculta. Su reaparición en la tierra es condición previa para el reinado de la pareja divina, de los reyes de la Paz, de los «Intercesores».

El lugar de su reinado, en cambio, debe quedar en un segundo plano. Cierto que el mar Mediterráneo debe convertirse en nexo de unión, en lugar de ser foso separador. Las ciudades están condenadas. Pero sería maravilloso disponer de una isla en el mar. *Lapis ex coelis*. ¿Una isla? Chipre queda demasiado lejos de Occidente, Rodas es demasiado griega, lo mismo que Creta, pese a sus antiquísimas tradiciones. ¿Malta? Su situación como mediadora es incomparable y sus templos son testimonio de la complacencia con que la mira Dios. ¿Un barco? Un barco que se traslada por el mar sin que nadie sepa dónde se encuentra exactamente. ¡Sería lo más apropiado! La pareja soberana no debería estar asentada, no tendría que verse forzada a entrar en un puerto para buscar refugio ni caer en manos de cualquiera de los poderes existentes. Una flotilla real en el mar siempre dispuesta a zarpar, siempre a mano aunque inaccesible, siempre presente aunque inabordable: suprema autoridad, secreto máximo.

Escrito con mi propia mano en un lugar secreto, transmitido al amigo mediante mensajero en el día en que supe que el Montségur había caído, pero que los niños se habían salvado. De modo que el «gran proyecto» puede iniciar su curso. El monte Sión será su guarda."

Ni siquiera llegué a tocar la jarra de vino que me había preparado. Pero después de acabar sí tomé un trago considerable. ¡Dios mío, qué herejía tan monstruosa! Mi cabeza estaba como paralizada por lo que había leído, por el pánico apocalíptico y las visiones extrañas que empezaban a palidecer ya de nuevo en mi mente, como si ésta rechazara la plena adopción de lo leído. Después sumergí la pluma en la tinta e inicié la copia.

Escribí, a veces sin saber lo que estaba escribiendo, interrumpido solamente por un masaje cada vez más frecuente que debía aplicarme en los dedos tumefactos y por la ingestión ocasional y descuidada de algún alimento, y así seguí toda la tarde y toda la noche, y aún el día siguiente y hasta tarde, ya entrada la segunda noche, hasta que acabé. Era una obra sacrílega encargada por el demonio. Éste y nadie más tuvo que haber intervenido para que yo introdujera el escrito en mis calzones. Debería haberlo quemado. Pero, por muchas cábalas que hiciese, seis y dos son ocho y el dos es lo importante. La pareja de Reyes de la Paz. ¡Y 622 más 622 dan, en efecto, 1244!

Mi copia tenía el aspecto que el original debió de tener en su día, tal vez incluso mejor. Enrollé cuidadosamente ambas piezas juntas y las escondí bajo mi colchón. Y como si me hubiese merecido un premio por mi buen hacer, pues habían transcurrido entretanto casi tres meses desde que llegué a Cortona, unos soldados de Elía me regalaron un par de calzones de cuero para montar a caballo que resultaron ser demasiado estrechos.

Es cierto que yo albergaba la esperanza de recuperar mi identidad franciscana, mientras seguía andando, durmiendo y emborrachándome por ahí, cubierto con el hábito benedictino del que estaba harto y hasta la coronilla, pero en aquel momento me daba todo francamente igual, pues al fin partiríamos de viaje.

Busqué a Gersenda en la cocina, rogándole con toda confianza que me ayudara a ajustar el pantalón a mi cuerpo con ayuda de trozos de cuero, lezna y cordón. La encontré en el sótano más profundo, en una parte de la bóveda que otras veces había visto cerrada con una pesada puerta de hierro. Reinaba allí un ambiente mohoso y putrefacto y vi que del techo colgaban unos cuantos murciélagos. Un viejo albañil estaba limpiando, bajo el ojo vigilante de Gersenda, un hueco en la pared.

–Son los restos de un cementerio romano– me hizo saber con aire de conspiración, para ahuyentarme después en seguida de allí. –¡Aquí no se te ha perdido nada, William, espérame en la cocina!– y me obligó a salir.

Esta orden era, como se comprenderá, lo más adecuado para hacerme salir con pasos vigorosos y regresar después de puntillas hasta la puerta de hierro.

Gersenda mantenía con ambos brazos un paño empapado de aceite que antes, cuando me presenté de improviso, había doblado repentinamente. Seguramente guardaba algo muy valioso en él.

–Es un trozo de la Vera Cruz– le decía al viejo albañil con una confianza de la que éste era seguramente merecedor. –Dicen que es una viruta del trozo que santa Elena regaló a su hijo Constantino. El *bombarone* obtuvo la reliquia del emperador Juan Ducas, en agradecimiento de sus desvelos por procurarle al Vatatse una hija del emperador Federico como esposa– Gersenda soltó una risa sarcástica, muy diferente de la que yo estaba acostumbrado a oírle, y pude ver que sostenía en sus manos un cofrecillo de marfil con adornos, encerrado a su vez dentro de una caja de ébano, mientras mostraba la reliquia al albañil.

–¿Y vos creéis en estas cosas?– preguntó él, al parecer poco impresionado.

–Mi posición me obliga– le guiñó un ojo al anciano. –Mi fe es igual a la virtud que cualquier extraño me atribuye.

En este punto el albañil soltó una risa de cabra.

Gersenda volvió a guardar la cajita cuidadosamente en el paño.

–Escondedlo ahora, maestro, de modo que nadie lo pueda encontrar. ¡Sabéis muy bien cómo cerrar un agujero sin que quede huella visible!– los dos parecían divertirse de lo lindo. –El *bombarone* sale de viaje– añadió ella; –quién sabe cuándo regresará. La pieza podría atraer ciertas ambiciones, y yo no soy más que una débil mujer...

Volví sigilosamente sobre mis pasos y la esperé en la cocina, enseñándole los calzones en cuanto apareció.

–¡Con mucho gusto os lo ajustaré!– me prometió adoptando de nuevo el aire hipócrita acostumbrado; y al medir mi vientre no se me acercó demasiado. –¡Quién sabe cuánto tiempo estaréis fuera!

–Estoy deseando iniciar este viaje hacia el sur– le contesté mientras pensaba: quién sabe si volveré. Y le entregué los calzones.

Mientras ella cosía me escabullí de la cocina, corrí hacia mi alcoba, saqué de debajo del colchón el pergamino original arrugado –en cuyo contenido apenas me atrevía a pensar pues me parecía oler peligrosamente a hoguera– y regresé, con el pergamino y una moneda de oro que saqué a toda prisa de mi bolsa, hacia el sótano profundo cuyo acceso me estaba prohibido. Alcancé a llegar justo en el momento en que el viejo albañil estaba a punto de colocar la última piedra.

Le entregué la moneda y le rogué que guardara también en el hueco de la muralla mi "testamento", que fue la palabra que se me ocurrió en aquel instante. Lo hizo con mucho gusto, aunque debió asombrarle un poco la forma del rollo de pergaminos arrugados que le entregué. Esperé hasta haber visto tapado el escondite de las reliquias y después regresé apresurado a la cocina para presentarme a Gersenda. No habría hecho falta tanta prisa. Destaponé el orificio de salida de mi cuba preferida y estuve toda la noche saltando y brincando con el fin de prepararme para la cabalgata hacia el sur. Otro tipo de cabalgata me habría sentado muy bien en ese momento, pero la buena de Gersenda no mostró ninguna comprensión.

Aún pasaron otras tres semanas hasta que por fin pude tener la grupa de un caballo entre las piernas y emprender el viaje, acompañando a mi *bombarone*.

MUERTE EN PALERMO

Palermo, verano de 1244

El sol se derramaba en vertical sobre Palermo. Las cúpulas rosadas de la pequeña iglesia de San Giovanni degli Eremiti, que quedaban a la vista desde el palacio de los normandos, proporcionaban un poco de frescor a las estancias de la antigua mezquita situadas debajo. Por la reja de la ventana abierta de la sacristía se veían los carnosos higos chumbos del cactus espinoso que crecía en el claustro anexo.

–Debe de haber sido hace unos tres o cuatro años– susurró el benedictino. –Una joven y su padre, ambos herejes, acuden a Federico para pedirle ayuda en favor del Montségur contra Francia y, como es lógico, contra nosotros: la Iglesia de Roma, única y verdadera, y contra su Santidad el Papa.

–¿No sería imaginable una alianza con Inglaterra?– le contestó su hombre de confianza, el sacristán, mientras iba hojeando los anales. –Tras su estancia gloriosa en Tierra Santa, Ricardo de Cornwall, hermano de la emperatriz, regresa en mayo del año del Señor 1241 y es recibido por el emperador con los máximos honores...

El benedictino retomó con avidez el hilo de la conversación:

–...y siguiendo los ritos orientales de puteo en esa Corte de marranos, no se le ocurrió nada mejor que procurarle a su querido huésped y cuñado...

–...que no contaba más de treinta y un años...

–¡...una amante de alcurnia que meterse en la cama! En ese harén tienen de todo: que si una hereje, que si una muchacha infiel, ¡cualquier aberración!

–El emperador germano apenas había regresado en el mes de abril del asedio a Faenza, adonde acudió acompañado por Elía. Enviaron a Ricardo a Roma, otorgándole toda clase de poderes,

¡y con la idea oculta de que se enterara por sí mismo del grado de encarnizamiento con que Gregorio persigue a su enemigo Federico, el Anticristo...!

– ...para dedicarse después con tanto mayor ahínco a copular con la "hija de Arturo", esa princesa hereje...

–...de la que se queda prendado como un perro en celo...

–...¡por lo que nos encontramos ahora con unos intereses ingleses concretos asentados en el Languedoc!

–¿Qué tal le fue a la hereje, a la perra en celo?

–Yo no estuve tumbado entre ellos– contestó el sacristán con una mueca. –Pero tú, hermano, ¡deberías tomar nota, envolver lo escrito en un pellejo de embutido y tragártelo!

A continuación, el benedictino pasó a informar a su interlocutor de lo siguiente:

–En la crónica de la *capella palatina* hallé una anotación según la cual el día primero del mes de diciembre del mismo año la emperatriz murió de parto. ¿Y no podría ser del propio Federico quien, todos sabemos que es lujurioso y desvergonzado, dado el estado de embarazo avanzado de la emperatriz...?

–Cuidado con esa lengua, hermano– refunfuñó el sacristán; –supongo que pretendéis seguir vivo por algún tiempo todavía.

–Mi estómago será una tumba silenciosa; mi intestino es el lugar adecuado para guardar cualquier nota que se refiera a ese bastardo.

–Recientemente, el emperador invitó a dos hombres, les dio bien de comer, y después ordenó a uno que realizara una carrera y al otro lo mandó a dormir, sólo para poder estudiar cuál de los dos digería mejor...

–¿Qué dices?

–¡Según los médicos que les abrieron los estómagos, no cabe duda de que, quien sestea, digiere mejor!

El benedictino se tragó el pellejo con el pergamino. Después se dirigió a la Martorana, una pequeña iglesia a la que el pueblo suele llamar también Santa María dell'Ammiraglio, y que tampoco queda lejos de la catedral.

La mujer que lo esperaba, una de las antiguas camareras de la emperatriz Isabel, llevaba el rostro velado. La vio arrodillada en uno de los bancos delanteros, y el benedictino se dirigió hacia un confesonario del que sabía que por la tarde nunca estaba ocupado. Después de algún tiempo lo siguió la mujer.

–Lo que buscáis, padre– le informó con palabras apresuradas, –ocurrió hace dos años y responde a los datos que tenéis en relación con la edad de los niños. Por lo que he podido saber a través de mi señora, pues sucedió por mediación inglesa, en el año 1239 se presentó aquí en la Corte un tal Ramón de Perelha, castellano del Montségur, acompañado de su hija y de su séquito. Esclarmonde era una muchacha muy bella, delicada y pura como un ángel. Estos detalles intranquilizaron a mi señora, pues sabía por triste experiencia el trato que suele dar Federico a las hijas de los peticionarios.

"Pero en este caso la paz matrimonial de la imperial pareja no corrió ningún peligro. La virtud de Esclarmonde era evidente, aunque evitaba asistir a nuestras oraciones.

"Y además, en aquel momento se encontraba en la Corte un musulmán joven y apuesto, de veintiséis años floridos, a quien el emperador llamaba «halcón rojo» y a quien quería como a su propio hijo. Pues bien, este emir, que es un infiel, se enamoró locamente de Esclarmonde y la cortejó, aunque respetando todas las costumbres y tradiciones nuestras. Pero Esclarmonde, sin dejar de ser amable, lo rechazaba y no se avenía a entrar en el cortejo del bello y combativo emir, que no cesaba de defender sus colores en el torneo o de cantarle canciones de trovador con una voz muy agradable.

"El emperador, en presencia del padre de la muchacha, la prevenía con acento burlón preguntando si deseaba pasar sus mejores años como si fuese monja. La propia Esclarmonde le respondió que había dedicado su vida a un amor superior que no le dejaba espacio ni tiempo para conceder sus favores a un hombre. Dijo ser cuidadora y guarda del santo Grial, y conminó al emperador a enviar a un grupo de caballeros a defender el Montségur. Al emperador le disgustó dicha solicitud. Respondió que no deseaba desafiar a la Iglesia, por muy enemiga suya que ésta se mostrase, ni disgustar al rey Luis, quien, hasta el momento, no lo había traicionado atacándolo por la espalda, por mucho que el señor papa Gregorio lo empujara a hacerlo. «¡Y vos, Esclarmonde, haríais bien en abrir vuestro cuerpo al placer, para dar a vuestro padre y a su castillo un recio heredero que pueda defenderos con fuerza de vuestros enemigos!»

"Así fue como acabó aquella conversación. El «halcón rojo» prosiguió el cortejo y su amor le bastaba para darse ánimos, aunque comprendía con toda claridad que ni Esclarmonde lo seguiría a Egipto ni él se decidiría a vivir en el Montségur.

"Pero después murió Hermann von Salza, gran maestre de la Orden teutónica y único amigo verdadero del emperador, y pocos días después el Papa reconfirmó la excomunión del germano; creo que fue un domingo de Ramos...

–Fue un jueves santo– la corrigió el benedictino, cuya voz revelaba cierta impaciencia.

–Federico se mostró primero triste; después furioso, para entregarse finalmente a la ira y la perfidia. Rogó a Esclarmonde que se presentara sola en sus aposentos, pues deseaba hablar con ella, y debió atacarla como un animal. A la mañana siguiente, muy de madrugada, hizo conducir a la muchacha, a su padre y a todo el séquito a bordo de uno de sus barcos que zarpó de inmediato en dirección a Barcelona, desde donde los aragoneses los escoltaron de vuelta hasta el Montségur. Esclarmonde no había gritado ni se quejó, ni se le oyó jamás palabra alguna acerca de la violación sufrida. No pudo despedirse siquiera de su adorable joven emir, que pasó una época de profunda tristeza, haciéndose reproches y preguntándose las razones de tan repentina partida.

"Federico, a su vez, calmó su mala conciencia armándolo caballero en aquellos mismos días de Pascua y concediéndole el título de príncipe de Selinonte. Después se dirigió hacia Pisa, donde se encontraría con Elía. Su viejo enemigo Gregorio había muerto en el mes de agosto.

–En resumidas cuentas, si este encuentro forzado dio origen a otro bastardo del emperador ha nacido entre Navidad y Reyes en el Montségur, en un entorno hereje.

–No sabemos si fue así...– dijo la mujer incorporándose. –Mi señora nunca intentó desvelar el secreto de aquel suceso ni se interesó por sus consecuencias.

Después abandonó la iglesia. El benedictino estuvo esperando algún tiempo, antes de salir a su vez para encontrarse con Palermo sumergida en la luz anaranjada del sol poniente. Se apresuró a regresar a San Giovanni.

Halló la nave de la iglesia vacía, una situación poco habitual a la hora de Vísperas. La puerta de la sacristía estaba abierta. El sacristán se le apareció colgado del techo, ahorcado del soporte del que cuelga una de esas cadenas de hierro que sujetan las lamparillas de aceite. La cuerda que rodeaba su cuello era delgada y le cortaba la carne azulada; sólo la lengua, que le asomaba, mostraba un tinte más oscuro. Debajo de él había un taburete volcado y, sin embargo, aquello no presentaba visos de ser un suicidio, sino que olía mas bien a ejecución.

Fue el olor lo que afectó al benedictino hasta el punto de hacerle sentir un gran malestar en el vientre. De modo que cerró la puerta que daba al altar y se agachó en un rincón.

Aún no había acabado de vaciar sus intestinos cuando observó a través de la reja de la ventana, por la que se entreveía ahora la oscuridad de la noche, una silueta que tocó la señal convenida en el hierro. El benedictino se incorporó tambaleante y vio a un fraile cuyo rostro quedaba casi cubierto por la capucha, que llevaba muy tirada hacia abajo. Para él no había ahora más que una cosa importante en el mundo: que no lo dejaran solo con el muerto colgado de la cadena y el verdugo invisible que presentía a sus espaldas.

Deslizó con cierta vacilación el pellejo con el pergamino a través de la reja, y el encapuchado lo recogió con premura.

–¿No quieres saber dónde lo llevaba escondido?– intentó despertar la curiosidad del mensajero. –¿No lo hueles?– El benedictino se agarraba con desesperación a la reja. –Sabes, me he enterado de más detalles, ¡ahora conocemos toda la verdad…!

Pero la oscuridad ya se había tragado a su interlocutor.

Quiso lanzarle un grito detrás, pero después reflexionó. Cerró la puerta formando una barricada y decidió esperar la llegada definitiva de la noche. De nuevo se acercó a la ventana y miró hacia los cactus, cuyos frutos se erguían bajo la luz plateada de la luna. Las cigarras habían dejado de cantar.

No se veía a nadie, no se oía ruido alguno y, no obstante, él sabía que allá afuera lo esperaban los esbirros. Se retiró un poco, sin atreverse a mirar al ahorcado. Después volvió a desmontar la barricada, evitando hacer ruido, porque había comprendido que no podía hacer otra cosa que escapar durante la noche; no tenía otra salida.

De nuevo oyó unos golpes en la ventana. El benedictino se acercó tropezando a la reja y apretó el rostro contra los hierros.

Vio una nariz puntiaguda y un ojo que bizqueaba, y comprendió demasiado tarde que no pertenecían al mensajero.

La serpiente se adelantó y clavó sus dientes con una punzada rapidísima en sus labios. El monje se echó para atrás y cayó, tambaleándose, en el interior de la estancia.

JUEGOS ACUÁTICOS

Otranto, verano de 1244

–De modo que vos mismo os habréis dado cuenta– dijo la condesa de Otranto –de que el destino nos depara pocas alegrías y muchas penas, y que hasta saber demasiado puede convertirse en una carga, *meden agan!*

El teutón intentaba consolarla a su modo algo tosco:

–Vos lo soportáis con dignidad y elegancia, condesa, y habéis despertado mi curiosidad. Pero aún no se ve el barco que estáis esperando…

El hombre se le había acercado y ambos estuvieron mirando hacia el mar. Pero como Laurence no obedeció a su incitación, Sigbert von Öxfeld se sintió obligado a romper el silencio. Lo hizo a su manera poco hábil y buscando las palabras.

–Cuando el emperador llegó finalmente de visita a Jerusalén mi emir me presentó al gran maestre de los caballeros teutónicos, que también estaba presente, y allí mismo me aceptaron en la Orden– la lisa superficie azul que se extendía debajo de ellos seguía aterciopelada y sin ofrecer objeto alguno a su atención. –Pero nunca he roto mi relación con Fakhr ed-Din. Cuando murió el sultán el-Kamil, amigo de Federico, su hijo y sucesor Ayub nombró a Fakhr gran visir de Egipto…

Ambos se equivocaban si creían estar sosteniendo una conversación sin testigos. Detrás de los grandes jarrones de cerámica que con sus vientres voluminosos orillaban el antepecho se habían escondido los niños, y como de costumbre fue Yeza quien arrastró hacia allá a su pequeño compañero. Habían subido desde el jardín trepando por los canalones inclinados de desagüe, cosa que Laurence les había prohibido repetidamente; después treparon a gatas sobre el tejado saliente y escalaron el antepecho por el exterior. Yeza puso a Roç cerca de las tejas inclinadas, junto a la pared, le ordenó juntar sus pequeñas manos y utilizó los hombros y la cabeza del pequeño, que se tambaleaba, como escalera. A continuación trepó por la gigantesca buganvilla que allí crecía, hasta acabar acostada detrás de los jarrones. No torció el gesto cuando el chico casi le arranca el brazo extendido para llegar a su lado, donde permanecieron agachados y apretándose el uno contra el otro para protegerse de la mirada de los adultos cuyas voces les llegaban desde el otro lado de la barandilla y de los jarrones que los protegían.

Los niños no se movían y hasta las lagartijas, que habían estado tomando el sol, regresaron confiadas a su lado. Más quietos se quedaron aún cuando se dieron cuenta de que los estaban buscando. Pero era difícil descubrirlos desde abajo; era casi imposible distinguir el color de su ropa entre la abundante vegetación y las flores, y sus piernas y brazos morenos apenas resaltaban del muro de ladrillos; además, las ramas de las adelfas, del jazmín y del hibisco, movidas por el viento, arrojaban sombras temblorosas sobre el suelo.

Después empezaron a aburrirse y las hormigas comenzaron a hacerles cosquillas.

–Ahora lo sé todo– susurró Yeza.

–¿Qué es un harén?– quiso saber Roç, pero ella le puso el dedo sobre los labios.

Después avanzaron arrastrándose sobre el vientre para salir de la zona de peligro y llegar hasta la cisterna alta que contenía el agua estancada de las lluvias de invierno, un agua que sólo servía para regar los jardines. Yeza sabía cómo abrir la llave para que se derramara un buen chorro por la canaleta. El musgo quedó de nuevo resbaladizo gracias a la humedad, de modo que pudieron deslizarse sentados hacia abajo. Allí los esperaba un gigantesco recipiente, donde Clarion les había dicho que podrían ahogarse, aunque fue más bien el mal olor del agua y sobre todo el ruido que harían lo que indujo a Roç a convencer a Yeza de no acabar su excursión con ese final, que ella adoraba.

–Si nos caemos en la cuba nos darán una paliza– susurró él. En vista de este peligro frenaron un poco antes y saltaron hacia un bancal de flores, donde la tierra estaba blanda.

Yeza tiró de él hacia la sombra de las arcadas. A través del verde oscuro de los naranjos vieron que Constancio y Crean se acercaban al surtidor, en cuyo borde estaba sentada Clarion, desperezándose.

Constancio mantenía un laúd en los brazos; sabía tocar sus cuerdas con tanta maestría como manejaba la espada.

–*Oi llasso nom pensai si forte...*– le cantó a la bella mujer a la vez que intentaba mirar sus ojos apasionados. Después se sentó a sus pies, mientras Crean lo hacía frente a ella, también en el borde.

–*...nom pensai si forte mi paresse lo dipartir di madonna mia...*

Hamo se había alejado malhumorado cuando vio acercarse a los caballeros, a quienes admiraba, aunque al mismo tiempo se sentía furioso por el atractivo que parecían tener para Clarion. ¿Por qué no sería ya mayor? Entonces también él sería un caballero y su relación con Clarion podría ser muy diferente: ella lo amaría y él no le haría caso, sino que tomaría su espada y su escudo y se alejaría por el mar, a bordo de un velero. Durante mucho tiempo, ella estaría despidiéndolo saludando desde la orilla con la mano y llorando su partida.

–Ay, tú que me miras desde allá arriba, jamás pensé– oyó aún la voz melodiosa del joven emir –que me pesaría tanto la separación de mi amada: *...mi paresse lo dipartir di madonna mia.*

Pero no parecía que el cantante estuviese sufriendo mucho a causa de la despedida próxima. *Madonna mia!*

–Anda, vamos corriendo hasta el surtidor para hacer rabiar a Clarion– propuso Roç. –¡También podremos salpicarlos!

Pero Yeza se opuso esta vez, para gran asombro suyo.

–¡No! ¡Dejemos las tonterías infantiles! ¡Vamos a jugar a "La novia de Brindisi, desnuda"!

Objetó Roç:

–¿Desnuda? ¡Yo entendí "de noche, a oscuras"!

–Tanto da de noche, a oscuras; uno siempre está desnudo, de modo que: ¡quítate la ropa!– y, dispuesta a no esperar, intentó sacársela por encima de la cabeza.

–¿Y tú?

–¡Yo soy el emperador, tú eres la novia!– dispuso ella sin más rodeos. –¡Tú estás de pie delante de la puerta y duermes!

Roç no parecía muy convencido:

–¿De pie?– Pero cerró los ojos.

Yeza se le acercó por detrás y lo abrazó.

–No debes abrir los ojos– susurró, –te voy a tomar de pie.

–¿Y qué tengo que darte yo?– preguntó Roç, acostumbrado a consentirle todo.

–Dame tu cadenita, entonces seremos marido y mujer y yo también me desnudaré.

–¡Un emperador nunca está desnudo!– protestó Roç.

–Claro que sí– dijo Yeza, y empezó a despojarse de su vestido. –De noche todos están desnudos.

Abrazó a Roç con violencia, aunque no olvidó quitarle la cadenita. Se la puso y corrió hacia la cuba, pero era demasiado alta para poder mirarse en el espejo del agua.

Roç seguía esperando obediente, con los ojos cerrados en el claroscuro de las arcadas. Sintió un ligero frío. Una leve patada que Yeza le propinó con el pie desnudo en las corvas le hizo tambalearse, pero también despertó su instinto de defensa, por lo que ambos acabaron peleando y revolcándose en el suelo. Roç quedó vencedor, aunque jadeando mucho. Al final se encontraron acostados uno encima del otro y oyendo el pálpito de sus corazones.

–¿Y ahora qué?– preguntó Roç.

–Ahora es por la mañana y el emperador, desnudo, abandona a la novia…

–¡Desnudo, no! ¡De noche! ¡Nunca aprenderás!

–Volvamos a vestirnos– dijo Yeza, –¡vamos a darle una sorpresa a Clarion!

–¡Vamos a cogerle un ramo de flores!

Y poco después estaban saqueando los bancales, puestos ya definitivamente de acuerdo.

Clarion se daba cuenta de que los ojos verdigrises de la condesa descansaban sobre ella; los sentía arder como una bofetada en el rostro. Se había incorporado, adoptando un aire formal, en cuanto se le acercaron los dos caballeros.

No se sentía segura acerca de sus preferencias: Constancio de Selinonte era sin duda alguna el más apuesto; era joven, esbelto, y mostraba un aire de animal de presa que le encendía la sangre, aunque también la alarmaba. Además, la trataba como si ella fuese una niña pequeña, una de esas muchas niñas que un caballero agraciado consigue hacer suyas con un leve gesto de la mano.

Crean era muy diferente. No era bello, su rostro estaba cubierto de cicatrices y el cabello revelaba ya, junto a las sienes, un ligero tono gris. Caminaba algo inclinado y al parecer había pasado por bastantes adversidades. Se rumoreaba incluso que se le había muerto la mujer. Era callado y la escuchaba sin darle la impresión de que no decía más que tonterías. Y ella se daba cuenta de que él la deseaba.

–Preciosa niña– abrió Constancio el coloquio jugando con ella como jugaba con el laúd que sostenía en su delgada mano, –tu boca brilla a través del verde de la vegetación como una última cereza que se haya quedado sin coger, ¡aunque el collar de perlas de tus dientes blancos es el lugar más adecuado para morder el fruto maduro!

Clarion dirigió su mirada con firmeza hacia Crean mientras contestaba al otro, haciendo un esfuerzo por no caer en el ridículo.

–Al halcón le resulta fácil burlarse desde las alturas, pues traza sus círculos y vuela hacia donde quiere y cuando quiere. La diminuta cereza no puede esconderse ante su mirada, por muchas que sean las hojas que la rodean. No puede huir. Debe esperar a que alguien la recoja o el viento la haga caer del árbol. ¡No se puede besar a sí misma!

–Sois una criatura notable, Clarion de Salento.– Mientras pronunciaba estas palabras, Crean se inclinó ante la muchacha. –Yo mismo desearía…

–¡Mucho cuidado!– le advirtió Constancio con presteza. –¡No acabéis de pensar esa frase y no alcéis la vista! ¡La guardiana del cerezal asoma justo encima de vosotros y sostiene en su mano experta una lanza reluciente que está a punto de arrojar!

En efecto, Laurence había aparecido como una lagartija sensible junto al borde del antepecho y vio que los dos caballeros se acercaban a su hija adoptiva. Clarion bajó los ojos y sonrió para expresar así su agradecimiento a Crean.

–Sois una poetisa de grandes méritos, y qué más desearía yo que poseer el talento de expresar mis emociones más íntimas con palabras tan tristes que se adhieran como gotas de rocío a una cereza solitaria…

–¡Como lágrimas rodeando una boca triste! Crean, tampoco sois mal poeta– se burló de él Constancio, y su risa franca resolvió la tensión imperante. Los ojos de esmeralda de la guardiana habían desaparecido. –¡Gracias a nuestro querido Sigbert, no nos vemos obligados a cortejar también a la vieja señora!

–Ni a mí tampoco, Constancio– se indignó la muchacha, –¡mucho más en vista de que lo tomáis como una ocasión para burlaros de mí! Por favor, Crean, ¿podríais ayudarme?

Pero éste ya se había retirado medio paso.

–La vida misma os ayudará, Clarion, aún sois joven…

–Ya no tan joven como para no sentir en mi propio cuerpo, de día y de noche, y sobre todo de noche, el olor a moho y podredumbre que reina entre estas paredes. ¿Sabéis acaso lo que significa pudrirse vivo?– Clarion, irritada, dio una patada contra el suelo.

–Si me permitís– le opuso Constancio –dirigir mi mirada indecente hacia aquello que veo y pensar en aquello que me ocultáis, ¡puedo aseguraros, bellísima Clarion, que la fruta excesivamente madura tiene otro aspecto!

–Ah, os agradezco el consuelo, pero me gustaría que antes… Por Dios, ¡lo que no deseo de ningún modo es ir a parar al lecho de un anciano!

–Debéis tener confianza en la vida– se apresuró a asegurarle Crean, y Clarion se sintió más irritada todavía. –Presiento que podréis elegir entre muchos hombres.

–Si todos se comportan como vos, Crean de Bourivan, que, como si fueseis un inválido, os limitáis a sentir en lugar de actuar, o como vos, vanidoso Constancio, que os llenáis la boca de palabras en lugar de comportaros como un hombre… Oh, Dios mío, ¡cómo os odio a todos!

SERVIR A DOS SEÑORES

Cortona, otoño de 1244

Gersenda, el ama de llaves, se encontraba en el castillo de Cortona delante de la gigantesca cocina de hierro y daba vueltas con la cuchara al contenido de un diminuto caldero. Había pocas personas para las que hacer comida, pues el castillo estaba casi sin ocupantes.

No vio la figura enjuta, vestida con el hábito marrón de los hermanos menores que, acercándose a ella con sigilo y desde atrás, con la capucha muy baja, se agachó, le levantó con una maniobra hábil las faldas y la pellizcó con energía en el trasero. Gersenda se dio media vuelta y, aunque sólo vio la capucha marrón, exclamó sin dudar:

–Ay, Lorenzo– y apretó al pequeño minorita contra su pecho, –qué contenta estoy de tenerte aquí.

Lorenzo la besó sin retirar la mano del lugar conquistado; por el contrario, aún apretó con mayor fuerza.

–¡Minorita lascivo!– bromeó ella. –¡Me quejaré al general en cuanto esté de vuelta! Hace ya una semana que marchó.

Lorenzo de Orta se enteró de este modo de que el señor del castillo estaba fuera de casa y asedió a Gersenda con mayor violencia.

–¡Ya sabes, querida, que los franciscanos somos pajarillos picoteadores!

Ella le dio un palmetazo enérgico en los dedos insolentes.

–¡Tenemos huéspedes!

Apenas lo hubo dicho y se hubieron separado cuando se presentaron en la puerta Alberto y Galerán, ambos con el rostro hinchado de dormir y enrojecido por la embriaguez y, sin embargo, dispuestos a añadir nuevas dimensiones a su borrachera. Al ver a Lorenzo de Orta volvieron a acordarse del Papa y del Concilio.

Empezaron a hablarle con palabras confusas, afirmando que debían ver sin falta al Santo padre y que seguramente le habrían enviado a él para ir a buscarlos.

Lorenzo dirigió la mirada, en busca de auxilio, hacia Gersenda. Ésta le contestó con un susurro, advirtiéndole con insistencia de que aquellos cuervos hambrientos no debían asistir al concilio.

De modo que Gersenda preparó un "desayuno" para los dos eclesiásticos consistente en pan, tocino, huevos cocidos y una jarra enorme de vino joven, y arrastró a Lorenzo consigo a la cocina.

–¡En realidad he venido para aconsejar al *bombarone* que se ande con cuidado!– le confió éste al ama de llaves. –En el Castel Sant'Angelo sospechan que le haya concedido hospitalidad a un tal William, y el "cardenal gris" le ha tomado ojeriza a nuestro señor Elía en relación con ciertos niños…

–No sé nada de ningún niño– le aseguró Gersenda; –ahora bien, el tal William sí estuvo aquí, pero solo, y el señor se lo ha llevado consigo para presentarlo a la condesa de Otranto.

–¿Otranto?– Lorenzo parecía acobardado. –Pero si eso está…

–En lo más profundo de Apulia– confirmó Gersenda sus temores. –¡En el fin del mundo!

–Entonces no puedo hacer nada– Lorenzo sacó de los forros de su hábito el retrato de Vito que había preparado en el Castel Sant'Angelo. –Éste es el esbirro del cardenal– y se lo entregó, –¡fíjate bien en ese rostro!

–¡Qué retrato tan bien hecho!– lo elogió Gersenda. –Tienes mucho talento, Lorenzo.

El pequeño fraile se sintió halagado y murmuró:

–Es un sujeto peligroso. ¡Pero ahora debo marchar!

En la estancia donde los dos dignatarios de la Iglesia estaban emborrachándose de nuevo se oyó un ruido como si alguien hubiese caído del taburete y roto una jarra. El ama de llaves le dio un apretón cordial al fraile y dijo:

–Por favor, Lorenzo, saca a esos dos borrachos de aquí. ¡Cada noche llenan las camas de vómitos, ¡son unos asquerosos!

–¿Y a dónde los llevo?

–¡Llévalos al bosque, ahógalos en un río, haz lo que te parezca con ellos; pero procura que no lleguen jamás a ver al Papa!

Así sucedió que Lorenzo de Orta salió del castillo de Elía seguido por el patriarca de Antioquía y el obispo de Beirut. No sabía hacia dónde dirigirse con ellos, pero ellos sí sabían a dónde deseaban ir:

–¡A El Becerro de Oro!

–¡Un traguito más antes de emprender tan largo viaje, buen hermano!

Y, no conociendo sus hábitos, Lorenzo se dejó convencer. Delante de la taberna hacia la que se dirigían Alberto y Galerán, ya conocedores del lugar, encontraron atado un caballo solitario que llevaba una gualdrapa negra y causaba una impresión siniestra.

–*L'inquisitore!*– les anunciaron los niños que jugueteaban por los alrededores, mostrándose intimidados y señalando con el dedo al animal.

Ahora bien, un dominico inquisidor rara vez viajaría solo, y sobre todo nunca mientras lo hiciese de oficio, pues correría el peligro de ser muerto por el populacho. Éste debía ser, por tanto, de una especie que pudiese confiar tanto en sus propios dones corporales y sus propias fuerzas como para renunciar a un cuerpo de guardias que lo acompañara. Es decir, era o bien un lobo solitario o el mismísimo demonio. Lorenzo no se sorprendió cuando encontró en la taberna casi vacía a Vito de Viterbo sentado ante una mesa.

Éste tampoco se mostró sorprendido, más bien malhumorado:

–¿Y tú, qué haces aquí?– le gruñó a Lorenzo sin ocultar su inquina.

–¡Su eminencia el patriarca de Antioquía!– presentó el pequeño minorita a Alberto pasando por alto la poca amabilidad con que había sido recibido. –Y su ilustrísima el obispo de Beirut. Quieren que los lleve ante el Papa.

Galerán empezó a lamentarse sin tardanza:

–¡Elía nos ha prometido llevarnos a ver al Santo padre!

–¿Y también al Espíritu Santo?– se burló Vito, irritado pero sin ponerse en pie. No le cabía en la cabeza que en aquel lugar pudiesen encontrarse dos altos dignatarios de Tierra Santa acompañados sólo por un franciscano de dudoso comportamiento quien, al parecer, desobedecía además la prohibición de tener tratos con el ministro general destituido. ¿O estaría realizando una misión secreta de la que él, Vito, nada sabía?

–Elía ha partido con William de Roebruk hacia el sur– observó el efecto de sus palabras sobre Lorenzo. –¡El señor Papa, en cambio, se dirige hacia Lyon para celebrar un Concilio en el que serán condenados el emperador y quienes lo siguen!– A Vito le habría gustado añadir: "¡Lo mismo te pasará muy pronto a ti, Lorenzo de Orta!"

Pero el franciscano no se desviaba de su propósito y siguió insistiendo con la misma amabilidad:

–¡No hay contradicción en ello, estimado Vito!

Se sentaron a la mesa del de Viterbo, y el mesonero Biro les sirvió sin que tuviesen que pedírselo una jarra de buen tinto.

–Precisamente el Papa te espera en Lyon– le espetó Vito al franciscano –para enviarte con una misión a Antioquía…– y estas palabras sí provocaron la perplejidad de Lorenzo. ¡Cómo saber si el dominico era tan atrevido como para inventar una mentira tan estúpida! Seguro que Vito pretendía sacarlo de su reserva. Lorenzo seguía con su expresión amable; en cambio Alberto se mostraba cada vez más intranquilo, incluso indignado.

–¿Y eso para qué?– refunfuñó el patriarca, lo cual indujo a Vito a proseguir con visible placer: –Para que se pongan en práctica sus instrucciones, tendentes a que los griegos que reconozcan la supremacía del Papa gocen del mismo aprecio y de iguales derechos que los latinos…

–¡Yo soy el patriarca de Antioquía!– intervino Alberto con gran alboroto. –El Papa sólo puede hablar conmigo–. se sonrojó, y le tembló la barba. –Esa misión es del todo innecesaria, indecente e imperdonable– le costaba respirar; –más aún: ¡es inaudita!– y su compañero se sintió obligado a acudir en su auxilio, lamentándose como pidiendo disculpas:

–Un griego puede ser el mejor amigo del ser humano, pero...– El patriarca no admitió sus explicaciones. –¡La Santa Sede no puede ni debe situar a los ortodoxos al mismo nivel que a sus fieles servidores!

–¡Queremos ver al Papa!– insistió Galerán, a quien ya casi nadie escuchaba.

–O sea: ¿iré a Antioquía?– preguntó Lorenzo, divertido.

Pero Vito le contestó, ya perdidos los estribos:

–¡Nada de eso! ¡A Lyon!

–Elía nos quería llevar a ver al Papa– se lamentó Galerán, y Alberto, que en ese instante ya no se fiaba de nadie, añadió, exponiendo una idea que le pareció luminosa:

–Si el ministro general se ha dirigido hacia el sur, puede que el Papa ni siquiera esté en Lyon

Ni Vito ni Lorenzo tenían ganas de explicar a aquellos clérigos empantanados procedentes del reino de Jerusalén que el señor de Cortona y su santidad Inocencio IV podían emprender caminos muy divergentes.

–¿Y qué buscas tú aquí?– preguntó Lorenzo a su oponente. –¿Acaso venías a ver a Elía?

–Yo no cruzo el umbral de una persona expulsada del seno de la Iglesia; por el contrario, más bien…– Lorenzo le dejó tiempo para pensar en alguna excusa –¡estoy camino de Lyon!

Pero eso era lo que esperaba el franciscano para contestar:

–Vito, hermano mío, si dices que estás camino de Lyon, sé que tú sabes que no te puedo creer. Por tanto, ¿a qué viene afirmar que estás camino de Lyon?– Vito quiso responderle, airado, pero Lorenzo ni siquiera lo dejó hablar. –Sin embargo, estoy dispuesto a creerte y, puesto que viajas hacia Lyon, ¡puedes llevar contigo a estos dos señores!

Se puso en pie y se acercó a la puerta.

–¿A dónde vas?– gritó Vito, alarmado, a sus espaldas.

–Adonde tú no quieres ir– Lorenzo se volvió, insinuó una reverencia ante los que se quedaban sentados a la mesa y prosiguió: –¡A ver a Elía, como comprenderás!

Cerró la puerta trás él, desató el caballo negro y le dio una palmada en la grupa; el animal salió trotando sin tardanza. Lorenzo tomó primero el camino hacia Asís, para rezar allí con sus hermanos y proseguir hacia la costa adriática, porque sabía que, a pesar del rodeo que le significaba, llegaría con mayor rapidez a Otranto por barco que a pie. Aparte de que así era más difícil que lo siguiera un agente del "cardenal gris".

Era evidente cuál había sido el gran error de su señor y maestro Elía: haber arrastrado consigo a aquel sospechoso William de Roebruk a cuyos talones iban pegados, como estaba visto, los más sanguinarios perros de presa del cardenal. ¡Qué error llevarse consigo a través de todo el país a ese señuelo llamativo y dirigirse precisamente hacia el lugar donde con toda probabilidad estaban escondidos los niños! ¡Demasiada precaución es tan peligrosa como demasiada inteligencia! ¡Palabras de san Francisco!

Lorenzo se apresuró a dejar Cortona atrás, y tan sólo aminoró el galope cuando hubo alcanzado el estrecho sendero que atravesaba la montaña. Allá abajo, a la luz del sol, se reflejaba el lago Trasimeno. No se había reconciliado del todo con su propia conciencia, por mucha seguridad que hubiese simulado ante quien era clarísimamente un esbirro de la curia. Desoír la invitación del Papa de presentarse ante él para ser encargado de una misión como la que le habían mencionado, sin motivo aparente y haciéndose además culpable de posibles divergencias subversivas, podía acarrearle una sentencia de muerte. El tal Vito ya se ocuparía de poner en marcha los mecanismos correspondientes.

El ruido de un vehículo que se acercaba con rapidez por aquel sendero solitario le hizo estremecerse. ¿Debía ocultarse entre la maleza? Aún miraba confundido hacia atrás cuando oyó el sonido de unas campanillas. Difícil era imaginar que allí viajase un enemigo.

Mientras Lorenzo seguía aún inmovilizado del susto por su encuentro con el pecado y clavaba avergonzado los ojos en la tierra, la carreta dio media vuelta realizando una pirueta atrevida sobre el sendero escarpado y se detuvo a su lado.

–Subid– lo invitó una mujer de belleza madura.

Lorenzo hizo la señal de la cruz para rechazar la tentación y señaló enérgico en la dirección opuesta.

–¡Voy en dirección a Asís!

–¡Callad!– le ordenó la mujer en voz baja, y en ese mismo instante llegó sin duda posible al oído de Lorenzo el ruido de los cascos de un caballo que se acercaba. De modo que hizo de tripas corazón y se arrojó al interior del carruaje, donde se hundió sin más, con la nariz por delante, en la blandura de los cojines que una mano sabia fue amontonando sobre su cuerpo mientras el carruaje de la prostituta volvía a rodar a trompicones montaña abajo.

El jinete se acercó y Lorenzo contuvo la respiración. Muy cerca de su oído oyó retumbar la voz del de Viterbo:

–Puta, ¿has visto a un fraile?

–Pues sí– contestó la buena mujer con un arrullo de paloma, –¡corría como perseguido por el diablo o por el verdugo!

Contestando con una blasfemia apenas audible, Vito le hincó las espuelas al caballo y prontó desapareció detrás de la siguiente curva.

–¡A un buen hermano en Cristo siempre le conviene ir al encuentro de sus perseguidores!– reía la sabia mujer pecadora mientras le daba a Lorenzo una palmada en el trasero para señalarle que el peligro había pasado. Lorenzo se incorporó con precaución, pero siguió refugiado en la oscuridad.

–Para que no haya malentendidos– dijo la mujer sin mirar hacia atrás, –sólo os he quitado de en medio porque me prometo obtener de vos una información…

Lorenzo se le acercó un poco más; se deslizó sobre sus rodillas y procuró que la espalda de la prostituta lo siguiera ocultando.

Ella prosiguió:

–Estoy buscando a un señor muy fino que estuvo de visita en el mismo castillo del *bombarone* del cual os vi salir a vos. ¡Se llama William!

–¿William?– respondió Lorenzo incrédulo, al comprender de inmediato de quién se trataba. –¿Lo conoces?

Ella se volvió para mirarle a los ojos y Lorenzo vio el brillo chispeante del amor en su mirada oscura.

–Supongamos que lo conozco– murmuró intentando ganar tiempo.

Una idea absurda empezó a anidar en su cerebro.

–¿Para qué lo buscas?

–¡Quiero volver a verlo!– La mujer apartó la vista con brusquedad.

"¿Es posible que una prostituta se eche a llorar?" Lorenzo se apresuró a asegurarle su compasión, aunque en realidad la estaba incorporando ya a sus planes.

–¡Descríbemelo!– y sacó un papel arrugado de su hábito, buscando después tiza roja en la bolsa que llevaba al cuello.

–Es joven, de carnes prietas– se regodeaba Ingolinda en sus recuerdos. –Tiene la piel fina y en los calzones…

–¡Su cara!– la interrumpió Lorenzo en tono de reproche.

–La tiene redonda, el cráneo amplio, cabello fuerte rojo y ondulado, la boca blanda, una nariz poderosa ligeramente curvada, las cejas pobladas…

–Seguid hablando– la animó Lorenzo. Su tiza roja volaba sobre el pergamino, corregía, subrayaba. –¿Los ojos?

–Grandes ojos de niño, grises; no, castaño verdosos.

–¿Claros?

–No, más bien oscuros, en forma de almendra– la mujer se fijó con interés en el retrato que Lorenzo estaba confeccionando. Éste se había sentado a su lado para tener mejor luz. –La barbilla es más saliente, aunque redonda, y el cuello– la mujer volvió a reír, –un poco más corto, ¡y más parecido a un campesino!

Lorenzo dio un último retoque a su trabajo, onduló el cabello del retrato y le añadió unas sombras.

–Pues sí, ¡así es mi William!– estalló la muchacha en júbilo. –¡Debéis llevarme junto a él!

–Parad el caballo– dijo Lorenzo, y le quitó el retrato que ella ya consideraba suyo.

–Quiero comprarlo, ¡veo que sois un gran artista!

–Hablemos de negocios– le propuso Lorenzo. –Yo te indico el camino y el lugar y tú entregas a cambio una información…

–¡Dádmelo!– la mujer ya extendía la mano, pero Lorenzo la hizo esperar.

–Escuchadme bien: seguid este mismo camino, porque de no hacerlo llegaríais demasiado tarde al nido y vuestro pajarito habría volado– Lorenzo imitó al maestro. –Debéis dirigiros sin pérdida de tiempo al puerto de Ancona, exigid ser presentada personalmente al comandante del puerto y decid que os envía el "general" y que debéis ver a la "abadesa". Os proporcionará un pasaje marítimo. Os doy algo de dinero…

Pero la dama procedente de Metz no quiso aceptarlo.

–Os lo podéis quedar, yo misma me pago mis caprichos. ¡Pero dadme el retrato!

Entretanto Lorenzo había escrito en letras griegas algunas líneas en el papel, de las que suponía con toda la razón que la puta más espabilada no sabría leerlas: "La gran prostituta de Babilonia busca al padre de los dos niños, del que sabe que está con vosotros."

–Escondedlo bien– le advirtió a la mujer; –si cayera en manos indebidas sufriríais las consecuencias en vuestra bella espalda y en la parte del cuerpo tan sensible que le sigue, y que a causa de los latigazos que os propinarían quedaría inutilizada para vuestra profesión…

–¡Olvidad mi trasero, aún pretendo proteger con él a mi William!– contestó ella, y se dispuso a esconder el retrato bajo sus faldas.

–¡Alto ahí!– exclamó Lorenzo, –dejad que lo bañe con mi orina para que no se borre todo antes de…

–William preferiría la mía, maestro. ¡Tened confianza en mí!

Lorenzo se dio por satisfecho.

–Una cosa más: una vez llegada a la meta preguntad por la "condesa". ¡En nigún caso la llamaréis a partir de entonces "abadesa"!– añadió divertido. –¡De no hacerlo así, cobraríais latigazos aún peores de los que cualquier ayudante de verdugo suele descargar con toda el alma! Debéis enseñar el retrato a la condesa, ¡después os lo podréis quedar!

–¡Después me conformo con el original!– rió Ingolinda de Metz. Hizo una señal a su cochero y se alejó rodando con el carruaje cuyas campanillas anunciaban la llegada de la prostituta, mientras las cintas de colores revoloteaban difundiendo el mensaje de amor.

Habían regresado a Cortona, y Lorenzo estuvo un tiempo mirando el lugar por donde se alejaba el carro. Después suspiró hondo y decidió echar un vistazo al castillo y hablar con Gersenda, antes de emprender, finalmente ya provisto de caballos y ayudantes, el viaje para presentarse ante el Papa.

Hay que pensar también en uno mismo, dijo para sí. Y si Dios quería advertir a Elía y proteger a los niños haría que la puta llegara segura a Otranto, junto con el mensaje. ¡Ese hermano William debía de ser un buen cabrón para que una mujer lo persiguiera a través de toda Italia!

LA CONDESA DE OTRANTO

Otranto, otoño de 1244

–¡El barco! ¡El barco!

Roç y Yeza fueron los primeros en avistarlo. Saltaron con agilidad hacia arriba, por la escarpada escalera que conducía del jardín a la muralla.

Clarion se incorporó y los siguió, sin preguntar si deseaban acompañarla a los dos caballeros que estaban descansando, a pleno sol, acostados a sus pies. Constancio le había estado cantando canciones árabes de amor, mientras Crean la cortejaba a su modo tranquilo pero más insistente.

¡Qué juego tan cruel! El arte de cortejar no representaba para los dos hombres otra cosa que una forma de pasar el tiempo, pues ni siquiera se les ocurría transformar en hechos esas intenciones disfrazadas con palabras poéticas o ese silencio tan expresivo.

Como tantas otras veces durante aquel largo verano, la condesa se había citado en el bastión con el comendador de la Orden teutónica. Se entendían bien, incluso sin intercambiar muchas palabras, tanto si conversaban como si miraban hacia el mar o se dedicaban a respirar los aromas y observar los colores con que se iban tiñendo las hojas, o si se limitaban a escuchar el silencio otoñal.

La condesa se había acercado al antepecho. Miró hacia la trirreme, "su barca", único objeto de la herencia de su esposo que le hacía recordar con cierto agradecimiento al viejo Pescatore. La nave llevaba las velas recogidas porque casi no hacía viento, pero se deslizaba sobre el mar como un insecto que moviese cien pies a la vez.

En la pequeña bahía situada debajo del castillo y que formaba una especie de diminuto puerto se oyó cómo bajaba con gran estruendo de cadenas el puente levadizo hacia el muelle. Vieron a los porteadores acudir con un palanquín. Laurence observó con preocupación que su hijo estaba presente allá abajo.

–Deberíais hablar con Hamo– dijo a Sigbert sin desviar su mirada del puerto; –ya es hora de que abandone durante unos años este hogar gobernado por mujeres y se vaya a trajinar en otros castillos con el cuero y el hierro, en lugar de permanecer pegado a mis faldas y acechar la ropa interior de Clarion. Hamo tiene ahora dieciséis años, pero es demasiado delicado, blando y soñador. Conviene que la arena del desierto y la sal del mar le proporcionen un aspecto más curtido; tiene que aprender a luchar, Sigbert, porque de no hacerlo no será capaz de retener Otranto cuando yo no pueda defenderlo.

–Me lo puedo llevar conmigo a Starkenberg– le respondió el caballero con franqueza. –Pero sólo puedo hacerlo si él mismo está de acuerdo. El trabajo en Tierra Santa se ha vuelto muy difícil, al menos para la Orden teutónica, dado que Conrado no se decide a hacerse cargo de su herencia y nosotros, los fieles al emperador, estamos en minoría. ¡Tiene que mostrarse dispuesto al sacrificio y aceptar la dureza de la vida!

–¡Hablad con él!

Laurence se apresuró a entrar en el castillo para vigilar los preparativos. Allí todo estaba dispuesto para la recepción. La servidumbre de la condesa estaba perfectamente aleccionada.

–Oh– exclamó Yeza, –¡los llevan en brazos! ¿Es que ya no pueden andar?– En efecto, los porteadores habían subido entre tanto el palanquín de la condesa a bordo y dos ancianos caballeros lo ocuparon de inmediato tomando asiento en su interior y sustrayéndose así a las miradas curiosas.

–Han visto que eres una entrometida, por eso se esconden– bromeó Constancio burlándose de la pequeña, pero Yeza no se dio tan pronto por vencida.

–Desde allá abajo ni siquiera pueden disparar una flecha hacia las troneras, de modo que nadie puede verme. Yo no soy tan tonta que me suba hasta donde cualquiera pueda alcanzarme.

Estas palabras iban dirigidas a su compañero de juegos, que se había encaramado sobre una de las almenas y que volvió a descender de inmediato.

–Tú nunca has estado allá abajo, porque no nos dejan ir– añadió con algún recelo, –de modo que no puedes saber si nos ven o no y, además, ¡a las niñas no las dejan estar en las murallas cuando hay guerra!

–¡Pero Sigbert me lo ha explicado con todo detalle y él sí sabe de guerras!

–¡Pero si no estamos en guerra, por desgracia!– intervino ahora Hamo, que se había mantenido algo apartado.

–No la desees– le advirtió Crean, pero Hamo golpeó impaciente el suelo con el pie.

–¡La buscaré!

Clarion comprendió su agresividad y quiso abrazarlo.

–¡No querrás abandonarme!

Pero Hamo se la sacudió de encima.

–¡Hay otros caballeros que darían su vida por protegerte!

–¡Clarion!– la voz de la condesa sonaba autoritaria. Clarion se alejó de los hombres que la rodeaban y entró en el castillo por la puerta de la torre. Crean la siguió a conveniente distancia, pues tampoco quería encontrarse a solas con ella en la estrechez de la escalera de caracol. Quería ver a su padre, a "John"; abrazarlo a solas antes de tener que cumplir con las severas obligaciones de la hermandad a la que pertenecía.

"John" era John Turnbull, embajador emérito especial del emperador, comendador de honor de la Orden teutónica en Starkenberg y, a su edad avanzada –pues había alcanzado los setenta y cinco años–, portador y titular de innumerables distinciones y de cargos en su mayoría del más alto secreto. El título que más le importaba, aunque había ostentado muchos otros a lo largo de su vida, era el de "conde del Monte Sión".

El otro anciano a quien la trirreme había recogido en Tierra Santa era su superior inmediato, Tarik ibn-Nasr, canciller de los "asesinos" de Masyaf, donde tenía su sede la rama siria de dicha secta. Se trataba de un sabio de aspecto reseco que no representaba el papel de superior carismático, como sucedía con el "Anciano de la montaña". Tarik era en el mejor de los casos un político hábil, lo más adecuado para una época donde ya no se trataba de conquistar, difundir y adquirir poder en Tierra Santa, sino de sobrevivir.

El canciller apreciaba mucho a Crean y había distinguido a este cristiano convertido al Islam con su mayor confianza. Crean no deseaba darle motivos para que lo reprendiera, pero tampoco quiso renunciar a demostrar a su viejo padre lo mucho que se alegraba de volver a verlo con vida. Reprimir los afectos era una de las primeras cosas que se aprendía al iniciarse en la jerarquía complicada y rígida de las creencias de los "asesinos". En lugar de sentimientos, lo que intentaban cultivar eran el ascetismo, la devoción y el éxtasis. Una orden del superior no era un simple mandamiento, sino una tarea que debía cumplirse con íntimo entusiasmo. Esto había aportado a los "asesinos" la fama de ser una secta fanática; la gente solía pasar por alto su profunda religiosidad y su alta espiritualidad, que la mayoría de los cristianos o no entendían o preferían ignorar.

Su padre era una excepción. El espíritu siempre libre y rebelde de John, que había flotado a lo largo de su vida entre los mundos de la fe cristiana original, ahora tachada de hereje, y del fundamentalismo islámico, influyó muy pronto en su único hijo, aunque éste tardó en adherirse a los "asesinos" ismaelitas.

–¡Crean!– El abrazo de John, que lo esperaba al pie de la escalera, era cordial como siempre, aunque se veían poco, pero el hijo obtuvo una dolorosa impresión al observar cuán achacoso parecía estar su padre. –¿Aún no has saludado a Tarik?

–¡No me ha hecho llamar todavía!– ¿Acaso John padecía ya la pérdida de memoria propia de los viejos? De no ser así, debería saber que Crean difícilmente podía haberse presentado ya a saludar a su canciller.

–Bueno, aún hay tiempo– amansó después su brusquedad. Había pasado el tiempo de cruzar palabras atrevidas con su hijo o de entablar combates amistosos a espada como Crean estaba acostumbrado a hacer con su padre, a quien jamás había llamado así sino tan sólo por su nombre de pila, lo que respondía perfectamente al deseo de éste.

–¡Anda, cuéntame primero qué tal van las cosas en ultramar!

–Los templarios contra los hospitalarios, Venecia contra Génova, Génova contra Pisa– bromeó Turnbull, contento de haber recuperado el acostumbrado tono amistoso. –¡Sin embargo, dime primero si los niños se han salvado!

–¡Pero John!– Crean se mostró algo sorprendido por la pregunta. –¡Sabes que están aquí y que se encuentran bien!

–¡Es muy importante, es enormemente importante! Ya sabes...

–Claro que lo sé; pues ¡por algo pusiste a mi disposición a los más valiosos caballeros, para estar seguro de que cumpliría a la perfección con mi honrosa misión y respondería así a la voluntad de la *Prieuré!*

–¡Bien, muy bien, háblame!– Los dos subieron juntos a la azotea, que había quedado vacía, y Crean le relató a su padre las vicisitudes del rescate…

Los niños había bajado a toda prisa a la entrada principal, cuyos escalones eran tan planos que se podía subir a caballo hasta la gran sala de ceremonias del castillo, cosa que solía impresionarlos sobremanera. Constancio y Sigbert se lo habían demostrado. Pero ahora lo que deseaban era echar un vistazo al palanquín y observar de cerca a los dos recién llegados.

Únicamente llegaron hasta el control central, donde los escalones ocultan una trampa que permite arrojar al vacío a un caballo con su jinete. Los guardias sabían muy bien que no debían dejar pasar a los niños, y Yeza y Roç lo sabían también, de modo que esperaron ocultándose detrás y entre las piernas de los soldados hasta que el palanquín dio la vuelta a la esquina. Sólo vieron a uno de los pasajeros, pero bastó para que Yeza prorrumpiera en gritos de admiración.

–¡Lleva un turbante, un turbante de verdad!

Roç en cambio estaba más preocupado por la desaparición del otro hombre mayor a quien también había visto subir al palanquín.

–El otro se habrá bajado junto a la escalera de caracol– reflexionó en voz alta y en tono objetivo, pero después enmudeció porque recordó que se suponía que él no debía tener conocimiento de aquella entrada secreta.

Corrió detrás de Yeza, quien ya saltaba junto al palanquín que ascendía por las escaleras exclamando:

–¡Un "musumán" de verdad, con un turbante!

Tarik le dirigió un guiño y después golpeó con el bastón en la pared delantera del palanquín, deteniendo así a los porteadores. Tendió su mano a Yeza y la hizo entrar en el interior, señalándole el asiento frente al suyo. No dijo ni una palabra, pero ambos sonrieron cuando el palanquín, después de haberlo ordenado él con dos golpes de bastón, volvió a ponerse en marcha.

Roç se quedó desilusionado atrás, pero cuando vio que los guardias ya no le prestaban atención se deslizó hacia el nicho que albergaba la estatua de un Amor griego y empezó a mover el arco de la estatua. Aplicó todas sus fuerzas en aumentar la presión, hasta que se abrió una rendija en la pared. El niño era muy delgado, por lo que le bastó una rendija del grosor de un brazo para introducirse por ella.

Roç aspiró el aire húmedo de los pasillos y las escaleras secretas entre los muros, un ambiente que le era familiar y que conducía a las *intercapedine*, escondrijos habilitados entre las diferentes plantas. Aquello era otro mundo. Lo único que le daba rabia era que Yeza no estuviese a su lado. Habría preferido explicarle los descubrimientos que iba haciendo, pues sabía que a ella se le ocurrirían diversas maneras de hacer uso de lo que encontraran. Sencillamente era más divertido jugar con ella, ¡aunque a veces llegaba a cansarlo! Roç suspiró y prosiguió su ronda.

–¡...la Orden puede ser tu patria!– escuchó de repente una voz.

Después reinó un largo silencio, y cuando Roç ya se disponía a seguir adelante pudo oír la respuesta de Hamo:

–Gracias, señor Sigbert, por vuestro gesto generoso, pero no creo ser digno de ingresar en el "Ordo Equitum Theutonicorum"...

–Eso lo deciden los superiores...– interrumpió el caballero la tímida respuesta de su interlocutor, aunque en realidad se equivocaba mucho en cuanto a los pensamientos íntimos del joven.

–¿Verdad que el verdadero nombre completo de la Orden es "Caballeros y hermanos de la casa alemana de Nuestra Señora de Jerusalén"?

Sigbert asintió con un gesto.

–Pensad que mi madre me ha educado de modo que para mí no existe otra mujer a quien llamar nuestra señora. ¡No hay María alguna que valga a su lado, ella misma admitiría antes a una Magdalena!– Las palabras de Hamo eran amargas, aunque más serenas que las de Sigbert.

–Pero Hamo, en tu corazón debe haber sitio para...

–Yo no tengo corazón– lo interrumpió Hamo con obstinación –ni quiero tener patria; ¡quiero irme al extranjero!– Y cuando se dio cuenta de que había dejado al caballero sin habla añadió aún: –Yo soy un lobo solitario y no quiero pertenecer a una manada ni someterme a los mandamientos de una Orden. Otranto se me ha quedado pequeño, y la condesa se equivoca si cree que pretendo heredarlo de ella.

–Piénsalo bien– intentó apaciguarlo Sigbert. Pero la voz de Hamo adquirió un tono de mayor rechazo.

–¡Me iré y jamás volveré a verla! ¡Podéis decírselo o dejar de hacerlo, según os parezca!

–Una conversación entre hombres– Sigbert intentó salvar lo posible –debe quedar entre hombres, Hamo, y eso es lo que somos los caballeros en primer lugar.

–El tiempo demostrará si llego a ser caballero, porque tal vez acabe siendo un ladrón, un espía, un asesino o cualquier otra especie de carne de horca, ¡aunque también puedo convertirme en explorador!

–¡Una paleta muy amplia!– intentó bromear Sigbert, que deseaba poner término de una forma conciliadora a aquella disputa. –De modo que tal vez nos volvamos a ver: Tierra Santa está llena de aventureros y muchos de ellos acaban siendo caballeros. Los más desilusionados se someten a la severidad de una Orden, ¡los más disolutos acaban en el aburrimiento del matrimonio!

–Habladme de aquellos que han sabido esquivar lo uno y lo otro...

En este punto Roç decidió reemprender la excursión. ¡Cuánta historia edificante de Tierra Santa, la verdad es que las tenía atragantadas! ¡Como si no hubiese otra cosa en el mundo! Además, Hamo era un charlatán que en realidad no deseaba otra cosa que casarse con Clarion, aunque ella no quería, porque lo consideraba demasiado joven. ¿Le diría Yeza lo mismo cuando él le propusiese tomarla por esposa? Había que pensarlo muy a fondo. Contrariamente a Hamo, Roç consideraba que le quedaba tiempo, mucho tiempo…

Laurence entró en el refectorio y examinó la mesa puesta. Era mediodía y a ella no le agradaban las comidas pesadas. Cada uno podría servirse de lo que más le agradara. Había abundancia de fuentes y bandejas con ensaladas apetitosas de pulpo y mejillones, calamares y gambas, alcachofas adobadas en aceite y vinagre de vino, olivas, sardinas asadas y berenjenas fritas en rodajas, langostas recién cocidas y pez espada joven hervido y servido en frío. Fuentes llenas de limones y naranjas, jarras con vino fresco y agua potable alternaban con las bandejas de mariscos y esparcían sus olores reconfortantes. Todo estaba dispuesto: sólo faltaba que los huéspedes fuesen puntuales. Laurence se acercó a una de las altas ventanas. Aquel banquete sería a la vez una comida de despedida. Allá abajo, en el puerto, se balanceaba su trirreme mientras los marineros la limpiaban, la reparaban y cargaban. Aquella misma tarde volvería a hacerse a la mar para llevarse al señor de Öxfeld y al conde de Selinonte. Habían cumplido con su misión, y Sigbert se retiraría a Starkenberg mientras Constancio sería de nuevo el emir Fassr ed-Din. Ambos irían antes a Siria.

El primero en entrar en el refectorio fue Tarik, el canciller, y lo hizo con paso ligero y humilde. Laurence dio unas palmadas y un sirviente tendió al huésped una fuente de agua templada en la que flotaban hojas de rosa para que pudiese mojarse las manos.

–Gracias a vos, excelencia– y Laurence tomó ella misma una de las servilletas para ofrecérsela al invitado con el fin de que éste se secara las manos, –no tendré que comer sola. Los demás creo que olvidan sus deberes de cortesía y no piensan más que en la alegría de su reencuentro o en el dolor de su despedida.

–¡La puntualidad está por encima de cualquier otro sentimiento humano, al igual que el respeto y la obediencia!– le confirmó Tarik. –¡Castigaré a Crean de Bourivan!

–¡Perdonadlo, hacedme el favor!– Laurence temía con razón que el otro actuaría tal como había dicho. –¡Estará con su padre!

–El que entra en nuestra Orden debe dejar atrás sus sentimientos familiares; es algo que aún le queda por aprender.

–Pero de momento no le castigaréis, ¿verdad?– Laurence sabía que sus encantos seguían haciendo efecto en los hombres.

El árabe le sonrió, del mismo modo que antes le había guiñado un ojo a Yeza. Ésta vio, asustada, a la condesa esperando al final de la rampa; estaba segura de merecer una reprimenda. Tarik corrió la cortina con la rapidez de un rayo para que la pequeña pudiese escapar por el otro lado. El canciller tenía buen humor, estaba casi alegre. De modo que levantó el pulgar en señal de perdón.

–No me interpretéis mal, condesa: quiero a Crean como a un hijo. Lo acogí en una época difícil para él, cuando habían matado a su mujer y tuvo que huir con sus dos hijas del castillo de Blanchefort…

–¿Y qué tal están las dos muchachas?– Laurence intentaba dar un aire más alegre a la conversación. –¿Se han casado?

–No es así exactamente– sonrió Tarik. –Cuando la desgracia cayó sobre la familia, y el viejo John se mostró del todo incapaz de tomar alguna iniciativa en favor de su hijo, éste me pidió ayuda. Conseguí primero un refugio para los tres en Persia, donde gobernamos y tenemos nuestra casa principal. Crean era perseguido por la Inquisición con tanto ahínco que le era imposible refugiarse en tierras cristianas: ni siquiera en Siria podía estar seguro. Después fueron sus hijas adolescentes las que ya no desearon marcharse, y entraron voluntariamente en el harén de nuestro gran maestre...

–Extrañas criaturas– se permitió comentar Laurence. –¿Cómo puede una mujer elegir libremente…

–¿Creéis que alguna mujer elige con libertad?– la interrumpió con suavidad el canciller. –Vos sois una excepción, pero, ¿y las demás? El harén ofrece una vida llena de belleza, ocio y seguridad y, sobre todo, protegida de cualquier violación y violencia.

–Excepto en que la pobre mujer debe estar constantemente dispuesta a someterse a los caprichos de su señor, ¡ante el que debe simular además amor y hasta pasión!– se indignó Laurence.

–Desconocéis las reglas de un harén bien llevado. Despertar pasión y sentirla es un arte que se puede aprender…

–¿Y el amor…?

El hombre sonrió.

–El amor va y viene, no es un sentimiento propio del harén. ¿Acaso habéis resuelto vos el problema del amor?

En aquel instante entraban el viejo Turnbull y Crean en el salón. Mientras John ocupaba su asiento, Crean se detuvo detrás de la silla del canciller. Pero la mirada de Tarik no revelaba ni irritación ni complacencia.

Después llegó Sigbert, quien se inclinó ligeramente frente a Laurence.

–Vuestro hijo ruega que lo perdonéis. ¡Ha bajado al puerto para ocuparse del barco!

–¿Habéis podido hablar con él, Sigbert?

–Sin el resultado apetecido: Hamo está dispuesto a ensuciarse las manos, ¡pero no bajo el signo de una cruz negra sobre un lienzo blanco!

Tan sólo entonces se dieron cuenta los demás de que Sigbert volvía a vestir la túnica de caballero teutónico, detalle revelador de que estaba listo para zarpar. No así Constancio, que acababa de entrar a toda prisa, ligeramente despeinado.

–Los niños están fuera de sí de excitación y dolor por nuestra "deserción", como Roç me ha reprochado furioso. Y Yeza casi me arranca los cabellos, se agarró fuertemente a mí y su único consuelo es que Crean siga aquí, porque de no ser por esto querrían marchar de inmediato con nosotros. ¡Así me lo afirma Roç!

Laurence se mostró un tanto irritada al oír ese relato delante de los demás, y dicha impresión quedó aún más reforzada cuando entró Clarion y ocupó sin decir palabra el asiento a su lado, mostrando los ojos enrojecidos de tanto llorar.

Tarik intervino para romper el tenso silencio y se dirigió con buen ánimo a Crean:

–Os ruego que toméis asiento con nosotros, Crean de Bourivan, pues aquí no estamos en Masyaf, y yo– soltó una risa tranquila que los demás registraron aliviados –¡estoy aquí de incógnito!

–¿Y eso por qué?– dijo el viejo John, quien no había entendido nada, de modo que los demás prorrumpieron en carcajadas. Se sirvieron de las fuentes, circuló el vino, y la sesión se convirtió en una fiesta familiar.

Al ver que se ponía el sol Laurence insistió en que partieran. Los niños entraron corriendo. Yeza traía tres lirios de los que entregó uno dorado a Constancio y uno blanco a Sigbert después de subirse a las rodillas de ambos y darles un beso. Todos estaban curiosos por ver a quién le correspondería la tercera flor, una *reine innocente* de olor embriagador y de color violeta claro. Yeza rodeó la mesa y la entregó con solemnidad al canciller.

–Nos prometiste que te ayudaríamos a empaquetar– insistió Roç rompiendo el silencio y tirando del brazo de Constancio.

Laurence dio por terminada la comida. Se acercó con Tarik y John a las ventanas.

–Todavía tenemos que esperar aquí a Elía– dijo John. Crean acompañó a sus amigos al puerto, donde la trirreme esperaba lista para zarpar. La tripulación los saludó levantando al aire los pulidos extremos de los remos.

Crean abrazó al gigantesco Sigbert:

–Os doy las gracias por vuestra firmeza y buen sentido, que nos ha protegido de más de un error. ¡Permitid que seamos amigos, y hasta la vista!– Después abrazó a Constancio, quien se le adelantó con estas palabras:

–Os agradezco, Crean de Bourivan, la aventura vivida en común y el hecho de que vuestro señor padre considerara a un infiel digno de participar en el rescate de los niños. Siempre que necesitéis de mi brazo podréis contar con mi ayuda. *Allahu akbar!*

–*Wa Muhammad rasululah!*– le respondió Crean, y quiso apartarse cuando se adelantó Sigbert.

–Todos hemos servido a un gran proyecto: hemos actuado de ruedas motrices, aunque sólo en una primera fase. No conocemos los detalles, no debemos saberlos, y no queremos tampoco…

–¡Eso lo dices tú– lo interrumpió Constancio. –Yo sí siento curiosidad por saber…

Pero Sigbert no permitió que se rompiera la solemnidad del momento:

–¡Juremos todos, aquí mismo, que acudiremos a su servicio siempre que nos llamen!

Desenvainó la espada y Constancio lo imitó. Crean no llevaba arma, por lo que tendió la mano para compartir su juramento. Lo entristecía ver partir a sus amigos. Después se volvieron una vez más hacia atrás, para dispensar un saludo a quienes los miraban desde arriba.

Crean recorrió con la mirada las piedras poderosas del castillo buscando las figurillas pequeñas y delicadas de Yeza y Roç, que sabía los estarían mirando desde la muralla. En efecto, lo saludaban desde lejos.

–Cuando sea caballero– dijo Roç –nadie me podrá prohibir que acompañe a otros caballeros y suba al barco.

–Yo me daría por contenta con que nos dejaran bajar alguna vez al puerto– afirmó Yeza. –Siempre habrá algún barco dispuesto.

Hamo se había acercado a ellos.

–Yo jamás seré caballero– murmuró, –¡pero marcharé a tierras desconocidas y conseguiré victorias!

La trirreme abandonó con comedidos golpes de remo la bahía del puerto y, cuando estaba ya en mar abierta, la tripulación izó las velas. Rápidamente desapareció ante la mirada de los que la seguían con la vista.

LADRONES VIAJEROS

Lucera, invierno de 1244/45 (crónica)

–Tenemos por delante una cabalgata difícil hasta llegar a Lucera, donde volveremos a encontrar por fin a gentes fieles y obedientes a Federico– me había informado Elía. –Esa ciudad de los sarracenos fue fundada por el emperador, empeñado en tener una colonia para llevar allá a las tribus islámicas vencidas en Sicilia; antes eran sus enemigos más feroces, pero ahora, rodeados por cristianos enemigos, se han convertido en su más fiel cuerpo de guardia, que lo defenderían con sus propias vidas.

A mí el tema me preocupaba poco, pues entre tanto había sufrido alteraciones considerables. Mi trasero no era más que un tumor azulado y la cara interior de mis muslos estaba en carne viva, que se quedaba pegada a la silla de montar cuando pretendía bajar, aún intentando hacerlo con las piernas muy separadas. Era tanto el dolor que ya no me veía capaz ni de gritar, aunque las lágrimas corrían por mi cara.

Los soldados de Elía creían que eran expresión de mi gran arrepentimiento, pues a nadie se le ocurrió pensar que yo no hubiera pasado en toda mi vida más de un par de horas montado en un caballo, y sin pasar de un ligero trote.

Partiendo de Cortona atravesamos la Perugia imperial, y más allá de Asís fuimos a rezar en Portiuncula para mostrar en público nuestra fe. Aunque el obispo actual, el hermano Crescencio de Jesi, es un enemigo encarnizado del ministro general expulsado, no se atrevió a enviar a sus guardias contra nosotros, porque entre los hermanos hay muchos que en secreto son adeptos de Elía y podría haberse producido una rebelión.

La sede en Foligno estaba vacante, pero nos recomendaron no proseguir por la carretera vía Spoleto sino atravesar las montañas Sibilinas en dirección al sur. El *bombarone* tuvo que renunciar a la comodidad de su palanquín y pasarse a la grupa de un caballo que sus guardias personales llevaban preparado.

Una vez alcanzado Montereale quisimos dirigirnos a L'Aquila, pero el administrador del castillo nos llamó la atención sobre las tropas papales que merodeaban por aquellas tierras, y que se esforzaban por cortar la comunicación entre la ciudad y las fortalezas de Apulia, fieles a Federico. Nos propuso esperar allí hasta que llegaran tropas procedentes del sur y dejaran expedito el camino o hubiesen conseguido hacer huir a los soldados del Papa.

La esperanza de conceder unos días de reposo y cura a mi trasero cubierto de ampollas casi me hizo llorar de felicidad. Pero Elía decidió partir de inmediato a través de las montañas atravesando la región llamada campo imperial. Tuvimos que conducir nuestros caballos cogidos de las riendas, lo que yo agradecí mientras los demás maldecían. Estaba dispuesto a cubrir el resto del camino a pie, incluso descalzo, con tal de no tener que subirme más en aquel tormento que se balanceaba y daba pasos que atravesaban mi carne como espinas de acero. ¡Juré por la Madre de Dios que nunca más me acercaría a una mujer si mis testículos y mi rabo quedaban a salvo!

El camino era peligroso. Dos de nuestros hombres cayeron al abismo. De noche pasamos frío y nuestras reservas de alimentos casi se habían extinguido cuando al fin alcanzamos terreno habitado sin haber pasado demasiada hambre.

Aún seguía sin haber tenido ocasión, mejor dicho sin haber tenido el valor, de entregar a mi *bombarone* la copia que había realizado del "gran proyecto" y que llevaba perfectamente embalada sobre mi pecho; entrega que pretendía hacer sin ser visto, deslizando la pieza entre su equipaje para no exponerme a preguntas o reproches incómodos. Así atravesamos sin mayores obstáculos Popoli y Roccaraso, y ascendíamos al Castel del Sangro cuando alcanzamos en el sendero del puerto de montaña a dos franciscanos que rogaron humildemente poder unirse a nuestro grupo, afirmando que iban en peregrinación hacia San Nicolás de Bari. Uno de ellos, llamado Bartolomeo de Cremona, era conocido de Elía, quien lo llamó Bart y le dio la bienvenida. Al otro no lo conocía ni siquiera de nombre: se llamaba Walter dalla Martorana y me causó una impresión mas bien negativa, pues tenía una nariz como el pico de un pájaro y bizqueaba del ojo izquierdo.

Elía me mantuvo alejado de ambos y no me presentó como hermano de la misma Orden. Por mi mente cruzó la idea de hacerle llegar el rollo de pergamino por mediación de Bart, que me había causado una buena impresión.

Poco después hicimos un alto para pasar la noche en un albergue situado debajo del castillo, y como Elía fuese invitado a subir a él en calidad de huésped me acerqué a mi hermano fraile.

–*Pax et bonum!*– se me escapó el saludo, y Bart preguntó:

–¿Eres uno de los nuestros?

–¡No!– Recapacité. –Soy el secretario del *bombarone* y quería rogaros que me hicierais un favor: he redactado un escrito, una petición, y me resisto a entregársela yo mismo…

–¿Al menos figurará tu nombre debajo?– El hermano se mostraba desconfiado.

–No– dije rápidamente, –es una propuesta de carácter general: una petición no referida a un caso concreto.

Bartolomeo me examinó con la mirada.

–¿Cómo os llamáis?

Oh, Dios, pensé: si insiste en leer ese panfleto que es una muestra de la peor herejía, de la blasfemia más profunda, estoy perdido. Debí haberlo quemado. Mi propia escritura me ardía ahora en el pecho.

–Jan van Flanderen– fue el nombre que se me ocurrió; era una base sobre la cual podría resistir.

De repente intervino en la conversación el de la nariz picuda:

–¿No conoceréis, por cierto, a un tal William de Roebruk?

–No, nunca lo he visto; es decir, me equivoco– murmuré. –¿No estudiaba en París?

–Estuvo en la campaña del Montségur– la mirada torcida del que decía llamarse Walter dalla Martorana me parecía estar muy al acecho.

–¿Contra quién? ¡No conozco a tan noble señor!– me planté con insolencia.

–¡El castillo de los herejes!– prosiguió el otro.

–Lo siento mucho– le respondí; –jamás he oído hablar de ese castillo. Hace muchos años que paso mi vida en Cortona, apartado del mundo, dedicado a los estudios y los trabajos del *bombarone*…

–Dadme ese pergamino– dijo Bart. –Ya se me ocurre cómo hacerlo: mañana por la mañana, antes de la misa matutina, despertaré a Elía y le diré que de noche llegó un mensajero urgente y trajo esto... dádmelo de una vez...– se interrumpió impaciente a sí mismo. Yo saqué el pergamino de mi camisa y lo deposité en su mano extendida. Lo guardó sin arrojar una mirada sobre el mismo. –...¡Le diré que entregó este escrito para él y volvió a marchar de inmediato!

–¿Y si Elía pregunta por su aspecto?– indagué adoptando el papel de *advocatus diaboli*.

–Una figura siniestra, alto, huesudo, con una capa negra y un caballo negro– expuso Bart, cuyo poder de persuasión parecía considerable.

–Os lo agradezco– la verdad es que sentí un gran alivio.

–Acostémonos temprano– dijo el de la nariz de pájaro. –Hemos de levantarnos de madrugada.

–¡Y abandonar un lecho tan bueno!– bromeé, pues nos habían instalado en un establo. Me enrollé satisfecho en una manta y me dormí en seguida después de rezar mis oraciones.

Cuando desperté por la mañana el sitio de los dos hermanos a mi lado estaba vacío. Me levanté de un salto y corrí a ver a Elía.

–¿Han venido a veros Bart y Walter?– pregunté alarmadísimo.

–Seguramente seguirán aún en brazos de Morfeo– opinó el *bombarone*, quien estaba de mal humor. El sol ya lucía muy alto en el cielo.

–¡Me han robado!– exclamé. –¡Mejor dicho: os han robado!– intenté deshacerme de mi somnolencia. –Ayer noche llegó un jinete, un mensajero con un escrito para vos. ¡No querían despertaros, y ahora sé por qué!– cacareé excitado.

–¿Que aspecto tenía el jinete?– preguntó Elía sumamente pálido.

–¡Un tipo oscuro, algo bruto, igual que su caballo negro!– las palabras brotaron de mi boca y en mi mente apareció de repente la imagen del siniestro inquisidor del Montségur.

–¿Y hacia dónde se alejó?– Elía parecía muy preocupado, incluso algo desorientado, ¡por no decir trastornado por completo!

–¡Por el ruido de los cascos del caballo creo que se alejó carretera abajo!– mentí. El *bombarone* no preguntó más y ordenó que ensillaran los caballos.

Aún no nos habíamos alejado dos millas cuando encontramos a un hombre muerto junto al camino: era el de la nariz picuda. La lengua, que le colgaba fuera de la boca, mostraba un color negro azulado. Elía dio la vuelta al cadáver con la punta de la bota y examinó la nuca del muerto.

–Me lo puedo imaginar– dijo, y vomitó.

Claro que no había ni rastro del rollo de pergaminos ni del hermano Bart. De modo que seguimos cabalgando en silencio. Elía empezó a sufrir una crisis febril.

Yo había perdido más de una docena de libras de peso cuando entramos en Lucera. Los calzones de cuero que Gersenda había ensanchado para mí me venían ahora sueltos y casi grandes.

El capitán de los sarracenos tuvo compasión conmigo y me envió al médico árabe de su guarnición. Éste me untó las heridas con una pomada que primero ardió como un cuchillo caliente y me proporcionó después un alivio rápido y maravilloso. Y no contento con eso también me prometió tenerme preparado un palanquín para proseguir el viaje. Con mucho gusto le habría besado los pies, por muy infiel que fuese.

–Idha dsha'a nasru Alahi wa al-fathu…

Nos quedamos varias semanas con los musulmanes. Todo ese tiempo tardó en sanar el *bombarone,* y mientras éste recuperaba fuerzas tuve ocasión más que suficiente para asombrarme de que el emperador pudiese permitir que toda una ciudad llena de infieles rezara cinco veces al día, con la mirada dirigida hacia La Meca, en medio de tierras cristianas.

–…wa raita al-nas yadchulun fi din Alahi afwadshan, fasabih bihamdi dabbika wa astaghfirhu innahu kana tawaban.

V

EL OÍDO DE DIONISIO

LA FONTANA

Otranto, primavera de 1245

Era una hora cercana al mediodía y el sol primaveral no alcanzaba todavía un punto demasiado alto en el cielo, pero sus rayos ya ardían sobre los muros del castillo de Otranto. Sólo se estaba bien a la sombra de los patios interiores y de las arcadas; aunque en la azotea se disfrutaba mejor de la ligera brisa que ascendía del mar, ésta no significaba un alivio suficiente contra el fuego que reverberaba en las losas coloreadas del pavimento.

El pequeño puerto situado al pie de la muralla exterior también estaba silencioso y tranquilo; el castillo parecía un león vigilante que hubiese adelantado una pata hacia el borde de la bahía. Los pescadores dormitaban en sus chozas; la trirreme del almirante aún no había regresado de Tierra Santa.

Esto era razón suficiente para que su ama y señora, Laurence, se incorporara a veces en el lecho, separara un poco las largas y oscuras cortinas y mirara hacia el sur, hacia aquel mar azul que parecía infinito. No tener a mano "su" nave, que era la niña de sus ojos, significaba para ella sentirse como si le faltara una parte de su cuerpo. Su presencia armada y dispuesta tanto para la defensa como para la huida le proporcionaba un fuerte sentimiento de independencia. ¡Poder abandonar en cualquier momento la tierra dominada por los hombres y trocarla por la amplia perspectiva del mar era, para ella, garantía de una auténtica libertad de elección! Se dejó caer hacia atrás sobre el lienzo adamascado –demasiado cálido a aquellas horas– de su solitario lecho matrimonial y sintió con disgusto cómo se deslizaban por todo su cuerpo, cosquilleándola, las gotas de sudor. Intentó no pensar en nada.

La joven Clarion había hecho colgar una gran hamaca entre las sombras más profundas de las arcadas, donde la cercanía de los depósitos de agua, gracias a la evaporación, hacía nacer un leve soplo de aire fresco. Al menos eso le pareció a ella, y el suave balanceo de la hamaca también le daba la sensación de provocar una brisa de aire.

–Os suponía en vuestro lugar preferido– murmuró Crean. ¿Por qué se sentía impelido a disculpar su presencia? –Aunque creo que junto a la fontana es donde mejor se resiste el calor.

–Si hubieseis ido allá, Crean de Bourivan, os habríais encontrado con los niños– Clarion se desperezó y la bella animalidad de su cuerpo resaltó aún más en sus gestos. –A esas criaturas no se les ocurre nada mejor que salpicar de agua a quien se acerque– Clarion se movía como una gata tumbada de espaldas.

–¡Feliz infancia! ¡Los niños pueden acurrucarse desnudos en el plato del surtidor y disfrutar del agua y de la vida!– intentó sauvizar Crean los reproches de la muchacha.

El hombre optó por acostarse de espaldas en el suelo, y desde esa postura y con el dedo gordo de uno de sus pies apuntando en alto decidió proporcionar a un extremo de la hamaca un ligero movimiento de balanceo. Se había prohibido a sí mismo echarse junto a ella, pues sabía muy bien que no hay circunstancia más adecuada para unir dos cuerpos que el aprovechamiento de un espacio común. Se habría sentido atrapado como uno o, mejor, dos peces en la red. Ella sí lo anhelaba, pero Crean no estaba dispuesto a ceder. Aunque hacía calor, a ella le habría gustado sentir el ardor más intenso todavía del abrazo; estaba dispuesta a arrojarse entre las llamas ardientes de la pasión pensando que el sudor que brotaba de sus poros podría deshacerse en riachuelos entre sus pechos, sobre su vientre, a lo largo de sus muslos, aunque no sería capaz de apagar el fuego que ardía en su interior al igual que en ciertas partes de su cuerpo. Y precisamente allí, a pocos palmos de distancia, veía el dedo gordo del pie de ese hombre asomando indiferente por la red y columpiándola. Ella intentó acercarse unos centímetros más, movió los músculos, pero no lo consiguió, y sabía que aunque llegara hasta él, aunque lo tocara, lo abrazara como para comérselo, él no haría otra cosa que cambiar de pie, con una sonrisa triste, y enganchar el dedo gordo en otra malla.

Crean se daba cuenta del deseo que irradiaba de la muchacha y le habría gustado complacerla, pues no despreciaba su belleza. Pero no deseaba hacerlo en un lugar en que le invadía la sensación de estar prisionero entre muros ajenos, y donde Clarion lo miraba como si estuviese inmersa en una de esas ollas de barro de pared delgada que, llenas de fuego griego, se rompen y se derraman al menor contacto esparciendo llamas imposibles de apagar con agua. Clarion de Salento no era para él tanto la hija natural del emperador como, de modo por completo inabordable, la hija adoptiva, la esclava, la joya, la cómplice y compañera de la condesa, y ésta se le aparecía como un dragón que sabe cuidar su tesoro. Aún podía calificarse de milagro que la princesita solitaria no estuviese encerrada en una sólida torre cuyas llaves guardaran las manos de la vieja bruja. Su mirada ascendió hacia el *donjon*, la elevada torre central que sobresalía, inaccesible, por encima de tejados, azoteas y muros. ¡La verdad, era un milagro que Clarion no estuviese encerrada allí!

Pero no era sólo la imagen celosa de la condesa lo que lo frenaba y le impedía ceder ante el atrevido ofrecimiento de Clarion; también era la presencia de su propio canciller, que le recordaba sus votos. Nadie lo obligó en su día a prestar esos votos e incluso podía desdecirse de ellos en cualquier momento, pero entonces sería como una piedra, como una manzana podrida: caería varios escalones hacia atrás, perdería ciertas categorías espirituales que se había esforzado mucho por alcanzar, espacios mentales hacia los que había conseguido elevarse y en los que se sentía libre y protegido a un tiempo. ¿Cómo iba a renunciar a todo ello por unos instantes de placer carnal, de embriaguez de los sentidos? ¡No valía la pena, ninguna mujer valía ese sacrificio!

Sabía muy bien que, manteniéndolo en secreto, podía proporcionar una breve satisfacción a su cuerpo, engañar a sus superiores y –con gran satisfacción por su parte– también a la condesa. Pero tampoco ignoraba que Clarion, con su carga explosiva de ansiedad, habría gemido de placer, habría revelado su triunfo en un grito que haría reunirse a todos los habitantes del castillo para después hundirse cuando, recuperada de nuevo la razón, se diese cuenta de que para él no había sido más que una distracción, un breve desvío del camino elegido, un trago apresurado de agua fresca en un momento en que tuvo sed y se le ofrecía una fuente. Él había aprendido a dominar su cuerpo, mientras que ella aún estaba deseosa de conocer el suyo. Crean sintió compasión.

Clarion estaba dispuesta a sufrir, pero antes quería conocer al hombre. ¡Quería conocerlo ahora, sin condiciones ni miramientos! Le disgustaba profundamente que él se escudara detrás de la excusa del respeto. Ella rechazaba ese respeto, tanto el que se refería a su origen como el que tenía en cuenta sus lazos con Laurence, y sobre todo el que la afectaba a ella misma, a ella como mujer. Se sentía bastante más fuerte que muchos hombres, posiblemente más fuerte que Crean; ¡pensaba sobrevivir a todos! Clarion reflexionó acerca de la posibilidad de escupirle en la cara desde la hamaca donde seguía acostada, o si no le convenía más caer rodando sobre ese cobarde, arrojarse sobre él y forzarlo…

–¡Clarion!– La voz un tanto chillona de la condesa asustó a ambos. –¡Clarion! ¡Tenemos huéspedes!– Sonaba más bien como una excusa, pero ambos comprendieron que ponía fin a la intimidad de aquel encuentro.

Crean fue el primero en saltar sobre los pies, pero aprovechó para inclinarse sobre la muchacha, que seguía presa en las redes de la hamaca, y la besó en la boca. Clarion le cogió la cabeza con ambas manos como si ahora, en el último segundo, deseara arrastrar todo el cuerpo del hombre hacia ella, pero Crean resistió. El beso duró un poco más de lo previsto, sobre todo porque ella adelantó la lengua como si quisiera demostrarle lo que esperaba de un hombre experto. Pero antes de que la muchacha pudiese pegarse del todo a él, marcarle los labios con los dientes y el rostro con las uñas afiladas –preliminares que anuncian la toma de posesión y que con tanta razón temía–, Crean consiguió salvar su cabeza e incorporarse, aunque dejando unos cuantos cabellos en manos de ella.

–Necesito un trago de agua fresca– sus palabras apresuradas simulaban despreocupación, mientras iba afianzando su distanciamiento de la hamaca. En ese instante Laurence doblaba la esquina, agitada como una furia. –Hace calor– saludó el hombre, agotado, a la condesa, quien parecía ignorarlo y dirigía sus ojos chispeantes hacia Clarion. –¿Supongo que ha llegado Elía?– aprovechó él para formular una pregunta que le parecía útil y le permitía alejarse a paso acelerado.

–¡Puta!– llegó a oír aún y, como respuesta, la risa de Clarion; después, el chasquido de una bofetada en plena cara. No alcanzó a ver las lágrimas de las dos mujeres…

En cambio, al retirarse tropezó con Hamo, quien clavó en él una mirada fija y hostil; lo más probable era que hubiese estado espiándolos. En eso se parecían la condesa y su hijo: ambos acechaban a Clarion como los chacales acechan a una gacela en el desierto. ¿En qué se entretendrían cuando no había huéspedes en el castillo?

No tuvo tiempo de imaginárselo, porque le alcanzó en la cara un chorro de agua fría. Yeza emergió del plato de la fuente chillando divertida:

–¡El primer refresco es gratis!– Y detrás de ella apareció Roç con un gran cucharón de madera, anunciando la siguiente carga.

–¡Vendemos agua fresca!

–¡Pasar de largo también cuesta dinero!– añadió Yeza mientras seguía salpicando con la mano a Crean.

–¡No soy más que un pobre peregrino muerto de sed!– mendigó él. Y después convirtió su voz en una especie de graznido: –¡Por favor, os ruego un trago de agua fresca!

–¡Los pobres no pagan!– declaró Roç dirigiéndose a Yeza, y ésta le tendió a Crean de inmediato el cuenco.

–Tened, pobre hombre, ¡bebed cuanto queráis!

Crean tomó un trago, dio las gracias y se alejó arrastrando una pierna.

–Os lo agradezco, buenos niños, me habéis ofrecido un gran tesoro…

UNA PUERTA SIN FALLEBA

Otranto, primavera de 1245 (crónica)

El capitán de los sarracenos nos había proporcionado al salir de Lucera un guía conocedor del camino, de modo que después de viajar durante una semana se presentó ante nuestra vista la bahía azul del antiguo Hydruntum.

–No lo entiendo– me dijo Elía tras haberse acercado con su cabalgadura a mi palanquín. Era la primera vez que hablaba conmigo desde nuestra llegada a Lucera. Aún estaba muy pálido en torno a la nariz. –Mi amigo Turnbull me ruega que le devuelva en Otranto un escrito que me habría enviado hace medio año o así, es decir, más o menos cuando el demonio te condujo a ti, William, a Cortona. La realidad es que ese escrito jamás llegó a mis manos. Ahora que estamos a punto de entrar por las puertas de Otranto, acudiendo al encuentro acordado con el conde de Monte Sión... ¿por cierto, no te dice nada ese nombre, William?– Yo sacudí la cabeza, intentando simular inocencia, –he aquí que se presenta el mismísimo demonio negro de los infiernos, me trae un escrito que no entiendo de dónde habrá sacado –si lo hubiese robado aún podría entenderse– y después sucede que otro minorita, del que hace tiempo sospecho que está mas cerca del Castel Sant'Angelo que de su general, ¡viene y lo roba! ¿Cómo es posible que ese mensajero de desgracias no te dijera ni una palabra acerca de su misión?

Volví a sacudir la cabeza, pues no podía ayudarlo.

–Tal vez el mensajero, vigilante, nos haya observado primero; después se lanzó en persecución del ladrón y lo castigó. Tal vez el escrito os esté esperando ya en Otranto– intenté sugerirle una explicación.

–No tiene sentido lo que dices, William.

Creí que con ello pondría punto final a la conversación, pero de repente le oí decir:

–¡Atadle las manos a la espalda!

Pensé que había llegado mi última hora. Me sacaron con malos modos del palanquín y me obligaron a subir a un caballo. Incluso me vendaron los ojos.

Pude oír cómo Elía ordenaba a un sarraceno que se adelantara para anunciar nuestra llegada, tras advertirle:

–Es sabido que la condesa de Otranto, cuando ve acercarse a su castillo a un grupo de gente a quienes no conoce, primero ordena disparar y después pregunta "¿quién vive?"

Elía había renunciado a llevar consigo un estandarte imperial e iba vestido como un simple caballero armado que está de viaje. Oí que cruzábamos un puente de madera claveteado de hierro y me condujeron, siempre atado sobre el caballo, por una rampa de piedra hacia arriba. Después de un breve intercambio de palabras en idioma griego –al menos así me lo pareció– me hicieron desmontar y, arrastrándome más que conduciéndome, me encerraron en algún lugar.

Antes de que cerraran la puerta a mis espaldas alguien desató las ligaduras de mis manos. Yo mismo me quité la venda de los ojos y me encontré en una habitación grande, que tenía una ventana hacia el mar y por la que entraba deslumbrante la luz del sol. Pero la ventana tenía una reja. Aparte de una cama, una silla y una mesa, había en la estancia una chimenea, pero nada más.

Me acerqué con sumo cuidado a la puerta: no tenía falleba y era de madera de roble maciza. Volví hacia la ventana y metí la nariz entre dos barras de hierro. Vi que abajo, en el jardín, una mujer de buen ver se acercaba con pasos flexibles a Elía. Debía de ser la famosa condesa: su figura era esbelta, su porte orgulloso. Lo saludó sin muchos rodeos, pues al parecer se conocían, y después lo presentó a otro anciano que llegaba atrasado por no haber podido mantenerse al paso de la mujer. Este segundo anciano era muy delgado, pasaba seguramente de los setenta años, y su blanquísima melena le proporcionaba el aspecto de un sabio o artista.

Después desaparecieron de mi campo visual. Me senté en la cama y presté atención a los ruidos. Oía la marea golpeando afuera contra la parte baja de las murallas y contra las defensas del puerto, que me era imposible ver desde allí; sólo veía la espuma que salpicaba el aire a intervalos irregulares. De repente noté que la alfombra que tenía delante de la cama se movía. William,

¡estás sufriendo alucinaciones! Pero, siguiendo mi instinto, levanté los pies del suelo y me acurruqué sobre el lecho, mirando fascinado desde arriba la alfombra, que empezó a arrugarse.

¡El demonio me había dado alcance! Tracé el signo de la cruz y cerré los ojos. Oí un crujido, me tapé la cabeza con la manta y quedé rígido de estupor; el sudor me brotó de todos los poros y sentí frío a pesar del calor insoportable que reinaba. Al cabo de un rato asomé con gran precaución los ojos por debajo de la manta: ¡la alfombra había desaparecido! A cambio recibí un golpe desde abajo, desde la cara inferior del colchón. ¡Había llegado mi última hora! ¡Elía me había arrastrado hasta allí para que un dispositivo truculento me hiciese desaparecer para siempre y sin que nadie pudiese observarlo en aquel castillo de la condesa! ¡San Francisco, asísteme en la hora de la muerte!

Los demonios me arrancaron la manta desde el otro lado. Estaban en todas partes y disfrutaban con mi tormento. No me atreví a volverme, aunque la manta había desaparecido.

–¡Es él!– dijo una voz infantil. Pero el maligno puede presentarse bajo cualquier disfraz, incluso el más difícilmente imaginable por un buen cristiano.

–¿William?– susurró una voz de niña, y me dio un coscorrón en la cabeza. De modo que ya estaba en el infierno. Pronto me aplicarían feroces torturas mediante pellizcos con tenazas; pinchazos con agujas candentes me arrancarían cada cabello, después trozos de la piel; me cegarían, me cortarían la lengua y la nariz. Algo me cosquilleaba ya en las ventanas de ésta, y contra mi voluntad levanté la vista: delante de mi cama vi que se arrodillaba Yeza y sostenía entre los dedos una hierba con la que me hacía cosquillas en la cara. Su risa sonaba feliz y satisfecha: –¡Es William! ¡Ya puedes salir!

De debajo de la cama asomó primero el rostro de mi pequeño Roç, que después fue saliendo del todo de donde se había escondido, acostado de espaldas.

–¡Ayúdame a sujetar la trampa; si no, me hará daño en las piernas!

Me levanté de un salto, empujé la cama a un lado y sujeté la tapa de la trampa hasta que el niño hubo sacado los pies. Después la cerré con todo cuidado y Yeza volvió a extender sin tardanza la alfombra sobre las tablas.

Los dos niños se sentaron encima de la alfombra y clavaron sus miradas fijas en mí.

–Eres nuestro prisionero– dijo Roç. –No podrás escapar por ese agujero, ¡estás demasiado gordo!

–Pero nosotros podríamos sacarlo de aquí– se dirigió Yeza al muchacho. Había transcurrido todo un año y mis pequeños y aturdidos protegidos se habían convertido en unos diminutos personajes que se me presentaban con todo el aire de estar ahora bastante más seguros de sí mismos.

–¿Qué debo hacer?– pregunté.

–¡Primero nos tienes que prometer que nos llevarás contigo!

–¿Por qué no ha venido mi madre contigo?– Yeza no se lamentaba, pero sentí sus palabras como un reproche puesto que además no podía decirle la verdad: una verdad que yo sólo sospechaba. Ni siquiera sabía quién era su madre, aunque la suponía una de las mujeres que habían muerto en la hoguera del *Champ des Crémats*.

–Vuestra madre… vuestra madre ahora no puede venir, no tiene tiempo– mentí.

–Eso ya lo sabemos– dijo Roç desilusionado; –la madre de ella– y señaló con la barbilla a Yeza, –¡también me decía a mí lo mismo!

–¿Pero no tenéis la misma madre?– Yo siempre los había considerado hermanos y deseaba aprovechar ahora la oportunidad de conocer más detalles.

–No lo sabemos muy bien– contestó Yeza pensativa. –¡Pero si quiere, compartiré la mía con él!– añadió con gesto generoso.

–Todas querían ser mi madre– intentó recordar Roç. –¡Por eso creo que en realidad no tengo ninguna!

–¿Y vuestro padre?– pregunté haciéndome el ignorante.

–¡No hay padres!– me informó Yeza con decisión.

–¡Nuestra madre no necesitaba ninguno!– Roç parecía haberse decidido por una madre común.

–Además, ¡había guerra!– quiso aclararme Yeza, y Roç empezó a describir con mucha animación cuantos detalles recordaba del asedio del Montségur.

–¡Disparaban sobre nosotros unas piedras grandísimas!

Yeza completó el relato:

–Las piedras llegaban volando, ¡parecían caer del cielo!

Roç la corrigió con paciencia:

–Disparaban con catapultas. ¡Nosotros también teníamos algunas!

–¡Era tan peligroso como ahogarse!– insistió Yeza. –Había que tener cuidado de que no te cayeran encima de la cabeza, como le pasó a...– pero no recordaba el nombre.

–¿Y después?– seguí indagando con curiosidad. –¿No os protegía nadie? ¿Tu madre, mejor dicho vuestra madre?

–No tenía tiempo, porque tenía que prepararse para "estar dispuesta"...

–¿Para qué?– seguí indagando.

–No lo sé, porque después nos dormimos y cuando volvimos a despertar ya estábamos contigo.

–¿Cómo has llegado hasta el castillo?– quiso saber Roç.

–Muy sencillo– inventé sobre la marcha. –Llegué de noche, sin que me viera nadie.

–¿Y nadie te disparó?– Roç seguía incrédulo.

–Como entonces, cuando había guerra– le asistió Yeza.

–¡Me di mucha prisa y no hice ruido!

Los dos niños me miraron con duda, pero no dijeron nada.

–Está bien, William– opinó Roç después, –si es así, supongo que serás capaz de sacarnos de aquí. ¡Porque nosotros no queremos quedarnos!

Lo dijo con tanta determinación que empecé a preocuparme, pues no quería desilusionarlos.

–Ni siquiera sé lo que querrán hacer conmigo...

–Pues es fácil enterarse– Roç se incorporó y me hizo una señal para que lo siguiera. Primero pensé que se dirigiría a la chimenea, pero el niño se acercó con paso seguro al punto más alejado de la gran estancia, que mostraba allí la forma redondeada de un cuarto de círculo, un detalle que hasta entonces no me había llamado la atención. El techo en aquel lugar estaba abovedado y presentaba un orificio en su parte más elevada. Roç me arrastró hasta encontrarnos exactamente debajo, y una vez allí pude distinguir con toda claridad el sonido de unas voces.

–...Estimado Elía, ¡la verdad es que tampoco hacía falta arrastrarlo hasta aquí!

Debía de ser la voz del anciano que había visto antes, abajo en el jardín, en compañía de la condesa. Elía contestó:

–No quería tomar la decisión yo solo en un asunto tan delicado; y por cierto, querido amigo Turnbull, vuestro mensaje jamás llegó a mis manos.

Yo intentaba sumar cuánto serían dos y dos y calculé que el personaje denominado "Turnbull" no podía ser nadie más que el autor del "gran proyecto". Era evidente que por encima de mi cabeza estaba tomando cuerpo una conspiración contra todo lo que hasta entonces había representado mi visión del mundo.

–Por lo que yo sé, estimado Elía...– dijo una voz que me era desconocida y delataba un acento extranjero.

Yeza quiso ayudarme:

–Es el "musamán"– susurró, –¡el del turbante! Un turbante de verdad...

–¡Cállate!– le reprendió Roç. –¡O no entenderemos nada!

–...antes se os consideraba un general que no vacilaba mucho en cuanto al trato que debía dar a los hermanos frailes...– carraspeó, y su voz adquirió un tono frío y preciso. –¡Desde el principio, todo el que interviene en esta empresa tuvo muy claro que si alguien la ponía en peligro debía morir!– Su frase quedó suspendida en el espacio durante unos instantes; después prosiguió: –¡Otra persona más que esté enterada de nuestra conspiración significa un peligro y, en consecuencia, debe ser eliminada sin contemplaciones!

"Pobre William", pensé entonces, "ésta es tu sentencia de muerte". No debía haber confiado en Elía. En Cortona aún podía haber escapado de noche y con bastante facilidad. Ahora era demasiado tarde.

Esperé que Elía dijese algo, pero fue la condesa quien pidió la palabra:

–Demasiados ojos lo han visto llegar. Creo que es poco conveniente hacerlo desaparecer precisamente en Otranto; atraería sin necesidad las sospechas sobre nosotros. Dejémoslo correr y procuremos que sea liquidado por el camino, donde nadie lo vea...– ¡Cuánto le agradecí aquel aplazamiento!

–Un accidente durante el viaje...– convino sin tardanza la voz del anciano, y Elía aceptó aliviado la oferta salvadora.

–Podríamos enviarlo a visitar la obra de Castel del Monte, donde mi emperador ha mandado construir un pabellón de caza. ¡Podría caerse del andamio!

–¿Para qué complicar tanto las cosas?– intervino burlona la voz aguda del musulmán. –¿Acaso no sabéis cómo liquidar a un traidor con rapidez y sin llamar la atención? Dejadlo en mis manos, tengo gente adiestrada a mis órdenes. ¡Está demostrado que siempre se presenta una ocasión de utilizar sus servicios!

–¡Pero que suceda fuera de mi territorio particular!– insistió la condesa en tono autoritario aunque preocupado.

–¡Ninguna sombra caerá sobre vuestra famosa hospitalidad, querida condesa!

–¡Pues vayamos a comer, señores!– oímos unos murmullos aprobatorios y pasos que se alejaban.

–¡Van a comer!– dijo Roç. –Tendremos que ir también, ¡porque, si no, empezarán a buscarnos!

–¿Y quién le dará de comer a William?– Yeza por lo menos mostraba cierta compasión y se preocupaba de mi bienestar físico, aunque yo había perdido el apetito. ¡Sería mi última cena!

–Después de comer siempre nos mandan a la cama; ¡entonces vendremos otra vez a verte!– Yeza retiró la alfombra, yo levanté la trampa, y los niños se deslizaron serpenteando por el agujero que, en efecto, era demasiado estrecho para mi cuerpo.

Volví a correr la cama hasta dejarla en el mismo sitio de antes y me acosté. Estuve mirando el orificio del techo y me imaginé que saldría una serpiente de allí, moviendo la cabeza con la lengua fuera en dirección a mí; y pensé que, en efecto, era el demonio quien movía las figuras en aquel juego.

Apage Satana! Me levanté de un salto y cogí la silla para arrojarla a la visión, pero cuando llegué hasta el extremo abovedado la serpiente había desaparecido.

Estuve un tiempo escuchando pero, aparte del ruido del mar, nada se oía. Me acerqué a la puerta y apreté el oído contra la madera. ¡Nada! Ningún asesino se acercaba. Me envenenarían. Debía negarme a ingerir alimentos. Me metí de nuevo en la cama. A pesar de todo, sentía mucha hambre.

EL CASTILLO DE QUÉRIBUS

Quéribus, verano de 1245

–¡Es indigno de la Santa Inquisición aplicar torturas sin haber procedido a un interrogatorio!

El ayudante, que ya sostenía el látigo en alto, se detuvo perplejo, y la mujer aprovechó la ocasión para auxiliar a su marido maltrecho, que se había visto arrastrado durante los últimos metros por el carruaje cerrado, después de haberse caído o haberse desmayado. El carruaje se detuvo y la mujer vio por primera vez al inquisidor, que bajaba del mismo.

Fulco de Procida no respondía en nada a la imagen que comúnmente suele tenerse de un inquisidor. Ni era dominico, ni su aspecto era de delgadez y mucho menos de ascetismo. Su rostro era carnoso y estaba rodeado de rizos grasientos. Tampoco se veía arder en sus facciones el fuego sagrado del fanatismo; su carácter era más bien bruto y bonachón, como el de cualquier pescador napolitano.

Los habían arrancado de la cama y aún vestían las camisas de dormir, por lo que la mujer estaba muy avergonzada. Los habían obligado a abandonar la choza y, sin indicarles motivo o acusación alguna, habían atado sus muñecas con cuerdas que sujetaron al carruaje. El hombre gemía, su camisa estaba desgarrada, y sus rodillas y sus codos sangraban destrozados.

El inquisidor miró a la mujer. El corpiño apenas retenía los senos blancos cruzados por venas azules, y debajo de la camisa se dibujaban las formas voluptuosas de sus caderas.

El hábito del inquisidor revelaba que era un cisterciense. Miró a su alrededor y vio que se encontraban en un paisaje inhóspito de montaña, en un altiplano al parecer vacío de población humana y sin árboles siquiera. Le atrajeron las piedras de un pozo que no quedaba lejos del camino; en cambio no prestó atención a la gran torre de homenaje que se elevaba más allá de sus cabezas, y que a cualquier persona mínimamente interesada le hubiese indicado que estaban cerca de un castillo; de todos modos, las piedras y los muros formaban, dentro de la línea accidentada de las lomas, una unidad visual que tampoco era fácil de descubrir a simple vista.

Pero Fulco de Procida pensaba en otra cosa. Mandó a los soldados que condujeran al prisionero hacia el pozo. Él mismo se sentó en la puerta abierta del carruaje e indicó a los dos escribientes que lo acompañaban la conveniencia de emplear las dos banquetas para ir anotando el protocolo. Los soldados rodearon el lugar formando un círculo y los ayudantes mantuvieron a las víctimas sujetas por las cuerdas, a la espera de las órdenes del señor.

–Los dos habéis servido en el castillo hereje de Montségur– empezó el inquisidor, más bien confirmando que preguntando. –Pertenecéis al grupo de los que, en el momento de la entrega, prefirieron rezar un Ave María para salvar la vida y recuperar la libertad…

–¡Somos cristianos!– le interrumpió temeroso el hombre, y el inquisidor mostró una fina sonrisa.

–Entonces haréis un esfuerzo por facilitar mi trabajo y por aseguraros a vos la paz de vuestras almas– si al principio su tono aún parecía benevolente, en seguida su voz adquirió una severidad cortante: –¿Quiénes son esos niños que, en el último momento, fueron sustraídos al brazo de la justicia; cómo se llaman, cuál es su aspecto, qué sabéis de ellos?

–¿Qué niños?– dijo el hombre.

Era exactamente la respuesta que no debía haber dado. El inquisidor hizo una señal a sus ayudantes y éstos metieron la cabeza del hombre en la cuba de madera que acababan de sacar del pozo. Ataron sus piernas a la cuerda y lo bajaron poco a poco al vacío.

El hombre no dijo ni una palabra, pero la joven de los grandes senos blancos y del cabello rubio empezó a gemir. Sus ojos claros se llenaron de lágrimas y de horror.

–¡Dejadlo vivir!– suplicó. –No sabe nada, era un simple soldado…

–¿Y vos, joven?– dijo Fulco insinuante. –¿Estáis dispuesta a revelarnos…?

–¡Sacadlo de ahí!– gritó la mujer con voz penetrante. –Os diré todo…

No pudo seguir, pues en aquel instante dobló la curva un grupo de cuatro jinetes.

–¡A las armas!– exclamó la voz del capitán; y los soldados del inquisidor empuñaron las ballestas y blandieron las lanzas. Gracias a la rapidez de reflejos de su capitán pudieron arrojar una primera andanada de disparos sobre los jinetes, por lo cual éstos frenaron el avance de sus caballos, que iban protegidos también, yendo a refugiarse detrás de una roca saliente. Los lanceros avanzaron bajo la protección de los ballesteros hasta la salida del desfiladero, se ocultaron detrás de las rocas y empuñaron sus lanzas a ambos lados del camino dispuestos a rechazar cualquier agresión.

Los ayudantes dejaron caer la cuba, que ya tenían medio subida hasta arriba; arrastraron a la mujer al carruaje; la empujaron adentro atropellando casi al inquisidor; cerraron la puerta y la emprendieron a latigazos con los caballos. Y como esta partida apresurada se producía en un paraje apartado de la vista de los atacantes el carruaje pudo escapar a trompicones, camino abajo.

En cambio, los jinetes consiguieron disparar un alud de piedras sobre los lanceros y los obligaron a abandonar apresuradamente unas posiciones que consideraban buenas.

–¡Acabad con ellos, emplead las lanzas!– estalló una voz poderosa desde lo alto de la roca. Y cuando los soldados quisieron retirarse fueron atacados por los jinetes, a cuya cabeza avanzaba la figura salvaje de un hombre de barba negra que saltó con su caballo desde la roca hacia el mismo centro de los que huían.

–¡Xacbert de Barberá!– exclamó el capitán con espanto. –¡Sálvese quien pueda!

Los ballesteros no podían disparar sin alcanzar a su propia gente, y en la lucha cuerpo a cuerpo los jinetes los superaban, porque luchaban desde lo alto. Éstos rompieron primero las lanzas; después alcanzaron a sus portadores, y así llegaron hasta el pozo, donde los últimos soldados del inquisidor que seguían vivos se habían reunido en torno a su capitán.

Los cuatro jinetes apocalípticos rodearon a aquellos últimos hombres como lobos hambrientos que dan vueltas en torno a un grupo de ovejas perdidas. Cada vez que uno de los soldados intentaba levantar la ballesta un golpe de espada le abría el cráneo o le separaba el brazo del cuerpo.

Cuando el capitán vio que morían a sablazos los últimos de sus hombres, y que el terrible Barberá lo amenazaba diciéndole "¡Te cortaré las orejas y la nariz, maldito papista!", se arrojó al pozo.

LA CUEVA DE LA MORENA

Otranto, otoño de 1245

Crean se había adormilado en la hamaca. Despertó porque le llegaba un aroma dulce y pesado, más que por las cosquillas que sentía en los párpados. Con los ojos apenas entreabiertos distinguió una corona de lirios blancos que una mano delicada le había colocado en la frente.

Su primer pensamiento fue para Clarion, quien quizá deseara burlarse de su "inocencia". Cuando quiso levantar la mano para retirar con cuidado la corona de flores se quedó petrificado a la mitad de su propio y lento gesto.

Encima del pecho, a poca distancia del escote de su chilaba, vio un escorpión.

Crean retuvo la respiración. Estaba ya totalmente despierto y fijó la vista en el animal, esforzándose por no pestañear siquiera. Estuvieron mirándose uno a otro y a Crean le pareció que los segundos transcurrían tan lentos como las gotas de sudor que le bajaban por el cuello.

Sólo después de algún tiempo le llamó la atención el hecho de que la cola erguida con el aguijón venenoso no se movía y que tampoco vibraban las antenas del animal. ¡El escorpión estaba muerto! Con un chasquido de los dedos lo alejó del pecho. ¡Sería otra travesura de los niños!

Quiso bajar de la hamaca y se volvió hacia un lado, pero lo único que consiguió fue caerse al suelo con las manos extendidas hacia adelante. ¡Lo habían atado! No hay nada tan engorroso como verse atrapado dentro de una red, entre un cielo que te sujeta y una tierra sobre la que no puedes poner el pie. ¡Una situación ridícula! Y, para completar el cuadro, vio que por una ventana de la azotea asomaba el rostro de Clarion y le miraba con expresión de lástima.

Con mucha paciencia fue desatando los lacitos con que los niños habían sujetado su chilaba a los flecos y las borlas de la hamaca, pues no quería desgarrar ninguna de las piezas. Cuando se vio libre se dispuso a enviar un saludo a la bella muchacha que lo miraba desde lo alto, pero ella ya se había alejado hacia las profundidades del refectorio.

El canciller no había pedido a Crean que los acompañara en el almuerzo. Como no tenía ganas de comer con los niños en la cocina y tampoco quería causar un disgusto a su viejo padre, que no comprendía muy bien la rígida jerarquía que clasificaba a los miembros de la Orden de los "asesinos" y tal vez habría reclamado a su hijo hasta verlo sentado a su lado, simuló ante el anciano que no tenía hambre.

Pasó de largo ante la cocina, resistió todos los ofrecimientos, y no les hizo el favor a los niños de quejarse por las bromas que le habían gastado. En cualquier caso le pareció que tenían un aspecto bastante triste y que tampoco lo saludaban con las habituales muestras de alegría. Tomaban la sopa en silencio y se miraron de forma significativa cuando lo vieron asomar. ¿Qué travesura estarían tramando ahora?

Crean no quiso entrar en el juego; reprimió su sensación de hambre y sólo se preocupó de que sirvieran una buena comida a William dentro de su encierro.

Reflexionó brevemente si debía llevársela él mismo, pero renunció a la idea, porque no sabía qué contestar a las preguntas que éste le dirigiría. Conociendo a su canciller, daba por sentado que William era hombre muerto. Rechazaba la idea, aunque cuando presentó el informe de la misión cumplida le habían impuesto tres días de castigo, consistente en permanecer sin hablar, por no haber quitado de en medio al fraile a lo más tardar en Marsella. ¿A qué venía ahora ese cuervo gordo a cruzarse por segunda vez en el camino de los niños siguiendo su siempre equivocado sentido del olfato?

Crean descendió por el sendero exterior hacia el puerto. Existía una escalera oculta que bajaba por la roca y conducía directamente y sin ser visto hasta la bahía, pero él tenía tiempo y deseaba respirar el aroma de la vegetación silvestre que bordeaba el camino, observar las lagartijas que salían huyendo, y absorber con la vista los colores espléndidos de los arbustos, de las piedras y del mar bajo el sol radiante.

Cuando llegó abajo se encontró con Hamo, que quiso pasar inadvertido. Crean intentó por última vez trabar amistad con aquel muchacho extraño, puesto que empezaba a considerar ridícula y molesta la barrera de celos que la obstinación de Hamo había levantado a su alrededor a causa del comportamiento de Clarion.

–¿Por qué no nadamos un poco juntos?– le propuso al darse cuenta de que Hamo no llevaba más que un paño atado en torno a las caderas; pero el muchacho no aceptó la proposición.

–Ya me he bañado, he llegado buceando hasta los corales. Por hoy me basta.

Crean se quitó la chilaba y le dio vergüenza comprobar que tenía la piel tan blanca.

–¿Acaso no sabéis nadar?– se burló Hamo. –¡Tened en cuenta que no acudiré a salvaros, y que el agua está llena de tiburones!– Crean vio entonces la navaja de hoja ancha que el muchacho llevaba atada con tiras de cuero a una pierna.

–¿Y por qué iba a querer morderme un tiburón, si vos me consideráis tan repelente?– le respondió Crean, y se tiró de cabeza desde el lado del muelle que daba al mar.

Nadó con enérgicas brazadas, sumergiéndose de vez en cuando para cerciorarse de que no había nigún tiburón en las cercanías. Hamo no había exagerado; en torno al cabo navegaban muchos veleros y éstos atraían a los predadores.

–¡Un saludo, bello extranjero!

Crean no había oído cómo se acercaba silenciosa una nave, un velero plano de los que transportan mercancías. Una mujer estaba arrodillada junto a la borda, que era de poca altura, y lo miraba. A causa del calor llevaba el vestido recogido, pero más aún que sus piernas desnudas impresionaron a Crean sus senos redondos, que ofrecía con generosidad a la vista.

Ingolinda le dio tiempo suficiente para digerir lo que veía. Sobre cubierta llevaba amarrada la carreta de prostituta y unos cuantos marineros se apoyaban en ella. Su mímica y los gestos obscenos con que se divertían mientras miraban el trasero que Ingolinda les mostraba inducía a pensar que habrían quedado plenamente satisfechos de su pasajera durante la travesía.

Cada esfuerzo merece un premio. Ingolinda había llegado a su meta. Enseñó a Crean, que se agarraba delante de sus narices a los obenques, un dibujo arrugado con el retrato de William.

–¿Sabéis si podré encontrar a este señor en el castillo de allá arriba?– gorjeó, y sus pezones se orientaron, por encima de la cabeza de Crean, hacia el castillo.

–Eso depende– le contestó Crean con calma; –en primer lugar, depende de que se os permita buscarlo allí…

–Me dijeron que se lo preguntara a una condesa para la cual llevo un mensaje…

–¿No sería mejor confiarme ese mensaje a mí?– Crean no sabía bien cómo tratarla. ¡De nuevo una pista que el torpe de William habría dejado a su paso! Tarik tenía toda la razón: ¡aquel fraile era de una estupidez irremediable y representaba, por tanto, un auténtico peligro!

–Me han ordenado que lo confíe a la señora condesa en persona– Ingolinda se incorporó y volvió a guardar el retrato de William bajo sus faldas. –¡El mensaje a cambio de William!– dijo apoyando las manos en las caderas y mirando con insolencia a Crean.

–Lo primero que debéis hacer es atracar; después veré cómo puedo ayudaros.– Crean nadó a tierra, y se agarró a las rocas para salir.

Hamo había observado la escena.

–¿Un encuentro con una dama que viaja sola?– comentó burlón. –¡Mi madre estará encantada de conocerla!

Pero Crean no le hizo mucho caso.

–En efecto– respondió con sequedad, –puesto que la visita no es para mí sino para la condesa. Os ruego que vayáis a informarla de que ha llegado un mensaje relacionado con el fraile de Elía, y que sólo puede serle entregado a ella en persona.

–¿Y por qué no le lleváis vos mismo ese mensaje?– Hamo seguía en sus trece. –¿Creéis en serio que interrumpirá la comida y bajará corriendo para hacer los honores a esa clase de mujer?

–¡Como queráis, joven!– le contestó Crean. –Haré subir a la dama hasta el refectorio, indicando expresamente que vos lo habéis preferido así…

–¡No he dicho eso, Crean!

–No tenéis testigos– respondió éste con frialdad, –y por otra parte tampoco puedo hacerme responsable de dejaros solo con "esa clase de mujer". Es un asunto demasiado importante.

–¡Así es!– reafirmó Ingolinda, que había sido transportada a tierra por los marineros. La mujer observó con visible placer el cuerpo desnudo y bronceado de Hamo; el muchacho se ruborizó, se vio incapaz de resistir la mirada, y emprendió la huida.

–Todavía no me habéis informado de si podré encontrar aquí a William. Aún sigue con vosotros, ¿verdad?

–¡Así es, en efecto!– le aseguró Crean. –Aunque no estoy seguro de que os vaya a recibir ahora, pues tiene la costumbre de dormir la siesta.

–Decidle sólo esto: ¡Ingolinda de Metz lo espera en el puerto!– Parecía muy segura de sí misma y empezó a pasear de un lado a otro por el muelle, tal vez con la esperanza de que su amado la viera desde arriba.

Crean se cubrió con la chilaba y quedó esperando en silencio. La mujer le inspiraba compasión. Era tan inocente como William y, al igual que aquél, se había visto enredada en una historia de la que su canciller no la dejaría salir con vida, a menos que resultara que no sabía nada de los niños. Pero, incluso en ese caso, lo que solía decir Tarik era: "Vale más pisar sobre seguro", y no carecía de razón. Si él, Crean, se hubiese desembarazado a tiempo de William, no se habría producido este nuevo problema, e Ingolinda de Metz podría disfrutar aún de muchos años de vida…

UNA PISTA FALSA

Otranto, otoño de 1245 (crónica)

Me desperté, porque llamaban a la puerta. Pensé de inmediato, como cada vez, que me traerían comida envenenada, y no estaba dispuesto a probarla. Aunque al final siempre la probaba y después me la tragaba, y la realidad era que aún seguía vivo. También esta vez la encontré encima de la mesa, y los golpes de nudillos no procedían de la puerta, sino que venían del suelo, de debajo de mi cama. Salté del lecho y ayudé a los niños a salir de la trampa.

–¡Otra vez te has quedado sin comer!– me reprochó Yeza apenas vio los sabrosos alimentos que habían dispuesto: langosta fría, carne de ternera condimentada, olivas picadas, hierbas, cebolla, aceite y yema de huevo, pan tostado que olía a ajo y llevaba trocitos de nueces, higos chumbos del lugar conservados en miel y frutos cítricos adobados además de toda clase de dulces y dos jarras con diferentes vinos: uno blanco y seco y otro tinto muy oscuro, casi anaranjado, dulce y fuerte. Roç quiso abalanzarse sobre la comida, pues comprendió de inmediato que todo aquello era demasiado para una persona, incluso para un estómago tan tragón como el mío, pero yo le arranqué de las manos la empanada de cangrejos, pensando que podría estar envenenada. Roç se mostró perplejo al ver mi reacción.

–¡Déjame probar a mí primero!– Intenté que comprendiera mi comportamiento. –¡Quiero estar seguro de que te sentará bien!

–¡Te lo puedes comer todo tú solo!– respondió ofendido.

–No seas tan goloso– acudió Yeza en mi auxilio. –Ya sabes que William lo deja enfriar primero, porque así le gusta más.

–¡Ya no tengo hambre!– comunicó Roç, y cambió de tema. –Ha llegado una mujer que pregunta por ti, William– me tuvo un tiempo en vilo. –La condesa se enfadó mucho, la llamó "cortesona" o algo parecido a una dama de la Corte, y se encontró con ella en las caballerizas, ya sabes: en esas bóvedas amplias que hay debajo del castillo, donde guardan el forraje para los caballos...

Como es natural, yo no conocía el lugar, pero reflexioné en voz alta:

–¿A las que se llega directamente desde el mar, sin tener que pasar por el castillo?

–Allá mismo– confirmó Roç, afanoso. –Hay una rampa por donde los cereales y todo lo que se necesita para comer baja directamente al barco…

–¡Cuando hay allí un barco!– puntualizó Yeza. –Yo no creo que esa señora haya subido por la rampa…

–Habrá subido por la escalera que sube al lado, aunque creo que no la conoce nadie.

–¿Quién será esa mujer?– insistí, sin tener la más leve idea de quién podría ser –¿La habéis visto?

–No– dijo Yeza; –además estábamos escondidos detrás de la pared, pero la condesa estaba furiosa y le gritó al *bombarone* que te trajo aquí...

–¡Tampoco les gustas tú!– añadió Roç sin dejar entrever si estaba de acuerdo con los demás o si me había perdonado ya mi avaricia.

–¡A nosotros sí nos gustas, William!– Yeza se esforzaba por borrar toda duda de mi mente.

Roç se dirigió al extremo opuesto de la estancia, pero no se oía nada.

–¡Éste es el oído del dios de las narizotas!– me aclaró Yeza.

–¡Más bien será una ventana de su nariz!– intenté bromear.

–Te lo digo yo– contestó Yeza; –Sigbert me lo ha confesado: es el oído del "dio naso", ¡el mismo que piensa en ti cuando estornudas!

Me sentí conmovido:

–Si lo ha dicho Sigbert…– y los dejé en esa creencia. De todos modos eran niños herejes y allí, junto a la condesa, lo más seguro es que tampoco los bañaran precisamente en agua bendita.

–¿Sabes que Crean todavía sigue aquí?– volvió a dirigirme Roç la palabra para llamar mi atención. –Pero no lo dejan subir a la sala de arriba, ¡lo hacen esperar fuera, delante de la puerta!– Roç se mostraba orgulloso de unos conocimientos que no me aclaraban gran cosa.

–¿Quién es el anciano que hay arriba?– pregunté.

–Ése vino con el "musumán" de Yeza, en el mismo barco en el que se marcharon Sigbert y el "halcón rojo".

–¿Y quién es el "halcón rojo"?

–Es como se llama Constancio de verdad; quiero decir que así lo llaman en su país– me aclaró Roç; –y el viejo es el padre de Crean, ¡aunque él lo llama "John" para que nadie se dé cuenta!

–¿Y en compañía de quién ha venido John?

–¡Si te lo he dicho ya: con ese hombre simpático del turbante!– Yeza no entendía que yo pudiese tener tantas dificultades para distinguir entre uno y otro.

–¿Quién es la mujer que ha preguntado por mí?

En aquel instante oímos pasos y voces arriba:

–...y resulta que alguien envía a una prostituta para que acuda a mi castillo, y ella me entrega un retrato de vuestro fraile, Elía– la condesa parecía estar temblando de indignación, –exigiéndome además que se lo devuelva; es decir, en realidad exige que le entregue al susodicho William, asegurándome que debajo del retrato hay escrito, al parecer, un mensaje importante, ¡ved aquí!

–¡Está en griego!– La voz de Elía empezó a traducir: –"La gran prostituta de Babilonia..."

–¡Moza insolente!– le interrumpió la condesa.

Pero Elía prosiguió:

–"...busca al padre de los niños, pues sabe que está ahí, con vos."

El silencio se instaló en la sala.

–¡Habría que atarlos juntos a una piedra de molino, a esa mujerzuela y su fraile indigno, y arrojarlos al mar!– era la voz del "simpático musamán" quien pronunciaba tales palabras.

–La gran prostituta de Babilonia– intervino entonces Elía –no se refiere a la mensajera, sino a la curia– explicó, –lo cual significa que estamos en peligro. "El padre de los niños" se refiere a William, pues es la única persona que, por lo que sabe la Iglesia, está al cuidado de los niños; y ahora también sabe, por supuesto, que dicha persona se encuentra aquí, en Otranto.

De nuevo se hizo el silencio, hasta que el musulmán quiso saber más:

–¿De dónde habrá sacado esa mujer el retrato y el mensaje?

–Ella dice que de un fraile: un franciscano de cabeza rizada a quien al parecer salvó de caer preso en manos de un esbirro del

Papa– completó la condesa el informe de su conversación con la que consideraba una “insolente mujerzuela”.

–Sólo conozco a uno que responda a tal descripción: mi hombre de confianza en el Castel Sant’Angelo– Elía reflexionó un poco. –En realidad, Lorenzo debería estar ya camino de Lyon para ver al Papa…

–¡Vaya hombre de confianza!– se burló el hombre del turbante, como lo llamaba Yeza.

–Quiso advertirme del peligro, pero ya no me encontraba allí– Elía no se defendió; al parecer, su comportamiento era considerado una imprudencia por los demás. Todos pensaban que debía haberme enviado al desierto o dejado encarcelado en Cortona, ya que no pudo tomar la decisión de hacerme envenenar por Gersenda. –Lorenzo no tenía tiempo que perder; además lo perseguían, de modo que creo que obró con inteligencia al utilizar a esa prostituta itinerante como mensajera sobre la que no recaerían sospechas, puesto que Dios había dispuesto que dicha cantinera se enamorase del desgraciado William. Por cierto, ¿cómo se llama?

–Ingelisa, Isalinda, o algo parecido: una alemana– intervino la condesa en tono de desprecio. –¡Es oriunda de Metz!

¡Por poco me quedo allí tieso del susto! Pero después pensé: ¡qué agradable sorpresa! En mi situación, cualquier posible ayuda era buena. La presencia de esa mujer podía salvarme. De no ser así, moriríamos los dos…

LA MINA CIEGA

Occitania, otoño de 1245

El íntimo roce carnal con una mujer apenas vestida que sólo se cubría con una camisa liviana de hilo crudo y que, durante el viaje acelerado del carruaje pendiente abajo, se apoyaba en él, consiguió casi secuestrar la mente del inquisidor. En cualquier caso le hizo perder el sentido de la castidad que la Iglesia prescribe. La mujer tenía las manos atadas, y el empellón con que los ayudantes la habían metido en el carruaje hizo que cayeran exactamente sobre las partes pudendas del hombre, a las que intentó agarrarse sin hallar reposo en sus sacudidas, de modo que aunque él se resistía, rezaba y blasfemaba, sintió crecer su miembro entre las manos de la mujer. El seno blanco de ella se apoyaba en su rostro lampiño. Fulco de Procida apretó los labios en un esfuerzo por impedir que su lengua no cediera al placer que sus ojos cerrados y su nariz presentían tan cercano.

Cuando cedieron los golpes y las sacudidas y los crujidos del carruaje pasaron a ser más reposados, Fulco de Procida comprendió que había pasado lo peor del peligro, y la lascivia abandonó sus miembros y después también su mente.

En la penumbra del interior del carruaje procuró apartarse del cuerpo femenino, y resopló furioso cuando vio que ella se había quedado inmóvil, como agotada tras un acto violento en que él había participado sin sacar provecho. El seno blanco y cruzado de venas azules de la mujer temblaba, sus ojos lloraban, y su rostro aparecía bello como el de una *madonna*; una mirada clara y el nimbo de trenzas rubias reforzaban el efecto. Sintió el deseo de subirle cariñosamente la camisa por encima del trasero y poseerla *a tergo*, aunque sólo fuera para no tener que seguir mirando sus ojos inundados de lágrimas que se posaban en él llenos de temores y angustias, e incluso con humildad.

El carruaje se detuvo, y él se apresuró a asomarse por la ventana.

–*Le trou'des tipli'es!*– le avisó el cochero; y señaló hacia el bosque, donde se elevaban unos oscuros muros de basalto de un azul casi negro y aspecto bastante siniestro. –Una fortaleza de los templarios que no tiene fama de hospitalaria precisamente.

–No tenemos elección– dijo el inquisidor; –no pueden negarle albergue a un funcionario del Papa.

De modo que el carruaje siguió renqueando en dirección al castillo, cuyos muros lisos, conforme se acercaban, acusaban una mayor verticalidad en su ascenso hacia el cielo y parecían más y más siniestros. No mostraban ni almenas ni torres; su forma era la de un cubo ligeramente inclinado que emergía como un cuerpo extraño entre los abetos, como si un puño lo hubiese bajado del cielo para depositarlo allí sobre la tierra. Por una garganta rocosa se deslizaba un arroyo salvaje que había obligado a instalar un puente levadizo; el gran portal que se veía detrás no permitía miradas curiosas hacia el interior.

Apenas el carruaje del inquisidor hubo cruzado el puente y entrado rodando en el espacio situado delante del portal cayó tras ellos una reja de hierro y el puente se elevó, de modo que los viajeros se vieron presos en una cámara de piedras oscuras. Desde la tronera les llegó una voz preguntando escuetamente por sus deseos.

El inquisidor permaneció tranquilo, aunque se sentía furioso, y dio razón de su persona:

–Un servidor de la curia en misión especial– y preguntó por el nombre del castillo y por el del castellano. El inquisidor Fulco de Procida rogaba albergue y protección por una noche.

La voz del vigilante no revelaba sentimiento alguno:

–El castillo no tiene nombre ni es un castillo. ¡Puede ofreceros seguridad, pero no un lecho, ni siquiera de heno o de paja!

–¡Tampoco importa!– gruñó el inquisidor comprendiendo que no habría allí siquiera un comandante dispuesto a saludarlo. La reja interior subió con estruendo, se abrieron los batientes del portal, y el carruaje pudo salir de la estrecha cárcel y entrar en el patio de la fortaleza. Era un cuadrado vacío del que no ascendían escaleras hacia lo alto de la muralla, y únicamente en la cara frontal, orientada hacia la montaña, se veían algunas aberturas, ahora cerradas, que eran lo suficientemente amplias como para permitir el paso de un carruaje. A bastante altura se observaban en el mismo muro algunas troneras que parecían hacer las veces de ventanas.

Dos sargentos con mantos negros que mostraban el emblema de la cruz roja con extremos en forma de zarpa se acercaron al carruaje:

–Atravesaréis la cuarta puerta del Apocalipsis y cruzaréis la gruta del Evangelio Apócrifo; torced después a izquierda en la segunda mina de la Prostituta de Babilonia; tomad a continuación la primera entrada a la derecha y os encontraréis en la catedral de la Gran Bestia. Allí podréis descansar con todo el confort que llevéis con vos. ¡A las seis de la mañana deberéis abandonarnos de nuevo!

–Os lo agradezco de todo corazón– inició el inquisidor su respuesta, pero el sargento más joven le cortó la palabra:

–¡Guardaos el agradecimiento y recordad bien las instrucciones!

–El más ligero desvío del camino prescrito– añadió el mayor de los sargentos en tono severo –tendría graves consecuencias. ¡Buenas noches!

Al inquisidor le rechinaban los dientes de rabia, pero dio a su cochero la señal de seguir adelante con la esperanza de que éste retendría en la memoria la ruta prescrita. La cuarta puerta fue abierta como por mano invisible y entraron en el subterráneo.

Fuera reinaba un frío desagradable, pero en el interior de la montaña ardía la luz cálida de muchas lamparillas de aceite instaladas en la roca, de modo que las grutas semejaban un reino encantado. A veces éstas se estrechaban formando un paso apretado, pero después se abrían grandes salones ante el visitante, y había lagos en su fondo que reflejaban las formas magníficas de las estalactitas colgantes mientras las estalagmitas que crecían desde abajo adoptaban formas bizarras.

Así alcanzaron el templo de la Bestia. Era una cueva alta como la nave de una catedral, con columnas y pilares, y una figura en el extremo que parecía la de una esfinge con cabeza de carnero: era el altar de una deidad terrorífica, cuya imagen resaltaba por efecto de las luces hasta el punto de adquirir aires de amenaza. Cuando Fulco la vio al descender del carruaje se santiguó instintivamente.

Después mandó a sus peones que sacaran a la mujer del carro y la ataran entre dos ruedas, de modo que el más leve movimiento de los caballos le desgarraría el cuerpo.

–Prosigamos el interrogatorio– dijo con voz ahogada. Atada entre las ruedas, el cuerpo pletórico de la mujer destacaba aún más a través de la camisa, y las luces oscilantes estimulaban su fantasía. De repente le pareció que aquel rostro delicado exhalaba con sus ojos claros una invitación placentera, una promesa de seducción. ¿Acaso no le ofrecía sus labios brillantes? –¿Vuestro esposo no sabía nada? La verdad es que no habló lo bastante deprisa– se burló con visible satisfacción. –Alfia de Cucugnan, ¿vos en cambio sabéis más y ardéis en deseos de decírmelo?

La mujer se había echado a llorar de nuevo cuando el inquisidor mencionó la muerte de su marido, pero las lágrimas que derramó no sirvieron más que para animar a aquél.

A una señal suya, el cochero hizo que se movieran los caballos, de modo que casi le arrancaron un brazo del hombro mientras el otro era estirado hacia abajo, lo que rompió los tirantes de su camisa liberando totalmente los senos. Cuando las ruedas volvieron a su posición inicial, la camisa le resbaló poco a poco sobre las caderas, dejando a la vista su vientre redondo y después el rubio promontorio de su sexo, cuyo pelo no era tan denso como para protegerlo de la mirada fija del inquisidor y sus ayudantes. La mujer apretó desesperada los muslos; su respiración se volvió más y más violenta e hizo temblar sus senos.

–¡Yo... yo fui la nodriza de los niños!– reveló la mujer, casi a gritos. –¡Los tuve aquí pegados a mis pechos, bebieron la leche que salía de mi cuerpo!– les gritó a sus torturadores. –¿Qué más queréis saber de mí?

–¿Quién es la madre?– jadeó Fulco, excitado. Un impulso le mandaba acercarse a ella y allí mismo, delante de sus hombres, sacar del calzón el miembro tieso e introducirlo en la vulva dorada que le ofrecía el retorcido cuerpo de la mujer, aunque pudo dominarse. –¿Quién es la madre?– volvió a gritar.

–La hija de...– gimió ella; pero se interrumpió, pues había visto a un templario quien, a espaldas de los demás y sin que éstos se dieran cuenta, le indicaba que callara con un dedo puesto sobre los labios. Al mismo tiempo sonreía dando ánimos a la mujer, como si pretendiera comunicarle que sus sufrimientos pronto tendrían fin.

El inquisidor dio media vuelta y vio oro, montones de oro brillante en forma de grumos brutos que el templario transportaba con descuido en una cestilla plana.

–¡No quiero molestaros mientras cumplís con vuestra obligación!– murmuró el templario intentando pasar de largo.

–¿De dónde sacáis esas piedras?– lo retuvo Fulco.

–No tienen importancia– respondió el sargento; –estas piedras caen de las paredes unos cuantos pasillos más allá de aquí, y son tantas que nos cuesta retirarlas. ¡Ya sabéis cuánto pesa el *aurum purum!*– y prosiguió tranquilamente su camino.

El inquisidor estaba confuso.

–¿Hija de quién?– siguió preguntando, pero la mujer callaba y su llanto se hizo más abundante. –¿La hija del castellano?– insistió él, pues había comprendido que llegaría más lejos intentando convencerla que torturándola. –¿Esclarmonde de Perelha?– Ella asintió sollozando. –¿Los dos son hijos de ella, son gemelos?– La mujer le sonrió como si ella misma hubiese tenido la suerte de ser madre por partida doble. –¿Quién es el padre, y cómo se llaman los niños?

–Nunca se habló de ello– le llegó la respuesta en un susurro. –Esclarmonde nunca dijo que hubiese existido un padre…

–¡Un ángel pues!– se burló el inquisidor. –Sin embargo, el parto virginal es un privilegio de María y de la Iglesia. ¿Quién fue el amante de la hereje?

–¡No lo sé!– suspiró la mujer ruborizándose, y el inquisidor cayó de nuevo en la tentación de confiar en sus caballos para seguir interrogándola; tal vez sería el modo mejor de conocer la verdad. Pero la mujer añadió: –No fue nadie del Montségur, me habría dado cuenta...

De nuevo entró un templario en la catedral; ahora arrastraba una cesta aún mayor y entre el oro brillaban piedras preciosas: trozos de rubíes rojos como la sangre, de una luminosidad maravillosa; unas cuantas esmeraldas recién extraídas de la roca y diamantes de pureza cristalina, de tamaño nunca visto. Al inquisidor parecían querer caérsele los ojos de la cara; su mirada seguía fija en el sargento que arrastraba la pesada carga mientras se alejaba por el pasillo.

–¿¡De dónde…!?– jadeó. –¡Sus nombres!– le gritó de nuevo a la mujer. –¡Dime los nombres, mujerzuela! Si no…

La mujer le sonrió entre lágrimas:

–¡Roger-Ramón Bertrand e Isabelle Constanza Ramona!– exclamó con orgullo.

En ese momento regresaba el primero de los sargentos templarios y dejó caer, como al descuido, las siguientes palabras:

–Si os interesa, os mostraré con mucho gusto la cueva en la que extraemos tales tesoros– y como se diera cuenta de que el otro se aprestaba, sin que la cautela fuese capaz de ocultar su avidez, a aceptar el ofrecimiento, prosiguió con aire de conspirador: –Llevad con vos el carruaje, porque este material pesa mucho– susurró: –nadie se dará cuenta si os lleváis algo como recuerdo...– y su risa era prometedora. –Os mostraré el camino. ¡Seguidme!

De modo que desataron apresurados a la mujer, y el inquisidor le arrojó el manto para que pudiese cubrir su desnudez. Después siguieron de pie al carruaje. El sargento los condujo por un laberinto de pasillos y cuevas, recorriendo un camino que jamás habrían encontrado solos. Cada vez era más estrecho y más bajo; a ambos lados veían gruesos tablones de roble apoyados en pilares de madera, como protección para los operarios de la piedra suelta. Fulco sintió un júbilo íntimo. "¡Estamos en una cámara de tesoros!" Su avidez de oro iba en aumento y también sus criados parecían sacudidos por la fiebre; ayudaban a que avanzara el carruaje tirando de las ruedas y de los caballos mientras recorrían el camino tropezando con los pedruscos.

Finalmente se abrió la oscura mina y dio paso a una pequeña gruta. Allí sólo ardían unas pocas lamparillas de aceite entre las rocas, pero su luz reflejaba el brillo dorado o las chispas que partían de las finas piedras cristalinas, y los criados empezaron a revolver entre las piedras.

El inquisidor quiso participar en la búsqueda, pero su mirada cayó sobre la mujer. El manto abierto dejaba sus muslos a la vista y él se le acercó.

La mujer consintió en seguirlo hacia el carruaje y, guiada por su mano, se deslizó hacia el oscuro interior, se recostó y le abrió las piernas. Aún seguía con las manos atadas. El hombre se bajó el pantalón, pero cuando sacó su miembro se dio cuenta de que le colgaba flácido. –*Vasama la uallera!*– blasfemó Fulco en dialecto napolitano, expresando así su ira por la incompetencia de su propio cuerpo.

La cabeza de la mujer descansaba en el fondo del carruaje, aureolada por las trenzas abiertas. Él evitó, furioso, mirarla a la cara; de haberlo hecho podría haberse dado cuenta de que sus ojos lo observaban fríos y crueles. Ella le tendió las manos, al parecer bien dispuesta, y él la liberó, nervioso, de sus ataduras.

Ella tomó con timidez el miembro que el hombre le mostraba cogido en el puño cerrado. Se deslizó fuera del carruaje y se arrodilló a sus pies. Desde arriba él no le veía más que el cabello cuando la mujer se inclinó hacia adelante, pero la voz llegó con claridad a su oído:

–¡Te he mentido!

–¡No enredes ahora!– resopló el inquisidor, pero ella se tomó su tiempo:

–Roger e Isabelle no son gemelos. Antes de que Esclarmonde diera a luz, cosa que sabía todo el mundo en el Montségur, trajeron a una joven noble al castillo, en estado de embarazo muy avanzado y con el más estricto secreto. Los médicos consiguieron, con ayuda de una mujer sabia, arreglar todo de modo que los partos fueran simultáneos– Fulco creyó darse cuenta de que la resistencia de la mujer, si es que existía, había cedido considerablemente. Empujó su sexo contra el rostro de ella hasta introducírselo entre los dientes. –¿Debo proseguir, señor?

El inquisidor se vio sacudido por la duda entre el deseo, la rabia y el pecado; entre el cumplimiento de su deber y el tiempo perdido. ¡Cuánto oro había por recoger allí!

La mujer aplazó la decisión:

–Esclarmonde dio a luz a una niña y a su lado pusieron en la cuna al hijo de la otra, un niño. Cuando yo…

–Monseñor– exclamó en voz baja el cochero, que sentía reparo en molestar a su señor mientras éste se dedicaba al ejercicio de su cargo. –Esta mina está ciega, no tiene salida, y el templario no ha vuelto...

–¡Buscadlo!– gimió el inquisidor, cada vez menos seguro de cuál de los secretos era más importante para él: ¿el del origen de los niños, el de la procedencia del oro o el de la última satisfacción que ofrece el vientre de una mujer?

–La uallera!– gritó, y se cogió sus huevos, tiró del cabello de la mujer echándole la cabeza hacia atrás, y le metió el miembro en la boca abierta y asustada. Sintió el movimiento de la lengua y

cerró los ojos. Las manos de ella trepaban para arriba por el cuerpo de él, llegaron hasta su cabeza y tiraron de ésta hacia abajo; los dedos le acariciaban y palpaban las sienes. El hombre se dio cuenta de que la sangre hinchaba su miembro, que éste se volvía rígido, y gritó: –¡Sigue!

En ese mismo instante, ella lo mordió. Sus dientes se clavaron en los testículos hinchados, y mientras tiraba y mordía le metió las uñas de los pulgares en los ojos; los otros dedos se los hincó en la carne de las mejillas a la vez que intentaba sacárselos.

El aullido del inquisidor se convirtió en un resuello agónico. Sus brazos se movieron como las aspas de un molino, pues no sabían si acudir a defender el sexo o a proteger los ojos sangrantes. La mujer le dio un golpe y lo arrojó hacia atrás, sobre las piedras, donde cayó de espaldas retorciéndose mientras aullaba de dolor.

Ella escupió sangre saltando más allá de su cuerpo, y antes de que alguno de los espantados ayudantes pudiese extender la mano para sujetarla corrió hacia el pasillo por el que habían llegado. Parecía estar loca cuando se topó con los dos sargentos, que derribaban los apoyos de la entrada a la mina dando fuertes y contundentes mallazos. Después de caer los maderos se oyó un crujido en la piedra, y a continuación se desplomaron con enorme estruendo las masas de escombros.

El inquisidor y sus criados quedaron enterrados en la cueva con el carruaje y los caballos. Ni un sonido llegaba desde allá abajo al exterior. Una piedra destrozó el cráneo del clérigo. Los criados murieron días o puede que incluso semanas después en aquella mina oscura, cuando la carne de los caballos ya se había podrido.

HISTORIAS DE MUJERES

Otranto, otoño de 1245 (crónica)

El pequeño reptil adelantó la lengua y atrapó a la mosca con un lengüetazo bien dirigido, justo cuando el insecto iniciaba el vuelo.

Las moscas se posaban en la pared encalada porque debajo, en el suelo, estaban las fuentes vacías con los restos olorosos de leche fermentada con miel y el zumo dulce de los higos aplastados. Los niños habían dejado la vajilla allí para complacer al gecónido. El tímido animal había tardado algo en aceptar la invitación y Yeza tuvo que reprimir sus deseos de acariciarlo. Roç estaba acostado de vientre sobre el suelo y ahuyentaba a las moscas hacia la pared. Los dos estaban plenamente entregados a la tarea de descubrir si la paciencia del reptil sería capaz de vencer el nerviosismo de las moscas.

Yo había acercado una silla al rincón del "dios de las narices" y me iba enterando con alivio creciente de cosas que, por otra parte, estaba contento de que los niños no oyeran.

–Por lo que veo– tomó el viejo John la palabra, –no podemos renunciar de momento a mantener a William de Roebruk con vida. El único peligro que se trata ahora de conjurar es la búsqueda de los niños por parte de esos esbirros del Anticristo, tan deseosos de su sangre. Es posible que los verdugos del Papa estén a punto de llegar: que ya los tengamos aquí, ocultos en el castillo. Debemos poner de inmediato a salvo la *sang réal*...

–No temáis, venerado maestro– lo interrumpió Elía. La voz de John amenazaba quebrarse, temblorosa de emoción. –Todavía no hay peligro: Otranto es seguro...

–Interior y exteriormente– se apresuró a asegurar la condesa. –¡Mi gente es fiel: antes que traicionarme, morirían bajo el hacha del verdugo! ¡Del mismo modo que están dispuestos a cortar en pedazos a cualquier traidor!

–La situación es grave– resumió el musulmán con voz serena. –No nos entretengamos en repartir culpas: ¡el hecho es que el lugar donde están los niños ya no es un secreto!

–¡Hay que poner en seguida a los niños a buen recaudo!– refunfuñó el viejo John. –Vos, Tarik, canciller de los "asesinos", que habéis jurado procurar la salvación de la sagrada sangre...

–*Maestro venerabile*– lo interrumpió el interpelado con voz paciente, –no añadamos nuevos errores a los ya cometidos. Es cierto que William debe salir vivo de Otranto en compañía de los niños. Pero, ¿han de ser forzosamente los mismos niños? ¿Quién los conoce? Sólo nosotros. Quiero decir que debe de ser posible encontrar a un niño y una niña que tengan más o menos la misma estatura y la misma edad. Mandaré en seguida a mi gente...

–¡Un momento!– intervino la condesa. –Tarik, aprecio vuestra pericia y vuestra rapidez de decisión, pero en Otranto no causaríamos más que un inútil revuelo si nos dedicáramos a robar niños como hacen los piratas. El pueblo me condenaría y, lo que sería peor, empezaría a murmurar y a maldecirme y al final todo habría sido inútil.– No tardó mucho en proseguir: –En cambio, os revelaré que mantengo en el puerto un orfelinato donde sí podéis ir a buscar; nadie se preocupará si faltan dos de esas desgraciadas criaturas, ¡serán dos bocas menos que alimentar!

Elía murmuró agradecido:

–Ah, Laurence, ¡qué sería de nosotros sin vuestra fuerza y sabiduría!

–Seríais lo mismo que sois ahora, Elía, ¡hombres débiles!

El canciller de los "asesinos" prefirió cortar la disputa que se anunciaba, y dijo:

–En ese caso, condesa, ofrecedme vuestro poderoso brazo y acompañadme a ver a vuestros protegidos: ¡no hay tiempo que perder!

Los ruidos de las voces que se alejaban nos hicieron pasar por alto el hecho de que alguien había entrado en la habitación. Era un hombre joven.

–Es Hamo– dijo Roç, –el hijo de tía Laurence.– El joven permanecía mudo y nos miraba. ¿Cuánto tiempo había estado escuchando? Los niños me parecieron algo trastornados; era posible que se hubiesen ido enterando de algún que otro detalle de los que me habían llegado a través del oído del "dios de las narices".

–¿Ahora quieren sacarnos de Otranto?– preguntó Yeza excitada. –Lo has oído, ¿verdad?

Roç dijo con aire de superioridad:

–¡Quieren deshacerse de nosotros!– Y después reflexionó, antes de convenir: –¡Menos mal que William nos acompañará!

–Pero si el barco todavía no ha vuelto– se atrevió Yeza a objetar.

–¡Qué tonta eres! Le quitarán el barco a esa extranjera, ya sabes que esa mujer no les gusta nada. ¿Apostamos?

Entonces habló Hamo y me causó el efecto de que sus razonamientos eran los de un adulto:

–Creo que lo mejor será que salgáis en seguida de aquí, pues no deberían encontraros en la habitación de William. Por cierto, ¿cómo habéis entrado?

–¡Por la puerta, igual que vos!– contesté sin pérdida de tiempo; pero apoyé su propuesta. –Será mejor que os marchéis– y cuando advertí su indecisión añadí con la intención de animarlos: –Ahora ya sabéis que nos espera otro viaje divertido, durante el cual podremos estar juntos a cada hora– esta observación les devolvió la alegría, y salieron corriendo de la habitación, cuya puerta Hamo había dejado abierta.

–¡También vos podríais huir ahora, William!– me invitó con entonación seria. –¡Aprovechad la ocasión!

Pero no quise hacerlo. Me sentía obligado a velar por los niños, tanto si me daban el título de "padre" como si les sustituía en parte a la madre; un papel con el que, dicho sea de paso, me identificaba mucho más.

–Y vos, joven señor, ¿cómo os interesáis tanto por la suerte de un fraile indigno como yo?– intenté sonsacarle con precaución.

–Odio la manera en que pretenden dirigir el destino de los demás. ¡Escuchad!

John y Elía, tras quedar solos en el salón, habían desplazado nuevamente su conversación hasta dejarla al alcance de nuestro "oído".

–Pongo mis soldados a vuestra disposición, y deberíamos proponer a Tarik que nombre comandante a Crean– comentó el *bombarone* su proyecto. –El grupo, con William y los supuestos "infantes", debería viajar de la forma más espectacular posible a través de todo el país en dirección al norte. Incluso propongo que pasen cerca de los límites del *Patrimonium Petri*, aunque no tan cerca como para que puedan ser atacados y detenidos, pues no interesa que alguien les vea la cara a esos muñecos; sólo queremos que se difunda el rumor y llegue hasta el Castel Sant'Angelo, ¡a oídos del Papa...!

–Excelente idea, querido *bombarone*– graznó John, –tan excelente que me pregunto por qué no se os ocurrió antes. Si hubieseis mandado a William directamente desde Cortona al infierno o al país de los mongoles...

Elía respondió un tanto acobardado:

–Venerado maestro, ¿cómo podría haber dejado marchar a William sin vuestro previo permiso? Tampoco podía dejarlo en Cortona. Nos hemos enterado ahora de que los papistas andan rondando por allí como Pedro por su casa...

–¡Eso pasa cada vez que hay que dejar la hacienda a merced de los criados!– El viejo John siempre tenía una respuesta a punto.

–¡No podía dejar de obedecer a vuestro *preces armatae* con que, sirviéndoos de vuestras prerrogativas, me ordenasteis presentarme aquí en nombre de la Orden a la que servimos ambos! Tuve que ponderar debidamente la situación y actué según mi mejor saber y entender. ¡Espero que sabréis perdonar!

–La *Prieuré* no perdona errores, y nuestro pacto con los "asesinos" garantiza la seriedad necesaria de nuestro proceder; no obstante– y el viejo John quiso mostrarse más humano, una actitud que su cargo le permitía puesto que lo situaba por encima de cualquier crítica primaria, aunque no por encima de *toda* crítica, –vos ignorabais que William era perseguido. Es cierto que mi hijo, Crean, es el responsable de que aún siga vivo ese fraile. Vos ignorabais que los niños estaban aquí en Otranto. El sistema de que no todos sepan todo tiene sus ventajas y sus inconvenientes. El que nada sabe, nada puede delatar. Erais ignorante, por tanto no sois traidor, pero vuestra suerte os abandonó. Deberéis vivir con vuestro error. Por lo que a mí respecta, os absuelvo.

Elía permaneció durante un tiempo en silencio.

–John Turnbull, conde de Monte Sión, venerable maestro, sois un hombre sabio. Sabéis que mi vida pertenece al emperador. Habéis tenido en cuenta el papel de vuestra propia sangre en este asunto. Pero, ¿cómo no sentís compasión por William, que tampoco actuó a traición y que también es ignorante de todo?

–Porque debemos obedecer las indicaciones que nos envía Alá– intervino por sorpresa la voz cortante de Tarik. –Tal como lo prevé incluso vuestro propio filósofo, Boecio, cuando alguien cae arrollado por la rueda del destino es mejor matar en seguida al desgraciado, antes de que cause mayores males o pueda intervenir de nuevo para desbaratar el curso de los acontecimientos. Y cuando una mosca cae por dos veces en la sopa, *venerabile*, ¡habrá que castigar al cocinero que la sacó por primera vez y no le dio muerte!

En ese instante intervino John Turnbull y su voz delataba que se sentía ofendido en su autoridad:

–Hemos hallado una solución que mejora incluso la situación en comparación con el *status quo ante*...

–¡Siempre lo mejor fue enemigo de lo bueno!– advirtió Tarik en tono burlón, pero John no se desvió del relato.

–Aunque para este fin necesitaremos de un comandante precavido y enérgico, y hemos pensado en Crean...

–¡De ningún modo!– contestó Tarik con aspereza. –Ya he tenido que lamentar una vez el haber puesto a Crean de Bourivan al frente de esta empresa. Parecía predestinado porque conoce estos terrenos y, no obstante, ha fallado cuando más responsabilidad se le exigía. De ahí que no deba intentarse lo mismo por segunda vez. Nosotros no nos conmovemos ni nos emocionamos como vos aquí en occidente, donde suele concederse una "segunda oportunidad" simplemente por motivos sentimentales. ¡Os recuerdo que soy yo quien manda sobre Crean, *venerabile* John Turnbull!

–No obstante, deseo exponeros nuestro plan, estimado canciller– intervino Elía malhumorado. Una vez retirada la espada de Damocles de su propia cabeza, el viejo *bombarone* había recuperado la antigua arrogancia. –En esta misma hora que aquí estamos perdiendo en discutir, nuestro amado Santo padre envía misiones a todo el mundo: a mi fraile Lorenzo de Orta lo manda a Antioquía, igual que al dominico Andrés de Longjumeau. A uno para negociar con la Iglesia griega, al otro para que los jacobitas reconozcan su supremacía. Al hermano de este último, Anselmo, pretende enviarlo a Siria y Tabriz...

–¿Y por qué debería interesarnos todo eso a nosotros?– ladró Tarik.

–Esperad: el franciscano Giovanni Pian del Carpine está a punto de partir para una misión en tierras de tártaros pasando por el sur de Alemania y Polonia. Su meta es llegar a Karakorum, a la corte del gran kan…

–¿Y qué más?

–Haremos que lleve consigo a William y a los niños; así podremos estar seguros de que durante los dos próximos años su destino esté en boca de todos. Conmoverá las almas y, si no vuelven a aparecer, todo el mundo les dedicará su más profundo sentimiento; lo importante es que nadie dude de que partieron para ese viaje, ¡absolutamente nadie! Pian es una persona que está por encima de toda sospecha, ¡incluso y sobre todo a los ojos del Papa y de su camarilla! Lo importante ahora es llevar a William y a los niños hasta el punto donde se crucen sus caminos, y cuanto más esperemos, ¡más se aleja esa posibilidad!

–Necesito a Crean para otras tareas– contestó el canciller con dureza.

–¡Yo los conduciré!– oí de repente la voz de Hamo, desde allá arriba. No me había dado cuenta de su retirada, pero lo más probable era que hubiese seguido el hilo de la conversación.

–¡Espera afuera a que te llamen!– fue la primera reacción, que procedía de la condesa, sin que su voz delatara si estaba orgullosa y satisfecha de que su hijo deseara partir del hogar o, como madre, la embargaran el temor y las preocupaciones. Antes de que pudiera iniciarse una discusión generalizada, Laurence volvió a tomar las riendas en su mano.

–¡La mesa está puesta, señores!

La sala de arriba pareció quedar vacía en seguida. Poco después me trajeron también a mí una cena abundante, y como ahora estaba seguro de que me harían llegar vivo hasta la corte de los mongoles zampé con el mejor de los apetitos. Primero fueron ostras frescas, a las que apliqué un poco de pimienta y el zumo de un limón. Se encogieron como es debido y mi vitalidad cobró nuevo impulso; ahora me habría gustado tener a Ingolinda aquí enfrente para meternos uno a otro las ostras en la boca, jugando con nuestras lenguas. Pero la buena moza oriunda de Metz probablemente habría marchado ya, ofendida y desilusionada. Me consolé con un excelente caldo de pescado, chupé los mariscos, rompí sus conchas, y me estuve regodeando con las patas, las cabezas y las espinas. Me fue dificil disfrutar de la carne grasa de la morena, adobada con hinojo y salvia y acompañada de esponjosas colmenillas, porque estaba saciado. ¡Con qué gusto habría emprendido ahora una buena cabalgata con Ingolinda, mi preciosa prostituta! Pero tuve que conformarme con el postre, unas uvas que consumí a solas, sin tener delante sus labios húmedos, su pecho generoso, su pubis oscuro donde los granos de uva pudiesen bailar, reventar o escabullirse. Me los tragué sin ganas y caí sobre el lecho.

Poco después se abrió la puerta y entraron la condesa y Elía. La figura de ella impresionaba. Llevaba el cabello rojo –probablemente teñido con henna– muy liso y peinado hacia atrás, y sus ojos verdes resplandecían con un brillo amenazador. Apenas llevaba joyas: sólo un anillo valioso y una gruesa pulsera.

Me incorporé de un salto. Mientras tanto, ella se acercó a la ventana y ordenó a dos de sus guardias que se habían apostado a derecha y a izquierda de la puerta:

–¡Id a buscar a Hamo!

Elía examinaba los restos de mi cena. Después dijo:

–William, espero que te hayas repuesto bien, porque esta noche proseguirás tu viaje.– Adopté una expresión de sorpresa y curiosidad. –El hijo de la condesa tomará el mando de mis soldados, y de ti espero, por tu propio bien, que tengas el mismo comportamiento comprensivo que has demostrado hasta ahora. ¡El primer intento de intercambiar una palabra con alguien extraño significará el fin de tu joven vida, y lo mismo sucederá, con mayor razón aún, si intentas huir!

Le contesté con la obediencia debida:

–Podéis estar tranquilo, mi general. Iré adonde me mandéis, cuando lo mandéis y hasta el fin del mundo, ¡pero dejadme andar! Quiero decir, ¡no me obliguéis a sentarme de nuevo sobre un caballo! No lo resistiría otra vez, y preferiría una muerte rápida; un puñal en el corazón me agradaría más que los miles de puñales que siento aún en mi...– y me tragué la palabra en vista de que había una dama presente; una dama que había dirigido hacia mi persona una mirada severa en cuanto inicié mi petición.

–No hay necesidad de que estropee su gordo trasero– se dirigió ella a Elía; –podéis llevar un palanquín más: uno para los niños y otro para él. Además, ¡así llamarán más la atención!– Elía asintió y también yo lo hice, pues me sentía lleno de agradecimiento.

Elía prosiguió después:

–Encontrarás al hermano Pian del Carpine y seguirás con él hasta la corte del gran kan. Puedes arrastrar a los niños contigo hasta allá o deshacerte de ellos una vez estéis en territorio mongol. ¡Lo importante es que desaparezcan sin dejar rastro y volváis después sin ellos!

Hamo había entrado en la habitación y debió de oír las últimas frases. Se dirigió a Elía con estas palabras:

–William no me preocupa. Ha comprendido perfectamente cuál es su papel. Sí me preocupan, en cambio, los niños. Durante el viaje, al menos durante la parte del viaje en que estaremos expuestos a la luz pública bajo la vigilancia desconfiada de los agentes papales, sería útil tener una acompañante femenina…

–¡No!– exclamó la condesa, y su voz sonó chillona. –¡No!

–Sí– dijo Hamo con firmeza y entonación cruel. –Si se encuentran bien, si se satisfacen sus necesidades, quedará asegurado su buen comportamiento. Si enferman y lloran porque sufren, podría sublevarse el populacho, y la consecuencia sería el descubrimiento de su identidad; un peligro que… ¡un peligro que no debemos correr!

El portador del turbante, que había entrado silencioso en el cuarto, añadió:

–Bien pensado y bien hablado, joven; veo que sois digno hijo de vuestra madre, y retiro el reproche de inmadurez a vuestro carácter. Lo que os falta, y no es culpa vuestra, es experiencia. ¡No debemos correr riesgos adicionales!

Hamo le concedió una ligera reverencia:

–¡Exijo que nos acompañe Clarion para ocuparse de los niños!

–En el orfelinato hay tres cuidadoras, y también dispongo de un convento de monjas donde puedes escoger a quien mejor te parezca. Además, tienen mayor experiencia en el trato con niños que...

–Insisto en que sea Clarion– se dirigió a Tarik sin concederle siquiera una mirada a su madre. –Se trata de una empresa de tal importancia y de carácter tan confidencial que no me hago responsable si mi madre se niega a que Clarion nos acompañe.

Silencio. La condesa miraba por la ventana, pero sus manos se agarraban a la reja con sacudidas apenas perceptibles y se le veían blancos los nudillos.

–Avisaré a Clarion– dijo por fin con la garganta seca. –Iniciará de inmediato sus preparativos para el viaje– añadió después en tono objetivo, pero sin volverse hacia nosotros. Dejó la estancia con pasos apresurados.

No olvidará jamás lo que le ha hecho su hijo, se me ocurrió pensar; es una mujer que sabe odiar…

–Seguidme ahora, William– Hamo se había hecho ya con el mando. –Quiero evitar que os encuentren todavía en esta habitación– Yo sabía que se refería a los niños, y le daba la razón en mi fuero interno. La despedida me habría desgarrado el corazón, pues sabía que ellos esperaban poder viajar conmigo.

Elía dijo aún:

–William, debo marcharme de inmediato, porque el emperador me necesita. No dejes en mal lugar a nuestra Orden de hermanos menores– y me dio unas palmaditas en el hombro. Me pareció poco en vista del embrollo en que su iniciativa me había embarcado. Pero todos servimos a algún señor, y en su caso, teniendo en cuenta que había sido expulsado de la Iglesia, todavía le quedaban dos.

Los guardias me escoltaron por escaleras y pasillos hasta una parte del castillo orientada hacia el mar que a ojos vistas era poco utilizada. Probablemente se tratara de las caballerizas de las que había hablado Roç. Ahora reinaba allí cierto ajetreo, un ir y venir constante; los criados estaban preparando los animales, les daban forraje; y los soldados entraban y salían de la armería.

Hasta entonces yo nunca había visto a las tropas defensoras del castillo. Lo más probable era que sólo en caso de ataque enemigo o de asedio accedieran a la parte principal, donde yo había estado preso. Me sorprendió el número de soldados y oficiales que poblaban aquel subterráneo.

Hamo iba detrás de nuestro grupo y mandó a los guardias que se alejaran para quedarse a solas conmigo.

–Yo no soy un verdugo, y menos vuestro, William. Habéis comido bien y en abundancia. ¡Dejo a vuestro cuidado lo que queráis hacer en esta última hora antes de partir, por el bien de vuestra digestión!

–Espero hacer de vientre a su debida hora– le aseguré. Hamo soltó la risa.

–¡Me refiero también a las sacudidas que pueda experimentar vuestro corazón!– Me sentí confuso, mas sin saber a lo que se refería, y sus siguientes palabras incrementaron mi desconcierto: –Nadie os estará vigilando, pero pensad que continúa vigente la norma: una sola palabra y vuestra muerte sería inevitable. Y no solamente la vuestra, ¡también la de la persona que hubiese oído esa palabra!

Me empujó hacia una cámara y cerró la puerta a mis espaldas. Frente a mí, en la penumbra de la estancia, vi a Ingolinda recostada sobre un montón de heno.

–William querido, ¡al fin acudes a mi lado!– La mujer abrió los brazos dispuesta a atraerme a su maravilloso seno, que llevaba del todo desnudo. Me puse un dedo en los labios e intenté explicarle con gestos que me habían prohibido hablar. Pensaría que yo estaba loco; que la detención y la tortura me habían hecho perder mi buen sentido. –¡Mi pobre pequeño!, ¿qué te han hecho?

Decidí cerrarle la boca, puesto que hasta una pregunta que no obtiene respuesta puede ser traicionera y yo no deseaba morir, ¡precisamente ahora no lo deseaba! Me arrojé a su lado en la hierba seca y rodamos sobre aquel lecho blando y aromático que es un excitante tan agradable para la piel desnuda. La buena moza oriunda de Metz comprendía mis prisas; abrió sin más sus piernas y se tomó a pecho mi impaciencia. La cabalgué como si de salvar mi vida se tratara, y además lo hice con tanta mayor intensidad cuanto más pensaba en el futuro que me esperaba, pues después de la primera embestida –tras no haber tenido entre mis muslos durante dos o tres semanas seguidas otra cosa que el lomo de un caballo– me percaté apesadumbrado de que ahora me esperaban meses de abandono solitario. Cuando comprendí plenamente la tristeza de tamaña perspectiva mis movimientos se aflojaron, pero esta lentitud fue a su vez lo que inflamó a mi dama que, por lo general, solía contentarse con unos placeres rápidos. Rompió en gemidos. Sus bellos ojos se llenaron de lágrimas; gritaba de gozo, y yo seguí cabalgándola sin saber qué hacer, pensando en mi estúpido porvenir, en las noches frías que pasaría entre montañas lejanas, rocosas, vacías de seres humanos; en la sed y el calor que sentiría en la selva y el desierto; y poco a poco fui decayendo hasta quedar del todo rígido, avanzando en un paso a paso mecánico. Sólo la hierba seca se movía un poco conmigo, pero Ingolinda temblaba de placer como si fuesen regimientos enteros, hordas de tártaros los que la hacían gozar; ella sí se agitaba, se retorcía, se enderezaba; y finalmente volvió a caer hacia atrás en el hueco de hierba seca que habíamos ido transformando en un nido, como hacen los conejos. Sus pechos temblaban.

Abrió los ojos todavía húmedos y me sonrió.

–¡Hola, bello extranjero!

La besé con cariño en la boca, sin abandonar su cuerpo, incluso preparándome para una nueva cabalgata. En ese instante tocaron en la puerta.

–¡Es la hora, William!

Ingolinda me miró queriendo preguntar, pero yo no deseaba prolongar la despedida. Me incorporé, sacudí la hierba de mi hábito, y la dejé allí acostada en nuestro lecho de placer. Sin volver la mirada hacia atrás cerré la puerta a mis espaldas. Los guardias que estaban apostados delante no me dieron a entender si habían visto u oído algo, o ambas cosas, y me condujeron en silencio hacia la puerta principal.

Ya era noche profunda y sólo unas pocas antorchas aclaraban la bóveda de salida. El puente levadizo aún no había bajado. Me ordenaron que esperara, por lo que subí al palanquín que tenía destinado y me dormí al instante.

AIGUES MORTES

Aigues Mortes, otoño de 1245

–¡Sois libre, podéis ir adonde os plazca, Roxalba Cecilia Estefanía de Cab d'Aret, llamada "la Loba"!

El inquisidor que presidía el tribunal era monseñor Durand, obispo de Albi. De una de sus mangas asomaba un garfio de hierro y llevaba el cuello aprisionado por un manguito de cuero rígido que no dejaba libertad de movimientos a su cabeza. Pero sus ojos brillaban mientras recorrían apresurados la estancia y demostraban que su invalidez no le había acobardado.

–Fue Peire Vidal quien os dio este nombre, ¿verdad?– bromeó dirigiéndose a la interpelada, que se había puesto de pie y mostraba una dentadura poderosa entre unos labios rojos y carnosos mientras respondía en tono de desprecio:

–Ese imbécil sintió deseos de amor hacia mí, y se disfrazó de lobo. Mis perros lo dejaron mal parado...

–...¿mientras os divertíais con Ramón-Drut, el infante de Foix?– preguntó de nuevo el obispo, acechante y con malicia, y ella no tardó en responder:

–¡El infante llevaba la poesía en la punta de su lanza y no me mareaba los oídos con sus canciones!

El secretario del tribunal dejó la pluma a un lado y recitó con monotonía el protocolo del interrogatorio, en el que se confirmaba que "la Loba" ejercía sus inocentes actividades como recogedora de hierbas curativas, para desembocar en la frase satisfactoria: "...se sabe el Credo, supo recitar el Avemaría, mostró respeto ante los sacerdotes presentes, *ergo* profesa, sin lugar a dudas, la fe de la Santa Iglesia Católica."

"La Loba" miraba hacia el exterior por la ventana de la casa de piedra, nada vistosa, que se situaba en la plaza del mercado de Aigues Mortes, donde se veía junto al cadalso un poste negruzco asomando de un montón de cenizas aún calientes. Por esta vez se había salvado de un cruel destino.

–Podéis retiraros, *madame*– repitió Durand en tono cortés, –o podéis asistir al próximo interrogatorio, para que obtengáis una impresión de la lucha que sostiene la Iglesia por hacer resplandecer la verdad.

"La Loba" se sentía insegura, pero después tomó asiento. Aparte del obispo de Albi, que la había citado en aquel lugar como a otros habitantes sospechosos del entorno del Montségur, de los condados de Foix y Mirepoix, a quienes habían hecho prender en los bosques y las cuevas de los alrededores, el tribunal lo componían Vito de Viterbo, enviado de Roma, e Yves "el Bretón", delegado del rey de Francia. Había también tres dominicos que actuaban de vocales. Lo completaban un secretario y una docena de soldados del inquisidor.

"La Loba" sintió las miradas curiosas, malevolentes e incluso desilusionadas de los espectadores que tenía a sus espaldas. Se trataba casi exclusivamente de las mujeres de la guarnición y de los forrajeros y herreros del ejército que pasaban allí el tiempo sin albergar la esperanza concreta de que comenzara otra cruzada; tan sólo deseaban oír la próxima condena, mirar cómo encendían de nuevo la hoguera. ¡Había muchas personas a quienes les habría gustado verla arder!

Pero el obispo mandó desalojar la pequeña sala y el público obedeció mascullando su disgusto. Incluso los soldados tuvieron que retirarse.

El escribiente carraspeó:

–"Informe de Palermo"– resumió en pocas palabras. –"Esclarmonde de Perelha"– nadie se dio cuenta de que "la Loba" aguzaba el oído, ¿o sí hubo alguien? –"La antedicha copuló allí con el excomulgado Federico, ¡durante mucho tiempo emperador, y Anticristo merecedor de nuestra condena! Resultado: otra hija bastarda, que nació en la fortaleza ahora destruida de Satán, y que no fue bautizada. Su nombre: Isabelle-Constanza-Ramona."

–"Isabelle" significa que pretende la corona de Jerusalén; "Constanza" figura como símbolo del poder de la estirpe de su procreador unido al de la madre, pues el hecho de que ésta sea normanda establece un nexo con Aragón– detalló el obispo, –¡y "Ramona" representa la línea occitana de la parturienta!– La amargura del inválido empezó a asomar a través de sus palabras, más y más irritadas. Yves "el Bretón" se encogió de hombros asqueado y abandonó el lugar.

El secretario parecía tener prisa en dar rienda suelta a la información que tenía delante:

–"Protocolo del interrogatorio riguroso de Mora de Cucugnan, cocinera en la fortaleza de Satán y hermana de la nodriza del lugar, y conclusiones complementarias de su excelencia monseñor Durand, quien ha sido liberado por decreto especial del *secretum confessionis*"– leyó de un tirón. Los ojos del obispo se iluminaron, ávido de oír relatar el resultado de sus propias investigaciones –que tan caras había pagado–, y también "la Loba" estuvo atenta, aunque se sentía intranquila. –"Una mujer llamada Blanchefleur, cuya madre desconocida es de la nobleza francesa y cuyo padre es el mismo Federico, o sea que ella misma era ya bastarda, copuló con el último descendiente de la línea Trencavel, antes vizcondes de Carcasona, llamado Ramón-Roger III. Resultado: un bastardo masculino nacido en la misma fortaleza de Satán; tampoco fue bautizado. Su nombre: Roger-Ramón Bertrand."

–En este caso, "Roger" corresponde también al nombre de su procreador y al de ambos abuelos– se apresuró a aclarar el obispo a sus oyentes, –y lo mismo sucede con el nombre de "Ramón"; en cuanto a "Bertrand"...– el obispo parecía sostener una lucha interna, –...la verdad es que no tiene importancia– se disculpó después justificando su vacilación.

El silencio pensativo de Durand y la indignación creciente de "la Loba" se vieron interrumpidos por la conclusión furiosa que sacó Vito de Viterbo:

–Es evidente que nos enfrentamos a la intención declarada y ciertamente monstruosa del emperador germano de asestar a la santa madre Iglesia un golpe en plena cara, puesto que dicho servidor de Satán ha pretendido y conseguido mezclar su semilla con la sangre de los herejes; hoy aún mantiene el secreto, pero mañana presentará a sus crías como soberanos de un "nuevo mundo"; un mundo donde el rango de sacerdote máximo, o de sacerdotisa máxima, coincidirá con el de soberano terrenal. ¡Un papado hereje combinado con el imperio germano, por siempre y para siempre!

El obispo lo había escuchado con asombro:

–Deberíais haber presentado esta tesis ante el Concilio, Vito; ahora llegáis demasiado tarde. En Lyon todo quedó bien atado.

–Es cierto, la Iglesia y el Papa consiguieron una buena victoria. Pero el Anticristo no ha sido destruido, ¡y sus crías viven!

–¿Habéis pensado alguna vez, Vito de Viterbo– le respondió el obispo pensativo, –que también podría ser otra la interpretación? ¿Que nos enfrentemos aquí a una conspiración universal en la que Satán, ayudado por la sangre de los herejes o por auxiliares aún peores, quiera unir su semilla infame con quien ostenta todo el poder sobre el universo? Pues aunque la red imperial se extiende en este momento desde Lübeck hasta San Juan de Acre, desde Nicea hasta Zaragoza, cuando Federico vaya a parar a los infiernos tal vez sus herederos se subleven y no pretendan defender el imperio romano-germánico, sino que enarbolen otras banderas muy diferentes: ¡los ejércitos del príncipe de las tinieblas! Os lo advierto: existe un pacto secreto que extiende la mano hacia el poder. La descendencia del emperador será utilizada para otros fines: la nueva pareja de soberanos es fruto de un "gran proyecto" conscientemente puesto en práctica...

Durand se había acalorado mientras hablaba; "la Loba" se extrañó de no verlo levantarse de un salto, pues su garra de hierro dibujaba líneas extrañas en el aire. Supuso que tendría el otro brazo paralizado. Cuando el obispo se lanzó a recitar con la mirada exaltada: *Uf einem grüenen achmardi truoc si den wunsch von pardis daz waz ein dinc, das hiez der gral!*, en ese instante, "la Loba" se levantó del asiento. Sus ojos echaban chispas.

–Disparáis demasiado alto y erráis el tiro, señores: a menos que introduzcáis las costumbres y tradiciones de los faraones, vuestros futuros soberanos imperiales no se podrían casar: ¡son hermanos, hermanos gemelos!

–¡Guardias!– gritó Vito, y a su llamada acudieron inmediatamente los soldados. –¡Apresad a esta mujer!

–¡No hay necesidad!– resopló "la Loba". –¡Si no queréis que os saque los ojos, no os acerquéis! ¿Me queréis muerta o queréis mi confesión?

–¡Dejadla hablar!– ordenó el inquisidor, y Vito lo aceptó.

–El hijo de Blanchefleur nació muerto: yo misma preparé el cocimiento para provocarle el aborto. Y me entregaron el feto como pago de mis servicios.

–¡Bruja!– gritó Vito. –¡Maldita bruja!
"La Loba" se le rió en plena cara, enseñando sus dientes de fiera:
–Esclarmonde dio a luz a unos gemelos a raíz de la relación que tuvo con un mozo de cuadra que servía en el castillo…
–¡Mentirosa, desgraciada!– aulló Vito. –¡Fue el emperador!
–Ella inventó la violación por el germano porque temía la ira de su padre. Buscó mi consejo cuando era demasiado tarde; había transcurrido demasiado tiempo en el viaje. Hicimos todo lo que pudimos por destruir esa vida naciente, lo cual tuvo después sus consecuencias, pero el embarazo estaba demasiado adelantado y Esclarmonde era una mujer fuerte. ¡Los niños que buscáis son los dos bastardos infelices de la hereje, y nacieron idiotas!
–¡Acércate!– la invitó el inquisidor moviendo hacia sí la garra de hierro. –¿Quién te pagó el aborto provocado a la pequeña Blanchefleur?– le escupió las palabras a la cara de "la Loba" como una serpiente escupe su veneno. –¿Fue una señora de alcurnia?– gritó, con voz que se quebraba. –¿La llegaste a ver?– "La Loba" sacudió con orgullo su negra cabellera. –¿Llegó en un palanquín?
–No– dijo "la Loba", que permanecía serena.
–¡Fue ella, fue ella!– gritó Durand con voz estridente.
Vito hizo una señal a los soldados. Éstos se situaron, dos por la derecha y dos por la izquierda, junto al obispo que seguía chillando, y lo levantaron con la silla los cuatro al mismo tiempo. A Durand le fallaban las piernas. Se lo llevaron afuera.
–No– repitió "la Loba". –Blanchefleur no sabía que llevaba un hijo muerto en el vientre cuando me la trajeron. No inicié el aborto hasta estar segura de que la hija del castellano tendría gemelos.
Yves "el Bretón" había vuelto a entrar en la sala, atraído por la retirada espectacular del obispo. Así pues, escuchó el final del informe. "La Loba" cerró su declaración confesando sin temor:
–¡Blanchefleur no se dio cuenta, cuando despertó, de que el niño que tenía a su lado no era suyo!
–Es una infanticida que merece ser ejecutada con la espada, y es también una bruja que debe ser quemada– dijo Yves. –¡Entregádmela!
–No ha cometido asesinato alguno– respondió Vito, –y le corresponde a la Iglesia determinar si es una bruja o no– dejó a "el

Bretón" de lado y dio órdenes a los guardias de atar a "la Loba", que esta vez no se defendió.

Una vez estuvieron fuera de la sala Vito la hizo subir a su caballo y salió con ella de Aigues Mortes. Atravesaron la región florida de la Camargue sumida en un esplendor veraniego, entre arbustos de aroma intenso y bosquecillos de abedules claros, hasta llegar a una charca extensa. Vito saltó a tierra y la hizo bajar del caballo. Hasta entonces no habían intercambiado ni una palabra.

–Me quieres quitar la vida– dijo "la Loba", y el tono de su voz no era de interrogación. Vito asintió sin mirarla a la cara. Ella le tomó la delantera y fue en dirección al agua. A su paso los pájaros levantaban el vuelo.

–No eres capaz de decirme la verdad– dijo Vito, –y yo tengo que encontrar a esos niños.

–Te costará bastante trabajo– respondió "la Loba", y se quedó inmóvil.

Probablemente pasara ya de los cincuenta años, pero seguía siendo una mujer atractiva. Él se colocó detrás de ella, le rodeó el cuello con sus manos poderosas, aplicó los pulgares a la vértebra de la nuca y apretó hasta que un crujido le señaló que le había partido el hueso. A continuación ató dos piedras pesadas al cuerpo de la mujer y la arrastró aguas adentro, hasta que le llegó a las caderas. Después volvió a su caballo y se alejó trotando.

El inquisidor y sus vocales, el secretario y el protocolo que éste anotó jamás llegaron a Albi. La gente rumoreaba que unos *faidits* incitados por Xacbert de Barberá les habían dado muerte al comprobar que en su viaje de regreso ya no los acompañaba "la Loba".

LECHOS VACÍOS

Otranto, otoño de 1245

Sólo se veía luz en las ventanas altas de la parte del castillo que correspondía a las habitaciones de la condesa. Laurence estaba en su dormitorio y miraba hacia afuera, hacia el mar. Detrás de ella se atareaba Clarion en cruzar de un lado para otro de la estancia, sacando vestidos de armarios y arcones y sosteniéndolos delante de su cuerpo para probar si le irían bien; después los desechaba, los cambiaba por otros; guardaba cintas, cinturones, pañuelos y bolsos en diferentes cestas de viaje, de las que había ya un número considerable dispuestos para el transporte.

–¿Acaso piensas abandonarme para siempre?– se burló Laurence. –¡Para cumplir con tu misión de cuidadora de dos huérfanos sin nombre no necesitas llevar contigo la dote de una princesa!

Clarion no entró en el tema; mantuvo su expresión obstinada y prefirió seguir preparando el equipaje.

–En dos o tres meses a lo más tardar estarás aquí de vuelta– intentó convencerla la condesa. –Todo ese equipaje no será más que una carga; además, ¡ni siquiera tendrás ocasión de utilizar ropas tan vistosas!– Laurence se paseaba entre las cestas y los atados propinándoles algún que otro puntapié despreciativo.

Sin interrumpir su actividad, pues en ese momento estaba vaciando sus cofres de joyas encima de la cama y seleccionando el contenido, Clarion le respondió:

–En primer lugar, no soy yo quien tiene que llevar la carga, pues para eso existen los animales y los criados. En segundo lugar, te diré que aunque no pueda llevar un vestido bonito más que una única noche, ¡habrá valido la pena!

Laurence se detuvo frente a ella al otro lado de la cama. A duras penas dominaba su irritación:

–Es decir, ¿que vas en busca de marido?– Metió la mano entre los collares, los broches y los anillos y, descomponiendo la distribución cuidadosa de Clarion, cogió un brazalete de oro del montón: –¿Crees que te hice estos regalos para que puedas presumir delante de los hombres y buscar su agrado de un modo deshonesto?

–Aunque sólo le guste a uno, y sólo por una noche…– Clarion no pudo seguir hablando, porque Laurence le propinó una sonora bofetada.

Clarion apretó los dientes; sus ojos echaban chispas.

–Si algo de esto te pertenece, Laurence, te ruego que lo cojas. Yo...

–¡Tú me perteneces!– Laurence dio un salto y cayó encima de la cama como una tigresa abrazando las caderas de Clarion. La muchacha quedó tan impresionada que dejó caer las joyas que tenía en las manos y se inclinó hacia la condesa. Las dos rodaron sobre el lecho, sin prestar atención a las puntas y durezas de joyas, agujas y hebillas.

–Tú me ordenaste viajar– sollozó Clarion. –Podías habérmelo prohibido, podías haberme protegido…

Laurence la besó en los labios antes de incorporarse con un suspiro.

–No lo pude remediar. La *Prieuré* no me habría perdonado jamás una negativa.

También Clarion se incorporó y se secó las lágrimas.

–No es por mucho tiempo, Laurence, y si todos hemos de hacer sacrificios no deberíamos dificultarnos aún más la situación una a otra.

–Tú también podrías haberte negado– quiso disculparse Laurence por su apasionamiento. –No habría servido de nada, ¡pero me habrías demostrado que me amas a mí, sólo a mí!

Clarion acarició el cabello de la condesa, que buscó apoyo en ella.

–Pronto volveré a estar contigo, seré de nuevo tu amante, tu cariño, ¡tu putilla desvergonzada!– las dos se echaron a reír. –Por cierto, ¿qué pretende esa prostituta?– se acordó Clarion, y empezó a poner de nuevo orden en los cofres. –¿Por qué persigue con tanto empeño a nuestro pequeño fraile?

Laurence se había acercado de nuevo a la ventana, pero no divisó la barquita de la mujerzuela, pues el pequeño puerto ya estaba a oscuras. Sólo se veían los faros llameantes de la entrada a la bahía.

–Esa mujer exige con insolencia que le entreguemos a William, negándose a marchar sin él. Para evitar disgustos Hamo le ha permitido quedarse todavía esta noche.

–Y mañana por la mañana estaremos lejos con su amante, ¡vaya sorpresa se llevará!– remarcó Clarion, divertida.

–¡Mañana por la mañana la echaré de aquí!

Clarion, que había sido informada por Hamo del objetivo y la meta de aquel viaje, argumentó:

–Hazle saber que William ha huido con los niños para escapar de ella. Cuanto más se hable del viaje del fraile William de Roebruk, tanto antes y mejor conseguiremos nuestro objetivo. Por eso me llevo tanta ropa y tanta joya, ¡para provocar siempre que me sea posible un máximo de atención durante el viaje!

–Cariño mío, ¡eres y seguirás siendo mi pequeña puta!– Laurence abrazó a su hija adoptiva y se besaron como dos personas que están a punto de ahogarse; sus manos recorrieron con ansiedad creciente sus cuerpos. Parecían dispuestas a caer de nuevo sobre el lecho, pero Clarion se separó con un esfuerzo.

–¡Me esperan!

La condesa llamó a los porteadores y se dirigieron por los pasillos oscuros del castillo, que permanecía silencioso y sumido en la noche, hacia la puerta principal, donde también esperaba Elía con la intención de impartir a Hamo las últimas instrucciones y consejos para el viaje. Laurence se despidió de Clarion antes de llegar al rastrillo. No tenía intención de despedirse de su hijo.

En la habitación oscura donde había vivido William crujió un poco la trampa debajo de la cama vacía.

–¿William?– susurró la vocecita de Yeza. –¡William!

No hubo respuesta. Sólo la luz de la luna caía a través de la ventana enrejada. Yeza golpeó la trampilla con todas sus fuerzas hasta dar contra el colchón, y su preocupación fue creciendo hasta convertirse en miedo.

–Se ha marchado– le dijo alarmada a Roç, que la sujetaba.

–¿Estás segura?

–Cuando duerme, ronca– susurró Yeza. –¡Se lo han llevado!

–¡Vamos al barco, Yeza!– gruñó Roç. Y tiró con fuerza de las piernas de la chiquilla. La trampa se cerró de golpe por encima de sus cabezas. –Al barco– resopló el muchacho con satisfacción furiosa, –¡acuérdate de que te lo advertí!

Regresaron gateando por el pasillo hasta llegar a una abertura en el muro desde la cual podían ver el velero anclado junto al muelle. Aún no había partido.

–¡Vamos!– dijo Roç con toda su energía. –¡A nosotros no nos pueden engañar!

Y bajaron por la escalera de caracol oculta en el muro avanzando a duras penas con las manos extendidas, pues la oscuridad era completa.

–Voy a nuestro cuarto a empaquetar las cosas– dispuso Yeza con aire decidido de conspiradora. Cuando se trataba de emprender alguna hazaña o aventura siempre era ella la primera, mientras que Roç se encargaba de los preparativos y la realización. Ahora ella ordenaba:

–Tú vas a la cocina y coges jamón y manzanas. ¡Necesitaremos algo para comer!

Roç aceptó la división de trabajo propuesta y sólo dijo en tono de advertencia:

–Llévate ropa de lana y algunas mantas, de noche hace mucho frío en el mar– tenía que demostrar que también él era capaz de pensar en ciertos detalles.

–Nos encontraremos junto a la rampa donde están las cámaras de forraje, detrás de los establos– susurró Yeza. –La escalera es demasiado peligrosa; podríamos tropezar con alguien.

–Y después nos deslizaremos por el pasillo secreto y saldremos exactamente encima del barco…

–¡O caeremos al agua!– Mientras Yeza acostumbraba a demostrar, junto a su fantasía y a su buena disposición para inventar algún truco, también cierta sana desconfianza, Roç solía transformarse conforme adelantaba la hazaña de investigador atento y persistente en un atrevido e impetuoso aventurero. Ahora bien, ninguno de los dos era miedoso.

–Al agua, no– dijo Roç.

–¡Pero si nunca hemos llegado hasta abajo!– insistió Yeza.

–¡No importa, lo sé muy bien!– Roç se mantenía en sus trece.

–Sé que es peligroso, igual que ahogarse– pretendió tranquilizarlo Yeza. –¡Por eso nos gusta tanto!– y soltó una risa clara y divertida en medio de la oscuridad. –¡Sobre todo porque no se enterará nadie!

Roç tenía alguna reserva:

–¡Pero tenemos que decírselo a William! ¡Es él quien nos tiene que esconder!

–¡Tonterías!– dijo Yeza. –Primero nos escondemos nosotros mismos en el barco; y cuando estemos en alta mar, ¡salimos y nos presentamos a William para darle una sorpresa! ¡Ya verás que contento se pondrá!

Roç sabía que era inútil llevarle la contraria.

–¡Tenemos qué darnos prisa, pues es capaz de marcharse sin nosotros!

Siempre era él quien tenía la última palabra. Los dos niños pusieron manos a la obra.

EL PALANQUÍN

Otranto, otoño de 1245 (crónica)

Ya pasaba mucho de la medianoche cuando nos pusimos en camino. Acababa de despertarme cuando mi palanquín se puso en movimiento. Vi que una joven entraba en el otro y supuse que sería Clarion, hermanastra de Hamo o al menos bella hija adoptiva de la condesa.

Le tendieron después dos bultos, lo que me recordó la forma en que Yeza y Roç habían salido en su día de la choza de "la Loba". Ahora, que conocía a los niños, sabía que se habrían negado en redondo a consentir que los empaquetaran de aquel modo ¿Cuándo los volvería a ver? Había adquirido la plena certeza de que no era aquélla la última vez que se habían cruzado nuestros caminos. Francia quedaba muy lejos, al igual que su devoto rey e incluso el Montségur. Si los niños no me lo hubiesen recordado –la verdad es que para ellos la pérdida de su madre seguía siendo un problema– yo ya lo habría olvidado hacía tiempo. Me había sumergido en una nueva vida, era otra persona que, por casualidad, llevaba el mismo nombre. De un modo extraño me encontraba bajo la protección de Dios, aunque le servía menos que antes jamás en mi vida; apenas rezaba ya ni me preocupaba de su existencia y, sin embargo, Él me concedía placeres que no me provocaban arrepentimiento alguno y que, sobre todo, me daban seguridad en mí mismo.

Mirándolo bien, de todos modos tenía pocos motivos para mostrarme tan confiado. Con toda seguridad me esperaba un viaje lleno de fatigas, cargado de aventuras que aún eran una incógnita. Nuestra próxima meta era Lucera. Allí cambiaríamos los soldados de la condesa que ahora nos acompañaban por tropas de la guarnición sarracena, con el fin de no dejar a Otranto sin defensores. Los sarracenos nos llevarían hasta Cortona, hacia donde Elía había despachado ya instrucciones para que nos prepararan un primer descanso.

–Para entonces habremos dejado atrás la parte más peligrosa, la travesía de los Abruzos, una región muy insegura donde los papales y los imperiales se atacan unos a otros y se entretienen en constantes escaramuzas. Los demás puertos de montaña que siguen, al cruzar los Apeninos y después los Alpes, están firmemente en manos del emperador. ¡De momento, no hablaremos de las incertidumbres que provoca la actitud de los lombardos!– Hamo había guiado su caballo junto a mi palanquín apenas dejamos Otranto atrás. Tuve la sensación de que estaba bastante contento de tener en mí a un interlocutor comprensivo y experto viajero, sin verse obligado a representar el papel de comandante superior y omnisapiente que interpretaba ante los soldados a su mando, algunos de ellos ya entrados en años.

Había un sargento sencillo, un viejo con aspecto de pirata y piernas torcidas, Giscard d'Amalfi, en quien Hamo confiaba mucho. El normando había servido ya al difunto conde como marinero, y había navegado por todos los extremos del Mediterráneo antes de echar el ancla en el castillo de Otranto y convertirse en maestro de armas de la condesa.

–Giscard es un genio cartográfico; las tierras y los desiertos están grabados en su cabeza como otros guardan en la memoria la *Eneida* de Virgilio; con pocos trazos te dibuja en la arena ríos, montes y pasos, carreteras y puertos de montaña, y las proporciones y distancias siempre son exactas, ya lo comprobarás tú mismo– elogiaba Hamo a aquel hombre.

De todos modos, muy pronto resultó que su defecto era el de creerse capaz de realizar cualquier cosa que se propusiera; cualquier locura le parecía normal, cualquier disparate un envite. La demencia ondeaba sobre su cabeza como una bandera y, lo que era peor, se propagó por el joven cerebro de Hamo como un puñado de pulgas.

Yo me encontraba en una situación difícil: por un lado era prisionero, y por otro el destino tenía previsto que colaborara en todo cuanto pudiera sucedernos. No quería confiar en Hamo, porque sus actuaciones me parecían determinadas por un orgullo lesionado y una vanidad insensata; además carecía de experiencia para la ruda realidad de una empresa guerrera y también de todo sentido. El sargento en cambio se las sabía todas; la guerra era su oficio, pero por desgracia buscaba aventuras incluso allí donde la suerte no las había previsto.

Si hubiese podido mantenerme al margen de todo me habría sentido como un grano de cereal entre dos piedras de molino. De este modo al menos habría podido creer que mi consejo sería como el agua que lubrica una u otra piedra. Pero como había decidido no huir de aquella empresa tampoco estaba dispuesto a jugar en ella el papel de un asno indiferente.

Consideré que la comodidad del palanquín era un primer premio por mi actitud positiva. No me preocupaba el resto de detalles que se referían a mi bienestar personal. La vida de un prisionero es con toda seguridad más horrible cuando se pierde la esperanza y la individualidad y se convierte uno en parte de una masa gris. Pero una vez superada tal situación es posible recibir respeto y atención, y entonces el buen trato es en realidad una consecuencia lógica. De modo que yo era perfectamente capaz de imaginarme que podría pasar el resto de mi vida en calidad de prisionero especial. Sólo hay peligro cuando se apaga el interés de tus superiores por tu persona, porque entonces te dejan caer del todo, incluso en la muerte, mientras que si sigues perteneciendo al ejército gris de la masa sin nombre siempre persiste la oportunidad de sobrevivir. Pero, ¿qué clase de vida sería ésa?

De madrugada pasamos delante de las murallas de Lecce. Los campesinos que acudían al mercado se quitaban la gorra para saludarme…

UN MAL DESPERTAR

Otranto, otoño de 1245

–¡Los niños! ¡Han desaparecido los niños!

La condesa fue arrancada de un profundo sueño por los lamentos y los gritos de camareras y criadas. El sol lucía alto en el cielo. Saltó de la cama, empujó a un lado a las mujeres que se ocupaban de su vestuario, le preparaban el baño y la ayudaban a vestirse, y corrió hacia la habitación de los niños. Vio que faltaban las mantas de las camas y también alguna ropa.

–¿Qué hacéis ahí paradas?– les gritó a la cocinera, la nodriza y la gobernanta. –¡Buscadlos!

Hizo llamar a los guardias, pero nadie había visto aquella mañana a los niños. Dejó entrar a los soldados en los jardines interiores y en aquellas partes del edificio que habitualmente les estaba prohibido pisar.

Se presentó Crean; quiso despertar de inmediato a Tarik, pero la condesa no aprobó la idea.

–¡Tengo una sospecha horrible!– le confió Laurence cuando volvieron a estar a solas. –¡Dios ha querido castigarnos!– A la condesa le temblaba todo el cuerpo: –¿Creéis posible, Crean, que los niños, quiero decir los verdaderos, fueran cambiados por los falsos?

Crean sacudió la cabeza, pero era difícil tranquilizar a Laurence.

–¿Habrá llegado Hamo tan lejos como para robarme no solamente a Clarion sino también a los niños?

–¡De ningún modo! Creo que deberíamos preguntar de momento a las cuidadoras encargadas de ellos.

Pero ese interrogatorio trajo pocas pistas significativas.

Crean llegó a la conclusión final de que, según todos los indicios, cuando los niños fueron llevados a dormir a la hora acostumbrada se habían mostrado extrañamente dóciles, como narró bañada en lágrimas la nodriza, que siempre iba a arroparlos e intentaba sin éxito rezar con ellos, lo que, sorprendentemente, sí había conseguido ayer.

La condesa le dijo en un aparte:

–Vos habéis estado esta noche al cargo de todo. ¿Creéis que hubo la más leve posibilidad de que alguien cambiara unos niños por otros?

–No– dijo Crean sin reflexionar siquiera. –Hamo hizo venir a los niños de recambio ayer noche al castillo. Con la cena les administraron un potente somnífero. Él fue quien guardó la llave del gabinete donde dormían, ¡y esa estancia estaba ahora vacía!

Laurence estaba furiosa consigo misma por no haber vigilado personalmente la partida. ¿Quién controló a los niños envueltos que fueron tendidos a Clarion una vez sentada ella en el palanquín? ¡La condesa sí había seguido el proceso desde una de las ventanas!

–He interrogado a las cocineras que los sacaron de la cámara de forraje– dijo Crean. –Les habría llamado la atención cualquier cambio o error...

–A menos que estén conchabadas con...

–¡...con los niños!– Crean tuvo un momento de inspiración. –¡La clave está en los niños! Adoran a William. ¿No se les ocurriría irse con él...?

La condesa estaba furiosa, sus ojos llameaban:

–¿Y quién más querrá irse con ese fraile tan feo? Primero llega ese mamarracho de prostituta...

–¡Un momento!– exclamó Crean. –¿Acaso sigue esa mujerzuela en el puerto?

–¡Espero que haya marchado a toda vela!– resopló Laurence. –De no ser así, ya me ocuparé yo de que...

–¡Al revés, debéis rezar porque aún esté aquí!– la interrumpió Crean. –¡Tal vez esté ahí la solución del enigma!

–¡Guardias!– gritó la condesa, apresurándose a seguir a Crean, quien recorría ya los pasillos hacia la escalera que conducía al puerto. –¡Por aquí!

Se lanzó a la cabeza de todos ellos aunque todavía seguía en camisón, pero al menos la camarera pudo arrojarle un manto encima. La nodriza, la camarera y la gobernanta corrían excitadas detrás.

Ingolinda había dormido bien, y al despertar en su cama en la carreta albergaba una sola esperanza: poder abrazar también hoy a William. Aunque, desde luego, se había dado cuenta de que habría ciertas dificultades que vencer.

No le importó el hecho de que apenas la hubo dejado William entrara media docena de soldados en su refugio, satisficieran apresurados su deseo con ella y después, acompañando sus gestos con rudas bromas, la levantaran entre todos hasta meterla por una trampilla empujándola hacia una rampa de forraje. Llevaba un montón suficiente de heno debajo del trasero, de modo que no atrapó ninguna viruta sino que aterrizó limpiamente en el muelle, delante de su carguero. ¡Cuántos pequeños obstáculos hay que superar en esta vida! Pero se podían olvidar, pues en nada mermaban la grandeza de su amor.

Se estiró y salió trepando de la caja. Sus marineros la saludaron con alguna que otra palabrota desvergonzada; le tenían confianza y ella les devolvía sus comentarios con creces. Pero sus pensamientos estaban con William.

Precisamente quería bajar del barco al muelle cuando vio que se abría un portal en la roca que conducía a la fortaleza y se armaba un gran revuelo.

La condesa salía de allí a toda prisa acompañada de Crean, el único personaje que le había dispensado un trato correcto; y detrás venían los guardias y algunas mujeres que parecían enloquecidas.

–¿Dónde están los niños?– la interpeló la condesa, furiosa. –¡Los tenéis secuestrados!

Ingolinda no se dejaba atemorizar tan fácilmente por un pajarraco envejecido, aunque la expresión de la excitada dama de alcurnia ataviada sólo con camisón que la interpelaba le hizo tomar ciertas precauciones.

–Ya que venís acompañada de un séquito tan numeroso, señora condesa, ¡también podríais haber traído a William con vos!

Laurence tuvo que hacer un esfuerzo; es decir, Crean tuvo que sujetarla para que no se tirara al agua en un intento de estrangular con sus propias manos a aquella insolente.

–Estamos buscando a los niños– intentó explicar Crean. –¿Tal vez ellos pensaron que William estaba con vos…?

Ingolinda parecía no entender el mundo, o bien se hacía la inocente. La verdad es que desplegaba para ello un talento considerable.

–¿Qué niños?– preguntó. –Yo no tengo hijos. Y en cuanto a William, ¡sabéis demasiado bien que no puede estar aquí conmigo!

–Eso es verdad– concedió Crean. –La verdad es que tampoco pretendemos verlo a él precisamente…

–Pues yo sí– Ingolinda irradiaba un fuerte espíritu combativo y ahora comprobaba que había hecho bien en no bajar del barco. –¡Dadme a mi William y seguiremos hablando!– se atrevió a exigir.

–¡Inspeccionad la nave!– ordenó la condesa.

Los guardias se abalanzaron sobre las cuerdas para atraer al carguero al muelle, mientras los marineros los observaban sin atreverse a emprender la defensa, hasta que finalmente el casco dio contra las rocas. Los soldados saltaron a bordo.

–¡No encontraréis nada!– se indignó Ingolinda, quien miraba tranquila las maniobras y se sentía muy segura.

–¡Aquí están los niños!– se oyeron las voces de algunos soldados que se habían introducido bajo cubierta. Y poco después volvieron arrastrando a Yeza, medio dormida, y a Roç, que repartía enfadado golpes al aire.

Ingolinda se llevó un buen susto. Mientras los niños eran trasladados a tierra pasándolos por una cadena de brazos y manos hasta que la nodriza y la gobernanta, profundamente avergonzadas, los pudieron recibir y alejarse con ellos, Laurence fijó su mirada en la prostituta.

–¡Podría haceros castigar a latigazos!

Ingolinda enderezó el cuerpo.

–¿Acostumbrabais hacerlo así cuando erais abadesa?– contestó resistiendo la mirada de la otra.

Sus palabras tuvieron efecto. Laurence exclamó:

–¡Idos al diablo!– y le volvió lentamente la espalda. –¡Procurad que desaparezca de mi vista!– se dirigió con aire cansino a Crean. Parecía envejecida en varios años. Seguida por las mujeres que aún la rodeaban se dirigió al portal de la roca. Ingolinda le gritó a Crean en voz tan alta que la condesa no tuvo más remedio que enterarse:

–¡No marcharé antes de que me haya devuelto a mi William!

Y seguía allí con las manos apoyadas en las caderas. No es mala mujer, pensó Crean antes de pasar a informarla de lo que creyó significaría para ella una gran desilusión.

–William salió de viaje esta noche– le dijo. –No tiene sentido esperar– bajó un poco la voz, porque la mujer le daba lástima. –Por otra parte, la condesa no dudará en disparar sus catapultas contra vos, y os aseguro que ajustan muy bien el tiro. Aunque vos no perdáis la vida, ¡sí podría zozobrar la barca con todos los hombres que transporta!

Los marineros, que también habían oído sus palabras, se dispusieron rápidamente a zarpar. Ingolinda se retiró llorando a su carreta de prostituta.

VI

CANES DOMINI

EL LOBO SOLITARIO

Castel del Monte, otoño de 1245 (crónica)

Mi palanquín se balanceaba como un barco sobre alta mar. Los jinetes azuzaban a los caballos; también a aquéllos que, algo más adelante, tiraban del otro en el que viajaban Clarion y los niños. Por un lado yo estaba contento de no tener que enfrentarme a esas criaturas, pues la idea de tratar sus jóvenes cuerpos como si fuesen muñecos me parecía indigna y me tenía disgustado. Pero aún más me enfurecía el hecho de que todo ese montaje me impidiera arrojar una mirada sobre la bella Clarion. Hamo, montado a caballo, se empeñaba en dar vueltas alrededor de nuestro grupo como un perro pastor nervioso cuidaría de su rebaño de ovejas y procuraba que, de momento, la muchacha no fuese vista por nadie; las cortinas del palanquín seguían bajadas. Así pasamos por debajo de los muros de la fortaleza Goia di Colle, cuando Guiscard, el de las piernas curvas, se retrasó hasta quedar a la altura de Hamo y de mis porteadores.

–No miréis– dijo en voz baja, –pero desde allá arriba, desde la colina, nos está observando un jinete que nos viene siguiendo desde hace algún tiempo– A pesar de ello volví mis ojos lentamente en la dirección señalada y pude ver la silueta oscura de un hombre a caballo, envuelto en una capa negra, que observaba inmóvil cómo avanzaba nuestra comitiva a sus pies. Su estatura era imponente y de su figura emanaba un aura inquietante. Recordé que, en mis sueños más oscuros, aquel hombre ya se me había aparecido alguna vez. ¿Humo, fuego? Inconscientemente tracé la señal de la cruz.

–¿Tú crees, Guiscard– preguntó Hamo en tono burlón, pues también había arrojado una mirada con el rabillo del ojo sobre aquel hombre, –que un espía del Papa se atrevería a entrar en

Apulia, donde puede estar seguro de ser colgado de la primera rama si cae en manos de los imperiales?

–Ese hombre no es un espía corriente– contestó el de Amalfi. –Lleva vestiduras de inquisidor, ¡y no parece tenerle miedo ni a Federico ni a otros demonios!– Se echó a reír. –Señor, vos queríais que llamáramos la atención; pues bien, ya lo hemos conseguido.

Miré una vez más hacia arriba y vi que el jinete había desaparecido. Aunque no era la primera vez que se cruzaba en mi camino –y se me cruzaría aún otras veces–, cosa que yo entonces no sabía, fue en ese momento cuando su imagen siniestra quedó grabada en mi mente. Si Hamo parecía un perro joven y nosotros representábamos las ovejas, Vito no podía ser otra cosa que el lobo malo. Pero teníamos con nosotros a Guiscard, el espadachín de Amalfi que la condesa nos había cedido muy a pesar suyo para que nos acompañara en la empresa. Su rostro cruzado de cicatrices daba testimonio de las múltiples y enrevesadas experiencias por las que habría pasado a lo largo de su vida, y parecía, además, que nuestro viaje iba despertando en él un interés creciente.

–Ahora deberíamos tomar rumbo hacia el oeste– advirtió a Hamo, pero éste no quería dejarse aconsejar.

–Tomaremos el camino más breve hacia Lucera– le ordenó al de Amalfi.

–Vos tenéis el mando– convino Guiscard, y volvió a separarse de nosotros. Sin embargo, mientras se alejaba dijo aún: –¡Estáis obrando exactamente tal como espera el enemigo!

Hamo calló. Quise interceder sin causarle enfado:

–Considerad los consejos de ese viejo guerrero como un regalo y no como una humillación: ¡la fama siempre será vuestra!– Mis palabras hicieron su efecto. Hamo espoleó su caballo y se puso a la cabeza de nuestra comitiva, probablemente porque no deseaba que sus decisiones tuviesen algo que ver conmigo.

Poco después torcimos hacia Altamura y al atardecer siguiente llegamos al Castel del Monte, una fortaleza que el emperador hacía construir en los bosques de Monte Pietrosa, donde tenía uno de sus cotos de caza preferidos.

Por entonces yo había recorrido ya gran parte de lo que constituye nuestro mundo, pero pocas veces había gozado de una visión tan espléndida. El castillo se asienta sobre una colina como una corona que alguien acaba de retirar de sus sienes, y parecía que en cualquier instante el emperador pudiese pasar por allí al galope y recogerla con su guante de cazador para depositarla después en cualquier otro lugar y disfrutar de ella. La fortaleza es en realidad un pabellón de caza fortificado, destinado al placer y al recogimiento; su forma de octaedro –el ocho es el número de la perfección, como me reveló en su día el hermano Humberto– revela una armonía perfecta, resaltando en cada esquina una torre incorporada al trazado de la muralla. El edificio no tiene más de dos plantas y revela una noble sencillez; se agrupa en torno a un patio interior cuya base contiene una gigantesca cisterna. Pero no fueron sólo los detalles arquitectónicos, las escaleras de caracol, el perfecto equilibrio de los espacios carentes de todo adorno que daban ejemplo de una estética pura en sus dimensiones y su número –¿cuándo volvería a ver jamás una obra así?– lo que inundó mi espíritu de devoción a la vez que hacía saltar mi corazón de gozo: era la nobleza en su expresión más pura la que nos hablaba desde aquellos muros cuando los vislumbramos de lejos.

Ya atardecía cuando conseguimos ascender, tras obtener el permiso un tanto preocupado y reticente del maestro de obras, por unas escaleras que nos llevaron a lo alto de uno de las ocho torres gemelas. Eramos tres: Hamo, yo y el viejo Guiscard. Nuestros ojos recorrieron las colinas del paisaje circundante. Allí lo volvimos a ver. Debajo de los árboles que bordean la orilla del lago el jinete creía poder sustraerse a nuestras miradas.

–Nos hemos desviado demasiado del camino– refunfuñó Hamo. –¡Todo para intentar despistar a ese ángel de la guarda que nos envía el Papa!

–Es el primer paso hacia el éxito– observó el viejo con sequedad. –Si os dignáis concederme uno o dos vasos de vino, joven señor, os expondré mi plan.

La oscuridad caía con creciente rapidez, por lo que descendimos al patio del castillo donde entre los guardias del emperador, los jinetes de Elía y nuestro grupo de Otranto, los albañiles, carpinteros y picapedreros habían encendido varias hogueras, mientras acudían pescadores y campesinos de los alrededores para ofrecer sus mercancías y empezaban a circular los cuencos de vino. Cuando finalmente se hubo aplacado la desconfianza inicial del comandante, generada por el malentendido de una ruta bastante desviada entre nuestro lugar de procedencia y nuestra supuesta meta, nos permitió pasar la noche entre aquellos muros; incluso señaló a Hamo una estancia cubierta a la que pudimos retirarnos. Su amable ofrecimiento de encargar a algunas de sus gentes que apresaran a nuestro perseguidor fue rechazado por Hamo con expresión un tanto confundida, y como la explicación que dio no parecía del todo satisfactoria intervine yo y rogué que renunciaran a colgar al espía del Papa de una de las torres inacabadas, aunque con ello se perdiese la ocasión de dar una alegría a los hombres del emperador. El comandante lamentó nuestra decisión, pero nos hizo traer una jarra de vino y se retiró.

Guiscard felicitó a nuestro joven conde:

–Habéis hecho bien en no acallar definitivamente la lengua que debe dar testimonio de nosotros en Roma. ¡Poseéis todo el talento que se necesita para ser un gran caudillo!

Hamo sonrió algo avergonzado y yo añadí un poco más de aceite al candil:

–Señor, aceptad el consejo de un soldado experto y tomadlo en serio: es un hombre que sigue vivo, con lo que demuestra saber muy bien cuándo hay que exponer la cabeza y cuándo aprovecharla para pensar, ¡o también esconderla bajo el ala!

–Son tiempos inseguros– me apoyó Guiscard satisfecho de mis palabras, –¡los puñales y las bolsas andan muy sueltos!

Hamo lo invitó a exponer sus planes, ávido de informarse: –Hablad, ¡no saldréis perjudicado de esto!

–Mañana por la mañana podríais enviar a nuestra gente de Otranto hacia Lucera, para que desde allí parta una compañía de sarracenos en dirección a Rieti...

–¿Y nos quedamos nosotros sin protección?– le interrumpió Hamo impetuoso.

–¡Nos quedamos con los soldados de Elía!– El viejo bravucón no perdía el hilo, y he de decir que también a mí me interesaba conocer sus planes. –Mañana se procederá aquí a un cambio de guardia, por lo que un grupo de soldados imperiales, con sus correspondientes armas, marchará camino de Benevent...

–Ah, ¿pero os queréis acercar al mar?– Hamo desconfiaba del proyecto, aunque la perspectiva empezaba a gustarle.

–Vos, joven señor, debéis tomaros todo el tiempo que podáis, sólo yo debo apresurarme, ¡pues quiero adelantarme a vos y prepararlo todo!

–Os echaremos de menos, Guiscard– dije, y ésa era en efecto mi opinión, pues si me quedaba solo con Hamo, que era como un joven perro pastor, no sabía qué locuras se le podrían ocurrir más bien por indecisión que por ganas de aventura.

–No tenéis más que seguir mi plan– intentó tranquilizarme el de Amalfi, y se dirigió de nuevo a Hamo: –Antes de partir debéis ordenar a los soldados de vuestra madre que den una batida. Nuestro siniestro y desconocido amigo debe tener la sensación de que quieren darle caza. No lo cogerán, pero sí irritarán a ese lobo solitario. A mí me basta con escapar en dirección a la costa sin que llegue a darse cuenta. Porque después de algún tiempo, o incluso muy pronto, nuestra sombra comprenderá, con gran disgusto, que ha sido engañado con un truco, se deshará de sus perseguidores, e intentará volver junto a vos…

–¿Y hacia dónde queréis que marchemos nosotros?

–Debéis cabalgar en zigzag, a ratos en dirección a Benevent, a ratos en dirección a Salerno, como si desearais sacudíroslo de encima, lo cual aún le irritará más y afectará a su orgullo. Sus nervios estarán tensos...

–¡Y los míos también!– resopló Hamo con un ligero tono de desánimo. –Decid de una vez: ¿hacia dónde iremos?

–Cuando hayáis alcanzado, avanzando a trote lento, la ciudad de Salerno, os separaréis de las tropas imperiales, clavaréis las espuelas en los caballos y a marchas forzadas alcanzaréis Amalfi. ¡Allí subiréis de inmediato al barco que os tendré preparado y saldremos sin pérdida de tiempo y a toda vela!

–¿Y crees que con eso habremos despistado a quienes nos persiguen?– objetó Hamo, aún desconfiado.

–Si es ésa vuestra voluntad, joven señor– dijo Guiscard, –jamás lo volveréis a ver. Os aseguro que las morenas de nuestra bahía no dejarán ni un trozo del caballo ni del jinete para dar testimonio de su existencia. ¡Sólo depende de nosotros!

–¡Me parece demasiado simple y también me parece apresurado!– respondió Hamo excitado. –Yo quería dejar una pista por todo el país para que en Roma se les gastara la lengua hablando de nosotros…

Los ojos grises del normando Guiscard adquirieron un brillo especial.

–Os agradezco, joven señor, el reto que me habéis planteado, y lo acepto con mucho gusto. En ese caso navegaremos alrededor del cabo de Sorrento y nos esconderemos allí. Nuestro amigo alquilará el próximo barco que le venga a mano –un trato que, por cierto, le saldrá caro– y emprenderá la persecución. Navegará hasta Ostia, sin descansar ni de día ni de noche, pues se verá presa del pánico; sacará la flota papal del puerto del Tíber y formará una barrera entre Civitavecchia y Elba para asegurarse de que no pisamos la Toscana o escapamos en dirección a Pisa. Además azuzará las tropas papales a lo largo de Casia para formar una segunda barrera entre Viterbo y Orvieto, pues supondrá con toda razón que queremos alcanzar cuanto antes la región de Perugia, que es fiel al emperador, o bien llegar a Cortona, donde también Elía sigue las consignas imperiales…

–¿Y cómo queréis que consigamos llegar hasta allí?– intervine algo asustado, pues yo al menos conocía aquellas tierras de las que se estaba hablando, mientras que Hamo jamás había pasado de Nápoles, hasta donde acompañó en cierta ocasión a su madre. Todo cuanto quedaba más allá le era tan ajeno como el helado mar del Norte o el océano que se extiende detrás de Dchebel al-Tarik.

–Navegaremos por el Tíber hasta la misma Roma, ¡hasta el puerto de Ripa, junto a la isla de los Leprosos!

Me quedé sin habla.

–¿Roma?– Hamo estaba admirado, el plan empezaba a gustarle como si fuese fruto de su propio ingenio. –¡Pasar por Roma! ¡Atravesar la misma cueva del león!

El viejo Guiscard estaba más que contento al ver que su golpe de mano, al estilo de los viejos vikingos, hallaba tan buena acogida:

–En ningún lugar esperan menos vernos aparecer, y cuando alguien formalice sus sospechas, ¡ya estaremos camino de Rieti, atravesando los montes Tiburtinos!

–Donde nos esperan los sarracenos– añadí, aunque sólo fuese para demostrar que era capaz de seguir el hilo de la conversación.

–Ellos constituyen nuestra reserva y sólo deberán intervenir si nos persiguen. ¡En el peor de los casos, habrá que sacrificarlos para alcanzar, a sus espaldas, Spoleto, Perugia y después Cortona!

–¡Así lo haremos!– nos ordenó Hamo, convertido en un gran caudillo aunque no dominaba ni mucho menos la situación.

Aquel golpe de mano romano le había llegado al alma. Yo no las tenía todas conmigo cuando pensaba que debía desfilar bajo los muros del Castel Sant'Angelo. Y también pensé en la figura siniestra de nuestro perseguidor, que no daba la impresión de dejarse engañar así como así. En mi oración nocturna incluí un ruego al Señor para que lo castigara con la ceguera.

De cualquier modo, la táctica del viejo corsario amalfitano también me convencía: enseñar el paño rojo al toro, picarlo, irritarlo, destrozar sus nervios hasta que echa espumarajos de rabia e impaciencia por la boca, con lo que disminuye la agudeza de sus sentidos hasta que se debilita y tan sólo espera ya una cosa: que suceda algo, que se presente alguien sobre quien poder abalanzarse. Una vez agotado también este último impulso puede aplicarse la estocada, rápida y cortante como un rayo de sol. Su último encabritamiento acabaría en un vómito de bilis amarilla, pues el equilibrio sano de su mente ya habría quedado desconectado y destruido mucho antes. En su último acaloramiento cometería error tras error, mientras nosotros recogíamos, con la mente fría y sin ser molestados más, los frutos de la victoria. ¡Amén! Nos fuimos a dormir.

Desperté a medianoche al oír unas voces que llegaban desde fuera.

–¡El emperador! ¡Han destituido al emperador!– Guiscard se acercó a nosotros. –El concilio del Papa en Lyon ha despojado a Federico de sus títulos y dignidades. Sólo que al germano eso le importará un comino...– Volvió a arrastrarse al rincón donde dormía: –Son como perros que ladran a la luna...

–...mientras la caravana sigue su camino– añadió Hamo. –¡Buenas noches, señores!

Yo seguí despierto bastante tiempo. No estaba tan seguro de que aquel suceso careciese de toda importancia para nosotros...

EXCOMUNIÓN Y CONDENA

Jesi, otoño de 1245

Elía de Cortona no consiguió reunir una escolta en Lucera ni pudo hacer una leva en los alrededores, y se encontraba privado también de sus propios soldados. Todos los hombres de Apulia, fieles seguidores del emperador, permanecían al acecho en sus fortalezas, a la espera de los acontecimientos.

Por tanto, el *bombarone* se unió a una partida que se disponía a navegar por el mar Adriático en dirección al norte bajo el mando de uno de los almirantes de Federico para asegurarse el puerto de Ancona, tan importante para el imperio. Allí estarían cerca de una de las fronteras del Patrimonio de San Pedro, y el *bombarone*, desoyendo todas las advertencias, abandonó el ejército imperial en ese lugar y en compañía de unos pocos hombres para intentar llegar hasta Cortona.

Aún no había penetrado mucho en el interior, precisamente estaban atravesando la ciudad de Jesi, cuando apareció por la calle que desemboca en la Piazza della Signoria un grupo de gente armada: ¡tropas papales! Los jinetes formaban un apretado círculo en torno al carruaje de un legado del Papa.

Mientras ambos grupos de hombres frenaban sus caballos y sus puños agarraban la lanza y la empuñadura de la espada, el legado descendió del carruaje sin mostrar temor alguno. Elía lo reconoció de inmediato:

–¡Lorenzo de Orta!– Éste, a su vez, lo saludó:

–¡Mi general!– Y sin considerar la extrañeza provocada entre sus acompañantes –frailes franciscanos y soldados que ostentaban las llaves en su escudo– emprendió a pie el recorrido a través de la plaza vacía dirigiéndose sin más al grupo reunido en torno al odiado banderín imperial.

Elía bajó a su vez del caballo y fue con pasos comedidos, sin descuidar la dignidad, al encuentro del pequeño fraile. Ambos se sintieron repentinamente inseguros de quién debía hacer una reverencia a quién: el sencillo fraile a su, aunque destituido, "ministro general" o el minorita Elía, aunque excomulgado, al legado del Santo padre, por lo cual se quedaron uno frente al otro, mirándose desconcertados.

–Voy camino de Tierra Santa– rompió Lorenzo el silencio y miró francamente al rostro de su interlocutor. –Embarcaré en Ancona.

–De allí vengo precisamente– le respondió Elía, –y no estoy muy seguro de que un legado del Papa sea bien recibido ahora. ¡Ese puerto está firmemente en manos del emperador!

Lorenzo arrojó a Elía una mirada de desasosiego, además de interrogante:

–Vengo de lejos, de Lyon. Os estuvieron esperando varios días y finalmente os excomulgaron. Supongo que eso no os preocupa.

Elía no era una persona que demostrara sin más sus emociones, y mucho menos su perplejidad. Habría subido al cadalso con la misma expresión melancólica que muchos tachaban de arrogancia.

–El Papa ya lo intentó el año pasado, cuando murió mi sucesor, el inglés Aimone. Inocencio convocó rápidamente, creyendo tener en sus manos todo el poder, un capítulo general en Génova. En aquella ocasión aún tuvo que aceptar mi escrito exculpatorio...

–¡Esta vez no hubo perdón para el notorio amigo del germano!

–¡Tampoco es la primera vez que me sucede!– una sonrisa triste recorrió los finos rasgos de Elía.

–Pero supongo que será la última– lo consoló Lorenzo. –¡Esta vez incluso os han expulsado de la Orden!

El *bombarone* se indignó:

–¡Nadie en este mundo puede retirarme mi ordenación como sacerdote! Ya veremos quién es mejor cristiano...

–El *Pontifex maximus* se arroga el poder de decidirlo: ¡ha destituido al emperador!

Elía respondió con voz cansada:

–Era de esperar, y sin embargo, ¡me parece una barbaridad! Pero contadme qué otras ocurrencias ha tenido en esta ocasión Sinobaldo di Fieschi.

–Veo allá el banco y la mesa de una taberna– dijo Lorenzo; –dejad que humedezca mi voz y brinde, aunque sea en voz muy baja, por Federico, que ha comentado toda esta farsa con una frase perfecta: "Le doy las gracias a ese sacerdote a quien hasta ahora he tenido que honrar, ¡pues a partir de este momento ya no tengo ninguna obligación de amarlo, venerarlo ni mantener la paz con él!"

–¡Brindemos con ese mismo motivo, Lorenzo!– dijo Elía, y ordenando cada uno a su séquito que desmontaran en extremos opuestos de la plaza se dirigieron los dos solos a la mesa.

–El señor Sinobaldo hizo su entrada con toda la *innocentia* de que como hipócrita dispone cuando se trata de imponer su voluntad. No se presentó más que una tercera parte de los prelados: los alemanes, los húngaros y los sicilianos estuvieron ausentes, excepto el arzobispo de Palermo, que acudió a defender al emperador. A la derecha del Papa se sentaban el emperador latino Balduino, que carece de todo poder; Raimundo VII de Tolosa, que ha perdido su condado, y el conde Raimundo-Berengar de Provenza…

–¡…a quien el señor ha castigado dándole cuatro hijas que pretenden todas ser reinas!– lo interrumpió Elía, y levantaron las copas para brindar.

–A su izquierda– prosiguió Lorenzo, –los patriarcas de Constantinopla, de Aquilea y de Antioquía…

–¿De modo que ese barbudo borracho aún consiguió llegar a tiempo al Concilio?– El *bombarone* estaba disgustado, y Lorenzo tuvo el buen olfato de callar, ocultando que él mismo había sentido finalmente lástima del anciano y lo había acompañado desde Cortona hasta Lyon. Se apresuró a cambiar de tema:

–El señor Papa pronunció un sermón lamentable, en el que no se avergonzó de comparar sus sufrimientos con las heridas de Cristo en la cruz: los estragos causados por los tártaros; el cisma de los griegos que, en su insolencia, no reconocen su superioridad; el mal de la herejía, que pretende saber cómo debe comportarse un verdadero cristiano, y, finalmente, la conquista de Jerusalén…

–¡Como si no hubiese sido precisamente la curia quien ha impedido, y sigue impidiendo, que el emperador acuda en ayuda de Tierra Santa organizando una cruzada!– interrumpió Elía el relato, y Lorenzo asintió.

–Finalmente, su Santidad rompió a hablar del problema que más afecta a su corazón cegado de odio: la enemistad con el emperador. Como si alguien hubiese abierto las esclusas de la cloaca máxima, cayó una marea de insultos sobre el germano: ¡Los sarracenos de Lucera! ¡El harén que tiene en Palermo! ¡El matrimonio de su hija con el emperador cismático de los griegos! Una unión que, por cierto, se atribuye a vuestra mediación, Elía.

–Lo sé. Por desgracia, el Vatatse trata además tan mal a la niña que Ana debe haberse quejado al patriarca– concedió Elía con pesadumbre. –¡Ser mediador en una boda es muy comprometido, Lorenzo!

Los dos franciscanos vaciaron sus vasos con aire preocupado y pidieron otra ronda.

–En cualquier caso, el Papa despertó compasión; sus ojos derramaban lágrimas y su voz se vio interrumpida de continuo por los sollozos. El patriarca de Aquilea intentó hablar en favor del emperador, pero el Papa rompió en alaridos y amenazó con retirarle el anillo…

–¡Buen hombre nuestro duque Bertoldo! Y nuestro juez del tribunal supremo, ¿no hizo nada por defender a su soberano?

–¡Oh, sí! El señor Tadeo de Suessa pronunció un inteligente alegato rebatiendo las acusaciones punto por punto; incluso asestó algún golpe al clan de los Fieschi, reprochándoles los negocios de usura y el nepotismo que ejercen y que el emperador no quiere tolerar, y que además son causa de gran escándalo y rechazo entre ingleses y franceses. De este modo Tadeo consiguió interrumpir las deliberaciones del tribunal…

–Habéis dicho bien, Lorenzo: ¡un sacerdote corrupto y ávido de poder se atreve a juzgar al emperador!

–Por desgracia, nuestro señor Federico sigue sin tomarse este asunto en serio porque, de hacerlo, ¡habría acudido con todo su ejército desde Turín y habría ahuyentado a ese enjambre de moscas asquerosas! Por cierto: el Papa temía una acción de este tipo, ¡la verdad es que le da miedo la posibilidad de acabar siendo un mártir!

–¡Y no debe acabar así!– dijo Elía. –Un hombre dotado de una mente tan mundana como el señor Sinobaldo tiene que creer que todo este asunto de los santos es una aberración. ¡Con toda seguridad habría hecho quemar a nuestro querido san Francisco, acusándolo de hereje!

–También tachó de hereje al emperador cuando el concilio reemprendió sus sesiones y de nuevo derramó sus lágrimas. El señor Tadeo le ofreció garantías de paz, indemnizaciones, una cruzada inmediata organizada por el emperador, pero no sirvió de nada: los papales se habían reunido en torno a la consigna de destruir al "Anticristo". ¡Su tenaz obstinación les hizo bajar las antorchas, apagarlas sobre el pavimento de piedra y declarar a Federico destituido y despojado de todos sus cargos y dignidades!

–¡Qué triunfo para todos los enemigos del imperio y de la Cristiandad! ¡Qué espectáculo tan lamentable!– dijo Elía, conmovido y furioso.

–Yo me encontraba en Turín con Mateo de París cuando transmitieron el mensaje al emperador. Estaba fuera de sí, pidió a gritos su corona, y se la puso en la cabeza: "¡Demasiado tiempo he sido yunque!" exclamó, arrojando a su alrededor miradas que inspiraban temor. "¡Ahora quiero ser martillo!"

–En efecto– dijo Elía, –ahora habrá empujones y magulladuras por doquier, pues quién podría arrojarle *realiter* de su trono, ¡despojarlo de su poder imperial! Es preciso. Acudiré de inmediato a Cortona y…

–Ayer pasamos por allí– le comunicó Lorenzo, –y Gersenda, vuestra ama de llaves, me hizo saber que la comuna, a pesar de la enemistad que intentan sembrar hacia vos en todos los ánimos, ha concedido los fondos necesarios para adquirir el terreno destinado a la construcción de un monasterio y de la iglesia de San Francisco...

–¡Al fin una buena noticia en tan aciagos días!– exclamó Elía, y vació el vaso. –No voy a perder más tiempo…

Pero Lorenzo lo retuvo:

–¡Esperad! Gersenda me dijo también, y creo que su temor está justificado, que para vos sería mejor no acudir a Cortona en los próximos tiempos; en torno a la ciudad se están instalando los papales de Viterbo, y a ella le preocupa que tal vez sea vuestra cabeza la que buscan por orden del cardenal Rainiero de Capoccio– Lorenzo arrojó una mirada llena de conmiseración sobre el pequeño grupo de soldados que el *bombarone* llevaba consigo por toda protección. –Haríais mejor en volver a Ancona y esperar allí…

–¡Mi sitio en esta hora está al lado del emperador!– repuso Elía, aunque su ímpetu se había debilitado; no se sentía héroe. Después prosiguió con ardor insistente: –Ahora mismo lo más importante es defender a Federico ante nuestros hermanos, para que no caigan en la tentación de adherirse a la campaña de acorralamiento contra el excomulgado. Con mucho gusto seguiría tu sincero consejo, Lorenzo– y se centró en su verdadero objetivo: –¿Y si dejaras por un momento de lado tu misión papal y acudieras al norte, a Lombardía, a esa tierra rebelde, para visitar los monasterios de nuestros hermanos franciscanos y hablarles *pro imperatore*...?

–¿Y *pro Elía* también?– sonrió el pequeño fraile, pero el *bombarone* lo interpretó mal:

–También en el sur de Alemania habría una tarea de suma importancia para ti, como sería la de procurar que nuestro hermano Pian del Carpine no marche hacia el este antes de que William de Roebruk le dé alcance. Por cierto, ¿ha llegado éste ya a Cortona?

–Nada se sabe de él– contestó Lorenzo, –y a mí no me atrae la idea de cruzar los Alpes.– Una vez de pie, prosiguió: –Cargaré sobre mis hombros la responsabilidad de hacer, durante cierto tiempo, de misionero en Italia en favor de vos y de la buena causa del imperio, pero lo haré tomando mis precauciones– sonrió el minorita; –porque de no tener cuidado también me alcanzaría a mí la excomunión si el Papa llegara a enterarse de que descuido mi mandato...

Elía se dio por satisfecho con este resultado. Estuvo a punto de abrazar a Lorenzo, pero ambos recordaron los ojos vigilantes y atentos de sus séquitos y renunciaron a todo gesto de confraternización.

Lorenzo aún dijo, a punto de alejarse:

–Además, ¡William no podrá alcanzar ya a Pian, pues éste debía partir de Lyon inmediatamente después de salir yo! ¡Deberíais convencer a William de que es una insensatez querer cruzar los Alpes en pleno invierno!

–Los caminos del Señor son...– Elía se tragó el resto de la cita porque Lorenzo ya estaba demasiado lejos, y tampoco sabía si debía cargar a Dios con la responsabilidad de semejantes tejemanejes terrenales. Que William hiciese lo que mejor le pareciese, pues lo importante no era la meta –que, por cierto, no existía–

sino el revuelo que iba a armar su comitiva. Y si ese desgraciado campesino de Flandes desaparecía para siempre sepultado por la nieve, ¡sería porque también era la voluntad de Dios!

Mientras la tropa del legado emprendía, en efecto, como pudo observar Elía con satisfacción, camino hacia el norte, seguía aún indeciso en la plaza de mercado de Jesi. Se acordó, y lo hizo con un estremecimiento, de que hacía más de medio siglo fue precisamente allí donde había nacido Federico, en una tienda rápidamente montada: *stupor mundi!* ¿Habría sobrepasado su cenit el astro más deslumbrante de su época? ¿Podía atreverse él, Elía, a seguir fiel al lado del emperador, incluso en el ocaso de su poder, o había llegado el momento de hacer las paces con la Iglesia, fuese cual fuese el estado miserable en que ésta se encontrara, fuese cual fuese el grado de indignidad del sacerdote que la presidía?

Se acordó de la construcción de la iglesia iniciada en Cortona. ¿No era también esa obra un signo de reconciliación, y no solamente de obstinación, como intentaban hacer creer sus enemigos? Elía había envejecido y no sabía cuántos años le serían concedidos todavía. Más que el levantamiento de la excomunión lo preocupaba poder acabar la casa dedicada a Dios que, además, debía representar un cofre digno para la reliquia de la Santa Cruz que había traído desde Bizancio. Y, sobre todo, debía ser símbolo de su adhesión a san Francisco demostrar al mundo venidero, ya que no podía demostrarlo a la humanidad insensata con que le tocó vivir, que el hermano Elía y el *santo poverello* eran inseparables. Ahora mismo le habría gustado proseguir viaje hacia la cercana Cortona para cerciorarse del avance de las obras, pero le faltaba el valor. Además, no quería encontrarse en ningún caso con William, ¡de quien estaba seguro que llevaba la *iella* en la frente como si fuese un tercer ojo, un *mal'occhio!* No deseaba en absoluto que alguien lo viese en compañía de ese sapo gordo que todo cuanto sabía aportar era mala suerte. La perdición alcanzaría al torpe fraile con sus falsos "hijos del Grial". ¡Elía ya no quería tener nada que ver con todo ese asunto!

Esta última conclusión fue la definitiva. Dio media vuelta y regresó a Ancona.

EL AMALFITANO

Amalfi/Roma, otoño de 1245

Vito de Viterbo no había pegado ojo en toda la noche. Demasiada intranquilidad reinaba en la obra del Castel del Monte. ¡Cuánto le habría gustado deslizarse hacia el interior del edificio y provocar allí un incendio, solamente para dar un disgusto al odiado germano! Pero se contuvo. De todos modos, Federico no podría disfrutar mucho en los próximos tiempos del castillo, aunque lo hiciera revestir por dentro de mármol rosa, lo adornara de alfombras valiosas y tapices que le enviaría su amigo el sultán y lo llenara de estatuas paganas que su flota recogía para él en el fondo del mar. ¡Ya se le pasarían las ganas a ese Anticristo de divertirse cazando el halcón o paseando con las damas de su harén!

Vito se había propuesto herir al emperador donde era más vulnerable: ¡le robaría sus niños, los hijos de su propia sangre! Así obligaría a arrodillarse al hereje, al Anticristo... Vito se veía a sí mismo triunfante ante su padre. ¡Los bastardos del germano que se hallaban aprisionados en las mazmorras más profundas del Castel Sant'Angelo serían unos rehenes muy útiles en manos del "cardenal gris"!

El odio lo mantenía despierto, aunque sus ojos ardían de cansancio y Vito los dirigía fijamente hacia la silueta nocturna del Castel del Monte, y cuanto más la miraba más le recordaba la construcción de una cárcel y más le gustaba lo que veía. De madrugada, un grupo desordenado salió cabalgando del castillo y se dirigió hacia el sur, lo que Vito consideró un simple truco. No podía saber que eran soldados desertores de Hamo que, después de haber oído las terribles noticias de la destitución del emperador, se pusieron de acuerdo con sus capitanes para no seguir de ningún modo en dirección a Cortona, sino regresar por la vía más rápida y ponerse a disposición de Elía, del que sabían que se dirigía a Lucera. Para que Hamo no les comunicara una orden diferente o sus gentes no les impidieran marchar prefirieron no preguntar antes y alejarse rápidamente.

También Hamo consideró que la huida de aquellos hombres hacia el sur era un engaño consciente, pero era demasiado orgulloso para modificar "su" plan por esta causa. Guiscard le insistió para que al menos conservara a su lado a los hombres de su madre, pero el joven conde se presentó ante la tropa formada y exclamó en voz alta:

–El que quiera quedarse conmigo, que dé un paso adelante. El resto puede volver a casa, tal como se os había prometido.

Aparte de Guiscard, apenas ocho hombres decidieron seguirlo. El amalfitano consiguió al menos convencer a Hamo para que enviara a un grupo a Lucera a dar aviso e hizo prometer al resto que, antes de regresar a casa, darían caza al espía papal quien, como todos sabían, hacía días venía siguiéndolos. De modo que se desplegaron en forma un tanto desordenada y, sin un mando efectivo, se dispusieron a buscar a Vito.

Sin que le costara siquiera un leve fruncimiento de las pobladas cejas el viejo lobo no tardó mucho en tender una trampa a uno de sus perseguidores, a quien arrancó del caballo y arrojó al suelo. Con el cuchillo en la garganta, el hombre le dio toda la información que Vito precisaba; por otra parte, él sabía ya que aquel día sería relevada la guardia del emperador por gente venida de Benevent. Sólo le faltaba enterarse del aviso enviado a los sarracenos de Lucera. "¡Rieti!", jadeó el hombre aún antes de que Vito le cortara el cuello.

Cuando regresó con grandes precauciones al Castel del Monte la obra estaba ya abandonada. Reprimió sus deseos erostráticos de aplicar una antorcha a la obra medio acabada, dio media vuelta con su caballo, y en una cabalgata sin igual, forzada al máximo, cruzó casi toda Italia hasta Viterbo dejando de lado a Roma.

En Viterbo tomó bajo su mando a la guarnición de los Capoccio, y con un ejército apresuradamente formado se dirigió a marchas forzadas por la vía Salaria a los montes Reatinos con el fin de tender una trampa a los sarracenos fieles al emperador, que estarían arribando procedentes de Lucera.

Vito creía firmemente que los niños y el fraile William acompañarían a aquéllos. El enemigo quería hacerle creer que se dirigirían hacia el mar, pero lo más lógico era que desde Benevent tomaran la carretera hacia el norte, que conducía directamente, pasando por L'Aquila, hacia Rieti. El soldado de Otranto no le había mentido; la dirección coincidía, aunque los dos grupos se encontrarían mucho antes para emprender después juntos la aventura de cruzar hacia el norte. El lobo podía esperar, y estuvo esperando...

Pero los sarracenos no aparecieron. Cuando los mensajeros de Otranto, camino de su castillo, llegaron a Lucera, la noticia de la destitución de Federico ya se les había adelantado. Aunque al comandante le habría gustado hacerle un favor a la condesa recordando su antigua camaradería consideró más prudente por esta vez mantener a sus tropas reunidas y quedar a la espera de las instrucciones del emperador. De ahí que diera a los de Otranto una respuesta negativa, asegurándoles que lo lamentaba.

Vito reforzó su vigilancia. Sin pasar aviso al cardenal ni al Castel Sant'Angelo hizo salir a una parte de la flota papal del puerto de Ostia y patrulló a lo largo de la costa, en dirección al norte tal como había previsto Guiscard. El de Viterbo distribuyó además el ejército papal sobre una extensa línea y, para evitar que sus perseguidos cruzaran la montaña por carreteras secundarias, adelantó sus avanzadillas hasta el lago de Fucino y hasta los flancos de los Abruzos. Pero ni descubrió pista alguna ni le llegó el menor rumor sobre los sarracenos ni sobre los niños; nada en absoluto...

El pequeño grupo procedente de Otranto había tomado otro rumbo. Cuando Guiscard se dio cuenta de que su perseguidor ya no los acechaba se quedó con Hamo y tomó el mando de los siete hombres que habían decidido permanecer con ellos. Se separaron de las tropas imperiales, que siguieron por la vía Appia hacia Benevent, y tomaron rumbo directo a la costa.

En Amalfi acababa de arribar, procedente de Tierra Santa, una flota oriunda de Pisa, cuyos comandantes se mostraron indignados por el trato dado a su emperador en el concilio de Lyon. Aunque las dos repúblicas marinas pelearan más de una vez entre ellas en el mar Tirreno, pues los normandos de Amalfi eran considerados unos vikingos, es decir, piratas, por los pimenteros de Pisa, y los pisanos a su vez eran tachados de cabreros sardos, como dueños de la isla de Cerdeña, ninguna de las dos quería quedarse atrás a la hora de mantenerse fiel al emperador. Los cónsules de la ciudad y el almirante de Pisa se pusieron muy pronto de acuerdo. Cuando se presentó Guiscard le bastó con murmurar unas palabras acerca de unos "hijos de sangre imperial", y ya no se habló de un único barco: tan sólo de los que no podrían participar en el ataque a Roma.

Mientras Clarion vigilaba los dos bultos, pues todos querían tocar a los "infantes imperiales", las naves se prepararon para partir: las mayores primero, seguidas de las menores. Hamo, Clarion, los niños, William y Guiscard permanecieron juntos, mientras que el resto de los hombres de Otranto se distribuyeron entre las barcas amalfitanas. Así partieron a toda vela…

Vito, el lobo hambriento, seguía al acecho en las montañas de Rieti vigilando el puerto que conduce a Umbría. Cuando llegó a sus oídos el rumor de que Elía había tomado tierra en Ancona apoyado por un gran ejército, sopesó si no sería mejor renunciar a la empresa, aun sin haber alcanzado pena ni gloria, antes de ver cortada su comunicación con Roma, aunque era de suponer que el *bombarone* sólo quisiese asegurar su patrimonio de Cortona.

En cualquier caso, él sabía que los niños no lo acompañaban; al menos sus espías no le habían dado noticias al respecto. A su entender sí cabía la posibilidad de que los llevase consigo: desde el Castel del Monte se llegaba a lomos de caballo en dos días, aunque apretados, a la costa adriática junto a Andria; allí el traidor Elía podía haberse hecho cargo de los niños. En ese caso él, Vito, habría hecho el tonto, ¡lo habrían engañado como los pícaros de la ciudad con sus innumerables trucos suelen engañar a un torpe campesino! Pero ahora ya no podía cortarle al *bombarone* el camino hacia Cortona, aparte de que en Umbría no se movería ni una mano para ayudar a los papales. ¡Muy por el contrario! ¡Allí todos eran criminales a sueldo del emperador, gente sin ley!

Mientras Vito estaba aún dudando en su interior, se le acercó un mensajero cubierto de sangre que ostentaba los colores de los Capoccio: ¡Ataque sobre Roma! ¡Los de Pisa habían incendiado el resto de la flota que quedaba en el puerto de Ostia y ahora perseguían costa arriba a los barcos que navegaban aún bajo bandera papal! ¡Los piratas normandos, a su vez, se adentraban por el Tíber y amenazaban llegar hasta el Castel Sant'Angelo! ¡La población huía a manadas de la ciudad y la curia se había atrincherado en el castillo! Vito rompió a ladrar para reunir a su ejército mientras se imaginaba cómo el cardenal, quien en ausencia del Papa gustaba de leer la misa en San Pedro, se vería obligado a correr a través del *borgo* recogiéndose los faldones para refugiarse en la fortaleza. Sin flota y sin ejército la ciudad quedaba a merced del enemigo, y todo ello porque él, Vito, perseguía como un perro rabioso a no se sabía bien qué niños herejes o imperiales, por más que era sabido que el emperador, bastardo él mismo de una carnicera, engendraba tantos hijos como se lo permitía su maldito miembro circuncidado.

Pues no, así no podía presentarse de ningún modo ante su padre. Había que buscar el encuentro; la cabeza cortada de Elía y los cuerpos de los infantes atravesados por una lanza eran lo mínimo que debía poner a los pies del cardenal antes de exponer su espalda desnuda a los latigazos que sobradamente tenía merecidos.

Se disponía a dar órdenes para dirigirse hacia el norte cuando otro mensajero le ordenó regresar de inmediato a Roma…

LA *GRANDE MAÎTRESSE*

Castel Sant'Angelo, otoño de 1245

El señor Rainiero de Capoccio, cardenal y diácono de Santa María in Cosmedino, había celebrado la misa en San Pedro, una prerrogativa que él se arrogaba cada vez que el Santo padre no se encontraba *intra muros*. Estaba dando la bendición a algunos paisanos venidos de Viterbo para presentarle sus respetos cuando alcanzó a oír los primeros gritos delante de la basílica.

Inmediatamente pensó en Federico. El emperador habría caído sobre la ciudad, ¡él mismo o su loco bastardo Enzo! Dejando su dignidad de lado se dirigió con bastante apresuramiento hacia la entrada en el muro del *borgo*, el corredor reforzado que facilitaba la huida de los papas y conducía directamente al Castel Sant'Angelo. Recogiendo sus faldones de cardenal recorrió a toda prisa el pasillo que sobrevuela los tejados, y tan sólo cuando estuvo al alcance del castillo protector se atrevió a mirar por una de las troneras.

Desde allí vio en el recodo del Tíber la sombra fantasmal de las barcas alargadas de los piratas, y también el fuego y el humo que partía de las orillas y llegaba hasta el hospital Santo Spirito. Los asaltantes no encontraban mucha resistencia; se acercaban, y veía a los fugitivos a sus pies recorrer gritando las calles. De modo que no perdió más tiempo, atravesó a paso acelerado la sala del *mapamundi* y llegó hasta el anillo inferior de defensa. Allí comprobó que estaban cargando las catapultas y que los arqueros ocupaban sus puestos, de modo que pudo refrenar algo sus pasos, y finalmente llegó, un poco falto de respiración pues al fin y al cabo ya no era tan joven, a las escaleras altas que conducían a sus habitaciones privadas.

Una vez en éstas se quitó el ornato y vistió la sotana de color antracita, más cómoda, ante la cual todos sentían temor y sobresalto. ¡También este detalle le resultaba muy cómodo! En realidad los guardias no podían ascender al círculo superior de la muralla, porque odiaba ver a los soldados mirando fijamente hacia el pequeño patio donde él, aunque sólo pudiera disfrutarlo en contadas ocasiones, gustaba de pasear sumido en meditaciones. Ahora lo tranquilizaba observar que en lo alto de la muralla había gente armada, pero después su mirada fue a parar al patio, ¡a "su" patio, que nadie tenía permiso de pisar!

Vio un palanquín negro.

El "cardenal gris" se sintió de repente mareado y hasta tuvo frío. ¿Acaso "ella" había tomado ya el poder en el castillo, estarían preparándole ya el lugar del suplicio? Esa mujer sólo podía haber acudido para presenciar su ejecución.

Enderezó el cuerpo. Sabía que todos esperaban de él que se mantuviera con dignidad, incluso una vez llegada su última hora. ¿No seguía siendo él quien mandaba sobre el *tumulus* de Adriano?

¡Al diablo con los gestos heroicos! ¡Él no quería morir! Con muchos aspavientos volvió a mirar hacia abajo. Pero no vio ni a la escolta de templarios ni al verdugo, y a sus soldados, que vigilaban desde las almenas, sólo los preocupaba lo que estaba sucediendo en el Tíber.

El cardenal recordó que muy cerca del palanquín había una escalera de piedra esculpida en el muro que, en su tiempo, servía para acudir desde las almenas hacia ese mismo patio. Él mismo había mandado tapiar la puerta para que ninguno de los guardias pudiese utilizarla y molestarlo con su presencia. A media altura la escalera tenía un acceso secreto, de modo que le sería posible acercarse sin que la mujer pudiese atraparlo.

Arrojó una última mirada hacia abajo. Las cortinas del palanquín estaban corridas; nada se movía allí, pero él sabía que "ella" estaba dentro aguardándolo. Aguardar representaba una parte importante de su inquietante poder.

El cardenal se dirigió directamente desde su vestidor hacia los pasillos que estaban reservados enteramente para él –aunque en aquel momento ya no estaba tan seguro de que fuera así–, y por primera vez tuvo, al deslizarse a oscuras, una fugaz impresión del temor que la propia figura del "cardenal gris" solía despertar en los demás. Pisó la escalera y un hedor insoportable le dio en la cara. No se le había ocurrido pensar que los guardias hubieran convertido aquella bajada ciega en el retrete más próximo. Maldiciendo para sus adentros bajó pisando excrementos hasta llegar al lugar donde una rendija señalaba la antigua salida. Sostuvo la carátula delante del rostro, aunque habría preferido taparse mejor la nariz, y se apoyó cuanto pudo en la tronera para asomarse.

El paño negro se movió un poco. La persona que ocupaba el palanquín le mostró brevemente, tal como él había esperado, el báculo, y después pudo oír su voz:

–Rainiero de Capoccio– el tono era de reproche, –me llega un olor espantoso desde donde estáis vos. ¿Os encontráis tan mareado como para tener que hablar conmigo desde vuestra letrina o me queréis mostrar cuál es el ambiente en que os movéis?

–¡Yo no huelo nada!– contestó el cardenal con firmeza. –¡Y además prefiero no ser visto!

–¿No ser visto en mi compañía?

–No, porque aquél con quien estáis hablando ahora no existe en su forma visible...

La mujer adoptó un tono burlón.

–Ah– dijo, *–lo spaventa passeri!* ¡El fantasma gris del Castel Sant'Angelo! ¿Y el venerable señor de Capoccio? El pájaro podría haber volado si no prefiriera ensuciarse los pantalones sólo porque unos cuantos piratas amalfitanos intentan ascender a remo por el Tíber haciendo un gigantesco esfuerzo. No temáis, el castillo no puede ser conquistado desde afuera; sólo puede ser reventado desde dentro, ¡con el cuchillo que le entra al cangrejo en el vientre!

–¡Podéis burlaros cuanto queráis, estáis en mis manos! Una palabra mía y los arqueros de allá arriba atravesarán con sus flechas a cada uno de los jinetes de vuestra escolta, como a san Sebastián, y vuestra cabeza será...

–Cometéis un doble error: a la hidra siempre le sale otra cabeza, ¡y por encima de la vuestra hay dos de mis hombres dispuestos a arrancar de la catapulta más cercana un caldero de fuego griego y arrojarlo por la tronera en la que os ocultáis! La verdad es que me había imaginado una conversación algo diferente, un reencuentro que resulta no serlo, y eso ¡después de tanto tiempo!

–Entonces yo aún no sabía quién erais: ahora sé quién sois...

–Vuestro saber no os ha hecho entrar en razón.

–El saber pocas veces proporciona mayor razón, pero en cambio otorga seguridad: yo sé quién habló de vos en su lecho de muerte…

Esta vez ella lo interrumpió con aspereza:

–Aunque lo supierais, no podríais hablar. ¡Si hubieseis hablado, hace tiempo que seríais hombre muerto!

–Pues dejad que hablen los muertos: cuando el rey Felipe se sintió morir, el delfín mandó una delegación a Italia, a Ferrentino, para que allí fuese testigo de la reconciliación entre el papa Honorio y Federico. El emperador prestó en aquella ocasión uno de sus repetidos juramentos de organizar una cruzada, y los franceses renovaron el antiguo acuerdo de la casa Capet con los Hohenstaufen germanos. La delegación del rey iba encabezada por una dama de la más rancia y antigua nobleza de Francia, una viuda en la flor de la edad. Viajaba en un palanquín negro, escoltada por caballeros templarios, y su nombre y su aspecto permanecieron ocultos a la mayoría de los asistentes…

–Un nombre es como el humo que se dispersa y olvida.

–Pero no se olvida una carne que está en su plena madurez. La mujer era rubia, de ese rubio plateado que nos vuelve locos a los romanos, y atractiva; una dama cuya posesión y dominio representan un reto para cualquier hombre. Pero el objetivo de esa mujer era ambicioso y firme. Su encuentro con el emperador, que el año anterior había perdido a su esposa, la emperatriz Constanza, tuvo sus consecuencias, sin duda intencionadas: la dama buscó con toda desvergüenza quedar encinta del emperador, a pesar de haberse negociado allí mismo, en el encuentro de Ferrentino, el próximo matrimonio del lascivo Federico con la niña Yolanda de Brienne, futura reina de Jerusalén. Ni la presencia del padre, Jean de Brienne, ni la del patriarca de Tierra Santa, ni la del legado papal Pelagio, ni la del gran maestre de la Orden hospitalaria ni la del de la Orden teutónica, que por cierto fue quien urdió aquella vergonzosa boda, fueron un impedimento para que la pareja de amantes, Federico y…

–Antes de que perdáis la compostura debo corregiros en un detalle: ¡Fui yo quien convenció a Federico para que se casara con la pequeña Brienne!

–¿Cómo creerlo? ¿Queréis convencerme de que no deseabais vos misma la mano del emperador?

–¡Qué sabe la Iglesia de la importancia que tiene la sangre! No es capaz de pensar en las necesidades dinásticas, ni de actuar en consecuencia.

–Si lo preferís, digamos que la dama regresó después de haber coronado su empresa con éxito. Su hija natural fue entregada a unas monjas y educada en el convento de Notre Dame de Prouille con el nombre de "Blanchefleur". ¿Deseáis oír algo más?

–Sé que habéis seguido la línea hasta llegar a mi nieto, con la peor de las intenciones por cierto. Y aunque os sorprenda, os puedo decir: ¡me tranquiliza!

–¿Acaso pretendéis nombrarme ángel guardián del heredero de Carcasona?

–¡Su herencia es mucho más extensa! Velaréis por su bienestar hasta el fin de vuestros días. ¡Pero eso, por cierto, no os libera de las culpas del pasado, con las que ya os habéis hecho merecedor del infierno! ¿Os encontráis cómodo donde estáis, eminencia?

–Vos sabéis dónde estoy.

–Hablemos ahora del camino tomado por quien asesinó nada menos que a un Papa: ¡vayamos a Perugia! Inocencio III muere de repente de una embolia y el cónclave no elige para sucederle a vuestro mentor Ugolino, sino al viejo Honorio. Éste no tarda un segundo en elevar al asesino al rango de cardenal y en tomar precauciones para el resto de su vida. Murió en la cama, por cierto.

–¡Eso creéis vos!– se burló el "cardenal gris" detrás de la carátula.

–¿Acaso el gran Inocencio no atacó con suficiente contundencia, segun vuestro entender, al odiado emperador?

–Acabó por ablandarse.

–Siguió después el papado de Ugolino, quien tomó el nombre de Gregorio IX, un hombre cuya alma era gemela de la vuestra como malpensado y falto de escrúpulos. Cuando falleció, lo que supongo hizo sin vuestra ayuda, el cónclave cometió el error de elegir al cardenal-arzobispo de Milán, Godofredo de Castiglione, un hombre que adoptaba una actitud abierta en la disputa con el emperador. Apenas llevó la tiara dos semanas cuando vuestro veneno hizo su efecto, y la Cristiandad, conmovida, saludó en Sinobaldo de Fieschi al nuevo Papa, entronizado con el nombre de Inocencio IV. ¿Qué plazo le concedéis a éste?

–A mí no me molesta.

–Lo sé, y por vuestra *vita sicarii* se observa que lo único que os interesa es la destrucción del emperador germano. En cierta ocasión estuvisteis a punto de conseguirlo– la voz de la mujer detrás de la cortina no tuvo reparos en soltar una pequeña risa. –Seguramente os extrañaría que yo no me hubiese fijado en tales detalles; la realidad es que los guardo muy bien en el recuerdo. Cuando me enteré de que el *venefex* estaría presente vi peligrar al máximo mi proyecto. Por casualidad sucedió que, poco antes de salir de Francia, una señora noble del sur me rogó que la llevara conmigo en calidad de dama de honor. Era una mujer extraordinariamente familiarizada con la recogida y el uso de hierbas curativas y la preparación de brebajes de todo tipo y, sobre todo, era capaz de reconocer de inmediato cualquier veneno presente. Era una persona de buena estatura, de una belleza áspera, una mujer fuerte que irradiaba sensualidad animal. Nos hicimos confidentes.

–¿Qué podíais saber vos de mí?– preguntó desconfiado el cardenal.

–Yo me había imaginado al experto en venenos de la curia como un anciano bilioso, y me vi sorprendida al encontrarme con el romano apasionado que se me presentó en el encuentro de Ferrentino. ¡Un conquistador! Sus ojos me desnudaban y yo me presté al juego. En aquella noche que vos, eminencia, aún recordaréis aunque sea de mala gana, creísteis encontrar la puerta de mi dormitorio abierta; pero allí sólo estaba mi dama de honor, que esperaba bien dispuesta vuestro asalto mientras yo descansaba a esa misma hora junto a Federico. Aunque hay que decir que vuestro deseo ardiente no se compadecía bien…

–Se reía, ¡esa mujer no cesaba de reír!– gimió el cardenal, encendiéndose conforme aumentaba su furia. –¡Se me echó encima como un guerrero!

–Era su modo de ser, franco y abierto, y le he oído decir que vuestra respuesta fue más bien pobre. *Pourquoi cet éjaculation précoç? Votre coq ce préconisait plus?* ¿Cómo es que no la reconocisteis? ¡Hombres miserables! Ella estaba muy bien dispuesta a recibiros, pues la virgen se apasiona con el primero que la posee, ¡aunque pocas veces éste se lo merece! Esperaba que os acercarais y no sólo eso: estaba preparada incluso para remediar un embarazo, pero no para la circunstancia de que vos ya no la reconocierais.

–Salió llorando de la habitación– gruñó el cardenal con voz opaca, –pero os juro por todo lo que me es sagrado: sigo sin entender nada de lo sucedido, igual que no entendí nada entonces, allí en Ferrentino. ¡No sé de qué estáis hablando y a qué os referís!

–Deberían emparedaros vivo ahí donde os encontráis ahora mismo, para que tuvierais tiempo de recordar. Acordaos de la Casa del Señor en 1207. El joven monje cisterciense de familia pudiente –una noble familia de patricios romanos, los verdaderos señores de Viterbo– participa en la conferencia del castillo de Pamiers. La gran Esclarmonde, sacerdotisa del santo Grial y, por ser hermana de Parsifal, famosa protectora de los cátaros, había cursado las invitaciones para dicho debate. Vos acudisteis en compañía de Domingo de Guzmán, dado que el ejemplo de pobreza, austeridad y castidad que éste pregonaba era admirado por aquellos días.

"En el castillo de Pamiers habitaba en calidad de huésped una pariente lejana de Esclarmonde, una niña de trece años. Os resultó fácil seducirla, pues le prometisteis desprenderos cuanto antes del hábito, y supongo que hacerlo habría respondido mejor a vuestra auténtica forma de ser, Rainiero de Capoccio. Le prometisteis también llevarla como novia vuestra al castillo de Viterbo. Pero una vez de regreso en Roma, donde siempre teníais la mesa puesta –aunque, mejor dicho, tuvisteis que volver a toda prisa, ahuyentado por un Domingo furioso al comprobar que alguien de su séquito había caído en pecado–, una vez de nuevo en Roma, digo, olvidasteis a la muchacha. Habéis difundido por todo el mundo que vuestro hijo Vito era hijo de una criada...

–¿Acaso lo queréis negar?– la voz del cardenal estaba al acecho.

–¡Vuestro bastardo es hijo de una hereje, y vos lo habéis sabido siempre!

–¡Demostrádmelo!

–Queréis saber quién trajo el niño a Roma y os lo dejó delante de la puerta? Fue el mismo santo Domingo, que tenía un sentido muy agudo de lo que debe ser la justicia terrenal. De este modo Vito fue educado dentro de la Orden, y se convirtió en lo que es ahora: *canis Domini!* ¡El perro del Señor!

–Todo eso lo decís vos pero, al fin y al cabo, qué tiene de extraño: ¡cuántas muchachas no han sido abandonadas por monjes jóvenes después de ser sus amantes!

–¡En cambio hay pocos cardenales que tengan un hijo con una hereje! Y para que estéis tranquilo al respecto: todo lo que os estoy diciendo está escrito y registrado en el Documentario, en un lugar que nunca descubriréis y que tampoco conoce Mateo de París!

Del pecho del cardenal escapó un suspiro lleno de rabia impotente:

–¡Esa bruja! Si la hubiese reconocido le habría retorcido el cuello...

–No la reconocisteis y fue ella quien impidió que envenenarais a Federico en Ferrentino. La mala conciencia por vuestro fallo, puesto que cuidabais mucho vuestra fama de amante irresistible, os hizo desarrollar una relación de confianza con mi dama de honor, a la que prodigabais guiños y zalamerías, de modo que ella llegó a gozar del privilegio de que todas las copas que entregabais al emperador pasaran por sus manos. Consiguió oler la presencia de un veneno finísimo y mortal cuando la copa ya había pasado por la censura del escanciador imperial, ¡fue entonces cuando ella tropezó e hizo que se desperdiciara la ocasión!

–Nadie puede acusarme de haber intentado matar a Federico, pues el intento sería indemostrable. Y también hay que decir que la Iglesia, en estos días, ¡hasta sería capaz de proclamarme santo por un hecho así! Sin embargo, me gustaría saber: ¿quién fue esa pequeña bruja del castillo de Pamiers? No puedo recordar su nombre.

–¡Nunca habéis preguntado por ella! La pobre, en cambio, jamás perdió la esperanza de volver a ver a su hijo: esperaba que estuviera a vuestro lado. Bien, le fue ahorrado ese espectáculo. Después de la capitulación del Montségur se sumergió en la sombra, y no seré yo quien os revele su *nom de guerre*, ¡ni os ayudaré a encontrarla para satisfacer vuestros deseos de venganza!

La voz del palanquín calló, y Rainiero de Capoccio también permaneció mudo. De modo que los dos, sin quererlo, oyeron juntos el escándalo creciente de un combate que se acercaba río arriba; empezaban a llegar hasta ellos los gritos y el fragor de las armas. Posiblemente las escaramuzas ya habían alcanzado el pie del castillo, pues en la parte de la muralla que miraba hacia el Tíber se oían ahora voces excitadas de mando y se volvía más violento el crujido de las catapultas. De vez en cuando oían también gritos de júbilo procedentes de la plataforma situada más arriba de sus cabezas; seguramente respondía a los casos en que los tiradores conseguían derribar a un enemigo. Al parecer, sin embargo, dicho enemigo no disparaba a su vez hacia las almenas, pues hasta entonces no había caído ni una flecha sobre ellos y ni un soldado había molestado al cardenal cayendo del muro hacia el patio, gritando y revolcándose. Era de suponer que los piratas intentarían abrir una brecha en dirección al norte, y una vez rebasado el Castel Sant'Angelo era perfectamente posible que lo consiguieran, pues los *prati* de la orilla *transtiberim* que están a continuación ya no albergan ninguna fortaleza ni muro de contención que pueda ser obstáculo para ellos.

El ruido se fue acallando.

El "cardenal gris" volvió a retomar la palabra:

–Al menos deberíais satisfacer mi curiosidad en un único punto: ¿qué ha movido a la *Prieuré* a fundir la sangre que desde hace siglos se mantuvo pura en Occitania, el santo Grial, con una mezcla tan mísera como la que fluye por las venas de los emperadores germanos? ¿A dónde han ido a parar el buen sentido dinástico y la planificación? ¿Mezclarse con una estirpe destinada a desaparecer? ¿Me lo podéis aclarar?

–Podéis tener razón en lo que se refiere al futuro de los Hohenstaufen, pues van hacia su ocaso, ¡pero su sangre es digna y reúne a la de todos los enemigos de los Capet! ¡Deberíais saber que para la *Prieuré* ese detalle tiene tanta importancia como para vos el odio ciego al germano! La Iglesia, el papado, quedarán en manos de Francia, y ambos juntos conseguirán destruir a los Hohenstaufen. ¡Nosotros en cambio salvaremos la sangre!

–¿Respaldáis a esos niños?

–Nosotros los protegemos y los guardaremos de todo mal hasta que llegue el día en que se revele su destino. Vos conocéis el "gran proyecto", aunque no tenéis nada seguro entre manos; el documento que habíais conseguido por mediación de vuestros agentes ha caído en mis manos, o por casualidad o por voluntad de la Providencia. No necesitáis tenerlo todo por escrito; menos letras y más ideas serían muy útiles a la humanidad.

–¿Y si hubiese mandado sacar una copia?– El "cardenal gris" no quería ceder ante la evidencia.

–No lo habéis hecho– le contestó ella con frialdad. –El propio documento no era más que una copia, una copia mala y además desautorizada. De cualquier modo, contribuiréis *nolens volens* al cumplimiento del "gran proyecto".

–¿Cómo podéis suponer que deje en segundo plano mi lealtad a la *Ecclesia catolica*; que ha hecho de mí lo que soy ahora, y me ocupe en lugar de ello de proteger a esos pobres niños?

–No es una cuestión de fe, sino de la razón: vos amáis el poder y queréis conservarlo. De modo que os ocuparéis de que vuestro bastardo Vito no se acerque demasiado a los infantes reales. Recibiréis más instrucciones cuando nos parezca conveniente. No tengo más que deciros.

–¿Y si me niego?– La voz del "cardenal gris" ya no parecía tan firme.

–Perderíais la vida del mismo modo que la podríais perder ahora mismo. Pero antes veréis con vuestros propios ojos cómo muere Vito, abatido como un zorro rabioso, y cómo la estirpe de los Capoccio se extingue. Por tanto, ¡besad el báculo y haced lo que os está mandado!

En la cortina negra se abrió una rendija y el bastón de mando de la "gran maestra" asomó como una serpiente dispuesta a adentrarse por la estrecha tronera.

–¡Retirad de vuestro rostro esa carátula ridícula!

El cardenal obedeció y besó el extremo del báculo. Éste representaba la figura de un demonio montado sobre un palo de ébano, en posición de coito. Ella le tendió el trasero del demonio y el cardenal apretó en silencio sus labios sobre la madera; al retirar el bastón la mujer le dio con el mismo contra la nariz, provocándole un reguero de sangre. Estuvo a punto de gritar de rabia; pero apretó los dientes y su rostro pálido siguió con la mirada fija en la estrecha tronera.

Dos jóvenes con ropajes árabes se deslizaron por unas cuerdas que bajaban del muro situado más arriba de su cabeza. Eran ágiles como gatos y cada uno de ellos portaba un bastón singular: dos puñales unidos de modo que la hoja de uno se insertaba en el mango del otro. ¡Aunque nunca había visto la cara a ningún "asesino" supo de inmediato que esos hombres lo eran! Se inclinaron ante el palanquín y desaparecieron.

Después se desprendieron de la sombra del muro ocho caballeros templarios, que guardaron las espadas en sus vainas y empujaron a Mateo y a los hermanos que guardaban las llaves ordenando sin decir una palabra que les abrieran. Ocho sargentos recogieron el palanquín y lo sustrajeron a paso comedido de su campo visual.

El cardenal se quedó escuchando, temeroso en medio del silencio que de repente rodeaba su cárcel; después oyó de nuevo, como llegado de otro mundo, el fragor del combate que subía del río, y por encima de su cabeza los gritos y las carreras de los soldados sobre el muro, el siseo de las cuerdas de las catapultas y el ruido cortante de los disparos que acababan en el agua. Subió los escalones medio mareado. No sentía el menor deseo de presentarse ante sus hombres para animarlos a luchar. Abrió con sigilo la puerta secreta a media altura de la escalera y se deslizó por ella, y cuando estaba cerrándola vio entre las maderas que soportaban el peso de las piedras exactamente ajustadas un puñal clavado. Sintió un temor indefinido y no quiso tocar el mango. Lo dejó allí.

Al llegar a su dormitorio encontró encima de la cama un panecillo todavía caliente. Cogió las tenazas de hierro de la chimenea y lo tiró al patio, observando cómo las palomas se tiraban encima y lo picoteaban. En aquel momento los animales le afectaban los nervios hasta el punto de hacerle desear que el panecillo estuviese envenenado. Pero ninguna de las palomas cayó muerta. No dejaron de arrullar, batir las alas y picotear hasta que no quedó ni una miga.

Se sintió mal.

EL ASALTO

Cortona, otoño de 1245 (crónica)

Cuando vimos que los pisanos que nos precedían habían vencido y unas nubes de humo negro nos revelaron el desastre sufrido por la flota papal en el puerto de Ostia; cuando supimos que a los comandos de los ágiles amalfitanos, en su embestida para abordar las naves, los habían seguido las pesadas trirremes dispuestas a chocar contra las naves incendiadas hasta hundirlas, Guiscard nos ordenó que nos acostásemos en el fondo de nuestra embarcación y nos cubrió con mantas mojadas y mimbres trenzados. Tuve allí mi primer breve encuentro con Clarion y nos instalamos cara a cara, aunque no podíamos vernos a oscuras, pero yo sentía la cercanía de su piel y oía su respiración. Ella apretaba con gesto maternal a los niños contra su pecho: unos niños extraños que gemían en voz baja, y eso fue lo último que vi con mi ojo envidioso antes de que cayera sobre nosotros la oscuridad.

Ella me lanzó una breve mirada escrutadora, que no me animó en absoluto a extender el brazo como por casualidad para buscar el lugar donde gemían las criaturas. No obstante, dejé caer una mano en dirección a ella y alcancé a tocar el cabello húmedo de uno de los niños. Lo acaricié con delicadeza, incluso con cariño, como sustituto de otros placeres inalcanzables.

Hamo había impuesto que sólo él entre todos nosotros no tuviese que protegerse ni esconderse. Quería ver con sus propios ojos cómo los amalfitanos subían a toda vela por el Tíber en sus barcas de quilla plana, aunque la corriente los obligaba a remar con empeño. En cada una de esas embarcaciones se esforzaban unos treinta remeros, a los que se añadían veinte hombres armados. Para que no se me escapara del todo lo que estaba sucediendo allá arriba, y también porque quería sustraerme a la cercanía del cuerpo de una muchacha que de todos modos no me atrevía a tocar, me desplacé hasta situarme junto al borde de la barca, donde podía levantar un poco las mantas.

Nos estábamos acercando a las murallas de la Ciudad Eterna. Su aspecto era tan imponente que me pareció una pretensión imposible retarla con unas embarcaciones tan pequeñas como las nuestras, aunque tuviésemos a favor la ventaja de la sorpresa para salir con bien de lo que en realidad era una empresa inimaginable.

Mis ojos se vieron sobresaltados, muy poco por encima del nivel del agua, por una imagen de belleza tan amenazadora como sólo suele verse alguna vez en sueños: los normandos iban arrodillados en las barcas, se protegían con los escudos en posición oblicua y mantenían sus arcos tensados. Guiscard obligó también a Hamo a mantenerse protegido de forma similar. Junto a nosotros navegaba la barca con los siete hombres de Otranto, que se mantenían erguidos y apretaban las empuñaduras de sus espadas. El estandarte de la condesa ondeaba allí, enfrentándose a Roma.

–Ahora rebasaremos el puerto– oí decir a Guiscard por encima de mi cabeza. –¡Tomaremos tierra en la isla de los Leprosos!

Volví a cubrirme en seguida con la manta. El miedo que sentía era muy superior a mi curiosidad. Al encogerme buscando instintivamente una protección ante el peligro que se acercaba perdí una de mis sandalias. Estiré el pie para buscarla y tropecé con algo blando, una pierna desnuda. Los dedos de mi pie –menos mal que Clarion no podía verlos, pues estaban muy sucios– subieron palpando por esa pierna y me pareció que obtenían una acogida amable; creí sentir una excitación temblorosa de la carne que empujaba contra mi pie. Así pude explorar una rodilla, y los pequeños terminales de mis instrumentos de andar siguieron valientes después hacia adelante y ascendieron por un muslo sin que se escuchara un grito de indignación ni saliera una mano brusca a su encuentro para sujetarlos. Casi no me atreví a creerlo, pues encima de mi cabeza estalló en ese instante un gran tumulto: los remeros habían aumentado el ritmo de sus golpes, unas botas me pisoteaban intranquilas, y los gritos de la gente me llegaban desde la orilla atravesando las mantas cuya oscura protección se había convertido en un cielo para mí. Avancé con energía y mi pie se encontró en el paraíso, en medio de una espesa lana, cálida y preciosa; ahora todo dependía del dedo gordo, que avanzó solo en busca de la entrada húmeda, ansioso por llegar hasta la fuente. Entonces ésta vino a su encuentro como un río de lava ardiente, rodeó al intruso, y pareció absorberlo mientras los dos nos sentíamos sacudidos por las oleadas rítmicas que inició mi pie primero, después toda la pierna; breves toques acompasados como los que se aplican a una rueca surcaron aquel jardín, subían y bajaban el lecho de la fuente buscando el placer que reside en el propio hecho de avanzar, a la vez que el orificio de la entrada se me abría más y más y rozaba contra mi carne. No sé hasta dónde habríamos llegado si en ese instante la quilla de nuestro barco no hubiese chocado contra la orilla con un fuerte crujido y no hubiéramos sentido que los hombres subían y saltaban por encima de nuestras cabezas y nuestros cuerpos. Se oían los chillidos de las mujeres y las blasfemias de los soldados. Los normandos se lanzaron al saqueo de los almacenes de mercancías en el puerto del río mientras los mercaderes abandonaban sus puestos de venta y los campesinos sus carros.

–¡Atrás!– oí gritar a Guiscard. –¡Tenemos que seguir adelante, tenemos que dejar atrás ese maldito castillo!

Pero lo más probable es que tuviese poco éxito llamando a sus compatriotas, porque poco después oí gritar a Hamo:

–¡Otranto! ¡A mí Otranto!– Y poco después saltaron cuerpos y piernas sobre nosotros, dejándome casi sin sentido –aunque, de todos modos, no veía nada– y aplastando de paso también todo aliento de lujuria. Una bota pesada se había posado precisamente sobre mi pierna amorosa y la atraje hacia mí, golpeado por el dolor.

Aún con más celeridad que antes fuimos remando río arriba, y el silencio aumentó en torno a nuestra barca hasta que sólo se oyó el chapoteo del agua y el golpe de los remos.

–¡El Castel Sant'Angelo!– oí la voz de Guiscard murmurando en voz baja un nombre que sin duda le infundía respeto.

Entonces sentí auténtico miedo; miré por una rendija y vi frente a mí la gigantesca mole redondeada de aquellos muros inconquistables y amenazadores. En ese mismo instante sentí una mano que se deslizaba como una serpiente bajo mi hábito y me subía por la pierna, transformándose en una ardilla cálida que jugaba con mi sexo y lo hacía crecer como una seta joven tras la lluvia, sólo que con mayor rapidez, a la vez que con la misma celeridad se convertía aquel animalillo atrevido en una cosechadora experta. Primero se deslizó explorando por el tronco, después lo rodeó con firmeza, y cuando más aumentó mi *fungus* en reciedad hasta convertirse en una torre normanda Clarion se aprestó a asaltarla con conocimiento de cómo hacerlo…

–¡Cuidado! ¡Están disparando con flechas!– gritaban excitadas las voces por encima de mi cabeza. Un silbido extraño surcó los aires, un golpe, después varios que hicieron temblar el cuerpo de la barca, un gemido. Alguien se lamentó en voz baja:

–¡Guiscard está herido!– y sentí como mi torre se derrumbaba y la mano se retiraba enfriada por la desilusión.

–No os preocupéis de mí– gemía Guiscard. –¡Llevad a los niños a tierra, allá enfrente!– El dolor casi le impedía formular las palabras.

–¡No te abandonaremos!– declaró Hamo con firmeza. Sin dudarlo un instante había tomado el mando.

–¡Deprisa!– gruñó el amalfitano. –¡Coged esos carros abandonados por sus propietarios!

–¡Allá vamos!– exclamó Hamo excitado mientras nuestra barca chocaba contra la tierra dura. Arrojé las mantas pesadas de mi cuerpo, salté con los miembros entumecidos, mi adorno masculino bamboleándose bajo el hábito, y quise tenderle una mano a Clarion para ayudarla. Alguien gritó:

–¡Cuidado, aún estamos al alcance de las catapultas!

Se oyó un zumbido y, en el mismo sitio en que un momento antes había estado yo acostado, cayó una piedra que destrozó el casco del barco y rompió un remo como si fuese un palillo seco. Pero yo ya no me enteré bien de lo que pasaba, pues la parte más gruesa del remo me dio en la cabeza y caí hacia adelante como un saco mojado…

TEMPESTAD SOBRE APULIA

Otranto, invierno de 1245/46

–¿Duermes?

–No, estoy pensando en William.

–¿Estás enamorada de él?– Roç no intentaba siquiera reprimir sus celos y, por otra parte, tampoco sabía cuáles eran sus sentimientos hacia Yeza, aunque sí estaba seguro de que no se la cedería a nadie. Sospechaba además que siempre habría otros que la desearan, porque Yeza lo quería así.

–No– dijo ella con entonación lenta, aunque segura. –¡Pero es una indecencia que nos haya dejado solos!

Era noche en Otranto, no había luna que se reflejara en el mar, sólo se veían nubes oscuras; a lo lejos, en la otra orilla, se encendían los rayos de una tempestad.

–Hamo y Clarion también se han marchado– se quejó Roç. –¡Me parece injusto que se lleven de viaje a otros niños y nosotros tengamos que quedarnos aquí!

–¡Es precisamente lo que más rabia me da: "los niños" somos nosotros!

Roç sumido en conjeturas intentaba entender la situación y hasta disculpar a William:

–Lo habrán obligado a irse...

–¡Podría habernos escrito!– Yeza no renunciaba fácilmente a sus reproches. –¡Cuando se quiere a alguien hay que defenderse!

Roç la comprendía, sobre todo porque consideraba que si alguien amaba a Yeza tenía que defender su amor a golpes. Sin embargo, objetó:

–¡No es más que un prisionero!

–¡Nosotros también!– respondió Yeza con obstinación. En el exterior se iba acercando la tempestad y se oían rumorear los truenos. –Si quieres, puedes venir a mi cama– Yeza sabía que Roç era miedoso. Ella en realidad estaba cansada, pero como sabía que él no la dejaría dormir en paz consintió en protegerlo, porque en verdad le gustaba que el niño le subiera el camisón y pegara su cuerpo desnudo al de ella, aunque al hacerlo mostrara poca delicadeza. Pero nunca le confesaría que ese gesto la excitaba; la verdad es que en esas ocasiones no pensaba en Roç. ¿En quién pues? ¿En William? No, ¡de verdad que no! Era sólo la carne del otro, su piel, sus tendones, su cabello, su olor, el tacto de sus dedos, el avance de una rodilla, el roce de una pierna, las cosquillas en el vientre: todo eso le agradaba y sospechó que aún podía haber más, que el futuro le ofrecería más placeres. Sentía una certeza agradable, aparejada con un sentimiento de inseguridad, un temblor, una esperanza, sueños, emociones...

–¡Acuéstate de una vez!– dijo Yeza cuando vio que Roç estaba inmóvil junto a la ventana mirando hacia el mar nocturno que empezaba a agolparse bajo los primeros efectos del temporal. Roç se quitó el camisón y su pequeño y musculoso cuerpo quedó durante un instante iluminado por la luz de un rayo, pero en lugar de retroceder asustado salió al balcón a exponerse a las ráfagas de lluvia que empezaban a caer. El agua se estrellaba contra su pecho. Yeza sabía que lo hacía por ella. Roç era su caballero valiente, el héroe que se enfrenta a rayos y truenos. Le agradaba pensar en la frescura húmeda de su piel.

–¡Roç!– lo llamó preocupada, y le extrañó el deseo de lamer su piel, sentirse pegada a él y su cuerpo resbaladizo. –¡Es peligroso!

Dispensado así de seguir exponiéndose al peligro para demostrar su valor, Roç se acercó a su cama:

–¡...tan peligroso como ahogarse!– se burló de ella, y sacudió su cabello encima de la cara de la niña. –¡Te traigo la lluvia!– Pero en lugar de chillar, como había esperado, Yeza no se movió bajo el goteo fino que le caía encima. Tampoco necesitó subirle el camisón: Yeza estaba desnuda.

El golpe de viento tiró de la cortina a un lado y la hinchó hacia adentro. Durante un largo instante se vio el mar agitado, iluminado por la luz deslumbrante de los rayos que caían compitiendo entre ellos, mientras el temporal formaba olas de corona espumosa que rodaban con un rumor de trueno contra los muros exteriores del castillo.

Otras descargas que no se veían golpeaban como látigos que desde su gran carruaje fuera descargando el dios de la tempestad: un titán que rodaba por encima del castillo, directamente sobre las cabezas de los dos hombres sentados ante la mesa del refectorio.

–Son los temporales de otoño– quiso explicar John Turnbull como si tuviese que disculparse ante Tarik por el mal tiempo, aunque sus pensamientos estaban en otra parte. –Espero que el comandante de la trirreme haya tenido el suficiente buen juicio como para refugiarse en un puerto seguro. Los esperábamos aquí mañana mismo.

–¡Creo que sabrá lo que le conviene hacer!– cortó Tarik casi con reproche las preocupaciones del anciano. –La verdad es que debemos tomar una decisión.

–Ah, sí, los niños– contestó Turnbull haciendo un esfuerzo. –¿Podrán dormir con este ruido?

–No se trata de que puedan sentir miedo o divertirse cuando vean rayos y oigan truenos en medio de la noche– y el tono de Tarik adquirió un tinte ligeramente sarcástico –sino de saber si a la larga se encuentran seguros aquí. Saber si el poder del emperador será capaz de superar el golpe, o si éste significa el fin del imperio romano-germánico en Sicilia y, por tanto, también aquí, en Apulia.

Turnbull parecía obtener su inspiración de algún lugar lejano, su voz era como un oráculo:

–Mientras Luis le conserve la amistad, ¿quién iba a alargar la mano para alzarse contra el reino de los normandos?

–En Alemania han proclamado ya un antirrey– le opuso el canciller de los “asesinos”, –aunque esto afectará más al hijo del emperador.

–Mientras Federico viva– dijo Turnbull con firmeza; –será emperador y no consentirá que alguien quiera recortar sus poderes; no cederá ni un ápice, ni un trozo de tierra, ¡y mucho menos la de Otranto!

El viejo John se había emocionado y Tarik intentó calmarlo.

–Sólo estoy pensando en la nueva situación que se nos presenta, puesto que por encargo vuestro, venerable maestro, he de garantizar la seguridad de los infantes. Es mi obligación ser precavido, más que eso, ¡debo ser cauteloso al máximo!

–La *Prieuré* de Sión supo apreciar siempre, y también sabrá apreciar ahora, que vuestra Orden haya aceptado tal responsabilidad– convino Turnbull. –Si consideráis que es demasiado peligroso dejar a los niños al cuidado de la condesa...

–Me sentiría mucho mejor sabiéndolos confiados a los "asesinos" en...

Un golpe de aire movió las cortinas. Laurence había abierto la puerta y el viento la volvió a cerrar con una estampida.

–¡Perdonad el retraso!– su cabello y sus ropas estaban empapados a pesar del manto que llevaba encima. –¡La trirreme ha conseguido refugiarse a tiempo en Tarento y podrá estar mañana aquí!– La noticia le salió a borbotones y los hombres se dieron cuenta de la alegría que experimentaba ella por el feliz retorno de su nave. La condesa retiró una jarra de vino y algunas copas del estante y los llenó para ella y sus huéspedes. –También hay noticias de Elía, desde Ancona: Hamo, mi hijo, está marchando con ese fraile y con los *pupazzi* sobre Cortona, desde donde le enviarán de inmediato más hacia el norte. Han conseguido también que Pian del Carpine se detenga en el sur de Alemania para que William pueda unirse a él, aunque no esperará por mucho tiempo...

Tarik intervino en tono burlón:

–¿Sería imaginable que la influencia del general sobre los minoritas haya disminuido hasta el punto de que ya no le obedezcan *sine glossa?*

–¡No olvidéis su excomunión y, precisamente ahora, el conocimiento que tiene todo el mundo de su amistad con el emperador destituido!– Al parecer, Turnbull creía que la frivolidad del canciller iba en serio.

Laurence interrumpió la escaramuza:

–Lo que me preocupa es que Elía no diga ni una palabra de Clarion...

–¿Y qué queréis, querida Laurence?– intentó tranquilizarla Turnbull. –En este mundo de hombres no suele hablarse de las mujeres, ¡lo cual no significa que no tengan importancia!

Tarik intervino:

–La verdad es que sentimos mucho respeto por el bello sexo– y se inclinó sonriente ante la condesa, a la vez que parecía querer amonestar al viejo, –y agradecemos la hospitalidad que habéis concedido a los infantes– Laurence se mostró alarmada y volvió la cabeza, pero después se mordió los labios, dejando que el huésped acabara de hablar. –Sin embargo, hemos de comunicaros nuestra decisión de sacar a Roger e Isabelle de este refugio.

La condesa se dominó y tomó asiento, sin esperar a que se lo propusieran, en el lado de la mesa que quedaba enfrente de los hombres. Sacó de su manto un pergamino enrollado y rompió el sello. Lo repasó con la vista, y después se lo pasó a los hombres empujándolo con una cierta expresión de frialdad en su mirada a través del tablero.

–Lleva el sello del emperador– dijo simulando no querer darle importancia y sin adoptar un tono triunfante; –es un poder general que me autoriza a hablar sobre este tema como representante del imperio. Yo, una mujer, señor canciller –a partir de entonces fue la condesa quien dirigió la conversación. –Para que no haya malentendidos, señores, yo no he batallado para que me hicieran responsable de la protección de los niños, sobre todo teniendo en cuenta– y fijó su mirada en Turnbull –que la *Prieuré* ha ido escogiendo en esta empresa aliados que no demuestran tener excesivos miramientos cuando se trata de la vida de otras personas. Creo haber entendido bien la alternativa, señor canciller: ¡obediencia o muerte!

–¡Obediencia hasta la muerte!– la corrigió el interpelado, y después calló.

John intentó romper la tensión que imperaba y que le resultaba desagradable:

–Supongo que la trirreme nos traerá mañana, cuando llegue, más instrucciones. Esperemos a ver cómo enjuicia la dirección de la *Prieuré* la situación actual, puesto que todos nosotros no somos más que brazos ejecutores…

Tarik intervino, sin sentirse, al parecer, impresionado:

–Yo también tengo mis instrucciones, claramente fijadas en el contrato que se firmó con nosotros: ¡debo tomar todas las medidas que sean necesarias para proteger a los infantes!

–Todos los que estamos reunidos aquí debemos tener presente que cualquier medida que tomemos debe tener por objetivo el bien de los niños, no el de demostrarnos unos a otros hasta qué punto somos fieles a nuestros principios.

La condesa prosiguió:

–Por otra parte, no veo un peligro inmediato. No quiero menospreciar el poder y la protección que vuestra Orden tiene y nos puede prestar, Tarik, pero en este momento no veo motivo para exponer a los niños a los peligros de una confusión política inevitable cuando se inicie la próxima cruzada de Luis, y supongo además que en estas tierras normandas seguirán reinando condiciones estables. ¿Quién querría arrebatar Otranto a Federico?– Laurence tomó un buen trago de vino y levantó su copa. –Y si el germano lo pierde todo, hasta este último bastión, ¡siempre nos queda la posibilidad de huir por mar!

–¡Huir es cosa de mujeres!– refunfuñó Tarik. –¡El hombre inteligente debe ser precavido!

Se miraron fijamente por encima de la mesa; ninguno de los dos dio señales de querer ceder.

–Retirémonos a dormir– dijo John con aire conciliador –para poder tomar mañana una buena decisión, con el ánimo frío y reposado. La tempestad ha pasado, el aire se ha aclarado, ¡creo que tendremos un día precioso!

Los tres se pusieron de pie, se saludaron con un gesto, y abandonaron el refectorio.

Era aún muy temprano, apenas una luz pálida ascendía por el horizonte anunciando la llegada del nuevo día. El canciller de los "asesinos" entró en silencio en la habitación de su protegido, pero el lecho estaba vacío. Crean estaba ya en la terraza; había extendido la alfombra y se arrodillaba para rezar.

Tarik ocupó en silencio un puesto a su lado y ambos esperaron, a falta de la llamada del almuecín, el momento de la primera aparición de la bola de fuego por el este.

–Bismillahi al-rahmani al-rahim.

–Al-hamdu lillahi l-'alamin.

–Ar-rahmani-rahim.

–Mailiki jaumit din.

–Ijjaka na'budu wa ijjaka nasta'm...

Se alternaron repitiendo el canto de invocación a Alá, y sus voces resonaron, como cada mañana a la misma hora, por encima de los muros y la azotea del castillo junto al mar.

–...idina siratal mustaqim. Sirata ladsina an'amta 'alaihim, ghairi-l-maghdubi 'alaihim wa lad daallin. Amin.

Cuando terminaron se había apoderado ya la claridad de las almenas y les calentaba el rostro y los miembros entumecidos, deslumbrándolos al reflejarse en el espejo del mar apaciguado. Crean esperó, todavía arrodillado, a que el mayor le dirigiera la palabra.

–Creo que al final tendremos que viajar sin los niños– el canciller encogió los ojos ante el resplandor de la luz. –Sin embargo, esto no nos exime de borrar nuestras huellas. El viejo John regresará conmigo. Aunque está un poco senil no revelará el secreto. También hemos de confiar en la discreción de la condesa, pues ella seguirá encargada todavía algún tiempo de cuidar de los infantes. En cambio el fraile, ese William de Roebruk, no representará una vez cumplida su misión más que una carga, un peligro innecesario. En cuanto se haya encontrado con Pian del Carpine debe ser eliminado sin llamar la atención, a ser posible ya en tierras de la soberanía de la Horda de Oro. Esa tarea recae sobre ti, Crean.

Al interpelado no le sorprendió oír el encargo y estaba dispuesto a cumplirlo, aunque no pudo reprimir un ligero temblor, como cada vez que sus superiores decidían sobre la vida de las personas como si fuesen figuras de ajedrez cuya caída del tablero significaba la muerte y no, como pudiera pensarse, su reserva para una próxima partida.

–Será difícil darle alcance– objetó, no por falta de obediencia sino teniendo en cuenta el tiempo disponible y las distancias.

Tarik sonrió:

–No quiero decir que salgas corriendo ahora mismo y puñal en mano, sino que eres responsable de que la decisión se lleve a término– el canciller vio que Crean estaba incómodo, pero en ningún momento pensó que pudiese albergar reservas mentales. –Otranto dispone de un mecanismo de señales intacto. ¿Por qué no va a funcionar ahora? Supongo que seguirá instalado en la cúpula que sobresale del torreón principal; por eso la puerta de acceso hacia ese lugar siempre está cerrada.

Las miradas de ambos ascendieron hasta la torre más elevada del castillo, que se erguía solitaria en el centro del patio. A simple vista se veía una puerta un tanto retirada de la plataforma superior, que parecía abrirse más hacia el cielo que hacia una estancia.

–La llave sólo puede tenerla la condesa– dijo Crean. –Le pediré que me permita utilizar el espejo y me dé instrucciones al respecto.

–Lo dejo a tu cuidado– dijo Tarik, y sonrió con desgana. –¡Estoy seguro de que me negaría con mucho gusto ese favor si fuese yo quien se lo pidiera!

Tarik sacó un manojo de cordones de cuero del bolsillo interior de su chilaba; en cada uno había diferentes nudos, de grosor distinto. Los tendió uno a uno a Crean, que se los ató en torno a los dedos en el mismo orden en que los iba recibiendo. Después Crean quiso levantarse, pero el canciller lo retuvo.

–Aparte de ese fraile tenemos aún el problema de los demás acompañantes de la misión que se dirige al país de los mongoles...

–Pero si no saben nada– se atrevió a argumentar Crean. –Sólo Hamo y Clarion están al corriente…

–¿Y acaso no son personas?– devolvió Tarik con toda frialdad la pregunta. –Y, por cierto, muy inmaduras

–No pretenderéis…

–Sólo deseo ser consecuente– respondió Tarik con voz cortante. –También sé que esos dos no acompañarán al fraile hasta la corte del gran kan, sino que regresarán cuando nosotros ya no estemos…

–¿Nosotros?– preguntó Crean.

–En nuestro viaje de regreso te dejaremos en algún lugar del territorio que está bajo soberanía bizantina. Desde allí debes cerciorarte de que se hayan cumplido exactamente nuestras instrucciones referidas al fraile. De no ser así, tendrías que penetrar tú mismo en territorio tártaro y cumplir con la misión, aunque sea con arma blanca. En ese caso, tus posibilidades de regresar con vida son mínimas. Los mongoles no tienen ninguna simpatía por nuestra Orden de "asesinos". Aunque si no cumples con tu misión yo tampoco espero verte ya entre los vivos, Crean. *Insha'allah.*

El interpelado se inclinó profundamente:

–*Alahumma a'inni 'ala dsikrika wa schukrika wa husni 'ibadatik*– se incorporó con el rostro impávido y se alejó.

PLATOS ROTOS

Cortona, otoño de 1245 (crónica)

Cuando volví en mí estaba acostado en uno de los carros, sobre un lecho de paja; a mi lado reposaban dos de los hombres de Otranto, que se quejaban en voz baja. Mi cabeza parecía un barril en el que se hubiese introducido a golpetazos la reserva de mantequilla para todo el invierno; intenté palparla, pero en lugar de suero de leche fue sangre lo que manchó mi mano.

Me incorporé con mucha precaución. Estábamos ante Cortona; en otro carro vi a Clarion junto a los niños. La muchacha sostenía la cabeza de Guiscard en sus faldas. El rostro de éste, aunque parecía hecho de cuero, estaba pálido y cubierto de sudor. Nuestros carros rodaban por el camino empedrado de entrada al castillo.

De repente se presentó junto a mi carro el caballo montado por Hamo:

–Os habéis perdido lo mejor, William. Pudimos atravesar la Porta Flaminia sin ser molestados. Los guardias estaban tan excitados que no controlaban a nadie de los que abandonaban la ciudad. Sólo nos preguntaron con curiosidad si habíamos visto a los piratas. Les mostré a los heridos –ten en cuenta que la pantorrilla de Guiscard llevaba un trozo de flecha partida– y nos dejaron pasar. Encontramos en un pueblo a un curandero que supo operarlo y curar la herida. Después seguimos siempre hacia el norte, a lo largo del Tíber. De repente nos encontramos con una cabalgata de tropas papales, y a su cabeza iba aquel jinete siniestro con manto negro que en su día nos persiguió con tanto encarnizamiento allá en el sur. Lo reconocí en seguida, pero él a nosotros no, ¡por suerte! No merecimos ni una de sus miradas; la verdad es que había un gran gentío en el camino: todos abandonaban Roma presas del pánico. Ninguno de los soldados papales que acudían a Roma se entretuvo en inspeccionar nuestros carros, que ellos mismos casi empujaron fuera de la carretera. Pasaron como una nube de tábanos furiosos y nosotros proseguimos nuestro viaje con toda la rapidez que permitía el estado de nuestros heridos. ¡Vos no formáis parte de los pacientes, William!– cerró Hamo su relato atropellado. –Pero me preocupa el viejo.

Clavó las espuelas a su caballo y volvió a la cabeza de la comitiva. Y de repente vimos de nuevo el estandarte de Otranto que nos guiaba. Qué insensatez, se me ocurrió pensar, no haber arrojado ese paño delator al Tíber, a lo más tardar en Roma. Si nos hubiesen hecho prisioneros todos habríamos acabado ahorcados en el puente de Sant'Angelo o sufrido peor suerte aún.

Las caballerías enfilaron la entrada del castillo de Elía, situado en lo alto del terreno. En el portal nos esperaba la señora Gersenda, el ama de llaves. Descargaron con muchas precauciones a Guiscard, y Clarion tomó a los niños de la mano. Sin concederme ni una mirada –en realidad sería mejor decir que atravesándome con los ojos como si fuese aire– se internó en la casa.

Sólo entonces me llamó la atención el hecho de que Clarion no había dirigido la palabra ni a Hamo ni a nadie más desde que habíamos partido; todavía no la había oído bromear con nadie, ni siquiera con los niños, que todo lo soportaban mudos o, a lo sumo, emitiendo unos gemidos. Tal vez fuesen niños sordomudos. A mí no me causaban la impresión de ser demasiado listos. La condesa debía de haber metido la mano muy a fondo en su depósito de huérfanos del asilo, y había sacado a la luz del día a dos pequeños desgraciados a los que ni el peor tormento podría arrancar una palabra coherente. ¡Valientes infantes imperiales!

Me llamaron a cenar a la cocina, donde habían instalado también a Guiscard, medio sentado y medio acostado; la señora Gersenda lo alimentaba con mucha dedicación. Los niños ya estaban acostados.

Elía envió un mensaje desde Aquilea, indicando que una orden del Papa lo retenía allí para asegurarse de la lealtad de aquella sede patriarcal tan renombrada. Que no lo esperáramos, pero que nos consideráramos en todo sus huéspedes.

–A decir verdad– me confió Gersenda, –unos *zelanti* instigados por el Papa, es decir, adeptos suyos, ¡imaginaos!, han atacado la obra que el *bombarone* está edificando con sus propios medios en honor de san Francisco. ¡Pretendían destruir una iglesia!– Gersenda parecía fuera de sí mientras me relataba tal atrocidad. –De modo que mi señor ha preferido de momento dar la espalda a este ambiente tan enrarecido.

Nos dieron para cenar *pasta ai fagioli* con queso rallado y un buen chorro de aceite de oliva prensado en frío, además de salchichas de burro fritas que Gersenda cortaba en trozos adecuados para ir metiéndoselos en la boca a Guiscard. Bajo estos cuidados el viejo se reponía a ojos vistas, aunque cualquier movimiento de la pierna parecía causarle todavía un intenso dolor.

En la mesa alargada del gran refectorio se había servido la cena para Hamo y Clarion. Los jóvenes condes "hermanos", por los que todo el mundo los tomaba, cenaron sumidos en un silencio gélido; al menos al principio no se oyó ni una palabra a través de la puerta abierta. De vez en cuando Gersenda entraba para llenar sus copas con el buen vino toscano. Pero después se animaron, primero insultándose en voz baja con susurros, después gritándose ya sin miramiento alguno.

–¡Me estoy cansando– siseó Clarion, –no tengo ganas de proseguir con esta locura!

Hamo pareció contento de verla abrir la boca e hizo un intento por disculparse:

–Teníamos que llamar la atención…

Clarion contestó en tono burlón:

–¡Mejor habría sido bailar desnuda en la plaza del mercado!

Hamo intentaba no dejarse provocar, pues comprendía que el vino había hecho su efecto en Clarion. De todos modos quiso aclarar su punto de vista:

–Lo que convendría, desde luego, es que la gente viese a William en compañía de los niños.

Clarion se echó a reír; al parecer tenía la sensación de que la tomaban por tonta:

–¡También puedes hacer bailar desnudo a ese fraile!

Ese golpe bajo iba dirigido contra mí, aunque fuera Hamo quien sufriera las consecuencias.

–¡Puta!– exclamó a viva voz, y acto seguido alguna pieza del servicio de mesa fue a estrellarse contra la pared.

–¡Dios mío, el cristal de Bohemia!– se lamentó Gersenda sosteniendo en el aire un trozo de salchicha frita pinchada en el tenedor con el que estaba a punto de llenarle la boca hambrienta a

Guiscard. Yo aproveché la ocasión para servirme una ración abundante de las sabrosas *salsicce*.

De nuevo se oyó la voz obstinada de Hamo:

–¡Siempre hay alguna mujerzuela de lengua suelta que no se resiste a provocar un escándalo público mientras se sabe protegida por unos hombres que arriesgan su pellejo por ella!

–¿Por quién habéis arriesgado vosotros el pellejo?– le contestó Clarion con voz chillona. –¡Nadie ha visto ni a William ni a los niños. Habéis entrado como bandoleros en Roma y habéis salido arrastrándoos como ladrones!

–¿Acaso íbamos a dejarnos atrapar?– contestó Hamo con un ladrido. –¡Eres una estratega fenomenal, Clarion de Salento!

Hamo estaba furioso, pues la muchacha no carecía del todo de razón; lo menos que debía haber hecho era dejar la bandera en Roma, como prueba visible para sus perseguidores de que habían sido engañados en toda regla.

–¡Mañana seguiremos adelante!– dispuso el muchacho. –Y podrás ingeniártelas para que todo el mundo se entere…

–¡Yo ya no juego!– declaró Clarion con frialdad. –Tú estás loco si quieres salir sin Guiscard, quien por cierto también está loco, pero por lo menos no es un joven inexperto como tú– se burló de Hamo. –¡Marchar sin esperar a que él se reponga...

–No tenemos tiempo que perder. William y los niños deben encontrar a Pian y seguir con éste…

–¡A mí no me saca nadie de aquí!– le informó Clarion.

–¡Pues será Gersenda quien acompañe a los niños!

–Gersenda tiene que cuidar de Guiscard…– la voz de Clarion revelaba más y más obstinación.

Hamo parecía querer reventar:

–¡Te ordeno…!

–Tú no tienes nada que ordenarme. ¡Ni siquiera tienes el mando sobre los soldados que me quedan todavía y que me acompañarán en mi regreso a Otranto!

Se repitió el chasquido de platos y vasos destrozados. Gersenda trazó la señal de la cruz, Guiscard hizo muecas, y yo volví a llenarme el plato. El vino de Toscana, del que también Hamo había disfrutado en abundancia, estaba haciendo su efecto:

–Yo tengo la bandera– dijo a voz en grito, –y si os marcháis todos, ¡tomaré mercenarios a mi servicio! Yo tengo el dinero, alquilaré una nodriza para los niños, ¡y me llevaré también a William! ¿Acaso pretendes quedarte también con el monje?

–¡Busca una nodriza que te envuelva en la bandera, y al fraile también!

–¡Cuidado con esa lengua, traidora!– y el muchacho estrelló un último vaso, de modo que era de suponer que no quedaban más.

–¡Chiquilladas!– Clarion atravesó la cocina con la cabeza muy alta. –¡Los llevarás a todos a la perdición!

Apenas la muchacha hubo salido de la estancia cuando apareció Hamo en el umbral, tambaleándose y con la jarra vacía en la mano:

–¡Más vino, estimada señora Gersenda!– El ama de llaves se había puesto de pie de un salto y parecía querer proteger a Guiscard como si fuese una gallina clueca, mientras yo hundía la nariz en la pasta. –¡Vino!– tartamudeó Hamo. –¿Acaso tampoco queréis darme de beber?

Guiscard y yo elevamos nuestras copas, que habían sido recién llenadas.

–Por los hijos falsos del Grial– cantó Hamo con voz ronca mientras bebía directamente de la jarra, –¡y por todas las mujeres falsas del mundo!

Bebimos en silencio y él se retiró con paso vacilante.

DESTELLOS QUE PARECEN RAYOS

Otranto, invierno de 1245/46

–¡El barco, el barco! ¡Ha vuelto el barco!

Roç y Yeza se habían adelantado, brincando y saltando de emoción, hasta el muro circular donde una puerta de hierro les cerraba el descenso hacia el pequeño puerto. Se encaramaron sobre el antepecho para observar al menos desde allí cómo bajaban los remeros de la nave y eran descargados los géneros transportados, que acabaron amontonados en el muelle.

–¡Os he visto venir!– gritaba Yeza, y les hacía señales a los marineros que subían a los mástiles para retirar las velas recogidas y soltaban de sus anclajes los afilados remos.

–Pero si tú aún dormías cuando dieron la vuelta al cabo– quiso frenar Roç su entusiasmo, pero sin éxito.

Yeza no cedió:

–He visto la nave acercarse desde mar abierta, ¡la he visto!

–Han pasado la noche en Tarento– intentó Roç imponer una vez más su lógica. –¡De modo que tienen que haber llegado bordeando el cabo! ¡Tú ni siquera sabes donde está el sur...!

–¡Un moro, un moro!– gritó Yeza, ahora del todo fuera de sí. –¡Tiene la piel negra y lleva un aro en la nariz!

–¡Un negro, querrás decir!– constató Roç, calmoso y sin darse cuenta de que detrás de ellos se abría una puerta por la que asomó Laurence. Yeza la vio primero y, bajando del antepecho, le saltó al cuello.

–¡Un negro! ¿Es para nosotros?– La condesa parecía sorprendida. Lo más probable era que no se le hubiese ocurrido siquiera la idea, pero después pensó: ¿por qué no? Los niños necesitaban a alguien que no solamente se ocupara un poco de ellos, sino a quien aceptaran más como compañero de juegos que como vigilante.

–¡Os lo regalo!– dijo, y con estas palabras pretendía sustraerse de la explosión de alegría de los niños cuando se presentó Crean y rogó a la condesa que le permitiera hablarle. Roç y Yeza abandonaron a toda prisa el lugar.

La pesada puerta reforzada con placas de hierro, que sólo se podía alcanzar desde una escalera pues quedaba muy por encima de sus cabezas, se abrió con un quejido. Durante años nadie había utilizado aquel acceso. La torre central normanda o *donjon* representaba el último refugio, y hacía generaciones que los habitantes del castillo no habían sufrido un asedio, al menos mientras mandaba allí Laurence. La última vez podría haber sido cuando los emperadores germanos "se hicieron cargo" del castillo.

La condesa subió delante de Crean por la estrecha escalera de caracol excavada en la piedra hasta llegar a un primer espacio circular que carecía de ventanas. Allí empezaba la construcción de madera que, de plataforma en plataforma, sólo era accesible con ayuda de una escalera que después se retiraba hacia arriba. Todo estaba lleno de polvo, la luz entraba por troneras inclinadas. Al final había una última bóveda de piedra que cerraba la redondez y dejaba en el centro un agujero del tamaño justo para permitir el paso de una persona. Crean seguía a la condesa, y después de atravesar con riesgo de partirse el cuello varias plataformas, todas ellas troneras abiertas en todas las direcciones, alcanzaron una asegurada por una doble corona de almenas.

Ahora tenían delante la gigantesca cúpula de piedra, que presentaba en la bóveda una especie de puerta, pero que no podía abrirse desde afuera. Laurence empujó una de las almenas interiores hacia un lado, abriendo así un paso libre.

Se deslizaron por debajo del muro hacia el interior. La bóveda estaba oscura, aunque unos delgadísimos rayos de luz que entraban a través de las finas grietas mostraba la madera de la puerta. Laurence buscó una cadena de hierro y la puerta se abrió chirriando, como una boca que se abre hacia el sol. A la luz clara del día vieron sentados delante de la puerta a los dos niños, que se reían a viva voz al ver el asombro en el rostro de los adultos.

–¿Cómo habéis subido...?– indagó la condesa con voz severa; pero se interrumpió sin acabar la frase, porque Yeza empezó a dar vueltas como un trompo para describir su ascenso por una estrecha escalera de caracol; fue girando y girando cada vez más deprisa, hasta que se mareó.

–¡Acabarás por caerte!– dijo Crean cogiéndola en brazos.

–¡Se sube mucho más deprisa que vosotros con vuestra escalera!– resumió Roç con aire de suficiencia. –Incluso hay dos: una conduce al sótano y la otra puede que llegue hasta el puerto, pero…

–¡Claro, nosotros no lo sabemos!– intervino Yeza sin tardanza. –¡Pero entra muy hondo en la tierra!

–Vaya, vaya– dijo la condesa sin prestar mayor atención a ese relato en torno a unas vías secretas que hasta para ella eran desconocidas. –¡Si es así, ya podéis volver a bajar solitos!

–¿Y si pedimos por favor que nos deje quedarnos?– Yeza era la que mejor sabía cómo convenía hablar con Laurence. A la condesa le era difícil negarle algo a la muchacha, tal vez porque la niña insistía en sufrir el mismo castigo que Roç cada vez que se les infligía alguno; incluso se ofrecía a veces a ser castigada en lugar de él. Lo cierto era que Laurence sabía muy bien que, casi siempre, la verdadera culpable, la instigadora de todas las travesuras, era la chiquilla.

La condesa miró interrogadora a Crean, que dio su aprobación con un gesto. Cómo iban a entender los niños la noticia que él tenía que transmitir; ni siquiera Laurence podría descifrar el código de los "asesinos" por profunda que fuese su experiencia con las señales.

–Siempre he deseado ver cómo funciona eso del fuego señalizador. ¿Se hace en pleno día?– dijo Roç con mirada agradecida.

–Apartaos a un lado– ordenó Laurence, –¡y no rechistéis!

Retiró de la pared curva de madera que tenía a sus espaldas una manta muy gastada de cuero delgado y detrás apareció un espejo. Éste se componía de muchas plaquitas de plata, ennegrecidas por la oxidación, que seguían, dibujando una suave curva, la redondez cóncava del marco de madera.

–No nos queda mucho tiempo– se dirigió la condesa a Crean, que se esforzaba por ayudarla. Pero, a pesar de su edad, Laurence no era el tipo de mujer que espera de un hombre que la libere de un esfuerzo o una maniobra. –Sólo funciona a la hora del mediodía, nos queda un cuarto de hora para prepararlo todo– tomó un cubo con ceniza de madera y repartió trapos a los niños: –Podéis ayudarnos; cuanto más brille el espejo, más lejos llegará el reflejo de su destello, ¡es como un rayo!

–¿También se oyen truenos?– preguntó Yeza con seriedad mirando las numerosas manchas que presentaba el espejo. Roç puso en seguida manos a la obra e intentó limpiarlas, aunque sin éxito, hasta que Laurence le enseñó cómo había que hacerlo. La condesa escupió sobre el trapo, lo introdujo en la ceniza y después repartió la pasta formada sobre el metal. Al poco tiempo de frotar la plata quedó reluciente.

–¡Hay que ver para lo que sirve la saliva!– cacareó Yeza, e imitó de inmediato a la condesa mientras Roç aún miraba, sin saber qué hacer, las manchas. Después la condesa se introdujo detrás del espejo, donde había un taburete de madera firmemente unido al marco mediante travesaños. Dicho taburete no reposaba sobre la piedra, sino que flotaba encima, dejando un resquicio de aproximadamente un dedo. Laurence limpió el polvo del asiento y de las marcas grabadas en el suelo. Se sentó y verificó el funcionamiento de las dos cadenas que pasaban a derecha y a izquierda de ella. Si tiraba de una, la puerta se cerraba; si tiraba de la otra, la boca volvía a abrirse.

Crean había estado limpiando la parte superior de la superficie del espejo, donde los niños no alcanzaban, y se acercó a la condesa. Retiró el primer cordón de cuero de su dedo y controló los nudos. Laurence lo miraba con curiosidad, pero fue incapaz de descubrir un sentido coherente en la secuencia y el grosor de los nudos.

–¿Cuántas longitudes diferentes harán falta?– preguntó la condesa demostrando su experiencia.

–Dos– dijo Crean: –¡corta y larga!

–¿Estáis dispuesto?

Crean asintió.

La condesa ordenó a los niños:

–¡Ahora os colocaréis aquí detrás, pues la luz os deslumbraría y os podría dañar los ojos!

Roç y Yeza se acurrucaron detrás del armazón, cada uno a un lado; mantenían las manos delante del rostro y miraban a través de los dedos entreabiertos con la íntima esperanza de enterarse de cómo funcionaba eso de los "rayos".

Laurence abrió la puerta de un tirón, la dejó abierta durante tres latidos del corazón, la volvió a cerrar, contó en voz baja hasta diez, abrió durante otros tres latidos, volvió a cerrar durante tres, abrió durante diez, y esperó.

–Es la señal para Avlona– explicó, –no es ningún secreto. Es conocida desde los tiempos del emperador Alexios.

Todos fijaron su vista en el mar, cuya línea de horizonte se diluía a lo lejos en el cielo azul, pero no se veía nada. Laurence repitió la operación: ¡tres -pausa larga- tres -pausa corta- diez!

De nuevo estuvieron esperando, los ojos les ardían de ansiedad.

–¡Allí!– gritó Yeza. –¡Un rayo!– En efecto, del otro lado del mar Adrático les llegó una luz no demasiado clara, pero perfectamente visible. Laurence verificó la señal y la confirmó con tres destellos breves y uno largo.

–¡Comenzad!– le susurró en voz baja a Crean, que se dispuso a palpar el cordón con los ojos cerrados avisándole a la mujer de las señales que debía transmitir.

Los niños estaban fascinados; miraban no tanto el abrir y cerrar de la puerta como a la condesa, que tiraba de las cadenas como el director furioso de un teatro de marionetas y echaba de vez en cuando una vista hacia atrás, sobre las marcas, que un rayo de sol recorría en forma de punto luminoso. Intentaron descubrir en la cúpula el orificio a través del cual caía ese rayo de luz, pero no lo consiguieron, porque tendrían que haberse metido para ello debajo del asiento de la condesa, cosa que ésta les prohibió con voz cortante.

Laurence empezó a sudar y entró en trance. Las unidades de tiempo de sus latidos, primero susurradas, después contadas en voz alta y finalmente gritadas; el traqueteo de las cadenas; las correcciones abruptas con las que se colocaba ella misma o situaba el asiento y, por tanto, el espejo, en posiciones siempre diferentes; el chasquido de los maderos de la puerta, provocaban un traqueteo constante, levantaban polvo. Laurence tosía y carraspeaba con voz ronca arrojando miradas apuradas sobre los cordones de Crean que éste, apenas los había "leído", dejaba caer al suelo, hasta que el último hubo acabado de deslizarse entre sus dedos. Un golpe final de la puerta, y quedaron a oscuras.

Cuando los ojos habían vuelto a acostumbrarse a la oscuridad vieron a Laurence hundida sobre el taburete. Respiraba con dificultad. El polvo se iba sedimentando.

Crean, con ayuda de los niños –que se habían quedado sin habla de puro asombro–, volvió a cubrir el espejo y después tendió su mano a Laurence. Esta vez la mujer se dejó ayudar, aunque sólo por poco tiempo, pues después volvió a bajar las escaleras sin consentir ayuda alguna, como si fuera una joven. Tampoco esperó a que Crean y los niños hubiesen bajado también, sino que corrió hacia la cisterna del patio. Allí pidió que le subieran un cubo de agua fresca, con la que se mojó la cara, para introducir después las manos y hasta los brazos durante largo tiempo en el fresco líquido. Ordenó a uno de los criados, que la rodeaban con respeto y hasta con cierta angustia, que avisara a Crean para que él mismo cerrara la torre y le trajera las llaves.

LOS REALES INFANTES

Lombardía, invierno de 1245/46 (crónica)

–Los reales infantes– murmuré casi con disgusto, como si estuviese revelando un secreto –dicen que realizaréis un viaje muy largo, pero que al final venderéis el burro por debajo de su precio.

El labriego, que se mantenía respetuoso de pie delante de mi "trono" retorciendo penosamente su gorra entre los bastos dedos, quiso que yo, el gran mago William de Roebruk, le dijera algo más con ocasión de esa última *audienza in pubblico:*

–¿Encontraré también una mujer?

Yo, consejero en cualquier situación difícil de la vida, famoso sabio, último guarda vivo del sello del matrimonio alquímico y adepto de Hermes Trismegisto a punto de dar definitivamente la espalda a Occidente para retornar a la corte del gran kan de todos los mongoles y tártaros, puse mis manos sobre las cabezas de los niños que tenía a mi lado, cerré los ojos e hice esperar al campesino durante un tiempo conveniente; después me incliné hacia el muchacho, que, sin embargo, no fue capaz de articular palabra, de modo que tendí mi oído hacia la niña, quien me susurró tener urgente necesidad de orinar. Me volví a erguir y dije:

–¡Al final de la carretera hallaréis a la joven que de día os echará una mano en el trabajo y de noche os calentará la cama!

Para mí había terminado la *consultatio*, pero el labriego seguía preocupado:

–¿De verdad tendré que vender el burro a bajo precio?

–No– le susurré en tono amenazante, –¡pero en ese caso no encontrarás mujer!

Con estas palabras le despedí y él se retiró junto con su asno gris. Había pagado por adelantado una cuota que era superior al precio que jamás alcanzaría por el animal.

Hamo, mi príncipe, me sonrió satisfecho. Le había abrumado la preocupación de ver que nuestra travesía por Italia despertaba tan poca atención, y llevaba como una espina clavada en el alma el reproche de Clarion de haber fallado en ese aspecto concreto. De modo que insistió con obstinación en partir cuanto antes de Cortona, a Dios gracias bien provistos de dinero y con el acompañamiento de un grupo de soldados. Al parecer, Elía, quien seguía en la lejana Aquilea manteniendo aquella posición para su emperador, se veía atormentado por la mala conciencia de haber tenido que cargar al joven conde de Otranto con aquel difícil viaje, pues se sentía con toda razón un tanto culpable de la idea. De modo que envió un contingente de tropa, compuesta de hombres fieles, y con un mensaje para que su ama de llaves proveyera a Hamo de medios abundantes. Incluso habíamos encontrado una nodriza, una mujer gorda de increíble fealdad. No solamente tenía cara de cerdo: dos verrugas peludas hacían su rostro aún mas espantoso; pero era buena con los niños, a los que apretaba contra su generoso pecho. Las criaturas no exteriorizaron un cambio espectacular, pero sí dejaron de gemir y empezaron a expresar con un tartamudeo tímido sus humildes necesidades.

Dimos un rodeo a las ciudades de las que sabíamos eran enemigas del emperador y llegamos hasta los muros de Bolonia, donde Hamo y yo estuvimos devanándonos los sesos para ingeniar una forma de llamar la atención del público sobre nuestra empresa.

–Estamos arriesgando nuestro pellejo, William– se quejó Hamo; –padecemos calor, nos atormentan las moscas, tenemos ampollas en los pies y sufrimos otras molestias; nos arrastramos por pedregales y pantanos, tragamos polvo y todos sufrimos de diarrea, ¡y a nadie le preocupa en lo más mínimo!

Entonces fue cuando tropezamos con la vieja Larissa y su clan, una tribu de gitanos que se consideraban comediantes, aunque no eran capaces de ofrecer más que unos números muy simplones. La bisabuela Larissa, ya sin dientes y con pocas canas, leía el futuro en la palma de la mano y pronunciaba oráculos; sus hijos, sus nueras, sus nietos y sus bisnietos hacían la rueda, construían pirámides humanas, se desataban de complicadas ligaduras, escupían fuego y hacían desaparecer en un santiamén a los niños transformándolos en conejos y palomas blancas, se sacaban huevos de las orejas, se peleaban con espadas de madera y los pequeños montaban sobre los hombros de los adultos para realizar un torneo con lanzas cuyos extremos estaban sabiamente cubiertos de trapos. Las niñas bailoteaban y tocaban timbales y panderetas; sus amplias faldas revoloteaban, pero no mostraban más que los calzones que llevaban debajo. Nadie las miraba excepto unos cuantos pastores que, en cambio, no pagaban. Los soldados reían y, además de arrojarles unas miradas apasionadas a las jóvenes gitanas, les dirigían ofrecimientos groseros.

Nos detuvimos allí; Hamo les dio dinero al ver que amenazaban con repetir el programa y que las manos de los hombres estaban dispuestas a tirar de la navaja. El mayor de los hijos nos condujo a presencia de Larissa, quien se quejaba de que ella y su familia tendrían que morir de hambre porque los guardias de la ciudad las trataban, no obstante ser comediantes, como si fuesen gitanos, impidiéndoles entrar a actuar en los mercados. ¿Tal vez a él, un señor joven y poderoso como era fácil de ver, le fuese posible abrirles las puertas cerradas de la ciudad? Y con estas palabras se arrojó a tierra y besó las botas de Hamo.

En aquella ocasión pude apreciar por primera vez la fantasía desbordante del hijo de "la abadesa", la fuerza de su imaginación espontánea:

–Llevo aquí conmigo a William de Roebruk, tan famoso como extravagante– dijo en voz alta y me señaló con todo respeto, –además de a dos infantes reales–. Los niños miraban a su alrededor intimidados y buscaron protección junto a los poderosos flancos de la gorda nodriza. –¿No sería posible incorporar a este maestro venerable de las artes ocultas, y a los infantes de la corona invisible, a vuestro espectáculo artístico; convertirlos incluso en su mayor atracción?

La anciana no entendió cuáles eran las intenciones de Hamo, o yo no pude entender lo que su boca desdentada, habituada a los oráculos, pronunció como respuesta, pero su hijo mayor, Roberto, capaz de reventar cadenas con el torso desnudo cuando no lanzaba puñales trazando la silueta de alguna de las bailarinas sobre un tablero, comprendió de inmediato la bondad de nuestra idea.

Así se formó el "Conjunto extraordinario y artístico del famoso príncipe de Otranto".

A mí me metieron en un amplio manto color lila adornado con estrellas de plata y me proporcionaron un sombrero puntiagudo en el que brillaba una media luna; vistieron a los niños con batas de colores y les colocaron en las cabezas unas coronas pequeñas que parecían de oro. En cuanto a Hamo, desplegó la bandera de la que nunca se había querido separar. Un heraldo anunciaba nuestra llegada, y ningún guardia se atrevió a negarnos la entrada, actitud a la que contribuía sin duda alguna el hecho de que dejáramos caer hábilmente algunas monedas de oro. Yo volvía a tener un carro propio sobre el que me sentaba como en un trono, pues la anciana me había cedido su sitio y sus oráculos, y los niños viajaban en otro carro, rodeados de soldados, mientras los nietos de la vieja les arrojaban pétalos de flores.

Así viajamos de mercado en mercado; la gente nos miraba, nos admiraba y murmuraba acerca de nosotros, pues Hamo y Roberto competían en inventar cada día nuevas leyendas sobre el gran mago William y los reales infantes. Nuestra fama nos precedía y también nos seguía como la amplia cola de un manto de la realeza, pues estaba tejida, más que otra cosa, con la emoción que despertaba la meta de nuestro viaje: la corte del lejano, poderoso y sanguinario gran kan.

Así llegamos a Parma. Habíamos montado el tablado e instalado mi trono con su baldaquín, y yo me dedicaba a dirigir dichos sabios al pueblo curioso, dando en secreto gracias a Dios por la ocasión que tuve en su día de realizar estudios de ocultismo en París, lo que ahora resultaba serme de gran provecho.

Justo cuando una ciudadana que aseguraba ser viuda me pedía avergonzada algún consejo contra el dolor de vientre que la afectaba por falta de compañero de cama, vi frente a mí, al otro lado del mercado, a un grupo de jinetes, franciscanos como yo, que escoltaban a un legado papal, como comprendí a la vez que un hervor me recorría la sangre. El nuncio me estuvo mirando con insistencia; después bajó del caballo y se me acercó.

–Mucha agua templada, tanto por dentro como por fuera– intenté despachar rápidamente a la dama. Pero ella insistió en el tema del robusto muchacho que deseaba acompañara sus noches solitarias:

–¿Y la pócima de amor?– mientras el viejo franciscano se acercaba cada vez más. Su figura era delicada como la de un pajarillo, del cabello no le quedaba más que una corona de rizos, y una sonrisa irónica se dibujaba en torno a sus labios.

–Acudid cada día a la casa de baños, buena mujer, ¡allí hallaréis a quien os libere del tormento de vuestro cuerpo!– Ella se alejó ruborizada, justo antes de que mi hermano se dirigiera a mí.

Le sonreí antes de cerrar los ojos y extender las manos para buscar la coronilla de los infantes reales. El legado se acercó tanto a mi oreja que sentí el soplo de su respiración.

–Recuerdos de Ingolinda– me susurró. Y como yo no me atreviera a respirar y mucho menos a responder, añadió con una risita: –Eres un extraño adorno para nuestra Orden, hermano William, pero de mí nada tienes que temer.

Intenté mirar por debajo de los párpados semicerrados. Sus ojos grises, rodeados de arruguitas que denotaban buen humor, no emitían destellos amenazadores.

–Soy Lorenzo de Orta– dijo en voz baja, –y voy camino de donde se encuentre nuestro general...

–Elía está en Aquilea– le mostré confianza.

–Lo sé– siseó Lorenzo en voz baja; –tengo que exigirle que se presente ante el Papa y, al mismo tiempo– su voz se convirtió en un susurro conspirativo, –¡debo advertirle que no se acerque a Lyon!

–¡A Elía no se le ocurrirá hacer semejante disparate!– se me escapó.

–Lo mismo pienso yo– contestó Orta. –Pero eso significa que, de momento, seguirá afectado por la condena de la Iglesia.

–¡Mejor condenado por la Iglesia que arrojado a las mazmorras del Castel Sant'Angelo!

–Lo mismo vale para vos, hermano William. Mirad, pero sin llamar la atención, por encima de mi hombro hacia las arcadas que hay a la salida de la plaza. ¿Véis allí a una figura solitaria envuelta en una capa oscura?

–¡Dios mío!

–¡Más bien: diablo mío!– me corrigió Lorenzo en voz baja, y se echó a reír. –Es Vito de Viterbo– yo no tuve ánimos para reírme; una vez más me vi empujado a acordarme de París. –El inquisidor, mejor dicho el esbirro del "cardenal gris", está ansioso por llevaros a vos y a los infantes hasta Roma, enteros o a trozos, para congraciarse de nuevo con su señor. Desde que tuvisteis la insolencia de engañarlo sin dejaros atrapar, el pobre Vito ya no se ha atrevido a presentarse ante los ojos de su amo; ¡ahora está dispuesto a llevaros al infierno!

Así pues, aquel era el nombre del misterioso forastero que nos había seguido por media Italia. Tal revelación no me proporcionó ninguna alegría.

–¿Y qué debo hacer?– me lamenté. –¿Cómo escapar de aquí?

Lorenzo me contestó burlón:

–¿No sois acaso el más famoso de todos los magos? Es muy sencillo: ¡tenéis que disolveros en el aire!

Yo seguía desviando un ojo hacia la oscuridad de las arcadas, donde a la sombra de una columna se divisaba la negra forma que parecía querer clavar en mí una mirada ardiente.

–Debéis abandonar esta noche la ciudad en dirección oeste– susurró Lorenzo. –Él no espera que lo hagáis. Después de una milla y media encontraréis a la derecha un castillo quemado junto al camino. Allí me reuniré con vos a medianoche. ¡Matad a todo el que llegue antes o después!

El señor legado me arrojó una moneda como pago por el minucioso consejo que me había solicitado y regresó hacia donde le esperaba su escolta. Los franciscanos se alejaron en dirección al portal del este.

Interrumpimos nuestro espectáculo, solicitamos un albergue y preguntamos a toda persona con la que nos cruzamos en el camino cómo llegar hasta allí. Entregamos al mesonero el pago por una noche; después me senté con Hamo y Roberto en un rincón a deliberar.

Al caer la oscuridad comunicó Hamo al mesonero que lo habíamos pensado mejor y que proseguiríamos nuestro viaje en dirección este, incluso durante la noche. Lo premiamos con generosidad, no tanto por las advertencias que nos dirigió como por el silencio que le rogamos mantener; despertamos a niños, mujeres, hijos y nietos, y nos alejamos de la posada.

Al llegar al lugar indicado encontramos a un pastor que nos entregó cierto número de hábitos de monje acompañándolos con las palabras siguientes:

–¡El hermano William, el mayor pecador de la Cristiandad, será llevado encadenado al lugar donde sufrirá el castigo merecido! ¡William de Roebruk, culpable del terrible pecado de sodomía! Ved a este monje corrupto encadenado a una mujer libidinosa con cabeza de cerdo y al fruto de sus pecados: ¡Hijos de cerdo, dirigíos a los lagos del norte! ¡Y no ahorréis los latigazos para castigar a esa vergüenza de nuestra Orden sobre quien escupirán los pobladores del campo! ¡Evitad las ciudades!

–¡Tú no eres pastor!– le espeté.

–Pace e bene!– me saludó el minorita riendo, y se desvaneció con sus cabras en la oscuridad de la noche.

Seguimos por donde nos había dicho, aunque tuvimos que despedirnos de Larissa y sus actores. Fue una despedida conmovedora que Hamo intentó dorar dándole algunas monedas a la bisabuela, lo que a su vez nos aportó una lluvia de bendiciones y deseos de felicidad para el futuro.

Desde luego, ninguna comparación con la granizada de latigazos que en una época próxima, de día y ante los ojos sorprendidos de los campesinos que iban camino del mercado, caería sobre mis espaldas. Roberto, hombre fuerte y robusto como un oso que nos acompañó a partir de entonces y resultó ser un guía hábil, se hizo cargo del oficio de verdugo. Tengo que confesar que mi papel anterior me había resultado mucho más placentero. Los latigazos de Roberto hacían mucho ruido, hasta el punto de hacer llorar a los niños, pero los escupitajos, los huevos podridos y las tripas hediondas que me arrojaban a nuestro paso por los pueblos, eran de verdad y daban cuenta del rencor generalizado.

Así pudimos avanzar a lo largo de los lagos, donde las montañas eran más altas y las más alejadas asomaban ya con mantos de nieve en las cimas. Cada noche hacía más frío y la soledad era mayor; ya no tropezábamos más que con algunos caseríos aislados cuyos habitantes nos prestaban cada vez menor atención, hasta el punto de no levantar siquiera el rostro mientras cortaban el heno; el otoño se estaba convirtiendo en invierno.

DUDAS EDIFICANTES

Otranto, invierno de 1245/46

El sol se ponía ya muy temprano en Otranto, pero Laurence no quería acostarse aún. El día había sido cansado, le dolían los huesos, y en secreto maldecía el momento en que se dejó convencer por Crean para transmitir mensajes con ayuda del espejo. Habían llegado noticias y respuestas, que la obligaban a subir con frecuencia por las empinadas escaleras, instalar el espejo y regular la trampilla. Lo que más disgusto le causaba era no entender nada de aquel código secreto con el que los "asesinos" se comunicaban entre ellos.

La condesa atravesó con pasos enérgicos el castillo para llegar al aposento donde la esperaban Turnbull y Tarik.

–Hemos llegado a la conclusión– la recibió John, y también Tarik hizo un esfuerzo por sonreír pues pretendía transformar su momentánea derrota en un beneficio político a largo plazo –de que nuestros pequeños deberían quedarse de momento aquí, hasta haber crecido un poco y ser capaces de resistir las penalidades de un viaje prolongado.

Laurence no demostró el alivio que le causaban aquellas palabras. ¡Claro que los chiquillos eran una carga, incluso ahora, a una edad tan temprana! Una carga cuyo peso aumentaría. En realidad, ella tenía ganas de entregar a los niños antes de que regresara Hamo y, sobre todo, antes de haber abrazado de nuevo a Clarion. Pero Roç y Yeza eran una prenda que le proporcionaba cierta seguridad de que nada les sucedería a los miembros de su propia familia, y entre éstos incluía a Clarion. Además, los pequeños le gustaban, apreciaba su carácter impetuoso, su espontaneidad. La condesa quería a los niños a su manera: a Roç por su pureza y seriedad; a Yeza, tan indómita, por ser parecida a ella. Sin embargo, no le apetecía asentir sin más, y se le ocurrió representar que oponía alguna resistencia.

–¿Qué viaje prolongado es ése del que habláis?– se le escapó, a sabiendas de que podían negarle toda información. Pero a Tarik le pareció conveniente proporcionarle a la condesa una idea de la magnitud y la importancia de la empresa pendiente, con el fin de conseguir que se mostrara más dócil en el futuro y para que comprendiera mejor su propia intervención y responsabilidad en el "gran proyecto".

–Os agradezco, condesa, que estéis de acuerdo en tomar sobre vos tamaña responsabilidad– el canciller adoptó un tono solemne. –La cuna de la humanidad no puede seguir durante mucho tiempo más en manos de un califa que basa su poder tan sólo en la *sunna*. Habrá que instalar en Bagdad una dinastía cuya sangre se derive en línea recta del Profeta…

–También Jesús era profeta– lo interrumpió Turnbull con decisión. –¿Por qué no nos ponemos de acuerdo en adoptar una fórmula aceptable para todos, judíos y cristianos? Precisamente ahí reside la grandeza y la audacia del "gran proyecto": en crear un lazo de sangre entre el Antiguo y el Nuevo Testamento, el Corán y las Profecías…

–¿De modo que ni siquiera pretendéis que los niños constituyan una pareja soberana?– intervino Laurence sin ser preguntada, tanta era su indignación. –No sé mucho acerca del vientre y del semen del que proceden, ¡pero me imagino que difícilmente se les podrá considerar defensores del *chiísmo!* ¿Qué juego os proponéis entablar con ellos?

–Nosotros, la *Prieuré* de Sión– le contestó John con voz cortante, y por primera vez sintió la condesa el hálito frío que emanaba de la Orden secreta que tiraba de los hilos en la oscuridad y que las hacía a otros sacar las castañas del fuego, –jamás hemos dicho que los convertiríamos en una pareja de soberanos. ¡Siempre hemos afirmado que *de* ellos nacería la nueva pareja de soberanos!

Turnbull adoptó a continuación un tono bastante más conciliatorio pues comprendió que se jugaba demasiado:

–Eso puede significar que nacerá de ellos, pero tal vez sólo de uno de los dos niños…

–¿Y qué sería del otro?– la condesa parecía ahora una leona vigilante que sospecha la cercanía de unos chacales dispuestos a atacar a sus crías y Tarik se dio cuenta.

–Vos esperáis ahora que yo diga una frase como ésta: "¡Sobrevivirá la cría más apta de la camada y las demás perecerán!" ¿No es lo que pensabais oír?

–¡Seguid adelante, descubrid vuestras intenciones, canciller!– Laurence sentía crecer en su interior el espíritu combativo de una leona. –¿Qué sucederá, pues, con el cachorro inútil o la cría que no merece sobrevivir?

Tarik soltó una risa cínica que a ella le causó mayor rabia aún:

–¡Vosotros, cristianos sentimentales, tenéis monasterios y conventos en los que solucionar tales problemas! Nosotros, bárbaros infieles, matamos a quien nos molesta, y lo hacemos a su debido tiempo y sin llamar la atención.

Laurence sintió una profunda tristeza; de algún modo había esperado que todo aquello no fuera más que un mal sueño, una imagen desdibujada de la maldad profunda que se oculta en el ser humano.

–¿Acaso creéis que os entregaré jamás a estos pequeños para sacrificar sus jóvenes vidas a vuestro "gran proyecto"?

–Yo creo– dijo John, –¡que estáis exagerando los dos! Por un lado es cierto que no debemos poner en peligro nuestro propósito, al que todos hemos jurado someternos; también vos, Laurence. Ni siquiera a través de la comisión de un pecado, y derramar sangre sería uno de los mayores. ¡Y por otro lado está decidido que ninguno de los niños debe sufrir daño alguno! ¡Sabéis que los necesitamos!

–¡Es cierto!– estalló Laurence. –Aún los necesitáis, ¡aunque no sabemos por cuanto tiempo!

–Estáis en un error– dijo Tarik áspero. –La sangre derramada significa pureza, ¡el pecado sólo está en mezclar la propia sangre con otra que no le corresponde!– El canciller se detuvo un instante en su discurso, para ver si alguien lo atacaba. –Nosotros, los de la secta de Ismael, estamos dispuestos a liberar a Bagdad del yugo del califa impostor, sometiéndolo a un doble ataque, desde Persia y desde Siria; y estamos dispuestos a derramar nuestra propia sangre sagrada porque, aun siendo descendientes directos del Profeta, hemos de seguir las leyes del *chiísmo* y las exigencias que nos impone nuestra descendencia de la casa real de David...

–Sangre sagrada en la tierra entre dos ríos– se burló Laurence, –¡una tierra protegida por los caballeros francos del reino de Jerusalén en el oeste y por Alamut en el este! Pero se os olvida mencionar otro detalle, estimado canciller: el de vuestra preocupación justificada por el peligro que os amenaza de parte de los mongoles. Vos pretendéis que esos niños aseguren a los vuestros, a los ismaelitas, la influencia necesaria, la superviviencia incluso...– Los dos comprendieron que la condesa habría sido una buena estadista y, la verdad sea dicha, ella misma lo había pensado en muchas ocasiones. –¡Sólo esa esperanza os lleva a aceptarlos, aunque para vos sean de sangre infiel!

–Cada uno de los presentes tenemos nuestras razones para estar interesados en el bienestar de los niños. Pero hay muchas otras personas invisibles a quienes interesa su perdición, ¡y que moverán cielo y tierra para desbaratar nuestros propósitos!– El viejo John Turnbull dirigió un llamamiento entusiasta a los enfrentados. –¡De ahí que debamos unir nuestras fuerzas para asegurar su supervivencia y con ello su futuro!– Su respiración se hizo pesada, la excitación lo afectaba. –¿Quién iba a oponerse a una educación multirreligiosa de Roç y Yeza, basada tanto en el Corán como en la Biblia?

–¡Mañana mismo haré venir también al rabino de Bari!– Laurence decidió que el sarcasmo era la mejor manera de enfrentarse a este caso. Aún pensó un instante en los esfuerzos que le había costado mantener alejados hasta entonces a todo tipo de frailes y monjas, para que ahora llegasen unos fanáticos religiosos y políticos extraviados a confundir la mente ingenua de los niños.

Pero Turnbull seguía entusiasmado con su idea:

–Serán soberanos que llevarán en sí mismos el reino de Dios. La catarsis de sus padres será la fuerza impulsora, pues esta forma purificada de cristianismo reúne en sí todas las religiones y consigue conciliarlas– prosiguió lleno de entusiasmo. Después cerró los ojos: –Ya veo a los niños en Jerusalén, en el lugar de la sagrada tumba, el mismo lugar de donde Mahoma ascendió al cielo, en el templo de…

–¿Queréis decir que Roç sería Papa y Yeza emperatriz?– lo interrumpió Tarik con ironía, y también Laurence intervino con vehemencia:

–¡Y el poder universal de la *Prieuré* conseguiría manifestarse finalmente en el lugar histórico más adecuado!

–No se trata de poder ni de soberanía: ¡se trata de las *leys d'amor!*– se defendió John con énfasis. –El fin de toda violencia, el retorno a la tierra de promisión…

–¡Los judíos estarán contentos!– respondió Laurence con crudeza señalando el pergamino con los poderes imperiales que permanecía extendido sobre el pupitre. –Permitid que exponga el punto de vista imperial, para que después nadie pueda decir que callé ante vuestros sueños disparatados y vuestros castillos construidos en el aire de las conspiraciones: ¡el futuro es de occidente! El poder supremo es del emperador. A él deben someterse los sacerdotes de cualquier religión– estas palabras iban dirigidas a los dos ancianos, cuyo sectarismo la irritaba, –y lo que yo querría es que Federico estableciese su sede en Roma, para asegurar así su poderío ¡y para que todo el mundo vea de dónde viene la luz!

–Jamás conseguiréis unir ni pacificar el mundo si albergáis esas intenciones– Tarik estaba furioso ante el espectáculo que ofrecía la mujer. –Y además, dudo de que vuestro soberano piense así…

–¡Roma no ha significado para la humanidad más que desgracia, represión y odio!– se lamentó también Turnbull. –¡Esa ciudad maldita queda muy lejos de Tierra Santa!

–¡Pues que sea Palermo!– ofreció Laurence como si estuviese en sus manos modificar, de un plumazo, el destino de la humanidad. –¡Sicilia representa, en el Mediterráneo, el eslabón que une oriente y occidente!– Después de pronunciar estas palabras la asaltó una gran duda en cuanto a sus poderes absolutos. –Siempre que Federico quiera tener algo que ver con los niños, claro; pues aunque se supone, lo que está por demostrar, que llevan sangre de los Hohenstaufen, para el emperador siguen siendo niños herejes ¡y eso son en realidad!

–Son los infantes del santo Grial, son la "*sang réal*"– John lamentaba el haber permitido siquiera esa discusión. –El mundo nos agradecerá en su día haber salvado esta sangre, sea el lugar que sea donde se manifieste entonces…

–¡Y en la forma que sea!– lo apoyó Tarik a la vez que lo corregía. –¡Es una sangre valiosa que no deberíamos derramar, sino conservarla cuidadosamente hasta el día en que Alá nos revele sus intenciones!

–Honremos a Dios– concluyó John sintiéndose aliviado, –y pidamos paz en la tierra y…

–¡...y entre todos los hombres de buena voluntad!– intervino Laurence. –¡En cuanto los niños alcancen cierta edad tal vez quieran decir también algo al respecto!

La condesa se empeñaba en tener la última palabra, aunque no la pronunciara más que al salir, ya con un pie en el umbral de la puerta.

Por eso no pudo oír cómo el viejo Turnbull murmuraba:

–¡Si Dios no lo remedia!– y Tarik añadía:

–*Wa'tanbah kelab al-kaflah!*

–En realidad, ¿de qué rey somos hijos nosotros?– Roç miraba a Crean desde abajo; había conseguido bajar las escaleras con más rapidez que aquel hombre amable, de rostro triste y cruzado de cicatrices, que los había acompañado desde el Montségur a través de los mares y hacia quien sentía plena confianza. En realidad era demasiado mayor para ser su amigo, como lo era por ejemplo William, ¡tan divertido! Crean siempre parecía estar pensando intensamente en algo que le provocaba una gran pesadumbre en el alma.

–¿Me escuchas?– dijo el muchacho. –Todos dicen que somos hijos de reyes.

Crean se tomó algún tiempo, aprovechando que Yeza había descubierto un nuevo pasatiempo, que consistía en saltar desde la barandilla de las plataformas y dejarse caer en los brazos extendidos de Crean; el juego le gustaba, y cada vez que se dejaba caer lanzaba un gritito de placer.

Los tres seguían aún en la parte interior del *donjon*, la estancia principal carente de ventanas que recibía luz tan sólo a través de las aberturas en lo alto.

–Veamos– dijo Crean, y se sentó en el escalón más bajo de las escaleras de madera, acomodando a Yeza encima de sus rodillas. –Yo tampoco lo sé muy bien. Pero creo que tiene que ver con todos los reyes…

–¿Con el rey de reyes?– preguntó Yeza con avidez.

–¡Ése es el emperador!– quiso instruirla Roç.

–Érase una vez un rey que reunía a los doce mejores caballeros de sus tierras en torno a su mesa…

–¡El rey Arturo!– lo interrumpió Roç excitado. –¿Acaso él es nuestro padre?

–De algún modo parece serlo– contestó Crean pensativo. –Aunque hace mucho que ha muerto…

–Vive en una montaña– le aclaró Roç, –y llegará el día en que…

–Yo no quiero tener nada que ver con un rey tan viejo– proclamó Yeza. –¡Quiero que mi padre sea un héroe!

Crean prosigió:

–Pues bien, las tierras donde se encuentra Montségur pertenecían en su tiempo a un joven rey. Le llamaban Parsifal, un nombre derivado de *perce-val*, que significa "corta por en medio". Era un guerrero valiente, pero…

–¿Pero?– Yeza le seguía con entusiasmo.

–¡Lo envenenaron!

–¿Con intención?– preguntó ella. –¿Quién le dio el veneno?

–Seguro que fueron los franceses– contribuyó Roç al comentario. –¡Son gente peligrosa!

–¿Pero por qué, si era un héroe?– Yeza se mostró desilusionada al darse cuenta que tampoco ese padre estaba a su alcance.

–El rey de Francia– aclaró Crean –y el Papa de Roma sentían mucha envidia por no tener la misma sangre real que Arturo y Parsifal...

–¡Es decir, la nuestra!– observó Roç.

Crean se incorporó y dejó a Yeza en el suelo:

–Ésa es la razón por la que debéis protegeros de tantos enemigos.

–¡Cuando crezca y sea caballero los retaré en duelo y los venceré!

–Yo también– exclamó Yeza, –¡cada uno luchará contra uno de ellos!– Se quedó pensativa, porque no acababa de compaginar esta perspectiva con el papel de mujer que se sabía atribuido. Roç le había inculcado que las mujeres no pueden llegar jamás a ser caballeros, puesto que los caballeros sirven a las damas. Después, la niña añadió con decisión: –¡Envenenaré al Papa en cuanto pretenda casarse conmigo!

Crean se echó a reír, y más aún cuando Roç miró sorprendido a su compañera y le dijo:

–Déjame esa tarea a mí, ¡puesto que soy tu caballero!

Después arrastraron a Crean por la escalera de caracol hacia abajo, lo adelantaron, y descendieron a toda prisa por otra escala apoyada contra el muro con la intención de retirarla antes de que él asomara por la puerta exterior de la torre. Pero Crean intuía sus bromas; salió más deprisa de lo que ellos esperaban y puso con rapidez un pie sobre el primer escalón antes de cerrar con todo cuidado la puerta de hierro. Los niños escaparon corriendo.

EL ALUD

Los Alpes, invierno de 1245/46 (crónica)

Enfilamos un valle en cuyas pendientes meridionales los campesinos aún estaban recogiendo los últimos racimos de uva que habían sufrido ya más de una helada nocturna, y que por detrás lo respaldaban con majestuosa frialdad las cimas blancas de los Alpes. Junto a una capilla solitaria empezamos a ascender hacia el puerto. Pedí entonces que me dejaran rezar a Nuestra Señora, antes de avanzar por el estrecho sendero que se elevaba, serpenteando más allá de las copas de los últimos pinos y oscuros abetos, hacia las alturas batidas por el viento. Debo decir que atendieron mi deseo, puesto que no veían exageradas mis devociones.

Ya encontrábamos nieve a nuestro paso. Hamo ordenó que me quitaran las cadenas, que hacía tiempo que consideraba innecesarias. En el estrecho y mísero espacio de la capilla encontré a un sacerdote que añadía aceite a la lamparilla votiva. Se mostró aterrorizado cuando se enteró de que pretendíamos cruzar el puerto.

–Hermano en san Francisco– se dirigió a mí trazando la señal de la cruz, –precisamente vos deberíais evitar ese *via crucis*. Allá arriba viven los *saratz*. Ningún minorita ha llegado jamás vivo al valle alto del río En después de cruzar el puente.

–¿Los *saratz?*– pregunté divertido, pues había pocas cosas que consiguieran asustarme a esas alturas.

–Son como diablos, corren por la nieve sin hundirse en ella, ¡y eso sólo pueden hacerlo los demonios! ¡Huelen a un minorita a contraviento y no se calman hasta darle alcance y muerte!

–¿No se lo comerán con hábito y todo?– quise burlarme.

–Ay, hermano– suspiró el ermitaño, –me gustaría mostraros las innumerables cruces de madera, bastones y bolsas de peregrino que cada año bajan por el río en cuanto sobreviene el deshielo.

–Atraparemos a uno de esos demonios– bromeé, –¡y os lo enviaremos encadenado a una balsa!

Se empeñó en bendecirnos a todos y se echó a llorar cuando proseguimos el camino.

Dejamos el carro a su cuidado; ese carro que hasta entonces me había soportado a mí, pobre pecador, a mi mujer lasciva –mejor dicho, la buena nodriza de espantosa fealdad– y a las criaturas imbéciles que se suponían mías. El camino era demasiado escarpado y las piedras que lo cubrían formaban profundos surcos causados por la lluvia y la nieve derretida.

No permití que me volviesen a encadenar, pero Hamo insistió en que la nodriza y los niños siguieran unidos con cadenas para que ninguno de esos pobres idiotas pudiese caer al abismo.

Recordando las extrañas advertencias del ermitaño consideré no obstante la posibilidad, que expresé en alta voz, de que lo más inteligente fuera prescindir de mi hábito, de modo que lo cambié por las vestiduras del abanderado aunque el chaleco de éste no cerraba encima de mi vientre. El pobre diablo estaba pasando frío y se encontró la mar de contento y bien vestido con el hábito de lana marrón de mi Orden.

Aún no hacía mucho que avanzábamos por el camino, y cuando alcanzamos el último bosque miré una vez más hacia atrás. Vi que abajo, junto a la ermita, se agolpaba un grupo numeroso de jinetes que rodeaban el carro y sacaban al ermitaño a rastras de la iglesia. A la cabeza del grupo reconocí una tenebrosa figura cubierta con una capa negra.

Aceleramos nuestros pasos, pero también los perseguidores iniciaron el ascenso. Hamo ordenó a los soldados que ocuparan posiciones detrás de los árboles y rechazaran al enemigo con una lluvia de flechas cuando se encontrara a descubierto. Los demás –él mismo, Roberto, la nodriza, los niños y el abanderado– atravesamos a toda prisa la maleza ascendiendo sin cesar; pero una vez que me volví descubrí que nuestros arqueros escapaban para esconderse entre los árboles como si fuesen conejos.

Después de que cruzáramos el bosque se abrió ante nosotros una profunda garganta en cuya base se precipitaba un arroyo bravo. Dos troncos de árbol colocados uno junto al otro servían de estrecho puente. Sentí vértigo y le pedí al abanderado que me tendiera la bandera para utilizarla como barra de equilibrio; él mismo me siguió arrastrándose a cuatro patas; después venía Roberto, quien con brazo robusto conducía a la nodriza atada a la cadena, y detrás de los niños caminaba Hamo, sosteniendo el otro extremo. La mujer avanzaba valientemente con toda su gordura, pero mantuvo los ojos cerrados mientras Roberto tiró de ella hasta llegar a tierra firme.

Roberto siguió tirando de la cadena porque los niños se habían dejado caer al suelo gritando, de modo que tuvo que arrastrar sus cuerpos por encima de los troncos hasta alcanzar tierra segura, donde prosiguieron con sus gritos amortiguados por el rugido de las aguas.

–¡Hay que retirar el puente!– exclamó Roberto arrojándose al suelo para sacudir los troncos que con el tiempo se habían asentado firmemente en la pendiente rocosa. Pero los troncos no se movían. Roberto se arrodilló y los abrazó, las venas de su frente empezaron a hincharse y, de repente, consiguió levantarlos en una sacudida. Pero perdió el equilibrio, el peso liberado de los maderos lo hicieron caer, y desapareció de cabeza en las aguas profundas ante nuestros propios ojos. Vimos una vez más su cabello asomando entre las rocas y los maderos que bajaban acelerados por el agua, y después ya no pudimos ver nada más; sólo los espumarajos que levantaba el arroyo, mientras que frente a nosotros, en el bosque, brillaban ya los cascos de nuestros perseguidores. Nos apresuramos a subir por el sendero rocoso, no tanto por el miedo a que nos descubrieran como por alejarnos del alcance de sus flechas. Cuando me asomé para espiarlos, levantando con precaución la cabeza por encima de una roca, oí a Vito de Viterbo pedir a gritos un hacha; y cuando se la tendieron, empezó a darle hachazos al abeto más cercano con tal furia que el mango se rompió de cuajo y la pieza de metal trazó un arco sorprendente antes de caer en las agitadas aguas. Si hubiese mostrado paciencia en talar aquel abeto tan alto, habrían podido muy pronto cruzar la garganta y capturarnos. Pero, en vista de lo sucedido, el grupo optó por retirarse.

Recé una oración para mis adentros, recordando al valiente Roberto e intentando convencerme a mí mismo de que llegaría a salvarse agarrado a alguna rama que pudiese alcanzar desde el arroyo. De no ser así, ¡que Dios se apiadara de su alma!

Pronto aparecieron algunas manchas de hielo en la pendiente rocosa, que se convirtieron después en una capa dura que lo cubría todo. Muchas barreras de nieve acumulada, junto a grandes rocas de las que algunas incluso se desprendían de la pared y rodaban con gran estruendo hacia el valle, se oponían a nuestro penoso caminar. Cada vez nos era más dificil respirar; el frío se intensificaba y la nieve formaba capas más y más espesas.

–Volvámonos atrás, Hamo– dije intentando mostrarme humilde para no herir su orgullo y provocar su contestación juvenil; –hace tiempo que hemos perdido el camino y poco falta para que no podamos seguir adelante. Ahora mismo aún podemos ver nuestras huellas y tal vez salvarnos.

–Tienes razón– dijo Hamo manteniendo la vista fija sobre la gorda nodriza que tiraba de los pobres niños.

En aquel momento el aire empezó a llenarse de truenos y silbidos. Una nube helada que barrió nuestros cuerpos nos impidió llenar los pulmones, y aún alcancé a ver a la nodriza que volaba como si fuese una pluma y arrastraba a los niños detrás. Pero ya no pude ver nada más que un mar blanco de nieve que me llevó primero en volandas para sepultarme después. La fuerza de la nieve me hizo rodar; intenté sujetar con fuerza el palo de la bandera y ya no sabía si me encontraba en el cielo o enterrado cabeza abajo. Escupía, jadeaba, ¿no estaría ya en el infierno? ¿Para qué luchar aún con los ángeles? El gordo William exhaló un último suspiro, sus ánimos se fueron al diablo, y me sentí rodeado por un plumón cálido que al fin me ofrecía un suave reposo...

VII

LOS *SARATZ*

EL "CARDENAL GRIS"

Castel Sant'Angelo, invierno de 1245/46

Los latigazos restallaban con un silbido sobre la espalda musculosa del delincuente. Caían a trallazos como los golpes de viento en un temporal; abrían silencios que servían para llevar la cuenta silenciosa, caer de nuevo y cortar, como un péndulo en su horrible indiferencia, primero el aire y después la piel. La carne que cubría las costillas enrojecía, se hinchaba y se abría golpe tras golpe.

–No te castigo por haberlos dejado escapar– dijo la voz de cierto espectador invisible que esperaba con toda frialdad entre dos latigazos a que llegara el ruido molesto del próximo azote, pero sin la intención de interrumpir por ello su discurso, *–¡sino porque me has humillado ante los ojos de todo el mundo!–* De nuevo el silbido y el encuentro del mimbre flexible con la espalda inclinada; la sangre empezó a brotar, añadiendo su visión húmeda al sonido.

–No fue mi intención– consiguió articular Vito con gran esfuerzo, a la vez que intentaba borrar el sufrimiento de su voz estrangulada.

–¡Tres latigazos más por cada una de tus estúpidas disculpas!

Entre los doce azotes que siguieron Vito tuvo tiempo para reflexionar con amargura acerca de la posibilidad de que el término "todo el mundo" no significara otra cosa que la visita por sorpresa de la vieja señora en su palanquín, que había encontrado al "cardenal gris" en una situación incompatible con su dignidad *–dieci–*, y que había sido él quien había dejado en tal situación indigna e incómoda al señor del Castel Sant'Angelo *–undici–*, que por eso lo castigaban ahora *–dodici!*

–¿Fue desobediencia? ¿Incapacidad? ¿O sólo descuido?– preguntó la voz.

–¡Olvidáis la compasión, eminencia! ¿Por qué no me despedís de vuestro servicio y me sacrificáis como a un perro viejo?– Vito sabía que debía prescindir de cualquier signo ulterior de rebeldía, que sólo la sumisión total sería capaz de conmover a su verdugo y ahorrarle a él ser castigado hasta convertirse en un inválido.

La voz del espectador invisible cambió de tono:

–¿Has pensado que, al haber conseguido huir hacia oriente, darán origen a un mito que será mucho más difícil de hacer desaparecer de la Tierra que matar a un fraile y dos niños?– preguntó ya en tono resignado. *–¡Esos niños que ahora están en manos de los mongoles pueden convertirse mañana en la prenda que apoye su aspiración latente de dominar el mundo!*

–Es una aspiración que los descendientes de Gengis kan siempre han albergado, ¡y tampoco saben quiénes son en realidad esas criaturas!

–Aquel que organizó su huida –y no me refiero al monje– ya se preocupará de que el gran kan se entere a su debido tiempo.

–¡O no lo hará!– respondió Vito, quien había recuperado entre tanto parte de su seguridad. –Los poderes que respaldan esa empresa son poderes de occidente y sólo a los occidentales interesa. ¡En mi opinión, intentarán que los tártaros, en su ingenuidad, críen a los niños sin enterarse en absoluto de cuál podría ser el valor y el destino de esos bastardos!– concluyó orgulloso sus reflexiones.

–¡No está mal, Vito!– lo elogió la voz del personaje invisible. *–¡A veces demuestras haber heredado un ingenio que redunda en honor de quien te engendró!*

Alguien llamaba a la puerta. El monje que hasta entonces había hecho de *frater poenitor*, con la capucha baja, aguzó el oído.

–Podéis retiraros– dijo la voz, y para gran alivio de Vito su verdugo abandonó la estancia y, en su lugar, entró en ella Bartolomeo de Cremona; éste traía pomadas y vendas con las que inició la cura del cuerpo castigado, inclinado aún sobre el caballete.

La estancia en la que se encontraban no era una cárcel, sino una cámara del Archivo para asuntos del imperio.

–En realidad, ¿cómo habéis sabido– gruñó Vito, encogiéndose y sobresaltándose a cada toque aplicado a sus heridas, –que ese minorita flamenco, el tal William de Roebruk, llegó a Alemania para unirse a quien se hace llamar Pío Carpedies?

–Es notorio que Giovanni Pian del Carpine fue custodio de Sajonia y ocupó durante cinco años el cargo de provincial de Alemania– le aclaró Bartolomeo. –¡Todo el mundo lo conoce!

–¿No fue Benedicto de Polonia quien estaba destinado en un principio a acompañarlo?– Era comprensible que Vito no estuviese del mejor humor. –¿Quién es testigo de que esos dos hermanos del *ordo fautuorum minorum* hayan coincidido?

Vito odiaba a los hermanitos pobres, a quienes comparaba con los ratones pardos del campo que meten sus narices en todas partes. Excavan sus pasillos donde menos te lo esperas y, si los pisas, te tuerces el tobillo y te partes el hueso de la pierna.

–Sólo sabemos que sucedió así, y la noticia proviene de fuente fiable– respondió Bartolomeo con aire triunfante. –Nos llegó a través de Andrés de Longjumeau, el mismo que está negociando con Ignacio, en Antioquía, la causa de la reunificación...

–Ah– resopló Vito, –con ese jacobita que toma parte en nuestras procesiones sin abandonar la doctrina ortodoxa y que, por encima de todo, lo que pretende es conservar su independencia.

–El mismo– le confirmó sonriente Bartolomeo, quien acababa de cubrir la espalda maltratada con paños humedecidos en tintura de áloe y se disponía ahora a aplicarle un vendaje. –Andrés lo ha acogido en la Orden de los dominicos.– Al no observar reacción alguna a sus palabras, Bartolomeo siguió hablando mientras volvía sobre el problema fundamental: –Andrés se enteró por el canciller de los "asesinos" sirios de que William y Pian se encuentran juntos en la corte del gran kan. Y aunque juró mantener un *silentium strictum*, ¡quién si no aquél iba a saberlo!

Vito soltó una risa que volvió a reprimir de inmediato, porque cualquier movimiento de las costillas le causaba un dolor infernal. Después añadió en tono burlón:

–En Masyaf siempre están convencidos de que oyen crecer la hierba, hasta la de las estepas mongólicas...

En ese instante se volvió a oír la voz del personaje invisible:

–En cambio, ¡allí donde pisa el señor de Viterbo ya no crecerá jamás hierba alguna!

La voz restallaba por encima de sus cabezas, aunque allá arriba sólo se veían estantes llenos hasta el techo de tomos encuadernados en cuero.

–Podría ser útil convertirlo en una momia– resonó de nuevo la voz, dirigida esta vez al monje auxiliador, *–¡pero creemos que ya basta de hacer de buen samaritano, Bartolomeo!*

El monje recogió sus utensilios y se apresuró a salir por la puerta, que se cerró a sus espaldas con un golpe sonoro.

–Carpe diem!– dijo la voz. *–Aunque no desees cultivar tu espíritu, te conviene reflexionar, pensar en lo sucedido y, sobre todo, en lo que sucederá. Te concederé el tiempo necesario para comprender que es el* logos *lo que debe dominar al* homo agens *¡y no sus humores, Vito!*

–Habéis pensado alguna vez– respondió éste con rapidez, –que los otros, la *Pri...*

–No expreses jamás esa sospecha, ¡nunca! ¡Ni siquiera entre estas cuatro paredes!– lo interrumpió furiosa la voz del "cardenal gris". *–¡Guarda tus sospechas para ti, pues en ello te va la vida!*

–¡Yo aprecio en lo que vale mi integridad física!– gruñó Vito. –Y no obstante: ¿habéis pensado alguna vez que los "otros" podrían haberos tendido una trampa? ¡Andrés no es más que un pavo vanidoso! ¿Creéis en serio que un canciller de los "asesinos", la secta más disciplinada sobre la Tierra, confiaría a ese charlatán un secreto de tal alcance, ni siquiera conminándolo a mantener un silencio estricto? ¡Más bien creo que todos tiran de la misma cuerda! Prestadme la flota y sacaré a los niños del escondite que jamás han abandonado: ¡Otranto!

La voz del "cardenal gris" esperó por si seguía alguna palabra más, y después proclamó con decisión:

–¡No abandonarás esta cámara hasta que yo quede convencido de que puedo dejarte salir sin que vuelvas a causarme perjuicio ni humillación!

En estos términos acabó la conversación. Vito sintió una corriente de aire helado: en algún lugar se había abierto y cerrado una puerta.

La lluvia golpeaba contra los muros lisos del Castel Sant'Angelo. Visto desde el río, el visitante nocturno no podía descubrir luz alguna. Sólo cuando las nubes desgarradas, en su correr precipitado, dejaban pasar por un instante la luz de la luna invernal, podía adivinarse dónde se encontraba la estrecha puerta que da sobre el Tíber. Mateo de París tuvo que tirar repetidamente de la cuerda de la campana antes de que bajara con estruendo el portal, formando un puente que cruzó antes de ser tragado por la oscuridad de las murallas.

El ala del edificio destinada a Documentario mostraba la disposición de una tumba y estaba asegurada con un triple portal de hierro y sus correspondientes cerrojos. Sólo se abría con diferentes llaves, que debían actuar simultáneamente desde afuera y desde dentro; llaves que eran confiadas a su vez a diferentes manos. Todas las lámparas de aceite seguían encendidas y su luz era reforzada por unos espejos curvos que arrojaban el foco concentrado sobre los puestos de trabajo. Unos monjes grises, de tez pálida, que rara vez salían a la luz del día, vigilaban en el lugar a un ejército de escribientes esclavos, artistas caldeos de la "tierra entre dos ríos" que habían estudiado en Alejandría y sabios judíos traídos desde España. Esos especialistas sólo abandonarían el Documentario con los pies por delante. En ese lugar es donde se preparaban las bulas papales, se copiaban los contratos y se redactaban las disposiciones hereditarias que privilegiaban a la curia y a veces se mejoraban suprimiendo tanto los detalles innecesarios como los desagradables por la vía del *omissis*, o "realzando" algún que otro término indeciso. No sólo los años cambiaban el aspecto de los antiguos pergaminos que había que "refrescar"; también convenía adaptar su contenido al cambio de los tiempos. Lo que en un concilio lejano había parecido conveniente podía oponerse siglos después a los intereses del Patrimonio de San Pedro. Por esa misma razón disponían allí de los sellos y las plantillas con las firmas de papas y legados ha tiempo fallecidos, además de tintas, lacas, cordeles y marcas de todas las épocas del secretariado de la curia católica y romana.

–¡Su eminencia os espera en nuestro taller de falsificaciones!– saludó Bartolomeo al tardío visitante. Podía permitirse el empleo de aquel término un tanto despectivo frente al recién llegado: Mateo de París no sólo era el vigilante supremo de aquella institución tan útil, sino también su índice ambulante. Nadie como él retenía en la memoria los datos y los hechos, además de saber dónde era posible ampliar sus conocimientos.

Mientras Bartolomeo acompañaba al hermano, cuyas ropas chorreaban mojadas por la lluvia, a través del ritual de apertura y cierre de las puertas, le iba suministrando las novedades del día:

–¡A Vito le han administrado tres docenas completas de latigazos y ahora lo tienen bajo arresto!– Para desilusión suya, no obtuvo respuesta. Mateo no opinó.

Una vez en el interior del Documentario, Mateo de París se dirigió a su puesto de trabajo y alzó con expresión resignada la vista al techo.

–*¿Nos trae Lorenzo de Orta una respuesta a la bula* Dei Patris Immensa, *dirigida por el Papa a los tártaros*? *¿Qué fecha lleva esa bula?*

Sin pensarlo mucho y menos aún tener que mirar apuntes escritos, Mateo respondió:

–Fue registrada el día cinco del mes de marzo del año pasado, pero yo no esperaría una réplica escrita de esos bárbaros, eminencia. En cambio doy por seguro que Lorenzo traerá un escrito del sultán, dirigido a su Santidad, ¡y es de suponer que será un escrito bastante ofensivo!

–*Habría que evitarlo, o al menos amortiguar el tono, puesto que además es seguro que una copia irá a parar a manos de los franceses…*

–¿Preparo la sustitución…?

–*Podéis prepararla, y también podéis ir pensando en cómo arreglar lo del cambio de un documento por otro…*

–¿Andrés?

–*¡No servirá! Como máximo podemos emplearlo en calidad de mensajero involuntario. Será mejor dejar el asunto en manos de nuestro hombre en Constantinopla. Lo único que debéis procurar es que Longjumeau y Orta tengan un encuentro.*

Mateo rebuscó por los estantes hasta encontrar el tipo de pergamino habitual empleado por la cancillería de la corte de El Cairo. Incluso disponía de la tinta adecuada. Después estiró un poco las mechas de las lámparas junto a su pupitre.

–*¡Y no os mostréis demasiado sensible, Mateo!*– se escuchó una vez más la voz. A Mateo le pareció que se oía una risa reprimida, pero desechó la ocurrencia de inmediato. El "cardenal gris" no bromeaba nunca. Después, aquella voz que le llegaba desde la oscuridad prosiguió: –*¡Puesto que intervenimos en la* *historia universal, hagámoslo con energía! Aunque a la corta o a la larga descubran nuestro truco, ¡siempre persistirá la duda!*

La corriente de aire hizo temblar las llamas, y Mateo comprendió que debía poner manos a la obra.

EL PUENTE DE LOS SARRACENOS

Punt'razena, invierno de 1245/46 (crónica)

¡Estoy en el cielo! Los blancos almohadones que me envolvían y me impedían ver fueron alejados por la mano delicada de un ángel que apartó hasta la última pluma cristalina, y entonces mis ojos vieron desde la profundidad de los hielos un azul tan profundo y tan puro como jamás había visto antes. Deduje que me encontraba en el Más Allá, inmerso en un azul denso y luminoso que me acogía para conducirme ante Dios *–Ma lahu lajm abyad bidscha adat al-chamra?–*. Pero había también unos rostros extraños que formaban corona en torno a la visión azulada. *–Mithl khimzir al-saghir?–*. Eran como máscaras demoníacas a contraluz, que me miraban con curiosidad y hablaban una lengua que jamás habría esperado en aquel lugar: ¡árabe! *–Wa walfuf fi beraq al-qaisar!*

Después unos brazos levantaron mi cuerpo, que estaba rígido como un madero, lo acostaron de espaldas sobre un trineo bajo, lo cubrieron con mantas de pieles y lo ataron. De este modo el cuerpo pecaminoso del humilde hermano William de Roebruk se deslizó, tirado por unos demonios cubiertos de greñas, en dirección a su merecido destino.

¿Por qué me he imaginado siempre el infierno como un conjunto de grutas oscuras apenas iluminadas por algún fuego casual? En el presente caso el infierno se me presentaba blanco como la nieve, ¡brillante y deslumbrante y, no obstante, ardiente y cálido! Uno de los milagros de Dios consiste seguramente en que el hielo eterno nunca se funde por muchos fuegos que se enciendan, y era posible que Dios deseara de aquel modo hacer participar todos mis sentidos de su poder inmenso antes de arrojarme lejos de Su presencia.

La consecuencia lógica de mi intuición era que aún estaba capacitado para pensar, de modo que ¿tal vez no estuviese del todo muerto? Los únicos seres capaces de disipar mis dudas eran aquellos diminutos diablos que me rodeaban y recorrían conmigo la inmensa llanura blanca sin hundirse en la nieve. En aquel momento vi de nuevo las cimas heladas destacarse frente al cielo azul, y recuperé la memoria. Pero dicha recuperación me exigió un esfuerzo tan inmenso que tuve que cerrar los ojos sin poder remediarlo, pues mi voluntad se había debilitado, no dominaba mi cuerpo, no lo sentía y volví a hundirme entre los plumones blancos...

¡El infierno me tiene atrapado! A mi alrededor se mueven diligentes unos gnomos que arrojan agua hirviendo sobre mi pobre cuerpo para asustarme después mediante repentinas fricciones con nieve fría. Me encuentro desnudo e indefenso. Saltan sobre mí, me tuercen las extremidades, me arrancan la piel a latigazos, tiran de mi cabeza hasta hacer crujir los huesos, aprisionan mis costillas mientras intento respirar y comprendo que me han devuelto a la vida. Empiezo a entender sus preguntas y ellos responden a las mías.

El alud me había sepultado. La mujer gorda y los dos niños acabaron arrojados a una garganta profunda y sus cuerpos sin vida aún estarían allá abajo, donde era imposible su rescate. En primavera, al fundirse la nieve, las aguas heladas arrastrarían los cadáveres, que hasta entonces permanecerían indemnes, cubiertos por el hielo.

En cambio a mí me encontraron en seguida, porque la punta del palo de la bandera sobresalía entre las masas de nieve: ésta me cubría con un espesor que apenas llegaba a media braza, aunque poco faltó para que muriese asfixiado. También habían observado la huida de un monje, pero no se esforzaron en buscarlo, pues no dudaban de que tarde o temprano lo alcanzaría su destino. Y con estas palabras el más corpulento de aquellos gnomos afanosos me señaló el cuello de uno de sus compañeros simulando un estrangulamiento o un corte definitivo, en cualquier caso nada bueno.

–¡Un franciscano!– dijo en tono de desprecio. –¡Una maldición de Dios!– Y los demás apoyaron sus afirmaciones.

Yo habría preferido callar en aquel instante, pero me acordé con un estremecimiento de que nadie había mencionado a Hamo.

–¿No se ha salvado nadie más?

El obeso ayudante de verdugo añadió:

–¡Firouz vio a otro muchacho que salió corriendo!– y señaló a un hombre robusto, acurrucado algo más lejos, que no cesaba de echarse agua encima.

El interpelado soltó un gruñido:

–¡Por desgracia no pude alcanzarlo! Se liberó de la nieve por sus propias fuerzas y salió corriendo antes de llegar yo. ¡En cambio, sí agarré su bolsa!

Mientras los demás reían con satisfacción, yo me imaginaba a los gnomos acurrucados en la parte alta de la montaña, provocando aludes o arrojando pedazos de roca sobre los pobres –o no tan pobres– viajeros, para después robarles e incluso asesinarlos. Como si hubiesen adivinado mis pensamientos, el ayudante de verdugo me confirmó inclinando hacia mí su rostro bondadoso de campesino:

–¡Tú estás vivo gracias a la bandera!

–Menos mal– respondí, no tanto cogido de sorpresa como poseído por la curiosidad de oír algo más.

–Tu bandera muestra los colores del emperador Federico, ¡nuestro soberano!

El más anciano del poblado, a quien hasta entonces no había visto la cara, había dado órdenes de que me llevaran a casa de un tal Xaver, a un establo situado en la planta baja de piedra que servía de base a la vivienda, y que también era cobijo de las cabras. Yo estaba tan agotado que los hombres que me acompañaban casi tuvieron que llevarme en brazos. No tuve mucho tiempo para pensar en quiénes eran mis anfitriones, pues caí de inmediato en un profundo sueño apenas me acostaron en un montón de heno que me envolvió con su olor reconfortante.

Cuando desperté el sol estaba muy alto en el cielo y las cabras ya habían salido a pastar. Me imaginé que podían haber transcurrido varios días. Salí a gatas entre hierbas y flores secas y encontré que manaba de la roca una fuente, cuyo precioso líquido era recogido en una canaleta junto al muro del establo. La casa había sido construida contra la pendiente de la roca, y el pasillo central que atravesaba el establo ascendía ligeramente para desembocar, junto al rincón donde yo había dormido, en una escalera de piedra que conducía hacia la planta superior. Arriba se oían pasos, pero no me atreví a subir por mucho que protestara mi estómago.

Después descubrí que había otra escalera de madera que llevaba desde el montón de heno hacia arriba, a una trampa practicada entre las maderas del techo. Desde allí se podían alcanzar las piezas de carne ahumada colgadas de las vigas y los enormes estantes donde descansaban gruesas y redondas piezas de queso. Cuando empecé a inhalar su olor ácido y pesado parecieron formarse nudos en mis intestinos vacíos a la vez que se me llenaba la boca de saliva.

Apreté los dientes y salí corriendo de la casa. Encontré a Xaver, mi anfitrión, sentado delante. Era un hombre amable de rostro arrugado, parecido a una seta frita en aceite. Tenía frente a él una fuente con queso fresco de cabra aderezado con diferentes hierbas y al lado una torta de pan recién salida del horno. Me quedé con los ojos clavados en tales delicias, como un perro que mira fijamente el tajo del carnicero.

–¡Alva!– exclamó, y era evidente su buen humor. –¡Nuestra marmota ha despertado de su sueño invernal y quiere arrebatarme el queso!

Pero no esperó a que se presentara su mujer, sino que me tendió el pan y la fuente. Mojé la torta en el queso blando y blanco y me fui tragando todo, tras lo cual me chupé los dedos y para acabar dije:

–Alabado sea Dios– añadiendo después, algo avergonzado: –¡Y gracias a ti!

–¿Has oído, Alva?– exclamó mi anfitrión rebosando de buen humor, –¡El abanderado del emperador es un hombre piadoso!– Ante el trasfondo de las montañas blancas, su árabe me sonaba gutural y extraño, pues dicha lengua cuadra mejor en mi imaginación con las arenas del desierto.

Desde el arco de la puerta se acercó la mujer de la casa con otra fuente de queso, que esta vez no estaba aromatizado con hierbas sino con miel oscura de abeto; además traía una jarra de leche fresca. Tenía los ojos oscuros y su cuerpo era de una belleza robusta; el cabello negro quedaba casi oculto por un velo. Cuando se dio cuenta de mi curiosidad levantó un extremo del tocado.

El marido rompió a reír.

–Este William es peor que un monje, ¡no toca ningún alimento antes de rezar una oración!

La mujer me arrojó una mirada ardiente, aunque tal vez fuese imaginación mía porque el refinamiento de dejar la parte de los ojos a la vista influye en la fantasía, estimulada por el deseo, o quizá porque hacía tanto tiempo desde que había estrechado por última vez en mis brazos a una mujer. El papel que Xaver me atribuía al calificarme de hombre devoto no me disgustaba, porque así no llamaría la atención el hecho de que, de cuando en cuando y obedeciendo a la costumbre, trazara el signo de la cruz o murmurara un *pax et bonum*, aunque estaba muy bien enterado de que en aquel lugar no amaban mucho a los franciscanos, como había podido deducir también de los comentarios que la *vox populi* me hizo llegar en el *hammam*, la casa de baños donde me reanimaron. Pregunté por la iglesia.

–Tenemos una iglesia allá arriba, junto a la pendiente donde está la torre del vigía. Pero como no disponemos de sacerdote la utilizamos más bien para ahumar la carne o como almacén, ¡a veces para las dos cosas!– Mi anfitrión sonrió, al parecer muy satisfecho con la situación. –Tendrías que ver la rapidez con que pierde su alma hipócrita un fraile minorita en cuanto es expuesto a nuestras humaredas. Con frecuencia sucede que, antes de verse convertidos en un chorizo ahumado, ¡prefieren ser colgados en el exterior!– la risa le hizo darse palmadas en los muslos. –¡Así acaban por secarse al aire de la sierra!

Yo lo acompañé en la risa, pues el susto genera a veces ese efecto, y con ella vuelve a renacer el valor.

–¿Quieres decir que los hermanos franciscanos os trajeron el cristianismo y construyeron la iglesia para que vosotros después acabarais achicharrándolos en la hoguera?

–¡No respetaron la casa de Dios!– se excitó Xaver, por lo común tranquilo y lleno de buen humor, aunque no tardó en recuperar la tranquilidad. –En nuestra tribu hubo misiones desde el reinado de Lotario, hijo de Carlomagno; la capilla de San Murezzano, dedicada al primer mártir, está abajo, junto al lago; nada más tienes que cruzar el puente y el bosque, y después el pantano…

–¿No me perdería si fuese a verla?– pregunté con insistente humildad, en mi deseo de comprobar cuánta libertad estaban dispuestos a concederme.

–No tienes más remedio que recorrer el sendero marcado en la tierra. Cualquier intento de salirte del camino te haría hundirte en la nieve. En cada una de las dos salidas del valle tenemos guardias, igual que en el puente, ¡de modo que las salidas están vigiladas día y noche!– Hablaba con gran seriedad, incluso con cierto énfasis. –Está la *guarda lej* hacia el oeste, y la *guarda gadin* hacia el este. Algunos de los hombres que montan la guardia han aparecido muertos por la mañana, tiesos a causa del frío y del hielo, ¡pero jamás ha conseguido alguien cruzar el puente de los *saratz* sin ser visto! ¡Nuestra tribu vigila el puerto de montaña por orden del emperador!

Se había puesto de pie y adoptó una postura erguida y firme, como un soldado.

–Allá abajo, en Italia– añadió con orgullo, –lo llaman *diavolezza*, ¡y eso nos gusta, pues frena a más de un traidor y mensajero del Papa que intenta cruzar este camino, disfrazado de monje mendicante con la intención de llegar hasta Alemania con un transporte de dinero que llenaría las cajas de guerra del *landgrave* infiel! ¡Malditos traidores!– Xaver dio con el puño sobre la mesa, asestándole un golpe que hizo saltar las fuentes vacías. –¡Todos acaban prisioneros nuestros!– gritó aún a mis espaldas mientras yo emprendía ya a toda prisa el camino.

Después de haber cruzado algunas de sus callejuelas empinadas y dejado atrás el poblado me atreví finalmente a mirar hacia atrás. Allá arriba, junto a la pendiente, vi la torre de piedra que hacía de vigía, y no lejos de allí una pequeña iglesia también de piedra, pero cuyo tejado parecía hundido. Una delgada cinta de humo salía del hueco.

Las demás casas del poblado estaban construidas en su mayoría con piedras apenas cinceladas en su parte baja, mientras que la planta superior consistía en grandes troncos ensamblados y los tejados soportaban el peso de gruesos pedruscos. En cada casa había una ventana enrejada, artísticamente forjada y ahuecada en su parte baja, tanto si se trataba de una choza sencilla como la nuestra o de un edificio de piedra revocada y hasta decorada con pinturas.

–Te sorprende, ¿verdad?– preguntó Xaver, jadeante a causa de su empeño en darme alcance. –Nuestras casonas no desmerecen de las de Milán o Rávena, ¡e incluso vienen a buscar a nuestros *graffittisti* para decorar sus palacios!– Me detuve con curiosidad al ver que él no se apartaba de mi lado, pues me encontraba inseguro al no saber hasta dónde llegaba su obligación de vigilarme. Sin embargo, la realidad era que me traía botas de piel y un abrigo.

–¿Quién vive en estas casas?

–Son las residencias de las familias más antiguas que poblaron este lugar. Siempre las hereda la hija más joven, cuando se casa. Las demás hijas tienen que conformarse con una choza construida más abajo de las casas de piedra para no hacerle sombra a la casa grande.

–¿Y quién habita detrás de las rejas?– lo interrogué aún.

–Antes eran las ventanas del harén– rió Xaver. –En la actualidad sirven para proteger el dormitorio de la hija más joven, para que nadie pueda entrar en su refugio, ¡ni siquiera con escalera!

–¡Un destino duro!– murmuré pensando en las muchachas, pero Xaver tenía la mente centrada más bien en la suerte de los hombres.

–El mozo que no consigue casarse con una hija del pueblo de los *saratz* no tiene otro remedio que abandonar el lugar y marcharse a servir al extranjero.

Entretanto habíamos llegado al puente, que ellos llaman *punt*, y que cruzaba en un arco atrevido la garganta escarpada. Allá abajo parecía hervir el agua, pero desde arriba no se veían más que unos cuantos espumarajos, pues el río había cortado tan profundamente las paredes al penetrar en la roca que sólo ascendía un ligero velo de salpicaduras iluminadas con los colores del arco iris cuando las alcanzaba un rayo de sol. El *punt* era en su totalidad de madera y no comprendí por qué estaba incluso dotado de un tejado. Hasta los laterales habían sido revestidos de madera y sólo se abrían en ellos unas cuantas troneras.

–Es para proteger de la nieve a los guardias– me iba explicando Xaver la construcción, –y porque así se defienden mejor contra un posible intento de atacarlos por sorpresa: ¡ningún jinete puede cruzar el puente sin bajarse del caballo!

–¿Y si acude todo un ejército con catapultas y lanzas?– pregunté a mi vez.

–No es fácil que puedan superar el paso de montaña. ¡Además, en el peor de los casos, los guardias pueden hacer caer todo el puente, con ellos encima, al abismo!

–No es precisamente una forma bonita de morir– murmuré más bien para mí, pero Xaver oyó mis palabras y protestó.

–¡Lo único que preocupa a un *saratz* es ganarse el paraíso!– me reprendió. –Hasta ahora sólo ha sucedido una vez: cuando el joven Welf de Baviera, de quien entonces éramos vasallos, quiso cerrarle al infeliz emperador Enrique el retorno por los Alpes tras la humillación sufrida en Canosa...

–¿Prefirieron morir a ceder?

–Para resolver el conflicto de conciencia que se les planteaba, ¡los *saratz* dejaron caer el puente al abismo junto con los guardias bávaros!

Estuve mirando en silencio la profunda garganta y, de repente, me acordé de nuestro valiente Roberto.

Mi anfitrión pretendía consolarme:

–Más tarde, ya bajo el dominio de los Hohenstaufen, quedamos sometidos directamente al emperador, pues Federico nos ha concedido el mismo *status* que a los judíos del imperio: *Servi Camerae Nostrae*.

Xaver, quien recibía en todas partes muestras de gran respeto, me presentó a la *guarda del punt*, los vigilantes del puente, con las siguientes palabras:

–¡Es William, mi huésped!– y proclamó que yo era digno de confianza. De modo que pude atravesar el pasillo oscuro de madera y alejarme solo por el bosque próximo.

Xaver me había prestado un abrigo de pieles confeccionado con los pellejos de cuatro marmotas que me ayudaba a mantener un calor agradable, pero durante el camino me iba hundiendo en la nieve y no avanzaba más que con dificultad. Me tenía perplejo la idea de cómo se moverían por la nieve los *saratz*. No cabía otra explicación que pensar que se habían aliado con el diablo. ¿Qué otra razón podían tener esos gnomos herejes para refugiarse en semejante desierto helado?

Después el bosque se hizo menos espeso y ante mi vista se extendió una gran superficie blanca: era el pantano del que había hablado Xaver. En la lejanía observé una capilla, situada en lo alto de una colina. Verla me proporcionó nuevo valor y, sin hacer caso del terreno traicionero por el que me movía, proseguí mi camino, ahora ya sin disponer de una pista marcada, confiando en que el hielo proporcionaría suficiente firmeza a la tierra que pisaba.

Cuando al fin alcancé el edificio los rayos del sol llegaban desde una posición muy baja. Debía apresurarme si quería regresar antes de que oscureciera.

El espacio interior de la capilla era pobre, ni siquiera había un crucifijo. Dibujé con el dedo una cruz en la capa de polvo que cubría el altar y me arrodillé para rezar. Pero la puerta abierta a mis espaldas me tenía intranquilo. Aunque antes no había visto a nadie en todo aquel inmenso paraje no cesaba de volverme hacia atrás, donde veía ahora los sombríos lagos que no parecían helarse jamás como les correspondería por la estación invernal. Me miraban con sus pupilas negras de infinita profundidad, inmóviles y absortos. Yo estaba seguro de que ni siquiera devolverían el reflejo de la imagen de cualquier cristiano que se acercara sin sospechar nada malo, sino que lo absorberían y se lo tragarían sin que apareciera siquiera un círculo en sus oscuras aguas.

¡Obra del diablo! Por tres veces tracé en el aire la señal de la cruz.

Y entonces lo vi acercarse. Era una figura solitaria, la capucha cubría gran parte de su rostro. Se me ocurrió pensar, sin querer, en Vito, mi perseguidor. Pero después pude observar que, cuanto más se acercaba, más se parecía su hábito al de los franciscanos, que es del mismo color que la pelambre marrón del mulo que trotaba detrás de él cargado de pesados fardos. El hermano tenía que tirar del animal, que se resistía aunque parecía haber sido liberado de una parte de la carga, como pude ver por la bolsa de peregrino que casi arrastraba hacia la tierra al hombre, quien se detenía de vez en cuando y miraba temeroso a su alrededor, como si también él fuese consciente de la presencia de un demonio que lo amenazaba mientras no hubiese alcanzado el lugar sagrado: la protección de la capilla.

En el mismo momento en que quise ponerme de pie y acudir en su ayuda vi cómo saltaban los demonios desde el bosque que rodeaba la orilla del lago. Se arrojaron sobre él, le arrebataron la bolsa y ejecutaron una danza alegre alrededor del prisionero. No pude reconocer sus rasgos, pues los asaltantes se habían pintado las caras con hollín y algunos llevaban máscaras demoníacas, aunque su jefe me recordaba a aquel hombre ceñudo entrevisto en el *hammam* a quien llamaban Firouz, que anudó la cuerda con la que iba sujeto el mulo en torno al cuello del minorita. Y así arrastraron al fraile junto con su bestia hacia el bosque mientras arreciaban los golpes sobre su pobre espalda.

Yo seguía de rodillas, profundamente aterrado. Tan sólo cuando pude estar seguro de que aquellos gnomos demoníacos ya no pululaban por el bosque hice acopio de valor y emprendí apresurado el camino de regreso siguiendo mis propias huellas en la nieve.

Bajo los altos abetos reinaba la oscuridad, el sol se teñía en su ocaso de colores anaranjados y rojos como la sangre y los troncos de los árboles arrojaban largas sombras azuladas y violetas sobre la nieve. Empecé a correr, me caí, y acabé por perder mis huellas y con ello la orientación. Entonces oí unas campanillas, primero muy lejanas y después cada vez más insistentes. Pensé que los demonios me habrían descubierto y estarían burlándose de mi pobre persona, que vagaba por el bosque como un animal salvaje que busca comida y de repente acaba por toparse con el cazador.

Pero después vi un rebaño de cabras montesas que atravesaban la maleza azuzadas por dos muchachas jóvenes abrigadas con gruesas pieles. Cuando mi mirada cayó sobre sus pies quedé convencido de que eran hijas del mismísimo Satanás. Llevaban las botas metidas en unos artilugios alargados, trenzados por la parte de arriba, y que por debajo parecían grandes platos cubiertos de cuero. Gracias a dichos artefactos se deslizaban por la nieve sin hundirse. Lo más traicionero eran sus caritas, que lucían un rubor edificante: es cierto que tenían las mejillas rojas a causa del fuego infernal, pero sus ojillos brillaban insolentes y, en realidad, bastante alegres. Mostraban sus pequeños dientes afilados, parecidos a los de las ardillas, y unos labios sorprendentemente atractivos. Pero por lo demás no veía nada de carne humana en ellas, pues lo llevaban todo bien oculto bajo pieles de lince y de lobo, que con toda certeza eran los compañeros nocturnos con los que se aparearían en lo más profundo del bosque, a menos que dispusieran de un macho cabrío o estuviesen entretenidas en clavar sus uñas en el cuello de alguna inocente criatura cristiana.

Se acercaron con bastante rapidez, dispuestas a burlarse de mí.

–¡Rüesch!– exclamó una de ellas. –¿Acaso no es éste el señor William, vuestro huésped?– Y la más joven detuvo su infernal calzado tan cerca de mí que me salpicó de nieve hasta el rostro. Lo cierto es que yo me había arrodillado de puro miedo.

–Me llamo Rüesch-Savoign– dijo con amabilidad y voz bien timbrada mientras la otra seguía muerta de risa, –¡y soy hija de Alva!

–¿La hija más joven?– se me escapó la pregunta.

–¡La única!– rió ella un tanto intrigada. –Y ésta es mi prima Madulain.

Yo seguía de rodillas delante de las muchachas: –Bella y joven dama– dije, –os seguiré como si fuese una de vuestras cabras siempre que me saquéis de este horrible bosque.

Después me incorporé y empecé a sacudirme la nieve mientras las dos muchachas no dejaban de reír.

–No seríais capaz de dar los saltos que dan las cabras– bromeó Madulain, –¡ni aunque nos ayudáramos con algún que otro bastonazo!– y volvió a dedicar su atención al rebaño que proseguía en la dirección acostumbrada, hacia donde esperaba el establo.

Rüesch, que no debía de tener más de quince años, se compadeció de mí.

–Podría dejaros mis abarcas...– pero la prima le advirtió con un movimiento mudo de la cabeza que no aprobaba la propuesta, por lo que renunció a proseguir. –Podéis seguir nuestras huellas, y además veréis los excrementos en la nieve si se hace de noche; eso os ayudará a encontrar el camino hasta casa– y se deslizó sobre sus abarcas tras los animales que empezaban a dispersarse entre los árboles.

Al seguir caminando sobre la pista que ellas habían aplastado en la nieve pude avanzar con mayor ligereza y pronto vi el humo que ascendía sobre los tejados de las casas del pueblo, iluminado por los últimos rayos solares. Atravesé a toda prisa el pasillo de madera del *punt*, donde los guardias no dieron señales de querer detenerme, e inicié el ascenso por las estrechas callejuelas jadeando a causa del esfuerzo.

Era el momento de la oración nocturna, según me recordó el sonido que por tres veces emitía un cuerno alpino, y todos los hombres del lugar, en su casi totalidad artesanos y comerciantes, habían extendido pequeñas alfombras sobre la nieve y rezaban arrodillados y en silencio mientras arriba, desde la torre de vigía, se desvanecía el sonido profundo del cuerno. Sus cabezas se inclinaban en dirección al paso de montaña detrás del cual debía hallarse aunque a mucha distancia, en el más lejano sureste, la ciudad de La Meca.

Crucé con mucha precaución a su lado y al pasar vi el fuego abierto de la herrería; me llegó el olor de la madera resinosa de los talleres donde se fabrican los trineos, así como el aroma intenso del cuero de las tiendas donde se trenzan las abarcas. Me encontré con cazadores que portaban, colgadas de las lanzas, las presas abatidas: algunas eran gordas marmotas atravesadas por una flecha. Lo único que no vi fue mujeres, ni siquiera a las dos muchachas. En cambio Xaver estaba de nuevo sentado en el banco delante de su casa observando un cabrito que hacía girar lentamente sobre el fuego, lo que conseguía tirando lentamente de un cordón de cuero que corría sobre una polea.

–Me gustaría rezar un poco en la iglesia– le dije con humildad señalando con la cabeza en dirección a la misma.

–¡Hoy no!– me espetó. –¡Mañana podrás rezar otra vez!– y sonrió. Cuando observó mi perplejidad añadió como para apaciguarme: –La reunión ya ha acabado, ahí vuelven las mujeres– y vi una procesión de féminas que cubrían sus rostros con pañuelos y se iban separando en grupos junto a la pendiente para dispersarse después por el pueblo. Más tarde entró la señora Alva y se dispuso a servirnos la carne sin perder una palabra.

–Vamos a celebrar el día– dijo Xaver ofreciéndome un buen trozo de pata de cabrito. –¡Ha habido un buen botín! El Papa ha vuelto a enviarnos setenta quintales de plata y trescientas besantes de oro, además de un mulo– la emprendió con una de las paletillas del cabrito. –El minorita afirma que ese tesoro representa una "limosna"– continuó explicándome Xaver, que seguía masticando sin perder el buen humor. –Como si no supiéramos que san Francisco tiene prohibido a los hermanos la aceptación y la posesión de la más pequeña moneda.

La señora Alva presentó con gesto humilde un plato vacío, en el que su esposo puso algunas de las piezas del cabrito, no precisamente las mejores, tras lo cual ella volvió a retirarse a la casa y Xaver prosiguió su relato:

–El pobre hombre creyó que lo más inteligente sería ascender cruzando por los lagos hacia el valle, dando un rodeo en torno a la *diavolezza*, ¡con lo cual se metió directamente en los brazos diabólicos de la *guarda lej!*

–Lo he visto– dije. –Un valiente servidor de Cristo.

–¡Un perfecto asno!– puntualizó Xaver.

Mis ojos empezaron a buscar a la hija, de quien supuse que habría acudido con su madre a la iglesia. Cuando miré para arriba, hacia la ventana enrejada, vi que estaba allí mirando y chupando un hueso sin dejar de sonreír, con lo cual daba la impresión de estarle sacando la lengua a su padre. Al darse cuenta de que la miraba se apartó con rapidez y se sumergió en la oscuridad de la habitación que había detrás.

Se había hecho de noche y el fuego estaba casi apagado. Xaver se repasó la boca con las manos, encendió una astilla, y me señaló el camino.

–Vamos, William– dijo con aire ceremonioso: –¡Zaroth, el anciano de nuestro pueblo, te espera!

Descendimos por los callejones y tuve que poner mucho cuidado en no resbalar, pues la noche había intensificado el frío y la helada. En el centro del poblado llegamos, en una plaza casi llana, a la casa del *podestà*; una amplia escalera de piedra conducía hacia la planta superior, donde una puerta de hierro se abría sobre una amplia sala. En torno a un gran fuego estaban reunidos los hombres del lugar bebiendo vino.

–El profeta no pensó en los creyentes obligados a vivir entre el hielo y la nieve– me susurró Xaver mientras tomábamos asiento en una de las últimas filas. –Nosotros, los *saratz*, no llamamos a esta bebida por su nombre; la consideramos una medicina contra las inclemencias del invierno, ¡para prevenir la ronquera y los pies helados!

Asentí con gesto comprensivo y acepté el pocillo que me tendían. Después probé:

–¡Buen líquido! ¿De dónde lo obtenéis?

–Viene del Valtelino, el valle que hay detrás del paso de montaña. En otoño ayudamos a sus gentes en la vendimia y hacemos un intercambio con nuestro queso de cabra.

Zaroth, un digno anciano de largas barbas, acababa de descubrir nuestra presencia.

–Según el veredicto del consejo de ancianos podemos dar por zanjada la cuestión de ese monje infame– y pronunciadas estas palabras levantó su copa ricamente labrada. –Pasemos en lugar de ello a saludar a un amigo del emperador: William de Roebruk, nuestro huésped.

Todos los presentes me brindaron un saludo mientras yo los miraba confuso, de pie.

–William es un hombre devoto, un cristiano– prosiguió Zaroth. –Me complace mucho que un hombre como él pueda dar testimonio de que los *saratz*, los vigilantes del *punt*, no dan caza a quienes son sus hermanos en la fe, sino únicamente a los enemigos de nuestro emperador, a los mensajeros del Papa que se ocultan bajo el hábito humilde de los frailes mendicantes para realizar sus malas acciones. Es tan seguro que merecen el infierno, del cual les ofrecemos un pequeño adelanto en nuestra cámara de ahumar– las risas resonaron en la sala, –¡como que nosotros merecemos el paraíso!– Y todos vaciaron las copas con visible satisfacción. –¡Bienvenido, William!

Se sentaron; yo me creí obligado a hacer un último intento por salvar la vida de mi hermano:

–¿No sería mejor testimonio de– poco me faltó para decir: "de vuestro amor cristiano al prójimo" –la superioridad moral de los *saratz* devolver a Italia a tales traidores a la causa imperial cortándoles sólo, digamos, una oreja o la nariz– ¡algo había que concederles! –para que todos vean que…?

–¡Sería un error!– me interrumpió furioso el mozo robusto a quien llamaban Firouz. –Acusarían de ello al emperador: "¡Ved! Así castiga el Anticristo a los pobres minoritas…"– Zaroth le dijo que callara, pero fue inútil –y nosotros perderíamos el precio puesto a su cabeza, que como sabéis asciende a la mitad de...

–¡Silencio, Firouz!– tronó Zaroth, y dirigiéndose a mí intentó explicarme: –No creáis que actuamos así por cobrar el precio puesto a su cabeza: los ingresos que obtenemos con estas acciones, y no se nos presenta la ocasión a diario, cubren a duras penas el gasto de la vigilancia del puerto y del valle; una vigilancia que realizamos en verano y en invierno, ¡de día y de noche!

–¡Desde luego, no es un gran negocio!– murmuró Xaver a mi oído. –Sólo les vale la pena a los que atrapan al mensajero y al anciano, pues cada uno de ellos cobra de momento un décimo. ¡Firouz es el cazador más rico entre los *saratz!*

Pero yo no quería renunciar.

–¿Y si los entregarais a un tribunal del emperador...?

–Les sucedería lo mismo, ¡o aún peor!– rebuznó Firouz. –Además, ¡el emperador Federico está muy contento de que lo libremos de esa mierda de papistas!

–¡Viva el emperador!– exclamó Xaver antes de que los hombres pudiesen pensar en enfadarse conmigo, y de nuevo elevaron sus copas y bebieron a su salud recíproca. Pronto se generalizó la borrachera, pero cada vez que mis ojos buscaban a Firouz comprobaba que seguía observándome, pensativo y adusto, dispuesto a no perderme de vista.

Cuando los primeros *saratz* se derrumbaron y cayeron de los asientos al suelo cogí a Xaver por el brazo y lo arrastré montaña arriba, hacia su casa. Una vez llegados allí separó las piernas y meó contra el muro de su propia casa, y después, seguramente mientras miraba su instrumento, se le ocurrió una idea de la que no andaba precisamente muy lejos.

–¡Alva!– gritó. –¡Alva, mujer! ¡Dónde estás, que te deseo!– y se lanzó con el pantalón abierto a través del corral de las cabras ascendiendo por la escalera de piedra hacia su dormitorio.

Yo, en cambio, busqué el montón de heno y, sin encender siquiera una tea, me enrollé en la manta. Durante un tiempo oí crujir allá arriba unos tablones; después me llegó el golpe de una puerta, y los últimos ruidos fueron ahogados por una especie de murmuración nocturna y las leves quejas de la cabras montañesas, que volvieron a conciliar el sueño tras nuestra irrupción.

Dediqué un breve recuerdo al hermano, que con toda seguridad tampoco estaría muy tranquilo, así como al peligro que tal vez me amenazara proveniente de la mente de Firouz y que se materializaría en cuanto éste consiguiera descubrir que yo no era abanderado del emperador, sino un vil fraile franciscano a quien, en el transcurso de dos años de aventuras, había vuelto a crecer el pelo hasta cubrirle la tonsura. También recordé en mis oraciones a los dos niños sepultados entre los hielos y a los que disfrutaban del sol de Otranto, así como a Hamo, de quien esperaba que hubiese podido escapar, y recordé a Clarion, a quien me habría gustado tener a mi lado en el montón de heno...

De nuevo crujieron los maderos por encima de mi cabeza. En medio de la oscuridad vi que aparecían dos pies desnudos en la escalera seguidos de un largo camisón que pronto los cubrió con toda decencia, sin dejar nada más a la vista, y después cayó a mi lado, sobre la hierba seca, la hija menor de la casa.

Le abrí la manta y ella se deslizó sin más a mi lado. Olía a queso fresco de cabra.

–Alva tiene a Xaver de compañía– me susurró al oído. –Y seguirán entretenidos hasta dormirse y roncar– me siguió informando la niña. –Tú también roncas, William, ¡ayer noche te oí!

Me atreví a rodearla firmemente con el brazo y sentí sus carnes apretadas. Pero no podía recordar su nombre. Ella se subió el camisón hasta el cuello, de modo que mis dedos pudieron lanzarse a una amena diversión.

–Me gustaría saber si roncas cuando estás con una mujer.

–¿Encima o debajo?– le contesté en son de broma, y los dos nos echamos a reír.

Ella levantó la manta.

–¡Quiero ver si tienes la piel muy blanca!– me aclaró con aire atrevido.

–Pero si estamos a oscuras– susurré yo mientras sentía crecer mi miembro. –¡Tienes que descubrirlo con el tacto, Rüesch!– En ese mismo instante había recordado el nombre: ¡Rüesch-Savoign!

Y Rüesch-Savoign no necesitó que se lo repitiera. Me tomó por los testículos, los mordió con delicadeza, su lengua recorrió el tronco, y antes de que pudiera evitarlo se me escapó un chorro de semen. Ella se arrojó sobre mi cuerpo, y cuando yo creía que me iba a abrir su jardín comprendí que lo que me tendía era su juvenil trasero. Quise pasar la mano por debajo, puesto que mis dedos ya habían preparado el terreno, pero Rüesch me propinó un golpe de rechazo y murmuró:

–¿Acaso estamos casados?– mientras deslizaba sus nalgas firmes sobre mi verga, que seguía húmeda y firme. La dejé hacer y disfruté con su excitación, expresada mediante un ligero movimiento de vaivén. Pronto se mostró insatisfecha de mi postura reticente y procuró, gimiendo y jadeando, introducirla cada vez más en sus entrañas, hasta que al fin la agarré por las dos nalgas y le di su merecido a la pequeña pícara. Mientras rodábamos por la hierba seca, a veces era yo y a veces ella el jinete o la cabalgadura.

–¿Encima o debajo?– reía Rüesch, y me vino un segundo derrame que la hizo callar y perderse en un jadeo. Pero no le duró mucho: los dos quedamos en silencio para escuchar si oíamos un ruido allá arriba; Rüesch susurró en voz baja:

–¡William, eres un buen macho!– y se puso de pie para orinar sobre mi cuerpo, tal vez con la intención de expresar así su extrema satisfacción. Despues se limpió con un puñado de hierba los restos de mis eyaculaciones, volvió a cubrirse con el camisón, y se aprestó a subir por la escalera para refugiarse de nuevo en su cámara enrejada.

–Rüesch– dije en voz baja, –¡por lo menos podrías darme un beso y desearme buenas noches!

–Eres un buen hombre, Wiliam– dijo mientras seguía ascendiendo por la escalera, –¡pero una mujer de los *saratz* sólo besa en la boca a su marido!

HIERROS CANDENTES

Castel Sant'Angelo, primavera de 1246

A Vito le pareció que había transcurrido una eternidad cuando al fin se abrió la puerta de su cámara y Mateo de París, el encargado superior del Documentario, le comunicó que su *carcer strictus* había sido rebajada a *custodia ad domicilium.*

–Lo cual significa que no podéis abandonar el castillo sin permiso expreso…

Sin dejar que el preocupado monje terminara de hablar, Vito pasó raudo a su lado.

–¿Dónde está el prisionero que os envié?

–En la más oscura de las mazmorras, ¡tal como habíais indicado!

–Acompañadme, ¡vamos a iluminarle el cerebro por última vez!

–¡Yo no puedo ver sangre!– le contestó Mateo espantado aunque con decisión. –¡Ni siquiera una tortura! Os enviaré al *castigator.*

–No, ¡al *carnifex!*– Vito estalló en una risa violenta y dejó a Mateo atrás. Conocía perfectamente cómo llegar hasta las profundidades del castillo.

Roberto, el hombre fuerte como un oso capaz de reventar cadenas, estaba inconsciente cuando lo sacaron, con ayuda de unas barras de hierro, de las aguas heladas de la garganta. En ese mismo estado lo encadenaron y transportaron en una caja que parecía un ataúd, hasta que días después se encontró, ya debilitado por el hambre y la sed, en un lugar desconocido y oscuro, aherrojado a una roca húmeda. El agua que goteaba de las paredes lo mantuvo con vida.

Durante mucho tiempo ése fue el único ruido que escuchó. Pero después le llegó el lejano resplandor de una luz. Por una escalera que conducía hasta su cárcel se acercaron pasos, y las sombras de las rejas se movieron conforme se acercaban unas teas encendidas.

Vito ordenó que corrieran los cerrojos, y Roberto reconoció, con sus ojos cansados y medio ciegos, al "cuervo": aquel fantasma sospechoso que los había perseguido por todo el norte de Italia hasta los Alpes. Y detrás de él vio el fuego candente que serpenteaba en una sartén de cobre y los hierros, las agujas puntiagudas y las tenazas que un monje estaba calentando con hábiles movimientos de experto.

–Es un mozo fuerte– observó Vito con sequedad dirigiéndose a su ayudante, cuyos brazos largos y espaldas anchas llamaban la atención a pesar del hábito y la capucha que le ocultaban casi todo el cuerpo. –Es capaz de romper cadenas, y también de levantar dos troncos gruesos.– Se acercó para iluminar con su tea el rostro de Roberto. El prisionero se mantenía erguido, más bien debido a las anillas de hierro de las que colgaban sus manos que por los pies que apenas lo sostenían, pero resistió la mirada. –Mala suerte que esos dos troncos formaran el puente que yo deseaba cruzar con tanta urgencia.

Acercó aún más la llama, y de la tea cayeron gotas de alquitrán sobre el pecho del prisionero, que sin embargo no tembló.

–¡Es una lástima que sea un servidor tan fiel de mis enemigos!– Ni siquiera cuando la pequeña llama prendió en los pelos del pecho y la piel se levantó formando ampollas dejó Roberto escapar un gemido. Vito de Viterbo se apartó de él y se volvió hacia la puerta enrejada. –¡Cumple con tu oficio!– le dijo en voz alta al monje que manipulaba los hierros candentes.

Aún no había alcanzado la escalera cuando el hombre encadenado gritó como un toro herido:

–¡Señor, volved y perdonad a vuestro servidor!

Vito se detuvo, un pie ya en el primer escalón. En las manos del torturador amenazaban los extremos candentes de unos hierros largos, como los que se utilizan para marcar al ganado.

–Me habría gustado disponer de un ayudante fuerte como él– reflexionó en voz alta hablando más para sí que en palabras dirigidas al verdugo. –Si estuviese a mi servicio no tendría necesidad de hablar, ni conmigo ni con los demás, ¡sólo tendría que obedecerme ciegamente!

El monje hizo un gesto de comprensión y sacó de la sartén la aguja y las tenazas, pero Roberto no renunciaba:

–Os serviré como un perro fiel, señor, ¡os lo juro! ¡Vigilaré vuestro bienestar como si fuese mi propia vida! Pero para serviros bien necesito de mis ojos, tengo que poder ladrar y morder, un mutilado no os serviría de nada, ¡sería preferible morir!

A Vito le gustaron aquellos argumentos simples con los que Roberto intentaba defender la integridad de su cuerpo prefiriendo la alternativa de perder la vida. El prisionero no mendigaba al pedir perdón. El mozo no era tonto, ¡ni cobarde tampoco!

El de Viterbo se dirigió al verdugo:

–Para que todos vean al servicio de quién está, márcale con una "C", de Cristo, o de Capoccio –y encontrándose gracioso a sí mismo, soltó una carcajada que reverberó con un eco terrorífico desde las bóvedas: –¡Una "C" en el pecho y la cruz habitual en la frente!

Sin mirar hacia atrás emprendió la subida de la escalera. Esperaba oír el grito animal del hombre al ser marcado, pero lo único que pudo escuchar fue un profundo gemido.

Vito de Viterbo sonrió satisfecho, un gesto que se le veía muy pocas veces.

Regresó por los pasillos retorcidos del castillo en un recorrido que le solía provocar mareo, sobre todo cuando no llevaba prisas ni tenía un objetivo fijo. Se le habían curado las cicatrices y tenía olvidados los dolores, pero padecía el arresto domiciliario como un severo y pérfido castigo que sólo se le podía ocurrir a aquella mente demoníaca cuyo escondite él no se rebajaba a buscar por techos y paredes. Cansado como un perro sin amo de dar vueltas de un lado a otro se retiró a su escondrijo para lamerse las heridas de su vanidad sangrante.

–Y bien– se burló la voz del Invisible, *–¿se ha tranquilizado el señor?–* Vito no levantó la vista desde el lecho. *–Ahora que ya tienes casi adiestrado a tu nuevo perro de san Bernardo–* prosiguió la voz, *–¿no te entran ganas de regresar al norte? ¿No querrías acabar con esa banda de los* saratz *que se cobija en los Alpes? ¡La verdad es que no sería mala idea! Aunque a la curia no le importa demasiado que se pierdan unos frailes minoritas más o menos, ¡cuando son los fondos de la Iglesia lo que se pierde y no llega a su destino –peor aún, cuando ese mismo dinero va a parar a los bolsillos del emperador– es como para tener un disgusto!*

Vito sospechaba una trampa, pero no podía renunciar a contestar.

–Os conozco, eminencia– gruñó. –¿Queréis tener la seguridad de que los fugitivos no han podido refugiarse en aquellos parajes?– Vito sabía que el cardenal estaba poniéndolo a prueba, pero no quiso dejar de provocar al poderoso. –¡En realidad, lo único que queréis es que yo me pierda por allí!

–La verdad, Vito, es que tampoco aquí sirves de gran cosa. Sin embargo, cuando pienso en todos los países que tendrías que pisar, en todos los lugares donde dejarías tus excrementos, en todos los árboles que mancharías con tu orina, casi creo que aquí es donde menos daño puedes hacer.

–No quiero rogaros; únicamente proponeros que yo y mi perro no nos dediquemos a morder los muslos de los *saratz*, sino a ladrarle, en el sur, a la condesa de Otranto. Es probable que los infantes jamás hayan salido de allí. Tal vez nos hayan engañado y sólo haya sido un mal sueño. Dadme una flota y os demostraré…

–Un discurso estúpido. Tu perro merecería un amo mejor. ¡No haces más que proporcionarme excusas para ordenar que sigas atado a la correa!

El interrogatorio terminó con esta sentencia: “Prisión perpetua por irresponsabilidad continuada”. No tenía sentido enfurecerse por estar tan indefenso. Lo que le correspondía aprender era a ser obediente, hasta convertir la obediencia en parte de su carne y su sangre. ¡Sólo pensarlo le ponía enfermo!

LA IGLESIA AHUMADERO

Punt'razena, primavera de 1246 (crónica)

Apenas amaneció, el sonido profundo del cuerno alpino me hizo saltar de mi lecho cálido de hierbas. Para los *saratz*, aquélla era una advertencia de no olvidar la oración matutina; para mí significaba acordarme de la primera misa. En mi cobardía me había resistido durante todo el invierno a acudir a la iglesia a ver al hermano que allí tenían prisionero. Pero una observación de Xaver durante la velada anterior despertó de nuevo mi conciencia. Crucé por encima de las cabras montañesas, que seguían acostadas y rumiando, y llegué hasta la fuente, donde unos chorros de agua helada acabaron por despertarme del todo. Salí a la calle, en la que aún reinaba la oscuridad.

Cuando mi mirada alcanzó la iglesia que se eleva sobre la pendiente vi que un grupo de jóvenes sarracenos, como siempre encabezados por Firouz, sacaban al minorita a rastras y lo conducían hacia el valle tirando de la cuerda que ataba sus manos.

Me refugié rápidamente en la sombra de las últimas casas, no tanto por temor a ser descubierto como por vergüenza de no ayudar a mi hermano en su última hora. Recé por él a media voz mientras proseguía el ascenso, y desde arriba los vi atravesar el *punt;* pero después no tomaron el camino a través del bosque que yo ya conocía, sino que torcieron en ángulo agudo a la izquierda.

Hacía mucho tiempo que no sentía con tanta insistencia el deseo de pronunciar las palabras del Mesías, aunque fuese en un entorno tan poco sagrado. Armado con el valor del misionero entré en el interior vacío de la iglesia, donde no me esperaba más que un humo azul y mordiente. En el lugar en el que deberían alzarse el altar y el crucifijo para dar testimonio de Dios ardían en unos nichos practicados en el muro las brasas cuyo humo envolvía los trozos de carne suspendidos en el ábside.

Tampoco me habría sorprendido demasiado ver allá arriba, colgado de un gancho, el cuerpo torturado de mi hermano, a no ser porque lo había visto con mis propios ojos abandonar aquella cámara pestilente, sin duda precursora de la condenación eterna. Busqué con los ojos irritados y llenos de lágrimas una última noticia suya, al menos su nombre, pero no pude hallar señal alguna. Las paredes estaban llenas de nombres y fechas, no pocas veces acompañadas de las letras "O.F.M." y también de exclamaciones desesperadas, de últimos mensajes, como "¡El Señor se apiade de mi alma!", "¡En Tus manos abandono mi espíritu!", "¡María, ruega por este pobre pecador!", o bien simplemente "INP + F + SS" o la humilde inscripción "INRI". Aquélla era una cámara de muerte y los desgraciados que en su desamparo no tuvieron más que las uñas para rascar tales signos en las paredes no la abandonaban más que para dirigirse a su ejecución.

No me quedó mucho tiempo para estudiarlas, puesto que empezaron a entrar en la iglesia más y más mujeres del lugar. Se arrodillaron sobre el suelo de piedra, y en su dialecto *saratz*, entremezclado con términos latinizantes, iniciaron el canto de una melodía cuyas subidas y bajadas de tono semejaban un lamento funerario. Llevaban los rostros ocultos bajo los pañuelos, pero pude darme cuenta de que todas eran ancianas, de modo que me atreví a reprimir la tristeza y la melancolía que amenazaban con paralizarme en aquel lugar de muerte y me enfrenté a ellas presa de un santo estremecimiento.

–¿Pedís la paz del Señor? ¡No esperéis que Dios, que es justo, os la conceda! ¡Su ira caerá sobre vosotras! ¡El hijo que Él os envió para traeros la paz fue aprisionado por los esbirros y sacrificado en la cruz sin que levantarais la voz. De nada os sirve arrodillaros y lamentaros en lugar de pararles los brazos a los mercenarios del emperador y gritarles: "No matarás!"

Al oír mis primeras palabras las figuras envueltas en velos interrumpieron sus lamentaciones monótonas y me miraron en silencio, pero con gesto frío y expresión de pocos amigos, aunque después parecieron inclinarse más y más conforme mis palabras las fustigaban como un látigo.

–Jesucristo no llegó a este valle vuestro dejado de la mano de Dios para que una vez más lo traicionarais por treinta dinares de plata, sino para cargar con vuestras culpas. Vuestra culpa es grande y aumenta con cada servidor de Dios a quien ejecutan las manos de vuestros hijos. ¿Acaso no dice el Señor: "La venganza es mía"? Habéis acumulado en vuestras almas pecados que son enormes y que pesan más que las montañas que os rodean. ¡Arrepentíos, haced penitencia, o el Señor os condenará! *Per omnia saecula saeculorum*. ¡Amén!

Me abalancé fuera de la iglesia, corrí hasta el *punt*, empujé furioso a un lado a los guardias –aunque ellos no me opusieron resistencia– y me adentré en el bosque hasta que los primeros árboles me ocultaron a la mirada de los vigilantes, que no dejarían de sentir extrañeza. Sólo entonces me atreví a respirar e intenté que la fría razón dominara mi furia impotente. Abandoné con precauciones la senda marcada que conducía hacia los lagos e intenté atravesar la maleza y la nieve profunda para descubrir las huellas de los *saratz* que habían acompañado al prisionero.

A cada paso que daba por la impoluta blancura invernal, tenía menos esperanzas de hallarlo aún con vida. Aunque después me sorprendió la visión que de repente se ofreció a mis ojos.

Me encontré ante un claro en el bosque y vi que de las ramas más fuertes de los abetos oscuros colgaban los cuerpos de como mínimo una docena de franciscanos, como si fuesen piñas alargadas de tamaño sobrenatural. No se balanceaban, puesto que hasta allí no llegaba ni un soplo de aire; únicamente emitían un leve crujido, pues la mayoría de aquellos cuerpos estaban cubiertos de una gruesa capa de hielo. La figura más oscura, en cuyo hábito resaltaban algunas manchas de nieve fresca, debía ser la última víctima, el minorita del mulo. No me atreví a mirarlo a la cara, tracé apresuradamente la señal de la cruz, y regresé por el mismo camino, deseoso de alejarme de aquel lugar horrible en el que no penetraba ni un rayo de sol.

No lejos de allí oí de repente cómo el torrente de agua bramaba en la garganta rocosa. Tropecé, caí, avancé tambaleante por el bosque hasta ver de nuevo la claridad asomando entre la negrura de los troncos, y acabé por atravesar una arboleda ya menos densa. En un prado ligeramente ascendente de la montaña, que se ofrecía casi libre de nieve gracias a una feliz coincidencia entre los efectos del viento y el sol, me encontré con el sonido que emitían las campanillas de las cabras montesas que allí pastaban entre las hierbas expresando su satisfacción con el característico "mec-mec" mientras arriba, en la pendiente donde la nieve formaba de nuevo una capa densa, se divertía un grupo de muchachas.

Aquellas locas pastoras jugaban en la nieve sin quitarse las abarcas; se deslizaban juntas, trazando curvas atrevidas sin dejar de competir entre ellas, aprovechando la más leve elevación del suelo para cambiar inesperadamente de dirección o para dejar que el aire se las llevara y volver a caer en la nieve acompañadas de los gritos estimulantes o las risas maliciosas de una u otra, cayendo a veces de cara y otras sobre sus firmes nalgas. Entre todas, ninguna era tan rápida, ejecutaba los giros con tanta agilidad ni saltaba tan lejos y tan alto sin caerse como Rüesch-Savoign. Por locas que fuesen sus intenciones siempre aterrizaba hábilmente sobre sus abarcas, como si éstas fuesen parte propia de su joven cuerpo.

Me entusiasmé hasta el punto de aplaudirlas y así conseguí que las muchachas se fijaran en mi presencia. Pero en lugar de mostrarse contentas por mis aplausos se reunieron a cuchichear, se agacharon y empezaron a apelotonar bolas de nieve. Antes de que hubiera podido comprender bien sus intenciones todo el grupo se deslizó pendiente abajo, asustando a las pobres cabras y cubriéndome con una granizada de bolas de nieve, que estallaron en mi cara con mayor dureza de lo que habría creído posible. De modo que tuve que huir de nuevo al bosque dejando atrás las risas burlonas de aquellas amazonas montañesas.

Luché por hallar el camino de regreso, siempre con el temor de encontrarme de nuevo con los ahorcados. Finalmente alcancé, ya agotado, la senda pisoteada que conducía a la iglesia de san Murezzano, el primero pero ni mucho menos el último mártir del valle. Aún no había dado dos pasos cuando una flecha se clavó con un golpe duro en la corteza del árbol que tenía a mi lado, a la altura de mi pecho. Me quedé inmóvil, con el corazón latiéndome hasta el cuello. A unos cincuenta pasos de distancia salió Firouz de las sombras arbóreas con un venado sangrante cargado sobre un hombro.

–¡Te tomé por un ciervo que estaba pastando!– exclamó sin el menor asomo de disculpa en su voz.

–¡Querrás decir por un asno!– Yo estaba deseoso de devolverle la impertinencia, de modo que saqué la flecha del tronco, tirando fuerte de ella, y la partí después con gran decisión encima de una de mis rodillas.

Junto a Firouz apareció entonces el rechoncho auxiliar de verdugo a quien recordaba con desagrado de mi estancia en el *hammam;* cargaba con otros dos animales cazados y su rostro nada antipático de campesino se desdibujó en una sonrisa imbécil.

Firouz se había detenido con gesto provocador, pero yo proseguí mi camino. Cuando pasé frente a él, sin ceder ante su mirada desconfiada, gruñó:

–¡Al que pasta donde no le conviene es fácil que le suceda un accidente!

–Es evidente, Firouz– le contesté sin detener el paso, –¡sobre todo cuando se encuentra con un cazador que primero dispara y después mira!

–¡Cuidado con esa lengua!– me resopló en la cara.

–Te irá bien refrescarte la frente con un poco de hielo– le contesté por encima del hombro. –¡No refuerza la inteligencia, pero sí la aligera!– Pensé que saltaría sobre mis espaldas o me dispararía una flecha entre los hombros, pero Firouz no se movió del sitio y pude proseguir mi camino.

Delante de la casa me esperaba Xaver con una sonrisa preocupada.

–Las viejas del pueblo están locas por ti, William. ¡Dicen que pronuncias sermones como si fueses el ángel que guarda la puerta del paraíso con su espada flamígera! ¡Quieren que seas su sacerdote!

Le respondí con precaución, pero también con firmeza:

–Es cierto que he estudiado teología, señor mío, pero no para acabar mis días en estos bosques nevados y entre estas almas congeladas difundiendo el Evangelio! Prefiero actuar como soldado culto que soy, aunque a veces se me derrame la bilis.

–No debes pensar tan mal de los *saratz*, William– trató de convencerme mi anfitrión. –Cuando el viento acaba con la nieve y se funde el hielo se abren en estos valles las flores más bellas, ¡y también nuestros corazones se descongelan!

–¡Hasta que vuelve el invierno!– proseguí en tono burlón, pero Xaver no se inmutó.

–Ningún invierno es igual a otro; el emperador vencerá a sus enemigos, y cualquier franciscano que pase entonces por aquí podrá gustar de nuevo de la hospitalidad de los *saratz*, ¡como sucedía antes!

–¿Y le daréis de comer un buen jamón ahumado en una cámara que en su día fue Casa de Dios; lo acostaréis en una cama fabricada con la madera de los abetos en los que perecieron ahorcados sus hermanos, y cuyas plumas y sábanas fueron pagadas con el precio puesto a sus cabezas?

–También eso quedará enterrado y olvidado, William, ¡te aseguro que te gustará quedarte con nosotros!– Yo negué con un gesto, pero él me retuvo. –Tú entiendes nuestro idioma, sabes predicar, podrías ocupar un cargo adecuado. Tener a alguien como tú que haga de embajador frente al mundo que nos rodea pero del que vivimos apartados, ¡eso es lo que necesita el pueblo de los *saratz* para que los tiempos y sus cambios no pasen inadvertidos por nosotros!

–¡En ese caso sería mejor abrir vuestras filas en lugar de difundir tanto terror! Admitid algo de *civitas*, en lugar de vivir como los bárbaros.

–Eso significaría que nosotros, extranjeros y no cristianos, seríamos rápidamente sometidos, reprimidos y finalmente expulsados. ¡Vosotros, los cristianos, no sois, que digamos, demasiado tolerantes!

–Ni demasiado civilizados, Xaver– respondí, y me eché a reír. –En realidad hay pocas cosas que sean motivo de orgullo para nosotros, e incluso éstas fueron casi todas importadas de los países donde habitaban tus antepasados. Sin embargo, es elección vuestra si queréis seguir siendo un cuerpo extraño injertado en el occidente cristiano, del mismo modo que nuestros cruzados han establecido comunidades que siguen siendo una espina clavada en la carne del Islam...

–...o no– dijo Xaver adoptando un aire pensativo. –No sé qué destino espera a los *saratz* cuando el gobierno tolerante y generoso del emperador toque a su fin, y en el caso de que una Roma fanática lo venza estarán contados también nuestros días en esta montaña...

–A menos que procuréis que la gente olvide de dónde procedéis y cuáles son vuestras raíces. Limpiad la iglesia, enterrad a los ahorcados, obligad al próximo franciscano que atrapéis a que enseñe el Evangelio a vuestros hombres, ¡aprended el latín y aprended a rezar!

–¡Ya ves, William, cuánto te necesitamos!

–Yo no soy más que un caminante, Xaver, y mi destino no es arraigar en ningún sitio. Te doy mi consejo, como un humilde presente a cambio de la hospitalidad que me has concedido en tu hogar; por cierto, ¡me doy cuenta de que tengo hambre!

–Zaroth nos invita a compartir su cena. Su mujer lo está atosigando desde que has conmovido su corazón con la fe cristiana que emana de tus palabras, y Firouz ha proporcionado un asado para celebrarlo. ¡Todo ello en honor tuyo!

Decidí dejar a aquel hombre, a quien había acabado por apreciar de todo corazón al reconocer su rectitud moral, en la creencia de que la mujer del anciano había interpretado correctamente mis palabras y de que Firouz sentía una necesidad urgente de tratarme bien, por lo que nos dirigimos a toda prisa a la casa del *podestà*.

Allí nos estaban esperando, lo cual no había impedido a los demás ir tomándose alguna que otra copa de vino.

–Os damos la bienvenida, William de Roebruk. Oíd la decisión de los ancianos consejeros: si deseáis una casa, los *saratz* os la proporcionarán con mucho gusto; no tenéis mas que elegir una hija de las nuestras, que será vuestra esposa...

Zaroth interrumpió su oración, vencido por una emoción íntima; también él estaba ya bastante bebido. Elevó la copa y brindó por mí, un gesto que todos los demás repitieron con mucho gusto excepto Firouz, detalle que no se me escapó.

–Venerable Zaroth– me sentí obligado a replicar, –si me dejas elegir libremente casa...

–¡Así es!– pronunció el anciano con entonación ceremoniosa.

–...en ese caso, te ruego que me cedas la iglesia– los asistentes emitieron un murmullo generalizado, aunque respetuoso. Después proseguí: –Sin embargo, si queréis que sea vuestro predicador os ruego que los ancianos consejeros reflexionen muy a fondo acerca de la propuesta, puesto que lo que necesitan los *saratz* no es un predicador voluntarioso que instruya a sus mujeres, sino un hombre de Dios que señale el camino recto a sus hombres...– Les concedí poco tiempo para reflexionar acerca de lo que no dejaba de ser una amenaza para su forma de vida tradicional. –También yo he de sopesar vuestra oferta, puesto que nuestra Iglesia católica prohíbe a los sacerdotes tomar mujer...

–¡Fundaremos una Iglesia propia con un rito especial para ti!– intervino Xaver adelantándose a cualquier otra respuesta, y los demás rieron aprobando sus palabras; incluso Zaroth se avino a incidir en el tema:

–Hasta el profeta tuvo una mujer, incluso varias, William, ¡de modo que eso no será un impedimento!

Pero la intervención de Xaver en favor mío había llamado la atención y alarmado a uno en la ronda de alegres bebedores: ¡Firouz! El mozo se adelantó con cierto ímpetu, situándose entre el anciano y mi anfitrión.

–¡No olvidéis, Xaver, que vuestra hija es mi prometida!

Algunos se echaron a reír, pero enmudecieron en seguida, deseosos de escuchar la respuesta del padre.

–Ya sé que la pretendéis, Firouz– dijo Xaver sin perder la calma, –¡pero la hija menor tiene libertad para elegir al hombre que ella quiera!

–¡No es la hija menor!– refunfuñó Firouz. –¡Tiene que obedecer a mis pretensiones!

–Rüesch-Savoign es la única hija de Alva– se dirigió Xaver al anciano quien, ya algo atontado por el vino, parecía necesitar un plazo prolongado de reflexión.

–Si es la única, entonces es la menor– pronunció finalmente con lengua torpe su sentencia. –Pero al mismo tiempo, también es la mayor.

–¡De modo que será mía!– exclamó Firouz con fiereza.

–¡Jamás!– se le enfrentó Xaver, y quienes los rodeaban tuvieron que emplear la fuerza para impedir que usaran los puños, lo cual habría sido simple consecuencia de la sabia norma que prohibía entrar con armas en casa de un anciano.

Zaroth intervino, pero todo lo que se le ocurrió fue dirigirse a mí.

–¡Escuchemos el consejo de William!

Yo me sentí inseguro.

–¡Bebamos primero un trago!– dije para ganar tiempo asegurándome con ello la aprobación de casi todos los demás. Después reflexioné en voz alta: –Consideremos la herencia: si no hay más que una hija, ¡ella será la heredera! Nadie podrá negárselo, ni podrá ser castigada por el hecho de ser hija única.

–¡Así es!– corearon algunos, y después me dejaron proseguir, poniendo mucha atención:

–¡De modo que no cabe duda de que dispone también del derecho a elegir esposo!

Los aplausos ahogaron las exclamaciones de rabia de Firouz, que se precipitó fuera de la sala.

Dirigí una mirada preocupada a Xaver, pero éste movió la cabeza para tranquilizarme, señalándome que confiaba en que tanto su mujer como su hija sabrían defenderse de cualquier ataque por sorpresa por parte de aquel pretendiente furibundo. De modo que resolví añadir algo más y retomé mi discurso:

–¡No cabe duda alguna de que su derecho prevalece sobre la injusticia que sufren las hijas mayores al tener que conformarse con un hombre que ellas no han elegido!– Así les hice saber lo que pensaba de sus costumbres, y aproveché para indicar a Xaver que deseaba marcharme sin probar la carne asada que acababan de aportar. Pero mi anfitrión me murmuró al oído:

–Sería una señal de debilidad correr ahora detrás de Firouz. ¡Bebamos y comamos como si nada hubiese sucedido!

–La verdad es que nada ha sucedido– dije, cediendo con algún disgusto, –¡excepto que ahora todos me consideran pretendiente a la mano de tu hija!

Él se echó a reír y nos dispusimos a comer y beber junto a los demás hasta quedar tan satisfechos y bebidos como ellos.

Apoyándonos el uno en el otro regresamos tambaleándonos por las callejuelas hasta su casa. La encontramos pacífica y silenciosa, dormida a oscuras, aunque al entrar en el piso bajo comprobé en seguida que la escalera que subía desde mi cobijo había sido retirada hacia arriba.

–¡Buenas mujeres!– gruñó Xaver, quien se había dado cuenta asimismo del detalle. –No vamos a molestar su sueño– y su voz bajó de tono adoptando un aire conspirador, –¡pero la verdad es que me apetece tomar un buen trago!

Señaló los estantes que se veían más arriba de mi refugio, allí donde se almacenaban los quesos y colgaban los jamones.

–¡Allí lo tengo escondido! ¡Aunque tenemos que alcanzarlo sin escalera!

Lo había comprendido y me agaché para servirle de soporte. Xaver se subió a mis hombros y empezó a rebuscar allá arriba, junto al muro, donde no podía alcanzar mi vista, aunque me di cuenta de que caía polvo y cal sobre mi cabeza. Finalmente me alcanzó un ánfora sellada que saltó a la hierba seca.

–Acompáñame, William– gruñó con satisfacción; –la vaciaremos arriba, sentados encima de la estufa. ¡Aquí no haremos más que despertar la envidia de las cabras, que estropearán el aroma del vino con sus pedos!

De modo que subimos a tientas por la escalera de piedra, y por primera vez pude echar de paso una mirada a la puerta reforzada con hierro que conducía al dormitorio de las mujeres. No parecía fácil que cediera a los golpes de unos puños ni a una patada.

La otra mitad de la estancia formaba una amplia cocina, cuya pieza principal era una estufa, una parte de la cual atravesaba el muro, seguramente para calentar la habitación de la madre y la hija; apenas alcanzaba la altura de un hombre y era plana por arriba, representando así en las frías noches de invierno un lecho ideal para el amo y señor de la casa según demostraba un montón de pieles y mantas dispuestas allá encima, limpiamente ordenadas por alguna mano femenina.

En la parte frontal había una portezuela para el horno, y en la posterior unos escalones que daban acceso al lecho. Nos sentamos allá encima con las piernas cruzadas, y Xaver abrió con mucho cuidado el ánfora cubierta de polvo, de cuya boca emanó en seguida un aroma embriagador. Renunciamos a los vasos y fuimos tomando pequeños tragos alternos, que haciamos rodar en la boca antes de dejarlos bajar por el paladar.

–Es una delicia única y de la máxima calidad– y Xaver se relamió de gusto, –igual que mi pequeña. Estoy hablando de Rüesch-Savoign– añadió al no observar signo alguno de aprobación en mi rostro. –Ya la habrás visto. ¿Qué te parece?

Apenas hubo pronunciado estas palabras cuando sentimos abajo, en el corral de las cabras, unos golpes como si alguien hubiese irrumpido rompiendo las tablas de las paredes, y oímos la voz de Firouz.

–¿Dónde te has metido, William?

De nuevo un estruendo, unos maderos que se partían en mil astillas y las protestas de las cabras que veían interrumpido su reposo.

–Si te encuentro junto a mi novia te partiré los huesos, te arrancaré los huevos y te aplastaré el rabo... ¿Dónde estás, hijo de puta, cerdo cristiano que intentas ganarte con engaños un puesto entre los *saratz?* ¡Sal a mi encuentro!

Quise incorporarme y enfrentarme a aquel loco antes de que pudiese convertir el corral en un montón de escombros, pero Xaver me retuvo. Se acercó al antepecho de la ventana y exclamó a viva voz hacia la oscuridad de la noche:

–Firouz, ¿acaso has perdido la razón para irrumpir así en la paz de mi hogar? Estás pisoteando mi honor...– Al parecer esperaba que el interpelado saliese por el portal hacia la calle y que se abriesen también las puertas de las demás casas del alrededor. –Y una cosa sobre todo, Firouz: ¡el gran cazador está a punto de perder la cara! Si vuelves a pisar mi casa sin haber sido invitado, no sólo te mataré como tengo ya desde ahora derecho a hacerlo, ¡sino que solicitaré ante el consejo de ancianos que declaren que has perdido el honor!

Aquella era una advertencia grave de la que todos se enteraron. Yo me había situado junto a Xaver de modo que pudiera verme todo el mundo excepto Firouz, quien se alejó como un perro apaleado sin atreverse a levantar la vista.

Xaver me sonrió, pero yo estaba lejos de sentirme satisfecho con la forma en que se desarrollaban mis asuntos. Del mismo modo que Xaver había negado a Firouz el derecho a ser su yerno me estaba obligando a mí a aceptar, con la ayuda involuntaria de aquel estúpido, el papel de pretendiente declarado de su hija, y yo no sentía ninguna inclinación a tocar en aquel momento un tema tan delicado. Xaver estaba tan emocionado a causa del vino ingerido y la excitación sufrida que habría sido capaz de despertar a Rüesch en aquel mismo momento para obligarnos a dar el sí a la boda.

Por tanto, no dije más que "gracias, Xaver", y después de tomar un último trago del ánfora que de todos modos ya estaba casi vacía, añadí:

–¡Ahora estoy cansado!

Me acompañó hasta la escalera sosteniendo una lámpara de aceite y después aún tuve que ahuyentar a las cabras, que se estaban comiendo las hierbas de mi cama. Me enrollé en la manta y me acosté delante de la abertura de modo que no pudieran seguir metiendo el morro en mi lecho.

Pero no podía dormir. Las cabras tiraban de mi cabello y sus ásperas lenguas me lamían la cara. No habría tenido nada en contra de que se abriera la trampa que veía más arriba de mi cabeza y de ella saltara Rüesch, la niña loca. Sentía muchas ganas de convertirla en mujer o al menos repasarla con la lengua, como hacían las cabras conmigo, hasta hacerle sentir un placer que seguramente desconocía aún… ¿o no? ¿Firouz? Supuse que por la manera en que se comportaba aquel imbécil ella ni siquiera le habría concedido la gracia de su trasero. Pensé que con toda seguridad tampoco ella dormiría, pues habría oído todo y estaría contenta de descansar aquella noche cerca de su madre, imposibilitando así, o consiguiendo al menos que fuese demasiado peligroso, pretender dedicarse al juego de "encima o debajo". Era una niña sabia. El recuerdo de sus pechos firmes y sus nalgas apretadas, de su sensualidad, su valor y su disciplina que no desmerecía de su desenfado juvenil, su alegría y su franqueza, y sobre todo la puerta de su paraíso que estaba aún por abrir, excitaron mi virilidad. Sentí el miembro endurecerse bajo la manta, mientras las cabras seguían lamiendo cada centímetro de mi piel sudada que podían alcanzar con sus lenguas ásperas.

Destapé la manta con mucho cuidado para no ahuyentarlas, y…

…¡Rüesch!

CONJURA BIZANTINA

Constantinopla, palacio de Calisto, verano de 1246

–Esa jugada no tiene sentido, querido primo: si no mueves el caballo, mi alfil podría causar un disgusto a tu rey. Tengo la torre preparada– Nicola della Porta, obispo latino en la ciudad griega de Bizancio, señaló con complacencia divertida el rey de marfil de su joven oponente, que se veía acosado por la dama de ébano y uno de los peones negros. Su mano de finas articulaciones presentaba un cuidado impecable y se adornaba además con el pesado anillo episcopal, portador de un rubí oscuro de magnífica y deslumbrante talla rodeado del fuego verde de varias esmeraldas.

–Si muevo el caballo te comerás mi torre y no podré cerrar la brecha. ¡Te conozco, tío Nicola!– Hamo vestía una toga de color coral que dejaba libre uno de sus hombros morenos: visión que causaba más complacencia a su oponente que aquella partida tan desigual.

–Te equivocas, querido mío– sonrió el obispo, –te equivocas tanto como al llamarme tío– y tomó con cariño la mano morena del joven hasta llevarla a ejecutar el movimiento. –Recordarás que tenemos la misma abuela y, *uk estin udeis, hostis uch hauto philos*– apartó con movimiento ágil el alfil blanco adelantado, de modo que éste saltó del tablero, –mi dama llegará de todos modos al lugar previsto… *gardez!*

Hamo no mostró demasiada pesadumbre; si se avenía a jugar con Nicola era para distraer sus pensamientos y evitar que éste lo manoseara continuamente, siempre con el pretexto de hacerle probar nuevas ropas. De modo que tampoco cedió en este caso, y no dio por terminada la partida aunque la tenía prácticamente perdida sino que cambió las damas con un loco movimiento que prolongaba el juego.

Pero el obispo ya no tenía ganas de proseguir. La provocación que él pretendía dirigir a Hamo no estaba destinada a desarrollarse sobre un tablero de ajedrez, de modo que propuso con expresión agridulce:

–*Remis?*– aunque sabía que, más que una oferta, aquél era un gesto de generosidad; y se levantó.

Hamo fijó un instante más su mirada en el tablero y en la mala posición de sus peones. Después dio un golpe e hizo caer casi todas las figuras compensando así la desigualdad.

Nicola lo reprendió con una sonrisa:

–Sólo nuestro emperador Balduino es tan impetuoso como tú.

La mirada de Hamo siguió los ojos del obispo a través del campo de ajedrez de mármol, mucho más extenso, que cubría el suelo de toda la sala y que, dividido de un modo muy refinado en cuadrados blanquinegros, representaba el imperio de Bizancio en el momento de su máxima extensión y poder, probablemente en la época del emperador Justiniano.

Nicola observó con melancolía:

–Este resto miserable de nuestro "imperio latino", es decir: lo que nos han dejado búlgaros y seleúcidas, será absorbido muy pronto por los griegos. ¡Ellos serán quienes pongan fin a mi estancia aquí!

Hamo se incorporó y pasó a su lado:

–¿Y Federico, a quien vos llamáis emperador de Occidente, no puede acudir en vuestra ayuda?

El obispo, quien no vestía el ropaje de su cargo sino una túnica de ligera lanilla blanca que, en la fluidez de su caída, permitía adivinar la delicadeza de sus miembros, rompió en una risa amarga:

–El emperador tiene que luchar por conservar su propio poder, de modo que no podemos contar con él. Además, ha casado a su hija Ana con el Vatatse. ¡Él confía más en los griegos, y tiene toda la razón!

Ambos se acercaron a la barandilla que cerraba la galería situada delante del salón, en dirección a Chrisoqueras, el Cuerno de Oro.

Contemplaron en silencio las cúpulas de las iglesias, los muros y las torres de la ciudad del Bósforo extendida a sus pies, el ir y venir de los barcos en el puerto, el puente de naves hacia la ciudad nueva de Gálata. De haber dejado vagar sus miradas aún más hacia la derecha, habrían visto que tenían prácticamente al alcance de la mano la alta orilla del lado asiático. Pero Nicola se apartó.

El palacio de Calisto estaba emplazado en medio de amplios jardines que llegaban hasta Hagia Sophia, la catedral de la divina sabiduría, entre la iglesia de Santa Irene y la dedicada a San Sergio y Baco. Construido en su día para los príncipes imperiales, ya el tutor y suegro de Balduino, el viejo Jean de Brienne, lo había puesto a disposición del obispo romano cuando éste se negó, con buen olfato diplomático, a ocupar el palacio del patriarca, que había huido a la corte del Vatatse.

La actividad pastoral del representante de los intereses del Papa se limitaba a celebrar matrimonios, bautizos y cada vez más enterramientos entre los miembros de la capa superior de la población extranjera que profesaba la fe católica romana; el pueblo seguía adicto a sus *popes* ortodoxos. El principio inteligente en que se basaba Nicola della Porta era no irritar al pueblo; únicamente acudía a las iglesias más próximas cuando le llegaba alguna invitación especial de sus colegas griegos, y entretanto se dedicaba, en el bello palacio que tenía a su disposición, a la política y a ciertos jóvenes helenos de buen ver.

El recuerdo de sus cuerpos bronceados hizo regresar a Nicola desde sus semisueños a la presencia de Hamo, un caso en que el morbo del incesto le resultaba mucho más estimulante que el propio muchacho, tan áspero de carácter.

–Aquí estamos en el "ombligo del mundo"– dijo como ensimismado, y rodeó con su brazo los hombros del muchacho, –y aquí era donde los príncipes se reunían para jugar al ajedrez, que les proporcionaba de una forma divertida una impresión del poder y la extensión de Bizancio– señaló el suelo de la sala, desde el cual ascendían escalones por tres lados, como en un circo. –Arriba, en el emporio, tenemos aún los armazones de madera de los que se colgaban las ropas y las armaduras de los jugadores: los "blancos" a un lado, los "negros" al otro. Sólo los escudos de los guerreros mostraban las armas auténticas de los nobles obligados a actuar de "peones"; se hacían apuestas muy elevadas, y toda la Corte consideraba un honor apoyar financieramente a los hijos del emperador enzarzados en el juego. *Chrysion d'uden oneidos*...– El obispo sonrió con melancolía al imaginarse las distracciones que a él ya no le había tocado vivir, y cuya reposición le parecía poco conveniente, dado su cargo. –Allí verás los armatostes que tenían que colocarse las pobres "torres" y los "caballos" de los jinetes; los favoritos discutían por cargar con ellos.

–¿Y el rey y la reina?– quiso saber Hamo.

–Sólo los parientes más próximos de la familia imperial podían representar esos papeles, probablemente llevando ropas valiosas expresamente confeccionadas para dicho fin– respondió Nicola. –Además, todo el campo de juego podía ser inundado con agua, lo que aumentaba probablemente la diversión. Observa que en el lugar que les corresponde al mar Negro, al de Mármara y al Mediterráneo, el suelo se hunde. Esas superficies solían estar inundadas, de modo que los jugadores siempre se mojaban los pies, y muchas veces resbalaban al cambiar de posición y caían al agua.

Hamo observó:

–¡Tengo que decir que preferiría un torneo auténtico, y que ese juego me parece un tanto infantil!

–Pero el ajedrez siempre representa un entrenamiento estratégico para la mente, ¡un *politikos!*– reprendió el obispo a su impetuoso huésped, a quien consideraba un pequeño bárbaro venido de Apulia. –Si ordeno a mi vasallo que se traslade de Antioquía a Chipre, en el fondo no es muy diferente al movimiento con que hago pasar a mi torre de "H1 a F1"; la enroco, como dicen los árabes, que son matemáticos de mente fría. O si mi enemigo retira a su embajador de Iconio y lo hace retornar a Constantinopla, es verdad que así suena mejor, pero en el fondo no es más expresivo que decir "pasa de C3 a C5".

–¡Otranto también está en el mapa, allá, en la punta!– Con este último descubrimiento Hamo puso fin a su interés por el ombligo del mundo y soltó un bostezo de aburrimiento.

–¿Estás cansado?– El obispo batió por cuatro veces palmas y poco después se presentó un niño que les sirvió tres cuencos llenos de una bebida caliente de color oscuro.

–¡Bebe!– lo invitó Nicola, y se llevó con sumo cuidado uno de los cuencos a los labios. –¡Es un veneno, pero bien dosificado sirve para despertar la mente abotagada!

Hamo negó con un gesto de la cabeza, miró durante un instante sorprendido el tercer cuenco, y después se reclinó en los cojines que cubrían los escalones de mármol.

El obispo se recostó a su lado:

–Ya que hablamos de Otranto, ¿no quieres enviar al menos alguna noticia a tu madre?– insistió con una entonación reveladora de que no era la primera vez que se tocaba el tema y que la terca oposición de Hamo le era perfectamente conocida. Éste ni siquiera contestó. –En cualquier momento descubrirá que estás aquí, a través de amigos o enemigos, y en tal caso me parecería mejor...

–Yo no tengo amigos– le hizo saber Hamo en tono impertinente.

–Pues yo tengo que prepararte para recibir una visita que no siente enemistad hacia ti, pero sí un fuerte interés por la información de lo que te sucedió realmente allá en los Alpes…

–¿Quién es?– Hamo se incorporó en actitud de defensa e inseguridad.

–¡El noble señor Crean de Bourivan!

–¿Ése?– El rostro de Hamo demostraba cualquier cosa menos entusiasmo. –¡No deseo verlo!

–Pero él quiere verte a ti. Además, tiene el poder y los poderes para exigirlo. *Kai kynteron allo pot'etles.*

Hamo se arregló la toga con movimientos afectados y batió palmas.

–¡Pues que entre el señor!– exclamó. Y añadió en voz baja: –antes de que se le enfríe ese trago de bienvenida– y señaló el tercer cuenco imitando los gestos del obispo.

Crean entró procedente de la terraza, lo cual demostraba hasta qué punto había sido programada la escena. Dirigió a Nicola un leve gesto de complacencia y no hizo esfuerzo alguno por borrar el silencio de rechazo en que se había sumido Hamo. Se sentó junto a la mesa de ajedrez y empezó a recomponer la partida desbaratada.

Después de cierto tiempo se dirigió con entonación animadora al muchacho:

–Espero tus explicaciones. En cualquier caso, si has llevado la empresa que te fue confiada como has llevado esta partida creo que tendremos que prepararnos para conocer una catástrofe...

–¡Un alud!– se defendió Hamo. –¡Poderes superiores a los nuestros!

–En la mayoría de los casos provocados por una irresponsabilidad absoluta– respondió Crean con sequedad. –¿Murieron todos?

–¡Cómo voy a saberlo!– se rebeló el interpelado. –Fui el único que no quedó sepultado por la nieve, y me apresuré…

–¿…a marcharte de allí en lugar de preocuparte de la suerte corrida por los demás y, en especial, asegurarte de que no hubiese supervivientes, por lo menos en lo que se refiere al fraile…?

–¿Acaso esperabais de mí que le diera el golpe de gracia si respiraba todavía?– Hamo no se esforzaba por ocultar su rabia, sobre todo porque observaba que Nicola parecía maliciosamente de acuerdo con su inquisidor, y que ambos lo consideraban a él, Hamo, un fracasado que no estuvo a la altura de lo que de él se esperaba.

–¡La orden era ésa!– le recordó Crean sin perder el tiempo en más explicaciones. –¿De modo que podemos suponer que William de Roebruk ha desaparecido sin dejar rastro?

–Nadie ha investigado si ha dejado rastro o no– intervino Nicola. –Podría ocurrir que el fraile hubiera proseguido viaje y alcanzado su meta. No hace falta más que afirmarlo así. Mientras no exista un testigo que demuestre lo contrario, esa versión será siempre más creíble que la de una muerte definitiva debajo de un montón de nieve.

–Magnífico. *Arche hemisy pantos*– dijo Crean sin alterar el gesto. –Mientras, Pian del Carpine y sus acompañantes habrán llegado a la corte del gran kan, y después de disfrutar de la hospitalidad de los mongoles les llegará el momento de pensar en el regreso. ¿Os parece que eso significa que no queda ni rastro de William y los niños?

–También podríamos hacerlo llegar más tarde, por ejemplo, ¿o no?– El obispo no parecía muy seguro de no estar divagando. –De cualquier modo, es imposible viajar de incógnito por el imperio de la Horda de Oro; los tártaros prestan mucha atención a las formalidades…

–Y tampoco consentirán en apoyar una historia plagada de mentiras, a menos que les hagamos conocer todos los detalles de nuestro plan, ¡y eso sí podría ser extremadamente peligroso!– añadió Crean.

–Pero yo podría presentarme como testigo de lo que sucedió en realidad– retomó Hamo de repente la palabra, aunque de inmediato se dio cuenta de que los otros dos no parecían tomar en serio su propuesta. Se limitaron a sonreír.

–Muchacho– dijo Nicola della Porta con entonación paternal, –tú eres parte del juego y, por tanto, no se te concede credibilidad, ¡incluso eres sospechoso! Tu persona volvería a dirigir las especulaciones exactamente hacia Otranto, cuando estamos haciendo tanto esfuerzo por desviarlas de allí.

–Me persono ante el representante del Papa y juro...

Della Porta se echó a reír abiertamente.

–Ese representante soy yo, y puedo asegurarte que, puesto ante un tribunal de la Inquisición, repetirías cuanto pusieran en tu lengua sin que tuvieran que aplicar siquiera la más mínima tortura. Traicionarías a tu propia madre, y a los niños de propina. ¡Olvídate! ¡Nada más nos faltaría eso, que tú cayeras en las manos de Roma!

–Tendríamos que disponer de alguna personalidad por encima de cualquier sospecha y que informara en forma creíble de la muerte de William en aquel lejano país de los mongoles; sólo así no se le ocurriría a nadie proseguir las indagaciones para saber dónde han ido a parar los infantes reales...– terminó Crean sus reflexiones.

–¿Y no se podría comprar a ese Pian o corromperlo de algún otro modo?– propuso el obispo. –Cada persona tiene su precio.

–Primero tendríamos que apoderarnos de él en cuanto volviera a pisar tierra civilizada y antes de que pudiera tomar contacto con nadie más... Por otra parte, él no viaja solo: lo acompaña toda una delegación...

–Sólo lo acompaña otra persona, Benedicto de Polonia, que no podrá sobrevivir a la cocina mongol. ¡Podría perecer debido a ciertas consecuencias tardías!– propuso Nicola della Porta en un fino alarde de cinismo.

Crean no compartió la sonrisa del obispo.

–Debería ser algún hijo fiel de la Iglesia– finalizó el comentario con sarcasmo, –y éste acabaría en cualquier caso haciendo de "testigo mártir", pues caería bajo la *fida'i*. ¡Esa ley lo convertiría en víctima por excelencia!

Tras estas palabras Crean se dirigió con amabilidad a Hamo, que había asistido con ojos y oídos muy atentos a su primera lección de intriga política.

–De todos modos, estoy contento de verte de nuevo sano y salvo, pues había oído rumores de que estabas vagando perdido y desharrapado como un mendigo por las islas griegas, juntándote con malas compañías y dominado por ciertas drogas orientales...

Al escuchar esta última observación de Crean el obispo le dirigió al muchacho un rápido guiño de camaradería antes de explicarle al enviado de los "asesinos", con un ligero reproche en la voz y en tono pacificador:

–Todo eso es agua pasada. El pobre muchacho tuvo que llegar hasta aquí sin contar con ningún medio y no podía escoger sus compañías, pues sólo cuando por fin arribó a Constantinopla pude ocuparme yo de él. A partir de este momento yo me hago garante de su bienestar si ello sirve para tranquilizar a tía Laurence.

–¡No volveré a Otranto!– refunfuñó Hamo como una criatura díscola.

–¡Nadie te lo exige!– lo interrumpió Nicola. Después el obispo se dirigió de nuevo a Crean levantando con ironía una ceja: –En cualquier caso, me parece notable que un ismaelita pregunte preocupado por el consumo de *cannabis sativa*, llamada vulgarmente "hachís"... ¿No estaremos ante un caso de fanatismo propio de un converso? ¡El propio Hassan-i-Sabahh, de quien tantas veces os erigís en portavoz, estimuló el consumo de esa droga!

Crean revelaba en su rostro el esfuerzo que tenía que hacer para tragarse sin rechistar la reprimenda del obispo. No lo consiguió:

–El *keyf* es un estado mental que sólo se alcanza sin sufrir daño después de prolongados ejercicios y gran despliegue de disciplina. No creo que vos fuerais el maestro más adecuado.

–Instruir a otros exige un arte excepcional– respondió Della Porta con inquina, –y es conveniente no abusar de tales posibilidades. Os ruego que me dejéis a mí, ya perdido para vuestras enseñanzas, la libertad de equivocarme, y os ruego también que concedáis a este joven– señaló a Hamo –el derecho a enterarse por sí mismo de lo que le conviene y le place– Nicola disolvió la tensión del ambiente con una risa amable. *–Gerasko d'aiei polla didaskomenos...* y si traéis algo de lo bueno que hay en Alamut o de lo mas fino procedente de las montañas de Masyaf, ¡ordenaré de inmediato a los pajes que nos traigan las pipas!

Y puesto que Crean tomó asiento, a la vez que dirigía un suspiro hacia Hamo y metía las manos en los bolsillos, el obispo batió palmas.

–Hos mega to mikron estin en kairo dothen...

LAS PASTORAS

Punt'razena, verano de 1246 (crónica)

Los aires primaverales se habían retirado; el viento cálido hizo fundir la nieve; los franciscanos se cayeron de los árboles a trozos, podridos y descompuestos, y yo conseguí que al menos les otorgaran un entierro cristiano en el pequeño cementerio detrás de la iglesia.

A comienzos del verano pudimos dar por terminado el nuevo ahumadero, construido con piedra sólida, y el interior de la capilla no mostraba ya otra huella de su humillante pasado que los últimos mensajes grabados en las paredes de mis pobres hermanos. Cada mañana y cada noche predicaba el Evangelio a las viejas del lugar, y durante el día recorría los alrededores.

En cuanto se retiró el manto de nieve de las pendientes empezó a asomar en los prados de la montaña una alfombra multicolor de flores. Las abejas zumbaban buscando el néctar y aparecieron las más preciosas mariposas; de noche pululaban las luciérnagas. También de noche disfrutaba yo del cuerpo de mi joven novia.

Es cierto que Rüesch seguía bajando a escondidas por la escalera para llegar a mi cobijo entre las cabras, pero posiblemente todo el pueblo conocería ya nuestros amores y los padres cerraban ambos ojos a la vez que me tendían la mano. Nuestro compromiso era cosa acordada y nuestra boda parecía inminente. Sólo faltaba que el padre se presentara ante el consejo de ancianos y pidiera la aprobación. Xaver estaba dispuesto a hacerlo desde hacía tiempo, pero seguía esperando a que su única hija se lo pidiese, y Rüesch quería a su vez estar segura de mí; no de mi aprobación resignada, sino de mis sentimientos y mi corazón.

–Soy una muchacha pueblerina que vive en un país extraño en un desierto lleno de cabras, en un exilio voluntario soportado entre las montañas…

–Eres tan voluble y caprichosa como tus cabras– le contestaba yo con una sonrisa, y la apretaba contra mí, –aunque tienes una mente tan limpia como estos aires; de modo que hágase tu voluntad, ¡cabrita mía!

Ella me daba un empujón y se mostraba disgustada.

–William– resopló agresiva, –no quiero tu resignación, ¡quiero que me ames con júbilo y entusiasmo!

–Rüesch– le dije, y metí la mano entre sus muslos que ella intentó cerrar de inmediato, –si empiezo a gritar de júbilo como haces tú cuando estás con tus cabras, Xaver se caerá del lecho encima de la estufa y Alva se desmayará– mis dedos seguían acariciando y avanzando hasta llegar a la humedad de su jardín, pretendiendo familiarizarse con aquellos campos apenas labrados. –Te lo diré en voz baja al oído, Rüesch; ¡soy todo tuyo!

La muchacha me dio un golpe en la mano, y cuando vio que no servía de nada me la cogió y la dejó reposar sobre su vientre liso y firme, muy por encima del ansiado velloncito.

–Tienes ocho años más que yo, William; has viajado por el mundo, has estudiado en la universidad, has enseñado a un rey...

–Le enseñé la lengua árabe– la interrumpí. –¡Tú la hablas mejor que Luis!

–Pero yo no soy una reina– me contestó con toda seriedad, –ni soy una de esas señoras finas de la Corte. Cómo puedes haberme elegido a mí…

–Rüesch, tú eres mi reina; cada día me arrodillaré delante de ti y te…

Ella se echó a reír.

–¡Mejor será que te arrodilles a mis espaldas, cabrón! Cuando sea tu mujer te permitiré acostarte encima de mí. ¿Estás contento, William?– Rüesch me besó. –¡Dime que estás contento!

–¡Tan contento como tú!– suspiré atrayéndola hacia mí.

–William– dijo ella, –¿sabes renunciar?

–Claro que sí– le contesté; –¡sé renunciar a casi todo, menos a ti!– Quise hacerla rodar para ocupar la posición correcta *a tergo*, como correspondía a las reglas de nuestros escarceos prematrimoniales, pero ella dio un salto inesperado y alejó sus pequeñas nalgas, poniéndolas a salvo de mi miembro erecto.

–William– dijo después arrodillándose frente a mí; sus pezones oscuros temblaron cuando puso ambas manos sobre mis hombros y me miró con aire interrogador. –William, mañana por la tarde quiero que padre lo proclame; y al día siguiente podríamos casarnos…

–¿Te contentarás con un marido viejo, Rüesch?– quise bromear.

–Oye– susurró ella, –lo que quiero es que tú me tomes por primera vez en nuestra noche de bodas, y que por la mañana Alva pueda enseñar y tender las sábanas… Y por esta misma razón quiero seguir siendo virgen esta noche y mañana por la noche también, ¡por eso renuncio! ¿Lo entiendes?

Yo lo entendía, pero mi cuerpo no.

–¿No podemos aplazar el inicio de esta repentina castidad hasta mañana por la noche, ya que tu virginidad no sufre en absoluto?

Sus ojos se llenaron de lágrimas y dejó caer los brazos.

–¡Tú no me quieres!

–Te quiero demasiado– me apresuré a asegurarle a mi pequeña novia; cubrí su cuello de besos, y también sus ojos, su frente y su naricita, hasta que volvió a sonreír entre sollozos.

–¡William, eres incorregible!– y me dio un empujón que me hizo caer hacia atrás; después sujetó el miembro terco, lo castigó con altivez, y cuando sintió que estaba a punto de reventar en ardientes pulsaciones apretó sus labios contra él, lo rodeó delicadamente con la boca y se tragó la lava ardiente que escupía mi volcán sin que una gota escapara de su lengua circulante en rápida rotación. Sus ojos brillaban y sus labios relucían del esperma; toda ella era una pastora comprensiva.

–¡Ahora te será más fácil renunciar!– declaró la casta mujer mostrándose radiante mientras yo intentaba, jadeando aún, hallar alguna palabra de agradecimiento. –En cualquier caso, a mí me basta, ¡monstruo!

Yo intentaba incorporarme cuando se abrió una rendija en la trampa que había en el techo, encima de nuestras cabezas, y asomó Alva para llamar con una entonación extraña a su hija, como se llama a un niño que después de caer la oscuridad sigue jugando en la calle.

–¡No me toques!– se dirigió Rüesch a mí refunfuñando con gran presencia de ánimo. Mientras se incorporaba me besó en la oreja y exclamó: –¡Ya subo, madre!– y se fue arreglando la camisa mientras corría hacia la escalera. –¡Hasta mañana, amor mío!–

me susurró con un cariñoso mohín, toda ella una novia recatada en cuanto hubo llegado arriba, de modo que también su madre pudo oír estas palabras; y cerró la trampa.

Me recosté en el heno. Crucé los brazos detrás de la cabeza y estuve pensando en ella…

El verano había llegado a aquel lugar, un verano cálido e intenso. En los bosques asomaban las setas empujando contra las hojas de la estación anterior, las colmenas rebosaban de miel y las bayas iban madurando. Las caperuzas de nieve se habían alejado hasta las cimas de las montañas y las muchachas ascendían con los rebaños hacia pastos cada vez más elevados, donde resplandecían los prados alpinos. Con frecuencia no bajaban al pueblo durante días enteros. Tan sólo cuando se les acababan las provisiones alguna de ellas era enviada al pueblo para reabastecer sus existencias.

Como otros hombres del lugar me vi obligado a seguirlas por aquellas sendas peligrosas que conducían a través de rocas y pedruscos a lo largo de profundos abismos. Yo tenía la ventaja de que, aparte de la misa matutina y la de la tarde, no tenía otro trabajo, de modo que podía elegir libremente si realizar o no aquellas escaladas dificultosas para satisfacer mis instintos, cosa que despertaba la envidia de los demás y, sobre todo, del adusto Firouz, el cazador solitario a quien con frecuencia veía de lejos, pero que siempre apartaba la vista cuando me veía de frente. Yo estaba convencido de que más de una piedra que de repente caía desde arriba mientras yo cruzaba por delante de una pared rocosa o una pendiente pedregosa había empezado a rodar gracias a su mano.

Casi siempre me encontraba con Rüesch a la hora del mediodía, cuando sonaban las campanas, lo que llegó a constituir un ritual instaurado por nosotros mismos, que nos dábamos cita en una choza algo apartada. Dicha choza estaba prevista para casos de emergencia, como alguna nevada repentina, por lo que estaba siempre llena de hierbas secas y contenía algunas provisiones para las pastoras. Nos abrazábamos en aquel montón de olorosas hierbas como si estuviesemos muertos de sed, para después quedarnos soñando cogidos de la mano.

Un día me llamó la atención que ya no parecía estar confabulada con su prima Madulain, a quien en las primeras ocasiones había confiado su rebaño mientras duraban nuestras citas, sino que acabó presentándose en la choza acompañada de sus cabras.

–Madulain está enamorada de Firouz– me explicó mi novia.

–Pues qué bien– repliqué, –¡así nos dejará en paz!

–Pero William– dijo ella estirando las piernas desnudas hasta que la falda alcanzó alturas prometedoras, –pronto hará un año que estás aquí entre nosotros y sigues sin comprender que le duele perder la cara...

–Haber perdido una novia no es motivo para perder la vida– me eché a reír.

–¡La suya no, pero quitarle la vida al otro sí le parece procedente!– Rüesch se recostó de espaldas y se subió un poquito más la falda, pues sabía lo que yo quería y ella también quería lo mismo. –Tendría que pedirle que se casara conmigo; entonces podría contestarme que no y dirigir sus atenciones hacia otra. ¡Es lo que Madulain me exige!

–Y con eso a ti no te haría perder tu cara bonita ni mucho menos, ¿verdad?– Me burlé de ella y de un tirón le subí la falda sobre la cabeza. Ante mis ojos quedó expuesta la mansa piel de brillo oscuro del animal, revelando defensa e invitación a un tiempo. Me incliné hacia ella, pero la muchacha se bajó la falda.

–¡Las mujeres no tenemos cara que perder!– dijo con seriedad.

–Pues entonces, ¿por qué no le haces el favor a ella, y de paso a nosotros?

Rüesch me dirigió una mirada feroz.

–¿Y si dice que sí?

–Antes tendría que jurar que no se le ocurrirá...

Rüesch no consiguió exponer más argumentos, porque mi lengua se había introducido con insolencia entre los rizos, lo que le hacía cosquillas según me aseguraba siempre. No obstante, intentó llevar hasta el final aquel discurso costumbrista entre exclamaciones excitadas y risas reprimidas.

–Madulain ya me lo ha prometido– suspiró. –¿Sabes, William...?– y sus palabras me animaron a proseguir con gran placer la tarea que me importaba en aquel momento, aunque el problema de la cara perdida de Firouz me perseguía reduciendo mis ímpetus.

–¿Acaso pretendes– formulé después emergiendo a la superficie y utilizando mi lengua para formular la idea que se me acababa de ocurrir –que hable yo con Firouz...?

En vez de responder, Rüesch cogió mi cabeza con ambas manos y la devolvió al huerto que había estado cuidando; pero antes de que yo pudiese hundir la boca y la nariz entre los matorrales apareció detrás de ella surgiendo de entre el heno la cara petrificada de Madulain, el cabello cubierto de briznas de hierba seca y los ojos muy abiertos. Con expresión de mudo ruego sacudió la cabeza, me miró con ojos suplicantes, y volvió a hundirse como si fuera a ahogarse en el heno.

Durante su aparición yo no había cejado en mi empeño, pero mi avidez, que suele servir para azuzar las habilidades de mi lengua tan apreciadas por Rüesch, se fue apagando sin remedio, de modo que pronto también los movimientos de mi cuerpo acabaron por cesar. Rüesch no se había dado cuenta de nada, sólo de mi desgana poco habitual.

–No importa, William– dijo con entonación maternal. –Estás agotado de caminar– y me obligó a descansar con la cabeza entre sus senos. –¡Pero si te has quedado sin respiración!– observó preocupada al notar mi debilidad. Después añadió en tono cariñoso: –Descansa ahora; tengo que ocuparme de los animales. Esta noche vendré a buscarte y te acompañaré a casa.

Quiso dejarme en la choza, pero me incorporé de un salto y la seguí, porque no me apetecía nada mantener en aquel momento una discusión con su prima, quien, a la vista estaba, debía padecer una confusión terrible.

–No estoy tan cansado– intenté bromear haciendo un esfuerzo. –¡Es la edad!– Le di un beso a mi comprensiva novia, y me dispuse a saltar alegre como un cabrito por las piedras del camino hacia el pueblo, al menos eso pretendía aparentar. No le dije ni una palabra a Rüesch de aquel “encuentro”.

VIII

EL SOLSTICIO

LA CÁMARA DE TESOROS DEL OBISPO

Constantinopla, palacio de Calisto, otoño de 1246

–¿Qué es ese ruido?– preguntó Crean sin inmutarse. Hamo se había sobresaltado al escuchar el gruñido ronco que después fue creciendo hasta convertirse en amenazador. –Parece que proceda del mismísimo infierno.

–¡Es ese horrible "Estix"!– dijo el obispo, y la mueca asqueada de su rostro revelaba un rechazo absoluto. –Un moloso, o mastín napolitano, cruzado con un dogo de Luxor, como los que utilizan en el Sudán para cazar a los esclavos huidos; en resumen, ¡un animal repugnante! Me negué a tenerlo ni en casa ni en el jardín pero, al parecer, esa inmunda criatura goza de aprecio en la cocina. De modo que la hemos condenado a vivir en los pasillos subterráneos que circundan el laberinto. ¡Es una bestia que se me aparece en sueños, y temo que algún día se presente junto a mi cama con la saliva goteándole de los belfos y lamiéndome la cara antes de destrozármela a dentelladas!

–La verdad es que ese perro guarda vuestros tesoros. De no ser así, hace tiempo que lo habríais sacrificado– intervino Crean en tono de frialdad.

Hamo se adhirió:

–En realidad tiene miedo de que su cocinero lo envenene si mata al perro; el hombre está locamente enamorado de "Estix", aunque el buen animal, como vive bajo tierra, es muy probable que hace tiempo esté del todo ciego.

De nuevo se escucharon los gruñidos, acompañados a veces de un crujido y otras de un chasqueo de lengua.

–Puede que la bestia resulte al menos útil para avisarnos de la proximidad de un terremoto– intentó bromear el obispo.

¡O de la arribada de algún huésped!– se apresuró a añadir Hamo, justo en el momento en que entraba un paje para anunciar la presencia de una visita importante acompañada de numeroso séquito: era el legado papal.

Hamo se incorporó de un salto, asustado. No podía ser otro que aquel hombre oscuro que se ocultaba bajo una capa negra y que los había perseguido por toda Italia hasta que consiguieron deshacerse de él, tras el sacrifio de Roberto en la garganta de aguas salvajes.

–¡El esbirro del "cardenal gris"!– tartamudeó atemorizado. –¡Tenéis que protegerme!– y se agarró a Crean, pero el obispo hizo un gesto tranquilizador.

–No creo que pueda tratarse de "Vitellaccio di Carpaccio"– e irguió el busto adaptando una postura adecuada a su dignidad episcopal mientras sonreía con aire tranquilizador a sus huéspedes, aunque se mostró lo suficientemente preocupado como para salir al encuentro de los recién llegados.

Experimentó una grata sorpresa cuando se encontró frente a frente con Lorenzo de Orta, a quien conocía, aunque no revestido del cargo y la dignidad de legado papal. Lorenzo venía de regreso de Tierra Santa e iba acompañado por dos árabes de cierta alcurnia que se apresuró a presentar al obispo:

–El noble Faress ed-Din Octay, emir del sultán, y Tarik ibn-Nasr, canciller de los "asesinos" de Masyaf.

En vista de que este último, una vez intercambiadas las fórmulas rituales de salutación, exigió con bastante apremio y en tono casi descortés ser conducido a presencia de Crean, Nicola tuvo que acompañar a sus visitantes hacia el "centro del mundo".

Para sorpresa suya también Crean y el joven emir se saludaron con gran cordialidad, y hasta Hamo exclamó con alegría:

–¡El "halcón rojo"!– a la vez que abrazaba al joven y apuesto árabe. Después anunció en voz alta: –¡Aquí tenéis a Constancio de Selinonte, caballero del emperador Federico!

Pero aquél a quien presentaba le respondió con palabras, aunque amables, remarcadas con insistencia:

–¡Olvídalo en seguida, Hamo! Viajo como embajador de mi sultán, y sólo mis amigos deben saberlo. Mi viaje no es oficial y, por tanto, es incluso relativamente peligroso. No le añadamos más riesgos de los necesarios.

Dio un paso hacia atrás para quedar en segundo plano y Hamo bajó avergonzado la cabeza. El mundo de los caballeros le pareció una vez más sometido a reglas complicadas y expuesto a prácticas no precisamente impecables en lugar de adornarse con virtudes sencillas.

Constancio se dirigió con gesto discreto al obispo mientras Tarik y Crean se retiraban hacia un rincón de la *loggia*. De modo que Hamo se quedó solo con el legado papal, ante quien sentía algún temor por la importancia del título que ostentaba. Lorenzo parecía, sin embargo, de carácter más bien festivo. Sus ojos chispearon con ganas de bromear cuando Hamo, para superar los primeros momentos de embarazo, empezó a explicarle sin más en qué consistía el juego de ajedrez de los príncipes bizantinos.

–No deberíamos haber puesto a ese joven conde a la cabeza de la expedición– reconoció Tarik ibn-Nasr. –Yo mismo tengo la culpa, Crean. Pondré mi cabeza a los pies del gran maestre– añadió con sequedad sin prestar atención a la expresión preocupada de su subordinado y alumno. –No cabe duda alguna: ¡William está vivo! Era bastante lógico buscarlo allí donde Hamo lo vio por última vez: en la marca montañesa de los *saratz* que controlan los puertos de los Alpes, en el *punt*. Tuvimos una respuesta positiva a nuestras señales de interrogación, ¡de modo que está retenido allí!

–¿Significa eso que nos lo pueden entregar?– intentó Crean darle ánimos a su canciller.

–Eso está por ver– se aventuró Tarik; –mientras tanto, Pian ya viene de regreso, acompañado de Benedicto.

Enlazó las manos en la espalda y se dispuso a caminar, encorvado, de arriba abajo por la *loggia* sin una mirada de admiración para el panorama de la ciudad que se extendía a sus pies. Ha envejecido, pensó Crean.

–De modo que, a la corta o a la larga– prosiguió Tarik malhumorado su perorata, –se descubrirá el cuento que habíamos inventado acerca de los "infantes en manos de los mongoles"...

–Lo que hay que conseguir es que, al final, se encuentren William y Pian, como estaba previsto en el plan original, puesto que...

–...ésa es precisamente la única noticia buena que traemos: nadie excepto nosotros sabe algo del paradero actual de Roebruk. La próxima aparición por sorpresa de ese pájaro de mal agüero, que debéis jurarme será la última, tiene que acabar de una vez por todas con la inseguridad en torno al destino de los niños.

–¿Significa eso que pretendéis declararlos muertos?

–No– dijo Tarik, –eso sería peligroso para su fama; más adelante se les consideraría impostores. Me parece mucho mejor conducirlos a un lugar que sea de verdad seguro, el más seguro y espectacular de todos. Habría que divulgar que se encuentran a salvo en Alamut, ciudad rodeada de misterios y leyendas, ¡desde donde, algún día, se harán cargo del imperio!

El canciller de los "asesinos" quiso dar por terminada la conversación que sostenía con su alumno adulto, pero Crean intentó retenerlo un poco más.

–¿Y por qué, venerado maestro –y pido perdón por la simpleza de mis pensamientos aún más que por mi atrevimiento, –por qué no olvidamos tantas lucubraciones, nos olvidamos del tal William enterrado entre los hielos y las nieves y de Pian con su gran kan, y nos llevamos a los niños allá donde vos deseáis tenerlos, a Alamut, lugar que, permitidme decirlo, también a mí me parece el más apropiado?

Tarik sonrió:

–Porque esa solución le parece demasiado sencilla a la *Prieuré*, demasiado simplista.– Tras observar la incomprensión que se dibujaba en el rostro del joven, prosiguió: –¿Sabéis cuál es la imagen del gato y el ratón? ¡No es la del gato que caza un ratón y se lo come! La imagen auténtica es otra: el gato le da un zarpazo al ratón, lo deja escapar, lo tira al aire, lo acecha: ¡juega con el ratón! Y cuánto mejor no le parecerá hacerlo delante de las narices de muchos otros gatos que le envidien la presa! Ésta constituye la verdadera felicidad del gato.

–¿Así pues, la *Prieuré* sería una especie de rey de los gatos?– se indignó Crean.

–No he dicho eso– sonrió Tarik con malicia, –puesto que dicho comportamiento sería profundamente opuesto a las reglas de la Orden a la que ambos pertenecemos. ¡Lo que yo no deseo es seguir jugando a ser gato para que después venga un perro, a quien no le interesa en absoluto el juego que el gato se pueda traer entre manos, dispuesto a asestarle un golpe mortal!

–¿No le estáis concediendo excesiva importancia al de Capoccio?

El encorvado canciller lo miró sorprendido.

–Estaba pensando en los mongoles– aclaró con aire displicente, –y en lo que ellos piensan sobre el dominio del mundo.

Crean y Tarik cesaron en su caminar impaciente y pasaron a observar desde la barandilla la vieja ciudad de Bizancio y la desembocadura del Cuerno de Oro: allí donde el Bósforo señala con incertidumbre hacia el este en dirección a Alamut, de la que emanaban las fuerzas espirituales de la secta ismaelita y donde comenzaban también las estepas del imperio infinito y no obstante rígidamente disciplinado de los mongoles; allí era donde, en algún momento, volvería a aparecer Pian. Y a sus espaldas, en la lejanía invisible, vigilaban la cordillera de los Alpes eternamente cubiertos de nieve, donde William de Roebruk creía estar seguro y olvidado mientras los *saratz* esperaban órdenes acerca de cómo proceder con su huésped.

El brazo de los "asesinos" era largo, pero aún más largos y finos, y más pegajosos y tenaces también, eran los hilos tejidos por la *Prieuré*; su red invisible lo abarcaba todo, tanto en oriente como en occidente, sin que nadie supiera quién tiraba de aquellos hilos.

–El dominio del mundo– reflexionó Tarik en voz alta –no puede ser un juego, y mucho menos un juego de niños– y apartó la vista de las masas de tierra que se separaban y de las aguas que las partían. –No hay cuerpo humano que resista la fuerza de cuatro caballos que tiran de él en diferentes direcciones, como sabemos por más de un cruel espectáculo. ¿Cómo van a poder sostener unos niños esa corona sin que acaben desgarrados?

El obispo se había dirigido con el joven emir hacia la capilla del palacio de Calisto, una estancia adornada con mosaicos dorados que tenía la ventaja de quedar oculta en el mismo corazón de los gruesos muros. Muy pocas personas sabían de su existencia, y aun éstas conocían sólo una única puerta de acceso. La verdad, sin embargo, era que disponía de seis puertas, y aun de una séptima, oculta bajo un trono que en apariencia era fijo pero que en realidad servía para ocultar una escalera que conducía a la gran cisterna de Justiniano. Desde allí cabía la posibilidad de llegar en barca al puerto sin ser visto por nadie.

En esa capilla había ido guardando Nicola della Porta los tesoros acaparados en más de diez años de actividad al servicio de diferentes señores y, con frecuencia, sirviendo a varios de ellos a la vez. El hecho de que abriera su tesoro a un extranjero a quien antes jamás había visto demostraba la relación especial y la franqueza que lo unían a su visitante.

El emir, divertido por la contemplación de tantas piezas de valor como el otro le iba enseñando, dijo:

–Podéis mandar que traigan, para guardarla aquí, la caja con los cubiertos de mesa que suelo llevar conmigo cuando viajo–. Al ver que el otro encogía las comisuras de los labios en una mueca de desprecio añadió rápidamente: –¡Podríais fundir el metal, pues son de oro macizo!

Nicola suspiró, aliviado.

–¿Cómo agradecer a mi señor y benefactor, el venerable Ayub, a quien Dios conceda larga vida…?

El joven lo interrumpió con sequedad:

–El sultán quiere saber desde dónde y cuándo partirá la cruzada del rey de Francia en el caso de que nuestro amigo Federico no consiga impedir la empresa.

Nicola della Porta reflexionó, aunque no durante mucho tiempo. *–Ho chresim'eidos uch ho poll'eidos…* El puerto de concentración es Chipre. Los preparativos exigirán dos años más. Pero es imposible prever cuánto tiempo permanecerá Luis allí y si será posible retenerlo en ese lugar, cosa que yo me permitiría recomendar. El sultán debe contar con que el golpe irá dirigido contra el mismo corazón del enemigo, es decir: El Cairo…

–¿Cómo es eso?– preguntó el emir, incrédulo. –¿Acaso el rey no desea acudir en ayuda de sus compatriotas asediados en San Juan de Acre?

La sonrisa de Nicola denotaba cierta compasión.

–Luis es devoto, pero no tonto. Tierra Santa no puede salvarse con una ocupación temporal, sino por la destrucción del poder que siempre amenazará esas posesiones: ¡Egipto!

–Habríais sido un buen estratega, obispo, aunque no sé si el rey está rodeado de consejeros tan inteligentes y decididos como seríais vos para él.

Nicola della Porta sonrió adulado.

–Siento no tener su oído cerca. Yo le aconsejaría, y pediría una buena recompensa por el consejo, que renunciara a la cruzada o la transformara en una visita formal a Jerusalén, disfrazada, como es lógico, de conquista gloriosa. ¡Federico le ha dado ejemplo!

–¡Pero el jefe supremo de los musulmanes ortodoxos no podría permitirlo!

–En ese caso la Iglesia no dejará de azuzar a los franceses para que os persigan, puesto que Federico difícilmente se pondrá a su servicio, ¡al menos a sabiendas!

–¡Y tampoco al nuestro!– se lamentó el emir con expresión lacónica. –¿De modo que consideráis inevitable la cruzada?

–Puedo aseguraros que mis palabras valen el oro que me pagáis. Os ruego ahora que me acompañéis a la mesa, pues estoy impaciente por escuchar las ocurrencias con que Lorenzo de Orta nos distraerá en esta ocasión.

–No sabrá decir nada que no pueda contaros yo mismo; ¡aunque concedo que el señor legado reviste todo de un humor que yo voy perdiendo de día en día!

–Mientras no perdáis el apetito– rió el obispo, *–Ariston men hydor, ho de chrysos…*

Salió precediendo a su huésped, y poco después se encontraban ambos en el refectorio del palacio, cuyas altas ventanas daban sobre el mar de Mármara.

Hamo y Lorenzo interrumpieron la partida de ajedrez, un juego que al joven había llegado a gustarle, sobre todo porque el legado era fácil de derrotar y, por añadidura, seguía contento aunque perdiera; y también porque era entretenido oírle hablar con tanta emoción de su viaje a Tierra Santa empleando las figuras del ajedrez para ilustrar sus aventuras.

–…digamos que la dama blanca representa a Damasco, dominada por Ismail; a su lado, las torres de Homs y Kerak, bajo el mando de el-Masur Ibrahim y an-Nasir. Esos peones negros serían los salvajes jorezmos que esperan obtener del sultán de El Cairo, el rey negro que veis allí, algún premio por la ayuda que le prestaron en la batalla de La Forbie, es decir: Gaza, aunque Ayub no tiene intención de darles nada, ni en sueños, mientras avanza con su ejército sobre Damasco. De momento, lo primero que hace es quitarle Kerak a An-Nasir –ya veis que sustituyo la torre blanca por una negra–; después Ismail cede la ciudad de Damasco –sale la dama blanca y entra el rey negro– y, como consolación, obtiene Baalbek. ¡Le corresponde este caballo blanco!

Tarik se había acercado para seguir con interés la forma en que el legado papal exponía los detalles de la lucha por el poder.

–Los jorezmos siguen sin obtener recompensa, por lo que ofrecen sus servicios a Ismail. De modo que, a partir de ahora, ellos son los blancos. Ismail quiere recuperar a Damasco con su ayuda, ¡por lo que volvemos a poner aquí a la dama blanca, acompañada de todo su ejército!– Hamo seguía la exposición con gran atención y a Lorenzo le divertía describir ante el muchacho la volubilidad de los árabes. –Pero Homs, blanco ahora, y Kerak, también blanco, soportan mal a los jorezmos, aún peor que a los egipcios, y pasan a convertirse de la noche a la mañana en figuras negras. ¡Está claro que Ayub ha debido sobornarlos! Junto con las fuerzas egipcias liberan a Damasco. Ismail sale corriendo –devuélvele ese caballo– y los jorezmos sufren una derrota contundente. La cabeza de su jefe –debes imaginarte el alfil blanco descabezado– es paseada triunfalmente por las calles y los pocos supervivientes se refugian, para salvarse, en tierras de mongoles. ¡Así pues, el sultán negro domina ahora Palestina, Líbano y Siria!– la entonación de Lorenzo adquirió un tinte sarcástico. –De ahí que las fuerzas del Islam aparezcan unidas y dispuestas a acabar con los cristianos. ¿Para qué enviar a un legado papal a Tierra Santa? Para conseguir que aquellos *popes* de la Iglesia griego-ortodoxa que reconozcan la supremacía del Papa sean respetados del mismo modo que los sacerdotes católico-romanos, ¡siempre que la liturgia lo permita! *Kyrie eleison!*– Así terminó el legado su discurso, con una extraña expresión de cómica amargura.

Todos aplaudieron. Lorenzo ofreció aún un último ejemplo de aquel comportamiento tan absurdo a sus ojos.

–¿Y las Órdenes militares? Los templarios parecen cuervos dispuestos a sacarles los ojos a los sanjuanistas donde se los encuentren. Por amenazada que esté la ciudad que ambos ocupen se enzarzan en luchas contra ellos por las calles como vulgares chiquillos. Los caballeros teutónicos, a su vez, animan a los que pelean como si asistieran a un espectáculo, ¡y de paso se emborrachan! Los marinos venecianos, pisanos y genoveses se entretienen propinándose palizas y navajazos en los puertos, e incendiando barcos y almacenes de los otros, sólo para sacarles ventaja mientras comercian con grandes beneficios. ¿Y con quién comercian? ¡Con los musulmanes!

–Sembrar divergencias en el ejército enemigo es ganar media batalla– asintió Tarik. –En realidad es el mejor aliado que se puede tener.

–¡Por eso quieren organizar otra cruzada: para poner las cosas en su sitio!– gruñó Lorenzo con rabia.

–¡Alá nos guarde de una cruzada!– insistió el canciller. –El equilibrio de la paz solo podrá mantenerse mientras existan divergencias equilibradas entre sus enemigos.

TRIBUTO DE AMOR

Punt'razena, otoño de 1246 (crónica)

Así transcurrió el verano, y el otoño se anunciaba ya con heladas matutinas; había que recoger, antes de que se impusiera el frío, las últimas bayas, las nueces y las castañas, los hayucos y las bellotas, para que no se pudriesen con las lluvias que empezaban a irrumpir, mezcladas desde un principio con breves ventiscas de nieve.

Cada día las montañas presentaban las capuchas blancas que cubrían sus cimas. Pronto haría un año que me encontraba entre los *saratz*; los días se había sucedido con alegría y sin pesadumbre, como se sucedían las coronas de flores pajizas crecidas entre las rocas y que mis pastoras trenzaban para mi solaz. En manos de una de ellas significaba la corona de novia con que pretendía sujetarme; para la otra era un ramo de despedida, una silenciosa advertencia de que me alejara al fin de su vida. Las flores de ambas me habían amenizado la existencia, aunque mis sentimientos eran encontrados. Nadie parecía exigirme una decisión y, si por mí fuera, la buena vida y el buen amor podrían haber proseguido durante muchos veranos más.

Pero se acercaba el momento de la boda. Una vez más subí a la choza donde había hallado tanta diversión, a aquel delicioso albergue de un doble amor, refugio de placer y de pasiones. Recordé la risa alegre de mi cabritilla, la animosa Rüesch, aunque la imagen se vio rápidamente desplazada por la melancolía silenciosa y el espíritu indómito, en apariencia recatado, de la gata salvaje Madulain.

¡Princesa mía! ¡La recuerdo como si fuese ayer! La rememoro tal como había surgido del heno, expresando sorpresa con los labios apretados e imponiéndome silencio. En aquel mismo instante me convertí en su cómplice, en conjurado suyo y en traidor. Poco después de aquel primer encuentro estaba yo acostado a la hora de siempre entre el heno de nuestro nido de amor cuando el campanilleo anunció desde afuera la arribada del rebaño de cabras. Permanecí acostado, haciéndome el dormido. Me llamó la atención que los animales entraran por la puerta abierta en el interior de la choza, puesto que Rüesch intentaba siempre, con ayuda de su vara, mantenerlos alejados de la reserva de forraje que se guardaba dentro. Alguien se deslizó a mi lado entre el heno. Abrí un poco los párpados y miré directamente a los ojos color violeta de Madulain.

Era una muchacha bella, esbelta, más alta que Rüesch, con un rostro blando de pómulos salientes, de labios carnosos y ojos grandes que contrastaban extrañamente con su cabello oscuro. Su aspecto era el de una extranjera: parecía una princesa entre las montañesas robustas de los *saratz*, que eran todas de piel morena, alegres y musculosas. Tampoco la voz de Madulain resonaba cantarina como una fuente alegre cuando se reunían las muchachas, pues su carácter era más soñador.

–William– me dijo, –no sólo tienes una lengua hábil, también tienes buen oído– no se acercó más, pero sentí que las llamas se apoderaban de mi cuerpo; me encontré extraño, mi carne empezó a hervir. –Me he fijado en Firouz...– creo que no pudo leer en mi rostro mucha simpatía por el personaje elegido para proclamar su devoción. –Tiene un rabo como un caballo. ¡Lo quiero para mí! Él está dispuesto, pero tú, William– dijo con tristeza, –¡tú eres un obstáculo para nuestra felicidad!

–Puedes quedártelo si te place– la interrumpí con cierta rabia, pues sentía nacer en mí la envidia provocada por aquel bruto con su...

–Mientras tú estés aquí, él se me negará, porque tiene que mantener sus derechos sobre Rüesch aunque ya no la quiera...

–¿Estás segura de lo que dices, Madulain?

La bella criatura me miró abiertamente a los ojos y su melancolía empezó a invadir mi cerebro esparciendo un dolor insidioso.

Ella contestó:

–La única seguridad que podemos tener nace en el instante de la unión carnal. Después de la luna de miel Rüesch podría dirigir nuevamente sus pensamientos hacia Firouz, pero tú podrías largarte antes de la boda...

–¡Nada de eso, me quedaré y la tomaré por esposa!– dije con firmeza, pero Madulain no perdió su tranquilo estoicismo. En su cabeza rondaban ideas que yo era incapaz de adivinar.

–Te dejaré mis abarcas– susurró, y acercó su boca ancha de labios carnosos y brillantes a mi oído. –Te enseñaré a correr, deslizarte y saltar con ellas. No hay cabra montesa ni rebeco que pueda correr más deprisa; un individuo calzado con abarcas de nieve los supera a todos…

–En realidad, Madulain– me defendí indignado, –¡lo que deseas ayudándome a huir de aquí es perderme de vista!

–No hago más que ser sincera contigo, William– susurró a mi oído, y la serpiente de la tentación me entró por el conducto auditivo.

Claro que deseaba huir, lo quise siempre, por curiosidad y por ansia de libertad. Pero sin dominar el arte de deslizarme sobre la nieve siempre seguiría prisionero en aquel valle clavado en las alturas.

–No quiero abandonar a Rüesch: he decidido pasar a su lado mis días y mis noches, aquí en…

–¡Calla!– siseó Madulain, y me puso un dedo sobre los labios. –Te estoy haciendo una oferta que va contra la ley. El consejo de ancianos ordenaría mi lapidación si lo supiera. ¿Has visto alguna vez cómo es lapidada una mujer?

–Me lo imagino, Madulain, pero no puedo prometerte que huiré. Por el contrario, te juro…

–¡No jures, William!– y se puso de rodillas estirando todo el cuerpo. –Se te secaría la lengua por perjuro– por primera vez sus rasgos tristes mostraron una sonrisa que rebosaba superioridad. –Si estás dispuesto, podemos cerrar un pacto que no excluye nada: yo te enseño a utilizar como es debido las abarcas…

–¿Y yo a ti?

–Le enseñaste a mi cabra preferida cómo usar la lengua con habilidad– y con un movimiento lento y emocionante apartó sus ropas a un lado. Sus muslos lisos quedaron a la vista y, sin aparentar vergüenza alguna, me abrió el regazo que, como es lógico, no deseaba yo reservar a la lengua de una cabra por rosada y acariciadora que fuera.

Así transcurrió el verano. Mi cuerpo adelgazó y quedó esbelto como un junco, porque para ascender a los campos de nieve como era indispensable teníamos que trepar a alturas cada vez más lejanas. A mi “señora” –pues en eso se convirtió Madulain desde el primer momento, y yo en su servidor– le agradaba ser severa, tanto cuando ejercía de maestra en los ejercicios con las abarcas como cuando mandaba, exigente e insatisfecha, sobre mi pobre lengua, que en un principio convirtió en su vasallo para considerarla después una esclava que debía estar siempre a su servicio.

Solíamos citarnos en las chozas más alejadas y a veces también sobre alguna roca desnuda o en medio de la fría nieve helada. En vista de que de tanto trepar, correr y deslizarme, con caídas incluidas muchas veces, me faltaba el aliento después de los ejercicios, pasó a exigirme el cobro del tributo por adelantado. Quedé atrapado en sus redes. Ella no daba nada a cambio; jamás me puso la mano encima y ni yo ni mi miembro torturado pudimos tocarla jamás. Pero sí le tenía vendida mi lengua, del mismo modo que se vende el alma al diablo.

Madulain no era una mujer fatal, sino más bien fría y soñadora. Es verdad que gemía cuando mi *lingua franca* la llevaba con gran maestría a la máxima excitación, pero ni siquiera entonces, ni si estaba de acuerdo conmigo, me demostraba cariño. Después de nuestros encuentros yo descendía tambaleándome por las pendientes hasta llegar al valle o me dormía agotado en la choza de Rüesch. Tenía que duplicar y hasta triplicar mis esfuerzos para que mi pequeña novia no se diera cuenta y, sobre todo, para no hacerla padecer.

La princesa Madulain mandaba sobre las demás muchachas, y éstas procuraban que Rüesch no pudiese descubrirnos juntos a su prima y a mí. Siempre había una excusa para mandar a Rüesch al pueblo cuando fuese necesario. La orden de acudir adonde me esperaba "mi señora" era depositada delante de la choza en forma de un puñado de piedras que, colocadas de una manera u otra, me señalaban la dirección y el camino. Como nadie se atrevía a subir con los rebaños a las alturas que escalaba Madulain estábamos seguros de que no nos atraparían por sorpresa.

Cuando acabó el verano yo había llegado a dominar con maestría tan extraño calzado; me movía sobre las abarcas con una seguridad total y me atrevía a los saltos más arriesgados sobre los salientes rocosos o a bajar por las pendientes más escarpadas, entre pedruscos y abetos, sin sentir temor alguno. Llegó el momento en que a mi maestra ya no le quedaba nada más por enseñarme. Y, sin embargo, yo seguía acudiendo a su llamada siempre que ésta me alcanzaba, soportaba todas las penalidades para llegar hasta donde ella me esperaba, casi escupía el pulmón, y todo se me olvidaba cuando ella me abría su regazo. El placer de servirla no era comparable con las pequeñas alegrías prematrimoniales que Rüesch me concedía, y aunque amaba a ésta de todo corazón y albergaba los mejores sentimientos hacia ella igual que ella hacia mí, me sentía desgraciado.

Yo tenía una amante que no me exigía fidelidad ni parecía temer el día en que tuviese que renunciar a mis servicios. De modo que me movía dentro de una aparente libertad total pero, al mismo tiempo, había caído en una trampa. No había manera de prever el fin de aquella situación y pasé muchas noches de insomnio a comienzos del siguiente otoño, una situación más o menos similar a ésta en que me encuentro ahora. Los días eran cada vez más cortos, los rebaños y las muchachas iban bajando de las montañas. De nuevo dormía Rüesch casi siempre en su cámara y me visitaba respetando el sigilo exigido por la ley, mientras yo soñaba con la vulva y la vagina de una princesa en cuya cabeza, a su vez, no cabía más que la idea de un *penis equestris* cuyo portador insistía en casarse con mi novia para no perder la cara y que, en su empecinamiento, no tenía ni idea de los placeres que se perdía. ¿Cómo iba el destino a exigirme que luchara contra él? ¿Cómo admitir que me diera una paliza? ¿Sería acaso éste el modo de resolver el nudo que mantenía sujeto y enredado mi cerebro? La carne está pronta, pero el espíritu es débil.

EL MENÚ

Constantinopla, palacio de Calisto, otoño de 1246

El paje rogó a los señores que se dirigieran a la mesa. Cuando estuvieron en el refectorio hizo acto de presencia el "padre de todos los cocineros", el famoso Yarzinth, calvo criado de Nicola llamado también "el paladar", seguido de un grupo de efebos que, medio desnudos, aportaban grandes bandejas de plata.

Yarzinth iba declamando el orden de los platos y su composición: rollitos de hoja de parra con carne de cangrejo y salsa de leche cuajada, condimentada con coriandro y menta; pimientos tiernos rellenos de pechuga de codorniz picada y huevos de codorniz endurecidos en vinagre; caracoles en su salsa, condimentados con ajo y servidos en bolsas de pepino…

Antes de llegar a los platos principales cambiaron de vino, pasando del caucasiano ligero al oscuro y resinoso de Trebisonda.

–El Vatatse está reponiendo existencias en sus bodegas de Constantinopla, aun antes de volver a hacerse cargo del poder–se burlaba el obispo. –Ésta es sólo una pequeña muestra con que, de vez en cuando, le apetece regalarnos a los latinos.

Tarik elevó la copa:

–Tal como os conozco, eminencia, creo que podremos seguir disfrutando de vuestra compañía en este lugar, aunque sea bajo dominio griego.

–Prefiero ocupar un cargo de dudoso destino en Bizancio que ser en Roma uno entre los muchos que allí se destrozan mutuamente luchando por la púrpura, o exponiéndose a otras muertes aún más desagradables, poseídos por la vana ilusión destructora del emperador.

–¡Aún vive Federico!– El embajador del sultán lo saludó levantando la copa. –Deberíais prestar atención a la respuesta que mi soberano envía al Papa. El señor legado– y señaló con un gesto amistoso a su vecino, –nuestro amigo Lorenzo de Orta, os comunicará el contenido del escrito. Los dos nos lo hemos aprendido de memoria en el transcurso de nuestro viaje por mar, pero la verdad es que sus dotes declamatorias son muy superiores a las mías.

Lorenzo introdujo rápidamente entre sus labios una flor de calabaza rellena de puré de hígado de pato silvestre mezclado con trocitos fritos de sabrosa piel de pato, todo ello rebozado y frito en aceite de oliva, y se levantó después del asiento.

–Les citaré en su tenor literal y original la réplica del soberano de todos los creyentes, redactada en idioma griego– y el legado papal chasqueó repetidamente la lengua antes de empezar a declamar en el tono cantarino de un muecín: –"Al noble, eminente, espiritual, amable y Santo padre, decimotercero de los apóstoles, voz de toda la Cristiandad, que manda sobre quienes veneran la cruz, juez del pueblo cristiano, guía de los hijos del bautismo, máximo sacerdote de los cristianos, ¡a quien Dios dé fuerzas y bendiga!"– y volvió a meterse entre los dientes una de aquellas empanadillas, aceitosa y reluciente, –"de parte del todopoderoso sultán, soberano de cuantos mandan en sus pueblos; que domina la espada y la pluma y es árbitro sobre los dos poderes más sobresalientes, como son la religión y la ley; rey de ambos océanos, soberano del norte y del sur; rey de Egipto, Siria y Mesopotamia; soberano de Madai, Idumea y Ofir; el rey al-Malik al-Salih Najm al-Din Aiyub, hijo del sultán al-Malik al-Kamil, hijo a su vez del sultán al-Malik al-Adil Abu Bekr Muhamed ben Aiyub Saif al-Din, hijo a su vez del primer Nadjm al-Din Aiyub, cuyo reinado Dios ampara. ¡En el nombre del Misericordioso!"

Lorenzo hizo una pausa para respirar, tomó un trago, disfrutó al ver la expresión de sus interlocutores fastidiados por haber tenido que soportar tan larga titulación, y prosiguió con sumo placer:

–"A Nuestra vista llegó un escrito del Papa arriba nombrado, decimotercero de los apóstoles, noble, espiritual, eximio y santo portavoz de toda la Cristiandad, que domina a quienes veneran la cruz, juez del pueblo cristiano, máximo sacerdote de los hijos del bautismo, a quien quiera Dios concederle bondad en su pensar y su actuar ayudándolo a promocionar la paz y guardar sus fundamentos, así como en todo lo que sea beneficioso para aquellos que profesan su misma fe y sus costumbres, ¡así como para todos los demás!"

–Ahí tenéis una prueba de la tolerancia del sultán– lo interrumpió Crean dirigiéndose al obispo. –¡Cuánto bien haría la Iglesia que se denomina "única y verdadera" si decidiese hacer gala de la misma tolerancia!

Pero su superior lo regañó con aspereza:

–La tolerancia es el alimento de los inseguros, de los que no saben decidir si quieren morder o chupar, si prefieren comer caliente o frío, si tienen fe o la pierden.

Lorenzo ahogó todo intento de discusión ulterior y prosiguió con su discurso, imitando ahora, con gran maestría por cierto, la cadencia del canto gregoriano:

–"Hemos estudiado exactamente el escrito mencionado y hemos comprendido los argumentos que contiene, su contenido Nos ha complacido y Nuestro oído disfrutó con su lectura. El mensajero que Nos envió el Santo padre llegó hasta Nos y lo hemos recibido con cariño y con honores, con respeto y veneración. Lo hemos llamado a Nuestra presencia inclinándoNos ante él." Claro que esto debe entenderse en sentido simbólico– se permitió Lorenzo intercalar con una sonrisa: –el soberano siguió sentado en el trono mientras yo me tiraba a tierra delante de él.

El legado papal volvió a cambiar de tono y prosiguió con entonación solemne:

–"Hemos prestado Nuestro oído a sus palabras y hemos otorgado Nuestra confianza a aquél que Nos habló en nombre de Cristo, cuya fama elogiamos. Pues del tal Cristo sabemos más Nos de lo que sabéis Vos, y lo respetamos y veneramos más de lo que Vos hacéis. En cuanto a aquello que os hace pronunciar las palabras de paz y tranquilidad y que os da motivo para llamar a los pueblos a respetar la paz, también Nos deseamos algo semejante y no vamos a contradeciros, pues siempre la hemos querido y deseado."

Lorenzo observó que estaban sirviendo el primer plato principal, compuesto de pintadas rellenas de pasas y rebozadas en hojaldre con canela espolvoreada encima. Aspiró el aroma con avidez y aceleró el flujo de sus palabras sin dejar de acentuarlas con insistencia, puesto que ahora venía la parte esencial del mensaje:

–"Pero el Papa, a quien Dios dé fuerzas, sabe que entre Nos y el emperador se estableció hace mucho tiempo, desde la época del sultán al-Malik al-Kamil, Nuestro padre, a quien Dios conceda la gloria, un tratado de amistad y concordia, y sabéis que el mismo sigue existiendo entre Nos y el mencionado emperador. Por tanto, Nos es imposible concertar con los cristianos ningún tipo de acuerdo antes de haber escuchado primero la opinión del emperador y solicitado su aprobación. Por lo que hemos escrito a Nuestro embajador en la corte del emperador exponiéndole punto por punto las preguntas que Nos transmitió el mensajero del Papa. Este emisario Nuestro..."

–¡Constancio, ése eres tú!– exclamó Hamo sin poder reprimirse, tras haber estado tanto tiempo callado y furioso consigo mismo por no verse capaz de participar en la complicada discusión de los caballeros.

–...es un hombre de confianza del sultán: el noble emir Faress ed-Din Octay, hijo del venerado visir Fakr ed-Din, que es amigo del emperador occidental Federico y a quien éste, en señal de su aprecio y reconocimiento, nombró caballero concediéndole el nombre que acaba de salir de tus labios, ¡pero quien, aquí y por encima de todo, es embajador del sultán!– reprendió el obispo a su joven amigo. –¡Cuántas veces habremos de advertírtelo!

Hamo agachó, humillado, la cabeza y decidió odiar a su primo.

–"El tal emisario nuestro"– prosiguió Lorenzo deseoso de que no se enfriara la pintada –"se presentará ante Nuestros ojos y Nos informará, y cuando Nos haya transmitido el mensaje actuaremos según el contenido de su informe y no Nos desviaremos de lo que sea útil y Nos parezca útil para todos; de tal modo podremos ganar méritos ante Dios. Os lo hacemos saber así y rogamos que la gracia de Dios aumente vuestro patrimonio. Escrito el séptimo dia del mes Muharram."

–Aún queda un *post scriptum*– añadió el emir: –Pues dicho está: "¡Alabemos sólo a Dios y su bendición se derrame sobre Nuestro Señor Mahoma y su estirpe! ¡Él mismo sea parte Nuestra!"– Pero para entonces Lorenzo ya se había abalanzado sobre la pintada.

Siguieron a ésta lenguados del mar Negro con guarnición de pulpitos, cuyo jugo oscuro, mezclado con olivas troceadas, acompañaba deliciosamente al pescado hasta el punto de que el amo de la casa, con gran pesar suyo, respondió a la solicitud de sus huéspedes y prohibió que trajeran más platos de la cocina.

–¡Quiero llegar vivo a la presencia del emperador!– elogió el emir lo ofrecido hasta entonces. –¿Quién más podría garantizarle que el sultán le comunicará esto y no otra cosa?

–Yarzinth puede transcribir la carta, es decir, confeccionar una copia para que tengáis mayor seguridad– le ofreció el obispo.

–Excelente idea– suspiró el emir entregando el escrito del sultán. –Y, sin embargo, mi estómago se rebela.

–Dejemos ya de tentar nuestro paladar– lo apoyó también el canciller; –nosotros estamos acostumbrados a una vida ascética, y también solemos abstenernos de la bebida– añadió con una mirada severa hacia Crean, su subordinado. –Sin embargo, no queremos que el legado sufra por esta causa– fue una de las pocas ocasiones en que Tarik decidió mostrar una sonrisa. –¡Su señor Papa tal vez lo encierre a pan y agua por el disgusto de la negativa que contiene el mensaje!

El emisario del sultán pidió permiso para retirarse y abandonó la mesa con rapidez inusitada. Sin embargo, antes de que pudiera refugiarse en el retrete, se le acercó Yarzinth.

–¿No os ha gustado la comida?– siseó con aire de reproche a su oído.

El emir le respondió con un insulto y se encerró.

El obispo mandó retirar los restos del banquete, y estaba a punto de dirigirse con los dos "asesinos" a su capilla privada cuando casi tuvo un encontronazo con el cocinero, quien entraba en la sala con la cabeza erguida. Yarzinth avanzaba indignado, dirigiendo la nariz alargada hacia su señor.

–¿Acaso no os gustó el lenguado rehogado? ¿Es que los pulpitos no resultaron tiernos en su propia tinta? Podéis hacerme ejecutar, ¡pero no deberíais interrumpir tan cruelmente la sucesión perfectamente calculada de los placeres del paladar que tenía destinados a vuestros huéspedes! ¡No debéis rechazar fríamente mis creaciones destinadas a vuestra mesa!– Y el cocinero se arrojó a los pies del obispo ofreciéndole su nuca desnuda.

–Mi intervención culposa en el menú– se disculpó Nicola –fue debida únicamente al deseo de preservar la capacidad del señor legado para degustar al menos la delicia de tus postres. ¡Haz que traigan los dulces tan apreciados por Hamo!– le tendió la carta dirigida al Papa, –y procura con tu arte magistral sacar dos copias de este escrito de modo que nadie los sepa distinguir del original, junto con el sello, completo y sin romper! ¡Sé que eres un maestro en estos menesteres y que no hay quien te iguale en el mundo!– Con dicho consuelo despidió a Yarzinth.

Crean admiró el lujo con que estaba decorada la sala; Tarik solamente le dedicó un breve vistazo.

–Veo que el Santo padre no obliga a sus servidores a pudrirse en la miseria– observó con sequedad. –¿O son éstos los restos que el patriarca tuvo que dejar atrás sin quererlo?

–¡Todo prestado, señores! ¿De qué sirve tanto lujo a un fiel hijo de la Iglesia, quien no desea otra cosa que alcanzar el reino de los cielos?

–¿Y el emperador? ¿Y el Vatatse? ¿Sólo hacen donativos a la bolsa episcopal porque les preocupa la salud de su alma?

–Balduino me paga para que yo intervenga en Roma en interés de la conservación de su trono; el griego me paga para que no intervenga. ¡Pero este último paga más!

–¿Y qué os paga Ayub?

–Me paga el valor que le merecen mis humildes servicios...

–Nosotros, los "asesinos"– advirtió Tarik, –no pagamos nada. ¡En cambio os dejamos vivir!

–Mucha bondad por vuestra parte– contestó Della Porta con aparente despreocupación, pero la sonrisa maliciosa que había en sus labios pareció enfriarse.

El canciller prescindió de más prolegómenos y prefirió entrar en el tema:

–¡Crean se ocupará de traer a William de Roebruk hasta aquí! Yo me ocuparé de que Pian del Carpine, junto a su acompañante, regrese tomando el camino de retorno por Constantinopla. ¡Lo demás será resuelto de un modo definitivo!

–¿Y los niños?– preguntó Crean.

–Faress ed-Din dará órdenes en Otranto, cuando pase por allí para encontrarse con Federico, de que sean entregados a la guarnición de Lucera. ¡Yo los haré recoger allí!

–El emir se negará– dijo el obispo, –¡y sabéis que puede hacerlo!

Tarik le dirigió por un instante una mirada incisiva.

–Pues entonces será Lorenzo quien lleve a cabo dicho encargo, ¡él no puede negarse!

–El legado estará contento de hacer un alto en Otranto, y daría mucho por no tener que presentarse ante los ojos del Papa llevando la respuesta que lleva del sultán– Crean intentó calibrar la situación desde el punto de vista de Lorenzo de Orta. –Y aún estaría más contento si fuese el emir quien llevara el escrito a su Santidad...

–Supongo que éste lo haría con mucho gusto– opinó el obispo. –¡Basta con que procedan a un cambio!

Una mirada de Tarik lo hizo enmudecer.

–¿Y Hamo?– preguntó el obispo, bastante intimidado.

–Sabe demasiado del "gran proyecto", y ha molestado más de lo que ha servido– Tarik reflexionó unos instantes. –Creo que le vendría bien un período prolongado de instrucción en Alamut.

–¿No podría quedarse aquí conmigo? Les garantizo…

–¡Una vez realizado todo esto no quedará en Constantinopla nadie que conozca la solución adoptada!

–Salvando a los presentes, ¡espero!– dijo Della Porta en tono burlón, pero su voz denotaba inseguridad. *–Speude bradeos!* Estoy dispuesto a pagar un buen precio por dicha solución– añadió el obispo mientras señalaba con un gesto los tesoros acumulados.

–Pasará un camello por el ojo de una aguja– empezó a recitar Crean con voz salmodiante, –antes de que un rico entre…

Pero el obispo lo interumpió:

–Sabéis muy bien que "camello" no se refiere a vuestro animal cuadrúpedo, sino a un cabo de navío, por lo cual la cuestión se reduce al tamaño del ojo que hay que atravesar…

–No quedará persona viva que lo sepa– concluyó Tarik, borrando así cualquier malentendido. –A vos, de todos modos, os espera un traslado: os han destinado a Tierra Santa.

El obispo quedó sumido en un profundo silencio.

–Viajaréis juntos– se dirigió el canciller con gesto abrupto a Crean. –Tomaréis el velero de la Serenísima. El embajador y el legado dejarán el barco en Brindisi, tú en Venecia. Las demás órdenes y disposiciones te serán comunicadas por nuestro amigo y hombre de confianza Della Porta, en cuanto regreses a esta ciudad con el monje.

–¿Y si la condesa se niega?– intentó asegurarse Crean, pero Tarik no se dignó concederle una respuesta. Abandonó la capilla sin un saludo y su subordinado y el obispo lo siguieron compungidos.

Una vez en el refectorio, el canciller sacó tres manojos de cordones de cuero, cada uno de diferente longitud y con un número de nudos desiguales. Parecían látigos baratos, mal anudados y sin mango. Entregó los cordones a Lorenzo, quien se mostró sorprendido, con el ruego insistente *–preces armatae–* de entregarlos, en su camino de Roma, al comandante de la guarnición de Lucera. El nuncio guardó los cordones sin poder reprimir un gesto de desagrado.

–El emperador os espera en su residencia de Foggia– se dirigió el canciller con amabilidad al joven emir. –¡Partiréis mañana, de madrugada!

VÍSPERAS DE BODA

Punt'razena, otoño de 1246 (crónica)

Yo permanecía adormilado en el heno mientras las cabras mascullaban y se tiraban pedos durante el sueño. Afuera aún estaba oscuro, pero el día ya se anunciaba con una débil claridad.

De repente sonaron los cuernos alpinos llamando desde la torre. Mi primer pensamiento fue: ¿fuego o enemigos?, y después se oyeron voces en el callejón que conducía a nuestra casa. Me pareció oír: "¡El emperador! ¡El emperador!", pero después resaltó la voz de Firouz, que como siempre sonaba amenazante y excitada:

–¿Dónde está William? ¿Dónde se ha metido?

Al parecer Xaver se había acercado de un salto a la ventana del piso de arriba.

–No te atreverás, Firouz– gritó hacia abajo, furioso por haber visto perturbado su reposo nocturno, pero sobre todo por la presencia del pretendiente rechazado. –¡Cuándo acabarás de entenderlo, borrego!

–¡El emperador está a punto de llegar!– se defendió Firouz. Y prosiguió, advirtiendo a Xaver: –¡Por orden de Zaroth, nuestro anciano, debemos poner a William a resguardo mientras su majestad se encuentra en nuestro territorio!

–¡No creo que William sea un asesino a sueldo!– se indignó Xaver tomando mi partido, aunque su argumento no le sirvió de nada, porque Firouz estaba mejor enterado.

–¡Se trata de que tu querido William no tenga posibilidad de contactar con alguien ni lo vea nadie!

De modo que salí de la casa y tendí mis manos para que las ataran, aunque nadie se aprestó a hacerlo. Más bien se entretuvieron en debatir dónde me esconderían.

–¿En la iglesia?

–¡Nuestro soberano podría querer rezar allí!

Firouz evitaba mirarme a los ojos y propuso con aire hipócrita llevarme al edificio nuevo de ahumar. Por suerte, en aquel instante se presentó Zaroth y me tendió la mano con un gesto que pedía disculpas.

–Me esconderé en el bosque– les propuse.

–...¡y te arrojarás directamente en sus brazos!– desatendió el anciano mi oferta poco meditada. Después se dirigió a mi rival: –Firouz, tu nueva casa está casi acabada, y está vacía– algunos de los mozos empezaron a reírse. –¡Encerraremos a William allí durante unas cuantas horas y tú te asegurarás tanto de que esté a buen recaudo como de que no le suceda nada!

La verdad es que se lo ponían difícil. Pero, para sorpresa mía, Firouz no se indignó con la propuesta y se tragó la humillación en silencio. De modo que envié un gesto de saludo a mi pequeña novia, que nos estaba observando desde la reja de su ventana, y me dejé conducir a la casa de piedra que Firouz había edificado, y que asomaba orgullosa sobre una roca, por encima del *punt*.

Como la casa aún no tenía puertas pusieron a un guardia delante y yo pude moverme libremente por el interior. Desde la habitación destinada a harén podía ver allá abajo, en el abismo, la garganta de aguas salvajes y observar ambos lados de acceso al puente de madera cubierto. Mi vigilante era sobrino del *podestà*, había servido en Alemania y conocía los asuntos del imperio; además, había regresado hacía poco al territorio de los *saratz* y pasó a explicarme, al parecer sin reparo alguno, cuanto sucedía allá abajo.

Primero se presentaron algunos jinetes ligeros que bajaron del puerto de montaña y atravesaron el poblado. No llevaban banderines y al parecer eran simples patrulleros. Se adelantaron hasta el *punt*, reunieron a los hombres de los *saratz* y los distribuyeron en dos grupos. Unos –los que formaban la milicia, es decir, artesanos y campesinos, entre los cuales Xaver– tuvieron que ocuparse de asegurar el paso por el poblado y la orilla de la garganta que quedaba de mi lado. El otro grupo, compuesto por cazadores y tramperos bajo el mando de Firouz, fue enviado a explorar el bosque y vigilar el camino hacia los lagos y la parte baja del valle. Desde mi escondite oía los gritos de mando y pude observar sus idas y venidas.

Después se presentó la avanzadilla del emperador, compuesta por caballeros con sus escoltas y soldados. Entre todos formaron un cordón que se apostó en dos semicírculos a derecha e izquierda de nuestra entrada al puente, y a partir de entonces ningún *saratz* pudo acceder a éste. Sólo dejaron libre la entrada al pueblo. Poco después se oyeron los sonidos del cuerno alpino desde el otro lado del bosque y me llegó un centelleo de armaduras y cascos entre los árboles. También aparecieron algunos gallardetes, pero sin que me fuese posible reconocer las armas que figuraban en los escudos.

Los caballeros se detuvieron en el lindero del bosque y se desplegaron para asegurar los flancos. Los *saratz*, que ya venían de regreso, se mantuvieron a distancia respetuosa. Después se escucharon fanfarrias en la parte alta del pueblo, por lo que corrí hacia la puerta y vi desfilar el séquito del emperador, vistiendo preciosos ropajes. Nuestra milicia estaba formada en el borde de la carretera y saludaba con mayales, hoces, hachas y martillos, y todo el que poseía una lanza o una espada la había sacado a la luz, así como algún que otro casco o escudo viejo.

Apareció un dromedario –animal desconocido para muchos del pueblo–, encima del cual se acurrucaba un moro tocado con turbante que golpeaba un trombón. El lugar se convirtió en un hervidero de banderas y estandartes, entre los que casi no se veía ni se notaba nuestro comité de recepción compuesto por Zaroth, que procuraba mantener su dignidad, y los demás ancianos, que enarbolaban la bandera de combate de la "guarda del *punt*". Los ancianos se vieron empujados a un lado por los sarracenos del emperador, cuya guardia se acercaba a pie y a toda carrera.

Federico cabalgaba un caballo negro conducido por cuatro condes. No llevaba corona, traía la cabeza descubierta, por lo que pude observar muy bien su cabello, de un rubio rojizo. Puesto que su oponente, el *landgrave* de Turingia, aún no había llegado, los consejeros del emperador le hicieron detenerse y Zaroth pudo, al fin, ofrecerle su saludo de bienvenida.

Yo ocupé mi puesto de observador detrás de las rejas del harén, desde donde pude seguir con todo detalle lo que estaba sucediendo.

Allá enfrente, al otro lado del *punt*, se acercaba ahora a galope rápido un grupo de jinetes, probablemente rodeando a Heinrich Raspe, el *landgrave*, a quien la insistencia del Papa había obligado a admitir que le nombraran rey de Alemania para enfrentarlo así al emperador. Sin embargo, el *landgrave* no se sentía cómodo en aquella situación, por lo que había accedido sin más a encontrarse en secreto con Federico en cuanto éste se lo ofreció, aunque sus consejeros le habían advertido que no debía dejarse engañar o traicionar por él. Raspe era un guerrero valiente y, en el fondo, fiel vasallo de su soberano. No obstante, parecía dudar aún, antes de dirigirse, tal como había sido acordado con muy pocos acompañantes de su séquito, al puente cubierto donde tendría lugar la entrevista entre ambos.

De modo que me quedó tiempo para observar al emperador y su entorno mas próximo. Para mi enorme sorpresa descubrí allí a mi preceptor templario, el noble señor Gavin Montbard de Bethune, acompañado por el joven señor Guillem de Gisors. Sus mantos blancos con la cruz roja acabada en zarpas no llamaban mucho la atención, pues había allí muchos caballeros de la Orden teutónica que también llevaban capas blancas, aunque éstas ostentaban una cruz negra y de mayor tamaño. Asimismo alcancé a ver –aunque por desgracia no a oír– que el emperador prestaba su oído al señor Gavin. Federico se inclinó hacia éste y después los vi reír: ¿celebrarían una broma? Tal vez se divirtieran al observar las dudas del *landgrave*; en aquel preciso momento, sin embargo, éste se separó de su séquito, se desprendió con un gesto visible para todos de su espada, y se acercó al *punt* acompañado sólo de unos pocos fieles.

Federico le hizo esperar un poco antes de descender también del caballo y de señalar a su vez a los señores que tendrían el honor de acompañarlo, entre ellos Gavin. Los demás formaron un denso círculo del que sobresalían las armas hacia dentro y hacia afuera, como esos collares de castigo que les ponen a los perros, demostrando así que estaban dispuestos a arrojarse sobre cualquiera que pretendiese causar daño al emperador. En el lado opuesto se observaba el mismo nerviosismo, y una tensión silenciosa se estableció en torno al puente que los unía y a la garganta que los separaba en cuanto los dos soberanos –por un lado el emperador destituido y por otro el rey que se oponía al hijo del primero, Conrado– desaparecieron bajo el tejadillo del puente.

Naturalmente, los habitantes del pueblo no intervenían en el asunto. Apenas se hubieron sustraído los personajes principales del espectáculo a sus miradas, los *saratz*, tanto los ancianos como los niños, rompieron las filas que habían formado a ambos lados de la carretera y, sin dejar de comentar excitados los sucesos, retornaron a sus establos y sus talleres.

Xaver subió a mi *maison d'arrêt*.

–En términos oficiales, el emperador abandona Italia porque desea asistir a la boda de su hijo Conrado con Isabel de Baviera– me informó de los detalles que había recogido aquí y allá, que me comunicó con voz atropellada. –Pero hoy mismo lo convencerán de que tiene que regresar– me dijo adoptando un aire de conspirador, –por lo cual podrás comprender que no deseaba otra cosa que intercambiar unas palabras serias con el *landgrave*.

–¿Y éste, se muestra dispuesto a retirarse?– le pregunté en son de broma y también incrédulo. Apenas hace pocos días que el arzobispo de Maguncia lo coronó rey de Alemania en Veitsöchheim...– le expuse con brillantez mis conocimientos recién adquiridos, pues acababa de sonsacárselos al vigilante.

–El *landgrave* está muy avergonzado– me confió Xaver, –de haber causado tal disgusto a su bondadoso soberano...

–...cuando apenas hace unos días, a finales de julio, que ha convocado en Frankfurt la Dieta del Reich, que expulsó al hijo del emperador de su trono causándole gran humillación.– Con estas palabras le demostré que estaba perfectamente al corriente de lo que sucedía en el imperio, puesto que siempre pasaban viajeros dispuestos a una charla por tierras de los *saratz*.

Xaver se sintió un tanto decepcionado al ver que no me provocaba demasiada impresión con sus fantasías devotas.

–¡Heinrich Raspe, en realidad, lo único que desea es volver a ser duque de Turingia y recuperar la benevolencia de su emperador!– terminó de formular sus augurios, basados más que nada en sus buenos deseos, acerca de cómo terminaría aquel encuentro que, mientras, ya estaba durando más de una hora.

–Todo es posible– lo consolé, –aunque la Iglesia sabrá impedirlo.

Me abandonó abruptamente, porque los golpes de fanfarria y de trombón indicaban el regreso del emperador. Los gestos ásperos con que Federico montó en su caballo me demostraron que seguramente yo tenía razón con mi pesimismo. Del otro lado se veía al *landgrave* regresar con los suyos casi encorvado y, después de subir a los caballos, alejarse al galope, tal como habían venido.

Los *saratz* volvieron a ocupar la carretera para saludar y poner así broche final al encuentro. El séquito del emperador ascendió centelleante hacia el puerto de montaña y muy pronto desapareció entre las curvas, mientras en el bosque, al otro lado del *punt*, se veían unos cuantos gallardetes recorriendo el bosque hasta que también allí volvió a extenderse el silencio desértico como se extienden las nieblas del otoño al anochecer.

Mi vigilante me indicó que podía ir adonde quisiera.

Me encontré con Zaroth quien, rodeado por los demás ancianos, estaba interrogando a los muchachos que se habían mantenido ocultos entre las vigas debajo de las tablas del puente.

–...si los guardias os hubieran atrapado– los regañaba uno de los viejos a la vez que le propinaba un cachete a un muchacho –os habrían metido en un saco de cuero, como se mete a un perro, un gallo o una serpiente.

–¡El emperador habría hecho que os cortaran un pie o una mano, o que os sacaran un ojo!– añadió otro con voz de espanto. –¡Es lo que hacen con los espías y los traidores!

Llegados a este punto los muchachos se quedaron ya sin ganas de informar, pero Zaroth acarició al que había recibido el cachete; al final venció el orgullo infantil.

–El emperador dijo que no le cede la corona; y que le corresponde a Conrado.

Otro le quitó la palabra:

–Y el Raspe dijo que la corona estaba profanada; que él no la necesita para ser rey; que le basta con la aprobación del pueblo alemán...

–¡...y que un emperador excomulgado ya no puede ser ni emperador ni rey!

De modo que así había acabado todo: ¡no hubo acuerdo! Roma había vencido.

–Lombardía sigue fiel al emperador, y también los bávaros lo reconocen gracias a los lazos establecidos por el matrimonio de Isabel– observó Zaroth para redondear el relato, –¡de modo que podemos confiar en que seguiremos en paz aquí, vigilando el puerto y el *punt* en nombre del imperio!

Todos asintieron satisfechos cuando se acercó Xaver.

–¡Qué día tan emocionante!– exclamó con alegría afectada. –¡Alva os invita a todos esta noche a comer pastelillos delante de nuestra casa!

¡Menuda noticia! Yo apreciaba mucho los pastelillos de castañas bañadas en azúcar y manzanas asadas, transformadas en un puré que sirve de relleno para preparar unas empanadas con harina de hayucos una vez mezclada ésta con huevos frescos batidos, bayas rojas y nueces picadas. Los pastelillos revientan apenas los metes en la boca y la mitad del relleno te mancha la barba, la ropa y las manos, pero no importa, porque las puedes lamer. También puedes lamerle la cara a otro, y este juego era precisamente muy apreciado por los adolescentes: para ellos representaba la primera posibilidad de buscar novia. Constituye además una ceremonia tradicional en el pueblo, por medio de la cual la madre de la novia da a entender que la hija, con aquella noche de fiesta, da su consentimiento al pretendiente. Con sus palabras, Xaver había puesto en marcha mi boda con Rüesch, boda que se celebraría irrevocablemente al día siguiente, y como todos se mostraban tan contentos supuse que así se habría acordado en consejo mientras yo permanecía "retenido" en la casa de Firouz y éste había sido enviado al bosque para que no pudiese producirse un encontronazo.

Me alejé aturdido de allí, sin saber dónde refugiarme. Casi me habría gustado esconderme de nuevo en la fortaleza medio acabada que había construido mi rival. Aquel edificio de todos modos no daba la impresión de que su propietario, después de haberlo levantado con sus propias manos, deseara ocuparlo jamás. Parecía más bien la concha abandonada de un caracol y respiraba la tristeza de un amor deshecho.

Así pues, dirigí mis pasos hacia la iglesia evitando con toda intención pasar por "mi casa", donde Alva, muy probablemente asistida por la obediente niña Rüesch-Savoign, estaría preparando ya los pastelillos. Las emociones del día, la visita regia y el anuncio del compromiso habían sido demasiado hasta para ellas, y yo suponía que las mujeres ni siquiera serían capaces de pasarse todo el día hablando sin parar, tanto más cuanto que los acontecimientos afectaban también a sus hombres. De modo que supuse que, de momento, preferirían dejarlo todo en manos de Dios y dedicarse mejor a la fiesta de los pastelillos y los preparativos correspondientes. ¡Aquel poblado gozaba de tan pocas ocasiones para que las mujeres pudieran ponerse los vestidos de fiesta, los gorritos y las cintas; para mirarse unas a otras y procurar superarse en belleza y en adornos...!

Mientras ascendía por los escarpados callejones hacia la montaña veía desfilar ante mi imaginación lo que sucedería. Es cierto que algunos murmuraban acerca de mi persona, poniendo tal vez en duda que fuese un novio conveniente, y también estaba claro que yo jamás sería tan atractivo como la imagen del moro que habían admirado subido a un dromedario y tocando el trombón. Había transcurrido casi un año desde mi llegada y me consideraban casi como a uno de los suyos, de modo que me podrían admirar no solamente al día siguiente, sino cualquier día, tanto por la mañana como por la noche, en la misa y durante el sermón, durante la oración y el canto. Se mostrarían conmovidos, temblarían al considerar la gravedad de sus pecados, se arrepentirían hasta el momento de cruzar el portal de la iglesia y, mientras bajaban por los callejones, dejarían atrás todas sus reflexiones y buenos propósitos para la salvación de sus almas y dedicarían de nuevo toda su atención a las pequeñas guerras y victorias que sostenían entre ellos; a las hierbas que sirven de remedio contra la gota y el dolor de muelas; a las setas pulverizadas y el cuerno molido de la cabra montesa, que permiten aumentar las fuerzas para hacer el amor y conseguir una herencia rápida.

De modo que esperaba poder encontrarme a solas, conmigo y con mi Dios, en Su casa, pues quedaba algo por discutir entre nosotros en vista de que mi celibato estaba directamente amenazado. Sin embargo, cuando entré en la iglesia me vi frente a una pareja que jamás habría esperado encontrar allí. En primera fila encontré arrodillados, muy arrebujados y con aire de profunda seriedad, a Firouz y Madulain.

Tras un primer momento de gran confusión inicié la liturgia como de costumbre. Firouz no me perdía de vista y, por primera vez, no vi en sus ojos el odio acostumbrado: únicamente expresaban tristeza. En cuanto a Madulain, estaba acostumbrado a su mirada que, como siempre, me traspasaba y parecía dirigida hacia una lejanía ignota...

–William– dijo Firouz cuando hube terminado la invocación. –Sois sacerdote, ¿verdad?

No del todo, pensé. Pero contesté:

–Sí.

–Entonces tienes que casarnos. Madulain y yo queremos abandonar hoy mismo este lugar y este valle– la sorpresa me impidió hablar. –Os regalo mi casa, a ti y a Rüesch-Savoign– la idea de que jamás podríamos ser felices en ella me atravesó como un lanzazo. –Nosotros emigraremos al extranjero, donde me enrolaré en el ejército o seré cazador. Madulain está dispuesta a aceptar este destino y mantenerse a mi lado, por lo cual te rogamos nos impartas tu bendición.

Y ambos se arrodillaron delante de mí con tanto orgullo y evidente decisión que me temblaron las manos cuando me puse la estola, cogí la cruz y se la tendí para que la besaran. En el altar vi los dos anillos, y me pregunté cuál de ellos los habría guardado hasta ese día y qué sueños y ansiedades habrían rodeado aquellos aros. Los dedos me ardían como carbones encendidos cuando se los tendí. Los deslizaron uno en el dedo del otro con tanta expresión de confianza y cariño que no pude por menos que sentir un dolor traspasándome el corazón.

Después rodeé sus manos unidas con la estola y estuve rezando en silencio durante largo tiempo. Era yo quien había irrumpido en la vida de aquellos jóvenes del pueblo y los ahuyentaba de un paraíso al que estaban acostumbrados, ¡y ellos me perdonaban! ¿Pero acaso no debían su encuentro a mi egoísmo, a mi negativa a sacrificarme?

¡Ay, William, eres un miserable, tienes alma de mercader! ¡Con toda razón te sientes ahora humillado a la vista de tan gran amor! Atrás quedan tus intrigas, tus míseros aprovechamientos, como un abrigo apestoso que tendrás que llevar encima de ahora en adelante. ¡Te quedarás aquí, te casarás con la hija menor y única y, como no te gusta trabajar, unirás el cargo de sacerdote al yugo del matrimonio sin sentirte incómodo, reprimiendo el recuerdo de tu traición a la Iglesia católica y de tu traición a ti mismo!

–¡Amén!– terminé, arrancándome de mis dudas y mis reticencias. –¡El señor os proteja, a vosotros y vuestro amor!

Los dos jóvenes se pusieron de pie. Firouz se dirigió a mí sin transparentar envidia ni tristeza en sus palabras:

–Cuando lleves mañana por la noche a tu novia en brazos para cruzar con ella el umbral, acuérdate de nosotros...– aquí le falló la voz; el hombretón estaba demasiado conmovido. Le apreté la mano en silencio. Y fue Madulain quien terminó la frase:

–...porque nosotros, William, nos acostaremos bajo el dosel del cielo, en tierra extraña, ¡pero por primera vez nos sentiremos libres y felices!

–¡No nos olvides!– dijo Firouz, y observé lágrimas en sus ojos mientras salíamos de la iglesia y nos quedamos mirando el atardecer en el valle. Pero mi princesa lo corrigió con dureza:

–¡Olvídanos!– Tomó a Firouz del brazo y me dejó allí plantado.

Crucé como dormido el cementerio donde algunas cruces de madera sin nombres, marcadas únicamente con las letras "OFM", señalaban las tumbas de mis hermanos. ¿Sería aquí mismo donde me enterrarían para mi reposo definitivo? ¿Llorado por hijos y nietos y por mi pequeña viuda? Rüesch-Savoign me sobreviviría con toda seguridad.

El olor de los pastelillos ascendía hasta allá arriba. Me apresuré a volver a "casa" y hallé a una muchedumbre considerable delante de la casa de Xaver y Alva. Me recibieron con miradas de reproche y con la triste noticia de que se habían acabado los pastelillos. De modo que observé las caras felices y manchadas de los niños; vi que los viejos se lamían las manos y unos cuantos mozos lamían a mi novia. ¡Sería la costumbre! Le sonreí a ella, sonreí también al oír ciertas pullas que me dedicaron otros mozos, y me escabullí hacia el refugio, con mis cabras.

La cabeza me zumbaba. Caí de rodillas y la apreté con fuerza contra la hierba seca y olorosa.

–Señor, ¡haz saber a Tu siervo que puede contar con Tu bendición!

Respiraba con pesadez mientras esperaba alguna señal: una cabra que tirara de mi ropa, una lengua que me lamiera el rostro con aspereza... y, en aquellos momentos, la pérdida de Madulain golpeó como un martillo mi conciencia. Tenía el estómago como si me hubiese tragado todos los pastelillos del mundo, como si me hubiese atiborrado y relamido hasta la saciedad. Pero en lugar de una plenitud excesiva lo que sentía era un vacío enorme, ¡un agujero negro!

–¡William!– Xaver me daba, insistente, unos golpecitos en el hombro. –Es hora de ir a ver a Zaroth– se mostraba despreocupado como siempre, no sentía pena por mi desgracia. ¿Y cómo iba a sentirla cuando estaba a punto de entregarme a la niña de sus ojos para que la tomara como esposa? Fuera reinaba un jolgorio general y los hombres se disponían a ir a emborracharse.

–Oye, William, no flaquees ahora, ¡mañana tienes que estar dispuesto a todo!– Xaver se palmoteaba alegre los muslos y al pasar delante de su esposa le dio en el trasero. –¡Mañana celebraremos la boda por todo lo alto, con música y baile!

Lo seguí trotando, aún bastante abotagado, hasta el edificio del *podestà*, donde, como era costumbre, los hombres reunidos ya habían empezado a emborracharse con el vino procedente de la asoleada Lombardía.

Mi primera mirada se fijó en la columna en la que solía apoyarse Firouz, desde la cual solía mirarme con ojos fijos y ardientes. El sitio estaba vacío. Su ausencia me dolió. Nadie hablaba de él ni de mi princesa, la bella Madulain. Lo más probable es que hubiesen emprendido ya el camino hacia el sur, antes de haber irrumpido la oscuridad.

Unas voces ebrias me arrancaron de mis cavilaciones: brindis, felicitaciones para el novio, elogios para la novia. Brindé con todos, decidido a vencerlos en cuanto a la cantidad de vino que soportaría aquel día. También Xaver regó con abundancia su papel de suegro de un hombre tan sobresaliente como yo, que sabía leer y escribir, que dominaba su lengua y además la de los gabachos y los romanos, que sabía cantar y rezar en latín, ¡y predicar en el idioma de los *saratz!* ¡Qué yerno tan formidable! Yo bebía todo cuanto me alcanzaban, contestaba a cada brindis vaciando mi copa y, como no había comido nada, la bebida pronto hizo su efecto.

Sólo Xaver se tomaba la situación más a pecho que yo. Por dos veces habíamos salido ya tambaleándonos del recinto, habíamos vomitado en la calle a distancia conveniente de los muros de la casa y habíamos orinado llegando a jurarnos que no tomaríamos más que un trago de despedida y después iríamos a acostarnos. Cuando nos encontramos por tercera vez en el mismo lugar, apoyándonos uno en otro y casi meándonos encima, obligué a lo que me quedaba de cerebro a inventar un truco: señalé un camino equivocado y, en lugar de volver a subir tropezando por la escalera hacia la sala del anciano, arrastré a Xaver por la callejuela hacia arriba. Finalmente alcanzamos, gateando a cuatro patas, la casa de mis inminentes suegros.

De repente Xaver recuperó el ánimo y me forzó a subir a una escalera para alcanzarle una pequeñísima ánfora de un vino especialmente bueno. Aún no sé cómo pude encontrarla con las instrucciones confusas que él me suministraba; sólo sé que caí de la escalera en medio del heno sin romper aquel recipiente tan valioso.

Tambaleándonos los dos, fuimos a dar finalmente en la cocina y nos subimos a lo alto de la estufa. Xaver insistía en que durmiese aquella noche allí. Se entretuvo bastante en romper el sello de cera y resina, vertió el aceite que cubría el contenido del ánfora, la olió y cayó en un sueño parecido al de un muerto. Yo tuve justo el tiempo de retirar el recipiente de su mano.

Me encontraba todavía sentado cuando vi que la puerta se abría con sigilo y entraba Alva en camisón. No pronunció ni una palabra, pero subió decidida a nuestro lecho y se acostó a mi lado después de tomar un profundo trago del ánfora de vino.

–He preparado unos cuantos pastelillos más para ti, William– ronroneó satisfecha y maternal como una gata; –sé que te gustan mucho, y como no llegaste a tiempo...

–¿Dónde están?– pregunté con avidez, pero Alva echó de nuevo mano del ánfora con un gesto que hizo resbalar el tirante con que se sujetaba el camisón sobre el hombro, y su pecho blanco bien formado quedó de pronto al descubierto delante de mis narices. –Están aquí debajo mismo, dentro del horno– me susurró al oído mientras el vino le corría cuello abajo e inundaba sus senos bamboleantes. –Así se conservan calentitos– tomó un último trago, suspiró contenta, y se levantó el camisón hasta el ombligo. Mis ojos se detuvieron en la espléndida vista que se les ofrecía. Xaver estaba profundamente dormido y los pastelillos seguían calentitos en el horno.

–¿Me permites, Alva?– pregunté temblando, y ella cerró los ojos. Tenía las trenzas abiertas y su cabello negro rodeaba un rostro transfigurado a la espera del placer.

Alva era una mujer gentil. Me incliné sobre ella y disfruté con un temblor ávido del leve contacto que tuve con su carne, pero después crucé por encima de su cuerpo y me dirigí tambaleante hacia la puerta del horno. Con el ruido se despertó Xaver. Alva se bajó de un tirón furioso el camisón hasta por debajo de las rodillas y para entonces yo tenía ya el primer pastelillo en la boca. Aún estaba tan caliente como me lo había imaginado; la crema se había empapado con el jugo de las bayas impregnando la pasta cocida; el puré de castañas estaba blando y las nueces crujientes. Todavía no me lo había tragado del todo cuando mi mano ya se extendía, avariciosa, para agarrar el próximo.

En ese momento se presentó arriba, encima de la estufa, el trasero desnudo de Alva, y antes de que pudiese apartarme lanzó un pedo a mi rostro embadurnado con los restos del pastelillo. Después mi futura suegra pasó de largo con la mirada desviada y gesto brioso, y tan sólo en el último momento se refrenó para no cerrar dando un fuerte portazo. Sacudí la cabeza, recogí los sabrosos pastelillos en el faldón de mi camisa, y bajé con ellos hacia mi escondite seguro, entre las cabras. En cuanto me los hube comido todos me dormí.

UN FRANCISCANO MAREADO

Mar Jónico, otoño de 1246

El rápido velero veneciano era una nave de guerra de las que imponen respeto y que la Serenísima utilizaba con preferencia para circular entre el mar Adriático, dominado por la República sin que nadie se lo disputara, y las islas griegas, con el fin de mostrar su poderío a los genoveses y su creciente presencia en aquellas aguas. La república rival tirrénica, a su vez, estaba al acecho de la inminente descomposición del "imperio latino" bajo el mando del débil Balduino; apoyaba abiertamente al Vatatse, deseoso de irrumpir desde Trebisonda, y estaba dispuesta a aportar lo suyo en forma de inversiones para así reforzar el poder de Génova en la resucitada capital de Bizancio.

Pero Venecia aún seguía dominando los Dardanelos y conservaba un monopolio comercial beneficioso. De modo que el comandante del velero consideró que era un honor natural aceptar en el último minuto antes de partir de Constantinopla la presencia de un legado papal a bordo, y éste no era otro que el dominico Andrés de Longjumeau.

Los demás pasajeros, ya inscritos y embarcados, no se mostraron demasiado contentos con su aparición, pues tanto la costumbre como los tópicos acerca de quiénes eran amigos y quiénes enemigos les harían imposible mantener en adelante un trato libre y amistoso entre ellos.

El dominico se encontró con que uno de los viajeros era un comerciante oriental que afirmaba ser armenio, cosa que el legado no creía en absoluto. En cualquier caso no era cristiano, ni siquiera cristiano armenio. Pero la fantasía del legado no era tan exuberante como para imaginarse bajo el disfraz de comerciante a un emir musulmán que además viajaba por encargo del sultán para ver al emperador. Y el legado jamás habría creído, aunque se lo juraran gentes de su entera confianza, que el emperador había armado caballero, incluso apadrinándolo, a ese emir, hijo del gran visir, concediéndole además la dignidad y el título de príncipe de Selinonte.

En cambio habría temido por su vida durante las horas de la noche si hubiese conocido la identidad de otro viajero, algo mayor que el primero, quien a juzgar por sus rasgos era un occidental, pero que por su hábito y sus gestos se comportaba como un oriental. También éste se presentó como comerciante armenio, aunque en realidad era un hereje refugiado del Languedoc convertido al Islam y además, para completar la medida del horror, miembro de la secta de los "asesinos".

El tercero, en cambio, era al menos un colega del legado: un fraile menor provisto del mismo rango, que viajaba en misión papal y venía de regreso de la corte del sultán. Se dirigía a Lyon para presentarse ante el Santo padre.

Antes de que Andrés se hubiese acercado a su hermano de fe en un gesto natural y comprensible –aunque para ello tuviese que renunciar a su habitual repulsión por los franciscanos, que no suelen lavarse demasiado–, y mientras estaba negociando todavía con el comandante, los otros tres se pusieron de acuerdo, sin palabras pero mediante signos, en reunirse bajo el toldo de popa situado en lo alto, desde donde era fácil vigilar cuanto sucedía en el barco y donde, por lo demás, un encuentro entre pasajeros no llamaría demasiado la atención.

–¿Cómo haré para sacudirme de encima a ese perro de su amo?– se quejaba disgustado Lorenzo de Orta. –¿Con qué argumentos dejo ahora el barco en la costa de Apulia en lugar de acompañarlo a él hasta donde se encuentra el Papa?

–¡Primero debéis cuidar de que no os muerda!– reía el joven emir. –Recordad que no nos conocéis, y lo mejor será que olvidéis cuanto habéis oído hablar entre Otranto y Constantinopla acerca de vuestro hermano William de Roebruk.

–Por otra parte, debéis recordar– le advirtió a su vez Crean –que, aunque el señor Papa en su lejano Lyon os ha confiado una misión delicada, hay en la curia y sobre todo entre los devotos dominicos suficientes individuos que no se fían de vosotros, los hermanos de Asís. ¡Antes de que tengamos a la vista el fuego que nos anuncia la cercanía de Otranto ya se nos ocurrirá algo que impida, por desgracia, que los señores legados sigan viajando juntos!– Y Crean, a quien pocas veces se le veía sonreír, le guiñó un ojo, en un gesto de complicidad, a Faress ed-Din.

Pero Lorenzo sentía un nerviosismo que iba en aumento.

–Ahora os acercaréis a vuestro hermano en Cristo y os limitaréis a saludarnos cuando nos veamos comiendo juntos en la mesa del capitán– le sugirió el joven emir.

–Y prescindiréis de enzarzaros en una discusión con nosotros, comerciantes viajeros de Oriente, ¡aunque nuestras historias os recuerden los cuentos de Scherazade!

Lorenzo abandonó la sombra del toldo. El barco había salido ya del Cuerno de Oro y él deseaba mirar una vez más hacia las colinas entre cuyo verdor destacaba el palacio del obispo. Aún vio brillar las cruces en las cúpulas de Hagia Sophia, y después Bizancio se fue ocultando a sus miradas hasta que ya sólo la extensa muralla siguió acompañando un trecho a la costa cada vez más lejana.

–También podríamos actuar como hace el cuco, y poner en el nido del legado un huevo llamado William, para que lo incube rodeado de los máximos dignatarios de la curia– le comentó Crean de buen humor a Faress ed-Din. –Hasta sería posible que el propio señor Papa se sentara encima…

–¿…hasta que el "gran proyecto" se convierta en dogma infalible de la Iglesia católica?– se burló el emir. Después añadió, amenazándolo con el dedo: –Crean, apenas habéis escapado a la fusta severa de vuestro canciller y ya os disponéis a saltaros todas las reglas. Por esta vez no deseo participar en el juego. ¡Por respeto al emperador no quiero que mi persona se vea relacionada con esa conjura, ni quiero llamar la atención de ningún otro modo!

Pero Crean insistió:

–No reconozco en vos al "halcón rojo"; ¿desde cuándo os habéis transformado en paloma?

–Desde que viajo en calidad de paloma mensajera con la orden estricta de volar con rapidez y sin llamar la atención y, sobre todo, de no atraer sobre mi persona la mirada de otros, ¡por ejemplo al grito de "cucú, cucú"!

–Perdonad, Constancio– confesó Crean su derrota, –olvidé que los tiempos han cambiado…

–Los tiempos sólo envejecen, lo que cambian son los intereses. No obstante– e hizo un esfuerzo para volver a animar a quien había sido superior suyo en días pasados, –con mucho gusto os asistiré mediante alguna que otra palabra clave, ¡siempre que se me ocurra algo inteligente!

También Crean deseaba tomarse un tiempo para reflexionar.

Aún se encontraban en el mar Egeo cuando Lorenzo, visiblemente excitado, les hizo señas a sus dos amigos llamándolos con gestos cohibidos para que acudieran al entoldado de popa.

–He descubierto al señor legado rebuscando entre mis cosas. Creí haber visto entre sus manos la carta dirigida al Papa. Pero después estuve mirando y no faltaba nada, aunque algo debe de haber buscado…

–¿Lleváis ahora la carta encima?

Lorenzo la sacó de los pliegues de su hábito. Constancio la cogió y con un movimiento hábil soltó el sello del pergamino sin que se rompiera.

–¡Por Dios!– se quejó Lorenzo, asustado. –¿Qué pensarán de mí?

–¡Os colmarán de gloria!– se burló el emir mientras su ojo de halcón recorría el escrito. –Leo aquí palabras duras de mi insigne sultán, dirigidas contra el emperador, a quien acusa de desagradecido e infiel, como si el soberano fuese un musulmán renegado que no solamente habría traicionado de continuo a Cristo y a su Iglesia, sino incluso a la verdadera fe del Profeta…

–¡No está mal!– se asombró Crean.

–¡Cuánta perfidia!– masculló Lorenzo.

–Escuchad esto– dijo el emir: –"...por todo lo cual estamos gustosamente dispuestos a concertar la paz con el noble y devoto rey de Francia, a quien consideramos único soberano cristiano sincero y verdadero, y asegurarle mediante acuerdo todos aquellos lugares que para él son Santos; estamos dispuestos también a arrancar la ciudad de Jerusalén de nuestro corazón, así como Belén y Nazaret, junto con todas las ciudades y fortalezas necesarias para su protección y todos los puertos de mar que se necesiten para comerciar libremente, llegando hasta El Gahza, que Vos llamais La Forbie...

–¡De modo que, en realidad, el venerable Luis podría prescindir de organizar una cruzada!– se burló Crean.

–En efecto– comentó Constancio, que había seguido leyendo en silencio. –Mi señor insinúa con palabras bien escogidas que la Cristiandad haría bien en prescindir del miserable emperador, quien no sería más que "una vergüenza para todo creyente, con el que jamás habrá paz en la tierra". ¡En realidad, lo único que falta es que el sultán le ofrezca al Papa su próxima conversión al cristianismo!

–Es decir: si Luis no quiere revocar su llamamiento para realizar una cruzada no le queda más remedio que cambiar de orientación y desembarcar en Sicilia– resumió Crean.

–Muy bien– dijo el emir, entregado a calentar con gran esmero el sello sobre la llama de una vela para volver a cerrar la carta. –Este panfleto será entregado por nuestro querido Lorenzo, quien por cierto no sólo no merece ni una palabra de elogio en estas líneas sino que se le describe como partidario obstinado del emperador: "No entendemos cómo habéis podido escoger para jefe de vuestra delegación a un personaje que no merece vuestra confianza, y Os apreciamos como amigo aconsejado por falsas lenguas que Os incitan a ver en Nos a un enemigo, mientras que el enemigo auténtico…" etcétera. De modo que ésta es la carta que Lorenzo entregará en Lyon, desde donde llegará sin más al conocimiento y a las manos de la corona de Francia.

–¡Ni pensarlo!– se indignó Lorenzo. –Vos, estimado Fassr ed-Din, estáis por suerte en posesión de la copia del original, mucho menos amistoso, que hicimos preparar en Constantinopla. ¡Os ruego me la entreguéis e informéis verbalmente al emperador de lo sucedido!

–Os la daré con mucho gusto, aunque sólo sea por ahorraros algunas molestias en las cárceles papales o peores cosas aún. Sin embargo, me gustaría enseñar esa otra tanto al emperador como a mi sultán, para que vea a cuánto se atreve la curia; por otra parte, estoy ardiendo en deseos de administrarle al señor legado un buen reglazo en los dedos. En cualquier caso, podemos cambiar la falsificación por el original, ¡quiero decir, por la copia perfecta que realizó el cocinero!

Así lo hicieron. Y sin seguir contando en adelante para nada con Lorenzo, a quien encarecieron que siguiera manteniéndose alejado de ellos, Crean y el emir tramaron cómo engañar de alguna manera muy refinada al pérfido legado.

Navegaban ya por el mar Jónico cuando el comandante por fin tuvo a bien pedir a sus huéspedes, pasajeros de pago, que se reunieran en torno a su mesa. Hasta entonces había preferido comer aislado, a la sombra del toldo, ordenando que sirvieran la comida tanto a los dos eclesiásticos como a los comerciantes armenios por separado y bajo los rayos ardientes del sol. Cuando se reunieron para comer juntos tampoco mostró interés por animar la conversación, de modo que Crean pudo dirigirle la palabra al dominico.

–Un hombre que conoce como vos el oriente– apuntó con exquisita cortesía después de haber simulado rezar en silencio y tras trazar la señal de la cruz como los cristianos armenios, –recibirá con toda seguridad muy pronto alguna misión más importante del Santo padre, como por ejemplo– y señaló con el mentón a Lorenzo, que mantenía la nariz profundamente hundida en el plato para no estallar en risas, –los dos frailes menores Pian del Carpine y William de Roebruk, que por estas fechas ya deben haber llegado a la corte del gran kan. Nosotros, los armenios, estamos muy interesados en mantener las mejores relaciones con los mongoles…

En ese instante lo interrumpió Andrés, quien había prestado atención a sus palabras levantando asombrado las cejas mientras lo escuchaba.

–¿Qué sabéis vos de William de Roebruk?– preguntó con desconfianza. –A mí me hablaron de su misión con palabras que la envolvían en el máximo secreto.

–Lo que sucede– intervino Faress ed-Din –es que nosotros, los armenios, a la fuerza debemos interesarnos y enterarnos más deprisa que vos aquí en occidente…

–…y reaccionar también con mayor rapidez– añadió Crean. –Para nosotros es una cuestión de supervivencia, pues seríamos los primeros en padecer las consecuencias si los mongoles…

–Os puedo tranquilizar– respondió el legado, a quien la vanidad le hizo ahuecarse. –Es cierto que ellos se imaginan que algún día someterán también a occidente, que para ellos no es más que "el resto del mundo"– y rompió a reír al pensar en tanta necedad, –pero, para conseguirlo, pretenden criar primero a una pareja de soberanos infantiles que Roma– llegado a esto empezó a guiñar los ojos en señal de confianza, como hacen los grandes señores que quieren parecer condescendientes y darse importancia a la vez, –que Roma, repito, les ha hecho llegar con sabia previsión y para ganar tiempo. ¡Ésta es la verdadera tarea de William de Roebruk! Lo sé de buena tinta– añadió como si fuese algo secundario –por haberme enterado personalmente en Masyaf de boca del gran maestre de los "asesinos", el propio Taj al-Din. Se notaba a la legua cuán orgulloso estaba de conocer a dicho personaje, lo cual no dejó de sorprender a Crean.

Éste se había quedado sin habla, y el legado aprovechó la ocasión para dirigirle a su vez la palabra con aire benevolente:

–No os preocupéis, ¡Armenia es como un gato que siempre cae sobre los pies!– Rebuznó como un mulo para reír su propia broma y prosiguió después: –Tras la muerte de la reina madre Alicia, ahora gobernáis incluso en Chipre, lo cual significa, dada la situación, ¡que asimismo tenéis ganado el trono de Jerusalén!

Su alegre risa se apagó pronto, en cuanto observó que ni Crean ni el emir apreciaban con suficiente rapidez su buena información.

–¡Todos sabemos que la reina Estefanía es armenia!– completó con cierto aire de recriminación.

Faress ed-Din intervino antes de que pudiese instalarse la desconfianza.

–Es evidente– exclamó simulando haber estado distraído, –¡puesto que es hermana de Hetum, nuestro rey!

–¡Los armenios no son de fiar!– intervino el capitán con expresión avinagrada. –Salvando a los presentes, claro– añadió después en un esfuerzo por mitigar su falta de cortesía. Crean y el emir aprovecharon la ocasión para levantarse de la mesa con una disculpa tan comprensible como la de no querer abusar más de la proverbial hospitalidad de los venecianos.

Se aseguraron de que nadie los vigilaba. Crean se quedó haciendo la guardia mientras Constancio abría con ayuda de un alambre el arca del legado en busca de la carta. La encontró oculta debajo del forro de seda de la tapa, pero siguió buscando hasta encontrar entre las propiedades del legado otro objeto más que necesitaba para su propósito.

Encendió una vela y sacó la copia que había pedido a Lorenzo. Calentó el sello encima de la llama hasta que la superficie de la laca se licuó, le aplicó entonces el sello del señor de Longjumeau y esperó a que la laca volviera a solidificarse. El cambio no llamaría la atención de un observador superficial como evidentemente era Andrés.

El emir volvió a guardar el escrito en el mismo lugar, borró toda posible huella, apagó la vela y después se unió a Crean. Se sentían tan contentos como dos niños que han cometido una travesura.

Mientras tanto, y aún bajo el entoldado del capitán, Lorenzo de Orta intentaba involucrar al legado en una conversación.

–¡Habladme un poco más de esos niños!– intentó sonsacar con toda hipocresía al dominico, pero éste se hacía el melindroso.

–Quien conoce todos los secretos es vuestro hermano de Roebruk; a él debéis dirigir vuestras preguntas, ¡no a mí!– contestó malhumorado. Sus palabras rezumaban envidia.

–¡Ese William parece una trucha en un arroyo de montaña, nunca lo consigues atrapar!– se quejó Lorenzo con una risa.

–Así es– gruñó Andrés, –aunque pronto o tarde todo franciscano acaba atrapado en las redes de la Inquisición. ¡Está claro que no me refiero a ninguno de los presentes, que pueden ser personas excelentes!–Y ahí terminó todo intento de conversación entre los dos señores legados, que durante el resto del viaje siguieron comiendo por separado.

El barco navegaba por el mar Adriático hacia el norte, donde pronto esperaban ver asomando por occidente la punta meridional de Apulia.

–Mirad a nuestro amigo Lorenzo. Ahora tiene que consumir solo su pobre sustento– se dirigió Crean a su compañero "armenio". –¡Por cierto, la comida que nos dan a bordo es cada vez peor!

–¡Eso pasa por abonarle a un veneciano el pasaje por adelantado!– Faress ed-Din seguía de buen humor. –Aunque creo que es hora de renovar el agua potable, pues cada día está más turbia– había dicho estas palabras en voz alta para que el capitán, que pasaba por delante de ellos, pudiese oírlas.

–¡Las consecuencias irremediables serían el tifus y la disentería!– insistió Crean en hacer mella.

–Precisamente nos dirigimos por dicha causa a Bari– los informó el capitán con altivez. –Hasta entonces los señores tendrán que conformarse y prescindir de plantear excesivas exigencias.

–Qué noticia tan agradable– le respondió el emir con mucha cortesía. –Había pensado en que podría dejar el barco en ese lugar…

–Pero si habéis pagado el pasaje hasta Venecia…

–No deseo ocasionaros más molestias– terminó Faress ed-Din la conversación aun a costa de parecer descortés.

Crean se había sentado junto a Lorenzo y mantenía con él una conversación que posiblemente tuviese algo que ver con la aparición del cabo de Otranto. Lorenzo se dejó enredar y fijó sus ojos en las nieblas que desdibujaban el horizonte. Crean arrojó rápidamente algunos grumos en la apestosa sopa de pescado, de modo que ni siquiera el emir se dio cuenta de la maniobra. El legado se dirigió a este último:

–¿Habéis descubierto algún medio para deshacernos de ese horrible dominico?

Apenas hubo pronunciado estas palabras cuando empezaron a sacudirle los espasmos; tenía el rostro gris como la ceniza, puso los ojos en blanco y la frente se le llenó de sudor. Lorenzo empezó a tragar penosamente saliva y se dirigió tambaleante hacia la borda.

–¡Haced el favor de escupir en la misma dirección del viento!– lo reprendió el capitán, que se le acercaba con la única preocupación de que no vomitara sobre cubierta. Apoyándose en Faress ed-Din, el asustado legado arrojó el contenido de su estómago al mar, que se presentaba completamente liso.

–No pueden ser náuseas debidas al estado de la mar– gruñó el veneciano con expresión de desconfianza.

–Puede ser tifus– murmuró Crean, –¡y el tifus es infeccioso! Pero no os preocupéis; mi amigo es médico y ha estudiado en Salerno. Sabe perfectamente…

–Eso a mí no me interesa. Aunque fuese el doctor Abu Lafia en persona, ¡hay que conseguir que ambos abandonen el barco sin tardar!

–¡No seáis inhumano!– le insistió Crean. –No podéis permitir que un enfermo grave…

–Puedo hacerlo y lo haré en interés de mi tripulación, pues las reglas me permiten sacarlo del barco sin tardanza, junto con vuestro discípulo de Esculapio, que probablemente estará ya infectado. ¡Claro que lo haré!

Crean no había calculado que el capitán tuviese una reacción tan brusca. En aquellos instantes aparecía por barlovento una barca de pescadores. El comandante la mandó parar, maniobró con el velero hasta tenerla a su lado y ordenó que desembarcaran a los dos afectados trasladándolos a la barca. El emir había comprendido a quién debía lo ocurrido y no opuso resistencia. Detrás de él desembarcaron las cajas que contenían sus pertenencias. Muy pronto la barca desapareció en dirección a la costa, mientras el veneciano se alejaba de las aguas imperiales.

En la breve escala que tuvieron en Bari, donde la Serenísima mantenía un asentamiento propio, Crean esperaba que Andrés de Longjumeau dejara el barco, puesto que así lo había anunciado. Pero el legado prosiguió el viaje por mar.

–Sabéis– le dijo a Crean, –desde un principio me costó fiarme de vuestro compañero. ¡He oído hablar tantas veces de "asesinos" disfrazados que no vacilan en realizar sus vergonzosos encargos, sea por medio del veneno o del puñal, en el mismo corazón de occidente! Ese hombre me pareció siempre muy sospechoso, y en realidad se asemeja más bien a un sirio: esa nariz ganchuda, ¡esos ojos incisivos de ave de presa! Tampoco creo que sea cristiano, ¡ni siquiera un cristiano armenio!– Crean sonrió. El legado prosiguió excitado: –Vos sois buena persona, devoto y sin malicia, tengo experiencia en calificar a los individuos. Cuando estás al servicio del Santo padre toda precaución es poca, pues el emperador es capaz de cualquier maldad. Precisamente me acaban de informar en el puerto, y lo decían con orgullo, de que ha tomado a sueldo a unos "asesinos" con el encargo de matar al Papa en Lyon. ¡Según parece, el vergonzoso intento les ha fallado y los súbditos impíos del excomulgado se atreven a lamentar el hecho! Ésa es la razón por la que no desembarqué en Bari. Encendí tres velas a san Nicolás en la catedral y le pedí perdón rogándole me facilitara un feliz retorno. ¡Proseguiré con vos hasta Venecia!

–Deberíais haber tomado un barco genovés y ahora mismo ya habríais alcanzado vuestra meta– interrumpió Crean el discurso.

–Ay, Génova– suspiró el nuncio. –Cuántas veces la hemos visto cambiar de aliado; cuántas veces se le ocurre de repente salir en defensa del emperador. Con la Serenísima, en cambio, siempre sabe uno a qué atenerse. No le sigue la corriente al Papa ni le preocupa el emperador; Venecia defiende con seguridad y constancia un único interés: ¡el suyo propio! He pensado comprar un salvoconducto y viajar por tierra hasta Lyon. ¿Y vos?

–Mis negocios me retienen durante algún tiempo en la laguna– dijo Crean con humildad, y se quedó impaciente a la espera de que finalizara aquel largo viaje cuya parte mas penosa aún estaba por llegar.

EL GUARDACORAZÓN

Punt'razena, otoño de 1246 (crónica)

El Cor-vatsch, o "guardacorazón", asomaba por detrás de la *guarda-lej*, vigilando los lagos del valle alto y su descenso escarpado hacia la Chiavenna imperial. Los *saratz* consideraban que la montaña era símbolo de felicidad y fidelidad conyugal, y los prometidos solían escalarla en las horas anteriores a la boda para verificar por última vez los sentimientos de sus corazones. La montaña era áspera y nada amable; su cima siempre cubierta por los hielos se ocultaba tras las nubes, incluso en verano, y en invierno solía estar envuelta en violentos temporales de nieve. Estábamos en otoño y sus pendientes pedregosas habían sido las primeras en vestirse de un blanco invernal.

Como era habitual, Rüesch había ascendido con el rebaño a la montaña después de haber intentado en vano despertarme de mis sueños para que la acompañara. Al mediodía quise unirme a ella y la encontré, siguiendo las huellas dejadas por sus cabras, sentada en una roca en medio de un amplio campo de nieve que se extendía hacia lo más profundo del valle, hasta la carretera que conduce a Bergell, cuyas curvas se ven desde allá arriba; curvas que a lo largo del abismo pasan de largo ante la región de los lagos, donde vigilan los *saratz*, para ascender después hacia el paso Juliano, el viejo puerto de montaña por donde cruzaban las legiones romanas.

Me daba un poco de vergüenza presentarme tan tarde ante sus ojos. El sol era un disco ardiente en el cielo azul cobalto y mis poros se habían abierto dando rienda suelta al sudor provocado por el ascenso y la borrachera nocturna. Además, volvía a sentir hambre. Rüesch llenó un cuenco de agua fresca en una fuente que brotaba en medio de la nieve y me la tendió con una sonrisa que me pareció forzada.

–No bebas tan deprisa, William– me advirtió con cariñosa solicitud, –¡no vaya a darte un ataque de apoplejía!– Mientras hablaba iba partiendo pan y cortando queso. Se quitó las abarcas y nos acostamos sobre la roca seca, que sobresalía como una isla en el campo de nieve cuya gigantesca alfombra cubría hondonadas y salientes. Sólo las cabras seguían encontrando hierbas apetecibles, pequeños arbustos que podían mordisquear. La luz deslumbrante me dolía en los ojos y acabé cerrándolos; también para sustraerme a las miradas de mi novia, que me parecían contener una interrogación.

El lastimoso piar de un pájaro rompió nuestro silencio. Rüesch se levantó de un salto, corrió detrás de la roca y volvió con una golondrina que protegía cuidadosamente entre sus mañosos dedos. Una de las patas del pájaro sangraba ligeramente, pero no tenía las alas heridas, de modo que le dimos miguitas empapadas con saliva hasta que volvió a aletear.

–¡Arrójala al aire!– la aconsejé, pero Rüesch me miró con expresión tan dolorida que enmudecí.

–Si la arrojo al aire– dijo en voz baja –creerá que la obligo a volar. Si quiere volar no necesita que se lo diga, pues tampoco se lo impediré–. Estaba acariciando la cabecita del pájaro y le dio un beso. –Pero si quieres quedarte, pajarito mío, durante el invierno o para siempre, me ocuparé de ti y te proporcionaré un nido caliente.

Después abrió lentamente las manos, que vi temblar. La golondrina dio un primer paso inseguro, extendió sus alas y se dejó caer, pero cuando estaba a muy poca distancia de la nieve levantó el vuelo y se alejó.

Estuve bastante tiempo mirando cómo se difuminaba su silueta, hasta que el sol me impidió observar su vuelo. Entonces oí un sollozo que me devolvió a la tierra. Rüesch lloraba amargamente y yo me limité a acariciarle el cabello, puesto que mis labios no eran capaces de pronunciar palabra alguna. Ella empujó con disgusto mi mano hacia un lado, se acercó con un salto a la fuente y se echó agua helada a la cara. Sus ojos brillaban ahora con una decisión extraña.

–William– dijo con firmeza, –sabes muy bien que los ancianos consejeros han prohibido proporcionarte abarcas, enseñarte su uso o dejarte un instante solo con ellas.– No esperó mi respuesta, que por cierto me veía incapaz de formular; se arrodilló delante de mí y empezó a sujetarme las abarcas a los pies. Lo hizo con tanta precaución y con tal delicadeza que tuve que apartar la vista. –Esta noche serás mi marido– prosiguió después, sin incorporarse. –Me tomo el derecho a dejar a mi hombre…

No pudo seguir, porque le falló la voz. Aunque ya había cumplido con su propósito.

La levanté del suelo y la abracé.

–Rüesch– dije con un suspiro, –no quiero dejarte, ¡yo te amo!

–William– ahora estaba frente a mí y nos mirábamos a los ojos, –tú sabes que yo te amo, y yo sé que tú me abandonarás. ¡Bésame en la boca!– rodeó mi cabeza con las manos y me atrajo hacia ella. Nos besamos como si fuésemos a ahogarnos, sabiendo que poner fin al beso significaba la despedida irrevocable. Ella me mordió la lengua con cariño, aumentando poco a poco la presión de los dientes y sin soltarla, hasta que ya no pude soportar el dolor y me separé.

–¡Vete ahora!– dijo. –¡Demuéstrame cuánto te ha enseñado Madulain!

Extendí mis brazos, no sólo por encontrarme de repente tan inseguro sobre las abarcas como si fuese la primera vez que las calzaba, sino también porque deseaba quedarme con ella y no sabía...

–¡No avergüences a tu maestra!– me exigió Rüesch, como si se tratara de la primera lección que el discípulo toma en el campo de ejercicios; como si no se estuvieran en juego nuestra vida, nuestro amor...

–¡No!– grité angustiado, y empecé a deslizarme; quise arrojarme a la nieve, pero la costumbre impuesta por el empleo rutinario de las abarcas fue más fuerte y éstas me alejaron, erguido sobre ellas, de mi pequeña novia, que seguía en la roca mirándome inmóvil, rígida, como petrificada.

–¡Rüesch!– grité. –¡Te amo!

Mis gritos me fueron devueltos por el eco de la montaña mientras la figurilla que quedaba allá arriba se encogía más y más y pronto sólo fue un puntito en la nieve. Delante de mí se abrían gargantas y pendientes a las que me arrojé gritando, atacándolas con un salvaje deseo de estrellarme y morir. Las lágrimas me velaban los ojos, el viento silbante provocado por el descenso me impedía respirar y me aprisionaba el pecho. Me dirigía a toda velocidad hacia lo desconocido, hacia una nueva aventura que se me ofrecía con nuevos obstáculos y hacia vírgenes campos de nieve en los que mi paso levantaba un polvo blanco. ¡Lloré y grité al enfrentarme a la libertad!

IX

LA PISTA DEL FRAILE

UN BAÑO CALIENTE

Otranto, otoño de 1246

La trirreme salió del puerto de Otranto al encuentro de la barca de pescadores como sale una morena asesina para atrapar a un pececillo que nada delante de su escondrijo. Pero antes de que pudiese abordarla con el espolón el capitán de la trirreme había reconocido al "halcón rojo"; dos años atrás lo había acompañado junto a Sigbert, el comendador, en el viaje de regreso a San Juan de Acre. Le tendió, cortés, la mano para ayudarlo a subir a bordo.

–Estamos en estado de alerta; unos traidores a sueldo del Papa han intentado asesinar al emperador– informó indignado el de Otranto, –aunque el atentado ha fracasado.

Los pescadores trasladaron a bordo de la trirreme al fraile enfermo, metido en una red. Lorenzo seguía sacudido por los espasmos, pero el capitán no le prestó demasiada atención.

–Los asesinos han huido e intentan llevar la revuelta a nuestro país. Cualquiera que les conceda medios de transporte, albergue o alimentos está expuesto a sufrir el mismo castigo que ellos. Los habitantes de Altavilla han tenido que pagar su traición. ¡Adultos y niños!

Al ver que la trirreme regresaba con la barca, Laurence acudió con su hija adoptiva al muelle del puerto. Clarion había cumplido ya veinte años y la sangre árabe que formaba parte de su herencia se iba imponiendo más y más. La alegría del encuentro le proporcionaba un aspecto radiante.

Faress ed-Din, alias Constancio de Selinonte, su juvenil tío, saltó con pie ligero a tierra mientras la tripulación depositaba con mucha delicadeza al pobre Lorenzo sobre el muelle. El fraile estaba pálido como un cadáver y se sentía moribundo.

–¡Cómo resplandece tu belleza! ¡Cada día te pareces más a tu madre!– la saludó el emir. –¡Tus ojos, en cambio, son los del emperador!

–Con eso le basta– intervino Laurence. –Nadie podría afirmar que Federico es un dechado de belleza.

Pero Clarion irguió la espalda:

–Para mí es un orgullo y un honor haber heredado su espíritu y su sangre.

–Si por ventura has heredado también algo de su humanidad y su bondad puedes ocuparte de nuestro pobre Lorenzo; es amigo de William y está camino de Lucera. Por desgracia, yo no puedo esperar a que se reponga; debo acudir de inmediato a ver al emperador en Foggia.– Se dirigió el emir a la condesa: –Si vuestra trirreme pudiese llevarme...

–Con mucho gusto– Al concederlo, Laurence se mordió los labios; nada era para ella más difícil en este mundo que separarse de su bien armada nave de combate. –Pero siento deciros que no lo encontraréis: Federico recorre el país como un vendaval para vengarse de los traidores...

–Sabré encontrarlo– respondió el emir antes de que ella pudiese aportar algún argumento más para negarle el barco.

–Dejad al príncipe de Selinonte en Andria, junto a la residencia imperial, ¡y regresad sin tardanza!– ordenó la condesa al capitán con visible disgusto.

La trirreme inició de forma inmediata unas hábiles maniobras de remo para alejarse del muelle mientras Lorenzo era transportado al castillo. Sólo Clarion se quedó para ver alejarse el barco.

–¡Hombres!– resopló con fiereza. –¡Un piropo apresurado y vuelven a marchar a su mundo de caballeros! ¿Y yo? ¡A las mujeres no nos toca más que esperar!

–He ordenado que lo metan en la bañera– con estas palabras recibió la condesa a Clarion. –Después del largo viaje por mar, las emanaciones de su cuerpo sobrepasan en mucho lo que es normal en un fraile menor– Laurence se acercó a la ventana, como si necesitara con urgencia respirar la brisa fresca que en invierno alivia el ambiente en la campana de calor que normalmente cubre Apulia. Estuvo farfullando algo acerca de Hamo...

–¡Está enfermo, Laurence!– interrumpió Clarion a su madre adoptiva, cuyo mal humor era más que evidente. –¡Iré a verlo ahora mismo!

–Estás impaciente, ¿verdad?– se burló la esbelta condesa, cuyo cabello teñido con *henna* destacaba con un matiz chillón frente a sus ropas, sencillas y austeras.

Clarion pensó que la condesa no cedía ni un palmo en su lucha contra la edad. Conseguirá alejarme del castillo, igual que hizo con su hijo Hamo.

–¿De qué me sirve?– preguntó con entonación irritante, y dio media vuelta decidida a alejarse.

–No es más que un fraile, y además apesta; en cambio tú...

–Ya sé: soy la criatura mas desvergonzada sobre la tierra, al menos entre Otranto y Foggia. ¡Debí haberme marchado en el velero con Constancio! Cierto que es mi tío, pero a mí no me habría importado. Me habría entregado a él en tu trirreme ante los ojos de toda la tripulación.

Tras estas palabras abandonó rápidamente la estancia, pues sabía que a la condesa podía escapársele fácilmente la mano cuando escuchaba tales exabruptos.

Lorenzo estaba sentado en un barreño que despedía vapores y se dejaba frotar la espalda por dos criadas, proceso que acompañaba con gemidos, aunque más bien parecían de placer. Se iba encontrando mejor: los espasmos del estómago habían cedido notablemente, y el último ligero malestar iba deshaciéndose en el calor agradable de las aguas que lo rodeaban dentro del barreño. Los niños asomaban con ojos curiosos por el borde y acabaron rápidamente infundidos por el valor suficiente como para meter las manos en el agua y salpicarse, primero entre ellos, después a él.

Lorenzo, con su corona de cabello rizado pero escaso, no era precisamente un personaje que impusiera respeto.

–Ese hombre que venía contigo– intentó sonsacarle Roç, –¿no era Constancio? ¡El "halcón rojo"!– añadió cuando Lorenzo no pareció entender en seguida a quién se refería. –¡Es su *nom de guerre!*– le aclaró al fraile. –Así lo llaman en casa...

Aquí intervino Yeza, quien no podía sufrir que Roç se comportase como si fuese el único en estar enterado de todo.

–...mejor dicho, en su tienda, allá en el desierto donde caza palomas.

–No le hagas caso– intervino Roç instruyendo en tono condescendiente a Lorenzo. –Ella lo confunde todo. El "halcón" sólo caza las palomas mensajeras que pasan por delante del palacio del sultán, para que éste pueda leer lo que los demás escriben. ¡En el desierto ni siquiera hay palomas!

–Sí las hay– insistió Yeza; –tienen que sobrevolar el desierto, igual que sobrevuelan el ancho mar si quieren llegar a alguna parte.

–Pues ya puedes esperar a que pase alguna paloma por aquí.

–Pero él tiene una tienda en la que puede dormir mientras las espera– Yeza no se dejaba apabullar.

–Seguramente se refiere a las gaviotas– Roç se dirigió de nuevo a Lorenzo, quien escuchaba la disputa esbozando una sonrisa.

–Era el "halcón rojo"– contestó afirmativamente a la pregunta del muchacho. –Os envía sus saludos, al igual que Crean de...

–¿Qué dices?– se le escapó a Clarion, que asomaba por la puerta de la estancia. –¡Ese sinvergüenza!– Y se acercó con los ojos echando chispas al barreño dentro del cual Lorenzo se esforzaba por ocultar su desnudez. –¿Queréis decir que viajaba con vos y no ha subido siquiera a vernos? Es muy propio de él pasar de largo por Otranto sin asomar siquiera. ¿Por qué...?

–¡No me hagáis a mí pagar sus culpas!– la increpó sonriente el fraile a la vez que adoptaba una expresión de arrepentimiento. –Yo estoy aquí sólo por casualidad, pues el veneciano quería arrojarme al mar. Crean pudo quedarse a bordo.

–¡A él es a quien deberían haber arrojado al mar con una piedra de molino atada al cuello! ¡Es un ingrato!

–Ella está enamorada– se esforzó Yeza por aclararle a Lorenzo, que parecía asustado. Sus palabras merecieron un intento de cachete, pero la niña lo esquivó con habilidad. –¿Eres amigo de William?– Y empezaron a salpicar a Lorenzo porque no contestaba con suficiente rapidez, y a Clarion porque intentaba alejarlos de allí.

–Creo que William está con los mongoles– Lorenzo sonrió comprensivo. –Nunca consigo encontrarme con él. La última vez di en su lugar con una dama viajera, una...– tardó un poco en formular la palabra, calibrando la presencia de los niños, –…una devota del *amor vulgus*...

–Ya sé– cacareó Yeza con alegría. –¡Ingolinda, la puta!

–¿Fuisteis vos quien nos envió esa mujer?– La mirada de Clarion se posó por primera vez en los muslos del fraile. –¡No se lo hagáis saber a la condesa, pues sería capaz de arrojaros al mar desde lo alto de la muralla!

–Era importante– se defendió Lorenzo, –por William...

Estas palabras dieron rienda suelta al griterío de los niños:

–¡William! ¡William! ¡Queremos que regrese nuestro William!

–¡Silencio, y a la cama!– Clarion no sabía cómo atajar el tumulto, por lo que prefirió mostrar también interés por William. –¿Para cuándo se espera su regreso del país de los mongoles?

–Puede tardar una eternidad– dijo Lorenzo mientras buscaba con la mirada algo que le sirviera para salir cubierto del barreño asediado. –Esas tierras están lejos...

–¿Cómo de lejos?– preguntó Roç de inmediato. –¿Tan lejos como Constantinopla?

–Diez veces más lejos– sonrió Lorenzo, tiritando.

–¿Habéis visto a mi hermano en Bizancio?

–Pero si no es tu hermano– se entremetió Yeza con su habitual impertinencia, y en esta ocasión no pudo evitar un coscorrón.

–¡Déjame en paz!

–¡Es que Hamo está enamorado de ella!– se creyó obligado Roç a explicarle al fraile.

–Hamo aún sigue siendo hijo mío– se escuchó la voz incisiva de la condesa. –¿Qué tal si me informarais a mí primero?

–¿No se habrá convertido en un *vagabundus?*– Yeza debía haber escuchado la palabra en la cocina o en el ropero, o posiblemente entre los mozos de las cuadras.

–¿Se va de putas; es un perdido y un degenerado?– Roç deseaba informarse sin pérdida de tiempo, pues sabía que ahora ya no tenían escape: la nodriza y las doncellas esperaban dispuestas para llevarlos a dormir.

–Mañana nos cuentas todo, ¡si no, te ahogamos en la bañera!– gritó Yeza mientras era arrastrada hacia afuera.

–¡Vuestro hijo vive en el palacio del obispo y juega un ajedrez pésimo!– se permitió Lorenzo tranquilizar a las damas, ansiosas por obtener información.

–¡No es posible!– se le escapó un grito estridente a la condesa. –¿Con mi sobrino el pederasta?– Durante un instante pareció querer arrojarse sobre el fraile por haberle comunicado semejantes noticias. –¡Preferiría saber que el muchacho se ha entregado al consumo de todas las drogas de oriente!

–¡Qué cosas dices!– intentó frenarla Clarion.

Entretanto Lorenzo se había repuesto y aceptado la toalla que le tendían las criadas.

–¡Nunca llegamos a hablar de tales detalles!– Se esforzó por abandonar con dignidad el agua del baño. –Permitid, estimada condesa, que este viejo solterón salga de la bañera– consiguió envolver sus caderas en la toalla, ya de pie en el barreño, –pues el agua se ha enfriado, y además, ¡tengo hambre!– Pasó las piernas por encima del borde, apoyándose en las criadas que cuchicheaban y reían, para acercarse después a las damas, que habían apartado la vista en el último momento. –Permítanme que me presente: Lorenzo de Orta, de la Orden de los frailes menores, legado papal en misión especial, de regreso a la corte del Santo padre...

–¡Un traidor!– siseó la condesa echándose hacia atrás.

–...para vos, en cambio– prosiguió Lorenzo antes de que Clarion pudiese acercarse a la puerta a llamar a los guardias, –soy el hombre de confianza de vuestro amigo Elía de Cortona, y además...– empezó a echar mano de las ropas depositadas sobre una silla situada cerca del barreño, junto a las cuales se veían también tres cordones de cuero, –¡también soy emisario del canciller Tarik ibn-Nasr de Masyaf!– Con estas palabras levantó los cordones y los mostró a las señoras.

–¡Mi buen y viejo amigo Tarik!– suspiró la condesa, aliviada. –¡Venid!

TRAMPA RATONERA

Cortona, invierno de 1246/47 (crónica)

El insólito entusiasmo que se había apoderado de mí tras la huida del valle alto de los *saratz* se agotó con la misma rapidez con que empezó a escasear la nieve en cuanto alcancé las tierras bajas. Muy pronto las abarcas no fueron más que una carga y llegué a tropezar repetidas veces con las piedras que sobresalían de la delgada capa de nieve, dejándome la nariz hecha una lástima y resbalando en ocasiones sobre la barriga por algunas pendientes pedregosas. De modo que me até el calzado de nieve a las espaldas para tener las manos y los pies libres durante el descenso.

Sin embargo, como mi partida se había precipitado en el último momento desarrollándose de un modo que no estaba ni mucho menos previsto, también había omitido llevar provisiones. Muy pronto sentí hambre, aunque más que todas esas calamidades empezó a torturarme la mala conciencia. Mi comportamiento con Rüesch había sido horrible, al igual que con todos los *saratz*, después de haberme concedido éstos una hospitalidad tan desinteresada y cordial. Hasta se podía afirmar que me había portado como un cerdo irrumpiendo como el peor lobo en su pacífico rebaño, destrozando el corazón a más de uno, pisoteando sin miramiento alguno las raíces de sus costumbres, abusando de su afecto, su generosidad, su lealtad y su orgullo de una manera ignominiosa.

Lloré de vergüenza mientras avanzaba tropezando por una senda estrecha que transcurría junto al abismo. Después me detuve por primera vez y volví la mirada hacia las alturas, donde destacaban contra el cielo azul, más allá de bosques oscuros y rocas negras, las cimas picudas de los Alpes, componiendo una imagen clara y pura. Era un cuadro irreal, como de otro mundo, del cual yo me había apartado pero que aún parecía estar tan cerca como si fuese posible tocarlo con la mano y que, no obstante, quedaba ya muy lejos. Una vez más vi en mi interior a mi pequeña novia y me consideré un cobarde. La muchacha poseía un carácter heroico, se había enfrentado con valor a las acciones peligrosas y humillantes para ella de cierto individuo lamentable llamado William, y finalmente había prescindido de todo egoísmo para ayudarlo a encontrarse a sí mismo. Yo no era más que un miserable merecedor de todo desprecio. En realidad, ¿qué es lo que buscaba? Llegué a creer que mi mente estaba enferma. Por un lado busco la comodidad y la felicidad, el reconocimiento y el cariño, como se busca una flor rara en un bosque: una flor que nunca se seca, que despide un aroma maravilloso y tiene además un aspecto magnífico, con sus colores, sus hojitas, sus capullos y su cáliz. ¡Y después de haberla encontrado no se me ocurre otra cosa que pisotearla! De nuevo me encuentro caminando y sintiéndome desgraciado, sin saber a dónde ir, magullado y maltrecho, y lo más seguro es que pronto acabaré cubierto de harapos y medio muerto de hambre. ¿Qué me espera? La verdad es que no lo sé. ¿Hacia dónde me dirijo? Aún lo sé mucho menos. Sólo siento un hormigueo indefinido en las piernas, una sensación de flojera en el vientre, un zumbido en la cabeza que me empuja a alejarme del pasado, de la vida segura, y adentrarme en la incertidumbre... precisamente lo que siempre me ha dado tanto miedo.

Cuando irrumpía ya la oscuridad vi el fuego de un carbonero en el bosque; lo encontré rodeado de varias criaturas pequeñas y junto al lecho de su mujer desvalida, que al parecer no conseguía reponerse del último parto. No fui capaz de pedirles algo de comer. Regalé las abarcas a la hija mayor y me alejé en silencio.

Algunas castañas y bellotas que el otoño había dejado entre las hojas podridas y un trago de agua de la fuente fueron mi único alimento. Dormí al cielo raso y prosiguiendo de este modo fui dejando atrás las montañas para adentrarme por el valle del Po. Evité las grandes ciudades, pues hasta de lejos me daba miedo ver las empalizadas tras las que se celebraban los juicios y las horcas instaladas delante de las murallas. Ni una de las prendas que vestía recordaba a un fraile mendicante; yo no era más que un vagabundo harapiento y los habitantes de las ciudades suelen gastar poca cortesía con tales individuos, según me recordaban los cadalsos ocupados y los esqueletos destrozados en las grandes ruedas, de las que se veía elevar el vuelo a cuervos y buitres acompañándose de un chillido cuando un ser vivo se acercaba a ellas.

Así volví a encontrarme con la vieja Larissa. La descubrí encerrada en una jaula suspendida y las cavidades de sus ojos, vaciadas por el verdugo o por los pájaros, parecían querer atravesarme con una mirada que se deshacía en una mueca. No me cabía duda alguna de que había reencontrado a la familia de saltimbanquis a quienes hacía un año había acompañado, derrochando inventiva y diversión en nuestro caminar hacia el norte. Junto a la jaula colgaban todos los pequeños, formando una piña, pues una sola cuerda que rodeaba sus delgados tobillos había bastado para hacerlos perecer, suspendidos cabeza abajo. En cuanto a sus madres, aquellas alegres mujeres jóvenes, sólo quedaban restos en las hogueras hacía tiempo apagadas: algún que otro hueso, alguna calavera. No me apeteció buscar en la hilera de ahorcados a ningún hombre de los que conocía. Cualquier pequeño hurto cometido por necesidad para calmar el hambre, aunque no fuese más que una pata de ternera llena de moscas o un trozo de pan caliente, habría bastado para que se organizara la última función, cuyo prólogo consistiría en la sentencia pronunciada por un juez altivo y de corazón duro, mientras el epílogo mudo se reduciría a los manejos oscuros del verdugo y sus ayudantes.

Me arrodillé para rezar por sus pobres almas. Me acudió a la memoria la cabeza de Roberto asomando por última vez entre las aguas alborotadas de la garganta rocosa, después de habernos salvado, gracias a su valentía, de la persecución de Vito. Dios, en su infinita misericordia, había ahorrado al valiente reventador de cadenas un fin humillante e indigno, permitiendo que se ahogara en seguida. *Requiem aeternam dona eis, Domine, et lux perpetua luceat eis.* ¡Amén!

Un barquero me trasladó gratuitamente a través del río Po cuando comprendió que mi ofrecimiento de remar para compensarlo no serviría para otra cosa que para hundir la balsa. Después trepé por la cadena montañosa de los Apeninos. Llovió mucho y pasé frío y otras calamidades. De todos modos, también me encontré con un hermano que se mostró dispuesto a ayudarme y me regaló un hábito, invocando el nombre de san Francisco; pero no porque reconociera en mí a uno de los suyos sino porque, entre tanto, las pieles con que me vistieran los *saratz* se habían convertido en unos miserables harapos. Yo evité en todo momento dar a conocer mi pertenencia a la Orden y mucho menos revelar mi nombre, pues no sabía aún si la curia había puesto precio a mi cabeza o al menos me seguía buscando.

Descendí hacia la Toscana, di un rodeo por Florencia, atravesé el valle del Arno, pasé por debajo de las murallas de Arezzo, y no descansé hasta ver brillar ante mi vista el espejo del lago Trasimeno.

De nuevo estaba en Cortona, la ciudad de Elía. ¡Por tercera vez! En aquel instante di por finalizadas mis penalidades. Gersenda –bien recordaba yo el nombre de la eficaz ama de llaves– se ocuparía de mi bienestar físico y, una vez recuperadas mis fuerzas, podría presentarme ante los ojos de mi general, quien escucharía el relato de mis peripecias con no poca extrañeza. Tal perspectiva me hizo acelerar los pasos, y así adelanté por el camino tortuoso que asciende desde las puertas de la ciudad hacia el palacio residencial que está en la parte alta. Me extrañó no tropezarme con ningún guardia hasta llegar al mismo patio del castillo...

Allí vi por todas partes muebles destrozados y huellas de incendio y combate. Antes de que el susto ahuyentara mi curiosidad –de repente tuve un mal presentimiento– vi que salían del portal, a paso lento y despreocupado, algunos soldados del Papa. Quise ocultarme con rapidez, pero ellos me agarraron y me arrastraron al edificio. Tiraban de mí y me empujaban por aquellos pasillos que yo conocía tan bien; y de repente me encontré en el despacho de Elía, delante de un hombre adusto con quien jamás me había visto cara a cara, ¡pero del que comprendí de inmediato que era Vito de Viterbo!

Estaba sentado detrás de la mesa escritorio del general y por encima de su cabeza –este detalle fue el único que encontré divertido en aquella situación– asomaba, enmarcado, su propio retrato. De modo que aquellos dos pares de ojos me miraban como los de dos viejos cabrones a los que el cielo concede, ya casi al final de su vida, la gracia de tener una visión.

Tampoco Vito parecía albergar duda alguna acerca de quién era yo. Su sorpresa se debería más bien al hecho de que sus oraciones –o más probablemente sus blasfemias– hubiesen sido escuchadas tan de sopetón. En cualquier caso me dejó el tiempo necesario para verme iluminado por la idea repentina de que no era él quien me había buscado, ¡sino yo quien al fin lo había encontrado!

De modo que reuní todo mi valor y lo saludé con desparpajo: –Soy William de Roebruk, de la Orden de los hermanos menores, ¡y me pongo a vuestro servicio, noble Vito de Viterbo! ¿En qué puedo servir a vuesa merced?

Apenas hube acabado de pronunciar estas frases cuando me di cuenta que él estaba a punto de estallar. Se le hinchó el rostro, que adquirió un tinte bermejo oscuro; de su garganta salió un jadeo como si se le hubiese metido un sapo en el cuello –lo más probable es que el sapo fuese yo– y estuviese a punto de perecer ahogado por dicha causa. Después Vito, que en un primer momento se había medio levantado del sillón, se dejó caer de nuevo hacia atrás y me miró sin poder articular palabra antes de estrujar por fin la lengua para formular con sonidos apenas audibles:

–¿Cómo se te ocurre, maldito pícaro, adornarte con el nombre del famoso y estimado franciscano de quien todo el mundo sabe que partió por encargo del Santo padre, junto a su hermano de Orden Giovanni Pian del Carpine, para una misión importante en tierras de los mongoles, cuando lo más posible es que jamás regrese de allí o, si lo hiciera, sería portando el escrito de respuesta del gran kan a su Santidad Inocencio IV, padre de toda la Cristiandad? ¿Dónde está esa respuesta?– Hacia el final, emitido a gritos, la voz se le quebró, pero conforme llegaba a las últimas palabras había ido adquiriendo más y más potencia. Comprendí que lo hacía para asustarme, pues después, tal como una tempestad que pasa y se descarga, adoptó de repente un tono de inocente conversación y hasta me ofreció que tomara asiento. El gesto no carecía de astucia, pues a partir de entonces tuve que levantar la vista hacia él.

–William– prosiguió con suavidad, –el hecho de que te atrevas a presentarte ante mis ojos sólo demuestra que aún no te han partido las piernas con una barra de hierro–. Sonrió. –Y el hecho de que puedas estar sentado aquí, a mis pies, únicamente significa que todavía no te han partido el trasero a latigazos, no te han metido un tubo candente por el culo, no te han aplastado los testículos para arrancártelos después. El hecho de que me estés viendo sólo quiere decir que aún sigues teniendo ojos para ver. William, ¡vale más que escupas sin tardanza todo lo que lleves dentro de esa cabeza!

Yo sabía que estaba en sus manos y que haría conmigo todo cuanto había enumerado si demostraba que era capaz de dejarme intimidar.

–Ya veis, Vito, puesto que vuestros ojos no os engañan, que no sigo entre los mongoles, y dada vuestra agudeza mental hasta podréis sacar la conclusión de que jamás estuve allí…

–William, ¿no será éste el servicio– me preguntó en voz baja, a la que pretendía dar una entonación preocupada pero que sólo sonaba amenazadora –que me habéis ofrecido con tanta generosidad nada más entrar?

–Entre mi ofrecimiento y la noticia está vuestro discurso, Vito, también muy libre y sincero, en el que me habéis expuesto la sucesión de platos que cocéis en vuestra cocina de torturas en la que, permitidme decirlo, no reina un exceso de fantasía. Pues bien, ¡espero que me ofrezcáis algo de comer, pues estoy hambriento tras el largo viaje!– Debo conceder que Vito había conseguido dominar del todo sus nervios y, por tanto, también me dominaba a mí. En cambio, yo me estaba jugando la vida, o cuando menos el cuerpo, que aún conservaba entero. La única apuesta que me veía capaz de hacer no respondía tanto a mi voluntad como al carácter de cierto William que, como por milagro, aún seguía vivo.

Vito batió palmas y en la puerta que daba a la cocina se presentó Gersenda. Como era una hembra inteligente no reveló con ningún gesto que me conocía, aunque supongo que habría estado escuchando. Lo único que hizo fue quejarse de las magras provisiones que le quedaban y de lo difícil que le sería satisfacer a Vito y a su honorable huésped.

El actual señor de la casa cortó sus lamentaciones.

–Para nosotros, servidores de la Iglesia, ¡el alimento más humilde es siempre un don inmerecido que nos concede Dios!– Y con estas palabras la despidió. ¡Por qué no le habría envenenado esa mujer en el primer momento! –En cuanto se refiere a vuestro largo viaje, William– me preguntó Vito después con aire de condescendencia, –¿de dónde venís en realidad?

–De allí, distinguido señor, donde os perdí de vista. Estuve esperando un año y más, pero no volvíais, de modo que me puse en camino para acudir…

–Mi corazón se conmovería ante semejante afecto– me interrumpió y me di cuenta de que la sangre le hervía de rabia –si no fuera por cierto recuerdo relacionado con un estrecho puente...

–Ah, el puente– intenté disculparme, –¡qué bruto y torpe era aquel pobre hombre! Le mandé que arreglara los maderos para mayor seguridad vuestra y, en lugar de hacerlo, se cayó con ellos al agua. ¡Quiera Dios conceder paz a su alma!

Gersenda entró portando jamón cortado, vino y queso, además de unos huevos recién fritos y una ensalada fresca del tipo *puntarelle*, pidiéndonos perdón porque le faltaba el aderezo de las anchoas. Ambos comimos con buen apetito, pues sabíamos que nos quedaba por delante bastante terreno que desbrozar.

–¿Y los niños?– preguntó Vito a la ligera y sin dejar de masticar, aunque yo sabía que, en el fondo, era eso lo único que quería saber de mí.

–¡Ah, los niños! En realidad, yo debía llevarlos a donde los mongoles...– Vito estuvo a punto de enfadarse conmigo, pero como tenía la boca llena de ensalada pude proseguir rápidamente: –...pero ya me veis aquí, ante vos, con las manos vacías...

–¡Os veo más bien cómodamente sentado y comiendo!

–...lo más probable es que se me hayan perdido...

–¿Tal vez ni siquiera os hayan acompañado?– preguntó con astucia, a la que yo opuse el golpe siguiente:

–¿Es que ya no os fiáis ni de vuestra propia vista, Vito?

Le dio una patada a la mesa que había entre nosotros, de modo que los platos y los alimentos rodaron por el suelo.

–¡Ya basta!– resopló furioso. –¡Ya has comido bastante, ya basta de juego y basta de insolencia! Te diré donde están: ¡jamás abandonaron Otranto! ¡Habréis estado en muchas partes, pero en Constantinopla hemos atrapado al hijo de la condesa, sin los niños! No pueden haberse disuelto en el aire; lo que sucede es que, durante un año entero, nos habéis estado engañando. En Bizancio las paredes pueden oír, de modo que ni siquiera hemos tenido que torturar al joven Hamo: un poco de *cannabis* fue suficiente para hacerlo hablar...

Se recostó satisfecho en el sillón y me observó como un enorme gato negro observaría a un pequeño ratón de campo que ha perdido su agujero. De modo que reuní mis últimas fuerzas para oponerle resistencia pensando que, si ya lo sabía todo, no sentiría necesidad de hablar conmigo.

–Agradezco al señor la noticia de que Hamo sigue vivo. Todos los demás han muerto, sólo yo pude salvarme. Por lo que yo sé, ¡los niños ya no existen!

–Eso es lo que te gustaría hacerme creer, pero la verdad es que no todos han muerto, ni mucho menos, aunque sería lo más deseable para ellos. ¡Y los que han muerto menos que nadie son los niños!– Estuvo un tiempo reflexionando. –Tu presencia aquí, William, equivale a la confesión que por pura estupidez te estás negando a hacer. En efecto, ya no te necesito. Haré que te encarcelen en algún lugar seguro durante el tiempo que a mí me parezca bien y, sobre todo, hasta haber alcanzado mi objetivo. El que te torture a muerte, te haga morir a trozos –cosa que tienes ampliamente merecida– o te estrangule en algún momento con mis propias manos es algo que no depende de ti sino únicamente de mis caprichos, de modo que sólo te queda por desear que mi buen humor me lleve a decidirme por esta última posibilidad.

–En tal caso intentaré hacer las paces con mi Señor– murmuré con humildad y uní las manos en gesto de oración.

–¡Tus paces con Dios!– gruñó Vito. –Tu señor sigo siendo yo. De modo que prepárate para escuchar cómo va a fracasar vuestro empeño de salvar a esas crías de herejes– ahora resoplaba lleno de satisfacción consigo mismo, y yo era todo oído. –¿Acaso no se considera que Otranto es inconquistable– empezó regodeándose con la previsión de mi creciente horror –tanto desde el agua como desde tierra?– Después se contestó a sí mismo. –Así es, ¡el emperador tiene todo el derecho a estar orgulloso de tal castillo y confiar en la lealtad de la condesa! Aunque el enemigo trajera arrastrando a su propia carne y su propia sangre, su único hijo, y le cortara la cabeza ante sus propios ojos, ¡Laurence de Belgrave no entregaría las llaves!

Vito intercaló una pausa para asegurarse del efecto que me causaban sus palabras. No estaba mal tampoco; yo me sentía seguro en lo referente a la relación de la condesa con su hijo Hamo. ¿Acaso aquellos niños extraños estarían más cerca de su corazón? Pero no permití que adivinara mis pensamientos.

Él prosiguió con toda tranquilidad, un hecho que me llamó mucho la atención:

–Pero si llegase un amigo, una persona de confianza del emperador, alguien que la iguale a ella en cuanto a lealtad al soberano y a los bastardos de sangre real y tuviese su misma categoría, la condesa abriría las puertas como una puta vieja abre las piernas, por fuerte y numeroso que fuese el ejército que acompañara al visitante. ¡Así será como entraremos en ese agujero pestilente donde se esconde la vieja bruja! Otranto caerá como un fruto maduro, ¡mejor dicho, como un fruto podrido!

–No parece que tengáis mucha simpatía por la condesa– observé con cierto reproche, y también con una sonrisa de complicidad. –¿Y quién sería ese atractivo enamorado a quien Laurence de Belgrave, que no aprecia en nada a los hombres, dejaría entrar sin más en su fortaleza?

En efecto, dejó escapar el nombre:

–Elía de Cortona ha hecho sus paces con la Iglesia. El pecador ha pedido perdón. Y el Santo padre en su infinita bondad le ha prometido perdón al arrepentido, aunque exigiéndole a cambio como leve pago por sus pecados que se presente con un grupo selecto de soldados de elite del Papa, naturalmente mercenarios que irían disfrazados de suabos, pretendiendo "reforzar" los efectivos de Otranto contra cualquier ataque procedente del exterior. La condesa le entregará el mando. Nuestra flota entrará en el puerto, derrotará a la tripulación de la trirreme –que no habrá sido advertida por Elía– y nos haremos cargo de los niños. Ellos serán lo primero que el amigo de Cortona habrá puesto a buen recaudo, pues el Papa ha recalcado: "¡Sin los niños no hay perdón para tus pecados!"– El de Viterbo soltó una risa áspera y combativa. –Elía ha pedido que, después de realizar esta misión, le admitamos a bordo a él y sus soldados; pero nosotros no queremos adelantarnos al juicio al que lo someterá el emperador, por lo cual hundiremos también la trirreme; de modo que nadie pueda seguirnos ni siquiera salvarse! ¿Te gusta nuestro plan, William?

–¡Sois el mismísimo diablo!– El elogio fue de su agrado.

–Pero no soy un pobre diablo ni un diablo imbécil como vos. ¡El Santo padre sabe muy bien por qué no nombra inquisidor a ningún franciscano!

Se levantó.

–¡Guardia!– gritó impaciente. En seguida entraron unos soldados. –¡Encadenad a este hombre que pretende ser William de Roebruk!

Me agarraron con brutalidad, me arrastraron al patio y un herrero que trabajaba en un fuego abierto se ocupó de cerrar con tanta rapidez unas anillas en torno a mis pies, mis manos y el cuello que ni siquiera le dio tiempo a esperar a que el hierro se enfriara. El chasquido y el dolor punzante que sentí en la piel reventada me dieron un primer atisbo de los dolores infernales que el de Viterbo me tenía preparados.

Y lo que me dio mucho mayor miedo aún fue un monje a quien vi agachado, calentando unos hierros en el mismo fuego. Pero en aquel momento se acercó Vito, dio unos golpes benevolentes en el hombro encorvado de aquel gnomo, cuyo rostro permanecía profundamente oculto bajo el enorme capuchón, y le dijo:

–¡Espera un poco, Albano!– Después examinó con aire de entendido la firmeza de mis cadenas. A continuación me dirigió la palabra: –No te enviaré el verdugo hasta mañana por la mañana– y como yo le mirara asustado, añadió: –¡Para que te marque, como a los demás prisioneros que encontrarás en el calabozo!– Lo decía pensando tranquilizarme con sus palabras y yo se las agradecí moviendo comprensivo la cabeza hasta donde me permitía el collar de hierro que me sujetaba el cuello. –Una gran "C" en el pecho, como le corresponde a todo buen cristiano– los soldados que lo rodeaban le rieron la broma al amo, –y una cruz encima de un ojo– las risas se transformaron en rebuznos obligados, –¡puesto que allá abajo te bastará con un solo ojo!– Aún prosiguió, con la intención de atizar la alegría generalizada: –Sólo a los hombres de bien les está permitido pasearse con orgullo bajo el sol del Señor: a ti ya no querrá verte nadie más. ¡Carcelero!– exclamó con aire benevolente.

Los soldados se habían divertido, aunque les habría gustado más asistir allí mismo a mi ejecución. Yo me sentía profundamente afectado. Mi esperanza de hacerle cambiar de opinión por medio de la insolencia había resultado engañosa. Siempre consideré que Vito era un ejecutor rígido de la voluntad de la curia, duro e inflexible, lo que suele llamarse un *canes Domini*; en cambio ahora sabía que, más allá de eso, era la maldad personificada y que su posición de poder le permitía en aquel momento satisfacer sus malos instintos sin limitación alguna. Le dirigí unas cuantas maldiciones, lo cual no pareció conmoverlo demasiado, pues me volvió la espalda y se adentró por el portal del edificio.

Un violento golpe en las corvas me hizo casi caer hacia adelante.

–¡Al calabozo con él!– galleó una voz que me sonó conocida: ¡Guiscard! Antes de poder cometer el error de demostrar que lo conocía, un segundo golpe de garrote me dio en las pantorrillas. Los soldados tuvieron de nuevo un motivo para regocijarse, pues mi viejo amigo me estaba maltratando con su pata de palo, que llevaba atada justo debajo de la rodilla.

Mientras me arrastraban por escaleras cada vez más oscuras y pestilentes hacia las profundidades del sótano recordé la flecha que había herido al loco y valiente amalfitano delante del Castel Sant'Angelo, donde tuvimos que dejar a aquel esforzado luchador, afectado de una gangrena mortífera, en manos de Gersenda. De modo que sólo le había costado una pantorrilla. ¡Qué suerte!

Con todo ello había vuelto a despertar mi esperanza. Guiscard siempre había tenido buenas ocurrencias. Yo no albergaba duda alguna de que gozaba de su amistad y de que él jamás estaría del lado del de Viterbo. Este último le haría cortar a trozos ambos brazos y la pierna que conservaba si llegara a enterarse de que aquél era el hombre que le había hecho aparecer en Roma, ante los ojos de lo que allí quedaba de la curia, como si fuese un oso amaestrado y medio tonto. Yo me sentía contento, y no era para menos: ¡Guiscard, carcelero a las órdenes de Vito y en casa de Elía! La situación me hizo sonreír para mis adentros y acepté sin inmutarme que me encadenaran a una roca húmeda y que mi celda estuviese cercada por una fuerte reja de hierro, que Guiscard cerró con magistral brutalidad fingida. Quedé sumergido en la oscuridad.

CARTA SIN REMITENTE

Castel Sant'Angelo, invierno de 1246/47

Aquella misma noche Mateo de París se dirigió, según le habían ordenado, al Documentario. Él mismo se había preocupado de que no quedara allí ni un fraile escribiente, cosa que solía suceder en más de una ocasión, y también estaba seguro de que la máxima jerarquía habría ordenado una inspección para cerciorarse del cumplimiento de esa orden.

Se acercó a su puesto de trabajo, algo elevado, y subió un poco las mechas de las lámparas de aceite para que las pantallas de plata abrillantada iluminaran bien el tablero. Él mismo solía decir que los trabajos más secretos necesitan de la luz más clara.

No tuvo que esperar mucho tiempo.

–Toma el pergamino más costoso– sonó la voz con entonación amable, *–tal como lo utilizan en Jerusalén, es decir, ese pergamino que los templarios adquieren procedente de El Cairo....*

–O sea, ¿papiros?– se permitió corregir Mateo. –¿Significa que debo escribir como escribe la Pri...?

–¡Lo has adivinado, aunque no del todo!– la voz parecía divertirse con la intriga: *–¡Imagínate que no queremos que el escribiente secreto sea reconocido, pero sí nos interesa que se sospeche de él!*

–O sea, que debe cometer algún que otro error– se apresuró Mateo a exteriorizar su afán y su orgullo. El trabajo que le exigían empezaba a divertirlo. –Los escribientes más secretos cuyo nombre no se conoce siguen empleando para las mayúsculas iniciales las mismas plantillas que se usaban en tiempos del gran Bernardo, ¡a quien Dios tenga en su seno!

–¡En su gloria, Mateo, en su gloria!– lo corrigió la voz, pero el fraile ya estaba revolviendo uno de los arcones pequeños, me-

dio ocultos en la pared detrás de su puesto de trabajo, asegurados con rejas de hierro y cerraduras dobles.

–Tenemos, por ejemplo, las de la regla no oficial de la Orden– murmuró. –Éstas nos podrían servir– Volvió con un paquete de delgadas plantillas de cobre. –Todas ellas guardan oculto, es decir, de un modo irreconocible para el ojo del profano que no esté en el secreto, el símbolo del lirio en el pie del druida. ¿Cogemos éstas?– preguntó.

–*Está bien*– dijo la voz; –*veo que también has escogido la pluma correcta y aquella tinta que tú sabes. "¡A Luis Capet, noveno en la serie de usurpadores desvergonzados del trono de Francia!"*

Mateo escribía apresurado; los mensajes secretos, incluidos los falsos, deben causar la impresión de haber sido redactados con prisas, bajo tensión, y deben incorporar correcciones y borrones.

–*¡Occidente no se verá obligado a soportar al décimo de la serie, pues aún está viva la sangre de los merovingios! Aunque tus antepasados pecadores hayan dado muerte a nuestro buen rey Dagoberto, aunque tu miserable padre haya mezclado traidoramente la sangre sagrada de la casa legítima de Occitania con la de vuestra familia, después de asesinar, mano a mano con el traidor Inocencio...*

La mano del monje vaciló.

–¿Lo escribo así...?

–*¡Cuando se trata de insultar de modo que resulte creíble no hay que tener miramientos consigo mismo! Prosigue: "... al noble Trencavel, vos, miserable Luis Capet, puede que hayáis conseguido someter el Montségur, lugar donde se guardaba el santo Grial, pero no habéis logrado rescatar el Grial mismo, que vive y seguirá viviendo en los niños que hemos salvado y de los que Federico se ha apoderado con violencia y no sin egoísmo para hacerlos crecer y educar, bajo su protección, en la fortaleza imperial de Otranto. Podéis seguir creyendo en las afirmaciones de amistad que os dirige Federico y no prestar atención a los lazos matrimoniales que lo unen con los Plantagenet; podéis despreciar las redes familiares que ligan al emperador con los normandos, así como con Aragón y, a partir de ahora, también con el futuro soberano de Bizancio. Los hijos del Grial están destinados* *a ejercer en su día el dominio que les corresponde, ¡empezando por allí donde la sangre sagrada de Jesús tomó tierra por primera vez! No os dejéis engañar por los rumores que el emperador y el Papa han sembrado en el mundo, pues estos dos personajes sólo se enfrentan con odio cuando se exponen a ojos ciegos como los que vos les prestáis. Dicen los rumores que los infantes reales, los de la sangre sagrada, habrían sido enviados en compañía de cierto fraile sedicioso al país de los mongoles, como rehenes del tratado de paz y amistad que permitirá a los soberanos repartirse el resto del mundo; un resto en el que no se ha previsto lugar alguno para vos. Iniciad, pues, vuestra cruzada: el sultán os preparará el recibimiento que ha prometido a su amigo Federico. Marchad a Tierra Santa: lo mejor será que os quedéis allí, puesto que no podréis gozar de un retorno a París. Comprometeréis sin sentido alguno las mejores espadas de Francia en una lucha sangrienta contra los honorables defensores de la verdadera fe, mientras vuestros falsos amigos os clavan el puñal en la espalda. No podéis impedir el hundimiento de los Capet, puesto que los hijos del Grial están en manos del emperador. ¡El futuro es de ellos!*

La pluma del fraile rascaba sobre el papel.

–¿Quién firma?– preguntó con voz objetiva una vez hubo puesto, con un suspiro, punto final al dictado.

–*¡Nadie!*– contestó la voz. –*¡La amenaza anónima es en este caso la mejor, porque en París no podrán ni imaginar la motivación que impulsa al remitente!*

Mateo comentó aún, impresionado:

–Si yo estuviese en el lugar de Luis retrasaría de momento la cruzada, y aunque no me atreviese a emprender una guerra preventiva contra el emperador estudiaría al menos las posibilidades y los medios de que dispongo para mantener cubiertas mis espaldas.

–El autor no precisa de elogios, pero sí los merece el escribiente Mateo– dijo la voz con frialdad, y aunque no era la primera vez que había prestado su pluma al "cardenal gris", el fraile sintió que un temblor le recorría la espalda. *–Mañana por la mañana te dirigirás a Ostia y esperarás allí a nuestro legado Andrés de Longjumeau, a quien trasladarás de inmediato al lugar donde lo espera el Santo Padre.*

–Ya sé– confirmó Mateo un procedimiento que no le era extraño.

–Pero lo que no puedes saber es que alguien se dirigirá a ti rogándote le indiques cuál es el pasaje bíblico más adecuado para ese día. A esa persona entregarás el escrito sellado; te lo premiará con una bolsa de ducados...

–...que yo, a su vez, entregaré aquí– se apresuró a añadir Mateo. –¿Qué sello debo utilizar?

–El de la vieja cruz con extremos en forma de zarpa– le contestó la voz con un breve asomo de regocijo. *–¡No está de más implicar un poco a los templarios!*

Mientras el monje calentaba la laca para el sello una ligera corriente de aire fresco atravesó el Documentario; las llamas oscilaron. En algún lugar se cerró una puerta.

ROBERTO, REVENTADOR DE CADENAS

Cortona, invierno de 1246/47 (crónica)

No sé cuánto tiempo estuve allí a oscuras, porque mis ojos –¡aún me quedaban los dos!– tardaron en acostumbrarse. Por algún lugar muy alto de la bóveda penetraba esa vaga luz nocturna que es reflejo de unas nubes iluminadas a su vez por la luna. En algún momento se abrió el manto espeso y la luz lunar, lechosa y fría, entró directamente en el calabozo. Debía tratarse de un sótano muy profundo, situado detrás de la pesada puerta de hierro donde antes jamás me habían permitido entrar. Recordé que en algún sitio debía estar oculto en el muro el trozo de la Vera Cruz, junto con cierto pergamino.

Al cabo de un tiempo conseguí ver a mi compañero de celda, que se acurrucaba apático en el suelo y tardó en levantar lentamente la frente, marcada al fuego por una cruz que ya se iba convirtiendo en cicatriz blanca, pero cuyos bordes aún aparecían rojos e hinchados. Ése sería también mi aspecto, ¡aunque no! A mí tenían pensado marcarme la cruz encima de un ojo.

Me mareé al imaginar el hierro con la cruz candente que se iba acercando. Grité, quise proteger el rostro con las manos, pero las cadenas que llevaba en las muñecas me las sujetaban causándome dolor.

–¡Calla!– dijo el preso compañero, y entonces lo reconocí: era Roberto, el reventador de cadenas, a quien había visto ahogarse ante mis propios ojos.

–¿Roberto?– susurré, y me asaltó el temor de que existieran fantasmas y espíritus, sobre todo en los calabozos profundos de un castillo. –¿Eres tú?

–¡No menciones mi nombre!– jadeó. –Podrían estar espiándonos, podría haber un agujero en la pared... ¡Yo no te conozco!

¡Pobre hombre! No podía imaginarme cómo pudo caer en las manos de Vito, pero sí lo que le habían hecho. Era un milagro haberlo encontrado vivo, aunque también era evidente que no había superado las torturas sin que éstas afectaran y dañaran su mente sencilla.

¡Cómo odié a Vito! Tenía que huir, y para conseguirlo necesitaba de las fuerzas de Roberto, fuese cual fuese su estado.

–¿Cómo te apresaron?– intenté reiniciar el diálogo.

–¿Por qué has vuelto?– me llegó gimoteando la respuesta. –Ahora me someterá a juicio y tú serás testigo. ¡Me va a descuartizar!

–No temas– le susurré, –¡conseguiremos salir de aquí!

–¡Claro que saldremos!– me contestó con amargura. –Mañana por la mañana me sacarán de aquí y habrá cuatro caballos esperándome en el patio del castillo... ¡William, tengo miedo!

–Tranquilo, tranquilo– intenté serenarlo, aunque yo mismo sentía la angustia en el cuello.

–Tu sí puedes estar tranquilo– contestó con voz estrangulada. –Mañana sólo te marcará, como hace con todos...– y Roberto señaló las figuras que se adivinaban al claroscuro, detrás de otras rejas, a la espera de su destino. –A mí sólo me ha dejado el ojo para que pueda ver los traseros de los caballos a los que darán latigazos para que salgan corriendo en cuatro direcciones diferentes…

–¡Calla ya!– dije.

–¡…y para que pueda convencerme de que es más fácil arrancar un brazo que una pierna…!

–¡Cierra el pico!– le dije con rabia. –Esta noche huiremos.

–¡Antes tendríamos que matar al carcelero!– La mente confundida de Roberto empezaba a trabajar en la dirección que yo deseaba: la verdad es que el miedo a la muerte es un buen aliado. Ése hombre pasa revista tres veces cada noche.

–Pues lo haremos la segunda– dispuse con voz firme. –¿Podrás liberarte hasta entonces, y a mí también?

–El primer día conseguí ensanchar las anillas que me sujetan los brazos y las piernas, ¡el hierro no es de buena calidad!– sonrió Roberto, cuya confianza iba en aumento. –¡Sólo me queda el aro del cuello!

Se quitó los grilletes delante de mis ojos y metió ambas manos detrás de la nuca. La cruz empezó a hincharse en su frente y el cierre se rompió con un chasquido. Roberto abrió las dos mitades de la anilla y se frotó el cuello. Después sacó los pies de los herrajes y se acercó gateando.

–Siéntate– me ordenó. Ahora que tenía las dos manos libres abrir mis grilletes era para él un juego de niños con el que le habría dado vergüenza presentarse en público.

Volvimos a colocarnos los hierros para que no nos descubrieran en la primera ronda. Debió de ser a medianoche cuando el viejo Guiscard se acercó por primera vez con un farol para inspeccionarnos. No se tomó la molestia de abrir la reja: solo iluminó brevemente nuestros rostros, hizo la ronda y se marchó de nuevo.

En realidad no me gustaba la idea de tener que ponerle las manos encima a mi viejo amigo, de quien además me podía imaginar muy bien que acabaría por ayudarnos. Pero yo no sabía hasta qué punto estaba en manos de Vito, y además había que tener en cuenta a Gersenda, que seguiría como rehén en manos del de Viterbo. Bastaría un pequeño golpe en la parte trasera del cráneo, asestado con la cadena que Roberto estaba envolviendo ya con un trapo, y el carcelero sufriría un breve desmayo que nos permitiría alejarnos camino de Ancona.

–Cuando se acerque la próxima vez– susurró Roberto –yo le cogeré por la garganta, en cuanto lo tenga delante, y tú le pegas por detrás, pues no soy capaz de estrangular a una persona…

–Roberto– le imploré, –yo nunca he hecho algo así, no podré hacerlo, mira cómo me tiembla la mano.

–La verdad sea dicha– reflexionó Roberto, –cuando pienso que el precio de mi libertad es la vida de otro...

–Si me obligas a mí a hacerlo el peligro será mucho mayor, porque no sabré medir el golpe...

–Prefiero morir mañana entre cuatro caballos– Roberto parecía otra persona, ¿querría demostrarme acaso lo que significa dar ejemplo vivo de espíritu cristiano? –Me habría gustado volver a ver a mi familia, a la vieja Larissa, a los niños...

–No los volverás a ver– lo interrumpí con sequedad; sentí un nudo en la garganta, pero era mejor decirlo ahora que más tarde o nunca. –Todos están muertos, Roberto, ¡y todos tenían una cruz marcada en la frente!

–¡No es verdad, William! Lo dices para que olvide mis propósitos y haga lo que tú me exiges.

No conseguí responderle, pues en lo alto de la escalera apareció el farol de nuestro carcelero, quien empezó a bajar golpeando con su pata de palo los escalones. El hombre abrió las rejas de nuestra celda y entró.

Tal como habíamos acordado, Roberto empezó a gimotear:

–¡Mi cuello!– El lamento parecía auténtico, pero Guiscard se dirigió a mí.

–¡No hagas tonterías, William!– siseó. –Y sobre todo, no hagas ruido– dijo reduciendo la mecha del farol. –Os he escuchado y he decidido huir con vosotros. Hay cuatro caballos preparados delante de una puertecilla lateral de la muralla. A Gersenda la mandé salir del edificio en cuanto el inquisidor hubo bebido el vino. Siempre toma muchas precauciones, pero esta vez olvidó hacerme beber a mí primero...

–¡No perdamos tiempo!– interrumpí las explicaciones de aquel alma cándida. –Creo que tendremos mucho que decirnos una vez hayamos dejado atrás Cortona. Aunque en este instante tengo que cumplir con una necesidad que hace tiempo me está tentando.

Guiscard pensaría que se trataba de una necesidad física; recorrí tropezando los recintos abovedados, que a este lado me eran desconocidos, hasta encontrarme delante de la puerta de hierro; pero por mucho que me esforcé por descubrir en la penumbra el lugar indicado, por mucho que palpé las paredes tanteándolas y prestando atención al sonido con que respondían al toque de mis nudillos, no hallé el escondite. El viejo albañil había trabajado demasiado bien. De modo que regresé desilusionado hacia donde me esperaba Guiscard.

–Gersenda se esconderá con unos parientes en el campo, donde nadie pueda encontrarla– siguió el viejo con sus explicaciones mientras nos llevaba por un pasillo de escasa altura que conducía por debajo del castillo hacia una puerta.

El aire nocturno era fresco y transparente como el hielo. Gersenda ya nos esperaba montada a caballo. Me tendió una bolsa llena de provisiones.

–Os conozco bien, hermano– cloqueó. –¡Siempre estáis hambriento!

Cogimos los caballos por las riendas y salimos cruzando por la hierba hasta quedar fuera del alcance de los oídos de los habitantes del castillo. Gersenda nos hizo una señal de despedida y Guiscard se lo agradeció enviándole un beso galante con la mano. Después ella tomó la dirección de Umbría; yo quise seguirla, pero Guiscard me retuvo por las riendas.

–Eso es exactamente lo que pensarán nuestros perseguidores. Iremos en sentido contrario, nos dirigiremos a Pisa y allí tomaremos un barco.

–¡El doble de camino!– quise rebelarme.

–La mitad de camino, William; cuando se trata de un viaje por mar debes confiar en este viejo normando.

De modo que nos apresuramos a cabalgar hacia el oeste, atravesando la Toscana. Avanzamos a caballo el resto de la noche, dejando Siena a un lado. Cuando salía el sol acabábamos de rebasar Poggibonsi. Guiscard propuso dejar que los caballos bebieran en una fuente. De repente estalló en una risa clamorosa.

–¡Ay, William!– exclamó. –¡Todo ha sido una comedia! ¡Sólo que, de no haberte convencido para huir esta misma noche, Roberto lo habría pasado mal.

–Fui yo quien lo convencí para que huyéramos– me indigné, pero Guiscard se rió aún más.

–¿Y quién te ha llevado a ti a pensarlo? ¡El propio Vito! Hizo cuanto pudo para que te decidieras a huir esta misma noche...

–Perdóname, William– intervino en este punto también Roberto, y su voz sonaba alegre –que te haya engañado con esa historia del descuartizamiento, aunque tú también te has lucido contando cuentos...

–Roberto– dije muy serio, –que más quisiera yo que no fuera más que una mala broma, y tal vez incluso no debería habértelo dicho, pero es la pura verdad: ¡los han matado a todos miserablemente!

Roberto me miraba con el rostro desencajado.

–¿Mis primos? ¿Mis primas? ¡Los pequeños!

–Todos– le dije; –los he visto colgados. ¡Debe haber sido hace unos dos meses!

–¿Tambien Larissa?– Hice un gesto afirmativo, y Roberto, el hombre fuerte, rompió a llorar.

–No te mentí, William; la verdad es que jamás he hecho daño a nadie, ya sea persona o animal. Siempre he soñado con vivir en el campo, con el trabajo de mis manos y con los frutos del campo, con una buena mujer a la que pudiese amar y cuidar y que fuese cariñosa conmigo...– de nuevo le sacudieron los espasmos y las lágrimas. –Ese monstruo me ha dejado marcado; ahora se me cerrarán todas las puertas, no tengo adonde ir... ¡preferiría haberme ahogado!

En ese momento tuve una idea:

–Roberto– le dije, –¿volverías a encontrar el mismo lugar donde caíste a las aguas en aquella garganta...?

–¡Claro que sí!– me miró con aire interrogador. –Construye un puente nuevo o busca alguna otra manera de cruzar; asciende por la senda que conduce al puerto de montaña y, cuando vuelvas a bajar por el otro lado, estarás en el *punt*, donde viven los *saratz*. Pregunta por casa de Xaver y Alva. Tienen una única hija: se llama Rüesch-Savoign. En cuanto la veas, te enamorarás. ¡Serás su pretendiente, te casarás con ella y podrás vivir esa vida que siempre has deseado!

A mí también se me saltaron las lágrimas mientras le hablaba del paraíso perdido en las montañas. ¿Qué habría sido de Rüesch? ¡Cuántas veces había deseado volver con ella y cuánta vergüenza había llegado a sentir! Ahora se me ofrecía la ocasión de dar una vuelta a la rueda del destino, de remediar mis propios errores y enterrar mis infamias bajo una alfombra de nieve.

–¿Tú la querías?– me preguntó Roberto con delicadeza. –¿Cómo podrá quererme entonces a mí, y más ahora que llevo una cruz marcada en la frente? Además, ¡jamás podré llegar hasta ellos!

De nuevo se mostraba desesperado. Me quité el hábito de franciscano y se lo tendí.

–Baja la capucha hasta tapar la frente y nadie verá esa cruz. Todo el mundo creerá que eres especialmente humilde y devoto. ¡A Rüesch le gustará la cicatriz!– intenté animarlo. –Roberto, dirás que eres mi hermano. Me encontraste cuando caí con las abarcas desde una roca partiéndome los huesos. Me has cuidado durante tres largas semanas, pero todo fue en vano. He muerto en tus brazos. Mis últimas palabras fueron éstas: "Busca a mi pequeña novia Rüesch-Savoign, a la que he faltado gravemente, y pídele que perdone en el nombre del Mesías a su pobre William, quien ahora le envía a su hermano más querido para que ocupe el lugar que el egoísmo, la irracionalidad y ahora tambien el destino han negado al pobre William de Roebruk, ya muerto."

–Jamás sería capaz de pronunciar un discurso tan bonito– se lamentó Roberto.

–Pues di simplemente: "¡William está muerto y lo siente mucho!"– propuso Guiscard. –Adelante, ¡tenemos que seguir!

Roberto me entregó su chaqueta y su pantalón, y yo le dije:

–Deja que te guíe tu buen corazón. ¡Lo conseguirás!– Le abracé en señal de despedida y él partió a caballo tomando la dirección del norte.

–¡Mejor será que te dejes guiar por la pirindola!– gritó Guiscard a sus espaldas. –¡Es el mejor consuelo para una viuda!– Tuve la esperanza de que a Roberto ya no lo alcanzara el consejo.

–Supongo– dijo Guiscard mientras seguíamos trotando en dirección a la costa –que eres capaz de cabalgar y de pensar al mismo tiempo– Sacó de sus ropas un escrito sellado, en el que reconocí la marca de los Capoccio. –No hace falta abrirlo– rió Guiscard; –está dirigido al comandante del puerto de Ostia y le ordena poner un barco a tu disposición. ¡Apuesto a que también ordena que sea el barco más lento que tenga a mano!– Yo no entendía nada. –Vito quiere ciertamente que llegues hasta Otranto y que te figures que lo estás realizando con la máxima rapidez que tus medios te permiten; en realidad, sin embargo, quiere que tu viaje sea tan lento como para que él pueda llegar allá antes que tú.

Yo seguía sin comprender, y por tanto contesté, medio confundido:

–¡Pero si no estamos cabalgando en dirección a Roma!

–¡Ya veo que hacer las dos cosas a la vez te resulta difícil, William!

–Lo mejor, Guiscard, será que me cuentes la historia por el principio. ¡Empieza por tu pata de palo!

El amalfitano se echó a reír y se tocó la pata de madera.

–Su antecesora primero se volvió azul y después negra; yo sabía que era gangrena y que tendría que morir, pero Gersenda hizo venir esa misma noche a un médico árabe de Arezzo, junto con sus ayudantes y sus utensilios. El médico dijo: "Si esperamos tres horas más habrá que ponerle una pierna de palo; otras tres horas más aún y tendrá tieso todo el cuerpo: entonces lo que necesitará será un ataúd de madera. En cambio, si procedemos ahora mismo podrá conservar la movilidad de la rodilla." Así lo hicieron y me quedé con Elía en calidad de bodeguero, porque el *bombarone* sabe apreciar un buen vino y yo estaba de acuerdo con el trabajo. Después el emperador lo llamó a su lado, porque necesitaba un consejero fiel y no podía confiar en muchos de los que lo rodeaban. Los fieles del Papa parecían haber esperado ese instante, pues apenas se alejó cuando cayeron sobre nosotros. Según parece, Vito estaba buscando algo o alguien; revolvió arcones y cajas sin encontrarlo, al menos eso creo. Gersenda me presentó como antiguo servidor de la casa y él se tragó la mentira. No tardaste en llegar tú. En el instante en que te estaban colocando los hierros en el patio llamó a Roberto, a quien solía llevar consigo como a un perro atado, y me ordenó encadenarlo en la misma celda como si fuese otro preso para que te dieras cuenta del destino que te esperaba. Además, te tenía ya tan atemorizado que era de esperar estuvieses maquinando algún truco para huir. En realidad es lo único y lo más urgente que desea conseguir Vito: que corras presa del pánico hacia donde está la condesa procurando que ella y sus fieles se asusten y huyan apresurados.

–¿Cómo no iba a alarmarme en vista de lo sucedido con el pobre Hamo y de la traición de Elía?

–William– me dijo con alegre reproche, –sigues sin entender: ¡ni tienen a Hamo en sus manos, ni Elía ha hecho causa común con ellos! Los dos ignoran lo que sucede. Son puras invenciones de Vito destinadas únicamente a reblandecerte. ¡Tú eres la única llave de que dispone!– El amalfitano me miraba compasivo al ver que tardaba tanto en comprender. –"Me imagino", le dije al señor Vito una vez montado el escenario en el calabozo con ayuda de Roberto y algunos soldados y cuando él se mostró satisfecho del montaje, "que es probable que vuestro Roberto pueda representar creíblemente durante unas pocas horas el papel de condenado a muerte, ¡pero ello no garantiza la huida ulterior y el cumplimiento de vuestro verdadero objetivo!" Entonces Vito me tomó confianza y opinó: "Es una lástima que tú, que estás medio inválido..." Respondí en un alarde de vulgaridad, pues es el lenguaje que mejor entiende. "La presión de mis muslos sigue siendo suficiente para dominar a cualquier caballo y a cualquier mujer. Soy capaz de transportar a ese William a donde vos deseéis, ¡aunque sea al mismísimo infierno!" Entonces me tendió la mano y una bolsa llena de oro. "A ese tonto de Roberto lo liquidas de una puñalada en el corazón en cuanto haya cumplido con su parte; a William, en cambio, lo conduces a Ostia y lo llevas a presencia del comandante del puerto, junto con una carta sellada que te entregaré. ¡Después regresas y tendrás otro premio generoso por tu ayuda!"

Llegados a esto interrumpí a Guiscard:

–Apuesto a que en la carta también ordena que el acompañante de William sea liquidado sin tardanza.

–Puede que sí, pero eso no tiene importancia porque las cosas se desarrollarán de otro modo. Ya te lo explicaré cuando estemos en Pisa; ahora debemos apresurarnos, pues la rapidez es la primera condición para cualquier truco de magia: de ello depende la sorpresa del público. Al fin y al cabo, no vamos a robarle el factor sorpresa al señor de Viterbo, puesto que nos ha pagado por conseguirlo.

Así que clavamos las espuelas a nuestros caballos y alcanzamos Pisa aquella misma noche.

DISGUSTO EN OSTIA

Castel Sant'Angelo, primavera de 1247

Los dos frailes habían arrastrado el armazón con la escalera hasta la pared central del *mapamundi*, allí donde se extienden arriba los países de origen germánico y se añade después, con Lombardía, la bota italiana al sacro imperio romano-germánico.

–Es una lástima– se quejaba en voz alta el fraile que llevaba hábito de franciscano –que justamente ahora, cuando estaban dispuestos a coronar al *landgrave*, llegue corriendo ese horrible Conrado dándose golpes en el pecho y la cabeza como un miserable y les haga dispersarse a todos...

Su colega, un dominico, retiró con frialdad la bandera y la figura del jinete real del mapa de Turingia y los dejó caer en el cesto que tenía a sus pies.

–El *landgrave* Raspe no tuvo el valor de sostenerse frente a Federico y su hijo; el miserable se escondió para lamerse las heridas...

–Murió con el corazón dolorido– se lamentó el minorita. –Es una desgracia terrible.

Su compañero insertó, sin inmutarse, una nueva figura simbólica en el territorio del condado que había quedado huérfano.

–El duque de Brabante– prosiguió su exposición –tomará posesión del territorio con el pretexto de querer proteger a su hija, esposa del fallecido, pero tal vez quiera también...

–*¡Retirad de inmediato al de Brabante, Simón de Saint-Quentin!*– se oyó una voz desde lo alto. El "cardenal gris" se había acercado al emporio y escuchaba la discusión. Los frailes se asustaron y obedecieron la orden. –*¡Guillermo de Holanda es quien más cerca está ahora de nuestro corazón! Tenedlo* in pectore.

Los dos se apresuraron a remover el contenido de sus cestas en busca del candidato deseado, mientras la mirada del magro personaje dotado de una máscara gris se dirigía ya a los territorios situados al norte de Italia.

–Ha llegado el momento de mostrarnos benevolentes con la ciudad de Parma– dijo al franciscano. *–Recordádmelo de aquí a dos meses.–* El minorita se encogió como si lo hubiesen golpeado.

Bajo los arcos se presentó un hermano portero:

–Ha arribado Vito de Viterbo– anunció con timidez.

–¡Llevadlo al Archivo de asuntos del imperio! Y que me espere allí!– El "cardenal gris" arrojó otra mirada descontenta al Mediterráneo y se alejó de la balaustrada metiéndose por una puerta que abrió junto a una de las columnas y que desde abajo no se podía ver.

Los cartógrafos no se atrevieron a levantar la vista antes de haber aplicado una banderita y una cruz a la ciudad de Parma.

–No le ha parecido digno de mención que el emperador haya conseguido que el sur dé la bienvenida y jure fidelidad a su hijito Carlotto– se burló en un susurro Simón demostrando mayor frialdad de ánimo que el otro.

–No le habrá gustado– Bartolomeo intentó, más temeroso, justificar la actitud de su amo y señor.

–En cambio, sí le habrá gustado al rey de Inglaterra, puesto que la criatura es hijo de su hermana.

Una vez en el Archivo de asuntos del imperio, Vito empezó a pasearse intranquilo entre los altos estantes.

–Sed comprensivo, eminencia– rogó en voz alta dirigiéndose hacia la estancia vacía, pues estaba acostumbrado a que su superior, aunque invisible, lo estuviese escuchando; –tengo poco tiempo y hoy mismo necesito partir desde Ostia...

–¿Cómo es posible que estés ya de regreso?– graznó la voz temida directamente detrás de él. El "cardenal gris" había entrado en la estancia sin hacer ruido a través de una de las estanterías cargadas de libros y mostraba en esta ocasión su rostro. –¿Acaso no te ordené que acabaras con la banda de sarracenos que habitan allá arriba en los Alpes?

Rainiero de Capoccio, diácono cardenal de Santa María in Cosmedino, se presentó vestido de ornato. Y nadie habría sospechado que fuese el mismo "cardenal gris", el misterioso guarda del Patrimonio de San Pedro, vigilante de sus gracias y sus desgracias. Era un hombre alto, de rasgos marcados y cabello gris, pero de cuerpo elástico que no revelaba su edad, aunque ésta pudiera estimarse entre finales de los cincuenta y principios de los sesenta.

–Ya no hace falta– intentó defenderse Vito, –puesto que William de Roebruk ha caído en mis manos en Cortona. Jamás estuvo en tierras de los mongoles...

–¡Lo sé, estuvo con los *saratz!*– El viejo Capoccio había tomado asiento en la única silla, de modo que Vito tuvo que quedarse de pie delante de él, como un novicio. –¿Qué te llevó a acercarte a Cortona?– El cardenal no estaba de buen humor; más bien le disgustaba tener que batallar con las ocurrencias independientes de Vito cuando decisiones mucho más importantes esperaban. –¡Contesta!

Vito no tuvo la sensibilidad necesaria para estimar correctamente la situación.

–Quise saludar a Elía, puesto que tiene una excelente bodega.

–¡Tú estás loco! Precisamente cuando estamos preparando en secreto su retorno al seno de la Iglesia vas y saqueas su castillo...

–¡Yo tengo a William!– intentó defenderse Vito, demasiado convencido del valor de su hazaña como para omitir sacar de nuevo a relucir su triunfo.

–¡Enséñamelo!– Capoccio, que tenía la cabeza puesta en la solución de otros problemas muy diferentes y mucho más actuales para la Iglesia, empezaba a perder la paciencia. Pero Vito seguía sin comprender que su captura no representaba en aquel momento ninguna victoria y mucho menos una razón para mostrarse triunfante.

–¡Mejor aún! ¡Ahora mismo está camino de Otranto, por intervención mía, para que la condesa y esos niños salgan volando del castillo como murciélagos asustados por la luz del sol!– Vito creía que su propio entusiasmo era la medida de todas las cosas. –De ahí que yo tenga que partir también de inmediato...– terminó al fin su discurso.

Capoccio miraba a Vito y sacudía la cabeza; miraba a ese hombre que era hijo suyo y debería estar comportándose como un adulto. ¡La luz del sol! ¿Es que ese personaje horrible jamás maduraría hasta adquirir la superioridad intelectual que debía distinguir a un Capoccio? La verdad era que durante el resto de su vida tendría que lamentar aquel mal paso.

–¿Y quién te garantiza– se esforzó por que sus palabras sonaran benevolentes, aunque no pudo impedir que estuviesen cargadas de sarcasmo –que el tal William de Roebruk, una vez en libertad, se dirija directamente a Apulia?

–He procurado calentarle el cerebro– Vito estaba harto de que el viejo lo siguiera tratando como a un imbécil. –Lo he empujado a apresurarse con la amenaza y el aviso de que Elía partiría para Otranto...

–¡Buen chiste!– el cardenal hervía de rabia.

–...y he comprado al bodeguero del *bombarone*, un hombre de toda confianza– prosiguió Vito sin inmutarse, –para que lo embarque en Roma en la nave más lenta que pueda encontrar. De este modo llegaré con nuestra flota a Otranto mucho antes que él y podré sorprender a la trirreme– Vito esperaba obtener al menos ahora algún reconocimiento de su capacidad estratégica.

–¡El bodeguero! Debes de haber bebido tanto vino allí que se te ha reblandecido el cerebro– gruñó el viejo. –¡Te daré dos barcos, ni uno más!

Se oyeron unos toques de nudillo en la puerta y la voz del hermano portero anunció la presencia del legado Andrés de Longjumeau.

Vito comprendió por qué el cardenal lo había recibido vestido con todo su ornato. En el fondo, él siempre había odiado esas tácticas, que se creían inteligentes. Quiso despedirse, pero el viejo lo mandó quedarse.

Entró Andrés, seguido por el hermano portero, quien arrastraba un sillón para que el legado pudiese tomar asiento. Vito seguía de pie.

–¿No os envié a Mateo de París hasta Ostia– comenzó el cardenal después de saludarlo e intercambiar el beso fraterno, aunque no consideró necesario presentar a Vito –para que os procurara de inmediato un barco que os trasladara sin pérdida de tiempo a Lyon a la presencia del Santo padre, que os está esperando ansioso?

El legado se mostraba excitado por colocarles su historia; no hizo uso del asiento ofrecido.

–Es cierto, también Mateo estaba esperándome en el muelle. Acababa de saludarme cuando de repente exclamó: “¡Me parece que veo fantasmas o malos espíritus! ¡Allá enfrente camina William de Roebruk! ¿Cómo es posible que haya regresado ya de la corte de los mongoles? Venid, Andrés, ¡vamos a saludarlo y a detenerlo de inmediato!" Yo contesté: "Buen Mateo, ¡procuradme primero un barco y después detened a quien queráis!" Pero Mateo no quiso escucharme, me dejó simplemente plantado– el legado, indignado, no ocultaba su irritación, –y lo vi correr sin reparos hacia el franciscano y cogerlo con amabilidad por el brazo para alejarse después los dos charlando y paseando, como si yo no existiese, en dirección al comandante del puerto. Veo que el tal William saca un documento y lo tiende al comandante; éste rompe el sello y lee lo escrito por dos veces, después llama a los soldados de la guardia y hace detener a Mateo, aunque éste gritaba a voz en cuello que se trataba de una confusión: que William de Roebruk era el otro. En cambio el comandante trató a éste con exquisita amabilidad y lo condujo a un barco que yo jamás habría tomado, porque era el carguero más viejo que había en todo el puerto. Yo empezaba ya a perder la paciencia, pero el comandante se mostró muy obstinado. "¡Es el último barco que tengo disponible, señor legado!", insistió en afirmar con insolencia. "Le recomiendo que busque albergue en Roma durante unos días. En cuanto se produzca la oportunidad de un pasaje, excelencia, os daré el oportuno aviso." "¿Y aquel otro?" y señalé un esbelto velero que esperaba listo para zarpar, con las velas desplegadas. "¡Ha sido apalabrado para una misión especial!", me despachó aquel insolente. "¡Soy legado papal" –le espeté– "y estoy indignado! Primero la pérfida Serenísima no me deja desembarcar en *terra ferma* para proseguir mi viaje a través de Lombardía..." Pero él me interrumpió: "Los venecianos son inteligentes y no quieren que un legado se vea expuesto inútilmente a los peligros que acechan." Y yo: "...después Venecia me obliga una vez más a realizar un viaje en torno a toda la bota italiana, pagando el doble del pasaje normal y navegando por aguas del emperador, ¡para dejarme finalmente tirado en Ostia a causa de los pisanos! Y para terminar: vos, señor comandante, me tratáis como a un..." Me faltaron las palabras, pero aquel bruto se atrevió a completar mi discurso: "¡Os trato como a un legado bastante despistado que no ha sido capaz de tomar un barco genovés ya desde Tierra Santa!" "¡Descarado!" "¡Si lo deseáis, podéis presentar queja!" Es lo que pretendo hacer en este instante.

Andrés de Longjumeau quiso dejarse caer en el sillón, pues el relato de los sufrimientos padecidos le había cortado una vez más la respiración, y en cierto modo también para expresar su decisión indignada de seguir sentado allí sin moverse hasta que el cardenal remediara la situación. Pero lo que éste hizo fue incorporarse de un salto y rodear con un brazo los hombros de Andrés antes de que pudiera sentarse.

–Os daré el mejor barco posible, y tendréis satisfacción completa por todas las penalidades que habéis sufrido en nombre de Cristo.– Con estos cumplidos lo acompañó hasta la puerta.

Vito quiso seguirlos, pero el cardenal cerró la puerta delante de sus narices. La llave giró dos veces en el cerrojo haciéndole comprender que desde ese mismo instante se habían acabado las bromas. Aunque él y el viejo habían cruzado más de un guiño divertido mientras escuchaban las lamentaciones del legado, a partir del momento en que se enteró de la detención de Mateo el cardenal volvió a ostentar la misma máscara rígida de siempre.

Vito se acurrucó en el sillón, ahora libre, que había estado destinado al visitante, y enterró la cabeza entre las manos.

Pero el diácono cardenal de Santa María in Cosmedino, Rainiero de Capoccio, señor de Viterbo, no consiguió deshacerse sin más del legado papal.

–¿Dónde se encuentra ese barco que acabáis de prometerme?– se apresuró éste a reclamar sin más. –Llevo cartas importantes para entregar al Santo padre…

–¿Qué me decís?– respondió el cardenal. –¿Os referís a la carta que habéis sustraído a Lorenzo de Orta?

–Se la cambié– lo corrigió el legado. –¡Lo hice con mis propias manos!– proclamó, y sacó triunfante de sus faldones el escrito dirigido al Papa.

–¿Me lo dejáis ver?– preguntó el cardenal, lleno de desconfianza.

–¡Cuidado! ¡No dañéis el sello!– Andrés le tendió el *corpus delicti* con dedos largos y tiesos. Apenas hubo arrojado una mirada al sello el cardenal estalló en una risa sardónica. Puso debajo de las narices del legado la marca del suyo propio.

–¿Es éste el sello del sultán de El Cairo?

Andrés estaba pálido como un muerto.

–¡Imposible!– tartamudeó. Observó aterrorizado cómo el cardenal rompía el sello y abría el rollo. Del pergamino salió volando un papel que el cardenal levantó del suelo, pasando a leer:

–"William de Roebruk saluda a Mateo de París..."

En el mismo instante se le cortó la risa al cardenal. Arrugó el papel y lo arrojó junto con el pergamino a los pies del legado. Después dio media vuelta y abandonó el recinto sin saludar.

Vito seguía sentado en el Archivo de asuntos del imperio y se entretenía en recriminarse a sí mismo. Había sido su maldita vanidad, su orgullo por querer demostrarle su valía al viejo, lo que lo había movido a presentarse en el Castel Sant'Angelo para informar primero en lugar de dirigirse sin más a Ostia...

–Estoy esperando– resonó la voz, fría como un témpano, en la habitación. *–¿Qué querías decirme aparte de que intentaste poner la mano sobre mi* Laus Sanctae Virgini?

Antes de que Vito pudiese contestar –sabiendo lo caprichoso que solía mostrarse Capoccio cuando se trataba de su velero, cuyo uso no cedía ni siquiera al Papa– volvieron a oírse unos toques de nudillos en la puerta.

–¡El secretario del comandante del puerto!– avisaron. –¡Es urgente!

Vito vaciló:

–¡Que informe!– llegó en tono áspero la orden, aunque sin levantar la voz. Se abrió el cierre de la puerta y entró el secretario. Era éste un hombre mayor y acostumbrado a presentar sus recados sin grandes circunloquios:

–El comandante del puerto os envía aviso: el barco entregado en cumplimiento de vuestras órdenes a William de Roebruk ha sido hundido y bloquea ahora la salida del puerto.– No prestó atención a la palidez cenicienta que reflejaba el rostro de Vito, y prosiguió: –Un velero pisano rápido, que de repente se presentó por el lado del mar, recogió a William de Roebruk. ¡Después emprendió viaje en dirección al sur!

El cuerpo desgarbado del de Viterbo se hundió en el sillón; ya no era más que un cúmulo de miseria.

–El comandante del puerto se permite añadir lo siguiente: ha reconocido al individuo que asaltó, junto con otros compinches, el barco en cuestión abriendo agujeros en el casco por medio de hachazos hasta conseguir hundirlo, pero no antes de que ese mismo barco efectuara una arriesgada maniobra de giro para embestir a la *Laus Sanctae Virgini* y abrirle el costado: era Guiscard el amalfitano, antiguo y tristemente célebre pirata, el mismo que hace dos años asaltó el puerto y lo cruzó con barcas de tipo alargado para subir por el Tíber hasta llegar aquí, al castillo. El señor comandante está seguro de haberlo reconocido, aunque ese hombre lleva ahora una pata de palo.

El secretario había terminado de hablar y miraba esperanzado a Vito, que a su vez le devolvía la mirada como si estuviese viendo visiones, como un esqueleto que acaba de salir de la tumba. Después lo señaló con un dedo puntiagudo como si fuera a clavarle una lanza. Cuando finalmente Vito volvió a ocultar la cabeza entre las manos el secretario se apresuró a trazar en secreto y atemorizado el signo de la cruz.

–Por lo demás– añadió una vez se hubo repuesto, –el señor comandante ruega, en vista de las extrañas circunstancias que se están produciendo, que le confirmen la orden de ejecución del acompañante de William de Roebruk. Éste afirma ser Mateo de París, y jura que debe tratarse de una confusión...

–*¡Veinte garrotazos!*– se escuchó una voz que asustó profundamente al secretario. –*¡Y que después lo envíe hacia aquí!*

El secretario se inclinó en la dirección desde la cual le pareció haber llegado la voz, después otra vez ante Vito, y no se sintió tranquilo hasta haber traspasado el umbral. Una vez más se escuchó el doble giro de la llave.

–Ya veo cómo escoges a las personas de tu confianza– la voz parecía llegar de lejos a pesar de que el cardenal había ocupado de nuevo su sitio. Se sentía incapaz de ocultar su inmensa desilusión, pero la tristeza que lo embargaba no anunciaba nada bueno: no se sentía inclinado a la benevolencia; más bien estaba pensando en un duro castigo para aquel desgraciado ser de su propia sangre.

Había que cortar un lazo que duraba ya toda una vida. El *taglio*, pensó Vito, el corte definitivo sería ahora irremediable; la cuestión era dónde sería aplicado. *Testa o croce*. En el primer caso –el corte de la cabeza– la sentencia sería definitiva; en el otro tendría que llevar la cruz para siempre.

–¡Castígame!– dijo Vito. –Me he jugado la vida.

–Mil latigazos serían pocos y no podrían compensar el dolor que me has causado, Vito; cada día de tu existencia ha sido un castigo para mí. Tengo que poner fin a esto– y su voz sonaba cansada y vacía; –ya no me veo capaz de inventar una reparación.

–Dame un barco y no apareceré más ante tu vista a menos que estés dispuesto a aceptar las cabezas de los niños en lugar de mi cráneo imbécil. Intentaré...

–Sabes, Vito– suspiró el anciano, –jamás comprenderás qué es en realidad lo esencial, lo importante. Lo que sucede es que no eres el hijo que siempre deseé, sino un simple bastardo. Comprendo que también es culpa mía, y seguramente interviene mi mala conciencia si te digo que no quiero verte más...

–No perdamos el tiempo, pues...– Apenas supo que había salvado la cabeza, Vito ya no pensaba más que en la presa que se le estaba escapando. El cardenal volvió a reír.

–Eres incorregible, en esto sí eres un Capoccio; se te ha olvidado que, gracias a tus increíbles avisos, los angelitos hace tiempo que habrán volado.

–Aún puedo alcanzarlos...

–No, no puedes, ni es necesario. La Iglesia no puede perder el tiempo como lo pierdes tú, pues tu forma de pensar le es ajena. Los niños no representan un peligro para ella como tales criaturas: el peligro y la amenaza nacen de los proyectos de aquellos que los tienen en su poder.

–¿Los queréis vivos, o muertos?– Vito intentaba sembrar esperanzas que garantizaran su propio futuro.

–Aún no lo sé– murmuró el "cardenal gris" después de pensarlo algún tiempo. –Mientras yo esté vigilando el destino de los sucesores de san Pedro podré imaginarme incluso su eventual utilidad para nuestro dominio sobre la tierra. Pero si yo llegara a faltar algún día y otros cerebros de pajarito, como el tuyo, consiguieran el poder de disponer las cosas, ¡entonces sí sería mejor que los infantes estuviesen muertos!– Y el anciano rompió a reír de tal modo que Vito consideró posible que la risa lo ahogara.

–Es decir, concedes a mi cerebro de pajarito la libertad...

–Condicional– le comunicó el cardenal fríamente. –Viajarás en el próximo barco disponible, el mismo que lleve al legado Anselmo de Longjumeau hacia el mar Negro, a Tabriz, para que presente sus cumplidos al kan Baitchú.

–¡Os lo agradezco!– exclamó Vito satisfecho, y se dejó caer directamente del sillón al suelo, sin arrodillarse, tumbándose de vientre como hacen los sacerdotes en la ceremonia de su ordenación. Mientras tanto, iba pensando que ya se las arreglaría con fra'Ascelino o Anselmo, el hermano menor de Andrés de Longjumeau, que acababa de regresar. Eran antiguos compañeros, aunque existía entre ellos una diferencia de edad considerable, o precisamente por eso: ¡al fin y al cabo era un dominico como él!

–Guardias– dijo la voz con indiferencia, –el señor Vito de Viterbo queda despojado de todos sus cargos y no dispone a partir de ahora de ningún poder de mando en el castillo, en el ejército o en el puerto. ¡Se le llevará encadenado a Ostia!

El secretario del comandante del puerto, que había estado esperando en la antesala como le habían ordenado y que mientras tanto estuvo dormitando un poco, despertó de sus ensueños y dio un salto cuando oyó la voz que ladraba directamente a su oído:

–Informad al comandante de nuestro puerto que adscriba a Vito de Viterbo, a partir de ahora mismo y despojándolo de todos los honores y derechos, al barco del legado Anselmo de Longjumeau en cuanto éste llegue procedente de Lyon. Durante los próximos seis meses trabajará como esclavo remero.

–¿Algún tratamiento especial?– preguntó el secretario con voz objetiva; estaba acostumbrado a cualquier cosa, incluso a la caída repentina de algunos señores que ayer mismo podían convertir en un infierno la vida de un humilde secretario como él.

–Sí– resonó la voz, pero ahora ya no directamente en su oído, puesto que él seguía respetuosamente de pie; –se le indicará al jefe de remeros que no deje salir al penado ni de noche ni en el puerto, y que lo tenga siempre vigilado, ¡sin olvidar el látigo!

–El señor legado Andrés desea ser llevado a Lyon, y el comandante había pensado...

–No– dijo la voz, –¡que espere! Nos importa que Vito de Viterbo inicie su viaje sin pérdida de tiempo.

WILLIAM, PÁJARO DE MAL AGÜERO

Otranto, primavera de 1247 (crónica)

Desde mi "huida" de Cortona y mi separación del forzudo Roberto me había ido fiando de la audaz planificación del amalfitano en lo referente a nuestro viaje hacia Otranto. Tras su aparición combativa en la bocana del puerto de Ostia donde Guiscard y yo fuimos rescatados de la nave papal mientras ésta se hundía, el rápido velero pisano no había hecho más que una breve escala en Messina, y después pasó de largo ante el golfo de Tarento poniendo proa al cabo de Leuca.

Guiscard insistía en que teníamos prisa:

–Tal como conozco a Vito de Viterbo– me confió a mí, que sufría las náuseas más horribles a causa de aquella furiosa cabalgata marítima, –hará que hundan del todo esa dichosa nave en el puerto para no perder tiempo y poder perseguirnos como un tiburón herido por el arpón.

–Sobre todo cuando se entere de que su fiel bodeguero es en realidad el timonel del mismísimo diablo– me quejé y pasé a vomitar por la borda esperando como siempre que aquélla fuese la última vez. Al fin apareció ante nosotros el torreón de Santa María di Leuca, que rodeamos en una maniobra temeraria, con lo cual mi estómago tuvo ocasión de volverse nuevamente del revés. Y, no obstante, conseguí sonreír resignado a mi torturador. Lo habíamos conseguido, ¡Vito no había podido atraparnos!

Habían transcurrido dos años desde que abandoné Otranto. En esta ocasión veía por primera vez desde el mar tanto la ciudad como la bahía y el castillo. La poderosa mole de este último parecía dormitar sobre las rocas y, si es verdad que visto desde tierra daba la impresión de ser inconquistable, al contemplarlo ahora desde el mar me pareció una fiera salvaje al acecho, de modo que cualquier nave que pasara debajo de la bestia se exponía a perecer bajo su zarpazo. Entonces vi salir la temida trirreme de la condesa del puerto fortificado. Tomaba rumbo directo hacia nosotros, traía las velas hinchadas, y un brillo asesino partía de sus remos.

El capitán pisano se apresuró a izar la bandera y la trirreme se puso a nuestro lado. Se cruzaron saludos sorprendidos cuando los soldados de la condesa reconocieron a su antiguo contramaestre, aunque éste llevara ahora una pata de palo. Para demostrar que no había perdido su antigua agilidad, parecida a la de un mono, el amalfitano agarró uno de los cabos que bajaban del mástil y se plantó de un salto, como los buenos piratas, en la trirreme, donde fue recogido por los brazos de los remeros, que le dieron la bienvenida arrojándolo por tres veces al aire.

El capitán pisano ancló el velero delante del muelle, pues Guiscard le había asegurado que la condesa pagaría nuestro pasaje. De modo que nos presentamos los tres ante Laurence, quien me dio la impresión de no haber cambiado en nada y no mostró mucha alegría al verme.

Aún no había conseguido expresar su malhumor con las palabras adecuadas cuando se abrió la puerta con un estruendo y entraron los niños corriendo:

–¡William! ¡William!

Casi me derribaron. Los que tres años antes eran unas pálidas e indefensas criaturas cuando los salvamos del Montségur se habían convertido en unos chiquillos tostados por el sol, fuertes y ágiles. La pequeña Yeza, insolente como siempre, hacía volar sus rubias trenzas e intentó dando un salto colgárseme del cuello.

–¡Si no tuvieses una barriga tan gorda, William!– bromeó. –¿Cómo hacen las muchachas para besarte? ¡Dímelo!

–Una muchacha que se precie– riñó Roç a su compañera, –deja que la besen a ella; y además, William no tiene que besar a nadie– se le ocurrió de repente desviándose del tema principal, –¡porque es un fraile!

–Eso no tiene nada que ver– intervino Clarion, –¡haced el favor de retiraros!

–¡Pero queremos que William venga con nosotros!– refunfuñó Roç, y Yeza agarró mi brazo como si no fuera a soltarlo jamás.

–William acaba de llegar y estoy segura de que pasará aquí la noche– intervino la condesa con gesto agridulce, –¡de modo que dejadnos en paz ahora!

Las doncellas ya estaban en la puerta enviando señales tímidas a los niños; era evidente que no se atrevían a agarrarlos sin más de la mano y llevárselos arrastrando.

–No parecéis precisamente un muerto de hambre– Laurence me dio un repaso con la mirada, igual que a su contramaestre, de cuyas aventuras éste al menos se había traído una pata de palo, mientras que yo no había hecho otra cosa que conservar mi barriguita. Después examinó con la mirada al capitán pisano, como si fuésemos mendigos. –¿Qué puedo hacer por vos antes de que prosigáis el viaje?

Apenas hubo pronunciado estas palabras cuando volvió a abrirse la puerta de golpe y de nuevo se presentaron los niños, arrastrando esta vez a la sala a un franciscano de edad madura que se defendía de la broma riéndose.

–¡Un amigo tuyo, William!– proclamó Roç esperando mi aprobación entusiasmada, pues no sabía que ninguna otra cosa era tan temible para mí como un encuentro con otro hermano de la misma Orden.

–Lorenzo de Orta– me lo presentó la condesa, –¡legado papal!– Lo reconocí en seguida. Cuando nos vimos en Parma me advirtió de la presencia de Vito y nos había ayudado a huir de la ciudad. Lo saludé con un guiño. –Éste es William de Roebruk, antiguo profesor del rey de Francia, aunque en este momento no sea más que un "evadido"– añadió la condesa con cierta coquetería.

El legado me saludó con gran amabilidad, pero sin revelar que nos conocíamos desde hacía tiempo.

–Por fin te veo cara a cara– dijo después con una risa franca, –¡Sabrás que eres el franciscano más buscado en oriente y occidente!– Después se dirigió a las damas, pestañeando mucho. –Y eso que tenemos algunos enemigos comunes, pero tambien tenemos amigas preciosas, ¡espléndidas representantes del bello sexo!– Yo hacía desesperados intentos para avisarle de que no fuera demasiado lejos con sus elogios. –Gersenda, la buena de Gersenda– prosiguió él, y sus palabras se desbordaban como un torrente, –y también Ingolinda...

–Niños– lo interrumpió la condesa, –¡a dormir!– La obedecieron, aunque Yeza no se abstuvo de añadir con voz entusiasmada:

–¡Y yo! Os habéis olvidado de mí, ¡yo también soy una buena puta!– Clarion procuró que la puerta se cerrara cuanto antes detrás de la insolente chiquilla.

–¡Ya tendréis ocasión de intercambiar vuestras historias de mujeres!– siseó Laurence. –Estamos acostumbrados a los resbalones de mal gusto de William, pero vos, Lorenzo, ¡deberíais avergonzaros! ¡A vuestra edad y en vuestra calidad de *legatus Papae!*

Mas, para gran satisfacción mía, mi hermano no se mostró ni avergonzado ni reprimido:

–El hecho de que Eros siga haciéndome compañía me parece un honor, tanto más cuanto que mi voto pretende mantenerme alejado de él como un ángel que blande la espada de fuego. ¡La lucha entre ambos es lo que me mantiene joven!

Laurence se había acercado con gesto brusco a la ventana; ella misma había empezado a mencionar el tema de la edad, y eso era lo que más rabia le daba. Se dirigió después, algo desentonada, al capitán:

–¿Y quién os paga a vos vuestros amores?

Antes de que el pisano pudiese contestarle furioso, ofendido en su honor, intervino Guiscard, quien hasta entonces y al igual que Clarion, se había mantenido callado soportando en silencio un espectáculo que le parecería penoso. Conocía bien a su señora.

–Hay que pagar a este hombre el pasaje de William de Roebruk desde Pisa a Otranto, y debe cobrar la tarifa fijada para veleros rápidos en misión especial.

La condesa tragó saliva:

–El contable pagará lo que exija– dispuso, –tanto para el viaje de ida como de vuelta. Se llevará consigo al señor legado y a William, devolviéndolos a Pisa. Desde allí pueden ir a ver al Papa o pueden irse al diablo, ¡como gusten!

–Sois muy bondadosa, condesa, pero en ambos casos el que tiene la palabra final es el tesorero de la curia, y ésta se lo puede permitir– la sonrisa de Lorenzo de Orta le llegaba de oreja a oreja mientras rebuscaba algo en sus bolsillos y el pisano se despedía con una breve reverencia, acompañado de Guiscard.

Lorenzo sacó tres cordones de cuero llenos de nudos y se los puso a Laurence debajo de las narices.

–Vuestro fiel amigo, el canciller Tarik, me pidió que los entregara en Lucera. No tengo tiempo de hacerlo por mí mismo. Además, mi intuición me dice que no significan nada bueno: uno de los cordones se refiere seguramente a nuestro amigo William, a quien Crean de Bourivan está buscando ahora, inútilmente por cierto, en el extremo norte del país. El segundo se refiere a vos, condesa, ¿o a los niños? Únicamente en lo que se refiere al tercero no estoy del todo seguro...

Laurence había palidecido a la vista de los cordones, pero se recompuso en seguida:

–¿Acaso no sabéis, Lorenzo de Orta, que uno de los cordones siempre se refiere al propio mensajero? Es la regla de los "asesinos", ¡y casi siempre significa la muerte!– Disfrutó al observar el susto que se llevó mi hermano, cuya liviana corona de rizos empezó a temblar un poco. –Pero puesto que habéis disfrutado de vuestra vida hasta avanzada edad puede que el ingreso en el paraíso no os resulte demasiado difícil– tendió su mano arrugada al legado para que la besara, –¡a menos que salga el ángel blandiendo una espada de fuego y os impida entrar!– Lorenzo volvió a guardarse indeciso los cordones de cuero y abandonó la estancia con aire pensativo. A mí en cambio ya no había nada que pudiese asustarme.

¿Por qué no emprender el viaje de regreso con Lorenzo, presentarme al rey y pedir que volviese a tomarme a su servicio, olvidando toda la historia como si no se tratara de otra cosa que de un simple resbalón? Mi hermano franciscano, que ahora ostentaba la categoría de legado, estaría de acuerdo en oírme en confesión si le relataba lo sucedido durante los tres años que había vivido "en pecado"; me mandaría por medio año, o tal vez sólo por tres meses, a hacer penitencia en un monasterio y después podría retornar a mis estudios en París...

–¿Qué más quieres saber, pájaro de mal agüero?– la voz aguda de la condesa me arrancó de mis lucubraciones.

–¡Vito de Viterbo, el esbirro de la curia, sabe que los niños están aquí!– intenté defender mi presencia indeseada.

–¡Claro, no tiene más que seguir tus huellas de elefante!– se burló Laurence de mí sin que al parecer la impresionara el peligro. –Los esbirros del Papa no se atreverán a atacar Otranto...

–Es el mismísimo demonio, no descansará y está ya en camino...– tartamudeé mi respuesta.

–¡Y eso lo decís ahora!– me espetó la señora del castillo, al fin fuera de sus casillas. –¿Estáis seguro?

–¡Tan seguro como puede estarlo un elefante!

Laurence no me observaba con mirada benevolente, pero al menos ya no parecía considerarme un moscardón gordo y molesto.

–Dejadnos solos– me ordenó, y se dirigió a Clarion.

–Ruega a William que espere afuera– le solicitó la muchacha a la condesa. –¡Pídele que no se vaya!– añadió disculpándose casi por el comportamiento de Laurence.

Yo no recordaba a Clarion de Salento tan seria y casi resignada en exceso teniendo en cuenta el papel que la vida le había otorgado hasta entonces. Ya debía pasar de los veinte años, pero aún no podía considerársela una vieja solterona. Le sonreí y abandoné la estancia.

Puesto que me habían solicitado que esperara delante de la puerta no tuve escrúpulos y me dispuse a escuchar lo que decían.

–Tengo noticias de Constancio, desde Foggia– aclaró la condesa. –Me dice que el emperador no pretende confiarme la educación de todos sus bastardos. Me pregunta si tengo la intención de establecer en Otranto un nido de reproducción de su propia sangre, ¡y a qué rebeldes contra él, Federico, quiero complacer!

–Mi padre y emperador no puede haber hablado así de mi persona.

–Pues lo conoces muy poco. Aún añadió si la de Salento es tan fea que no encuentra marido o si estamos esperando acaso a que él te busque uno.

–¡Por Dios!– Clarion se puso a temblar. –¡Es un monstruo! ¡Debemos huir!

Aunque yo, que había estado escuchando detrás de la puerta, tuve la clara impresión de que la condesa había transmitido a su hija adoptiva el mensaje del "halcón rojo" –mensaje que seguramente vendría disfrazado con otro discurso más amable y no con aquellas mismas palabras– acompañándolo de una malsana satisfacción que se traslucía con mucha evidencia, me pareció advertir que estaba un tanto dolida.

–Deberíamos tener en cuenta esa posibilidad... – convino.

–...antes de que el emperador exija la entrega de los niños– le tomó Clarion la palabra.

–Y antes de que se presente aquí el tal Vito. Yo no temo a los esbirros del Papa, ni por mar ni en tierra, pero no tengo ganas de gritos y alborotos. Si hasta la fecha Federico no se ha preocupado de nosotros, ¡lo hará ahora, pues sus nervios deben de estar a punto de estallar! Intervendrá para eliminar la causa de la disputa, cuyo matiz hereje de todos modos no le conviene, redoblando así sus esfuerzos por reconciliarse con la Iglesia...

–Probablemente enviaría a Elía...– expresó Clarion en voz alta sus pensamientos, y yo me asusté al pensar en la capacidad inventiva infernal de Vito; antes me había parecido una idea abstrusa.

–...a quien yo abriría la puerta sin sospechar nada– añadió la condesa con enfado. –¡Qué se ha creído esa gentuza! No pienso renunciar a Otranto; ¡veremos quién es capaz de arrebatármelo!

Yo estaba detrás de la puerta y me sentía orgulloso de la condesa de Otranto y su valiente obstinación por romper la telaraña tejida por el intrigante Vito. El emperador y los pocos fieles que le quedaban tenían otra cosa que hacer que destrozarse entre ellos. Ahora sólo hacía falta convencer a la condesa para que no me echara de Otranto como se ahuyenta a un perro. En aquel castillo era donde mejor podía guarecerme y también podía serles útil, ¡aparte de que los niños me adoraban!

Guiscard se acercó golpeando el pavimento de mármol con su pata de palo. A su lado caminaba un mensajero sarraceno. El rostro de Guiscard estaba serio y no prestó atención a mi visible curiosidad, sino que empujó al hombre por la puerta abierta sin anunciar su llegada. También esta vez pude escucharlo todo.

–En nombre del emperador– dijo el mensajero, –nuestro comandante os envía saludos y sus respetos. Un regimiento será trasladado de Lucera a este castillo para reforzarlo y os avisa que os preparéis para acoger al ejército de Elía, que será retirado de Ancona y se acerca ya navegando costa abajo.

En la estancia reinó durante unos instantes un silencio mortal. Después la condesa dijo con voz apagada:

–Dadle las gracias al comandante por su ayuda y decidle que puede disponer libremente de Otranto en nombre del emperador.

A través de la puerta, que se abrió para dejar salir al amalfitano y al mensajero, me llegó un hálito del terrible esfuerzo que estaba haciendo Laurence para refrenarse. Cuando los dos hombres se hubieron alejado lo suficiente por el pasillo la mujer estalló en una risa estridente que apagaba incluso los sollozos de Clarion.

–¡En nombre del emperador!– dijo la condesa con aire burlón. –Lo que no han conseguido el Papa y la curia, y no lo conseguirían jamás– su risa adquirió un tono de rabia infernal y yo tracé la señal de la cruz, –lo conseguirá Federico.

Después hubo un silencio.

–¿Qué haremos?– preguntó Clarion con timidez.

–Lo que haremos– dijo la condesa con tranquilidad –¡es partir para Constantinopla!– Abrió la puerta con tal violencia que casi caí tambaleándome hacia el interior. –¡Guiscard!– gritó hacia el pasillo, y después se dirigió a mí: –¡Tú vienes con nosotros!– No era una pregunta, era una orden. ¡De nuevo era la vieja "abadesa"!

–William puede ocuparse de los niños– propuso Clarion.

–¡Qué otra cosa iba a hacer!– mascculló la condesa, y se alejó gritando: –¡Guiscard!

Yo me retiré hacia las habitaciones de los niños. ¡Ay, William de Roebruk, iba pensando, *et quacumque viam dederit fortuna sequamur!* El estudio, la devota existencia en un monasterio, tendrían que esperar: ¡la vida me llamaba! ¡Constantinopla!

Desperté a las doncellas que dormían en la antecámara.

Yeza y Roç esperaban sentados rígidos y atentos en sus lechos. Aún no se habían dormido.

–¡Ya os podéis vestir!– reí al verlos. –¡Salimos de viaje!

–¡Oh, William!– Yeza se me arrojó jubilosa al cuello.

Roç me comunicó, mientras rechazaba la ayuda de la doncella para ponerse los calzones:

–Nada más verte, ya me imaginé...

–¡Yo he sido la primera en decirlo!– chilló Yeza, que en cambio permitía a la sirvienta que le trenzara la rubia cabellera. –Cuando viene William, siempre pasa algo.

–Con William siempre lo pasamos bien– convino también Roç. –¡Tengo que llevarme la espada!

–¡Yo tengo una navaja!– Yeza rebuscó en un arcón y sacó un curvo puñal árabe enfundado en una vaina primorosamente trabajada. –Está muy, muy afilado, ¡y es un secreto!

Roç se mostró consternado, aunque no le hizo el favor de interesarse por el admirador noble, aunque irresponsable, que había sido capaz de regalar a una niña un arma de ese tipo.

–Será mejor que lleves tus muñecas– le dijo con aspereza, y arrojó la espada de madera a un rincón. –En cuanto sea armado caballero tendré una espada de verdad.

–Antes te regalaré yo un arco y unas flechas– me sentí obligado a respaldar al muchacho, puesto que Yeza ya estaba declarando que habían pasado los años de jugar con las muñecas, a las que metió en su cama dándoles un beso a cada una y no desperdiciando después ni una mirada más en ellas. Se subió las faldas y se ató el puñal a las caderas para que nadie pudiese descubrirlo.–¡Guiscard el amalfitano es un arquero magnífico y te enseñará!– le dije a Roç, que seguía indeciso sin saber qué llevarse.

–¿Me lo prometes?– dijo Roç, y me tendió la mano. En los rabillos de sus ojos asomaba un extraño brillo.

–Palabra de honor– le respondí, y los saqué de la habitación mientras las doncellas iban llenando un baúl con las ropas de los niños.

Yeza saltaba por delante de nosotros. Aunque la noche estaba muy avanzada –incluso creo que ya era de madrugada–, el castillo zumbaba como una colmena y sus habitantes se movían como en un hormiguero en el que un caminante –¿tal vez yo mismo?– hubiese metido el bastón. Por todas partes se veían criados que arrastraban arcones y bultos y cargaban con ellos. Me dirigí con los niños hacia el puerto, donde descansaba la trirreme. El mando había sido transferido al amalfitano. El que hasta entonces había sido capitán, un normando francés que poseía la plena confianza de la condesa, tendría en ausencia de ésta el mando en el castillo.

Guiscard, con su pata de palo bien plantada en la proa del barco, vigilaba el proceso de afilar los dientes del espolón. Introduje a Yeza y Roç a bordo con el ruego insistente de que no molestaran a la tripulación mientras estaba cargando, es decir: se abstuvieran de meterse entre las piernas de los hombres. Como Roç insistía en que le proporcionara de inmediato un arco y un carcaj lleno de flechas fui en busca de tales objetos.

El pisano seguía atracado en el muelle; su capitán charlaba con Lorenzo de Orta debajo de la popa de nuestra trirreme. Cuando se enteró del deseo urgente del muchacho le hizo señas a uno de sus hombres, que saltó sin más al agua y se acercó nadando al velero.

–Nosotros aguardaremos un poco– me explicó Lorenzo. –Creo que entre los dos podemos oponernos a cualquier flota papal,

¡tanto más cuanto que su nave capitana, la *Laus Santae Virgini*, que sí es rápida, habrá tenido que quedarse en Ostia con las alas rotas!– y se echó a reír.

El capitán pisano coincidió con él y recordó con alegría:

–¡Le hemos dado un buen revolcón a la doncella más querida de Capoccio! Os acompañaremos hasta el estrecho de Messina, desde donde llegaréis sin tropiezos a Palermo.

Preferí no decir nada. Posiblemente les hubiesen comunicado que nos dirigiríamos a ver al emperador en Sicilia. Lo más probable era que lo de Constantinopla sólo fuese conocido por mí y las dos damas que ahora bajaban los escalones una vez cargadas las últimas barricas de provisiones, los sacos y las cajas, y cuando ya habían embarcado todos los soldados y remeros.

La hilera superior de éstos levantó, a modo de saludo, los remos afilados en forma de lanza, que se encendieron con un brillo mate cuando quedaron expuestos a la luz roja y violeta del sol que empezaba a salir. ¡Hacia allá, hacia el lejano y misterioso Oriente, te lleva ahora el viaje, William! Seguirás estrechamente unido, incluso atado, al destino y la huida de esos niños que ahora ves en la proa junto a Guiscard. Yeza se agarraba a la pata de palo de éste.

La condesa subió a bordo seguida de Clarion. Estaba a punto de dar la señal de partida cuando emergió entre las aguas del puerto un marinero pisano que sostenía entre los dientes un arco más bien pequeño, de una extraña forma redonda curvada sobre sí misma, además de un carcaj plano de cuero lleno de flechas con adorno de plumas.

El capitán pisano le entregó ambas piezas a Roç.

–Es un arma como la que llevan los tártaros, muy ligera, que ellos disparan mientras cabalgan. El amigo Guiscard te enseñará a usarla, joven caballero.

Le agradecí con palabras conmovidas aquel inteligente regalo y abracé a Lorenzo.

–Tendríamos muchas cosas que contarnos, hermano William– sonrió éste, –¡espero que nuestros caminos vuelvan a cruzarse pronto!

–Yo también lo espero, Lorenzo– dije, –y estoy contento de haber conocido a otro minorita, aparte de mí mismo, que ama la vida. ¡Reza por mí!

–¡William!– me advirtió la voz dominante de la condesa, y fui el último en subir a bordo.

Nos alejamos con cuidadosos golpes de remo. También el de Pisa estaba levando anclas.

El amalfitano les gritó, con los remos en posición horizontal:

–¡Id vosotros delante! ¡Os seguiremos a cierta distancia!

Muy pronto vimos hincharse el paño del velero rápido, que nos adelantó como una gaviota adelanta a un ave zancuda. Me quedé junto a los niños para saludar a Lorenzo, y apenas el pisano desapareció rodeando el cabo de Leuca mandó Guiscard acelerar los remos y nos deslizamos a través del mar encendido en dirección al sol, hacia Oriente.

CORDÓN AL AGUA

Mar Jónico, primavera de 1247

Los veleros papales también habían izado todas sus velas y adelantaron bastante, pero al intentar dar un amplio rodeo al golfo de Tarento, cuyas aguas eran imperiales *per se*, aflojó el viento, y antes de alcanzar el cabo de santa María de Leuca a la altura de Ausentum tuvieron que emplear de nuevo a fondo los remos. En las banquetas donde los esclavos remaban con los pies encadenados se oían quejas y gemidos. El maestre de remeros contestaba indefectiblemente con un restallido del látigo.

El legado papal, dirigiéndose a Vito, que yacía encadenado, comentó:

–¡Prefiero cambiar de lugar antes de que me alcance también a mí un latigazo!– y se puso de pie.

–¡No podéis seguir teniéndome aquí encadenado, fra'Ascelino!– lo increpó Vito furioso. –¡Antes de llegar a Otranto tenéis que dejarme en libertad y cederme el mando de la empresa! ¡Sabéis lo que se está jugando!

–Así me gusta– intervino el maestre de remeros, quien prestaba atención a la conversación, posiblemente a la espera de que el señor legado retirara sus espaldas protectoras que le impedían llegar hasta el prisionero rebelde. –No solamente pides la libertad– se burló, –¡también quieres el mando del barco! ¿No podríamos calificar tu intención de amotinamiento?– Y una vez más hizo restallar el látigo acercándose con aire amenazador.

–¡Déjalo en paz!– quiso defender el legado a la víctima escogida y le guiñó un ojo al del látigo. –Vito es un pecador arrepentido y sólo Dios conoce la medida justa de su castigo.– Después se alejó con paso apresurado mientras los remeros se esforzaban por responder al restallido rítmico del látigo.

Fra'Ascelino ya no miró hacia atrás; de modo que Vito, encadenado abajo a la banqueta, no podía sospechar que a cada golpe que recibía el remero penado una sonrisa satisfecha hacía encoger las comisuras de los labios a su hermano en la Orden, dotado ahora del rango de legado papal. *Canes Domini*, perros de un solo amo, ¡eso no significaba, ni mucho menos, que tuviesen que quererse como hermanos! Además, ¡amar a Vito de Viterbo era pedir demasiado hasta al cristiano más devoto! Ascelino acudió al puesto del capitán del barco, un genovés a quien la curia había tomado a su servicio para esa misión, del mismo modo que era también genovesa la segunda nave, que los seguía a poca distancia. Por motivos comprensibles navegaban sin mostrar las banderas de la República o del Estado pontificio.

–Vuestro remero preferido desea hablaros– dijo en voz baja, pues sabía el mal humor que solía mostrar el capitán cuando se referían a Vito. Aunque él, Ascelino, había pretendido que la causa era él mismo, aquel hombre creía saber muy bien a quién debían el apresuramiento de aquel loco viaje hacia el sur de Apulia sin haber descansado en toda la noche.

–¿Todavía no ha recibido bastantes latigazos?– refunfuñó el agotado genovés mientras seguía reticente a su huésped de alcurnia, quien no consideró necesario contestarle. Nunca se podía saber cómo se desarrollaban las cosas; Vito era el mejor ejemplo de ascenso, engreimiento, irresponsabilidad y caída. A él, Ascelino, no le sucedería lo mismo, ¡se consideraba seguro en todos los aspectos! De ahí también que favoreciera aquella conversación "oficial" entre el preso y el capitán.

–No falta mucho para llegar a Otranto– Vito remaba mientras intentaba dominar su rabia. –¡Dejadme en libertad, os doy mi palabra de honor!

–No– dijo el capitán, –y tampoco aceptaremos dar otro rodeo más...

–¡El señor legado os lo puede ordenar!– Vito jadeaba, furioso.

–Yo tengo órdenes de llevar al señor legado a Siria, para que desde allí viaje por tierra hasta Tabriz, donde están los mongoles, y también tengo orden de no dejaros en libertad a vos, Vito de Viterbo, ni en el viaje de ida ni en el de vuelta, ni en ningún puerto y bajo ninguna circunstancia.

–¡Pues llevadme encadenado a Otranto!– Vito intentaba cambiar de táctica.

–¿Para qué?– contestó el genovés con altivez. –En primer lugar, la trirreme ya hace tiempo que se habrá alejado de allí, y si no hubiese marchado tampoco cambiaría mucho. Esa fortaleza es inatacable, además de disponer de catapultas de largo alcance.

Vito seguía sin renunciar:

–Podríamos esperarla en el mar, ¿o acaso teméis a la trirreme del almirante?

Pero el capitán no se dejó provocar por semejante burla.

–¿Para qué habríamos de esperar? Si nos acercamos demasiado a la costa nos reconocerán; si nos quedamos lejos, en el mar, pueden escapar en cuanto caiga la noche.

–¡Barco a la vista!– gritó la voz juvenil del vigía. Un velero rápido daba la vuelta al cabo y sostenía con ímpetu rumbo hacia los dos barcos al tiempo que mostraba la bandera.

–¡Un pisano!– El capitán genovés irradiaba agresividad. –¡Izad las velas y mostrad nuestra bandera!– gritó. –¡Lo que puede hacer él lo podemos hacer nosotros también!

Así pues, izaron la bandera de Génova junto a la que mostraba las llaves del *Patrimonium Petri*, señal de que llevaban un legado a bordo. Pero el pisano contestó con el mismo aviso.

–¡Insolente!– resopló el capitán. –¡Me vas a pagar el engaño!– Y los dos genoveses se apresuraron a atenazar al velero. –¡Si no puedes presentarnos a un sacerdote que lleve carta y sello de nuestro señor Papa te enviaremos al fondo del mar para que los peces de san Pedro celebren un festín!– Estuvo jurando con la vista puesta en el pisano, que seguía manteniendo sin inmutarse rumbo hacia los barcos del Papa.

Ascelino hizo un gesto de conformidad, pues el uso engañoso de las insignias papales merecía un castigo; ¡y desde luego era inconcebible que un legado del Papa pusiese el pie sobre la cubierta de un barco del emperador! De este modo se iban acercando veloces unos a otros.

–¿Quiere que escapemos de ellos?– preguntó el capitán pisano a Lorenzo de Orta, que estaba a su lado. –¡Su nave es demasiado lenta y pesada para seguirnos!

–No– dijo el franciscano. –¡Tenemos que entretenerlos un poco, hasta que la trirreme esté con toda seguridad fuera de vista!– En cualquier caso, Lorenzo no las tenía todas consigo.

–¡Si intentan asaltarnos por ambos lados a la vez no tenemos escape!– objetó el capitán. –¡No queda otro remedio que gastarles una broma!

Dio un golpe de timón y el barcó se encabritó; durante un instante pareció que pretendía huir. Los dos barcos genoveses se emplearon a fondo con los remos, pero el de Pisa trazó un giro rapidísimo y enfiló en línea recta la nave capitana de los genoveses.

–Arriba los remos– gritó el capitán de ésta, pero el segundo barco reaccionó con excesiva lentitud. El pisano se deslizó a toda prisa entre ambas naves y el aire se llenó con el ruido que hacían, al astillarse, los remos de uno de los lados. Sus muñones partidos eran la imagen inequívoca que se le ofreció al genovés cuando miró, blasfemando, hacia la otra nave. ¡El de Pisa había escapado!

–¡Ahora podéis hablar tranquilamente con vuestro colega!– rió el capitán pisano describiendo una curva elegante y volviendo por el lado del mar hacia la nave capitana genovesa, situándose a la misma altura.

Aunque había tomado confianza al ver las habilidades del pisano, Lorenzo seguía con el temor de que el poderoso enemigo pudiese abordarlos y apresarlo. Mientras se iban acercando a los genoveses había dejado caer sigilosamente los cordones de cuero de los "asesinos" por la borda para asegurarse así de que no lo traicionaran.

–Llevamos a bordo a Lorenzo de Orta, legado del Santo padre– gritó el capitán, sin poder reprimirse, hacia la nave genovesa, –¡que viene de retorno desde Tierra Santa y se dirige a Lyon!– Y Ascelino, que se había situado al lado del genovés –éste rechinaba los dientes–, reconoció la figura diminuta del franciscano rebelde que tanto le había llamado la atención en el Castel Sant'Angelo por su insolencia y picardía. Pero no se le había escapado el gesto de Lorenzo arrojando algo al agua.

Fra'Ascelino era buen perdedor. Se acercó a la borda y, mientras intentaba recoger del agua uno de los cordones que las olas habían acercado a la nave, exclamó:

–Os desean un buen viaje de regreso Anselmo de Longjumeau y Vito de Viterbo, de la Orden de predicadores. ¡Ambos viajan, por encargo del Santo padre, camino de Tierra Santa!– Se saludaron con la mano, y muy pronto el pisano desapareció en dirección a Calabria mientras el genovés tomaba rumbo hacia el sur.

Ascelino descendió hacia las banquetas de los remeros y le arrojó a Vito el cordón mensajero de los "asesinos".

–¡Un cordial saludo de Lorenzo de Orta, artista pintor que, por falta de tiempo, no ha podido sacaros un retrato en vuestro nuevo entorno!

–¡Debíais haberlo ahogado!– gruñó Vito sin mirarlo. –Si no estuviese encadenado aquí lo habría estrangulado con mis propias manos.

–Por eso precisamente estáis aquí remando– sonrió Ascelino, –para que no manchéis vuestras manos con la sangre del legado. Si queréis, Vito, estoy dispuesto a rezar junto a vos mis oraciones.

–¡Ah, iros al diablo!– ladró Vito preso de impotente ira. –¡Cómo he podido creer jamás que un hermano de mi propia Orden, y además legado del Papa, fuese incapaz de imponerse a esos genoveses engreídos, esos jornaleros del mar! Ni un pescador de los lagos de Viterbo habría perdido de manera tan estúpida los remos y la capacidad de maniobra como ha hecho ese aprendiz de capitán de la "República marina".

Vito estaba tan enfurecido que no advirtió que el capitán y el maestre de remeros se habían instalado a sus espaldas. Ascelino juntó las manos y se alejó rezando en voz alta. Sus palabras "*Ave Maria, gratia plena...!*" se ahogaron bajo los golpes de látigo que iniciaron sin tardar su estribillo.

X

CHRISOQUERAS

"LA ABADESA"

Mar Jónico, primavera de 1247 (crónica)

La trirreme se deslizaba en dirección al sol naciente. El disco luminoso ascendía con todo su esplendor, transformando el mar ligeramente rizado en una alfombra de oro puro que, ante nuestros ojos encogidos, nos recibía con amable invitación. *Ex oriente lux!*

Pero en cuanto tuvo todas las velas izadas Guiscard marcó rumbo directo hacia el sur. Los niños seguían junto al amalfitano, Clarion se había ido a dormir y yo me paseaba entre las filas de remeros, que tenían sus palos recogidos a lo largo de la cubierta y se animaban ahora con gritos y exclamaciones groseras después de haber conseguido llegar, en empecinado silencio y en esforzado avance, desde el protector puerto de Otranto hasta el centro del mar Jónico. Estiraban sus miembros y respiraban jadeando la fresca brisa que llegaba ahora hasta sus habitáculos y empujaba vaharadas de aire emponzoñado y olor a sudores hacia arriba, al puente. La mayoría de ellos, sin embargo, permanecían agachados y, con la cabeza encogida, se envolvían en las mantas que les habían arrojado desde arriba.

Sólo los remeros de la primera fila, cuyos remos acababan en forma de lanza y estaban dotados de hoces elevadas para formar una estacada, podían ver el mar durante el viaje y también los ojos del enemigo en el barco contrario. Estos hombres eran los primeros en arriesgar el pellejo, mientras blandían sus terribles armas oponiéndose a una lluvia de flechas. Eran aventureros atrevidos, conscientes de su cargo y rango en oposición a la tropa común de los mercenarios alojados más abajo. Los *lancelotti* eran el orgullo de la señora de Otranto, que conocía a cada uno por su nombre. Casi todos eran normandos, y más de uno era de buena cuna. La condesa les pagaba un buen sueldo y tenían su parte en los saqueos y las presas, al igual que los catapulteros de

Suabia, los arqueros catalanes y los marineros griegos, auténticos maestros en el manejo de las velas. A ellos se añadían los salvajes moriscos, entrenados en el arte del abordaje y en la lucha cuerpo a cuerpo.

En conjunto, Laurence disponía en la trirreme de una tripulación completa de más de doscientos brazos bien armados, además de la pata de palo de su capitán. Esa pata le proporcionaba a Guiscard más respeto que todas las demás cicatrices juntas, y la tripulación la consideraba una reliquia. A más de uno le habría gustado clavar esa pata en la punta del espolón o izarla en el mástil principal, junto a la bandera de Otranto.

En el puesto de combate de popa se encontraba la *cabana* de la condesa, dotada de aberturas para los cañones y guarnecida con un toldo que ampliaba el espacio añadiéndole una terraza cubierta cuando no había enemigo a la vista. Los marineros acabaron de sujetar los cabos y extendieron alfombras sobre cubierta, y Laurence se recostó en el diván que le habían preparado. Me ordenó acercarme.

–William– dijo con voz apagada y suavidad extraña en ella, –¡siéntate aquí, a mi lado!– Las emociones de los últimos días la habían agotado más de lo que ella estaba dispuesta a confesar, puesto que tampoco era ya tan joven. –Tú eres casi de la familia. Los niños te quieren… por cierto, ¿qué están haciendo?

Yo miré hacia la proa donde ella, a causa de su creciente miopía, no veía gran cosa. Yeza estaba atada al primer mástil y servía de blanco a Roç. Para mi tranquilidad vi que Guiscard estaba con ellos, enseñándole al muchacho a sostener correctamente el arco.

–Estan jugando con el amalfitano– le contesté con entonación despreocupada, aunque mi respiración amenazó con pararse cuando vi volar la flecha, que quedó clavada en el palo y temblando justo debajo de la axila de Yeza. –Les está explicando cómo se hace para maniobrar un barco– mentí, revistiendo mi voz de indiferencia.

–La trirreme no es una nave como las demás– dijo Laurence con aire soñador, –es un animal, un ser fabuloso de otro mundo. Cuando vi cómo se me acercaba veloz por primera vez pensé que en medio del mar se había abierto con un reguero de espuma la misma garganta del infierno para tragarnos a mí y a mi bote. Entonces yo huía, me esperaban la captura y un juicio rápido y, no obstante, me había adentrado muy lejos en el mar Adriático para rescatar a mi medio hermano, como me había pedido el amigo Turnbull. Mi hermano no llegó; los esbirros del Papa habían asesinado al pobre y gordo obispo antes de que éste se hubiese decidido acudir a la costa. Estuve demasiado tiempo en el mar, de modo que la morena salió silbando de su agujero entre las rocas olfateando una buena presa. ¡Y tenía toda la razón, pues aparte de la chusma habitual de los corsarios llevaba muchachas a bordo!

–¿No seríais tratante de mujeres?

–No, ¡de hombres!– Laurence sonrió con fiereza. –Yo no era una pirata desconocida que sirve a cualquiera a cambio de dinero. Por esa misma razón me perseguían los imperiales, y el "cardenal gris" me había inscrito con la calificación de "falsa abadesa y hereje" en la lista secreta de la Inquisición, una amenaza peor que la simple excomunión. En aquel momento me encontraba, por tanto, al alcance del almirante de Federico, Enrico Pescatore, de quien la trirreme era nave capitana. Yo ya nos veía a todos, y a mí la primera, ahorcados en las vergas de mi pobre velero. Prohibí cualquier acto de defensa, con la esperanza absurda de poder salvar al menos los cuellos de mis muchachas del lazo del verdugo. El almirante, un viejo luchador famoso por su crueldad, subió a bordo, se me acercó espada en mano y después cayó de rodillas como fulminado por un rayo. Se arrodilló a mis pies y pidió mi mano...

Mientras avanzaba en su relato la condesa se había reanimado; en sus ojos grises asomaban chispas y creí ver de nuevo en ella a la antigua Laurence, de cuyos encantos hechiceros y tropelías tanto había oído hablar.

–Bueno, ya te habrás enterado, aunque esa clase de rumores no vayan precisamente destinados a oídos de un franciscano– y me sonrió con malicia disfrutando con mi tímida confusión: –la verdad es que a mí los hombres no me conmueven– hice un gesto afirmativo para animarla a proseguir. –En vista de que no me esperaba otra cosa que tener una visión amplia sobre el mar desde lo alto del palo y una cuerda atada al cuello por todo adorno no dudé más allá de lo que era conveniente. Pero apenas estuve segura de mi victoria despertó en mí el diablo: exigí que antes de celebrar el matrimonio se me diera ocasión para ordenar mis asuntos personales. Hice promesa solemne a Enrico de casarme con él y juré por todos los santos que, antes de pasar dos meses, me presentaría en Otranto para la consumación del matrimonio. La sola idea me aterrorizaba tanto que casi me desmayaba al pensarla, pues el almirante hacía tiempo que había cumplido los cuarenta años aunque todavía estaba de buen ver. Él escuchó con toda tranquilidad mis afirmaciones locas y atrevidas, si bien expresadas con palabras decentes como corresponde a una dama, y después me contestó: "Vos no sois precisamente una santa", y se detuvo para disfrutar con mi sufrimiento. "Debéis jurarme por vuestra *fica*, ese vellón de oro que, según dicen, no ha poseído aún ningún hombre" –algunos de sus soldados se echaron a reír, pero su mirada les hizo callar– "¡que exactamente en siete semanas, contando a partir de hoy, estaréis en Otranto acostada en mi lecho!" "Juro por mi coño, mis tetas y mi culo", dije en voz alta y nadie se atrevió a reír, "¡que estaré allí y separaré las piernas tal como me ordene mi señor!"

Es posible que ella esperara que se me subieran los colores al oír aquella explosión vulgar procedente de una boca condal, pues Laurence reía sin mostrar vergüenza alguna y me miraba de frente.

–Yo conocí a santa Clara, tuve el privilegio de conocer a esa hermana de tu santo, Francisco, y estoy segura de que ella habría encontrado otras palabras. Pero yo tenía, como quien dice, la soga al cuello, ¿y tú sabes, William, lo que te pesa el culo en un momento así? ¡Es para cagarse!

Bajé la vista.

–Enrico acabó por convencerse de que mis intenciones eran sinceras y creía que nos habíamos entendido. Me besó la mano con suma galantería. Más tarde me enteré de que, inmediatamente después, había hecho ahorcar a los que se habían reído. A mí me entregó un anillo valioso, una joya hereditaria de los Pescatore que sigo honrando hasta nuestros días. ¡Mírala!

Levantó una de sus manos arrugadas y la maciza joya resplandeció bajo el sol: era una aguamarina alargada y rodeada de zafiros, una piedra como jamás había visto hasta entonces otra igual en cuanto a tamaño y pureza. La admiré con respeto y devoción, pues de algún modo hay que ganarse el placer de escuchar tales *curricula* extravagantes, aunque precisamente entonces oí que me llamaban con voz excitada y violenta. Me levanté de un salto.

–¿Qué sucede?– preguntó Laurence con sorpresa, pues seguía sumida en lejanos recuerdos.

–¡Me llaman a comer!– tartamudeé con vergüenza simulada, porque sospeché que algo pasaba con los niños.

–Te espero aquí de vuelta– dijo condescendiente –en cuanto hayas ingerido algo para reforzar tu débil carne.

Probablemente estaba pensando en la espada que aquel almirante "de buen ver" llevaría en los calzones y que a partir de entonces la amenazaría en lugar de la soga. Yo me apresuré a recorrer las filas de remeros de la trirreme hasta llegar a popa, donde algunos marineros y las excitadas criadas se afanaban en torno a Roç, que yacía acostado sobre cubierta y sangrando de una ligera herida en el cuello.

Yeza tenía aún el puñal en la mano estaba arrodillada al lado del muchacho e intentaba chupar la sangre que le salía a éste de la herida. Lo hacía con conocimiento, pero a la vez con una desesperación salvaje, y con la boca manchada de sangre murmuraba:

–¡Oh, Roç. Roç! ¡Si mueres, me mataré!

En aquel momento se presentó Guiscard con toda una ristra de puñales atados además de un saquito con hierbas.

–No morirá– tranquilizó a la niña, y le tendió un poco de musgo seco. –Tapona la herida con esto, reza un Avemaría, y …

–No me lo sé– contestó Yeza quien, ya repuesta y entregada a la misión de hacer de buena samaritana, obedeció sus demás instrucciones.

–¡Pues cántale una nana!– propuso el amalfitano, pero en aquel momento Roç, aunque muy pálido, se reanimó.

–No soy un crío– refunfuñó, –¡y no necesito un ama de cría!– Con estas palabras apartó la mano de la niña y se apretó él mismo el musgo contra la herida; después se incorporó y se colocó de nuevo, aún tambaleándose levemente, junto al mástil donde había sucedido la desgracia. –¡Enséñale cómo hay que lanzar el puñal!

El amalfitano cogió el puñal de Yeza y sopesó el mango en la mano. Después hizo un movimiento rapidísimo que nadie había previsto y arrojó hacia la madera el arma, que quedó clavada justo encima de la cabeza de Roc, dejando apenas sitio para otra hoja sobre su cabello.

–Son puñales de lanzamiento como los que utilizan los "asesinos"– explicó a los niños. –De ahí que los mangos pesen tanto y las hojas sean relativamente cortas. ¡Siete dedos de largo bastan para llegar a cualquier corazón!– bromeó el viejo luchador. –Tienes que cogerlo por el filo– se dirigió a Yeza –y, con el mismo movimiento, debes echarlo a volar… –Otro cuchillo se clavó a un lado de la oreja de Roç, tan cerca que el niño pudo sentir la frialdad del acero. –Lo mejor es llevarlo escondido detrás del hombro, en la capucha o en el cabello. A nadie se le ocurrirá pensar que metes ahí la mano para sacar un puñal.

Y como si fuese a rascarse la cabeza, Guiscard sacó de detrás de su cuello un tercer puñal que, de repente, apareció también clavado en el mástil, al otro lado del muchacho.

–¡Ahora me toca a mí!– gritó Yeza, y balanceó su puñal con la punta hacia adelante por encima de sus rubios rizos mientras todos la observaban en silencio. Con los ojos cerrados cogió lentamente la punta del puñal y lo lanzó furiosa, con toda la energía de su pequeño cuerpo, en dirección al mástil. Quedó clavado exactamente allí donde se habría encontrado el corazón de Roç si no fuese porque éste, en el último segundo y siguiendo una señal de Guiscard, se había dejado caer.

–¡Muchachas y puñales!– suspiró el niño haciendo rodar los ojos mientras Yeza luchaba por no llorar de rabia.

–¡Yo también sé disparar con los ojos cerrados!– declaró Roç, y volvió a coger el arco y las flechas, por lo que me vi obligado a intervenir.

–¿Qué tal si aprendierais primero a dar en un blanco que no sea una persona viva?– dije sonriendo.

–No sirve– gruñó Guiscard, –¡el blanco tiene que estar vivo!– Pero sacó del bolsillo una moneda de oro y la introdujo a golpes de puño en la madera, donde quedó incrustada. –El que dé primero a la moneda sin hacerla caer puede quedarse con ella.

Los niños estallaron en júbilo y volvieron a sus puestos. Yo regresé junto a Laurence. Creí que se había dormido, pero en el momento en que quise alejarme andando de puntillas abrió ella los ojos.

–William– me informó con voz decidida, –te nombro primer capellán de esta nave. ¡Tengo ganas de confesarme con alguien que no me resulte demasiado desagradable!

Me acurruqué a sus pies dispuesto a escucharla, pero ella me reprendió:

–No, la que se arrodillará seré yo; tú te sentarás aquí.– Y así se hizo, puesto que era ella quien tenía el mando.

–Me dejaron mi barca– prosiguió, –y nadie le tocó un pelo a la tripulación, aunque los soldados del almirante estaban ardiendo por acercarse a mis chicas. Pude alejarme de allí a toda vela y entonces empecé a pensar en cómo podría evitar la obligación que había contraído, puesto que había dado mi palabra de entregarme de por vida y consentir en el matrimonio…

–Cualquier sacerdote os habría liberado de tal promesa…– quise intervenir, pero ella me hizo callar en seguida:

–¡No me vengas con tu reaccionaria Iglesia, William! El pacto que cerré con Enrico no gozaba de la bendición de la Iglesia ni podía confiar en una solución que viniese de ésta, pues la única respuesta habría sido la amenaza del infierno.

Tracé rápidamente la señal de la cruz, detalle que ella pasó por alto.

–¡Entre diablos y piratas también existe el concepto del honor! Tomé rumbo a Constantinopla, aunque mis muchachas no lo veían demasiado bien…

Laurence miraba con aire soñador el mar y me di cuenta de que, en resumidas cuentas, nos estábamos dirigiendo de nuevo hacia ese mismo Bizancio de sus recuerdos.

–Habíamos tenido que dejar la mencionada ciudad, mejor dicho la casa de citas del puerto que representaba nuestro hogar –de esto hace más de veinte años, aunque entonces no habrían pasado más de cinco–, apresuradamente y en circunstancias adversas. Algunas de las muchachas, aunque se quedaron conmigo, se habían casado entre tanto y tenían hijos, por lo que no deseaban enfrentarse con su pasado. Por otra parte, también sentían miedo, pues no es agradable verse torturada o marcada continuamente. Así que les dije: "Niñas, la edad no os ha hecho mas bellas; sois demasiado viejas para ir a parar al mercado de esclavos, pero creo que nadie os reconocerá, sobre todo si sacáis vuestros viejos hábitos de monja de los arcones, ¡y si os olvidáis de blasfemar y escupir y de comportaros como putas ante los ojos de todo el mundo!" De modo que atracamos la nave junto a los muelles portuarios que hay a la entrada del Cuerno de Oro.

"Una vez allí me dirigí en seguida a ver a un antiguo conocido, Olim, el jefe de verdugos, quien antes nos había protegido en ciertas situaciones comprometidas –como comprenderás, a cambio de entregarle algunos muchachos atractivos– o que, cuando no lo podía evitar, sólo marcaba con el hierro candente muy poquito y en algún lugar que no llamara en seguida la atención. Pedí a Olim que me enseñara la cárcel, aun sin saber bien y desde un principio lo que estaba buscando.

”Allí vi a un joven cuyo aspecto me atrajo de un modo extraño y a primera vista, porque era diferente de los demás. Parecía extranjero: sus rasgos eran los de alguien proveniente del lejano oriente, con una frente alta y ojos almendrados que me miraban soñadores aunque sin tristeza; sonrió al notar mi curiosidad.

”Pregunté a Olim, el verdugo, qué se sabía de él, y lo primero que me dijo fue que iba a ser decapitado a la mañana siguiente. Opinó que era un infiel procedente de extremo oriente, donde habitan pueblos extraños detrás de la «puerta de hierro», más allá del Ganges; pueblos que se denominan tártaros y que obedecen las órdenes de un tal Ioannes, sacerdote del que afirman que es cristiano... El joven había sido condenado por espía, aunque el motivo de su condena seguramente residía más bien en el hecho de que nadie conocía su idioma. A su entender, aquel extraño era un príncipe; sus rasgos eran nobles y su comportamiento de una amabilidad condescendiente, aunque se mostraba totalmente desinteresado por un destino que él, Olim, había intentado hacerle entender mediante insinuaciones.

”Le pagué a Olim algunas monedas de oro para que me dejara aquella noche sola con el prisionero, y me introdujeron en su celda. William– se dirigió Laurence a mí con expresión preocupada y burlona a la vez, mientras seguía arrodillada a mis pies, –¿estás cómodo? ¿Soportarás lo que te confesaré ahora?

–Siento vuestro relato como una tortura en el alma– le concedí, –¡pero os ruego, señora, que no lo interrumpáis!– Le debía una palabra sincera y no deseaba avergonzarla con mi atrevimiento; no obstante, cerré los ojos porque no sentía deseos de ver en los suyos la crueldad mezclada con el placer.

–Detrás de mí se cerró la puerta de rejas y me olvidé del mundo, de la cárcel y de los demás presos que nos rodeaban encerrados en otras celdas. No dejé que surgiera duda alguna en cuanto a mis intenciones. Me acerqué al joven, que al entrar yo se había puesto de pie levantado, me arrodillé, me abracé a sus piernas, cogí su mano, y le besé la palma antes de soltarle el cinturón y quitarle el calzón de cuero. Él me atrajo hacia sí y me miró a los ojos a la vez que sus brazos me doblaban con fuerza hacia atrás. Me dejé caer en ellos y se abrieron mis ropas mientras caía.

"Me recostó sobre el suelo desnudo y me poseyó sin modificar la sucesión tranquila de sus movimientos. Yo ya tenía más de cuarenta años y mi jardín conocía los besos temblorosos, los dedos febriles y las lenguas excitadas de mis compañeras, pero jamás un hombre había penetrado en mis posesiones ni me había conducido a través de su esplendor. Pensé que aquello no acabaría nunca. Atravesé con él un vergel de flores y espinas empañadas de rocío, cayeron algunas gotas de sangre y me deslicé con él por el musgo de un pozo profundo, cada vez más hondo, hasta que casi no pude respirar; nos sumergimos en el agua clara allí adonde no llega ni un rayo de luz. La cabeza me retumbaba y me dejé caer, dispuesta a morir, a morir ahogada y a entregarme a la protección de aquella noche, huyendo más y más lejos, hasta que sentí el reventón en las arterias de mi cerebro; hasta que en mi rostro hizo explosión una fuente de luz que salía del interior de la tierra; hasta que un chorro de lava ardiente me quemó y yo misma escuché mi grito. Grité y fui escuchada: el hombre no me dejó caer hasta lo más profundo del infierno, sino que me devolvió con los mismos pasos tranquilos de nuevo a la luz. Volví a ver el cielo y lo miré a los ojos. Sonrió…

La respiración de la condesa se hizo pesada y yo no me atreví a mirarla; me sentía conmovido, pero sin que me pareciera penoso.

–Aún nos amamos varias veces aquella noche– prosiguió Laurence con voz áspera. –Cuanto más pugnaba la luz gris del amanecer por abrir el abrigo protector de la noche, más apasionados eran nuestros abrazos. Atenacé sus caderas con mis piernas, clavé mis uñas en su espalda; el sudor fluía de nuestra piel y nuestra carne vibraba con el *staccato* irrefrenable de nuestros cuerpos, que se atacaban uno a otro y cuyos movimientos ni siquiera interrumpíamos cuando, ansiosos, echábamos mano de la jarra de agua para permitir a nuestras gargantas seguir respirando; nos fundimos en oleadas que llegaban y se alejaban, nos aprisionamos uno a otro como dos personas que se ahogan y nos dábamos mutuamente de beber, nadando en el mar de nuestro gozo. La luz pálida nos mostraba más y más la finitud de nuestros cuerpos, y los dos sabíamos que aquello tenía que acabar... Mi cabeza estaba vacía, el dolor ya no retumbaba en ella. Un cansancio contra el cual ya sólo se rebelaba mi alma empezó a apoderarse de mis miembros. Cedieron mis fuerzas, me sentí incapaz de hacer un movimiento. Sumida en lo que parecía un profundo desmayo me di cuenta de que él me abandonaba. No había oído entrar a Olim y sus ayudantes. Lo separaron con delicadeza de mi cuerpo y se lo llevaron. Decidí no volver a abrir los ojos nunca más, pero entonces él regresó por última vez y sentí cómo dejaba un objeto, frío y delicado, sobre mi pecho que aún temblaba. Sabía que él sonreía y le devolví la sonrisa sin abrir los ojos.

"Esperé hasta haber oído cómo se alejaban sus pasos y después me incorporé, convertida en otra mujer. Me acerqué a la ventana enrejada. Vi en el patio al joven extraño inclinar la nuca y cómo brillaba la espada curva del verdugo Olim. No aparté la vista hasta que éste levantó con el puño la cabeza cortada. Quería estar segura de que el hombre que me había poseído ya no vivía…

Carraspeé para disolver el nudo en la garganta que era prueba de mi aturdimiento y, al oírme, la condesa pareció volver en sí.

–El resto de mi confesión es fácil de contar. Fui a Otranto al encuentro de mi prometido, tal como había jurado…

La interrumpí con curiosidad un tanto fuera de lugar:

–¿Qué fue lo que os dejó aquel extranjero?

–Un amuleto, un símbolo oriental de la felicidad: un disco de jade colgado de un sencillo cordón de cuero. Pero de eso hablaremos después– Laurence había recuperado del todo el dominio de sí misma. –Aquel fue el último viaje de "la abadesa", como la gente acostumbraba a llamar, tapándose la boca con la mano, tanto al barco como a su propietaria. Se lo cedí a mis muchachas y a sus maridos en cuanto me dejaron junto al cabo de Leuca, donde el almirante me recibió con toda pompa…

Se me ocurrió en aquel momento sacar a relucir un poco mi aspecto de padre confesor:

–En cambio, a mí me han asegurado que antes habíais practicado algún agujero en el barco, en secreto naturalmente…

–¡Tonterías!– siseó la condesa. –Tú mismo ves, William, que no oculto nada de mi pasado, ni miento con la pretensión de salvar mi alma.

–La falta de vergüenza y la crueldad son pecados graves que hay que remediar haciendo penitencia; siempre con la condición, condesa, de que estéis dispuesta a reconocerlo, arrepentiros y hacer un acto de contrición.

–¡Yo no me arrepiento de nada!

–De modo que también es de temer– de repente vi con toda lucidez el peligro que me acechaba, y no supe hacer otra cosa que expresarlo con palabras –que procedáis con vuestro confesor indigno como con los demás sabedores y cómplices de vuestra vida reprobable…

–William– dijo ella con frialdad, –no intentes erigirte en juez. Es cierto que tu ridícula existencia está en mis manos, pero no las ensuciaré para poner fin a tu vida sólo por el hecho de haberte utilizado como se utiliza un cubo para echar dentro la basura. A ti no te protege tu mísero hábito ni la cruz de madera que llevas en el pecho, sino única y exclusivamente la presencia de Roger e Isabelle, que te tienen afecto, ¡y a los que también tú andas pegado como una lapa! El destino de los infantes será también el tuyo. El mío se decidirá en otra parte. Como corresponde, mi moral también se diferencia de la tuya.

–Estoy dispuesto a aprender y a callar, señora– contesté. –Mirándolo bien, ¡tal vez llegue todavía a ser nombrado cardenal o incluso elegido Papa! Entonces podré premiar vuestra bondad– y con estas últimas palabras me deslicé del diván y me arrojé a sus pies. –¡Haced conmigo lo que queráis, pero seguid hablando!

Laurence se echó a reír.

–¡Te perdono, William!– y volvió a ocupar el sitio que le correspondía en el diván. –Enrico– siguió informándome –celebró nuestra boda con una fiesta delirante, que lo hizo caer en el lecho matrimonial atiborrado de vino. Yo me preocupé de que, no obstante, cumpliera con su deber matrimonial, y a la mañana siguiente enseñé a todos la sábana con las gotas obligadas de sangre. Después de menos de nueve meses nació un niño, Hamo, mi hijo. Enrico estaba fuera de sí de alegría, y a partir de entonces ya no se exigió a sí mismo la obligación de demostrar su virilidad entre mis piernas. Su emperador lo había nombrado conde de Malta en reconocimiento de sus largos años de servicio; en calidad de tal había acompañado a Yolanda, la novia infantil de Federico, desde Tierra Santa. Cuando el emperador, en aquella famosa noche de bodas de Brindisi, dejó preñada en lugar de a su novia a una de las camareras –que era hija de su amigo Fakr ed-

Din, visir del sultán– la futura madre fue entregada a los cuidados discretos del almirante de Otranto. Dio a luz a una niña...

–¿Es Clarion?– se me escapó casi sin querer el nombre.

–Clarion de Salento tenía ya casi tres años cuando yo arribé a Otranto. Se había quedado allí aunque su madre ingresó en el harén de Palermo cuando la reina Yolanda falleció del parto. Yo me hice cargo de la educación de la niña, y Federico me lo agradeció concediéndome el condado de Otranto, después de haber muerto Enrico en Malta, y dejándome en propiedad la trirreme del almirante.

Se oyeron nuevos gritos procedentes de proa, entre ellos los chillidos de una voz de mujer.

–¡La condesa de Salento debe aprender a comportarse!– me instruyó con sarcasmo la condesa, y yo me dispuse a intervenir; lo más probable era que los niños fueran los causantes del comportamiento censurable de la pobre Clarion.

Y así era, en efecto. Roç y Yeza habían encontrado una nueva víctima. Clarion seguramente no había entendido bien lo que se jugaba cuando los niños le propusieron que se dejara atar al mástil. Y cuando Roç se presentó armado de arco y flecha para situarse frente a ella con los ojos cerrados empezó a gritar pidiendo auxilio. Guiscard la estaba liberando de las ataduras precisamente en el momento en que Yeza había clavado el puñal entre las piernas de la víctima, con elegancia y energía a la vez, al tiempo que se complacía en escuchar sus gritos histéricos. El amalfitano no elogió a Yeza.

–El escorpión que se acerca tocando trompetas y tambores ya puede contar con que lo quemarán vivo– arrancó el arma de la madera y la arrojó sin volverse hacia atrás a los pies de Yeza, donde quedó clavada en la cubierta. –El puñal debe llegar por sorpresa– sonrió después mientras ayudaba a la niña a sacar de nuevo la hoja firmemente insertada en la madera. –Hay que arrojarlo de repente, pero sin prisa. ¡No olvides jamás que sólo tienes uno!

Yeza se guardó la hoja afilada con el mango hacia abajo detrás del cuello de una prenda en la que había practicado expresamente un orificio para guardarlo allí. Estaba indagando alguna nueva posibilidad para demostrar sus capacidades: lo comprendí por su boca apretada y, sobre todo, por la arruga vertical que se veía en su frente. Ahora hacía ya casi tres años que la conocía; era una niña que había madurado antes de tiempo, pero aún no había perdido la obstinación. Cada vez resultaba más difícil darse cuenta de que Roç, que entonces tendría unos siete años, era un poco mayor. Ella lo superaba a pesar de ser "sólo" una niña, y precisamente en algunos campos supuestamente reservados a los hombres. El puñal de Yeza estaba profundamente clavado en la mente del muchacho, y el arco infantil ya no le provocaba en realidad tanta alegría.

Guiscard comprendía bastante bien al muchacho y supo cuál era el problema. La moneda de oro seguía inserta en la madera del palo.

–El buen arquero, y tengo que decirte que los arqueros viven mucho tiempo– intentó darle ánimo con palabras paternales, –se distingue por la serenidad y la concentración– Le colgó el carcaj de la espalda de modo que por encima de los estrechos hombros se vieran los extremos emplumados de las flechas. –Adquiere su seguridad interna por la sucesión fluida de los movimientos– lo señaló, –por la forma en que coge la flecha, la coloca, tensa el arco mientras se echa atrás, dobla el brazo: todo esto forma ya parte del tiro. Soltará la flecha exactamente en el momento en que la tensión máxima del arco se combina con el blanco que aparece en la mira.

Roç había seguido sus instrucciones como si estuviese en trance, y su tiro acabó de clavar la moneda en el palo.

–El acierto al dar en el blanco– terminó el amalfitano suspirando con alivio y triunfante por el éxito de sus enseñanzas –no es más que una consecuencia lógica de todo el proceso.

Quería adelantarse para sacar la flecha junto con la moneda cuando Yeza, directamente delante de sus narices y justo ante su mano, arrojó el puñal, que trazó un remolino en el aire. La punta empujó la flecha a un lado y partió la moneda por la mitad.

–Mitad y mitad– cacareó Yeza. Desde que apenas ceceaba ya, su voz adquiría a veces un timbre metálico, sobre todo cuando estaba excitada y se sentía feliz. Guiscard dio a cada uno de los niños la mitad de la moneda y los dos salieron corriendo, atravesando las filas de remeros para mostrar a todos su botín.

Los *lancelotti* amaban a los niños como si fuesen pequeños dioses; cada uno de ellos habría dado la vida por esas criaturas. De modo que les alabaron la hazaña con gritos de admiración e hicieron sonar los remos armados de metales provocando un ruido respetable que significaba un máximo de honor y admiración. Los niños se habían alejado corriendo. Clarion y yo intentamos seguirlos, pero era inútil. Así que renuncié.

Laurence seguía recostada en el diván.

–¿Y qué sucedió con el amuleto de vuestro extranjero?– intenté proseguir nuestra conversación anterior.

–Inmediatamente después del entierro solemne del almirante saqué de mi cofre el disco de jade verde, un bello trabajo afiligranado, y se lo até a mi hijo al cuello. Si algún día fuera a parar a tierras de su padre o cayera de algún modo en manos de los mongoles tal vez pudieran reconocer de qué estirpe procede…

–Hamo l'Estrange… ¿un príncipe tártaro? ¿Tal vez un pariente de Gengis kan?

–Quién sabe– sonrió "la abadesa". Clarion, agotada de su cacería inútil, se acercó y se acurrucó a los pies de la condesa. Me consideré despedido.

A LA ESPERA

Constantinopla, palacio de Calisto, verano de 1247

El obispo había ordenado que pusieran la mesa para él y su joven huésped en la terraza, bajo la sombra de los blancos toldos.

Yarzinth, el tunante cocinero de manos hábiles, se disponía a servir a su señor un poco del delicioso dragón marino cuya carne es tan delicada porque se alimenta sólo de langostas. Yarzinth metió con precaución la mano en la horrible boca del temible animal y extrajo con cuidado la carne rosada de detrás de las branquias. Después de haber desprendido una a una las espinas y también la piel empleó unos *asparagoi* rehogados para recomponer la forma original del dragón de mar, lo adornó con hojas de alcachofa previamente fritas en aceite de oliva formando con ellas una nueva piel de escamas, y después lo regó con una salsa espumosa de limón, huevo y nuez moscada. Aquel sería un banquete celebrado bajo el signo de la seducción. Yarzinth inclinó por última vez su larga nariz, aspiró satisfecho el aroma, y sirvió el plato.

Nicola della Porta escanció un vino espumoso y ligero de Crimea en dos copas de plata mientras observaba a Hamo por el rabillo del ojo. El esbelto joven había seguido fascinado las hábiles manipulaciones del cocinero calvo, y sin pensarlo más metió la mano en la fuente donde estaba el pan recién sacado del horno protegido bajo un paño caliente. Arrancó un trozo, lo mojó en la salsa y lo fue masticando mientras Yarzinth le servía el manjar en el plato.

El obispo y su cocinero intercambiaron una mirada en la que se traslucía un matiz de desesperación por las maneras del joven bárbaro. Nicola se encogió de hombros como si fuera a pedir disculpas, y Yarzinth se alejó con la discreción habitual en él.

Hamo dejó vagar su mirada sobre los jardines del palacio de Calisto, hasta el Cuerno de Oro, en cuya superficie espejeante se deslizaban los barcos como libélulas. Los ruidos groseros del puerto no llegaban hasta arriba. Vació su copa de un trago y se limpió la boca con el dorso de la mano.

–¿No irás a darme un beso ahora?– bromeó Nicola. –Nunca habría esperado tanta sensibilidad y delicadeza en ti, pero la verdad es que aún te queda un poco de espuma de huevo en la nariz.

–No me gusta el pescado– dijo Hamo.

–Pues come verdura, o pide a Yarzinth que te prepare una *trajana*. A mí el dragón marino me parece excelente.

–Quiero marcharme– dijo Hamo, –atravesar con un barco el mar, cruzar el desierto a lomos de un camello...

–¿Y por qué no atravesar la estepa a caballo, y durante días y semanas no ver otra cosa que esa misma estepa?– se burló el obispo. –Te alimentarás de leche de yegua y de carne seca que habrás ablandado debajo de la silla, con tu delicado trasero…

–¡No hables así!– dijo Hamo; pero antes de poder expresar otros proyectos de futuro se presentó Yarzinth detrás de ellos, bajo las arcadas que conducían hacia el "centro del mundo", la gran sala del juego. El obispo se había dado cuenta en seguida y le hizo señas de que se acercara.

–El señor Crean de Bourivan– lo informó Yarzinth en voz muy baja como era su costumbre –ha llegado en un barco de los templarios procedente de Aquilea. Llevan a un preceptor a bordo, como se observa por el gallardete…

–Te habrás enterado ya de su nombre, supongo– comentó Nicola con ironía las palabras de su hombre de confianza. –Sabrás si es un pecador o un corrupto, con quién peca y cómo, además del nombre de su abuela…

–Es nieto del mismísimo diablo: Gavin de Bethune– expuso Yarzinth sus conocimientos, –y tiene más importancia en la Orden de lo que su rango indica. Su presencia anuncia grandes acontecimientos, ¡no siempre agradables!

–¿Y a nosotros qué nos importa?– resopló Nicola con sarcasmo.

–Están abajo, en la entrada– susurró el cocinero.

–¡Ya no!– se oyó la voz de Crean. –Debéis disculpar la intrusión, excelencia, y os ruego además que no os atragantéis, pues vengo con las manos vacías. ¡William ya no está en el refugio de los *saratz!*

–¿Ha desaparecido, se ha muerto o lo han cogido preso…?

–Para poder sopesar cada una de estas posibilidades he traído conmigo a alguien que nos proporcionará una buena ayuda: ¡el noble caballero Gavin Montbard de Bethune!

–*Sacrae domus militiae templi Hierosolymitani magistrorum*– espetó el obispo a su huésped, sorprendiéndolo. –¿Cuáles son las reacciones del *mundus vulgus* a la fina red de intrigas tejida por los caballeros del Temple?– Saludó al preceptor con aire de suficiencia, aunque éste, que acababa de salir a la terraza detrás de Crean, era un desconocido para él.

–A cambio de una copa...– Hamo, perfecto Ganímedes, había llenado ya una y se la ofrecía con respeto. Gavin tomó un trago: –Cosecha tardía del 43, tierras imperiales de Odessa– confirmó en tono de elogio después de haber degustado el vino. –A cambio de este sorbo precioso os informaré, querido obispo, de que, aunque no estéis a sueldo suyo, sí gozáis de la benevolencia del Vatatse; de que el sultán de Egipto ha conquistado Tiberías, además del castillo de Belvoir, de los colegas de la Orden hospitalaria, y ahora está asediando Ascalón; de que el legado papal Anselmo, llamado también fra' Ascelino, se encuentra a estas horas visitando al gobernador mongol Baitchú en Tabriz, aunque éste no lo aprecia en absoluto y preferiría verlo disecado... ¿O tal vez deseéis tener noticias del imperio de Occidente? Los de Parma se han vendido al señor Papa, han asesinado al *podestà* del emperador y se han vuelto contra este último, que ha sido destituido, tras lo cual Federico, que precisamente estaba camino de Lyon para coger prisionero a su enemigo, regresó a toda prisa a Lombardía para impedir que cundiera el mal ejemplo. Está levantando frente a Parma una plaza fuerte, toda una ciudad construida con madera y barro, a la que ha bautizado alegremente con el nombre de "Victoria", y ha entrado en competencia con Inocencio, acusándose los dos ahora mutuamente de haber establecido una conjura y pagado asesinos para quitarse la vida el uno al otro...

Gavin se interrumpió y tendió su copa vacía a Hamo. El muchacho se sentía fascinado por aquel personaje en quien veía a un guerrero, monje y a la vez hombre de mundo, perteneciente a la élite dirigente de una Orden que dominaba la Tierra y que, no obstante, estaba siempre a la busca de aventuras, de las que salía con bien.

Nicola della Porta le llenó la copa.

–Os habéis ganado con bravura esta noble bebida que, como suponéis con toda razón, sólo suele escanciarse en la mesa del emperador. Pero la humildad nunca ha sido mi fuerte, estimado señor Gavin, de modo que quiero aprovechar esta hora favorable que os ha conducido a mi palacio– el obispo levantó la copa. –¿Podéis decirme cómo ha recibido el rey de Francia el escrito anónimo que establece una relación entre el emperador que él tanto admira y los herederos legítimos del santo Grial, esos misteriosos niños del Montségur?

Gavin sonrió.

–¿Por ventura creéis, excelencia, que los templarios tienen algo que ver con la huida y la desaparición de los infantes?

–No se me ocurriría pensarlo, distinguido preceptor. Ha sido pura curiosidad lo que me ha llevado a formular una pregunta tan indiscreta *–akuein ta legomena, prattein ta prosejomena–* y cierta debilidad que siento por las intrigas…

–Luis ha reaccionado con calma; no le ha dirigido reproches a Federico y el documento fue archivado sin más, para disgusto de sus secretarios. La cancillería ordenó tan sólo que se realizara un control para verificar si William de Roebruk regresa en efecto con Pian del Carpine de tierras de los mongoles. De modo que en cualquier momento tendréis haraganeando por aquí a un espía de Luis Capet.

En ese mismo instante intervino con gran educación Yarzinth, quien había ordenado que retiraran el dragón de mar, del que apenas había probado nadie. Se dirigió, con su manera habitual semejante a un reptil, a su señor el obispo.

–De la frontera oriental del imperio nos informan que el legado, junto con un tal Benedicto de Polonia, acaba de cruzarla y se acerca a Bizancio– aunque el cocinero susurró esta noticia todos la habían escuchado.

–No obstante, hemos de partir del hecho– fue el preceptor el primero en reanudar la conversación –de que nuestro buen William se encuentra en manos de la curia, encarcelado en el Castel Sant'Angelo o en cualquier otro lugar, retenido por el "cardenal gris"…

Crean objetó:

–Y nosotros nos comportamos como si tuviésemos a William a nuestra disposición.

–*Agraphos nomos*, ¿o se trata de convertir la ilusión en realidad?– se burló el obispo. Pero Crean no se inmutó.

–En política una afirmación es como un hecho. De modo que ya tenemos a William regresando felizmente de la corte del gran kan...

–Lo cual habrá que hacérselo entender a Pian– bromeó Della Porta.

–Para cada pulgar se encuentra el tornillo adecuado– puntualizó Gavin. –En primer lugar, convendrá establecer una divergencia entre Pian y Benedicto, ¡así ganaremos tiempo!

La idea le gustó al obispo.

–Habrá que redactar un informe secreto, falsificado, que acuse a Benedicto y cuyo origen se sospeche que está en Pian. Yarzinth– exclamó de muy buen humor, –¡tú te encargarás de cocer ese caldo envenenado!

–¿Y creéis que Pian afirmará que Roç y Yeza están en la corte de los mongoles?– A Hamo se le planteó de repente esta duda al recordar que él mismo había tenido que ocuparse en su tiempo de un problema similar y que el resultado había sido poco glorioso.

–No te preocupes– lo tranquilizó el obispo. –Pian estará más que contento al ver que arrancamos a esa serpiente, Benedicto, de su pecho, ¡sea cual sea el trato que le demos a éste! Le deseará la peste y la muerte a la vez.

–¡Y Benedicto es William!– de repente el joven tuvo una iluminación.

–Y William tiene que morir– constató Crean a modo de resumen.

Pero Hamo no se dio por vencido.

–Pero si William está en efecto encerrado en una cárcel de Roma, ¿cómo podréis hacerlo morir aquí?

–Aquí morirá el auténtico William, y Pian dará testimonio de ello– lo instruyó Crean. –El del Castel Sant'Angelo es un impostor.

–Morirá a la vista de todo el mundo– resumió el obispo, divertido. –Ya se nos ocurrirán otros detalles. Si Pian consiente en el juego puede presentarlo antes como si fuese William, y después éste –me refiero a Benedicto– callará de todos modos para siempre y acabará enterrado.

–Hay que hacerlo callar antes– les recomendó Crean. –Y además, tiene que redactar un testamento en forma de confesión de un arrepentido, afirmando que, por encargo de algún poder oculto, una conjura mundial de herejes o algo parecido, tuvo que acompañar a los infantes a la corte de los mongoles…

Pero Hamo no estaba de acuerdo y se complacía en intervenir en aquel cruel conciliábulo entre hombres hechos y derechos.

–¿Y por qué matar a Benedicto? Mejor tener dos testigos que sólo uno.

–No, ¡peor!– lo reprendió Gavin, que se mantenía fuera de la disputa. –Alguien podría querer contrastar sus declaraciones.

–Además– añadió Crean con disgusto, –siempre hemos afirmado que era William, y no él, quien acompañaba a Pian…

–En resumen: Benedicto es una no-persona– con estas palabras dio el obispo por terminada la discusión. –Lo único que necesitamos hacer aún es procurarle a la historia un final espectacular. ¡Yarzinth!

El cocinero le pareció a Hamo aún más tenebroso que antes. Con dedos puntiagudos y rostro impenetrable llenó de nuevo las copas.

–Aei gar oi piptusin hoi dios kyboi!– Todos bebieron; cada uno de ellos rumiaba sus ideas.

FALSIFICATIO ERRATA

Constantinopla, residencia estival, verano de 1247

El pequeño grupo formado por dos monjes cabalgando sobre mulos y acompañados de otros dos animales de carga que transportaban cajas, arcones y sacos –así como de sus correspondientes arrieros– se acercaba lentamente a Constantinopla procedente del norte. Habían bajado por las montañas y ahora veían allá abajo el brillo húmedo del Bósforo. Entre el vapor empezaban a perfilarse los muros y las torres de la poderosa capital.

–*Thalatta, thalatta!*– estalló en júbilo el más delgado de ellos, cuyo rostro pastoso y carente de barba, que gracias al sombrero de peregrino y a su ala ancha no recibía ni un rayo de sol, reflejaba los sinsabores y las privaciones del largo viaje. –Al final de la *anabasis*, como quien dice, ¡el mar, casi la patria!

Su compañero, un personaje robusto y digno dotado de abundante barba, lo increpó sin mirar hacia atrás:

–Siempre pensé que vuestra patria, Benedicto, limitaba con el *mare Balticum*...

–¡Polonia está en todas partes!– afirmó el otro sin que al parecer lo disgustara la rectificación. –En todas partes, Pian, donde nos ofrezcan una buena cerveza en lugar de *kumiz* y donde nos espere una mesa puesta con tenedor y cuchillo, un baño y una cama de verdad.

–Por cierto, ¿hasta dónde has adelantado en la redacción de mi *Ystoria mongalorum?*

–Hasta el veintidós de julio del año pasado– contestó Benedicto sin tener que pensarlo mucho.

A Pian no le sucedía lo mismo:

–¿Qué pasó ese día?

–Se celebró *kuriltay* en Sira Ordu, también llamada Karakorum. La asamblea eligió a Guyuk, hijo de Ogodai, y lo proclamó nuevo gran kan– Pian del Carpine recordó al fin los pormenores.

–Ya sé– murmuró; –a pesar de que su padre lo había desterrado y tenía previsto a un nieto suyo como sucesor... ¿Cómo se llamaba el nieto?

–¡Schiremon! Pero la viuda, la jatuna Toragina, supo impedirlo. Se hizo cargo de la regencia y repitió las votaciones hasta alcanzar el resultado que ella deseaba...

–Pero ella, ¿no era cristiana?– Pian no estaba del todo seguro, y Benedicto no lo consideraba demasiado interesante:

–Casi todas las jatunas son princesas naimitas o keratitas, es decir, nestorianas. Pero ¡qué importa eso! Su favorito, Abd al-Rahman, era musulmán...

–Un hombre ávido y sobornable– gruñó Pian.

–Al que no le faltaba talento– opuso Benedicto. –Fue él quien procuró que el general más capacitado de los mongoles, Baitchú, fuese enviado a occidente como gobernador delegado del kan. Desde entonces amenaza al Islam.

–¡Qué pueblo tan extraño!– acababa de exclamar Pian en el momento en que se presentó un grupo de policía imperial que acudía en rápido galope y terminó por rodear a los viajeros.

El oficial examinó a los dos monjes, y su rostro expresaba la máxima desconfianza.

–Somos legados papales– se apresuró a explicar Pian, sorprendido de que el occidente cristiano les deparara semejante recibimiento. –Venimos de regreso de una misión ante el gran kan de los mongoles.

No daba señales de querer detenerse, pero el oficial le cogió las riendas.

–¡Eso lo puede decir cualquiera!– declaró con aspereza. –Yo creo que sois espías de los tártaros atrapados en un intento de introduciros en secreto en la ciudad para explorar las fuerzas militares que hay en ella. ¡En buen momento habéis caído en mis manos!– les espetó con la intención de aplastar toda respuesta.

Pian se mostró indignado.

–¡Enseñále el documento, Benedicto!– ordenó, pero el oficial se interpuso:

–¡Bajad de las cabalgaduras!– y gritó a sus subordinados: –¡Controlad el equipaje y, sobre todo, sus ropas!

El polaco descendió del mulo, cayéndose casi del susto. Le quitaron sin más la chaqueta mongol, una gruesa prenda guateada y bordada con extraños símbolos multicolores. Pian todavía estaba protestando cuando dos policías le arrancaron a Benedicto las botas de las piernas.

En aquel momento asomó por el camino, como caído del cielo, un palanquín escoltado por caballeros templarios.

–¡Dejad paso al inquisidor!– gritó el primero de ellos, y con el extremo romo de su lanza propinó un golpe a uno de los mulos que se interponían en su camino.

Pian gritó, elevando la voz:

–¡Por amor de Cristo, ayudadnos!– Los templarios detuvieron los caballos. –¡No permitáis que estos bandidos le pongan las manos encima a un legado del Santo padre!

Del palanquín que había quedado en tierra salió una figura vestida de negro, con el capuchón profundamente bajado sobre la frente: era Crean desempeñando el papel de "inquisidor", que llamaba a Yarzinth, su "ayudante", para que se acercara.

–Infórmate de las razones que tienen los encargados imperiales del orden contra un hombre que ocupa tan alto cargo en la Iglesia.

–Sospecho que son espías mongoles– le informó el oficial mientras señalaba a los dos individuos, ahora ya descalzos y en calzón.

–¡Una acusación muy grave!– prosiguió Crean en voz alta, sin dar indicios de querer ayudar a los acusados o de acercarse siquiera a ellos. –Proseguid con la investigación, pero pensad también en las dificultades que podríais tener si fueran, en efecto, emisarios de su Santidad– dijo.

–Yo sólo cumplo con mi obligación– le contestó el oficial, –y vos no deberíais dificultar mi tarea– entre los dos se cruzó una rápida mirada de secreto entendimiento.

–¡Cortad las botas!– ordenó el oficial, y así lo hicieron.

Nadie, y mucho menos los afectados, prestaba atención a Yarzinth, que había echado mano de la chaqueta de Benedicto y estaba manoseándola algo apartado de los demás. Sus hábiles manos palparon con la rapidez del rayo la existencia de una carta en el forro, por lo que desgarró la costura, cambió un escrito por otro, y se separó de la chaqueta. La confusión le había permitido cumplir con su objetivo.

Naturalmente no encontraron nada en las suelas destrozadas de las botas.

–¡Ya veis que vuestra sospecha carecía de razón!– reprendió Crean en voz alta al oficial, quien, sin embargo, no se daba todavía por vencido:

–¡Aún queda por registrar la chaqueta!

Uno de los policías se la trajo. El oficial la palpó, se dio cuenta de que contenía algo, abrió con bastante brutalidad la costura y metió la mano en el forro para sacar después el documento y levantarlo triunfante al aire.

–¡Es la carta del gran kan a su santidad Inocencio IV!– Sólo entonces se atrevió Benedicto a abrir la boca:

–¡No os atreváis a romper el sello!– aulló Pian. Y, dirigiéndose al inquisidor, exclamó:

–Señor, ¡ayudadnos!

–"A su excelencia el diácono cardenal Rainierus Caputius, supremo protector de los hermanos pobres, en buena mano"– leyó el oficial las señas sin inmutarse, –"dirige esta confesión desesperada el indigno hermano William de Roebruk, *ordinis fratrum minorum*".

Crean se había acercado al grupo.

–Así pues, en efecto sois vos– y se dirigió, aunque manteniendo cierta distancia, a Pian –Johannes Piano del Carpinis–. Y señalando a Benedicto: –sabemos muy bien que en vuestra compañía viaja el hermano William.

En aquel mismo momento Pian perdió el resto que le quedaba de paciencia.

–¿Dónde está la carta?– le gritó con voz entrecortada a Benedicto. Y, dirigiéndose al inquisidor, afirmó: –¡Este hombre no se llama William!

–¡Detenedlo!– ordenó Crean con sequedad, y varios policías se arrojaron sobre Benedicto. Pero Yarzinth se les adelantó y supo introducir una pequeña cápsula entre los dientes del polaco mientras éste abría y cerraba la boca para protestar, incapaz de decir una palabra; el cocinero le abrió después las mandíbulas a la fuerza y Benedicto escupió unos diminutos restos de vidrio, pero ya sólo era capaz de mascullar.

–¡Pretendía envenenarse…!– lo acusó Yarzinth en tono de reproche.

–…para sustraerse a la justicia terrenal– completó el oficial, excitado, –cuando vio que su doble juego quedaba al descubierto.

–Ponedlo a buen recaudo– ordenó Crean, –y procurad que este pecador no pueda hacer otro intento de suicidio. ¡Alejadlo de aquí!

Los policías ataron a Benedicto, que se había quedado sin habla, sobre una montura libre. Aún intentó gesticular, pero poco después sus brazos cayeron con mansedumbre y ya sólo le salió espuma de la boca. Yarzinth solicitó a los arrieros que señalaran las cajas y los arcones que pertenecían al acusado y ordenó que fueran trasladados con rapidez.

–¡Requisamos sus pertenencias!– El oficial saludó a Crean y le entregó el escrito, tras lo cual los policías se alejaron escoltando a su presa.

–Permitid que os acompañe, ¡tanto para protegeros como para remediar en lo posible las penalidades que habéis sufrido! No lejos de aquí se encuentra la residencia estival del obispo latino de Bizancio– intentó Crean tranquilizar a Pian, que seguía dudando de todo el mundo y, más que de ningún otro, de Benedicto, y que había asistido al espectáculo con muda estupefacción. –Allí seréis un huésped bienvenido y podréis reponeros de este recibimiento indigno de vos, así como del comportamiento contradictorio, dudoso y bastante sospechoso de vuestro acompañante William de Roebruk.

–¡Pero si es Benedicto de Polonia!– estalló Pian. –Siempre ha sido Benedicto de Polonia, desde que nos nombró el Santo padre; lo fue en Polonia y durante todo este largo viaje. ¡Yo no conozco al tal William! ¡Nunca he oído hablar de él!

La comitiva ya se había puesto de nuevo en movimiento.

–Todo se aclarará– consoló Crean al confuso legado. –Descansaréis, y después...

–¡Pero la carta!– gemía Pian, mesándose la barba. –¡La carta dirigida al señor Papa! Era el único objetivo de mi misión, aunque no haya tenido precisamente un resultado glorioso. No puedo presentarme ante los ojos del Santo padre sin llevarle la misiva del gran kan.

–También eso se arreglará.

–¿Y qué debo pensar de ese polaco…?

–Ya veremos si es polaco– intentó alimentar Crean las sospechas del otro. –El hermano William es, por lo que yo sé, flamenco...

–¿Y qué hay de ese extraño escrito que le han encontrado a mi… acompañante…?

Pian estaba ya bastante inseguro. Crean le tendió el escrito.

–¡Podéis abrir vos mismo el sello!– lo invitó. Pian dudaba. –No tenéis por qué leerlo ahora– lo tranquilizó Crean. –Sin embargo, me interesa que podáis identificarlo en todo momento.

–No es de mi incumbencia– intentó el legado sustraerse a dicha solicitud, a la vez que mostraba un extremado malhumor.

–Si os negáis se podría considerar que lo aprobáis, que sabíais lo que estaba sucediendo.

Crean adoptó un tono de amistosa compasión. Pian rompió el sello. Sin embargo, no quiso echar una mirada a lo escrito: sólo guardó un trozo de laca partida en el bolsillo.

–Me basta como prueba– tendió el escrito a Crean:

–Leed vos y hacedme saber si contiene algo que me afecta. ¡No me gusta meter las narices en la correspondencia ajena!

–¿Acaso William no es vuestro hermano, hermano de la misma Orden?– le interrogó Crean.

–Mi hermano era y es Benedicto– insistió Pian, –¡y quiero la *otra* carta!

Crean cambió entonces de tono y demostró a Pian cómo se imaginaba él que podían llegar a una buena colaboración:

–Si las autoridades encuentran la carta del gran kan haré que me la entreguen. En Constantinopla se consigue todo si se paga con buena moneda.

–No me importará pagar un buen precio, hasta estoy dispuesto a comprar la libertad de William, o de Benedicto, con tal de que la carta del gran kan vuelva a mis manos…

Habían llegado ya a la residencia del obispo. La muralla de la ciudad formaba el límite de sus jardines y los encerraba herméticamente. Cualquier posible huésped de la casa era también su prisionero, pero sin que ello le causara disgusto, porque no se daba cuenta.

Instalaron a Pian en un ala lateral bañada por el sol y procuraron que se sintiera cómodo. Lo que él no sospechaba era que su compañero de viaje, tan desdichadamente apresado, había sido instalado en un sótano oscuro del mismo edificio, que aquél creía que era una cárcel del Estado, por lo que temía que le sucediera lo peor.

Tenía Benedicto la mente muy clara, aunque su cuerpo seguía medio paralizado. Oyó que daban vuelta a la llave en el cerrojo y observó que entraba en la celda, rodeado de templarios de aspecto fúnebre, el inquisidor con su ayudante infame. Todos llevaban faroles con los que le iluminaban la cara hasta el punto de hacerle temer que pretendían quemarle los ojos.

–Bien, hermano William– Crean inició el interrogatorio en tono paternal, –¿qué podéis aducir en vuestra defensa?

Intentó responder algo, pero sus labios y su lengua seguían negándose a obedecerlo y de su garganta no salían más que siseos y jadeos. Quería hacerse entender, declarar que no era el que ellos creían y que no había escrito la carta que habían encontrado, pero no consiguió más que emitir gemidos inarticulados.

–¿Cómo podemos ayudarte, hermano– expresó Crean su preocupación, –para que recuperes el habla? ¡Yarzinth, muéstrale los instrumentos!– añadió con suavidad, como si fuese un doctor afamado y dispuesto a sangrar al enfermo para aliviarlo. El mayor temor de Benedicto era que fuera a tocarlo aquel ayudante, de modo que puso todo su esfuerzo en articular las siguientes palabras:

–¡Yo… yo me avergüenzo!

El inquisidor se mostró complacido.

–¿De tu infamia, William?

–Pero no-no-no-no sé, no-no-no-no sé...– No consiguió articular nada más. Una crisis de asfixia puso fin a sus esfuerzos penosos y Yarzinth ya no tuvo que intervenir más. Benedicto, agotado, había caído en un desmayo profundo.

Entonces apagaron las antorchas y se retiraron. Apenas cerrada la pesada puerta de roble detrás de ellos, los templarios ya no pudieron contenerse y se echaron a reír a carcajadas.

En el crucero del antiguo monasterio de monjes griegos se encontraron con Gavin y con el obispo. Nicola della Porta había instalado allí también a sus huéspedes templarios.

–Yarzinth tiene que administrarle primero algún antídoto– lo informó Crean acerca del estado del prisionero.

–Lo mejor será mezclarlo con alguna de esas setas indias alucinógenas que introducen rayos y truenos en el cuerpo– añadió el obispo, –para que al final él mismo se crea que es William de Roebruk.– Estas palabras volvieron a despertar la hilaridad tempestuosa de los demás, pero el preceptor interrumpió pronto aquellos breves instantes de distensión:

–Vuestro problema, Crean de Bourivan, no es ese pobre diablo que tenemos en el sótano, sino Pian, que está extremadamente excitado y a quien no podéis tratar del mismo modo. Sin embargo, es el personaje más importante de todos. ¿Cómo queréis conseguir que el legado apoye vuestra comedia?

–Con mieles y torturas, con hierros candentes si fuese necesario– sonrió el obispo con malicia. –Pian aún no conoce el contenido de la confesión; lo único que habrá comprendido es que va dirigida al de Capoccio, y todos temen al "cardenal gris", incluso un legado del Papa, por limpia que tenga la conciencia.

–¿Y dónde quedan las mieles?– intervino Gavin con entonación sarcástica.

–El obispo, tan preocupado por el bienestar de su digno huésped, habrá movido los hilos de su influencia para rescatar de la policía el escrito del gran kan que Pian echa tan dolorosamente en falta. Nada se opone a devolverlo a su legítimo portador a cambio de un pequeño favor, un servicio que le piden ciertos amigos cuyos nombres nadie desea que se pronuncien…

–Deberíais recibir a Pian ahora mismo, excelencia– se despidió el templario. –Yo prefiero no asistir.

–Es nuestra última reserva– bromeó el obispo. –¡Os juro que os vais a perder algo bueno!

El obispo recibió a su huésped en la pequeña sala de audiencias de la residencia estival, el antiguo refectorio. Nicola della Porta se presentó con todo ornato, flanqueado por varios sacerdotes y algunos guapos monaguillos que entonaban con sus voces claras un salmo cuando el franciscano Pian del Carpine, legado de su Santidad, fue conducido a la sombría estancia cuyas paredes estaban revestidas de madera oscura.

El señor inquisidor estaba sentado detrás de una mesa junto a la puerta y el ayudante de pie tras él; sus figuras revelaban una severidad amenazadora. Pian comprendió que sólo del obispo podrían llegarle alguna ayuda amistosa y buenas palabras.

–Alabado sea Jesucristo– murmuró el obispo descendiendo presuroso del trono y abrazando a Pian apenas se hubo arrodillado éste para besarle el anillo. –Os traigo una buena nueva– prosiguió haciendo sentar a su huésped sobre el taburete que tenía preparado, –y mi alma se regocija por poder prestaros este servicio– se explayó su excelencia dando múltiples rodeos, mientras Pian parecía estar sobre ascuas. –No hubo necesidad más que de mostrarle los instrumentos; William confesó dónde llevaba escondido el mensaje para el Papa. Tal vez tuviese la intención de entregarlo él mismo para arrebataros la fama del mensajero que ha realizado un espléndido servicio…

–¿Dónde está la carta?– lo interrumpió Pian sin poder contenerse, pero Della Porta no se inmutó.

–Vos mismo habéis visto, querido hermano, que William estaba en posesión de un veneno, del que se ha encontrado cantidad suficiente en su poder como para matar a diez hombres fuertes como vos enviándolos al más allá…

–¿Me devolveréis esa carta, que espero nadie haya tocado?– se revolvió Pian con terquedad infantil. –Quiero tenerla en mis manos, llevarla sobre el corazón hasta poder entregarla a mi señor Papa…

–Está guardada en el Archivo imperial– lo informó el inquisidor con toda objetividad, –¡y os será entregada en cuanto abandonéis la ciudad!

–Acompañado de una buena escolta– añadió el obispo con voz untuosa, –¡para que no volváis a confiar otra vez en una mala persona que más bien parece una serpiente traidora. ¡Alabemos al Señor por que todo haya terminado bien!

Pero Pian no parecía ni satisfecho ni feliz.

–Os doy las gracias, excelencia– murmuró, –y confiaré en vos con toda mi alma. Os ruego que no se pierda un documento tan importante para nuestra santa madre Iglesia y que sea guardado por manos inteligentes hasta que pueda proseguir mi viaje hasta Lyon. Pensad que habéis contraído una gran responsabilidad. Sin embargo, el otro asunto que me quema en el alma es...

En este punto lo interrumpió el inquisidor:

–…¡la confesión de vuestro acompañante!– Crean cambió de tono para responder a la seriedad de la situación. –Estoy bien seguro de que os quema en el alma, señor legado, puesto que contiene acusaciones graves, que incluso podríamos calificar de horrorosas. ¡Yarzinth!

El ayudante entregó a su maestro un escrito; éste se puso solemnemente de pie y proclamó:

–En vista de la magnitud de los pecados que aquí se exponen contra el Papa y la Iglesia tengo que excluir de esta lectura a todo el que no haya jurado obediencia a la santa Inquisición...

El obispo parecía sorprendido, incluso un poco ofendido:

–Si queréis estar solo con este hombre, a quien pienso que se le acusa injustamente o para difamarlo, ¡podéis disponer de mi casa!– Con estas palabras recogió sus faldones y salió de la estancia, seguido por los sacerdotes y monaguillos. La puerta se cerró con un golpe algo fuerte. Pian se encogió y quedó con la mirada fija en el trono vacío del obispo.

–Ya conocéis a quién va dirigida esta carta– dijo Crean al legado mostrándole el sello partido por la mitad, pero Pian apenas prestó atención al detalle. De modo que, a una señal de Crean, Yarzinth inició la lectura:

–"Yo, William de Roebruk, temiendo una muerte antinatural que Pian del Carpine pueda tenerme preparada, confieso todos mis pecados y juro lo siguiente: me dirigí con los dos infantes, tal como el hermano Elía me había ordenado, hacia el lugar de encuentro acordado con el hermano Pian en los Alpes, en el lugar conocido por el nombre de "el puente de los *saratz*". Para escarnio y burla de toda la Cristiandad los infieles han establecido allí, en el mismo corazón de Occidente donde el aire debería ser más puro, un centro apestoso, edificando mezquitas en lo más hondo de la montaña donde se dedican a escupir sobre Jesucristo y la Virgen María, y donde torturan, descuartizan y asesinan en sus cárceles subterráneas a los cristianos y hermanos más fieles aplicándoles los tormentos más horribles. Esta actividad infame es pagada por el inmundo emperador, del mismo modo que solía hacerlo ya en Lucera, con monedas de plata robadas a los mensajeros del Papa, pobres hermanos de san Francisco como yo, que son ahorcados sin recibir el último consuelo antes de morir. Allí, en la antesala del infierno, sentado entre los diablos, me esperaba Pian…"

Del pecho del legado salió un profundo gemido; se hundió sobre sí mismo cayendo casi del taburete y ocultó su rostro entre las manos. Yarzinth prosiguió con su descripción florida, al parecer sin conmoverse, incluso irradiando una satisfacción diabólica:

–"Mi hermano Pian estaba entre los demonios como si fuese uno de ellos, difamaba al Mesías y escupía sobre la cruz. Ya había conseguido que su acompañante, Benedicto de Polonia, fuese asesinado por aquellos infieles...

–¡No!– gritó Pian, –¡no sigáis!

–Pero si acabamos de empezar– dijo Crean. –¿Acaso queréis confesaros ya?

–¡No!– consiguió farfullar Pian con voz medio ahogada, y Yarzinth prosiguió:

–"Pian me obligó a acompañarlo a él y a los niños a la corte de los mongoles. A partir de entonces me llamó «Benedicto de Polonia». Aquellos infantes eran hijos de herejes, como pude cerciorarme, por lo que representan una amenaza terrible para la Iglesia. Pian había recibido su encargo pecaminoso de Elía con la finalidad de dañar a la Cristiandad y a occidente, pues, como Pian me confió, se trata de proclamarlos soberanos y sentarlos en la silla de san Pedro convirtiéndolos en reyes y sacerdotes herejes por la gracia del gran kan. Ellos harían que el mensaje del santo Grial de los cátaros prevaleciera finalmente sobre el testamento de Cristo y su albacea romano, nuestro santo Padre, el señor Papa. Lo sé por boca de Pian, quien, al igual que Elía, ha vendido su alma al Anticristo. Elía me había confiado en un primer momento esos infantes herejes a mí, y Pian me obligó a seguirlo hasta tierras de los mongoles, quienes difunden el pánico y el terror por donde pisan. Durante dos largos años no he visto el rostro de ningún cristiano fiel.

"Pian sólo tenía en realidad el encargo de nuestro señor Papa de ir al encuentro de Batu, en tierras de la Horda de Oro, pero insistió en acompañar a los niños hasta la corte del gran kan, donde habló muy mal del señor Papa y admitió ricos tesoros en pago de su traición. Yo no tengo parte en ello; mi alma está profundamente apenada por haber participado en esta acción pecaminosa a la que me llevó únicamente el temor por mi miserable vida y no haber sido capaz de negarme. Pero sé que he de pagarlo. Detrás de Pian, detrás de Elía, hay otros poderes aún más diabólicos que me harán callar a mí, único testigo, antes de poder confesar arrepentido esta debilidad pecaminosa de mi persona. Mi nombre está deshonrado para siempre, y espero que esta confesión sirva al menos para salvar mi pobre alma.

William de Roebruk, O. F. M."

–¡Es inaudito!– gimió Pian. –¡Infierno, trágalo!

–La puerta del infierno siempre está abierta– remachó Crean. –¿Es todo lo que tenéis que decirnos?

–Nunca estuve en los Alpes, ¡nada sé de ningún niño!– aulló Pian. –A mí me dieron como compañero a Benedicto de Polonia, y así lo he llamado desde un principio.

–Vos fuisteis durante muchos años provincial de la Orden en Alemania. En función de ese cargo debéis haber cruzado repetidamente los Alpes. ¿Conocéis el lugar que aquí se menciona?

–¡Nunca estuve allí!– exclamó Pian.

–Pensadlo bien– le advirtió Crean con dulzura.

–Claro que he oído hablar de ese lugar– se corrigió el legado: –dicen que se encuentra en un maldito valle lateral, delante del paso Juliano. Siempre evité cruzar por ese puerto de montaña...

–¿Y cuál era vuestro encargo? ¿Es verdad que no teníais poderes para viajar hasta la corte del gran kan? ¿Qué os movió a desobedecer a la Iglesia? ¿Y los niños?

–¡Todo es una mentira infame!– gritó Pian. –El escrito del Papa "Cum Non Solum" iba dirigido al soberano de todos los mongoles, por lo que Batu me hizo seguir...

–¿Qué hay de los niños?– insistió Crean en tono tranquilo –¿Hacia dónde los llevasteis?

–¡Al diablo con los niños!– gritó Pian. –¡No había niños, jamás he visto a ninguno!

–Y a William, a quien vos insistís en llamar Benedicto aunque la confesión nos aclara plenamente los hechos– Crean dejó que esta observación secundaria hiciera su efecto, –¿quién os lo dio como compañero, dónde se unió a vos? En Lyon no estuvo, desde luego.

–El "cardenal gris"– sollozó Pian; –sabéis muy bien...

–Quiero saberlo con toda precisión– dijo Crean, –y haríais mejor en colaborar con la santa Inquisición en lugar de enredaros en más mentiras...

–No tengo nada que ocultar; todo es una conjura urdida para difamarme. ¡Alguien quiere robarme el fruto de mi misión! Debéis ayudarme en lugar de acusarme– el legado se mostraba desesperado y obstinado a un tiempo; aquel hombre tan robusto estaba a punto de hundirse. –¡No tengo nada que confesar!

–Pero Pian– cambió Crean ahora de tono, –al fin y al cabo, el tal William no puede habérselo inventado todo; hemos podido comprobar que se trata de un individuo de carne y hueso de cuya chaqueta mongol ha sido extraída esta confesión...”

–¡Un monstruo, un monstruo sanguinario!– aulló el legado una vez más, aunque ya en un tono más resignado. Estaba solo, abandonado por todos y en manos de la Inquisición. Se dijo a sí mismo: “Pian, tienes que ver cómo sacar el cuello del lazo. El único amigo que tienes ahora es este inquisidor que acaricia tu mano, una mano que tiembla de rabia...”

–Debes confesar, Pian, que William y esos niños viajaron contigo hasta Mongolia, aunque tú no supieras de qué se trataba. Lo que podemos hacer es darle la vuelta a la acusación: atribúyele la iniciativa a ese William de Roebruk alias “Benedicto de Polonia”, que al parecer quiere embarcarte en tan sucia maniobra. Habrá demasiada gente que te pregunte por los niños; todo el mundo habla de su existencia –una existencia que también es conocida por el “cardenal gris”– y de su viaje hacia tierras mongoles: ¡no lo podrás negar! Puedes darte por satisfecho si conseguimos que William reconozca su responsabilidad exclusiva en la misión antes de presentarse ante el Juez Supremo. Tú confiesa lo de los niños; nosotros procuraremos que ese infame ya no pueda abrir más la boca para insultarte...– Crean suspiró en vista de la pesada carga que su amor fraterno por el prójimo le imponía –y después destruiremos esa confesión tan desagradable para tu reputación. ¡William es hombre muerto!

–Por Dios santo– dijo Pian en un momento en que cualquiera habría pensado que se daría por satisfecho al ver que le ofrecían una salida tan aceptable, –¡no debe sufrir ningún daño!

–¿Cómo? ¿Os atrevéis a rogar por la vida de ese miserable?

Pian se sintió confuso:

–William, quiero decir Benedicto, bueno, como sea: William me acompañó en calidad de intérprete, por orden del Castel Sant’ Angelo. Por pura comodidad lo he utilizado también como escribiente. Durante todo nuestro viaje le he ido dictando mi *Ystoria mongalorum*, la obra de mi vida, la que me va a permitir alcanzar justa fama ante los ojos del Santo padre y honor ante los príncipes de Occidente, puesto que no existe otro informe sobre la vida y las costumbres de los mongoles y sobre todo ninguno acerca de sus objetivos y capacidad para conseguirlos; es decir, un informe que abarque también su organización militar. Lo he ido dictando a esa persona en todos los lugares por los que hemos pasado; él fue tomando notas en su "escritura abreviada", como la suele llamar, y que yo no sé leer. Me prometió redactarlo después en forma de libro. Sin esos escritos estoy arruinado. Tenéis que haber encontrado esas notas entre sus pertenencias...– sugirió Pian temeroso.

Ya no se trataba de una amenaza inminente para su vida terrenal, sino de su fama como escritor.

–Es cierto– se apresuró a asegurarle Crean; –hemos encontrado muchas hojas en un arcón suyo, ¡estaban llenas de signos garrapateados e incomprensibles!

–¡Pues que lo traslade a una escritura legible!– ordenó el legado, que había recuperado parte de su aplomo. –No me moveré del sitio hasta conseguirlo; ¡me pone enfermo pensar que ese hombre está sin hacer nada en lugar de escribir mientras le queden fuerzas!

–Tranquilizaos– dijo Crean, y el suspiro que lanzó fue por una vez auténtico. –Daré órdenes para que le entreguen de inmediato tinta y pluma y el mejor de los pergaminos; se lo llevarán a la celda...

–Y proveed que sea azotado si no escribe con diligencia– añadió el legado con expresión patriarcal. –¡Después podréis proceder con él como se merece! Decidme algo de esos niños.

–Ya tendremos ocasión– dijo Crean sin conmoverse viendo que había ganado la primera batalla. –Ahora vamos a preocuparnos de que vuestro *opus magnum* adquiera una forma digna de su contenido.

Se levantó del asiento y ordenó a Yarzinth:

–¡Conduce al señor legado a sus habitaciones!

–Ya conozco el camino– contestó Pian con diligencia. –Alabemos al Señor por haber encontrado tan buena solución.

Una vez en la puerta se volvió de nuevo hacia atrás:

–¡…y que Dios nos guarde de tener jamás un Papa polaco!– susurró elevando su dedo corazón, en un gesto vulgar, verticalmente al aire.

–¡Amén!– contestó Crean.

–¡Vaya problema que tenemos ahora!– se quejó su "ayudante" una vez estuvieron solos.

–Es el precio que habrá que pagar, Yarzinth– contestó el "inquisidor", agotado a su vez. –A partir de ahora tienes que añadirle sedantes a la comida del legado y enterarte de cualquier otro capricho que tenga para pasar el rato, porque nosotros, es decir, Benedicto, necesita tiempo…

Con esto habían llegado al crucero, donde los esperaban Gavin y el obispo.

–¿Está a punto?– preguntaron.

Crean asintió.

–Nos hemos enterado de lo que nuestro prisionero deseaba transmitirnos allá abajo, en el sótano: ¡no sabe escribir!– Gavin se echó a reír. –Benedicto no es analfabeto: sabe leer y, por lo demás, tampoco es tonto, ¡pero jamás aprendió a escribir!

–¡Dios Todopoderoso!– se le escapó a Yarzinth. –¡Que no se entere Pian!

–Si ese idiota engreído no se ha dado cuenta hasta ahora– dijo Gavin, –¡creo que podremos evitarlo también en el futuro!– y estalló en una risa que retumbó en las paredes. –Una conjura magnífica: ¡una confesión falsificada cuyo autor es incapaz de escribir una frase legible!

Crean había palidecido ante el peligro que amenazaba de nuevo sus planes.

–Ése es sólo uno de los aspectos– resumió en tono sarcástico. –El otro es: el señor legado es autor de una *Ystoria mongalorum* extensa y definitiva cuyos textos siente no poder recordar porque los dictó a un escribiente que no sabe escribir, y del cual espera ahora que le entregue el *scriptum*.

–Pues habrá que ayudarlo– dijo el obispo con malicia. –¡Yarzinth! ¡Tú has demostrado más de una vez poseer una pluma excelente…

–Aquí ya no juego, excelencia– dijo el cocinero con aire impenetrable. –En este caso renuncio y dimito, ¡prefiero ponerme a disposición de Olim, el verdugo!

LA TRIRREME

Constantinopla, verano de 1247

El tiempo era espléndido. Desde hacía días los ojos disfrutaban de la visión de las islas griegas que emergían con sus pueblos luminosos reflejados en el agua de un mar verde turquesa, los templos situados en lo alto de las colinas ante un cielo deslumbrante, y las barcas de pescadores, las naves y los veleros en las bahías, desde donde los saludaban con la mano cuando la trirreme pasaba de largo con las velas hinchadas o empujada por el golpe poderoso de los remos. ¡Aquí, pues, es donde habitan los dioses! William lo comprendió perfectamente.

Sin embargo, nada impresionó tanto a los niños como la primera visión del antiguo Bizancio, que surgió del mar cual Olimpo radiante del Propontis. Una muralla impresionante se internaba por el lado izquierdo en el interior del país superando valles y colinas, recogiendo en un abrazo poderoso la acumulación enorme de torres y cúpulas, que no parecía tener fin. Hacia el flanco marino, por donde la trirreme pasaba ahora presentando su saludo, la ciudad de las ciudades se permitía mostrar una fortificación completa, en la que tenían cabida puertos artificiales flanqueados por fuegos señalizadores además de gigantescos arsenales, torres de defensa, bastiones dotados de catapultas, almacenes y grúas.

¡Y qué aglomeración de personal! Los niños jamás habían visto tantos barcos y tanta gente juntos a la vez. De repente les pareció que el puerto de Marsella y el otro menor de Civitavecchia, que aún recordaban, eran pobres y míseros en comparación con éste. ¡Cuánta mercancía, balas, barriles, ánforas y cajas! Montones de todo, como si se tratara de suministrar mercancías al mundo entero aunque no estaban destinadas más que a la propia ciudad, que se agolpaba detrás formando un mar de casas que llegaba hasta el mismo puerto, coronada por una extensión de cipreses en las colinas de un verde oscuro profundo entre el que aparecían dispersos los palacios y las iglesias que lucían cruces doradas en los tejados.

La trirreme entró en el Cuerno de Oro y atracó en el puerto antiguo, antes del puente de embarque, a media altura entre el barrio de los genoveses y el de los venecianos.

La condesa estaba de pie a la sombra del toldo avanzado de la *cabana*, y nada hacía notar que el barco, cuyos remos eran retirados en ese momento, era suyo. Se comportaba como una pasajera normal y corriente que se ha retirado a la discreción del anonimato.

El mando corría a cargo de Guiscard y éste lo ejercía de viva voz, puesto que a él le habían asignado el papel de un navegante tan excéntrico como temeroso de Dios. Su cometido era transportar a un grupo de monjas devotas que iban en peregrinación a Tierra Santa, y lo único que a lo sumo podía llamar la atención era la belleza extraña de su joven abadesa.

Clarion se había despojado de todas las joyas, siguiendo la recomendación de Laurence, y se distinguía por la seriedad especial de sus oraciones, para cuyo fin reunía en torno suyo a sus "hermanas", las camareras y criadas de la condesa, todas en ese momento sobre cubierta. Los *lancelotti* con sus remos lanceados, las catapultas y, en general, todo objeto que pudiese mostrar un aspecto marcial, habían sido condenados a ocultarse muy abajo, en el espacio de la quilla, y hacia allá habían ordenado que se retirara también William con los niños.

Laurence prefería ser precavida; le dijo a Guiscard que enviara primero a algunas personas de su confianza para verificar si no había en las cercanías ninguno de esos "repelentes moscones negros", como se refería a los papales.

El barco estaba apostado no lejos de donde desemboca la cloaca máxima en el puerto, por lo que el olor que les llegaba era algo más fuerte de lo habitual en aquel ambiente, un tanto cargado de espesor y podredumbre, pero en cambio ofrecía una ventaja que sólo pocas personas sabían apreciar. Laurence era una de ellas.

En sentido oblicuo se seguía alzando frente a ellos, sobre estacas, la antigua casa de citas. Laurence envió en secreto una mirada indagadora hacia allá. En las ventanas no se veía ni una pierna desnuda ni un seno descubierto para atraer al personal, pero ella sí recordaba el olor procedente del canal de la cloaca, por el que se podía ascender –tapándose la nariz, claro– unos trescientos pies hasta llegar al lugar donde, detrás de una reja deslizable, desembocaba el vertedero de la gran cisterna del emperador Justiniano.

Una vez alcanzado ese bosque subterráneo de columnas, casi cualquier punto de la ciudad queda al alcance; como mínimo cada palacio importante poseía una comunicación secreta con aquella reserva de agua, o a través de un laberinto de grutas naturales o de un sistema perfectamente calculado de acueductos transitables.

Laurence apartó rápidamente de su mente la idea de llegar al palacio de su sobrino el obispo empleando aquel acceso extraordinario y no carente de dificultades, pero le satisfacía saber que existía como eventual vía de escape. ¡Demasiadas veces en su vida había tenido que huir de repente de algún escenario peligroso!

Hizo cargar todas sus pertenencias personales, que consistían en un número considerable de arcones, balas de tejido, cajas y cestas, sobre las espaldas de los moriscos que se le ofrecían con mucho gusto como porteadores en vista de que no tenían demasiadas esperanzas de abandonar de otro modo el vientre oscuro de la trirreme. La condesa renunció a llevar consigo a algunas de sus camareras; prefería que éstas quedaran cuidando de Clarion, disfrazadas de monjas que rodean a su abadesa. La condesa deseaba distanciarse de la zona del puerto con la máxima rapidez posible y sin llamar la atención. Podía suceder que alguien reconociera en ella a "la abadesa". Era posible que aún hubiese precio puesto a su cabeza, por lo que se había teñido el cabello con *henna*; y tampoco sabía si Olim, el verdugo, seguía ejerciendo su oficio o si estaba muerto. La trirreme era una nave que llamaba demasiado la atención, preciosa gracias a sus formas anticuadas que exigían más de la fuerza de los brazos de lo que exige la técnica moderna de navegar a vela. En el muelle ya se había reunido un grupo de curiosos para observarla.

El grupo de moriscos se puso en movimiento con el palanquín de la condesa en cabeza, empujando a un lado a los curiosos. Después avanzaron por la ciudad vieja, que asciende colina arriba hasta acercarse a monasterios y palacios.

Nicola della Porta, obispo romano residente en el Bizancio griego, seguía acostado pese a lo avanzado de la mañana bajo el dosel de su lecho. Compartía con Hamo una fuente de uvas frescas y manzanas que Yarzinth le había presentado ya peladas.

–Siempre he confiado en tu arte y tus recetas– se dirigió a su cocinero. –¿Cómo es que me llega de nuestra residencia estival la triste noticia de que Pian está pálido y medio enfermo?

–Yo he ordenado que le sirvan la mejor comida e incluso envío cada día algún que otro manjar especial de nuestra cocina para que lo sirvan en su mesa– se defendió el cocinero. –El señor preceptor ha ganado ya cuatro libras de peso, pero al señor legado no lo aprovecha. Está triste porque no le entregan nada escrito, y le preocupa que su historia de los tártaros jamás llegue a iluminar el ojo de un lector agradablemente sorprendido. De modo que se pasa el día blasfemando y quejándose, ¡y cree que su hermano detenido, cuyo nombre ya no pronuncia, no está en condiciones de cumplir con sus obligaciones de escribiente!

–¿Y por qué nuestro calígrafo, allá abajo en el sótano, no hace otra cosa que vomitar?

–Porque se empeña en introducirse dos dedos en la garganta para vomitarlo todo, por miedo a perecer envenenado.

–Pues no va tan mal encaminados– se burló Hamo. –Para Yarzinth sería la manera de desembarazarse de la necesidad de hacer méritos como escribiente.

–Cada uno tiene su particular espada de Damocles suspendida encima de la cabeza– una rápida mirada agradeció a Hamo la sugestiva propuesta. Yarzinth se dirigió al obispo. –Tengo una buena noticia, excelencia, y otra mala. La buena es que William de Roebruk acaba de llegar. ¡La mala es que los niños también!

El silencio se extendió bajo el dosel.

–*Tetlathi de kradie?* ¿Aquí, a Constantinopla?

–Vuestra señora tía, la condesa de Otranto, está a punto de aparecer– en realidad, la noticia iba más bien destinada a Hamo, y Yarzinth se retiró con una fina sonrisa.

El muchacho reaccionó de inmediato, presa del pánico:

–¿Mi madre? ¡Yo me escabullo!

Se oyeron unos toques de nudillos en la puerta y entró Crean.

–¿Podéis aclararme cómo se entera vuestro cocinero de lo que hablan los mejillones debajo de las aguas del puerto? ¿No será un espía?

–Has de saber– dijo el obispo incorporándose entre los almohadones –que en su día se lo compré a Olim. Le iban a cortar una mano por su arte de mezclar venenos, un pie por ladrón fugitivo y un ojo por falsificador; pero yo pensé que un ser tan útil, todo en una pieza, no debería ser troceado. Me viene sirviendo fielmente como cocinero y debo decir que ha valido la pena– Hamo desapareció por una puerta lateral, justo antes de que Laurence entrara furiosa en el dormitorio, sin tomarse la molestia de avisar.

Vio al obispo en su largo camisón y pasó por alto a Crean.

–¡Qué clase de recibimiento es éste!– exclamó indignada. –Por lo menos podrías haber acabado de vestirte. ¿Dónde está Hamo?

–Hace un minuto estaba aquí y ahora llegáis vos, queridísima tía– se alegró el obispo al ver a la visitante. *–Dis kai tris to kalon.–* Abajo, en el vestíbulo, los porteadores estaban descargando con gran revuelo cajas y paquetes, el palanquín y los baúles, los cofres de joyas y los sacos de ropa. El obispo arrojó una mirada por encima de la barandilla. –Veo que venís sólo por unos pocos días– su voz rezumaba pesar.

–Lo que deseo es volver a alejarme cuanto antes de aquí– lo corrigió la condesa con aspereza. –¡Haz el favor de vestirte, porque tenemos que hablar! Y vos, Crean de Bourivan, deberíais estar presente.

El consejo de guerra se reunió en un gabinete sin ventanas, junto a la cámara del tesoro. Gavin Montbart de Bethune, preceptor de la Orden de los templarios, había sido presentado a la condesa, y ésta apreció en seguida su forma serena de dominar la situación.

Gavin se hizo de inmediato con la presidencia de la reunión.

–Puesto que habéis echado el ancla en este puerto, y confieso que se necesita valor para hacerlo– dirigió su primer discurso a Laurence, –habrá que poner a los niños, junto con William, provisionalmente a resguardo en tierra, pero sin que sean vistos.

–Poco tengo que oponer a la propuesta– respondió la condesa. –¡Exponed las seguridades que me ofrecéis y decid si podréis mantenerlas también en el futuro!

–En esta casa nada puede sucederles– se ofreció el obispo, pero a Laurence no pareció bastarle dicha afirmación ni mucho menos.

–Lo decís porque no conocéis el poder concentrado y la infamia de los papales– le reprochó. –Esto no es una fortaleza como Otranto, y vos no disponéis de un grupo de combate como el que tengo en mi trirreme. Y, sin embargo, he preferido llevarme a los niños, pero sólo para buscarles un lugar más seguro.

–Yo os ofrezco la seguridad máxima. Olvidáis que aquí el catolicismo sólo es una religión que profesan los ocupantes, y que el pueblo nos soporta aunque no sin reticencias. Todas las fuerzas vivas que habitan la ciudad se opondrían a los atacantes.

–Muy nobles vuestros griegos– intentó mediar Gavin, –pero creo que subestimáis el brazo oculto de la curia, las intrigas que proceden del Castel Sant'Angelo y la infamia del "cardenal gris". ¡Bizancio es exactamente esa charca turbia en la que sus intrigas florecen como el moho en un ambiente de calor y humedad!– El preceptor se detuvo un instante para que la imagen hiciese efecto, antes de proseguir: –No existe más que una organización que no solamente está a su altura, sino que incluso le es superior porque no se encuentra fuera del imperio papal sino en su mismo centro, y que reúne en su seno, aún mejor que los señores de Capoccio, *pater filiusque*, el poder espiritual y el poder terrenal y sabe ejercerlos, ¡y esa es la Orden del Temple!

–Vos no podéis hablar en nombre de la Orden, Gavin– intervino Crean con excitación difícilmente reprimida. –Antes podría yo hablar en favor de la mía, puesto que, incluyendo al gran maestre en el lejano Alamut, todos los que conocen el problema están de acuerdo no solamente en salvar a los niños, sino en elevarlos a un nivel superior hasta ver realizado lo que ya está decidido: ¡el "gran proyecto"! Detrás están los "asesinos", dispuestos a cualquier sacrificio para garantizar su puesta en práctica– Crean respiró a fondo y se obligó a sí mismo a guardar las formas debidas. –Los templarios iniciados en esta unión secreta, nuestros hermanos, hermanos de sangre que pueden estar seguros de gozar de nuestro máximo respeto, sólo son muy pocos...

–*Pauci electi!*– se opuso Gavin al veredicto, pero Crean aún no había terminado:

–¿Quién os garantiza lo que mañana pueda considerar oportuno otro maestre de la Orden? La seguridad que vos ofrecéis tiene pies de barro.

–¡Yo no confiaría los niños ni a los templarios ni a los "asesinos"!– intervino el obispo a su manera impulsiva. –No porque no confiara en ellos, sino porque veo que esto pondría en peligro la presencia de una institución superior a las diferentes partes: es forzoso que en un caso esté descontento el Islam y en el otro la Cristiandad. Hay que proteger el "gran proyecto" incluso de aquellos que han contribuido a desarrollarlo. No sólo se trata de la seguridad externa de los niños, sino de su realeza divina, ¡de la pureza del santo Grial!

–Me sorprendéis, Nicola– le respondió Gavin, –y me avergonzáis, puesto que os había subestimado– el preceptor se había puesto de pie y abrazó con gran espontaneidad al obispo. –Yo he expuesto mi oferta, y mis caballeros y nuestro barco están dispuestos, ¡decidamos lo que decidamos!

A esto respondió el obispo:

–*Gnothi seauton!* Yo no soy más que humano, además de un ser débil, herencia de un padre desconocido; mi superficialidad domina sobre ciertas ideas más profundas que me acuden de vez en cuando. No soy ni lo suficientemente digno y fuerte ni tan abnegado como para poder afirmar: "¡Los niños están seguros si se quedan aquí, conmigo!" ¡Yo no puedo cargar con esa responsabilidad!

–¡Y yo no quiero soportarla por más tiempo!– exclamó Laurence. –No es que quiera deshacerme de ellos, porque os aseguro que les he tomado cariño, pero tampoco soy yo una personalidad tan fuerte como les puede parecer a muchos. Me gustaría volver a llevar una vida normal, si es que hay algo que pueda calificarse así. Seguramente fue un error mío venir hasta aquí, romper el cerco y alejarme de la seguridad que ofrece Otranto, poniendo además en peligro a los niños; me siento insegura, ¡no me creo a la altura de tal misión!

–Me siento profundamente impresionado– dijo Crean –de cómo os estáis superando uno a otro en el reconocimiento de vuestras debilidades y en la noble virtud de la humildad y la renuncia. Lejos de mí la tentación de pensar que esa humildad representa la postura más fácil, y que la huida ante los problemas presentes o futuros no refleja más que cobardía y comodidad. ¡La verdad es que el "gran proyecto" exige el valor que tienen los leones y las águilas!– Crean pasó de la ironía a la firmeza. –Os ruego que nos dejéis sacar a los niños del espacio mediterráneo, confiad en mí. Yo los llevaré a Alamut. Allá no sólo estarán seguros sino que también se les dará la educación espiritual que necesitan para en su día hacerse cargo de la misión que los espera.

–¡No!– contestó Gavin. –El valor de los "asesinos" puede asimilarse al de los leones y las águilas, pero yo pretendo que el destino de los niños esté confiado a la sabiduría política de personas instruidas que tengan también el valor de ser cobardes.

–¡Nada de eso!– dijo Laurence. –Los niños deben aprender a amar la vida, no la muerte heroica que supuestamente abre las puertas del paraíso.

–¡No!– dijo el obispo. –Desde mi punto de vista, Alamut queda demasiado lejos y está sumido en una atmósfera sectaria. Además, está demasiado cerca de los mongoles! A mi entender, el cordón umbilical entre oriente y occidente sigue transcurriendo por el eje que une Constantinopla con Jerusalén. Precisamente el espacio mediterráneo es lo que más necesita un reinado de paz, y eso es justo lo que espero conseguir gracias a los niños.

–Entonces ya me puedo marchar– Crean se había puesto de pie de un salto.

–Esperad– dijo Gavin, –debemos tomar una resolución. El resultado de nuestra *seduta* es, hasta ahora, el siguiente: hay dos partidos que quieren la tutela de los niños pero que no deben hacerse cargo de ellos, y otros dos que los tienen pero que se sienten atemorizados. Yo propongo solicitar una decisión superior, y además cuanto antes. Mientras tanto, los niños deberían quedarse aquí, y nosotros unir nuestras fuerzas para darles protección. Propongo además que Crean de Bourivan embarque de inmediato para recabar el *dictum* de los padres del "gran proyecto". A este fin pongo a disposición mi nave.

El obispo y la condesa se mostraron de acuerdo, pero Crean se rebeló:

–Ya he expresado mi voluntad, nuestra voluntad...

–Tal vez podáis hablar en nombre de vuestro canciller– le interrumpió la condesa con voz cortante, –¿pero y en nombre de la *Prieuré?* ¡Traed aquí a vuestro padre para que decida!

–John Turnbull piensa igual que yo– opuso Crean con amargura, –pero me someto a vuestros deseos– se inclinó ligeramente en dirección a Gavin, –y le daré aviso. ¡No necesito vuestra nave!

Saludó a los presentes y quiso abandonar la estancia. El obispo lo acompañó hasta la puerta.

–Pero William aún vive– le expuso con un susurro sus últimos reparos, –y aún lo necesitaremos. *Me kinein kakon eu keimenon.* Por favor, procurad que de momento no le suceda nada, pues sé que ya hay un nudo en el cordón de su vida.

–Entonces sabréis también que una vez pronunciado ese veredicto no hay ser vivo que pueda escapar a la muerte. Lo más probable es que haga ya tiempo que salieran en su persecución los ejecutores; tal vez se encuentren aquí mismo, en Bizancio, entre vosotros. De modo que sois vos quien debéis cuidar de que no se le acerque nadie que no conozcáis.

–*All' etoi men tauta theon en gunasi keitai!*– El obispo mostró su desilusión y Crean se alejó apresurado.

–Espero– proclamó Nicola della Porta a su regreso –que nadie tenga algo en contra de que metamos en seguida al William verdadero en el sótano para que vaya anotando lo que Benedicto le cuente.

–¿Y cómo le sentará a este último, que involuntariamente lleva el mismo nombre, verse confrontado con su original y darse cuenta por tanto de que es una "confusión" intencional lo que le ha aportado tantos disgustos?– quiso saber Gavin.

–Déjalos que hablen lo que quieran; además, ninguno sabe nada de la carta que hemos leído a Pian– aclaró el obispo sacando de nuevo a relucir su lengua viperina. –Déjalos que se saquen los ojos el uno al otro o se abracen como hermanos: nada de ello saldrá de los muros de este edificio. Lo importante es que anoten esa dichosa historia de los mongoles para que Pian se sienta feliz. En este momento dependemos más que nunca de la colaboración de Pian, ahora que los niños están aquí. Debemos atenernos a los hechos.

–Dejadme enviar con vuestro *major domus* unas cuantas líneas a la trirreme para que sepan que todo va bien.

Así pues, el obispo envió a su cocinero al puerto con el encargo de traer consigo al monje William de Roebruk y a los dos niños e introducirlos sin ser vistos en el palacio de Calisto, para lo cual atravesarían unos canales seguros, y de instalar después a William en el sótano y a los niños en el "Pabellón de los extravíos humanos".

Crean alcanzó muy pronto con sus pasos rápidos la trirreme atracada en el muelle del puerto. No descubrió a William ni a los niños, pero sí vio a Clarion vestida con hábito de monja y rodeada de sus "hermanas". Estaban bajo el toldo de la *cabana*, arrodilladas y rezando las oraciones vespertinas. Crean mostró su impaciencia hasta que la joven abadesa se incorporó y le hizo señas de acercarse.

–Si pretendéis pedir mi mano, Crean de Bourivan– intentó ella superar con coquetería la timidez que la afectaba cada vez que veía a aquel hombre, –llegáis demasiado tarde ¡He tomado el velo!

–A pesar de ello os ruego que vengáis conmigo, vos y los niños– expresó Crean sus deseos sin más florituras. –No están seguros aquí. ¡Huyamos con ellos!

Clarion seguía de pie y en aquel mismo momento se arrepintió de haberse incorporado.

–No os importo yo, Crean, ¡os importan los niños! A mí me aceptaríais por añadidura o porque no habría más remedio que incluirme en el plan, y porque tal vez pudiera seros útil.

Crean no sabía qué contestarle: estaba disgustado por haber intentado entenderse con ella. "¡Mujeres!", pensó. No bastaba con renunciar a ellas como tales; lo mejor era prescindir incluso de su colaboración en cualquier empeño.

–¡Dadme los niños!– insistió, pero en aquel instante apareció Guiscard.

–Sólo pasando por encima de mi cadáver, señor de Bourivan.

Entonces Crean pudo verlos jugando abajo entre las banquetas de los remeros, enfrascados con William en un juego llamado "la gallina ciega". ¡Cuánto habían crecido desde que los había visto por última vez! El monje tenía los ojos vendados y tropezaba de continuo con los palos de los remos atravesados en los laterales.

Crean renunció. Roç y Yeza ya no eran aquellos niños pequeños y desvalidos para quienes una nodriza, aunque fuese en forma de un franciscano gordo, había sido la persona mas importante. Eran ya tan mayores que habría que desistir de querer tirar de las cuerdas de su destino en un sentido u otro. Si estaban destinados a algo grande, Dios los conduciría al lugar necesario.

–Rezad por ellos– dijo de repente a Clarion, a la que se veía indecisa, y a las "monjas" que la rodeaban y que lo miraban con ojos interrogadores. Después se apartó con un gesto brusco y abandonó con la cabeza alta la trirreme.

Insha'allah! Aún no había llegado el momento en que él, Crean, dispondría del destino de los niños, aunque no le cabían dudas de lo que era lo mejor para ellos: ¡había que trazar cuanto antes una raya definitiva debajo de tanta falsificación y de los equivocados protectores!

Se dispuso a observar los barcos atracados en el puerto. Muy pronto descubrió un velero mercantil egipcio que exhibía sin temor la bandera verde del Profeta. Sus propietarios, dos mercaderes árabes, estaban acurrucados en cubierta tomando el té. Crean se sentó en silencio junto a ellos y compartió la infusión caliente. El olor de la menta fresca le subió con un cosquilleo agradable a la nariz.

–*As-salamu'alaina.*

–*Wa'ala'ibadillahis-salihim.*

–Es la voluntad de Alá– dijo Crean calmoso –que se cumpla lo que dice el cordón– los dos árabes asintieron con gesto apenas perceptible. Crean esperó un tiempo prudencial y después prosiguió: –Necesito una nave para regresar con urgencia a casa, y os ruego que me dejéis la vuestra.

El musulmán mayor, con sus patillas de corte elegante, echó mano de la tetera de cobre y le sirvió un poco más de té.

–Puedes disponer de ella– después de intercambiar una breve mirada de acuerdo con el joven añadió aún: –Haznos saber qué necesitas para que hagamos traer a bordo todas las provisiones y los regalos que precisas mientras buscamos por nuestra parte albergue en el puerto.

–Espero– dijo Crean –que mi deseo no influya en contra o incluso llegue a ser un obstáculo para vuestras intenciones.

–*Allah karim.* ¡Eso está en manos de Alá! Sólo él puede parar nuestro brazo, ¡no vos, estimado señor!

Los dos musulmanes se levantaron, y se inclinaron profundamente ante Crean antes de batir palmas para llamar a sus esclavos y poner manos a la obra.

XI

EN EL LABERINTO DE CALISTO

EL "PABELLÓN DE LOS EXTRAVÍOS HUMANOS"

Constantinopla, palacio de Calisto, verano de 1247 (crónica)

–¿Quieren seguirme los señores, por favor?– El individuo calvo con la nariz que alargaba de un modo tan extraño su frente se había presentado en compañía de Clarion en la cubierta de remeros de los *lancelotti*, y su cortés invitación iba dirigida tanto a mí como a los niños. Yo no lo había visto hasta que, cansado del juego, me liberé de la venda que me cubría los ojos.

Clarion me dirigió un gesto alentador.

–Yarzinth os llevará hasta el palacio del obispo sin ser vistos, ¡podéis confiar en él!– instruyó más bien a Roç y Yeza que a mí, que de todos modos no podía hacer otra cosa que seguirlos.

Sin su afirmación expresa, aquel Yarzinth me habría parecido más bien sospechoso; en su rostro plano e imberbe flotaban unos ojos inexpresivos y de mirada fija: ¡ojos de pez! Pero tal vez fuese la ausencia total de cejas lo que caracterizaba de una manera tan desagradable y hacía parecer odioso su cráneo apepinado. Los niños treparon con rapidez hacia la popa y apenas pude seguirlos. Clarion los abrazó, y las "monjas", sin interrumpir sus salmos, no pudieron reprimir un gesto triste de despedida, pues todas les habían tomado cariño a Yeza y Roç. De modo que dejamos la trirreme y Yarzinth se dirigió hacia un almacén desvencijado que se erguía frente al muelle sobre una empalizada. Algunas ratas huyeron a nuestra llegada por el patio posterior sembrado de desperdicios, señalándonos de paso dónde se encontraba la maloliente entrada de la canalización.

Pero ni Yeza ni Roç se echaron atrás; sólo yo me tapé la nariz y temí por los dedos desnudos de mis pies, que asomaban de las sandalias. Yarzinth iba en cabeza y daba la mano a los niños, para los que buscaba una base segura entre los lodos del fondo. Roç llevaba preparados el arco y las flechas y Yeza agarraba con fuerza el puñal, aunque las ratas no nos atacaron, sino que se alejaron chillando por los pasillos profundos de la cloaca cuyas aguas gorgoteaban a nuestros pies fluyendo por un lecho cercado y apresurándose en dirección al mar. Después de haber avanzado unos trescientos pies en silencio completo, tanteando a través del fango resbaladizo, Yarzinth se desvió hacia un lado. En aquel lugar el agua estaba clara y nos lavó los tobillos; el pasillo se hizo más estrecho y ascendía de un modo acusado, trazando curvas, hasta llegar a una pared gruesa que nos cerraba el camino. Pero en ese muro había un tambor de rejas dotado de ganchos afilados que giró con estruendo, empujado por una rueda de cangilones impulsada por aquellas aguas transparentes que salían con un chapoteo de una abertura en el centro de la pared. Una escalerilla de hierro servía para superar el obstáculo.

–¿Es una barrera contra las ratas?– pregunté con humor.

–Eso es– me contestó nuestro *cicerone* por aquel infierno, –pero también está destinada a los bípedos pensantes.– Subí escalando detrás de él.

–Tened cuidado, no es precisamente la caricia más agradable para los pies– observó el señor Yarzinth, tan obsequioso como siempre.

Ayudé a los niños, que parecían muy impresionados pero nada atemorizados, y los agarré firmemente de las manos hasta que Yarzinth los tuvo bien seguros encima del muro.

Después de algunos escalones nos encontramos en lo alto de un dique que contenía una esclusa. Me pareció un dique excesivamente grande para aquel riachuelo que se veía abajo, atravesando una abertura en la base. Había además una gruesa viga doble de roble, colgada de una cadena, que representaba el cierre de la esclusa y en aquel momento estaba subida. Yo había esperado encontrarme más bien al borde de una cisterna, pero el espacio que vimos cuando volvimos a bajar el dique por el otro lado estaba completamente seco. En cambio nos encontramos con una reja de hierro dotada de puntas salientes hacia adentro y hacia afuera que nos impedía el paso. Me pareció una trampa gigantesca para animales salvajes, y observé también la existencia de una puerta de dos hojas, igualmente erizadas de punzones, que semejaba la boca abierta de un lobo dotada de una dentadura temible dispuesta a cerrarse.

–¡No hay problema si conoces el secreto!– masculló Yarzinth, y metió sin temor la mano entre los hierros. La puerta giró sin un sonido en torno a su eje central y dejó libre el paso. –¡Vos primero, señor!– me invitó a pasar. –¡Cuidado, no piséis el umbral! A veces se atasca, pero vale más no confiar en ello.

Dudé un instante y mi corazón latió como el de un pobre topo que se encuentra entre dos erizos, pero me tomó por la mano y avanzó conmigo. Para mayor seguridad, Yarzinth cogió a Yeza en brazos y cruzó el umbral.

Nos encontramos a continuación en un recinto bajo cuyo techo era de piedra y podía tocarse con la mano. Parecía apoyado sobre una columna artística que, al observarla de cerca, resultó ser un tubo enorme de cobre que terminaba un poco por encima del suelo, de modo que parecía a su vez suspendido del techo. La estancia estaba del todo vacía sólo la atravesaba una pequeña canaleta por la que corría un agua cristalina.

Y, sin embargo, me recordó de algún modo sombrío una cámara funeraria o, peor aún, un lugar de sacrificio; lo único que faltaba era ver sangre en aquella canaleta de desagüe. "William", me dije, "¡qué pensamientos tan estúpidos y hasta primitivos te atormentan!" Después vi en el otro extremo de la cámara algo que no contribuyó precisamente a alegrarme el ánimo, pues observé que se trataba de la misma combinación de reja de hierro con punzones y un muro grueso detrás. Como si nuestro guía se hubiese dado cuenta de mi malestar tuvo a bien darnos una explicación:

–Aquí nos encontramos exactamente debajo de la fuente de Némesis. Esta cámara puede ser inundada hasta el techo, produciéndose entonces una presión que provoca el escape de una fuente muy espectacular: un chorro de agua de fuerza irresistible. Cuando la cámara está llena asciende el agua por este tubo hacia lo alto– nos aclaró Yarzinth con aire de entendido; –de ahí que arriba, en el templo, se haya colocado sobre una piedra terminal la pesada estatua de bronce de la diosa.

–Pero si hay alguien encerrado aquí– concluyó Yeza –y viene todo ese agua, ¿qué pasa con él?

–¡Se encoge como un ratón, sale disparado por el tubo y vuela derecho al cielo!– Yarzinth tenía una manera conmovedora de instruir a aquellas delicadas almas infantiles.

–Los ratones no vuelan– dijo Roç, –y si no dejan entrar aquí a las ratas sería mejor que tampoco entraran las personas.

–Para eso están las rejas– le confirmó el calvo, satisfecho al verse comprendido; –para que nadie pueda cerrar la esclusa sin estar autorizado.

Y nos señaló el final de la cadena de hierro, de la que colgaba el bloque de roble destinado a cerrar la esclusa. Sólo entonces pude darme cuenta de que la cadena estaba sujeta a un gancho empotrado en el suelo e iba por encima de la reja de punzones para llegar a una polea situada más arriba.

Pero Yeza no aflojó en su curiosidad.

–Si fuese así sería mejor que la reja estuviese delante de la puerta que cierra el paso del agua– y señaló con el puñal hacia atrás, con aire un tanto insolente.

–La verdad– dijo Yarzinth un tanto picado –es que las cosas son como son, y además este sistema ya no se utiliza; procede de la época del imperio.

–No creo que fueran tontos en aquellos tiempos– añadió Yeza bastante disgustada, y no permitió que Yarzinth la volviera a coger más en sus brazos cuando atravesamos la segunda barrera; muy por el contrario, observó con mucha atención sus dedos mientras inutilizaban el mecanismo mortal.

–Si no sabes cómo funciona– dijo en voz baja –te quedas aquí atrapado para siempre.

Una vez más ascendimos por una escalera de piedra y llegamos a lo alto de otro dique. Pero el muro no tenía salida, y el agua venía a nuestro encuentro fluyendo como una película plana sobre las escaleras, ¡hasta que nos encontramos ante la visión más maravillosa que una obra humana puede ofrecer a la vista! ¡Virgen santa! Los niños se habían adelantado con pie ligero, pero también ellos se quedaron inmóviles llenos de admiración y asombro.

La vista era realmente de cuento de hadas: un lago oscuro y enorme del que surgían unas columnas como sólo se ven en los templos: centenares de columnas iguales, dispuestas en hileras, soportaban una bóveda cuyas dimensiones el ojo no podía abarcar en la semioscuridad; de la bóveda caían algunas gotas en sucesión lenta y desigual que iban a dar en el tranquilo espejo del estanque. El tiempo respondía allí al necesario y lento fluir de la hora universal; la percepción de la eternidad distanciaba del ajetreo de la ciudad que se alza encima y las prisas de los individuos perdían su sentido.

–Es la cisterna de Justiniano– explicó Yarzinth, y nos condujo con precauciones por el borde, hasta llegar a una barca que esperaba a nuestros pies. –Cada familia tiene su barca escondida en algún lugar– nos informó mientras avanzábamos entre el laberinto de columnas, él de pie en la barca y moviéndola a través del agua con ayuda de una larga pértiga, –por lo cual se celebran a veces aquí abajo violentos combates acuáticos en los que sólo se permite utilizar estas estacas, ¡nunca un puñal!– Yarzinth le guiñó divertido un ojo a Yeza. –¡Igualmente está prohibido bajo pena de muerte abandonar un cadáver en el agua!

–¿Está permitido usar flechas?– quiso saber Roç, algo intimidado.

–No conviene, porque pueden abrir heridas cuya sangre impurificaría el agua– le aclaró Yarzinth.

Pero Roç no aflojaba en su empeño:

–¿Sabes? Las flechas– y señaló con una de ellas el vientre de Yarzinth –también se pueden disparar de modo que el herido se desangre por dentro; me lo dijo Guiscard– Guiscard era en opinión de los niños una autoridad máxima, al menos en lo que al uso de las armas se refiere.

Yarzinth, que parecía extrañamente afectado por la idea, le opuso:

–Pero entonces tendrías que sacar al muerto de aquí y llevártelo en brazos, de modo que no te lo recomiendo.

–No tenía intención de hacerlo– le aseguró Roç.

Así llegamos a un embarcadero excavado en la piedra, desde el cual unos escalones conducían directamente a una estrecha entrada que se veía a media altura en el muro.

El pasillo se ensanchó después de algún que otro zigzag desorientador hasta desembocar en una gruta que parecía tener varias salidas; en cualquier caso, se veían por todas partes unas aberturas que podían constituir escapes. Me di cuenta de ellas a la luz de la antorcha que alumbró Yarzinth cuando llegamos a su interior, pues hasta entonces, e incluso en la cisterna, siempre nos habíamos movido bajo una luz difusa que llegaba de alguna parte, de modo que nunca tuve la sensación de una oscuridad total, sensación que yo temía más que la estrechez de una estancia visible.

A los niños parecía estar gustándoles aquel viaje por un mundo subterráneo.

–Somos ratoncitos– cantaba Yeza; –somos ratoncitos que vivimos en / un-dos-tres-cuatro agujeritos / y el gato nos acecha, nos acecha, nos acecha, / aunque sabemos escapar: ¡un-dos-tres-cuatro! / ¡para seguir viviendo / en nuestros cuatro agujeritos!

Así estuvimos vagando como fantasmas a la luz vacilante de la antorcha de brea, cruzando cuevas y catacumbas, pasando por delante de sarcófagos podridos y pinturas pálidas que nos miraban desde las paredes, bajo signos y números grabados en la roca que representaban juramentos de enamorados y ruegos de evadidos y condenados. De repente nos encontramos frente a una escalera de caracol por la que subió Yarzinth para abrir una trampilla más allá de nuestras cabezas. Ascendimos por la espiral de piedra y nos encontramos en una sala circular iluminada por la luz del día, aunque no descubrí ninguna ventana que diera hacia afuera.

–¡Bienvenidos al "Pabellón de los extravíos humanos"!– dijo Yarzinth formalmente, y se inclinó ante nosotros apenas hubimos surgido de la trampa.

Me gustó la forma en que estaba amueblada la estancia, pues no había visto antes nunca nada parecido. El suelo era de mármol y aparecía cubierto con alfombras de dibujo oriental; en el centro había algunas amontonadas, formando tumbonas, entre las que se encontraban varias mesitas bajas de madera de ébano adornadas con fina marquetería de asta y nácar, con tableros de chapa de cobre cincelada, además de esbeltos soportes para lámparas de aceite que ostentaban ricos alambres de plata trenzados y piedras artísticamente engarzadas. Incluso había dispuestos, para nuestra mayor comodidad, una bañera de latón, algunos calderos sobre brasas de carbón vegetal y otras fuentes grandes en las que flotaban hojas de rosas y jarrones de agua para refrescarnos. En toda la circunferencia de la sala había armarios empotrados detrás de un tabicado de madera ricamente labrada. Más arriba empezaba la obra de piedra afiligranada a través de la cual se filtraba la luz causando la impresión de estar en una alegre glorieta de jardín. Yarzinth tocó con los nudillos en una de las puertas de armario ¡y de allí surgió Hamo!

No nos habíamos visto desde aquel horrible alud caído en los Alpes, y de eso hacía casi dos años. Tenía, pues, los dieciocho cumplidos y era un hombre joven, condición que subrayaba el bigotito que adornaba su rostro. Yo ahora lo veía, tras haber escuchado la confesión de Laurence, con ojos muy diferentes: ¡Hamo L'Estrange! En cualquier caso, a partir de entonces siempre lo encontraría aún más extraño de lo que ya me pareció en nuestro primer encuentro en Otranto.

Los niños no estallaron precisamente en gritos de júbilo.

–¡Sin bigote estabas más guapo!– le espetó Yeza con frialdad, y Roç insistió:

–¡A Clarion tampoco le gustará!

Hamo se sentía confundido:

–¿Por qué no ha venido con vosotros?– me preguntó, pero Yeza me dispensó de toda explicación:

–¡Se ha metido a monja!

–¡No lo creo!– se le escapó al hijo de la condesa, por lo que me vi obligado a intervenir para que no surgieran malentendidos.

–Sólo viste el hábito– declaré –para evitar determinados ofrecimientos en este puerto de los pecados, donde suele emplearse un tono desenfadado y en exceso insistente con las muchachas bellas. Así pues, se ha disfrazado de novia de Cristo en peregrinación a los Santos Lugares.

–¡Sólo a nuestra señora condesa puede ocurrírsele esta clase de travestismo!

–El hábito no le sienta nada mal– le aseguré.

En ese momento nos interrumpió Yarzinth dirigiéndose a los niños:

–William me acompañará ahora a mí; ¡a vosotros os toca descansar!

Pero no conocía bien a aquellos críos revoltosos. Junto a su cabeza se clavó una flecha en el panel de la pared. Yarzinth no torció el gesto, me empujó por una puerta secreta, y la cerró con llave justo antes de que el puñal de Yeza se clavara en la madera.

Dimos media vuelta en torno al pabellón, pues aún seguíamos prisioneros de sus paredes en las que se entrelazaban ramas y frutos moldeados en la piedra que rodeaban la sala como una rosaleda. No podíamos mirar hacia adentro, pero los gritos excitados de los niños me demostraron que mi silueta siguió, durante algún tiempo, visible para ellos.

Nuestro camino nos condujo hacia arriba; atravesamos el pasillo que acabábamos de cruzar al venir y después volvimos a bajar unas escaleras. A veces me daba la sensación de que estábamos volviendo sobre nuestros pasos; otras veía a un lado las paredes interiores, y en otra ocasión los muros exteriores del pabellón, sin que me pareciera posible encontrar una salida de aquel laberinto circular de piedra construido en tres dimensiones.

–¡Me da la impresión de que aquí podríamos morir de hambre como piojos abandonados!– resoplé.

Yarzinth sonrió al verme tan intimidado.

–Nos estamos dirigiendo directamente a la cocina.

Abrió una trampa en el muro y, sin que nos vieran, pudimos observar desde arriba, a través del vapor que ascendía procedente de calderos y cacerolas, cómo se afanaban cocineros y ayudantes.

–Éste es mi reino– dijo Yarzinth con orgullo, –aunque a ti te está vedado. Para ti soy un ángel con espada de fuego: ¡cada vez que te encuentre en la cocina te cortaré un dedo!

Yo no sabía si estaba bromeando pero, por si acaso, decidí no hacer la prueba.

Yarzinth me llevó por el camino más corto que pudo encontrar hacia un sótano de altas bóvedas. La estancia estaba encalada y se iluminaba a través de las aberturas de sus arcos; dichas aberturas ni siquiera llevaban rejas, porque quedaban demasiado altas.

Junto a una mesa llena de pergaminos estaba sentado un fraile que me vio llegar con expresión de humildad esperanzada.

Yarzinth cerró la puerta detrás de mí y echó los cerrojos por la parte de fuera. Yo estaba seguro de que seguía espiándonos.

–Soy Benedicto de Polonia– dijo aquel hombre pálido que vestía hábito de franciscano y me miraba con timidez.

–¿No fuiste tú con Pian…?– se me ocurrió.

–No, William, ¡fuiste tú!– me contestó.

O sea, que me conocía. Y, en consecuencia, intenté corregirlo:

–En efecto, estaba previsto que yo lo acompañara, pero…– quise explicarle.

–Nada de eso: tú estuviste con él en la corte de los mongoles y, puesto que te estuvo dictando sus impresiones durante todo el largo viaje, ¡ahora tienes que ponerlas por escrito!

–¿El qué?– pregunté completamente desconcertado.

–¡La *Ystoria mongalorum* del afamado hermano Giovanni Pian del Carpine!

–Pero si yo...– quise defenderme, –¡si no sé nada de todo eso!– Pero Benedicto me prometió con amabilidad sospechosa:

–Te lo dictaré todo, William, ¡todo! William de Roebruk, no tienes más que meter la pluma en la tinta; ya te he alisado el pergamino en el pupitre. Al fin pondrás por escrito lo que el mundo está esperando: ¡tú y el informe de tu gloriosa misión!

–¿Y si me niego a hacerlo?– Apenas esta posibilidad me cruzó por la mente cuando ya la había expresado en voz alta.

–En ese caso– dijo Benedicto, –¡no creo que nos den algo de comer!

El argumento caló en seguida, de modo que me acerqué al pupitre y afilé la pluma.

–"A todos los cristianos"– me dictó Benedicto –"a cuyas manos llegue este escrito del hermano Giovanni Pian del Carpine, de la Orden de los frailes menores, legado de la silla apostólica que fue enviado como embajador a los pueblos tártaros y demás naciones de oriente, les desea el mismo que caiga sobre ellos la bendición de Dios en esta vida, así como la gloria de la vida eterna, y que puedan asistir a la victoria definitiva sobre los enemigos de Dios y de Nuestro Señor Jesucristo.

"Cuando nos dirigimos por orden de la Santa Sede al país de los tártaros y demás naciones de oriente, y nos comunicaron la voluntad del Papa y de los venerables cardenales, decidimos por nuestra libre elección dirigirnos primero al país de los tártaros. Nuestro temor era que éstos pudieran amenazar en un próximo futuro a la Iglesia de Dios. Y aunque temíamos ser muertos por los tártaros u otros pueblos, o que nos retuvieran eternamente en prisión o que nos maltrataran por medio del hambre, la sed, el frío y el calor, dispensándonos un tratamiento indigno e imponiéndonos esfuerzos excesivos que sobrepasaran nuestra resistencia –y todo esto, excepto la muerte o la prisión eterna, lo hemos sufrido en realidad en mayor medida de lo que jamás habríamos creído posible–, no dudamos en tomar dicha carga sobre nuestros hombros, pues intentamos cumplir con la voluntad de Dios siguiendo el mandamiento del Papa por ver si podíamos de algún modo ser útiles a nuestros creyentes. Como mínimo queríamos intentar descubrir los proyectos verdaderos y opiniones auténticas de los tártaros, para revelarlo todo de modo que aquéllos, si decidían efectuar una vez más una invasión repentina, no encontraran indefensos a los cristianos como ha sucedido en alguna ocasión del pasado como castigo por los pecados de los humanos, pues sabemos que en tiempos nos infligieron una gran derrota, realizando una gran matanza entre los cristianos. Por esta razón debéis creer todo cuanto escribimos aquí para vuesto mejor conocimiento y como advertencia, tanto más cuanto que hemos viajado durante un año y algo más de cuatro meses por tierras de los tártaros, y en parte acompañados por ellos, es decir: hemos convivido con ellos y hemos visto todo con nuestros propios ojos, o al menos hemos sido informados por algunos cristianos que están allí prisioneros que viven entre ellos y que en opinión nuestra merecen ser creídos. Nuestro sacerdote supremo también nos encargó estudiar y explorar con toda atención, y fijarnos con ojo vigilante, en cualquier detalle por mínimo que fuera. Así lo hicimos, al igual que nuestro hermano en la Orden William de Roebruk, nuestro compañero en todas las vicisitudes e intérprete, con todo el afán…"

–¡Alto!– dije, –¡yo no puedo escribir eso!

–Tienes que escribirlo, William, ¡te obligarán a hacerlo!

–¿Y por qué no mencionar entonces los nombres de los dos, puesto que tú no has desaparecido?– me rebelé contra tanta falta de lógica.

Pero Benedicto contestó:

–Sí, yo sí desapareceré. ¡Primero yo, después tú! Si escribes mi nombre, lo borrarán. El tuyo, en cambio, permanecerá al igual que el de los infantes reales a los que acompañaste a la corte del gran kan. ¡Ésa es la *Ystoria!*

Su humilde resignación me enfureció.

–Me has convencido– dije en voz alta lo suficientemente elevada para que un eventual espía pudiese oírme, –¡escribiré lo que me dictes!– Pero la verdad es que el nombre que escribí fue "Benedicto de Polonia". Y él prosiguió:

–"Y aunque anotemos, para satisfacer la curiosidad de nuestros lectores, algunos detalles sobre asuntos desconocidos en nuestras regiones, no por eso debéis pensar que somos mentirosos. Pues sólo os informaremos de aquello que, o bien lo hemos visto nosotros mismos, o lo hemos oído relatar como hechos dados por seguros a otras gentes a las que creemos dignas de crédito. Sería muy cruel que alguien fuese insultado por pretender el bien de otros."

Nos interrumpió la entrada de Yarzinth, que traía la cena para Benedicto.

–¿Otra vez quieres envenenarme?– Mi hermano polaco inspeccionó con desconfianza el cuenco de sopa caliente, que despedía vapor, y las fuentes con ensalada y carne fría. Tampoco faltaban el queso ni las frutas. A mí se me hacía la boca agua; seguramente me quedé mirando aquellos manjares con expresión de avidez.

–Tú cenarás hoy por última vez con los niños, William, no hay otra manera de tranquilizarlos– dijo Yarzinth con expresión de reproche. –Será asunto tuyo hacerles comprender que en los próximos días tendrás demasiado trabajo que atender– y señaló con el mentón un segundo camastro que ya estaba preparado para mí, –¡de modo que no podrás hacerles de nodriza!

–¡Pero alguien tiene que cuidar de ellos!– lo contradije. –De todas formas, me sorprende que no se hayan presentado todavía aquí.

–Nadie que no conozca la travesía del laberinto con los ojos cerrados puede abandonar el pabellón.

–Conocéis muy poco a esos niños– le contesté con expresión triunfal.

Yarzinth sonrió con pena:

–Una vez en la cárcel, el problema de los prisioneros no es cómo entrar, ¡sino cómo salir!– y señaló la existencia de un agujero en el muro del sótano que se estrechaba en dirección a un oscuro pasillo formando una especie de embudo. –Ese "último escape" sólo es útil para un prisionero que haya perdido las carnes.– Nos estuvo mirando a mí y a Benedicto como si quisiera estimar nuestro peso en vivo.

El hombre no me inspiraba ninguna confianza. Yo me veía de pronto tanto en su cocina, donde iría cortándome los dedos y metiéndolos en un enorme caldero, como mirando desde arriba por la trampa, y entonces él me obligaba a saltar…

–Antes de que te devuelva al pabellón– me volvió a la realidad el cocinero, –Benedicto podría satisfacer en algo mi curiosidad–. Sacó una botella tapada con corcho que llevaba debajo del delantal y se la puso delante. –¿Cómo es posible que Pian del

Carpine jamás se haya enterado, durante todo el viaje, de que no sabes escribir, Benedicto?– El polaco tenía los dos carrillos llenos de ensalada y una pata de pollo asado, muy apetitosa, atravesada entre los dientes, de modo que su relato mascullado sólo llegó a retazos a mi oído.

–…tomando notas... Pian creía… escritura secreta… yo dibujo monigotes, redondeles, cruces… Él pregunta: "¿Has apuntado todo?"… Y digo: no puedo concentrarme si me miras por encima del hombro, necesito un aislamiento meditativo… Él insiste: "¡Lee lo que has escrito hasta ahora!" Y yo "leo" a la luz de la vela, y Pian se muestra más y más feliz al oír repetida la elegancia de sus expresiones, la agudeza de sus observaciones y la genialidad de las conclusiones que es capaz de sacar de todo lo sucedido. Mientras le recito de memoria sus pensamientos más profundos y los destellos espontáneos de su mente se siente conmovido y solloza de emoción. Nos completamos de la manera más feliz: ¡él no se acuerda de nada y yo tengo una memoria como la del mismísimo Dios Padre!

–Te va a hacer falta– le aseguró Yarzinth con voz aflautada y maliciosa, –porque esta vez creo que sí querrá leer sus heroicas leyendas vividas entre los salvajes tártaros.

Benedicto intentó responder al cocinero, pero después se tragó la respuesta con el último trozo de pechuga de pollo y enjuagó la boca con el vino ofrecido.

–William– se dirigió a mí con un eructo de satisfacción, –¡qué bien me encuentro ahora que estás poniendo todo por escrito!

Yo no me veía capaz de compartir su felicidad, pues me dolían los dedos, por lo que me sentí muy contento de que me devolvieran al pabellón. Tampoco esta vez conseguí acordarme, ni mucho menos, del camino que recorría Yarzinth conmigo; él, en cambio, parecía seguirlo con la seguridad de un sonámbulo.

No me hacía ninguna gracia depender de él hasta ese punto; de todos modos, la verdad era que por mi propia voluntad nunca me habría adentrado por aquellos pasillos subterráneos. ¡Jamás!

También me pareció oír el aullido, el gruñido o el rascar de algún animal salvaje. ¿Existirían aquí abajo cerdos malignos de cloaca, dragones o algún otro anfibio gigantesco? Me pareció preferible que el cocinero me precediera.

–¡Dime la verdad sobre la cámara cerrada con rejas!

Yarzinth no se volvió:

–¿El *balaneion?* ¡Lo llamamos el "baño de los mil pies"!– Su voz traslucía una leve ironía, que me hizo temblar en aquel ambiente de curvas misteriosas por las que nos movíamos en el laberinto. –Es evidente que era un lugar de muerte, destinado sobre todo a las ejecuciones en masa dispuestas en caso de rebeliones populares, o para los prisioneros de guerra por los que nadie quería pagar rescate. Es fácil meter allí a unas quinientas personas de una vez, ¡de ahí el nombre de "baño de los mil pies"!– A él le parecía un invento ingenioso. –Habrás visto la cadena. Claro que no estaba sujeta allí donde está ahora, sino por fuera, delante de la reja. Una vez lleno el recinto, se cerraba la compuerta...

–¿Y el tubo?– pregunté con la voz llena de espanto.

–Cuando salía un chorro de agua por la parte de arriba todos comprendían que la sentencia había sido ejecutada. El agua no sale hasta que ha escapado todo el aire.

–¡Qué horroroso!– contesté. –¡Esa pobre gente!

–De ahí que se necesitaran unas rejas tan resistentes, y también una comunicación directa, ligeramente descendente, con la cloaca, para cuando todo se hubiese consumado...

–¡Horrible! ¿Cómo puede un ser humano...?

–*Polla ta deina k'uden anthropu deinoteron pelei*: no existe mayor monstruo que el ser humano.

Entramos en el pabellón sin hacer ruido por la puerta de un armario y Hamo, que nos había estado esperando a la luz de un candil de aceite, se levantó asustado del asiento. Los niños estaban dormidos; al menos a mí me pareció que dormían profundamente.

Me sentía disgustado conmigo mismo por mi incapacidad manifiesta de dominar mentalmente las entradas y salidas del pabellón, así que retuve a Yarzinth:

–Aquel agujero que hay en el muro, esa salida directa del sótano que es para cualquier prisionero como una invitación a la huida, supongo que también desemboca aquí mismo, ¿pero qué trampa incluye?

–¡Muchos garfios!– murmuró Yarzinth. –Se ha construido de modo que si alguien entra no pueda regresar jamás. En sus estrechas paredes hay puntas y cuchillas elásticas insertadas con sujeciones de cuero. Cuando avanzas se adaptan amablemente al cuerpo, pero al más leve movimiento de retroceso se clavan en la carne del fugitivo. Sólo las ratas y los perros de patas cortas son capaces de pasar por debajo de sus filos. Al parecer, este pabellón se utilizaba antes para guardar en él a los perros sabuesos, que así tenían acceso a las víctimas torturadas y recluidas en el sótano.

–De modo que había motivo suficiente para que un prisionero intentara huir.

–Si hubiese sabido lo que le esperaba en el pabellón…– y de nuevo asomó a los ojos del cocinero un destello demoníaco. Su calva brillaba a la leve luz de la vela; sus ojos parecían trozos de carbón candente insertados en cuencos profundos. –Mañana por la mañana vendré a buscarte, William– su voz me pareció la del mismísimo diablo, ¡o como mínimo la de un verdugo! Yarzinth se retiró a través de uno de los paneles y me pareció observar que, esta vez, elegía otra puerta.

–El "Pabellón de los extravíos humanos" no es un acceso que sirva para la conquista del palacio sino el nudo que comunica todos los caminos de huida que salen del mismo– me explicó Hamo en voz baja. –Claro que quien los conozca puede tomar esas mismas vías también en dirección contraria, pero al más leve descuido se verá atrapado en alguna de las muchas trampas mortales que hay dispuestas.

–Yo no quiero huir, Hamo– le susurré, –¡quiero quedarme y cuidar de los niños!

–A mí sí me gustaría huir, William– me confió, –pero no sabría a dónde ir.

–Creo que me sucedería lo mismo– intenté consolarlo a la vez que me cubría con la manta.

Cuando fui a apagar la mecha mis ojos cayeron sobre el rostro de Yeza. La niña me guiñó un ojo; estaba perfectamente despierta y con toda seguridad había aguzado el oído. La amenacé con el dedo y apagué la luz.

VENERABILIS

Constantinopla, otoño de 1247

El calor polvoriento y paralizador del verano bizantino había cedido a una reconfortante y alegre estación otoñal. Las nubes ascendían del mar de Mármara para descargar su precioso líquido sobre las colinas de la ciudad situada junto al Bósforo.

El obispo, al volver de la residencia estival al palacio de Calisto, se había asegurado de que el trabajo de redacción que realizaban los franciscanos en el sótano seguía su curso y de que los niños estaban bien; también se había enterado de cuál era el humor de su tía Laurence. La visita imprevista de la digna señora había sido seguramente la razón más importante para que Nicola della Porta decidiera retirarse a la residencia de las afueras, aunque también allí tenía internado a un huésped involuntario, a quien había que convencer día a día ofreciéndole pruebas convincentes de que los frailes en el sótano seguían escribiendo hasta dolerles los dedos, atentos a terminar cuanto antes la *Ystoria mongalorum* de Pian del Carpine con el fin de que el misionero y viajero por tierras de Oriente pudiese presentarse cuanto antes ante el Papa.

El obispo había dejado a Pian en aquella residencia bajo los “cuidados” de otros huéspedes a quienes tenía alojados: nada menos que una delegación de templarios bajo el mando de su preceptor Gavin Montbart de Bethune. Para Nicola della Porta la presencia de los caballeros de la Orden era muy tranquilizadora, aunque su manutención le costaba bastante dinero. Pero él era rico y podía permitírselo; dados los difíciles tiempos que esperaban al imperio latino en Constantinopla le parecía muy importante disponer de cierta protección. En un próximo futuro el palacio del obispo muy bien podría ser escenario de violentas controversias. De modo que le convenía aprovechar las agradables jornadas que aún le proporcionaba aquel veranillo de san Martín.

Había invitado a su tía Laurence a que lo acompañara al hipódromo, porque pensó que allí le sería más fácil soportar su presencia. De modo que ocupó el palco sombreado junto a la condesa y su hija adoptiva Clarion, que seguía usando hábito de monja mientras permanecía allí. El palco estaba emplazado poco antes de la curva norte, a la altura del pequeño obelisco de Teodosio, de modo que podían percibir el olor penetrante que despedían tanto los caballos como sus excrementos y el cuero, así como los jinetes cuando pasaban raudos y bañados en sudor para juntarse a la entrada de la curva en la pista interior donde se incomodaban unos a otros, propinándose patadas y latigazos. Después llegaban los segundos interminables en los que había que esperar –él sobre todo– sometido a toda clase de torturas hasta saber si el jinete y el caballo por los que había apostado estaban entre los caídos o no. Y así vuelta tras vuelta. El obispo daba saltos y gritaba como un chiquillo, aunque nadie se fijaba en su comportamiento: todos habían hecho su apuesta, incluida la tía Laurence. Al final, Nicola pudo suspirar aliviado: su caballo entraba en la recta, aunque con la silla vacía, sin que se viera a dónde había ido a parar el jinete.

–*Tes d'aretes hidrota theoi proparoithen ethekan*: los dioses han dispuesto que antes de la victoria esté el sudor.– La condesa siguió triunfante, aunque sólo durante dos vueltas más.

–*Athanatoi makros de kai orthios oinos es auten*– completó el obispo con malicia. Los colores de la condesa no estaban entre los que, acompañados de un griterío ensordecedor, cruzaron la línea de llegada.

–*Nike, nike!* ¡Victoria para san Francisco y los suyos!– irrumpió una voz que les hizo volverse a ambos. Un monje daba empujones para penetrar riendo en el palco. Era Lorenzo de Orta, legado papal que ya en el pasado año había hecho parada en la residencia del obispo, y a quien también la condesa conocía de Otranto.

–¿Desde cuándo les está permitido a los frailes menores apostar en las carreras de caballos?– lo saludó Laurence con voz rencorosa, pues aún no había superado la derrota.

–¡"Bucéfalo" es el nombre del maravilloso caballo– le respondió un Lorenzo radiante –que come su forraje en nuestra parroquia! ¡San Francisco, patrón de los animales, te doy las gracias!

Los tres se movieron un poco para hacerle sitio.

–¿Cómo es que habéis vuelto a esta pecaminosa ciudad de Bizancio?– le preguntó el obispo con amable y paternal acento.

–¿No salisteis navegando de Otranto para presentaros ante vuestro señor Papa?– lo interrogó también la condesa con voz incisiva.

–¡Así lo hice!– sonrió Lorenzo. –Esta vez vengo acompañando, aunque debo confesar que por iniciativa propia, al emisario especial del rey Luis de Francia, el señor de Joinville– declaró a borbotones, –que acude en misión secreta a esta ciudad para enterarse de ciertas cosas– tan sólo entonces bajó algo la voz. –El conde debe averiguar, en cuanto llegue el hermano Pian del Carpine, quién acompañó a éste al país de los mongoles y qué ha sucedido con esos niños que al parecer un tal William de Roebruk trasladó asimismo a aquellas tierras...

La expresión de su cara seguía alegre y no cambió mientras esperaba que su mensaje hiciese efecto, aunque ni el obispo ni la condesa parecían impresionados en lo más mínimo. De modo que Lorenzo añadió otra noticia:

–En el séquito del senescal figura un antiguo sacerdote, un tal Yves, llamado también "el Bretón." Éste es ahora confesor personal del rey, más aún: es su sombra y, aunque no puede ser su mano derecha, sí es su mano izquierda. El hecho de que el devoto Luis le haya permitido marchar aunque sólo sea por poco tiempo demuestra la importancia que el rey concede al esclarecimiento de tan extraña historia: ¡El asunto le pesa en el estómago!

–Ahí se ve la mano del "cardenal gris"– masculló Laurence. –Se hace sentir el largo brazo del Castel Sant'Angelo. ¡Prefiero marcharme!– De repente su voz parecía sobresaltada e incluso presa del pánico.

El obispo intentó tranquilizarla:

–Os ruego, estimada tía…

–¡No me llaméis tía!– siseó ella. –¡Clarion, nos vamos en seguida y nos llevamos a los niños!

–¡Tranquilízate!– Clarion era consciente de lo embarazoso de la situación. Por suerte se había iniciado una nueva carrera y nadie parecía prestar atención a la disputa.

–¡Tranquilizarme!– Laurence se puso de pie de un salto. –El tal Yves es un asesino, un vil asesino a sueldo. William me habló de él. Ése ha venido aquí por los niños...– Esta vez el obispo la pellizcó con tanta fuerza en el brazo que la condesa tuvo que cortar la cascada de su discurso.

Abandonaron el palco a toda prisa, subieron a los palanquines y regresaron por la vía más rápida al palacio de Calisto.

–¿Conoce la condesa la entrada al pabellón?– preguntó Nicola a su cocinero, a quien mandó venir en cuanto Laurence, dando portazos y seguida de Clarion, se hubo alejado en dirección a sus habitaciones.

–Mejor que vos y que yo– concedió Yarzinth. –Ha visitado varias veces a los niños, y Clarion también…

–Es verdad, y Hamo ha conseguido escapar cada vez que ella se ha presentado– recordó el obispo manifestando un pasajero contento. –¡Qué parentela tan pesada!

Se acercó Lorenzo y el obispo aprovechó para dirigirle un reproche:

–¡Deberíais haberme informado primero a mí, sólo a mí!

–Yo no conocía esa característica de la condesa– se defendió el franciscano. –¡En Otranto me pareció una mujer fría y racional!

Lorenzo siguió al obispo y su cocinero por el laberinto subterráneo, hasta que se detuvieron delante de una puerta.

El obispo se dirigió a Yarzinth:

–¡Procura que, si lo intenta, encuentre el camino cerrado!

–Siempre debe permanecer abierta la posibilidad de huir en dirección al puerto, ¡eso siempre!– opuso éste, y en su fuero interno Nicola le dio la razón.

–En cualquier caso, hay que impedir que alguien pueda entrar en el pabellón y llevarse a los niños– dijo con evidente malestar, –¡es una precaución que debemos tomar en seguida!

–No existe peligro inmediato– respondió el cocinero mientras abría la puerta.

Ascendieron por una escalerilla de madera y, a través de una de las aberturas redondas, se dispusieron a observar la gran estancia del sótano que tenían debajo. William estaba detrás del pupitre y escribía lo que le dictaba Benedicto, quien paseaba a su alrededor con las manos cruzadas a la espalda. Su voz se oía con claridad. Al pie del pupitre vieron pacíficamente sentados a los niños, que escuchaban con gran interés el relato de Benedicto.

–"…por la época en que eligieron gran kan a Guyuk –nosotros estábamos presentes– cayó en el campamento tanto granizo y en piezas tan gruesas que después, al fundirse de repente, se ahogaron más de cien personas y el agua arrastró varias *yurtas* y otros objetos…"

–¿Qué es una *yurta?*– preguntó Yeza.

Benedicto se interrumpió:

–Una tienda redonda hecha con ramas entrelazadas, grande como una casa, y cubierta con fieltro tensado– explicó con amable paciencia.

–¿Y qué es "fieltro"?

–Una tela suave y muy blanda, que incluso protege de la lluvia– Benedicto era un maestro ejemplar. –Después buscaremos en mi arcón y te regalaré un vestido de fieltro– le ofreció a la niña.

–¡Pantalones!– dijo Yeza. –¡Prefiero unos pantalones!

–¿Y ponen después esas casas encima de los carros y se trasladan a otra parte?– preguntó a su vez Roç. –¡Deben de ser carros muy grandes!

–Los carros son tan grandes como… como vuestro pabellón– le aseguró Benedicto –y tienen ruedas más altas que William y yo puestos uno encima de otro.

–¿Y quién tira de esos carros?– Roç desconfiaba de tan enormes dimensiones. –Hasta doscientos bueyes– la paciencia de Benedicto parecía no tener límite. –¡Y los maneja una única mujer!

–¿Lo ves?– le espetó Yeza con orgullo a su compañero.

El obispo dio la señal de retirada y los espectadores se alejaron de allí caminando de puntillas, sin que nadie se hubiera dado cuenta de su presencia.

–Así viajé yo también– reflexionó Lorenzo. –Con un certificado de legado papal puedes ir a todas partes, y además te sale gratis– lo sacó del hábito enseñándolo con orgullo. –Lleva fecha del año del Señor 1246, ¡pero aún sirve!

–¿Me lo dejáis ver?– preguntó el obispo, y después de examinarlo brevemente se lo tendió al cocinero. –¿Lo podrás copiar extendido por su Santidad Inocencio IV, en Lyon, en la Pascua de 1245 –ya nos enteraremos de la fecha exacta a través de Pian– a nombre de William de Roebruk…?

–Supongo– murmuró Yarzinth, después de estudiar a conciencia el pergamino provisto de sello y cordel y tras haberse cerciorado de que Lorenzo se había adelantado unos pasos sin sospechar nada, –que será la sentencia de muerte para el hermano William.

–Lo encontrarán junto a su cadáver, borrando así las últimas dudas.

–¿Y Benedicto?

–No vivirá para verlo, ¡y Pian se resignará!

–¿Y los niños? ¿Cómo encajarán el golpe?

–¿Te has vuelto sentimental, Yarzinth? *Kyklos ton anthropeion pregmaton!*– el obispo se sintió incómodo. –Es el precio que tienen que pagar por su salvación, y además así se ha decidido en las altas esferas... Por cierto, ¿cómo han llegado los niños al sótano donde están los franciscanos?

–Han descubierto cómo utilizan los perros y las ratas el "último escape" sin quedar atrapados y apuñalados– rió el cocinero en voz baja. –Desde entonces salen cada mañana gateando del pabellón al sótano, después de que yo les prohibiera navegar en barca por la cisterna...

–¿Qué dices?– El obispo estaba visiblemente irritado, pero su cocinero no quiso ahorrarle otras sorpresas que guardaba para él:

–También los encontré dos veces en vuestra cámara del tesoro. ¡Son como ratoncillos!

–¡Espero que no se los coma el gato!– refunfuñó el obispo.

–¡O tu dichoso "Estix"!– Nicola se sintió, como siempre, nervioso al recordar al animal. –¿Lo tienes sujeto a la cadena? ¿Y encerrado? ¿Has tomado suficientes precauciones para que esa bestia no ataque a los niños?

–Yo estoy seguro de lo que hace "Estix"– gruñó el cocinero.

–Procura más bien estar seguro de lo que hacen los niños. Tú eres el responsable, y te juegas la cabeza.

–Como siempre, mi señor.

El obispo se dispuso a alejarse, pero en la puerta casi tropezó con Hamo, que lo estaba buscando.

–La condesa se dirige con Clarion al puerto, a su nave– Hamo volvía a alejarse, ya aliviado, y el obispo lo siguió con preocupación.

Entretanto Yarzinth, que había alcanzado a Lorenzo, consiguió enredarlo en una conversación. Mencionó más bien de paso la urgencia que tenían de adelantar cierto relato; la impaciencia de Pian; la mala suerte o, mejor dicho, la falta de conocimientos de Benedicto, que había resultado ser analfabeto, y los dedos dolientes de William.

Lorenzo se ofreció sin más circunloquios a ayudar en el sótano a sus hermanos en la tarea de escritura. El cocinero no mencionó su propio interés en el asunto, pues aquel buen samaritano le libraría de la amenaza del obispo, quien había pensado ponerle a él mismo a ayudar a los redactores de la *Ystoria mongalorum*. De momento se había salvado, pues además le quedaba la tarea de falsificar urgentemente el documento papal con el nombramiento de legado. De modo que condujo muy satisfecho a Lorenzo hasta el sótano, ordenó que sirvieran a los monjes una comida opulenta e informó a los niños de que aquella noche podrían dormir allí con sus amigos. La respuesta fue un estallido de júbilo.

También los tres franciscanos se mostraron contentos del reencuentro.

–Hace tres años que te vi por última vez, Lorenzo– calculó el polaco emocionado. –Entonces el "cardenal gris" te condenó por rebelde a la celda de castigo, y mira por dónde, ¡conseguiste que te nombraran legado!

–¡Ay, *lo spaventa passeri*, nuestro "espantapájaros"!– se echó a reír el pequeño fraile menor. –Qué te parece: si William cayera en sus manos no quiero ni pensar lo que se le ocurriría hacer con él.

–No podría pasarme nada mucho peor que esto, pues aquí estoy de esclavo escribiente de nuestro arrogante hermano Pian, tan deseoso de adquirir fama eterna como historiador que no duda en aprovecharse de mi espalda y de mis dedos, lo que no me resulta nada agradable. Por favor, querido señor legado, ¡sustitúyeme durante unas horas!

Gavin el templario encontró al obispo en el refectorio ocupado en tomar la cena en compañía de Hamo. Ya estaban en los postres; desde la cocina les habían subido pastas de mazapán e higos frescos con un poco de pimienta molida, dátiles glaseados rellenos de nueces, castañas confitadas y pastelillos de almendra. Para acompañarlos tomaban una infusión caliente y amarga de té de la India a la que habían añadido un poco de menta silvestre, un trocito de raíz de jengibre en conserva y la piel de un limón verde. Ofrecieron de todo ello al preceptor.

–¿Qué nos podéis decir acerca del bienestar de nuestro ilustre huésped?– inició el obispo la charla, aunque en realidad le interesaba poco el estado de Pian.

La respuesta ahondó en el mismo sentido:

–El señor de Carpine ni se encuentra bien ni se considera huésped. El único consuelo para su alma son las páginas de pergamino cubiertas de escritura que le sirven cada día junto con la comida, y que representan la producción del día anterior de nuestra pareja de escribientes William y Benedicto, páginas que Pian espera con gran impaciencia. Casi le gustaría estar con ellos para azuzarlos con el látigo.

–*Brachys ho bios, he de techne makra!* Si esos dos mulos achocolatados supieran que cuanto más escriben más se acerca el fin de sus días terrenales, ¡se cagarían en los calzones en lugar de gastar tanta tinta!– Bajo esa mezcla de sabiduría y vulgaridad artificial Nicola ocultaba su malestar por el cruel destino reservado a los dos monjes inocentes, destino al que él debía colaborar y que se cumpliría en su propia casa, y Gavin lo comprendió.

–El flamenco, al fin y al cabo, ha contribuido a tender su propia trampa, pero, ¿y el polaco? ¿No podríamos dejarlo huir?

–*Oida uk eidos* –a Dios gracias– no quiero saber en qué forma ni quién ha decidido allá arriba que ese cordero de Dios, una vez realizado el trabajo, sea sacrificado por un matarife. Yo no lo voy a hacer, aunque cuando pienso en la perfidia de los seres humanos y en la vergonzosa tradición de este palacio…

–¿Estás pensando en el "último escape"?– En oposición a la indiferencia estoica del templario, Hamo se sentía excitado y abatido a un tiempo ante la amenaza de muerte que afectaba a una persona que él conocía. –¿Por qué no lo habrá intentado ya?

–Alguien le habrá explicado cómo el prisionero, en su última noche antes de ser ajusticiado, acepta la invitación del agujero que le ofrece el muro y corre a través del pasillo que no le permitirá volver atrás; corre sin respirar, torciendo por las esquinas y saltando las escaleras del laberinto, cada vez más deprisa, cada vez con más esperanza, hasta que ve una luz al final del pasillo, un agujero en la pared detrás de la cual lo espera la libertad, la claridad; y, fuera de sí de contento, saca por allí la cabeza para mirar en torno...

–¡Sigue!– exclamó Hamo emocionado. –¿Se salva?

–Junto a la pared, ya en el "Pabellón de los extravíos humanos", lo espera el verdugo.

–¡Bonito nombre!– dijo Gavin, y sus palabras quedaron suspendidas en el silencio. Hamo oyó un crujido detrás de los paneles de madera y sintió frio. No obstante se obligó a sí mismo a indagar de dónde procedía ese ruido. De un golpe abrió la puerta del armario y vio detrás los ojos espantados y muy abiertos de los niños.

–¡Mierda!– dijo el obispo.

Cuando Hamo hubo entregado al cocinero a Yeza, tan trastornada que no podía pronunciar ni una palabra, y a Roç, que estaba llorando, para que los devolviera al sótano, había perdido las ganas de seguir siendo testigo de tales conversaciones. Tampoco quiso aceptar la compañía de los minoritas, a los que ahora se había añadido Lorenzo. Le pareció indecente estar mirando en Benedicto a un condenado a muerte como se observa a un ratón que no ve a la serpiente, pero que huele su cercanía y siente que se está acercando con sigilo. De modo que decidió abandonar el palacio episcopal y pasar la noche en la ciudad, o tal vez en el puerto, asumiendo el riesgo de tropezar allí con su madre.

Gavin y el obispo permanecieron en el refectorio. Fue entonces cuando el templario pasó a mencionar el motivo auténtico de su aparición.

–Por encima de nuestras cabezas se está cociendo algo importante– le explicó al obispo. –Ha llegado John Turnbull.

Nicola della Porta parecía aliviado. Al fin habría órdenes de las que él no sería responsable. Ya se vería entonces si estaba dispuesto a cumplirlas. Esperaba obtener decisiones claras, lo que no siempre era de esperar del viejo John, y sobre todo que la puesta en práctica fuese rápida e indolora. Al obispo le disgustaba pensar siquiera en cualquier tipo de sufrimiento.

–¿Le habéis sometido vuestra propuesta de que los niños sean entregados al cuidado de los templarios?

–El *venerabile* lo decidirá esta misma noche.

–Es casi medianoche– refunfuñó el obispo. –¿A qué hora piensa honrarnos con su visita?

–Ya está aquí– respondió el preceptor; –arriba, en lo alto del tejado, ¡en vuestro observatorio!

El obispo quiso ponerse de pie un tanto indignado, pero el templario lo retuvo:

–El maestro no desea que alguien le dirija la palabra antes de haber comprendido las preguntas y descifrado las respuestas que le formula el destino, y que están escritas en los astros. He ordenado a Yarzinth que lo acompañe allá arriba y pienso que ha llegado el momento en que una voz autorizada nos comunique la sentencia que emiten los planetas y el eco de la tierra habitada.

El obispo palmoteó y ordenó a Yarzinth, una vez éste se hubo acercado sigiloso como un gato, que llevara queso, olivas y una garrafa de un buen vino seco a la terraza cubierta situada debajo de la plataforma del observatorio. Él mismo se hizo con una antorcha y los tres ascendieron por escaleras y pasillos hasta llegar a la altura de la planta superior del palacio de Calisto.

En el fondo y por debajo de ellos se extendía la diadema de luces parpadeantes del puerto y detrás la cinta negra del Bósforo. Desde Asia Menor llegaba el resplandor de pequeñísimos puntos de fuego que apenas dibujaban el curso de la costa situada enfrente. En el escalón más bajo de una última escalera, que conducía muy empinada hacia arriba, encontraron a Sigbert von Öxfeld, el comendador gigantesco de los caballeros de la Orden teutónica, vigilando la entrada. Por todo saludo el hombre se llevó con gesto imperativo un dedo a los labios, en vista de lo cual el obispo se abstuvo de pronunciar una broma distendida acerca de los teutones en su papel de “ángeles de la guarda de turno” que ya tenía en la lengua.

Así pues, se limitaron a esperar en silencio. Sigbert, sin embargo, no renunció a servirse sin reparos del plato de queso mientras Yarzinth llenaba las copas.

Una vez acostumbrados los ojos a la oscuridad se apreciaba arriba, en la plataforma, la esbelta figura de John Turnbull. Detrás de él se veían la esfera armilar, el radiante y otros instrumentos indispensables para un astrólogo. Sus *corpi metallici*, los varillajes de latón pulido, reflejaban con un brillo mate la luz de la luna. La figura de Turnbull se deslizaba semejante a un murciélago blanco entre los ángulos, los tubos y los segmentos. Nicola pensó que el cuerpo de un ser humano anciano cuyo espíritu no busca la tranquilidad sino que se entrega a una actividad desenfrenada tiene un cierto aire etéreo. Los viejos le parecían grandes pájaros cuyo graznido llena la noche hasta que levantan el vuelo batiendo alas y desaparecen para siempre.

–Hoy es el día de la diosa Venus de los no creyentes– con estas palabras se había acercado Turnbull finalmente a la barandilla para dirigir la palabra a quienes lo esperaban. –Mañana es el *sabbat* de los judíos y el domingo es el día del Señor, *sol invictus*, triunfo de Apolo luminoso, ¡rey sobre el cielo y la tierra!– El anciano empezó a descender escalón tras escalón, en una actitud que parecía de trance. –El domingo, el fuego que da la vida se encontrará en Acuario, el hombre nuevo quedará expuesto a la luz del sol; Júpiter gobernará en sentido diametral con la fuerza de Leo, un eje lleno de fuerza victoriosa; Marte protegerá, caballeroso y en conjunción, al maternal Cáncer, al igual que la Luna se une en Piscis al gran Ahmés: la pareja de soberanos.

Con estas palabras había llegado Turnbull al final de la escalera, y Sigbert se apartó con un gesto que revelaba su enorme respeto. El obispo y Gavin lo esperaban con las copas en la mano sin atreverse a llevarlas a la boca, como si un trago de vino pudiese interrumpir el encanto mágico del oráculo que les hablaba con la voz del anciano.

–El tercero en el trigonio sagrado es el águila. En sus alas confía Mercurio, mensajero de los dioses y, a la vez, hijo de ellos también. A su lado, Saturno, el Sabio, sostiene la balanza de la justicia y de la equidad, de la paz entre los pueblos y las religiones; por otra parte, la diosa del Amor tiene sometido a Sagitario. No es la flecha de Amor la que sobrevuela fronteras y mares, no: ¡es Ágape quien reconciliará a la humanidad!

Con estas palabras John se les había acercado y sólo entonces pareció reconocerlos. Cuando saludó al obispo y al templario el tono de su voz había cambiado. Rechazó el vino que le ofrecían, moviendo la cabeza en señal de negativa.

–No lo rechazo por conservar una sobriedad pueril– les explicó con entonación afable, –¡sino en honor del éxtasis superior que siento!– Su mirada atravesó a los presentes, perdiéndose en una lejanía que solo él parecía capaz de abarcar. –He tomado una decisión– dijo en voz baja. –El domingo es el día de la revelación del santo Grial. Ha pasado la época de esconderse, de huir y de sentir temor. Debemos tener el valor de mostrar a los infantes reales, de exponerlos a los ojos de un mundo asombrado.

Nicola della Porta y Gavin Montbart de Bethune elevaron en silencio sus copas, y tampoco Sigbert von Öxfeld se abstuvo. Todos brindaron en silencio.

–Pian del Carpine– intervino el obispo con cierta reticencia –aún no está a punto, su *Ystoria* no está acabada; querrá…

–Pian no se sustraerá a la publicación mucho más importante que pensamos realizar ni al papel que le corresponde en ella– decidió Turnbull sin admitir reparos. –¡Lo que no esté escrito jamás se escribirá!

–¿Y qué hacemos con William?

Pero el anciano alejó con un gesto cualquier reparo y admitió que Sigbert lo cogiera del brazo para ayudarlo a descender las escaleras.

–Mañana por la noche tendremos ensayo general. *Kairon gnothi*– el obispo lo siguió con paso apresurado.

Yarzinth se destacó del fondo de la terraza y volvió a llenar la copa del preceptor, el único que se había quedado atrás.

Gavin miró con escepticismo el instrumentario con los tubos suspendidos que se elevaban hacia el cielo. Mantenía sus reservas en cuanto a la decisión tomada por el anciano en el curso de su solitaria meditación, y que le pareció en exceso apresurada. Tampoco deseaba acusarlo de charlatanería, pues, desde que él lo conocía, Turnbull siempre se había dejado influir por el curso de los astros.

–Nos esperan días llenos de emociones, Yarzinth– dijo con un suspiro.

–¡Horas!– le contestó el cocinero en tono cortés. –Minutos, instantes. El señor nada ha dicho de Lilith, la luna negra que ahora mismo se encuentra en Escorpio, en el cuadrante maligno hacia Júpiter, y que oscurece también al sol; ni de la cola agitada del Dragón, *¡cauda draconis*, que asoma detrás de la luna!

–O no lo ha visto. ¡Buenas noches, Yarzinth!

EL "ÚLTIMO ESCAPE"

Constantinopla, otoño de 1247 (crónica)

–*Adjutorium nostrum in nomine Domini.*

–*Qui fecit coelum et terram.*

En el sótano abovedado la luz gris del amanecer iba desplazando con parsimonia los velos de la noche. Ya era otoño y la hora de la misa matutina hacía tiempo que quedaba envuelta en una turbia oscuridad. Lorenzo de Orta, mi ayudante voluntarioso con la pluma, nos había despertado para rezar la Vigilia.

–¿Benedicto? ¿Todavía está Benedicto?– murmuró Yeza con voz temerosa, aún medio dormida; cuando vio al polaco arrodillado no lejos de su lecho volvió a cerrar los ojos, ya tranquilizada.

Yo sentía celos por su repentino afecto hacia el pálido monje. La noche anterior, antes de dormirse, también Roç le había rogado con insistencia que no abandonara el lugar, como si le fuese la felicidad en ello. ¿Cómo había conseguido el polaco conquistar el corazón de los niños? Pero en seguida me avergoncé de aquel sentimiento de envidia y me impuse el rezo de otro Avemaría en el que incluí a todos, también a Benedicto. Imploré la protección de la Madre de Dios. ¡Amén!

Yarzinth había entrado, como siempre en silencio, para dejar encima de la mesa nuestro desayuno: leche caliente y una tortilla alargada para cada uno; después volvió a retirarse. El olor de la comida despertó a los niños, e inmediatamente después de tomarla pusimos de nuevo manos a la obra. *Mega biblion, mega kakon.* Lorenzo empezó a escribir. Nos relevábamos cada cinco minutos, de modo que cada uno de nosotros podía hacer correr la pluma a gran velocidad sobre el pergamino sin cansar demasiado las articulaciones de los dedos, mientras el otro afilaba la siguiente pluma y borraba manchas de tinta y errores.

–"En todo el mundo"– dictaba Benedicto, –"ni entre los legos ni entre los miembros de una Orden existen súbditos más obedientes que los tártaros. Jamás mienten, jamás se insultan. Cuando discuten nunca llegan en su pelea a las manos, y entre ellos no existen las lesiones físicas o la muerte violenta, ni el robo o el hurto. Cuando tienen poca comida la reparten con generosidad..."

–¡Déjate de historias!– lo interrumpí. –¿Fueron ángeles los que destrozaron Hungría, torturaron a los hombres y violaron a las mujeres?– Evité otros detalles más espeluznantes aún, teniendo en cuenta la presencia de los niños. –¡Cualquier cristiano palidecería de envidia al oír hablar de tanta bondad y tanta pureza!

–Tampoco conocen la envidia– sonrió Benedicto, –¡ni el adulterio o la prostitución! Aunque en broma suelen utilizar, sin que las mujeres desmerezcan en esto de los hombres, palabras bastante groseras e impías. Estar borracho es honroso para ellos. ¡Cuando alguien bebe demasiado procura vomitar para poder seguir bebiendo!

–Eso ya suena más humano– rió Lorenzo. –Me parece que tus tártaros tienen dos rostros: uno amable para su vida pacífica en común, y otro cruel para su trato con los demás pueblos...

–En eso llevas razón– dijo Benedicto después de reflexionar un poco: –se creen un pueblo elegido y consideran que el "resto del mundo" no es más que tierra de esclavos...

–¿Tampoco tienen caballeros?– preguntó Roç, que había estado escuchando con atención.

–No– aclaró Benedicto, –sólo jinetes, ¡pero de éstos hay decenas, centenares de miles!

–¡Qué aburrido!– El muchacho consideró que el tema estaba agotado.

–"Incluso en su aspecto exterior, los tártaros se distinguen de todos los demás seres humanos..."– Benedicto se detuvo al ver que se abría la puerta de hierro y entraba Hamo, quien ya en otras ocasiones nos había acompañado en calidad de espectador silencioso, aunque interesado. ¿Sería posible que oír hablar de un pueblo cuya sangre corría por sus venas sin que él lo supiera despertara en él algún sentimiento, por contradictorio que fuese? Yo lo observaba a hurtadillas, íntimamente preocupado de no revelar con alguna palabra torpe mi conocimiento de su origen.

Benedicto prosiguió:

–"…pues la distancia entre ojos y pómulos es más ancha que en los demás humanos, e incluso sus pómulos están mucho más lejos de la mandíbula. Sus narices son aplastadas y bastante pequeñas…"

–¡Como la de Hamo!– chilló Yeza divertida, pero enmudeció cuando se dio cuenta de que lo había molestado, y sobre todo de que nadie la aplaudía.

–"…los párpados de sus ojos –que no son especialmente grandes– llegan muy arriba, hasta las cejas. Su talle es esbelto y entre ellos está poco desarrollado el crecimiento de la barba…"

–Es verdad, eso mismo le pasa a Hamo– incidió ahora Roç en la misma cuestión, –¡y cuando pienso en el bigote del "halcón rojo"...!

La comparación pareció disgustar al hijo de la condesa más que cualquier otra cosa, pues le hacía recordar cómo su hermana adoptiva, Clarion, se había enamorado locamente de aquel árabe.

Yo intenté salvar la situación:

–Las mujeres no suelen contar los pelos de la barba, para ellas cuenta otra cosa…– pero no llegué a acabar la frase.

–Las mujeres– me interrumpió Hamo –no saben contar, ni escribir, ni pensar; ¡yo no quiero a ninguna!

–¡Bravo!– dijo Lorenzo. –¡Te ahorrarás muchos disgustos!

–"Entre los mongoles"– prosiguió Benedicto –"cada cual puede tomar tantas mujeres como pueda mantener: diez, cincuenta, ¡o cien!"

–¡Entonces no me casaré!– le interrumpió Yeza. –Yo sé hacer todo lo que sabe hacer un hombre, ¡y además puedo tener hijos!

–¡Sin marido!– se rió Hamo de ella, pero en ese instante intervino Roç.

–Ella me tiene a mí– quiso justificar la independencia de su compañera de juegos; una independencia que a él podía fastidiarlo pero que siempre defendía frente a terceros.

–Pero, ¿no sois hermanos?– preguntó Benedicto con desconfianza.

–¡Ya lo veréis cuando celebremos la boda!– fue la sorprendente respuesta de Yeza. Y Benedicto se apresuró a volver a los mongoles, cuyo mal ejemplo le pareció útil para pulir la moral de su propia Iglesia:

–"Esos tártaros pueden casarse con sus parientes, excepto con su madre carnal, con su propia hija y con su hermana de la misma madre. En caso de morir el padre incluso están obligados a contraer matrimonio con las mujeres de aquél, excepto con su propia madre..."

–Menos mal– dijo Hamo –que han establecido esa excepción– y todos se echaron a reír. Entonces Hamo prosiguió: –Deberíais haber visto a la condesa esta mañana: lo furiosa que se puso cuando no encontró a los niños en el pabellón. Arrastró consigo a Guiscard, que la emprendió a hachazos con la trampa para abrirla por aquel lado; yo tuve el tiempo justo para escapar de allí.

En ese instante se oyeron las llaves al girar en la cerradura de la puerta de hierro y se presentó el comendador de los caballeros teutónicos, a quien yo y los niños no habíamos vuelto a ver desde Otranto. Ellos lo reconocieron en seguida.

–¡Tío Sigbert!– exclamó Yeza arrojándose a su amplio pecho y rodeándole el cuello con los brazos. –¡Qué estupendo, qué magnífico tenerte aquí!– y sacó el puñal para agitarlo delante de su barba gris, tras lo cual se acercó también Roç con el arco y las flechas.

–¡Ah, mi pequeño caballero!– y la voz del gigantesco teutón retumbó entre aquellas paredes mientras levantaba al niño con el otro brazo. Habría sido un buen padre para aquellas criaturas si los vaivenes de las cruzadas no le hubiesen llevado a buscar el calor hogareño que le habría proporcionado una familia jamás fundada en el seno de la Orden de sus hermanos teutones. Pero su corazón pertenecía a los niños, y ellos se daban cuenta por áspero que fuese a veces en su trato externo.

También Hamo recordó sus conversaciones con el caballero que, muy posiblemente tras haberlo acordado con la condesa, había intentado atraerlo a la Orden. La espina que tenía clavada en la relación con su madre se asentaba a tanta profundidad que no pudo superar un sentimiento de obstinado rechazo cuando saludó al caballero, tras lo cual prosiguió impertérrito su relato:

–Os podéis imaginar con qué furia irrumpió en el dormitorio del obispo, cargada de indignación como una clueca a la que han robado sus polluelos, y cómo Nicola, todavía en camisón, mandó buscar al cocinero para que condujera a la mujer enfurecida ante

John Turnbull, quien, balanceando el delgado cuello– Hamo puso todo su talento mímico en imitar al anciano, –al fin pudo hacerla entrar en razones.

–Hamo– intervino encolerizado el comendador, –un hombre no debe gastar tantas palabras. ¡Y un caballero nunca se burla de otro!– Hamo calló avergonzado. –La señora condesa y su anciano y fiel amigo John Turnbull se pusieron en seguida de acuerdo– prosiguió ahora Sigbert –tanto en el asunto como en el horario. ¡Seguimos convencidos de que será el domingo!– Como el señor de Öxfeld se encontrara al anunciar este tema con un gesto de incomprensión por nuestra parte se vio obligado a añadir: –Eso significa que os quedan dos veces doce horas para terminar vuestro trabajo.

–¡No lo podremos acabar!– se quejó Benedicto buscando ayuda en mí y en Lorenzo, pero Sigbert era hombre de pocas palabras.

–Pues abrevia, frailecillo– rezongó, –¡cuanto más corto, tanto más personas lo leerán!– Y el comendador se alejó con paso decidido.

–¡Adelante!– exclamó Lorenzo. –William, ¡ahora te toca a ti!

–"Cuando entran en combate"– dictó Benedicto –"acostumbran a situar en primera fila a los prisioneros de guerra de otras tribus sometidas; si uno de ellos huye, masacran a todos los demás. Para que su número parezca mayor suelen montar en las filas posteriores a unos muñecos sobre los caballos, con lo cual, junto con las mujeres y los niños también a caballo, desde lejos parece que disponen de un ejército formidable."

–¿Dejan luchar también a las niñas?– quiso saber Yeza.

–"Las mujeres cabalgan con la misma habilidad que los hombres, lo aprenden desde niñas, igual que a disparar con el arco y la flecha, puesto que todos, niños y niñas, llevan los mismos calzones y las mismas zamarras…"

–Me prometiste unos pantalones– le interrumpió Yeza, señalando el arcón de viaje con adornos de latón que era propiedad del polaco y donde ella sabía que guardaba la prenda que ansiaba tener. Pero entonces intervino Roç:

–Dile primero que las niñas, aunque vistan pantalones, no pueden luchar– exigió con insistencia. –Aunque sepan disparar bien con el arco y las flechas, jamás lo hacen tan bien como un hombre. ¡Díselo!

–"Ellas suelen formar la retaguardia y sólo intervienen en la lucha en el caso de que los hombres se muestren cobardes y huyan, cosa que, sin embargo, no sucede, porque en ese caso el castigo que los espera sería la muerte..."

–¡Los pantalones!– insistió Yeza con tozudez.

–¡Dáselos para que podamos adelantar!– propuso Lorenzo, y Benedicto abrió los cerrojos del arcón, cuya tapa curvada levantó para empezar a remover entre paños, alfombras y toda clase de recipientes y otros objetos de uso. También salió a relucir un gorrito infantil con banda de terciopelo, rebordes de seda amarilla y flores y hojas aplicadas y dibujadas. En la parte superior llevaba un botón rojo de coral. Benedicto lo colocó con coquetería sobre la cabeza de la niña, pero Yeza no permitió que se desviara su atención.

–¿Son esos los pantalones?– insistió cuando el monje agarró un paquete atado.

–Es una chaqueta de luchador– aclaró el polaco con un murmullo, y la extendió en el interior de la tapa. La prenda llevaba un bordado de seda que representaba un dragón y terminaba abajo en un ancho cinturón de cuero adornado con clavos de metal. Roç estalló en júbilo.

Después salieron del arcón unas botas de cuero rojo, adornadas con tiras de colores y forradas con una seda verde finamente plisada. A continuación aparecieron vestidos de seda y terciopelo, ricamente bordados con perlas, con hilos de oro que atravesaban el tejido. En la parte baja llevaban un adorno ondulado con gran número de turquesas y cristales de color.

–Es un dibujo que ellos denominan "nudo de origen"– explicó Benedicto, orgulloso de sus conocimientos.

Siguieron gorras, adornos capilares, pectorales y fundas para las trenzas, piezas valiosas de oro y plata cincelada con finísimos dibujos y remates de piedras preciosas.

–Botag!– exclamó Lorenzo. –¡El gran adorno de fiesta de las mujeres casadas!

–¿Y los pantalones?– Yeza golpeó el suelo con el pie mientras Hamo se probaba con gran respeto uno de los tocados. Le sentaba como si nunca hubiese llevado otra cosa en la cabeza, aunque aquel adorno no estaba destinado a los hombres.

Finalmente Benedicto sacó a relucir, sacándolo de la parte más baja del arcón, un par de pantalones sencillos de fieltro, pespunteados en las rodillas y con protección de cuero. La costura lateral estaba adornada con una fina tira roja. Era una prenda muy sencilla, pero la alegría de Yeza parecía no tener fin. Se enfundó los pantalones, cuyas medidas le ajustaban bien, probablemente porque su anterior propietario sería un esbelto muchacho mongol, y sólo le quedaba un poco largo en el talle, por lo cual se lo recogí un poco. La niña descubrió en seguida un bolsillo lateral para el puñal y se puso a dar saltos, completamente feliz, sobre todo cuando Benedicto le regaló un par de pequeñas botas puntiagudas y adornadas con pieles, cuya caña también estaba forrada con piel por dentro y en las que podía remeter los pantalones.

El polaco fue lo bastante inteligente como para hacerle también un regalo a Roç, a quien cedió la valiosa chaqueta de luchador con el dragón bordado y el cinturón de cuero repujado con clavos de adorno; un cinturón que en el centro tenía el ancho de una mano y ostentaba el símbolo de la cruz esvástica compuesto con malaquitas engarzadas en plata. Los hombros de la chaqueta llevaban un forro que los alzaba, por lo que, de repente, Roç parecía haberse transformado en un individuo peligroso una vez se hubo colocado el carcaj y se dispuso a tensar el arco.

Los dos estaban orgullosos y formaban una maravillosa pareja llena de dignidad infantil. ¡Mis pequeños soberanos! Pero ellos no prestaban atención a las miradas de admiración; ahora era Benedicto quien había conquistado sus corazones.

–Bien, niños, dejadnos tranquilos ahora, ¡tenemos que trabajar!– les advirtió Lorenzo, quien parecía ser el único que conocía el sentido y la finalidad de nuestro quehacer y, sin renunciar a las bromas y las alegrías, nos empujaba a no perder un minuto.

Pero precisamente entonces entró Yarzinth con gran estruendo de llaves y nos trajo la cena:

–¡Para que los señores escritores no pierdan las carnes!

Y presentó con orgullo, acompañado por dos pajes, las bandejas con trozos de anguila adobada en aceite de oliva y pimientitos, calabaza dulce bañada en vinagre de vino, berenjenas fritas con picante hígado de pato asado, alcachofas al vapor rehogadas con mejillones. Todo esto no eran más que los entremeses. Nos sirvió con corrección y cortesía a cada uno de nosotros, y a mí no me quedó mucho tiempo para sentirme ofendido al ver que servía a Benedicto con atención especial y mayor abundancia que a mí o a Lorenzo, pues todos nos arrojamos con gran apetito sobre los alimentos como si fuésemos tártaros hambrientos. Nos sirvió también un vino blanco de aguja, procedente de Creta, que traía en una esbelta ánfora; y cuando hubimos vaciado nuestros platos como si los hubiese repasado una lengua de ternera y nos estábamos chupando los dedos, levantó la tapa plateada de la fuente mayor: el aroma de un capón asado me llegó a la nariz. El asado descansaba sobre un lecho colorido de remolacha purpúrea, zanahoria coralina, el verde delicado de unas judías tiernas y el verde oscuro de la espinaca; todo ello mezclado con perlas brillantes de cebollita joven y con el brillo marfileño de unos dientes de ajo.

Yarzinth cortó el asado con una cimitarra, un sable curvo de Damasco cuyo extremo final no era puntiagudo sino que tenía forma de tridente. Era un arma lo suficientemente pesada y afilada como para cortarle la cabeza a un buey vivo. La manejaba con facilidad y el filo cortaba la carne como si fuese mantequilla.

Como para subrayar su habilidad pidió a uno de los pajes que sostuviera una botella panzuda cuyo cuello de cerámica estaba todavía sellado. De un golpe cortó el cierre sin que cayera ni una viruta ni un polvillo de barro. Insistió en que cambiáramos de copa y nos sirvió.

–¡Vino tinto de Georgia! Ni vuestro gran kan prueba un vino tan bueno– y el cocinero hizo restallar su larga lengua contra el paladar.

–El kan bebe *kumis*– dijo Benedicto.

–¿Kumi-qué?– preguntó Roç, curioso.

–¡Leche de yegua fermentada, mezclada con sangre!

–¿Sangre humana?– Roç parecía espantado, pero todos los demás reían y seguían bebiendo.

–Los niños deberían irse a dormir– propuso Yarzinth con precaución; –esta noche tienen que hacerlo otra vez en el pabellón...– Y cuando oyó sus aullidos de protesta añadió con voz afable: –En cuanto Benedicto haya terminado el trabajo de hoy puede ir a dormir allí con vosotros. Yo iré preparando todo. Ya conoces el camino.

Esta última observación iba dirigida a Benedicto, y el mentón puntiagudo de Yarzinth señaló el agujero que había en la pared y que representaba la entrada al "último escape" que los niños aprovechaban para ir gateando al sótano. "Somos ratoncillos", solía cantar Yeza cada vez que llegaban, seguramente para darse valor a sí misma y al mismo tiempo para avisar su llegada. Después le gustaba regresar al pabellón caminando erguida "como una gallina".

A Yarzinth no le llamó la atención que el ofrecimiento de llevar a su nuevo amigo al pabellón para que durmiera allí con ellos causó un silencio embarazoso entre los niños en lugar del entusiasmo que cabía esperar. Los chiquillos se miraron uno a otro y después siguieron con mirada de disgusto al cocinero, que ya no se detuvo más. En lo más íntimo de mi corazón yo me sentía satisfecho, pues quise interpretar que el polaco, a pesar de sus regalos, no se había hecho tan amigo de los niños como me había parecido en un primer momento. En cambio, ¡cómo les había gustado siempre dormir conmigo!

–¡Sigamos adelante!– dijo Lorenzo. –Mañana tenemos que haber terminado.

–"Cuando muere uno de sus jefes matan a su caballo preferido y se comen la carne durante el funeral"– siguió relatando Benedicto, y su aspecto era ahora un tanto compungido. –"Las mujeres queman los huesos del caballo y rellenan la piel, que cuelgan junto con la silla y las bridas, sobre la tumba solitaria que queda en la estepa. Rompen su carro, arrancan su yurta y de ahí en adelante nadie debe pronunciar su nombre. Cavan una zanja para enterrarlo y ponen al esclavo preferido del muerto debajo del cadáver, dejándolo allí hasta que está a punto de perecer asfixiado. Justo antes lo vuelven a sacar y lo dejan respirar un poco. Repiten esta ceremonia tres veces, y si el hombre sale con vida de la prueba lo declaran libre y gozará de ahí en adelante de gran respeto entre todos los parientes del fallecido. Después cierran la tumba de modo que, una vez descompuesta la piel del caballo, nadie pueda encontrarla jamás."

–¿Y por qué ha de morir el pobre caballo?– preguntó Roç intimidado.

–Para que el mongol tenga en el más allá al ser que más ha amado en este mundo.

–¿Y su mujer?– intervino Yeza.

–¿Acaso querrías que te rellenaran también a ti?– se burló Hamo, que ya no sentía ganas de seguir con nosotros. Dio unos golpes en la puerta de hierro y lo dejaron salir de nuestro "refugio".

Benedicto se levantó del asiento.

–Por hoy hemos terminado– dijo. –Mañana, con la mente despejada, acabaremos. Creo que Pian estará orgulloso de nosotros.

–Estará orgulloso de sí mismo– opuse en tono burlón.

–¡Por ti, William de Roebruk!– levantó la copa, se la bebió de un trago y se dirigió hacia la entrada del "escape".

–¡Espera!– gritó Yeza excitada: pasó corriendo a su lado y se escabulló como un ratón en dirección al orificio.

–¡No lo hagas, Yeza!– resonó la voz de Roç. –William, ¡sujétala!

Me levanté de un salto y salí tropezando detrás de ella.

–¡Yeza!– exclamé también yo, pero ella escapó y se introdujo por el agujero cada vez más estrecho que había en el muro.

–¡Yeza!– Roç se metió entre mis piernas y alcanzó la entrada antes que yo; el terror de su voz me hizo seguirlo con arrojo, pero me quedé atascado. Mis pies apenas tocaban ya el suelo, mi cuerpo grueso se quedó inmovilizado como un tapón y ante mis ojos –no podía volver la cabeza– se extendió la oscuridad del pasillo del que me llegaba un último y desesperado grito de: ¡Yezaaa...! El grito se repitió en un eco múltiple y desembocó en un silencio mortal.

¿Qué había sucedido con los niños? Intenté volver hacia atrás, lleno de disgusto, cuando sentí una punzada en el muslo. ¡Ay! Empujé con el tórax , pero unos cuchillos me tocaban los brazos y las caderas.

–¡Socorro, ayudadme!– grité hacia la oscuridad, y sentí que unas manos tiraban de mí hacia atrás, al tiempo que volvían a clavarse aquellas puntas en mis flancos. –¡Soltadme!– jadeé. –¡Me vais a matar!

–No querrás pasar ahí la noche y de paso obstruirme el camino– bromeaba Benedicto a mis espaldas.

–Tenéis que apretar estos malditos cuchillos contra la pared, uno desde arriba y otro desde abajo, empujándolos con la manos hacia la derecha y hacia la izquierda además de hacia adelante para poder sacarme de aquí.

–¿Será posible que hayan querido hacer carne mechada con tu cuerpo?– se burlaba Lorenzo mientras intentaba pasar la mano junto a mi cadera.

–Como mínimo hay tres en cada lado– grité yo, encogiéndome de dolor.

–Sólo tenemos cuatro manos– protestó Benedicto. –Hay que ir en busca de ayuda.

Yo tenía la impresión de ser un cerdo sacrificado que estaba desangrándose lentamente; al propio tiempo empecé a experimentar cierta claustrofobia. No podía hacer nada, no podía moverme; si alguien hubiese querido podría haberme azotado las nalgas desde atrás o cortarme la cabeza por delante. Pero entonces oímos las llaves en el cerrojo de la puerta y la voz de Yarzinth, que había regresado con sorprendente rapidez del pabellón.

–Ya le dije a William que ese "último escape" no sirve para él. Tendremos que sacarlo como se destapona una botella. ¡William, taponcito, saldrás de la botella como el genio del cuento!

Muy pronto sentí que varias manos me agarraban al mismo tiempo y me devolvían poco a poco al sótano; mi hábito, la camisa y los calzones estaban destrozados y mi cuerpo sangraba de varias heridas como si hubiese salido de manos de un mal barbero. Pero mis hermanos y el cocinero no cesaban en sus risas.

–¡Quién los entiende!– se quejó Yarzinth. –No sé lo que pasa por las cabezas de esos niños. Casi matan con flecha y puñal a Clarion, que los esperaba en el pabellón para acostarlos. La buena chica estaba escuchando con la cabeza metida en el agujero para ver si venían cuando de repente pasaron, justo al lado de su cabeza, una flecha y un puñal. Se puso a gritar: "¡Dejad esas tonterías!", pero los niños gritaban desde el laberinto: "¡Muerte al verdugo, muerte al verdugo!" En seguida me retiré por la otra puerta. No sé qué hay que hacer para educar a alguien, y mucho menos a unos niños.

Benedicto me reprochó con suavidad:

–William, tú tienes la culpa: eso pasa por dejarlos escuchar lo que hablamos aquí. De ahí les vienen esas ideas tan sanguinarias, ¡sus pequeñas mentes están confusas!

–¡Qué absurdo!– dijo Lorenzo. –Proseguiremos mañana por la mañana.

–Dormiré aquí– declaró Benedicto. Y Yarzinth nos deseó una buena noche.

PRISIONERO DEL LEGADO

Constantinopla, otoño de 1247

Hacia el mediodía de la jornada siguiente el velero papal procedente del mar Negro se deslizó flanqueando las orillas del Bósforo. No había viento, el cielo estaba gris y sobre las aguas pesaba la niebla. Las velas colgaban mojadas y fláccidas y los remeros estaban agotados por el largo viaje. El velero de tres palos avanzaba lentamente, llevado por la corriente, hacia el suroeste, a la espera de que en algún momento se les abriera la entrada al Cuerno de Oro.

Anselmo de Longjumeau, el dominico refinado y ambicioso que, a pesar de su juventud –y de la oposición de su famoso hermano mayor– había conseguido ser nombrado legado papal, estaba acurrucado sobre un rollo de cabo en la proa del barco; mantenía la mirada fija sobre el líquido lechoso que tenía delante y a la vez temblaba de frío.

No quería ver a nadie y, en realidad, tampoco deseaba llegar a Constantinopla. Estaba descontento consigo mismo. Su misión lo había llevado ante Baitchú, el gobernador más avanzado de los mongoles, pero ese viaje había sido un fracaso del que sólo se podía culpar a sí mismo. No traía ningún escrito del repugnante jefazo tártaro, sino únicamente a dos nestorianos charlatanes deseosos de convencer a la curia de que también los nestorianos son cristianos creyentes, aunque nadie había solicitado jamás del Papa que los reconociera. Lo que pretendía Baitchú era que el jefe de la Cristiandad acudiese a su palacio para tener una conversación con él, y aquellos sacerdotes degenerados, temiendo por sus míseras vidas, se habían guardado muy bien de contradecir esa pretensión.

Baitchú sólo era gobernador en Persia, no era el gran kan. El hombre no se había mostrado ni competente ni generoso. Y él mismo, fra'Ascelino, tampoco se había superado; no había insistido en proseguir el viaje hasta Karakorum como los franciscanos. Desde Tabriz hasta Tiflis, la fama de la misión positiva realizada por Pian del Carpine se había ido filtrando sin pausa, gota a gota, en sus oídos, cosa que le resultaba sumamente molesta, por lo que suponía que los minoritas hacía tiempo habrían regresado allá donde los esperaba el Santo padre y ya nadie se interesaría por él ni por el resultado de sus penosos esfuerzos.

Oyó un carraspeo y la voz de Vito de Viterbo a sus espaldas:

–¡Deberíamos acercarnos al puerto con precaución y descubrir primero qué es lo que nos espera allí antes de ser avistados, fra'Ascelino!

El interpelado se dio media vuelta con furia, como si le hubiese picado una tarántula. No había nadie en el mundo, ni siquiera Baitchú, que lo tuviese tan disgustado como el de Viterbo, cuya simple visión le provocaba náuseas y a quien había tenido que soportar durante todo el largo viaje.

–A nosotros no nos espera nadie– gruñó irritado sin volverse hacia su compañero de viaje, –¡excepto los fantasmas que os empeñáis en perseguir!– Pronunciadas estas palabras, el legado se sobresaltó, pero se limitó a gritar su rabia hacia la pared de niebla que tenía delante. –¿Aún no os habéis cansado de vuestra locura? ¡Vito, estáis poseído por el demonio! De nada sirve encadenaros, más bien habría que meteros en una camisa de fuerza y llamar al exorcista.

Vito de Viterbo había perdido un tanto de su corpachón de búfalo. El hábito negro bailaba en torno a su cuerpo desgarbado; estaba sucio y tenía un aire descuidado; el cabello le asomaba formando greñas debajo de la capucha. Sólo sus ojos seguían ardiendo igual que antes de iniciada la travesía de castigo.

–La locura, Ascelino, es que os metáis con los ojos abiertos en lo que será vuestra desgracia– Vito bajó la voz, adoptando un tono de conspirador. –No volveréis con las manos vacías, fra'Ascelino. Os juro…

–¡…que encontraremos a esos malditos niños del Grial precisamente aquí, en Constantinopla! Pues sí, a lo mejor están detrás de esa niebla, en el muelle, esperándonos con un saludo. No tendremos más que ponerles la mano encima.

Vito opuso sus palabras jadeantes a la burla amarga del legado:

–¿En qué otra parte puede estar esa cabra, la condesa, donde la espere un palacio protector y comida para sus cabritos? En el palacio de su sobrino el obispo, el pederasta. ¿Acaso no fue ella misma en su tiempo patrona de una casa de citas cuyas pupilas eran monjas jóvenes, por lo que la llamaban "la abadesa", hasta que los agentes de la santa Inquisición ahuyentaron a esa hereje disfrazada?

–¿Y creéis en serio que no tiene nada mejor que hacer que volver después de tantos años al lugar de su vergüenza a la espera de que llegue el esbirro mas temido del Castel Sant'Angelo, el terrible señor de Viterbo, y pueda atraparla aquí?– siguió burlándose fra'Ascelino mientras se ponía de pie. –¡Vito, no sois más que un borrego disfrazado de lobo!

Delante de ellos se abrió la niebla como se desgarra un velo, y bajo la luz amarilla del sol otoñal resplandecieron las cúpulas y las torres de Constantinopla. Se estaban deslizando directamente hacia el muelle.

–¡Alto, alto!– tartamudeó Vito. –¡Atrás, atrás!– Se había quedado sin habla y todos lo miraban como si ahora estuviese dejado hasta de la mano del demonio. –¡Ahí está, ahí está!– siseó al fin, y su dedo puntiagudo señaló a través de los últimos retazos de niebla hacia la aglomeración de veleros y galeras, de barcas de carga y de pesqueros que se balanceaban atracados en los muelles del Cuerno de Oro. Nadie veía lo que señalaba; sólo fra'Ascelino se dio cuenta de las intenciones del de Viterbo, que ahora parecía definitivamente preso de un ataque de locura.

–¡Encadenadlo!– ordenó con tranquilidad a la tripulación que los rodeaba. –Este hombre ve fantasmas.

–¡No!– gritó Vito mientras los marineros se arrojaban sobre él. –¡Allí está! ¡Allí está la trirreme! ¡Tenemos que ocultarnos!– Pero los hombres lo arrastraron hacia una de las cubiertas bajas.

–¡Ya lo tenemos sujeto!– avisó el maestro de remeros, y quedó a la espera de la orden del legado para entrar en el puerto, pero fra'Ascelino le dijo:

–¡Virad las velas! Atracaremos en la costa de enfrente, en Asia.

La tripulación siguió malhumorada sus órdenes; incluso el capitán arrojó al representante papal una mirada que expresaba todo su descontento. Pero el señor legado se había sentado de nuevo sobre el rollo de cabo, apoyaba su cabeza en las manos y no deseaba hablar con nadie.

Cuando la cadena del ancla bajó con estruendo, la luminosa Bizancio había quedado envuelta en una lejanía difusa. Desde una tienda instalada en la popa salieron excitados los acompañantes de Anselmo: Simón de Saint-Quentin y los dos sacerdotes nestorianos, y avanzaron hacia él gesticulando. Simón intentaba tranquilizarlos y prometió interrogar a Ascelino acerca de aquel cambio inesperado de rumbo.

Cuando cruzaban entre las banquetas de los remeros, Vito, que estaba abajo encadenado, se dirigió a él con voz doliente:

–Simón, ¡demostrad vos al menos ser razonable! No me importa perder la cabeza, pero os juro por la Santa madre de Cristo que allá enfrente, en la ciudad infiel de Bizancio, se está paseando tranquilamente la mayor enemiga de la Iglesia, la falsa abadesa. ¡Allí alimenta y cuida a sus crías de la serpiente hereje!– Las palabras caían a trompicones de la boca del condenado a galeras, pues el maestro de remeros había comprendido muy bien quién era el culpable de que él y sus hombres tuviesen que echar las anclas tan lejos de los placeres que brindaba el puerto, y su látigo restallaba sobre la espalda de Vito.

–¡Cerdo inmundo, gandul, ponte a remar!– lo regañó furioso. Aunque el barco hacía tiempo que estaba firmemente sujeto a la cadena seguía propinando latigazos a su enemigo desarmado.

–¡Basta ya!– dijo el legado tras observar unos instantes aquel espectáculo. –A ti no te conoce nadie– se dirigió a Simón antes de que éste pudiese dirigirle la palabra. –Puedes llevarlo contigo en la barca. Estamos en oriente– sonrió el joven legado con malicia, –y puedo dejarle cierta libertad, pues el *strictum* sólo tiene validez en tierras de occidente. En cualquier caso, tú serás responsable de que no llaméis la atención en el puerto y de que regrese a bordo. Lo único que debéis hacer es mantener los ojos abiertos, ¡pero no emprendáis nada: *nullum!*

Simón vacilaba en aceptar tanta responsabilidad.

–Lo juro– gimió Vito.

–Tus iniciativas han hecho ya bastante daño a la Iglesia– le advirtió Simón amenazador. –Tal vez sería lo mejor hacerte morir a bastonazos como a un perro rabioso.

Y le hizo al maestro de remeros una señal para que le abriera las argollas de los pies. No obstante, ordenó que el prisionero siguiera con las manos sujetas y que dos soldados lo escoltaran en la barca.

Cuando salieron de ésta Simón encabezaba la comitiva. Vito tenía la capucha profundamente bajada sobre el rostro y las manos unidas como si estuviese rezando, lo suficientemente cubiertas por las mangas como para que nadie viera las cadenas de hierro con que lo sujetaban los soldados a derecha e izquierda mientras seguía, tropezando, a Simón.

–¡No corráis!– jadeó Vito. –Allí delante está la trirreme. ¿Veis al gnomo con la pata de palo?– siseó lleno de odio. –Es Guiscard el amalfitano, ¡el timonel de "la abadesa"!– También vieron a Clarion rodeada de sus "monjas", arrodilladas y dispuestas a rezar la oración del mediodía. No se veía ni rastro de los niños.

De modo que siguieron arrastrando a Vito antes de que alguien pudiese darse cuenta de las miradas punzantes con que le habría gustado atravesar los maderos de la nave, ¡incendiarla, destrozarla, hundir la trirreme de la condesa demoníaca! Pero esa nave estaba flanqueada por una galera de templarios, severamente vigilada, y que además mostraba el gallardete de un preceptor. Simón se sintió presa de una repentina sospecha y preguntó a un guardia por el nombre, la procedencia y el destino. La respuesta fue breve: "Gavin, conde Montbart de Bethune, con quince caballeros al servicio de la Orden."

Siguieron adelante a paso rápido para no despertar sospechas sin fijarse en los dos comerciantes árabes que se acurrucaban detrás de su género, consistente en joyería y esencias valiosas en delicadas ánforas de cristal. Estaban sentados sobre una alfombra, bebían té y no perdían de vista los barcos que tenían delante.

Junto a la cruz roja de extremos en forma de zarpa se veía la cruz negra de los caballeros de la Orden teutónica y la bandera verde del profeta, ondeando pacíficamente juntas en el mástil de una espaciosa goleta. La tripulación se componía de marineros egipcios y, por mucho esfuerzo que hicieran, no se les podía entender otra cosa más que las palabras "embajador del sultán". Y no era su propio capitán quien les cerraba la boca, sino un caballero de la Orden hospitalaria, que los hacía volver a bordo insultándolos con blasfemias árabes.

La preciosa galera del gran maestre de la Orden de san Juan se mantenía distanciada de las demás, y sólo se podía llegar a ella con barcas de remo. Simón se enteró por medio de los barqueros de que el representante del gran maestre, Jean de Ronnay, había acudido a visitar al rey Balduino.

La aparición de la policía imperial puso fin a las preguntas curiosas del fraile. Éste hizo una señal a los soldados para que se llevaran a Vito. Pero precisamente ese gesto fue lo que aguzó la sospecha de los policías, y les cerraron el camino.

–¡Vuestra documentación, extranjero!– Antes de que Simón pudiese aclarar la situación se escuchó una voz que venía de más atrás.

–¡Yo conozco a este señor!– Yves "el Bretón", acompañado de un destacamento de soldados vestidos con el uniforme del rey francés y que ostentaban el gallardete de su embajador Joinville, personaje conocido por todos en el puerto, intervino en la discusión y los policías se apresuraron a retirarse con un saludo para reemprender la ronda.

–¡La verdad es que no debería avalar a vuestra persona, Vito de Viterbo!– dijo "el Bretón" con frío desprecio. –Hace demasiado tiempo que mi señor Luis echa en falta vuestras oraciones.

–La curia necesitaba de mis servicios, señor Yves– murmuró Vito disgustado por el hecho de que su pasado le fuese a alcanzar precisamente allí.

–Deberíais reflexionar y decidir bien a quién dais preferencia– se burló Yves, y dedicó una mirada de menosprecio al aspecto miserable del dominico. –Aunque vuestra ausencia prolongada y el descuido de vuestras obligaciones de confesor también han tenido sus aspectos buenos: ¡el Castel Sant'Angelo ya no se entera de cada estornudo del rey antes de que éste haya expulsado el *sputum!*

–¡Yo no soy un traidor!– se rebeló Vito.

–No– dijo "el Bretón", –¡pero sí una mísera escupidera!– y le escupió al de Viterbo delante de los pies, alejándose a continuación.

–¿Quién era ese individuo– reprendió Simón de Saint-Quentin a su acompañante forzado, –y por qué no me lo has presentado?

–Es un matón– gruñó Vito –a quien le permitieron cambiar el hábito de sacerdote por el uniforme del rey.– Y retornaron a la barca para que los devolviera a la otra orilla.

–Podéis decir lo que queráis– se acaloró Vito cuando lo condujeron de nuevo ante el legado, –pero una reunión de máximos dignatarios, embajadores y nuncios, aquí y ahora en Bizancio, no puede ser obra de la casualidad, sino que ha debido de ser convocada por alguien de muy arriba.

–Yo sólo me veo a mí como legado de la Iglesia, y nadie me ha convocado aparte de mi señor Papa a cuyos pies deseo regresar lo más rápidamente posible.

–Durante nuestra ausencia pueden haber sucedido muchas cosas, fra'Ascelino– Vito intentaba inducir al otro a pensar. –¡No deberíais cometer una vez más el error de despreciar la ocasión única que os ofrece la historia sólo por el empeño de seguir al pie de la letra las limitaciones que os impone vuestra misión en lugar de actuar en un plano superior de vuestra visión política.– Con el valor del que ya nada tiene que perder Vito aceptaba verse expuesto al descontento, incluso a la furia creciente del legado. –¡No os rebajéis a ser un simple cartero cuando nuestra Iglesia concede a sus embajadores una omnipotencia tan extraordinaria como gloriosa! La situación que encontráis aquí os obliga a actuar, considerar, enjuiciar y atacar– el fraile, erguido en toda su estatura, retorcía por encima de su cabeza las manos encadenadas. –¡En el nombre de Cristo y de nuestra santa Iglesia!

–¿Gloriosa?– Ascelino le arrojó una mirada de lástima antes de hacer una señal al maestro de remeros para que se acercara. –¡Encadénalo!– ordenó en voz baja. –Nada de latigazos, pero sí debéis meterle una mordaza en la boca– suspiró –antes de que me tome a pecho sus consejos y me libre de él, a mí y a la Iglesia– Aibeg y Serkis, los dos nestorianos que Baitchú le había obligado a llevar consigo en calidad de embajadores, pugnaban por acercarse.

–¿Qué hacemos aquí perdiendo el tiempo?– criticaba Serkis, un hombre delgado, mientras Aibeg, más bien corpulento, fijaba a través del Bósforo la mirada ansiosa de sus ojos sobre Bizancio, que parecía tener al alcance de la mano. –En esta costa inhóspita ni siquiera vale la pena bajar a tierra.

El legado apretó los dientes. Los dos sacerdotes lo asqueaban. Él habría preferido dejarlos aquí en tierra, o aunque fuese allá enfrente, en el Babel de los pecados, pero entonces acabaría presentándose con las manos del todo vacías ante el Santo padre después de haber fracasado en su misión.

–No me gustaría perder la cabeza– insistió Serkis, –y Baitchú me la hará cortar si no volvemos a presentarnos ante él puntualmente y acompañados del señor Papa…

–La muerte de los mártires os es segura– sentenció Simón. –¡Ese terrible general tártaro se asfixiará con su propia bilis si espera que la cabeza suprema de la Cristiandad se incline ante él!

–Cuando estabais ante su trono no os atrevíais a hablar en esos términos– le devolvió Serkis el veneno de sus palabras. –Baitchú, en su generosidad, confiaba en que vos responderíais a sus deseos, ¡y eso os salvó la vida!

–En realidad os quería rellenar el pellejo– añadió Aibek con cierto aire soñador.

–Ya veis, fra'Ascelino– observó Simón con aspereza, –¡cuánta razón tenía yo! Es una lástima que no podamos presentar a Baitchú como ejemplo y muestra de lo que es un cráneo de tártaro y exponerlo conservado en vinagre a la vista de todo occidente: su horrible configuración, sus labios gruesos, los ojos salientes, la nariz aplastada, la frente baja y la barba de chivo.

–No olvidéis que somos sus emisarios. ¡Os castigará en vuestros hijos y los hijos de vuestros hijos!– resopló Serkis. –¡Así es cómo los cristianos pagan la hospitalidad que les conceden!

–¿Hospitalidad?– atacó Simón. –¿Esa comida de cerdos, que no es otra cosa que unos desperdicios apestosos y que tuvimos que ingerir, presentada en una vajilla llena de suciedad y en compañía de unos borrachos que eructan, vomitan y jadean mientras comen?

–Baitchú debería haberos arrojado al caldero y sacaros el pellejo– contestó Aibeg con una entonación tranquila que solía irritar aún más a Simón.

–¡Antropófagos!– gritó Simón con voz estridente. –¿No lo dije ya, fra'Ascelino? Los tártaros asesinan a los cristianos, los asan y se los comen sin miramiento alguno; les complace chupar nuestra sangre con avidez.

–Déjalo ya, Simón– el legado quería poner fin a la disputa que amenazaba con degenerar en odio abierto. –No nos pongamos a la misma altura de esos bárbaros– su sonrisa revelaba malestar. –Concederemos a los señores embajadores el favor de dejarles observar lo que es la *civitas* occidental, y a estos sacerdotes nestorianos lo que es la auténtica *cristianitas*. Esta noche, en cuanto se haga oscuro, echaremos ancla en Constantinopla.

XII

CONJUNCTIO FATALIS

ENSAYO GENERAL

Constantinopla, palacio de Calisto, otoño de 1247 (crónica)

Al caer la noche se presentó Yarzinth en nuestro sótano.

–Arriba esperan a William y a los niños– le comunicó a Lorenzo, –y a vos también.

Precisamente acabábamos de cambiar la pluma, y Benedicto le estaba dictando lo que recordaba acerca de la cruel disciplina del ejército mongol:

–"Aunque huyan sólo diez de un grupo de cien, todos son condenados a muerte. Asimismo, si uno se arroja valientemente al combate y su fila de diez no lo sigue, o si uno cae prisionero y sus compañeros no lo liberan, todos lo pagan con la vida..."

–Así habría que proceder también con los frailes menores– bromeó el cocinero. –¡Fin de la escritura! Tendréis que contar el resto de la historia de viva voz.

–¿Por qué no puede venir Benedicto con nosotros?– preguntó Roç con desconfianza. El niño llevaba otra vez puesta la chaqueta de luchador, del mismo modo que Yeza no se separaba ya de sus pantalones de fieltro.

–Porque nadie ha preguntado por él– aclaró Yarzinth con rudeza. –¡Adelante con vosotros!

–¡No!– dijo Yeza, y balanceó el puñal en la mano. Había aprendido a utilizarlo con maestría y Yarzinth levantó con un gesto de temor involuntario las manos para protegerse. –Diles a los de arriba que sólo nos presentaremos si Sigbert nos da palabra de que nadie le causará daño a él en cuerpo y alma– y señaló brevemente al polaco con la punta del puñal que hasta entonces tenía dirigido contra el vientre de Yarzinth.

–Ya podéis iros– y Roç se instaló con el arco tensado al lado de la niña, –¡haced lo que os mandan!

Yarzinth se inclinó y yo lo seguí con Lorenzo. Me sentía orgulloso de mis pequeños soberanos, aunque me lastimaba el ardor con que defendían a Benedicto; pero creía que habrían actuado del mismo modo tratándose de mí. Por lo demás, ¿acaso estaba en peligro la vida del polaco? ¿Y no me había recibido éste con las palabras: "Primero yo, después tú"? ¡Cuidado, William! me dije a mí mismo mientras iba tropezando escaleras arriba para seguir al cocinero.

Estábamos en la víspera del día del Señor. Yarzinth nos condujo a una preciosa sala cuyo pavimento consistía en grandes cuadrados de mármol que formaban un tablero de ajedrez.

–¡El "centro del mundo"!– me susurró Lorenzo.

Las arcadas de la parte frontal aparecían cubiertas de cortinas confeccionadas con un pesado terciopelo rojo y daban la impresión de ser un escenario, lo que se veía reforzado también por encontrarse reunidas allí todas las personalidades de rango y nombre que yo conocía. La dirección escénica estaba, según comprendí, en manos del viejo John Turnbull, quien se movía excitado de un lado para otro; en realidad, a mí me sorprendió comprobar que seguía entre los vivos. En seguida nos hizo señas a mí y a Lorenzo para que nos acercáramos y empujó al robusto Sigbert hacia otro rincón, lo que éste aceptó con estoica paciencia.

–Sigbert representa a Pian– me informó Clarion mientras se esforzaba en asistir al anciano. –¿Qué pasa con los niños?– preguntó después con preocupación al ver que nos presentábamos sin ellos.

–Exigen garantías de que Benedicto de Polonia no sufrirá daño en cuerpo y alma– se burló Lorenzo, –¡y sólo quieren tratar el tema con el comendador de la Orden de caballeros teutónicos!

–Ahora no puedo prescindir de Sigbert– refunfuñó el viejo John, quien consideraba que la exigencia de los niños no era más que una de sus caprichosas ocurrencias; pero Sigbert cogió con dos manos una de las figuras que representaban una torre de ajedrez, le colgó encima la capa mongol ricamente bordada que hasta entonces había vestido, y la situó allí donde había estado él.

–¡Aquí tenéis al glorioso correo del gran kan!– le comunicó a Turnbull mientras acababa de colocarle a la figura de ajedrez el sombrero distintivo de ala ancha y terminación en punta. –¡Podéis rendirle honores!– y se alejó a grandes zancadas.

John aceptó, aunque ligeramente confundido.

–Pues bien– prosiguió, –una vez haya presentado a Pian– y señaló con gesto cortés la maciza figura disfrazada, –tú, Lorenzo, como legado de Inocencio, le rendirás honores al misionero a su regreso de...

–¡Pero si no era ésa mi misión!

–El obispo te prestará una capa preciosa– el viejo John redujo la cuestión del nombramiento a una cuestión de ropas. –Después Pian nos dirigirá unas cuantas palabras acerca de los peligros del viaje y mencionará con grandes alabanzas a su fiel acompañante en todas las vicisitudes sufridas: ¡William de Roebruk!

–¿Y los niños?– me atreví a mencionar.

–¡Ah sí, los niños! ¿Cómo presentarlos de la forma más convincente?

–Pian podría…

–¡No!– decidió Turnbull. –Tú, Lorenzo, tomarás una vez más la palabra y dirigirás unas frases de agradecimiento al gran kan quien, en señal de su voluntad de paz y su respeto por occidente, nos envía los símbolos de una simbiosis superior entre ambos mundos, nos hace entrega de quienes son la encarnación…

–Etcétera, etcétera– me susurró Lorenzo haciendo gala de una total falta de respeto.

–…de la sangre real– prosiguió John en tono enfático: –los hijos del Grial!– y enmudeció, agotado.

–¡Ésa es la palabra clave para ti, William!– dijo Lorenzo. –Entonces te presentas tú con los niños cogidos de la mano y los haces avanzar, mientras tú mismo te quedas, humilde y algo retrasado, al fondo...

–¿Por qué no nos arrodillamos todos?– Con estas palabras pretendí contribuir al juego. –¿O al menos Pian, tú y yo?

–Haremos un ensayo– me informó Turnbull. –¿Dónde están los niños?

Roç y Yeza ya estaban correteando entre las filas de espectadores donde se habían sentado la condesa, el obispo, y –lo que me intrigó mucho más– también Gavin, el caballero templario. Hasta entonces la presencia del preceptor siempre había anunciado grandes cambios en mi vida, que solían arrastrarme de un modo harto peligroso hasta el borde de mi existencia física. En mi mente, algo confusa y aturdida por cuanto se estaba desarrollando a mi alrededor, sonó con estridencia una campanilla de alarma.

Los niños acudieron a toda prisa, sin que hubiera que llamarlos dos veces, y también Sigbert volvió a ocupar su sitio.

–¿Qué ropas traéis puestas?– los regañó John al ver el aspecto marcial de las criaturas. Después se dirigió a Clarion: –¿No podrían aparecer vestidos con mayor dignidad?

–¡Pues claro que sí!– exclamó Yeza corriendo hacia la caja de disfraces de Benedicto, que había sido llevada asimismo al escenario.

–William también debería presentarse con vestiduras de gran sacerdote– propuso Lorenzo divirtiéndose a costa mía; –una especie de gran chamán que, con su mera presencia, aportaría toda la magia sorprendente de Oriente...

–¡Tonterías y supersticiones!– murmuró Sigbert, después de haber colocado de nuevo sobre sus anchos hombros la capa prevista para Pian. Pero Turnbull aceptó complacido la propuesta de Lorenzo.

–¡Puede que nos sea útil!– reflexionó en voz alta, por lo que me dirigí hacia el arcón cuyo contenido estaban revolviendo los niños y Clarion.

–Deberíamos revisar la distribución de los asientos– se dirigió a Turnbull el obispo Nicola della Porta, que se había aproximado a él. –He pensado situar al clero griego y demás confesiones cristianas a la derecha...

–¿Todos revueltos?– intervino Gavin, que ofrecía galantemente su brazo a Laurence.

–¿Y si sentamos a las órdenes militares entre las diferentes fracciones?– propuso el obispo. –Los sanjuanistas entre los católicos romanos y...

–¡Procurad que no queden junto a los templarios!– también la condesa había captado de inmediato las maliciosas perspectivas que abría aquel juego. –Habría que trazar un muro entre las dos órdenes, ¡o bien colocar a los teutónicos en medio!

–De momento, aquí estoy yo solo– bromeó Sigbert, –y no tengo más que dos brazos para separar a los posibles contendientes.

–Nosotros, los templarios, nos situaremos enfrente– decidió Gavin. –Estaremos junto a los *sufíes* y los emisarios del sultán.

–Hay un detalle que me preocupa bastante más– advirtió la voz de Sigbert bajando de tono: –¿dónde están los emisarios del "Anciano de la montaña"? ¡Hay que contar también con ellos!

–¡No hay entrada para los "asesinos"!– exclamó el obispo con voz triunfante. –He dispuesto un triple control en la puerta que verificará la identidad de todos y cada uno de los asistentes.

Gavin y Sigbert intercambiaron una mirada con la que se mostraban plenamente de acuerdo acerca de la ilusión engañosa que padecía aquel infeliz Nicola della Porta al creer que la seguridad consistía en reforzar la guardia en los portales.

–Habrá que repartir también a los embajadores de las repúblicas– propuso Gavin, –para que la Serenísima no quede emplazada junto a Génova...

–Son gentes que llevan la espada muy suelta– rió Sigbert. –Creo que lo mejor será dejar que esos gallos de pelea busquen cada uno su asiento, tan alejado del enemigo como consideren conveniente.

–En ese caso se producirá inmediatamente una lucha por los asientos de la primera fila– se echó a reír la condesa.

–En primera fila– intentó reafirmar su autoridad el viejo Turnbull –se sentará el conde Joinville, embajador del rey de Francia; después el hijo del rey Bela de Hungría...

–¡Hijo bastardo!– corrigió el obispo.

–...después el condestable de Armenia, Sempad, que es hermano de sangre del rey Hetum y se aloja en la ciudad, camino de visitar la corte del gran kan, y a continuación... ¿tal vez os convenga sentaros a vos, querida Laurence, con vuestra encantadora hija adoptiva Clarion, en representación del emperador?

En ese instante Yarzinth llevó a su señor a un aparte y le susurró al oído algo que provocó en éste una leve palidez.

–¡El emperador!– exclamó. –¡El emperador Balduino y la emperatriz María esperan que los niños sean llevados mañana por la tarde a su palacio, donde ellos decidirán sobre su destino! ¡Nos dicen que todos los que estamos aquí reunidos debemos considerarnos bajo arresto!

Dichas palabras provocaron un silencio seguido de un murmullo de indignación, del que destacó la voz de Turnbull; de nuevo volvía a ser maestro de la situación, el intocable *maestro venerabile*.

–¡Las estrellas– proclamó –también lucen de día, aunque no las veamos! Su posición favorable no se limita a las horas nocturnas del día de mañana: presentaremos a los niños en el meridiano, aquí, a la hora del mediodía, sin temer a los esbirros del emperador.

–¿Y los huéspedes invitados?– se atrevió a preguntar el obispo.

–¡Procurad que les llegue la noticia!– lo instruyó Turnbull. –Aquél que considere un favor del cielo acompañarnos en esa hora; el que quiera ver cumplido su deseo de presentar sus respetos a los infantes reales, tendrá oídos para oír. Esta noche aparecerá una estrella encima del palacio…– interrumpió el discurso, porque la visión superaba sus fuerzas.

John Turnbull abandonó a quienes lo rodeaban y se acercó a los niños, que estaban siendo vestidos por Clarion como si fuesen pequeños príncipes mongoles.

Yo me escabullí, pues mi ropaje de chamán, que no era otra cosa que un caftán ancho con mangas larguísimas adornado con huesecitos, abundantes sonajeros y cintas de colores, me parecía un disfraz demasiado ridículo. Lo que peor me sentaba era la máscara de cobre, que en torno a la abertura destinada a la boca tenía pelo pegado simulando una barba, además de un flequillo falso y campanillas en las orejas. Para acompañar el disfraz Clarion me había puesto en las manos un tambor cuyos palillos parecían espantamoscas. Yo no deseaba presentarme con ese aspecto, pero los niños estaban entusiasmados.

–¿Cómo os sentís vos en el papel maternal de María– oí que Gavin se burlaba del obispo –a la espera de un Belén escenificado a la hora del mediodía?

–¡Me siento como el asno del espectáculo!– refunfuñó Della Porta. –Tenemos que oscurecer la sala– añadió; –si no, el ambiente se irá al cuerno.

–En cualquier caso estarán presentes los cuernos del diablo, ya sea de día o de noche, incluso en una oscuridad artificial. Estamos entrando en el *aequinoctium*, que es cuando el dueño de este mundo hace bailar a los suyos– lo consolaba Gavin justo en el momento en que pasé por delante de ellos. El obispo trazó la señal de la cruz, y Gavin estalló en una risa burlona cuando me arranqué la máscara de la cara.

–William es una garantía andante– exclamó –de que mañana, si algo puede fallar, fallará.

Entretanto habían acabado de vestir a los niños. Roç llevaba unos pantalones anchos y bordados metidos en botas de brocado, una capa ceremonial principesca de cuello alto y debajo un chaleco bordado en oro. Alrededor de su esbelto talle le habían atado un pañuelo de seda del que sobresalía el extremo adornado con piedras preciosas de una vaina de sable en la que Clarion había metido dos palillos de marfil como los que se usan para comer, con la intención de no añadir más peligros a los ya existentes. El chiquillo no quería separarse del arco y las flechas, por lo que llevaba su instrumental guerrero oculto debajo de la capa.

Yeza quiso salvar sus pantalones de la quema y se decidió por una chaqueta guateada que estilizaba su pequeña figura convirtiéndola en una muñeca con los hombros enormemente alzados. El aderezo de pendientes, collares y brazaletes, y sobre todo una larga trenza artificial, le hacían parecer mucho mayor de lo que era. Clarion había elegido para ella, al igual que para Roç, un bonete adornado con una diadema que recordaba una corona; además llevaba el puñal colgado de una cadena junto a otros objetos que indicaban sus virtudes domésticas, como un trozo de yesca, unas tijeras, un peine y un misterioso estuche.

Su aspecto era impresionante, y con aquella gravedad infantil que irradiaban me parecieron de repente unos seres del todo extraños. Además no me hacían ningún caso, se sonreían uno a otro y prestaban una paciente atención a las instrucciones que John Turnbull les impartía más con aire de abuelo que con autoridad patriarcal:

–Cuando William os traiga hasta aquí y se retire no volveréis la vista hacia atrás, ¿entendido? Yo me acercaré entonces a vosotros y procederé a la bendición…

–¿Tendremos un premio?– quiso saber Yeza antes que nada. Roç le dio un codazo. –Será un honor para nosotros, ¿verdad?– y me dirigió una mirada interrogante. Yo asentí con la cabeza.

–¡Y después celebraremos el matrimonio *quimiológico!*– dijo John con entonación solemne. Cerró extasiado los ojos, lo que le impidió ver que Yeza devolvía el codazo a su compañero mientras Roç expresaba sus reservas:

–¿Es para siempre?

–¿Por qué no lo ensayamos?– intervino la condesa sin el más mínimo respeto por aquel problema íntimo. –Yeza, ¡dale un beso!

–¡Cielo santo!– exclamó Gavin. –¡No querréis destruir la magia de un momento así mostrando emociones estúpidas por demasiado humanas!

–No tenéis más que sonreír y cogeros de la mano, ¡eso es todo!– contribuyó el obispo a la escena. –¡El Espíritu Santo hará el resto!

El templario seguía con ganas de bromear:

–¿Quiere eso decir que también aparecerá la paloma de turno? ¡Eso sí que valdría la pena ensayarlo primero!

–El matrimonio *quimiológico*– le señaló Turnbull –no se puede ensayar, ¡sólo se puede contraer!– suspiró. –Es decir, se realiza *eo ipso*, ¡como el "gran proyecto"! No podemos hacer otra cosa que estar dispuestos…

–Amén– dijo el obispo. –Ya es tarde, y nuestros pequeños soberanos de la paz deben irse a dormir. Mañana será un día agotador.

–Yo los acompañaré por la tarde, cuando acudan a presentarse ante el emperador de Bizancio– se ofreció Gavin, –puesto que Conon de Bethune, mi tío, fue regente aquí antes de que el pequeño Balduino pudiera pasar del orinal al trono…

–¡Y por cierto: tampoco se sabe cuánto tiempo seguirá sentado en ese trono!– gruñó Sigbert.

–No os preocupéis de Balduino. Sólo está ofendido porque se nos ha olvidado invitarlo– con estas palabras puso fin el obispo al ensayo general. –Buenas noches– batió palmas y los sirvientes empezaron a apagar las luces.

Pero nadie tenía ganas de dormir aquella noche. Turnbull pidió a Gavin y Lorenzo que lo acompañaran escaleras arriba, al observatorio. A mí me encargaron devolver los niños al sótano, cosa que ellos se apresuraron a realizar corriendo, porque querían ver si Benedicto seguía vivo y sano. Clarion ordenó a Yarzinth que la acompañara hasta el puerto. Su arcón de ropas estaba aún en la trirreme y ella deseaba presentarse bien vestida en la fiesta del día siguiente, teniendo en cuenta que estaría sentada en primera fila junto a tantos dignos señores y caballeros. Sólo dos se retiraron muy tranquilos a dormir: la condesa, porque sabía que su belleza padecería si no dormía, y Sigbert, porque estaba cansado como un perro.

El obispo se revolcaría insomne en el lecho, de eso estaba yo muy seguro. Había demasiadas cosas en juego y Turnbull, en su terquedad de anciano, había acelerado en exceso la marcha de las cosas. ¿Acaso no era él el autor del “gran proyecto”? ¡Dios mío, hacía ya más de tres años que el correspondiente documento había pasado a mi pantalón en lugar de a manos de Elía! ¿Y quién podía saber el destino que esperaba aún a ese pergamino? Yo lo tenía casi olvidado, pero John Turnbull no lo olvidaría así como así. Seguro que el anciano estaba ahora allá arriba, sobre el tejado, exigiendo a las estrellas que confirmaran sus decisiones. Empecé a considerar si no éramos todos como satélites que giran con más y más rapidez, y me vi a mí mismo como uno de ellos hasta que finalmente salí disparado del círculo y alcancé la cúpula del firmamento. Veía a los niños volando a mi lado; extendí la mano, pero ellos desaparecieron y ya no fueron más que unas figuritas cada vez más pequeñas entre las estrellas fulgurantes que se perdían en la infinitud del espacio.

LA HORA DE LOS MÍSTICOS

Constantinopla, otoño de 1247

Apenas llegada la noche el velero papal se trasladó a la orilla griega. Apoyándose en las informaciones del hermano Simón, Ascelino había dado órdenes de no entrar en el puerto principal sino atracar enfrente, debajo del cementerio de Gálata, donde un puente de barcazas atraviesa el Cuerno de Oro. El legado se preparó para acudir a pie a tierra firme, acompañado sólo de un pequeño séquito.

–¡Ojalá Vito fuese capaz de ir a cuatro patas; así llamaría menos la atención!– se lamentó Simón cuando subieron a cubierta al de Viterbo, que seguía encadenado.

–No se puede forjar un collar tan estrecho– recogió el joven legado la pelota –como para que Vito no sea capaz de escaparse en el momento menos oportuno atrayendo las miradas de todo el mundo con sus aullidos y sus dentelladas. Vito, ¿podrías prometernos dejar a bordo tus instintos de lobo feroz?– se dirigió a su prisionero demandando comprensión. –También nosotros trabajamos para el cardenal y deseamos olfatear el rastro de esos niños herejes, ¡pero lo que no queremos es asustarlos a fuerza de ladridos!

Vito permanecía en silencio y con expresión obstinada mientras tendía al otro, en señal de reproche, sus manos encadenadas.

–¿Lo has oído?– le espetó el maestro de remeros levantando el látigo de nueve puntas y dispuesto a dejarlo caer sobre las espaldas del penado.

–No os comprendo, fra'Ascelino– inició Vito finalmente una respuesta enfurecida; pero de repente y a la vista de tanta terquedad su vigilante perdió la paciencia y sacó un cuchillo.

–Si las orejas no te sirven– susurró en tono amenazante, –¡te las puedo cortar!

Entonces Vito se apresuró a decir:

–Os prometo no abrir la boca ni apartarme de vuestros talones.

De modo que le soltaron los hierros de los pies y lo llevaron sujeto con cadenas disimuladas. Le habían entablillado un brazo aplicándole también un ancho vendaje, más otra venda en la frente para que nadie lo reconociera ni pareciera extraño que dos marineros robustos, disfrazados de frailes, lo apoyaran a derecha e izquierda.

Los dos nestorianos, Aibeg y Serkis, que habían pasado el día casi sin hablar y rezongando a causa del aburrimiento y del tiempo perdido, abandonaron el velero antes que los demás y se escabulleron sin saludar entre el gentío que se aglomeraba en el puente incluso a aquella hora nocturna. El legado se adelantó con Simón al resto del grupo, vestidos ambos con un sencillo hábito de dominico.

–¿A dónde irán con tanta prisa nuestros dos chamanes?– se burló Simón.

–No ofendas al gremio de los chamanes comparándolos con esos míseros sacerdotes nestorianos– lo reprendió Ascelino. –Yo siento un profundo respeto por los individuos que se exponen a la furia de los elementos y a la austeridad de las estepas para experimentar una comunión mística con la naturaleza asociándola a la devoción por el espíritu, a la adoración de Dios.

Pero Simón no quiso renunciar a su aire ostentoso de superioridad:

–Casi me hacéis creer que preferís la superstición de los chamanes al bautismo cristiano.

–Sólo condeno a los nestorianos que se llaman a sí mismos "cristianos"– lo corrigió el legado. –Les meten a los soberanos mongoles el Evangelio por el culo y adaptan la férrea formulación del Credo según les dicta en cada momento el aliento apestoso que les llega de la boca del gran kan…

–¡…o según sus pedos!

–Creo que ahora comprenderás, Simón, por qué un auténtico chamán, que se siente unido a la tierra y no sabe nada de Jesucristo, es preferible a un resbaladizo nestoriano que traiciona a Cristo cada día.

Mientras escuchaba el discurso, y una vez abandonado el puente de barcazas, Simón no había perdido de vista las naves ancladas en el muelle viejo. No tenía intención de acercarse otra vez al lugar donde estaba atracada la trirreme para no provocar al destino, aparte de que se daba cuenta de que el "herido" Vito atraía muchas miradas curiosas, como pudo comprobar observando a la gente que circulaba a su alrededor. De modo que dieron un gran rodeo para no acercarse a la nave de la condesa, que se balanceaba en la oscuridad de la noche, aunque sentía curiosidad por verla alguna vez más de cerca.

En algún momento Ascelino le tiró de la manga: a la luz de una tienda abierta e iluminada con innumerables candiles de aceite bailaba un hombre adulto que parecía estar del todo absorto y en trance, mientras giraba y revoloteaba siguiendo el ritmo monótono de un tambor y una flauta cuyo sonido estridente se remontaba en el aire *–Allahu akbar, allahu akbar, aschhadu an la ilaha illallah...–* Estaba rodeado de un círculo de espectadores que, a juzgar por sus vestiduras, eran gentes de Rum o de Iconio, es decir, del Asia Menor que quedaba enfrente, y que aplaudían con entusiasmo. Los dos frailes quisieron escabullirse discretamente, pero uno de los dos comerciantes árabes que tenían sus géneros extendidos delante de la tienda se acercó a Ascelino. Arrojando una mirada sobre Vito, que causaba una impresión lastimosa, los invitó a sentarse y compartir la diversión con ellos.

–As-salamu alaika. Una bebida caliente, amarga para el estómago pero dulce para el alma, os calentará y os servirá para resistir el frío de la noche, a la vez que refrescará vuestro espíritu y dará a vuestra mente la claridad necesaria para hallar lo que estáis buscando–. Los dominicos se vieron obligados a detenerse; Vito se esforzaba por no exponerse a la luz. Un niño les sirvió en unos cuencos el líquido oscuro en el que flotaban unas hojas de menta fresca. El danzarín no se había detenido ni parecía darse cuenta de ellos, lo que indujo a Simón a preguntar, un poco a la buena de Dios:

–¿Un derviche?

El árabe le sonrió con labios finos.

–No, ¡un *sufí!*

–Yo soy dominico– respondió Simón.

–Eso veo, señor.

–Él es legado del Santo padre, su santidad Inocencio IV, Papa de toda la Cristiandad– y señaló con aire triunfal a Ascelino, quien en su fuero interno lo consideró una presentación exagerada.

–Eso no se ve– dijo el comerciante, insinuando una leve inclinación. –De todos modos, os damos la bienvenida. Aquél a quien veis bailando el *sema* no es más que un humilde servidor de Alá, Mevlana Jellaludin Rumi– como no esperaba ninguna reacción por parte de los dos frailes prosiguió con aire casi indiferente: –Tuvo que huir de su país ante la amenaza de los mongoles, a los que vos debéis conocer bien. Los mongoles mataron a su maestro Shams-i Täbrisi, y el sabio Rumi ahora vive y enseña en Iconio…

–Conocemos a los mongoles– se apresuró a explicar Simón, –porque nuestra misión nos condujo hasta ellos. Son individuos horribles, ¡más bien diríamos animales salvajes e impuros!

–Todos somos bastante impuros– lo corrigió el árabe con voz melosa. –Algunos se mantienen en la oscuridad mientras otros han tenido la suerte de escuchar las palabras del Profeta…– y prosiguió en su discurso con tanta habilidad que Simón se vio incapaz de interrumpirlo. –Rumi emprendió el largo viaje desde Asia porque una voz le reveló que mañana podría ver, aquí en Bizancio, a la pareja de niños soberanos, ¡los futuros reyes de la paz!

Ascelino tuvo que hacer un esfuerzo para ocultar su emoción, lo que no se le escapó al árabe, que lo observaba atentamente.

–¿Una pareja? ¿Queréis decir un niño y una niña?

–¿Por qué no iba a permitir Alá– sonrió el comerciante al ver que el legado se retorcía de curiosidad –que un ser del sexo femenino encarnara su espíritu y fuese coronado al lado del soberano masculino?

–¿Dónde y cuándo serán coronados?– Simón no pudo reprimir la pregunta.

–Quien deba saberlo, se enterará– dijo el árabe con ligero recelo; –yo sabré esperar.

–¡Nosotros también!– le aclaró Ascelino rápidamente. –Sólo queremos dar una vuelta por esta ciudad que nos es desconocida; tal vez…

–Si me permitís ofreceros mis humildes servicios como guía os acompañaré con mucho gusto a todas partes.

Ascelino no había querido llegar a tanto, pero tampoco supo rechazar la amable oferta.

–Pero tenéis aquí a un huésped muy notable– quiso frenar al comerciante cuando éste ya estaba intercambiando unas palabras rápidas en árabe con su joven colega, que le respondió con gesto afirmativo. De modo que se encaminaron hacia la ciudad vieja que, por detrás del puerto, ascendía hacia la colina.

El techo plano del ala piramidal del palacio de Calisto sobresalía de las copas de los árboles, y gracias a su situación elevada superaba incluso las torres de las iglesias cercanas de Santa Irene y de los Santos Sergio y Baco. Un vista panorámica abarcaba las míseras hogueras que iluminaban las calles de la ciudad vieja que descendía hacia el puerto, el amplio mar de luces del Cuerno de Oro con su puente de barcazas profusamente iluminado y, en la lejanía, la orilla de Asia Menor con sus fuegos diminutos. Pero los ojos del anciano, que manipulaba el largo tubo suspendido en un armazón de madera como una catapulta dirigida hacia el cielo, se habían fijado en otras luces.

–Te invoco, Mitra– suspiró Turnbull. –Mis años ya no me permiten ascender los siete escalones, pero deberías hacerme saber una vez más si yo, indigno adepto tuyo, interpreto bien las órdenes de tus siete planetas– hizo girar el tubo sin apartar el ojo. –Dime si actúo en armonía con las esferas al presentar, en la próxima posición máxima del astro soberano, a los infantes reales ante el mundo– su voz sonaba como una oración, un rezo desesperado que oían también los dos hombres que se mantenían a una distancia respetuosa.

Gavin murmuró en dirección a Lorenzo, que estaba a su lado:

–¡Se necesita el atrevimiento que tienen los no iniciados para pasar por alto las tradiciones que sostienen los cultos antiguos y oponer a Apolo, ya sea bajo su forma dionisíaca u orfeica –en cualquier caso, al soberano masculino solitario– una compañera femenina revestida de derechos equiparables.

–Ad latere– lo corrigió el fraile en un susurro mientras seguía con mirada encendida, a diferencia del templario, que se mostraba más distanciado, la evocación de aquella imagen. –No olvidéis a Perséfone, Hécate, y –añadió aún con cierta timidez– ¡no olvidéis a Afrodita, la diosa del amor! Éste es el atrevimiento que tanta falta nos hace: el de reincorporar el amor al concepto de soberanía.

El viejo John, como si hubiese oído aquellas palabras, se dirigió a sus dos acompañantes:

–¿Acaso en la mesa redonda del rey Arturo no giraba todo en torno al amor?– reflexionó en voz alta aunque sin mirarlos a la cara, pues sus ojos estaban dirigidos nuevamente al cielo. –Los doce caballeros, doce signos del ciclo zodiacal, doce escalones, doce pasos ascendentes: ¿hacia dónde? ¡Hacia el amor!– Hablaba ahora en voz alta, como si un oráculo se expresara a través de su voz. –¿Jesús? ¿Un Jesús sin amor? ¡Aunque vuestra Iglesia patriarcal haya degradado a María de Magdala hasta convertirla en una puta!

Respiraba con pesadez y tuvo que apoyarse en el cañón astronómico; una visión penosa que para el templario oscilaba entre ridícula y emotiva, mientras que el franciscano la consideraba una revelación edificante y gloriosa.

–El centro de este mundo, la patria hiperbórea de Apolo, Atlantis, Avalón– suspiró Lorenzo conmovido, –¡islas de amor!

–¿Y la búsqueda del Grial?– se regocijó Turnbull, agradecido. –¡Todo es amor radiante, amor al ser humano, amor entre los seres humanos!

Pero Gavin cortó el énfasis del discurso y rompió en una risa sarcástica.

–Los padres de la Iglesia han inventado montones de dogmas mediocres y absurdos, pero hay un aspecto en el que sí tuvieron una sabia previsión: alejar a la mujer del hombre para que éste pueda dedicar su atención al espíritu, a la santidad.

Turnbull soltó el instrumento y se enfrentó al templario:

–¿No podéis dejar por una vez en segundo plano el emparejamiento en su sentido terrenal más primario? ¡Se trata de reconciliar la creación! Dios los creó a los dos: ¡Eva no es una añadidura del diablo! Son una sola cosa, como Dios mismo, ¡son hermanos!

–Supongamos que Roç y Yeza fueran hermanos, lo que nadie entre nosotros sabe con seguridad: no podréis negar, *maestro venerabile*, que se trata de dos seres extremadamente diferentes en su espíritu y en su carne. Este dualismo incorpora una tensión que presagia futuras controversias…

–¡...o una integración!– interrumpió John la perorata.

–Tanto si se trata de una pareja tradicional como de hermanos unidos por incesto, ¡seguirán siendo dos y jamás hallarán ni traerán la paz!

–A vosotros, los templarios, no os gustan las mujeres– se indignó Lorenzo, pero estas palabras no sirvieron para otra cosa que para enfurecer aún más a Gavin.

–¡Estupideces! Nuestra Orden está consagrada a María, ¡y con mucho gusto incluiré en su advocación a todas las Marías de este mundo! Hasta puedo imaginarme que el mundo esté dominado por una reina de los cielos, pero sin ningún ser masculino a su lado.

–¡Bastantes arcángeles hay como para preocuparse!– se burló Lorenzo.

–¿Y por qué vuestro san Francisco rechazó a santa Clara, a quien sin lugar a dudas amaba ardientemente? ¡Porque sabía que sólo uno puede reinar! El otro sería, como mucho, co-regente. ¿Acaso os imagináis a Yeza en ese papel?

Lorenzo no supo hallar una respuesta que lo convenciera a él mismo, y también John permaneció algún tiempo en silencio.

–Permitidme dos preguntas, noble señor de Bethune– dijo después. –¿Por qué expresáis tan sólo ahora vuestras dudas, y por qué habéis venido apoyando con tanta dedicación el "gran proyecto"?

–Os contestaré a las dos con una sola respuesta: sabéis que la base y el objetivo de la Orden del Temple es salvar y proteger al santo Grial. Esta obligación abarca también a su sangre manifiesta, los niños, sin que ningún miembro de nuestra comunidad pueda decidir acerca de su legitimidad, ¡y mucho menos un insignificante preceptor!

Pero John insistió:

–No obstante, me interesa precisamente esa opinión personal vuestra.

A Gavin no le resultaba fácil dar una respuesta, estaba luchando consigo mismo. Después dijo:

–Mi devoción hacia los hijos del Grial tiene que ver con mi persona, con mis sentimientos, con mi obediencia a los mandamientos de la Orden y la seguridad de que sólo así, según todas las previsiones, la experiencia y el cálculo de la máxima probabilidad, al menos uno de los niños podrá alcanzar la meta, si es que se consigue.

–¡Eso está en manos de Dios!– Turnbull respiró aliviado.

–Me parece que os falta la fuerza de la fe– observó Lorenzo confundido.

–¡Es la tragedia de los templarios!– John pretendía insuflarle confianza. –Saben demasiado. Sin embargo, estimado Gavin, después de habernos arrojado a los abismos de la duda, en cierto modo como lo hace el Tentador, deseo invocar aún a otra divinidad para que proteja a los niños o, si queréis, otro aspecto del que siempre es el mismo: ¡Hermes-Trismegisto! En su aspecto de Toth el egipcio es no solamente protector del niño único y divino sino que, gracias a su rostro de Jano, también le corresponde proteger a los gemelos, los hermanos, ¡y asimismo, al último misterio, del que nadie sabe si es uno o dos! A él me encomendaré– se alejó de los instrumentos y regresó al centro de la plataforma. –Dejadme ahora, amigos, y reforzad con vuestros rezos el poder de mis reflexiones.

Con estas palabras despidió a Gavin y Lorenzo, que se retiraron por la empinada escalera hacia la terraza inferior.

–¿De verdad no sabéis– se atrevió la curiosidad de Lorenzo a formular una pregunta –de qué estirpe proceden esos niños?

–En la punta de la pirámide del "gran proyecto" estarán inscritos, con toda seguridad, los nombres y los orígenes, y todo el que lo deba saber lo sabrá a su debido tiempo.

Fuese o no de su agrado, el pequeño franciscano tuvo que conformarse con la respuesta.

–¡Ésta no puede ser la espléndida ciudad de Constantinopla, cuyo poder *ad extremum* y cuyo orden interno son alabados en todo el mundo!– se lamentaba Serkis. –No veo más que caos y anarquía y ni un guardia que mantenga el orden por ninguna parte.

–Es el mal de los latinos– el corpulento Aibeg no sentía deseos de indignarse; –así obedecen al concepto del pecado de la Iglesia romana, para que después ésta los pueda amenazar con la condena eterna y el fuego de los infiernos. ¡El poder sobre las almas es el verdadero poder!

Los dos nestorianos se esforzaban por ascender las escaleras que conducían desde el puerto a la ciudad vieja. Sus miradas reprobadoras caían sobre soportales abiertos en los que se acurrucaban los mendigos con la mano extendida pidiendo limosna, junto a prostitutas que ofrecían sus encantos a bajo precio y niños que se pegaban como moscas a los puestos donde vendían medusas mucilaginosas, almejas apestosas y demás productos del mar, sucios e impuros, cogidos en el mismo puerto. Otros vendedores permanecían sentados ante unos cuantos higos chumbos o media sandía. Poco pan y ninguna carne: aquél era el mercado nocturno de los pobres. Aunque sí había abundancia de confitería: en grandes calderos hervía melaza que las mujeres removían sobre el fuego para sacar a cucharones la masa pegajosa y sucia. Lo que más deseaban los niños era un poco de esa masa dulce. Sus ojos miraban con fijeza: grandes ojos oscuros y bocas pequeñas en rostros pálidos. El manjar inalcanzable para ellos era objeto de sus miradas ansiosas, pero todo lo que conseguían era unos golpes que las mujeres les asestaban con los grandes cucharones de madera en los dedos, y los niños se los chupaban con deleite reprimiendo el dolor.

Entre los edificios cochambrosos, en las cuevas y los patios, reinaba un olor a podredumbre. De repente se oyeron gritos y blasfemias. Una pandilla de adolescentes con cabezas rapadas y rostros pintados con los símbolos llamativos de la banda recorría el mercado y amenazaba a la gente con cadenas, palos y cuchillos. Derribando cuanto se les cruzaba en el camino arrojaron una antorcha sobre las balas de tejido de un sastre y esperaron en silencio y con expresión de mofa a que éste les lanzara algunas monedas antes de atreverse a apagar el incendio. Algunos llevaban casco para ocultar la cara.

Después prosiguieron su marcha con gran algarabía. Pero pronto sus aullidos se sumergían en el mar de los ruidos nocturnos de Bizancio, hasta que reaparecían los gritos y las llamas en otro extremo.

Los dos emisarios del gobernador mongol recorrían malhumorados las estrechas callejuelas. Su disgusto por el mal trato que les había dado el legado, y con ello su enojo contra todo occidente, aquel "resto del mundo" inflado de orgullo, los tuvo mucho tiempo sin dirigirse siquiera la palabra entre ellos.

–¡Baitchú debería haber disecado sus cuerpos!– gruñó en cierto momento el delgado Serkis. –¿En qué nos aventaja occidente?

Atravesaron los barrios pobres, donde la suciedad formaba una corriente fétida en el centro del empedrado defectuoso; vieron fueguecillos humeantes donde flotaban unos pobres desperdicios en el agua de sucios calderos, casas de madera medio derribadas, medio chamuscadas algunas, elevando sus ruinas ennegrecidas hacia el humo que cubría el cielo. Sus habitantes desharrapados peleaban entre ellos, y por todas partes se sintieron acosados por gente extraña que los amenazaba y que robaba aun a los más pobres de los pobres. Por doquier dominaba el mal olor y en el aire flotaban el ruido y la violencia.

–¡Aquí no hay orden y nadie cumple la ley!

–Es la libertad, querido Serkis– murmuró el gordo Aibeg. –Se toman la libertad de vivir como les gusta.

–Pero el hambre, los robos, la envidia y la muerte no pueden gustar a nadie– se indignó Serkis. –El atraco y la violación, el asesinato y el adulterio también son castigados aquí con penas muy severas, ¿no es así?

–Sí; pero el soborno y el favor, la fama y, sobre todo, un título nobiliario hacen que los ricos y los poderosos tengan otros jueces que los pobres. Ésa es la libertad de occidente, y por eso nos consideran a nosotros autoritarios y crueles, porque la ley de los *jas* es una para todos y se aplica con severidad.

Observaron con horror e indignación cómo dos soldados bebidos arrancaban a una mujer el niño que llevaba al pecho y amenazaban con matarlo; la mujer lloraba sin atreverse a gritar y sacó una bolsa de debajo de sus faldas, tendiéndosela a los soldados. La mano de uno de éstos se había adelantado con avidez a cogerla cuando un resplandor metálico atravesó el aire y el soldado se quedó inmóvil, mirándose el muñón sin pronunciar palabra, mientras la sangre salpicaba a la mujer y a la criatura que volvía a apretar contra su pecho. La espada señaló brevemente en dirección al otro soldado, que dio un traspiés y después echó a correr, mientras el primero, mortalmente herido, pudo dar aún dos pasos hacia adelante para caer después de bruces a tierra.

De repente se reunió allí mucha gente que se animó a salir de sus agujeros rodeando con fuertes lamentos a la mujer que antes habían abandonado a su suerte.

–Si llegan los guardias– dijo el justiciero, que vestía el uniforme del rey de Francia, –decidles que Yves “el Bretón” queda a su disposición.

El hombre que se presentaba con tanta suficiencia no tenía una estatura impresionante. Era encorvado de espaldas y caminaba inclinado hacia adelante. Sus brazos eran demasiado largos en comparación con el aspecto rechoncho del cuerpo, pero parecía tener un tórax y hombros sorprendentemente anchos y poderosos bajo el chaleco de terciopelo azul oscuro, que lucía apliques de flores de lis bordadas con hilos de oro.

Guardó la espada y dio media vuelta.

–Deberíais ocultaros, buen hombre– le aconsejó Serkis cuando se le acercaron, –aunque habéis actuado como corresponde. Podemos esconderos en nuestro barco; allí estaríais bajo la protección del legado papal.

–¡Jamás se me ocurriría hacerlo!– contestó Yves con brevedad, y quiso alejarse, pero se detuvo cuando oyó decir a Aibeg:

–¿Has visto, Serkis, cómo occidente ha conseguido corromperte también a ti? O ese hombre ha actuado bien, en cuyo caso no tiene por qué ocultarse, o ha actuado contra la ley y debe aceptar el castigo. ¡Sólo así podría haber un orden!

–Vuestro amigo hace que me avergüence– se dirigió Yves a Serkis. –La verdad es que tengo cierta tendencia a dejarme llevar por la ira. ¿Pero cómo iba a aguantar...?

–¡Aguantar no es, seguramente, una de vuestras mayores virtudes!– sonrió Aibeg tendiéndole la mano. –No obstante, creo que lo mejor sería irnos de aquí; el muerto podría tener amigos.

–¡No os preocupéis– dijo Yves; –mi fama los mantendrá alejados!

–Dejad al menos que os invite a un trago de aguamiel o alguna otra bebida más fuerte– lo invitó Serkis a acompañarlos. –¡Mi estómago necesita ahora mismo un sedante líquido!

Cruzaron por unas cuantas callejas angulosas hasta que los dos frailes descubrieron con fino olfato la existencia de una taberna.

–Veo, por vuestro hábito, que sois sacerdotes– observó Yves, quien no tenía intención de incorporarse al gentío que allí se agolpaba.

–Nosotros proclamamos la fe en Cristo según la tradición de Néstor– le respondió Aibeg, y dio un leve tirón invitador a la ropa de Yves. –¿Tomaréis un trago con nosotros?

–Debéis perdonarme que no beba– contestó Yves con firmeza. –¡Me gusta conservar la mente despejada!– Con estas palabras los dejó plantados y se escabulló en la oscuridad.

–Seguro que es un musulmán, pues hablaba muy bien el árabe– procuró consolarse Aibeg, y arrastró a su compañero hacia el interior. –Al parecer, Constantinopla es una ciudad tolerante...

–Sí– gruñó Serkis, –¡la gran Babilonia! ¡Aquí se ha iniciado ya el reinado del Anticristo!

Se sentaron ante una de las mesas, y cuanto más vino tomaban menos les sorprendía el gran número de pueblos, idiomas y religiones que aquella noche celebraban un encuentro en el antiguo Bizancio.

En el "centro del mundo" seguían las luces encendidas. Los criados del obispo estaban preparando la gran sala para el día siguiente. En una de las caras frontales habían montado bajo las arcadas una tribuna compuesta de tableros, en forma de escenario, que se elevaba hasta la altura de los escalones más altos de las filas laterales, que servirían de asientos. Los criados cubrían con valiosas alfombras el suelo de mármol blanco y negro.

Cuando Gavin y Lorenzo entraron en la estancia, Nicola della Porta se inclinaba encima del tablero vacío de ajedrez.

–El juego de Asha– dijo el templario al pasar –debe pareceros fácil en comparación con lo que os jugaréis mañana aquí.

El obispo suspiró:

–¡Si supiese tan sólo a quién atribuir los ejércitos de Ahura Mazda, y a quién el papel de Ahrimán!

–¡Así es el juego de la vida!– filosofó Gavin, y quiso alejarse de allí arrastrando consigo a Lorenzo.

Pero el obispo retuvo al templario:

–Me gustaría hablar con vos, Gavin.– El templario tomó asiento mientras Lorenzo se alejaba. El minorita parecía de buen humor y saltaba como un niño por los campos del mundo esforzándose por evitar el agua de los mares. Se alejó a pie ligero entre las columnas del frente que se abría sobre la terraza y las escaleras.

–Me siento apenado– dijo el obispo como si esperara que pudiese llegarle una solución de la mano del templario. –Estoy confuso y melancólico. Figuras negras en campos blancos, figuras luminosas en campo oscuro. ¿Y dónde me sitúo yo?– Exhaló un profundo suspiro, como pidiendo compasión, pero Gavin no sentía muchas ganas de consolarlo.

–Habéis jugado demasiado a las damas sobre estos campos marmóreos de *hybris;* os habéis saltado demasiados obstáculos en lugar de enfrentaros a ellos. Lo que os preocupa ahora es vuestra entrega a medias, pues mañana tendréis que escoger bando y dar la cara– mostró su intención de retirarse, pero Nicola le insistió para que se quedara.

–Siento miedo– se quejó; –miedo a perder el lugar que ocupo ahora, miedo a una jugada equivocada.

No se atrevía a mirar al templario a la cara, aunque le habría gustado leer en ella una respuesta. Pero no lo habría conseguido, pues los rasgos de Gavin permanecían inalterables, como suelen mantenerlos los soldados probados y los jugadores expertos.

–Debéis desechar esa ilusión de creer que sois vos quien mueve todavía las figuras, excelencia– Gavin le habló al fin con dureza. –Os empujarán. Debéis apostar por el caballo correcto y manteneros en la silla por mucho que el animal quiera sacudiros, se encabrite y levante las patas al aire. Si caéis, pereceréis bajo las herraduras, lo mismo que si apostáis por el caballo erróneo y una lanza os arroja de la silla cuando más seguro parecíais estar, para acabar con el cuerpo tirado en la arena.– El obispo hundió su mirada en la del templario y sus ojos revelaban el mar de dudas que lo embargaba.

–Habrá lucha– dijo el preceptor, –y de nuestra firmeza depende que no sea demasiado sangrienta. Vuestro lugar está, igual que el mío, al lado de los niños.– Gavin intentaba infundirle valor al obispo, que seguía sumido en la incertidumbre.

Intentó animarlo dándole unas palmaditas en el hombro y no admitió que lo retuviera más.

Ya era medianoche cuando el legado papal Anselmo de Longjumeau acabó de atravesar la ciudad vieja, junto a Simón de Saint-Quentin y bajo la guía del comerciante árabe.

El grupo tenía un aspecto que causaba impresión, alejando así a cualquier banda malintencionada. Aunque los frailes no llevaban armas visibles partía de ellos un aura de amenaza, sobre todo del que mostraba signos de haber sido herido en alguna lucha. Vito, encadenado debajo de los vendajes, seguía en silencio los pasos de los demás, aunque en realidad era él quien indicaba la dirección. El palacio del obispo, situado en la parte alta de la ciudad, lo atraía con un poder mágico, y su impaciencia, aunque sujeta con cadenas, impedía que el pequeño grupo se detuviese en algún sitio.

–En toda mi vida de misionero que ha viajado mucho– jadeaba fra'Ascelino –no he visto jamás tantos adeptos budistas, partos, coptos y estarcios, maniqueos, herejes, patarenos y bogumiles, jacobitas ortodoxos y andreanos, armenios cismáticos y jovianos, judíos, persas adoradores del fuego, brahmanes y chamanes, derviches que bailan, sufíes alienados, faquires que tocan la flauta para encantar a las serpientes, tibetanos que mueven sus molinillos de oración, yoguis descoyuntados y otros que vienen de más lejos, alumnos de Lao Tsé de ojos rasgados, iluministas y herméticos, todos revueltos en una sola noche.

–Habéis olvidado a muchos otros– sonrió el musulmán –que no se reconocen a primera vista, como son: agnósticos, druidas, pitagóricos, neoplatónicos, esenistas y caldeos, y los ismaelitas de invisible brazo armado seguidores del "Anciano de la montaña", que asestan sus golpes surgiendo de la nada.

–¿Habláis de los "asesinos"?– intervino Simón cuando vio que Ascelino se paraba para respirar después de haber formulado la larga lista que resumía las impresiones acumuladas en su noche bizantina. –Creo que no son más que una leyenda de la época de las primeras cruzadas, cuando interesaba demostrar que alguien había asestado a alguien una puñalada por la espalda. ¡Son tan invisibles porque nunca han existido!

–Callad– susurró Vito en voz muy baja. Era la primera vez que dirigía la palabra a sus acompañantes. –¡Si no podéis reprimir vuestras ganas de hablar guardadlas para después!

Por encima de ellos se elevaban ya los muros del palacio de Calisto. Cruzaban con precaución por delante del portal cuando vieron que, al final de la escalera que había detrás, ardían aún las antorchas en las sujeciones y la guardia seguía vigilando. Se deslizaron en silencio a lo largo de los muros en busca de otra entrada. Pero no la encontraron. Los muros se elevaban lisos y sin ninguna interrupción sospechosa en torno a la enorme construcción, exceptuando una fuente que sobresalía en cierto lugar de las piedras del muro. Dicha fuente representaba a un joven y apuesto Dionisio luchando con un viejo sátiro por la posesión de un ánfora de vino cuyo contenido se derrama con un potente chorro en una concha situada algo más abajo.

Simón se inclinó sobre la concha y dejó que el chorro cayera en su boca abierta. De las arcadas situadas delante de la sala principal salía alguna luz, detalle extraño a una hora en que los demás palacios e iglesias descansaban hacía tiempo en la oscuridad profunda de sus jardines.

–¡Éste debe de ser el lugar!– susurró Vito al desilusionado legado, que miraba en torno suyo sin saber qué pensar.

–Es el lugar– afirmó el comerciante árabe. –Pero creo que sólo estará abierto para quien mañana pueda atravesar el portal con la cabeza bien alta.

–Vuestras palabras sobran– lo reprendió Simón, –ya sé que este problema no os afecta.

–Volvamos al barco– insistió fra'Ascelino, e iniciaron el descenso.

Hamo había calculado que, a esa hora, su madre debía de estar profundamente dormida. Se había cansado de vagar por las calles de la ciudad y decidió regresar de noche al palacio. No confiaba mucho en el paso subterráneo, cuya oscuridad lo atemorizaba, sobre todo por la presencia de "Estix" y de las ratas. Como la noche otoñal le pareció ofrecer una temperatura agradable que invitaba al paseo decidió utilizar el atajo para evitar la carretera de acceso que asciende formando serpentinas, y subió por unas escaleras empinadas que desembocan directamente delante de la puerta principal.

Estaba a punto de superar los últimos escalones, que había ido contando para distraerse, cuando vio unas siluetas sospechosas que se deslizaban silenciosas frente a la claridad difundida por las antorchas. No pudo reconocer a los primeros, pero después venía un individuo al que los demás arrastraban, y la luz de la llama cayó durante el tiempo preciso sobre un rostro cuyos ojos reconoció a pesar del vendaje y del capuchón que le cubrían la frente. ¡Era él! ¡El verdugo negro, Vito de Viterbo, que los había espiado y acosado durante el desgraciado viaje por toda Italia hasta llegar a los Alpes! No cabía duda alguna. El comportamiento sospechoso de sus acompañantes confirmó a Hamo que su descubrimiento era cierto.

Era demasiado tarde para llamar a los guardias y no tenía sentido despertar al obispo, puesto que el nombre del de Viterbo no le diría nada y Hamo no tenía ganas de explicarle con pelos y señales el por qué de la peligrosidad de aquel lobo inquisidor. En cambio, Hamo sabía que Guiscard era el hombre a quien procedía avisar de inmediato.

De modo que dio media vuelta y volvió a descender con un suspiro las escaleras que acababa de subir con tanto esfuerzo. Dando largas zancadas llegó hasta el puerto. Casi derribó a un borracho, y quiso lanzarle un insulto malsonante cuando se dio cuenta de que el hombre, que se esforzaba por golpearlo furioso con su bastón curvado, ostentaba debajo de la capa el valioso ornato de la dignidad episcopal. Hamo lo esquivó con habilidad y murmuró una disculpa, queriendo seguir adelante en su carrera.

–¡Espera, jovenzuelo!– lo reprendió el individuo haciendo un esfuerzo por mantenerse en pie. –Dime si voy bien encaminado a la recepción del obispo latino.

–¿El obispo Nicola?– preguntó Hamo, y se detuvo, algo inseguro.

–¡Qué se yo!– rezongó el extranjero, malhumorado. –Se trata de la presentación de unos príncipes– resopló, –y supongo que ofrecerán algo de beber. ¡Este país tiene buen vino!

Hamo decidió aclarar sin más miramientos la situación a aquel huésped algo adelantado:

–La presentación de los infantes reales tiene lugar al mediodía, a las doce…

–¿Cada día?

–No, sólo mañana– Hamo no sabía si tomárselo a disgusto o considerarlo divertido. –Perdonadme ahora, ¡tengo prisa!

–No corras tanto, joven amigo– lo retuvo el extranjero. –Soy Galerán, colega de vuestro obispo en Beirut, y ahora quiero que me acompañéis a bajar estas malditas escaleras hasta la próxima taberna que encontremos abierta–. Se había apoderado de la manga de Hamo, de modo que a éste no le quedó más remedio que ofrecerle el brazo y ayudarlo a bajar paso a paso los escalones.

LA NOCHE DE "ESTIX"

Constantinopla, otoño de 1247

Bajo el dosel de su lecho el obispo se revolcaba intranquilo en un primer sueño. Nicola della Porta había estado esperando durante largo tiempo el retorno de Hamo y maldiciendo a su tía Laurence de Belgrave, cuya presencia en el palacio de Calisto había provocado que el muchacho se sumergiera prácticamente en la clandestinidad y se viera empujado a alejarse.

La conversación que había sostenido con Gavin tampoco era la más adecuada para tranquilizarlo. ¡Deseaba no haber concedido nunca albergue bajo su techo a aquellos refugiados de Otranto! El destino de éstos gobernaba ahora el suyo; su presencia había puesto fin a los días plácidos de ejercicio despreocupado de su cargo y de ocupación agradable de las horas en tareas que no eran propiamente obligadas. Aunque no había sucedido de un modo abrupto, sí se había producido a la manera en que una soga va estrangulando poco a poco. El miedo se había apoderado del obispo, llevándolo a apretar el puño en torno a las sábanas de tejido adamascado; a veces se las arrancaba del pecho porque le pesaban tanto que amenazaban con ahogarlo... después se durmió, y soñó que Hamo estaba con él, que se había deslizado con agilidad bajo las mantas y que su piel olía a puerto y a pecado. Su aliento acalorado le llegaba al rostro y sus labios se aplastaban contra la oreja mientras su lengua le lamía con avidez el cuello. Nicola apenas se atrevía a respirar; tanto había deseado ese momento para cuya consecución había asediado al muchacho con caricias y regalos, atenciones y generosidad. Nunca lo había atosigado y ahora obtenía el premio a su paciencia. Hamo se había acercado libremente a él para regalarle su amor. Nicola se distendió, inmovilizado por la felicidad y dispuesto a aceptar aquellas caricias húmedas y atormentadas, poco hábiles; esa lengua salvaje y maravillosa que lamía incansable sus mejillas, su nariz, sus hombros…

Yarzinth había acompañado a Clarion hasta la trirreme. Incluso se entretuvo allí un poco, porque ella le había pedido consejo acerca de la ropa que debía vestir al día siguiente. Después también las acompañantes de la condesa, camareras y criadas, lo acosaron con ruegos tímidos a la vez que acuciantes e insistentes para que dijera algo de las ropas, de las zonas que dichas ropas dejaban visibles y de los velos o sólo joyas con que pretendían rellenar esos vacíos. Yarzinth, que hasta para el más ingenuo era evidente que permanecía insensible a cualquier atractivo femenino, se desembarazó de aquel acoso –tras vencer alguna reticencia– con cierto sarcasmo: recomendó a las mujeres que mostraran abiertamente y con todo atrevimiento sus encantos y ellas aceptaron sus propuestas con risas rebosantes de coquetería, hasta que Clarion intervino con dureza y recordó con palabras ásperas a su séquito que esperaba verse rodeada de un grupo de monjas recatadas. Yarzinth aprovechó la tristeza general que siguió a esta reprimenda para alejarse con todo sigilo.

El cocinero estaba de buen humor. Decidió echar un vistazo al palacio de su señor obispo para ver si todo estaba en orden y llevarse después a "Estix" para realizar la visita nocturna que se proponía rendir *ektos teichos* a su amante. Ese amigo secreto era el único en demostrar cariño por el perro, aparte de por él mismo, y en comprender el gran amor que Yarzinth profesaba al animal. El cocinero aceleró el paso…

Nicola della Porta extendió los brazos para atraer al fin a aquel amante insistente y mostrarle el camino de la gloria definitiva. Le abrazó la cabeza, lo agarró por la densa cabellera, y cuando abrió los ojos se vio delante de las fauces abiertas de "Estix", de cuyas quijadas goteaba la saliva y cuya ancha lengua le estaba dando un repaso en la sotabarba.

Quiso emitir un grito estridente pero se le quedó atascado en la garganta, de la que únicamente pudo escapar un estertor desesperado. La frente se le llenó de sudor frío mientras intentaba alejar con sus últimas fuerzas la cabeza del musculoso animal, cuya lengua se deslizaba ahora por su brazo hasta acabar por lamerle la mano, que le colgaba inmóvil.

–¡Yarzinth!– Al fin el obispo pudo lanzar un chillido audible. –¡Yarziiinth!

La bestia debía de haber atravesado la puerta del pasillo que conducía a la cámara del tesoro. Tal vez él mismo no había cerrado con suficiente atención aquel acceso oculto, aunque en ese instante nada le importaban sus tesoros en comparación con el terror pánico y la amenaza que sentía por su vida y su integridad física.

–¡Yarziiinth!

Momentos después entró el criado a toda prisa en el dormitorio del señor, y el perro lo saludó con un movimiento agitado de la cola, sin dejar de lamer la mano del obispo.

Nicola se incorporó temblando.

–¡Llévate a ese animal!– jadeó.

Yarzinth agarró a "Estix" por el collar y lo empujó hacia los paneles de madera y la abertura en la pared.

–¡Habéis dejado abierta la puerta, excelencia!– exclamó en son de reproche.

Nicola se atrevió entonces, desde la poca distancia hacia la que por fin se había alejado el perro, a observar al animal: unas fauces horribles bajo una nariz abultada; una cabeza robusta sobre un tórax poderoso, cuyo pelo, que cubría el cuerpo con manchas negras y de color marrón rojizo, presentaba en el pecho un babero blanco. El perro se plantó con las patas separadas y le enseñó los dientes al obispo. Lo más terrible eran sus ojos: unos ojos muertos y sanguinolentos. ¡"Estix" estaba ciego!

Esta comprobación le devolvió cierto valor al obispo. Su mirada cayó sobre el collar que llevaba el animal, y que era de la más fina artesanía de plata.

–Yarzinth– dijo separando mucho las sílabas, –tu perro ha querido matarme– Nicola fijó su mirada con mucha atención en el cocinero, que sujetaba a su animal babeante con aire de inseguridad y expectación. –Quiero estar seguro de que esto no volverá a suceder nunca más. ¡Te lo llevarás fuera de aquí para siempre y me traerás el collar en prueba de obediencia!

En los ojos de Yarzinth se reveló el miedo.

–¡No puedo hacerlo!– tartamudeó. –No puedo pasarlo por encima de su cabeza, ¡está soldado y no se puede abrir!

–Me lo imagino– dijo Nicola; –ten en cuenta que te pido que le cortes el cuello. Yo no quiero que este perro exista, ¡ni encima de la superficie de la tierra ni debajo!

Yarzinth se echó a temblar y pareció querer arrodillarse.

–¡Fuera los dos!– graznó el obispo. –Y no te atrevas a presentarte con las manos vacías…

El cocinero ya no se enteró del resto de sus palabras, porque el obispo se había tapado la cabeza con la sábana y él mismo estaba siguiendo a "Estix" más allá de la puerta secreta. El corazón le latía hasta la garganta.

–Roç, ¿estás dormido?– susurró Yeza. –¡Tengo que orinar!– Su compañero verificó con los párpados semicerrados el reposo tranquilo de los dos frailes. Una vela ardía entre William y Benedicto, pero ya sólo quedaba un trocito pequeño de mecha que temblequeaba a punto de apagarse.

–¿Vamos al pabellón?– devolvió la pregunta en un susurro.

Yeza estaba de acuerdo.

–Si no me meo hasta allí…

Se deslizó de la cama y Roç vio a la luz de la llama oscilante que el pequeño montículo del que la niña soltaba otras veces su orina empezaba a cubrirse de una pelusa delicada; en cualquier caso, él no había visto nunca antes aquel vello de un rubio dorado que casi parecía una sombra. Y aún lo asustó más, a la vez que sentía un agradable escalofrío, el hecho de que su miembro de repente adoptara una rigidez que, aunque sí la conocía, hasta entonces nunca había experimentado como algo que pudiera relacionarse con Yeza.

Se deshizo de las mantas ocultando con vergüenza su miembro rígido ante la vista de la muchacha, pero cuando la cogió por la mano sintió unas pulsaciones como si fueran golpes, y Roç temió que Yeza pudiese ver el tamaño gigantesco que adquiría su miembro. De modo que la empujó apresuradamente hacia la abertura en el muro, aunque no era necesario empujar a Yeza quien, impulsada por la presión que sentía en la vejiga, corría por el "último escape" como un tornado al que le era difícil seguir.

Los dos conocían a ciegas el laberinto, y a Roç no le sorprendió, después de dar la vuelta a tres esquinas, tropezar con el pie en el trasero desnudo de la muchacha. Yeza se había agachado y se subía la camisa porque ya no aguantaba más. Roç se detuvo con precaución y puso la mano debajo de la muchacha. El líquido caliente le mojó los dedos y una sola idea fija acabó por adueñarse de la mente del muchacho.

–Espera– murmuró mientras intentaba atajar la corriente. Se echó hacia atrás en el pasillo oscuro y pedregoso y tiró de la niña, para lo que tuvo que alejar la mano de la fuente, de modo que la humedad ansiada roció sus rodillas y sus muslos hasta alcanzar finalmente su miembro.

–¿Puedes más?– jadeó. Pero Yeza, expulsando la última gota, proclamó con orgullo:

–¡Se acabó!– y se puso de pie. Se alejó unos pasos hasta darse cuenta de que Roç no la seguía.

–¿Roç?– preguntó atemorizada con el rostro dirigido hacia la oscuridad. –Roç, ¿qué te pasa?

Se dio la vuelta y empezó a gatear sin prestar atención a las piedras que se le clavaban en las rodillas. Al fin palpó los dedos de sus pies.

–¿Roç? ¡Contéstame!– Pero sólo pudo oír su respiración violenta.

Se deslizó entre las piernas del muchacho, y sus manos, que mantenía avanzadas, dieron con el miembro rígido que había crecido de una forma tan extraña entre los dos testículos con los que ella estaba habituada a jugar.

–¡Oh!– fue lo único que pudo expresar. –¡Oh, Roç!– Sentía lástima de él, pues suponía que sufría dolores. Se arrojó sobre el muchacho y apretó la cara contra su vientre. El cuerpo duro que había entre ellos la molestaba, pero aún más la sorprendió observar que empezaba a reducirse y retraerse. Lo palpó con cuidado como si fuese de vidrio y pudiese romperse, y sintió miedo, hasta comprobar con cierto alivio que había vuelto a ser el antiguo juguete, tan conocido.

–Ay– dijo Roç, –¡estas piedras!– y los dos se pusieron de pie y se alejaron –Roç iba primero y tenía a Yeza cogida de la mano– pasillo adelante, hasta llegar al pabellón.

–Podemos meternos bajo la misma manta– propuso Yeza, que sentía un poco de frío. A través de las filigranas de la obra caía en la estancia la luz difuminada de la luna. Se metieron debajo de la manta y apretaron sus cuerpos uno contra otro. –¿Lo has pasado mal?– preguntó Yeza con curiosidad. Su pequeña mano había vuelto a bajar trotando como un pequeño escarabajo a lo largo de las caderas del muchacho hasta acabar enterrada entre sus piernas.

–No mucho– resopló Roç, –la culpa fue de tu pipí.

La mano de Yeza se retiró bruscamente al oír la respuesta y no le contestó, por lo que sus labios empezaron a buscar los ojos de la niña. Estaba acostumbrado a cerciorarse de ese modo de si ella estaba llorando.

–¡Pero si no es nada malo!– lamió las lágrimas de la muchacha, que seguía en su obstinado silencio. –¡Dime qué quieres que haga!– le susurró al oído, paseando después la punta de su lengua en círculo por la oreja de la niña. Roç sabía que a ella le gustaba, y siempre había sido una forma de conseguir su perdón. Pero esta vez Yeza apartó la cabeza y su cabello le hizo cosquillas en la nariz. Después se sentó en la cama y apartó la manta.

–Lo que yo quiero...– sollozó, sin encontrar las palabras que buscaba.

–¿Qué quieres?– insistió Roç, y cubrió el cuello de Yeza y la camisa que tapaba los pequeños pechos con sus besos desperdigados.

–Quiero que ahora tú hagas pipí dentro de mí, ¡ahora mismo!

Roç se quedó casi petrificado. –Pero si no tengo que hacer– supo decir después de algún tiempo. –¡Ahora no puedo!

Yeza se echó a reír y lo abrazó.

–¡Entonces me lo debes!– y volvió a meterse con él debajo de la manta. –Me debes una meadita, ¡prométemelo!– insistió, y parecía muy contenta.

–¡Te doy mi palabra de honor!– suspiró Roç, y se volvió hacia el lado en el cual estaba acostumbrado a dormirse.

–¡Tendrás que cumplir tu palabra!– susurró Yeza, y se apretujó contra la columna de él, en la que se palpaba cada costilla, procurando no molestarlo con sus cabellos. Esperó hasta que la respiración tranquila del muchacho la convenció de que estaba dormido, y después se estiró sobre la espalda, se desperezó satisfecha en el calor que irradiaba de Roç, y se puso a contar mentalmente las manchas de luz que veía en el techo.

Yarzinth bajaba las escaleras con "Estix" cogido de la cadena. Su intención era llegar desde el palacio de Calisto, pasando por el cementerio alto de los Angeloi, por el camino más corto hacia la ciudad antigua. El perro tiraba del collar y a Yarzinth le dolía en el alma la idea de tener que buscar a esa hora a un platero que estuviese dispuesto a trabajar de noche y abrir la costosa argolla, una maciza y bella pieza de plata de finísima filigrana. Se trataba de aplicarle una sierra brutal y volver a unirla de modo que nadie pudiese darse cuenta de la sutura. El collar era el símbolo de la amistad que lo unía a "Estix": él había mandado fabricar aquella pieza que representaba en cierto sentido un anillo de compromiso, de modo que nadie pudiese quitársela al perro, y tanto él como "Estix" estaban orgullosos de poder manifestar así su unión, basada en el cariño y la fidelidad.

Pensó que, en realidad, el tal Nicola tenía un carácter pérfido. ¡El cocinero lo odiaba! En aquel momento deseaba poder cortarle la cabeza a Hamo y depositarla, sangrienta, sobre la cama del obispo. ¡Se sentía hasta capaz de envenenar a ese monstruo desnaturalizado! El animal no le había hecho nada, y él se mostraba atroz e inhumano, sin tener en cuenta que, al revés, ¡el animal lo había lamido y besado!

Yarzinth bajaba pocas veces de noche y en compañía de "Estix" a la ciudad vieja. No por miedo a que los atacaran, pues el cocinero calvo y su mastín sanguinario formaban una pareja que inspiraba suficiente temor, pero al hombre le parecía que la ciudad antigua con sus crueldades, su suciedad y sus bandas de delincuentes eran un mal lugar para el alma delicada de su amigo ciego, y tampoco deseaba que algún sarnoso perro callejero se les pegara a los talones imponiéndoles su mala compañía.

Nadie sabía que "Estix" estaba ciego y Yarzinth hacía tiempo que se había procurado un remedio secreto. Siempre llevaba consigo un pequeño frasco de aceite de almizcle y había adiestrado a "Estix" para responder al estímulo. En caso de que algún borracho o cualquier otro llegara a amenazarlo con arma blanca en un arranque de locura bastaba arrojar unas pocas gotas sobre el atacante, y "Estix", libre de la cadena, le saltaría a la garganta. El mastín no perdería el tiempo en morder los brazos o las piernas de la víctima: buscaría sin más el lugar en que un mordisco fuerte acabara con la vida del enemigo. Todo el que lo había visto actuar una vez daba un rodeo respetuoso en cuanto veía acercarse a Yarzinth y su perro desde lejos.

En la pequeña iglesia de San Georgios estaban celebrando la misa de medianoche. Desde el portal abierto, la dorada luz de innumerables velas arrojaba un reflejo al empredrado de la calle, como una alfombra que invitara a ascender hacia el interior. Yarzinth se sentó sobre el resto de una columna de mármol entre dos cipreses, atrajo a su perro hacia sí y se dispuso a escuchar el recio canto coral de los sacerdotes.

Un grupo de dominicos salía del portal, empujándose con rudeza.

–¡Ascelino– exclamó uno de ellos apenas hubieron llegado al aire libre, pero con la voz lo suficientemente elevada como para que lo pudiesen oír en el interior, –no me extraña que estos griegos, con su ortodoxia prepotente, nieguen la supremacía del Papa! ¡Cada uno de esos *popes* se comporta como si él mismo fuese el Santo padre! ¡Todos quieren ser dioses barbudos!

–¡Calla esa maldita boca blasfema, Simón!– resopló el interpelado. –¡Estamos en un país extranjero!– Y arrastró consigo a un pequeño grupo en el que iban dos apoyando a un herido, alejándose todos con rapidez. No sería raro que acabaran sangrando por alguna herida, pensó Yarzinth cuando vio que algunos parroquianos enfadados salían del portal, buscaban piedras y se las arrojaban detrás al grupo, que huía a toda prisa colina abajo. Al no poder alcanzarlos, y como su furia aún no se hubiese desvanecido, encontraron en el perro un objetivo más cercano, sin fijarse mucho en el propietario calvo que lo sujetaba.

–¡Mirad que animal tan feo! ¡Fuera! ¡Fuera!

Yarzinth intentó proteger a "Estix", al que la primera piedra había tocado haciéndolo aullar del susto antes de enseñar los dientes con un gruñido aunque en dirección equivocada, y después Yarzinth lo arrastró consigo y se alejó entre los árboles. El cocinero no pudo remediar que le brotaran unas lágrimas. ¡Por qué sería tan malo el ser humano! Después volvió a acordarse del platero, y perro y dueño siguieron descendiendo hacia las estrechas callejuelas.

El siguiente encuentro que tuvo Yarzinth fue al detenerse delante de una taberna en la que había visto entrar al hijo de la condesa sujetando a un obispo que se tambaleaba y a quien él no conocía, y durante unos segundos el cocinero se sintió inseguro de si debía dirigirse a Hamo o no. En aquel momento salían de la taberna dos sacerdotes extranjeros, uno delgado y otro muy gordo. No mostraban ni el más leve signo de borrachera, y sus ojos despiertos descubrieron de inmediato al perro y al cocinero calvo, que tenía la mirada fija puesta en el interior del local.

–¡Acompáñanos!– se dirigió Serkis a Yarzinth, que en aquel momento se mostraba un tanto confundido. –Si no tenéis dinero, os invitamos; a cambio vos nos indicaréis dónde se ocultan las mujeres bellas de esta ciudad…

–Buscamos a las servidoras más baratas del amor venal– añadió el gordo para que no hubiese un malentendido, y flanquearon al cocinero arrastrándolo con ellos. “Estix” los seguía con un trote obediente.

–Venimos de Tabriz– le explicó el más flaco, –y somos forasteros en esta ciudad…

–...por lo que deseamos olvidar durante unas horas de intrascendente pecado nuestro voto sacerdotal– añadió Aibeg apresurado.

Serkis indagó:

–Por cierto, ¿dónde está el palacio de Calisto y qué manera hay de entrar allí?

–¿Ahora?– preguntó Yarzinth, consternado.

–No, ¡mañana!

–Es muy sencillo– Yarzinth intentaba ganar tiempo. –Os puedo mostrar el camino si me decís qué buscáis allí.

–¡Vale más que nos enseñes donde está el burdel más cercano!

A Yarzinth le era algo difícil entender el idioma que hablaban, aunque dominaba más o menos algunos dialectos turcos. De modo que le pareció lo más sencillo llevar a los dos extraños servidores de Dios por el camino más rápido a su próxima meta y entregarlos allí a sus placeres íntimos. Pero durante el camino sintió que en su mente despuntaba una sospecha.

–¿Sois de Persia? Conoceréis al “Anciano de la montaña”.

–Nunca hemos oído hablar de él.

–¿Pero sois cristianos?– insistió el cocinero viendo reforzadas sus sospechas.

–¡Nestorianos!– afirmó Serkis. –Estamos al servicio de los mongoles.

–¡Y yo había pensado que erais ismaelitas…!

–Ahí veis cómo puede uno equivocarse– dijo el gordo Aibeg. –¡Cuántas veces sucede que la apariencia de un individuo nos engaña!

–Así es– concedió Yarzinth con voz ahogada, –sobre todo cuando no quiere que lo reconozcan como quien es de verdad.

Habían llegado a un edificio bajo que tenía todo el aspecto de una casa señorial. A través del portal abierto se entreveía un patio interior en cuyo centro ardía una gran hoguera. Varios hombres se acurrucaban a su alrededor. Sólo hombres.

–¿Es éste el hogar de Afrodita?– Serkis refrenó sus pasos, de repente parecía sentir temor.

–No tenéis más que ir entrando– le explicó Yarzinth, señalando la serie de puertas de madera de media altura, parecidas a entradas de pocilgas, que desde el patio conducían al interior, –¡pero debéis pedir turno si no queréis tener algún disgusto!

–¿No queréis entrar también, vos y vuestro perro?– intentó seducirlo Serkis. Aibeg seguía mostrándose dubitativo y quiso acariciar al perro, pero éste lo rechazó con un gruñido que revelaba enfado.

–No dejan entrar a los perros– dijo Yarzinth y arrastró consigo a "Estix" hasta torcer a la primera esquina. Estaba seguro de haber tenido un encuentro con dos "asesinos".

Yarzinth no había dado ni diez pasos cuando oyó a sus espaldas un grito agudo de mujer y el sonido de voces aflautadas y chillonas pidiendo auxilio en todos los idiomas: *–Sphagei! Dolophonoi!* ¡Asesinos, *assassini*!

¡Cuánta razón había tenido! Y puesto que también "Estix" tiraba de la cadena el cocinero se volvió atrás y dio otra vez la vuelta a la esquina.

Había esperado ver a los dos "asesinos", puñal en mano, dispuestos a ejercer su alevoso oficio, pero no vio ni rastro de los sospechosos.

En cambio una banda de *lestai* juveniles estaba acosando a un único soldado frente a la casa de citas. ¡Un extranjero! Éste apoyaba la espalda contra la pared y jugeteaba con aire obstinado con su espada. El cabecilla de los *lestai* era un hombre como un toro; llevaba además un casco del que sobresalían dos cuernos y también los demás adornaban sus cabezas con fauces de lobo, peces espada y ratas disecadas; uno incluso había fijado sobre su gorra el cuerpo disecado de un buitre, todo con el objetivo de provocar terror. Al cocinero, sin embargo, le parecieron más bien máscaras ridículas. Pero los hombres eran unos veinte e iban armados con hoces y garrotes claveteados, y hacían girar sobre sus cabezas bolas de hierro y cadenas con ganchos en los extremos.

El soldado no era cobarde y estaba decidido a vender su pellejo lo más caro posible. Pero no había contado con la alevosía de los *lestai*. Mientras adelantaba valeroso su espada en dirección al toro, que parecía batirse en retirada, los demás arrojaron desde derecha e izquierda sus cadenas sobre el arma, le arrancaron la espada de la mano y la hicieron caer con un restallido sobre el empedrado. Los *lestai* celebraron la proeza con aullidos.

–¡Ese hombre es soldado del rey de Francia!– exclamó Yarzinth, y se adelantó en un intento de detenerlos.

–¡Aléjate, jodeperros!– le gritó el cabecilla, y algunos de sus hombres parecían dispuestos a enfrentarse al cocinero. El más adelantado intentó alcanzar con un garrote a "Estix" justo en el momento en que Yarzinth tiraba de éste hacia atrás, por lo que el cocinero no tuvo más remedio que arrojarles algunas gotas del aceite de almizcle. Éstas alcanzaron también al hombre-toro, que en aquel momento se volvía de nuevo hacia él:

–¿Por qué no peinamos a ese culo calvo?– Todos le contestaron con un aullido de alegría. –¡Primero hay que machacar al chucho!

Yarzinth soltó a "Estix" de la cadena. El perro dio un salto gigantesco sobre los primeros, haciéndolos caer al suelo, y se colgó brevemente de la garganta del toro: se escuchó un crujido, y el casco adornado de cuernos cayó de la cabeza del jefecillo, a la vez que ésta se desplomaba sin vida hacia un lado. "Estix" dio media vuelta y le abrió la garganta al primero que se encontró delante; había olido sangre y se dispuso a hacerla fluir en abundancia. Toda la callejuela se llenó de un griterío aterrador.

El soldado había cogido a Yarzinth del brazo y lo había acercado a la pared; con el mismo movimiento se agachó, y sus largos brazos recuperaron la espada, lo que aprovechó para alcanzar al más adelantado de los atacantes con un buen golpe en el vientre. Después inmovilizó al siguiente con una patada en sus partes y tuvo tiempo para alzar de nuevo la espada y separar con un corte rápido una cadena de su propietario, junto con la mano y el brazo.

Entretanto "Estix" había destrozado ya la yugular a media docena de atacantes. El perro esperaba con las patas separadas y olfateaba el ambiente buscando el olor a almizcle, pero los *lestai* supervivientes se alejaron ya, presas del pánico.

Yarzinth se separó de la pared protectora donde se había refugiado detrás de las anchas espaldas del soldado. Volvió a sujetar a "Estix" con la cadena.

–Yves "el Bretón" os debe la vida– dijo el soldado. –¿Quién sois vos, hombre extraño, que acudís tan desinteresadamente en mi ayuda?– Limpió la espada y la volvió a guardar con un gesto que revelaba cierto descontento.

–No soy más que el cocinero del obispo– dijo Yarzinth con humildad. –Para mí ha sido un honor.

–Vuestro perro vale su peso en oro– dijo Yves examinando el collar de plata del animal. –¡En realidad te mereces un collar de oro!– le dijo al perro como si éste pudiese entender su elogio.

–¡Mi señor odia al animal!– le confió Yarzinth a su compañero de combate. –No lo soporta siquiera con este collar de plata. ¡Incluso pretende que le corte la cabeza!– El cocinero se arrodilló y acarició con gran cariño la cabeza de "Estix", por lo que se le escapó el brillo que durante un instante encendió los ojos de "el Bretón".

–Vuestro señor os trata injustamente, a vos y a vuestro compañero– dijo el soldado con voz calmosa. –Lo cierto es que no llevo oro encima, como al parecer creían esos bandidos– y abrió con ingenuidad su camisa como para demostrárselo al cocinero, –pero quiero premiar vuestra intervención. Os lo merecéis tanto vos como vuestro fiel animal. Decidme dónde podría encontraros, digamos dentro de tres veces media hora.

Yarzinth se quedó pensativo, calculando si el tiempo concedido sería suficiente para dar al fin con un platero.

–Si tanto insistís, en el cementerio de los Angeloi– respondió después.

–¡Tenéis mi palabra!– dijo Yves. Pasó por encima de los cuerpos de los muertos y se alejó en la oscuridad.

El reloj de Hefaistos tocó la quinta hora de Héspero. La torre del reloj se encontraba debajo del cementerio de los Angeloi, elevándose como un bastión sobre el puerto. Sin embargo, no emitía campanadas, sino un sonido metálico diferente para cada hora completa, un sonido que llegaba hasta muy lejos.

El grupo que acompañaba al legado, tan vergonzosamente entregado a la huida, había vuelto a reunirse, pero aquel artístico *horologion* no les aclaraba en ningún sentido la hora que había señalado. Consistía en un mecanismo de ruedas que tensaba un gigantesco fleje metálico y éste, cuando cambiaba de posición, hacía salir una figura provista de un martillo que golpeaba contra la pieza de metal suspendida delante. En total había seis piezas colgadas de la gran rueda central; piezas que representaban placas de diferente curvatura y forma hasta configurar incluso un tubo. Esta disposición dotaba a cada una de las seis horas de cada mitad de la noche o del día de un sonido propio y específico, llegando desde la resonancia clara hasta el retumbar más opaco.

–Los propios griegos no deben saber por qué se atribuye el mecanismo al dios de los herreros. Es un regalo del califa de Bagdad al emperador Alexios Comneno– dijo en son de burla el comerciante árabe, que hasta entonces se había mantenido en silencio.

–Según parece, al pueblo de Constantinopla le gusta este reloj, ¡aunque sólo sea porque les disgusta a los extranjeros, que se ven incapaces de adivinar la hora por el sonido que emite!– añadió fra'Ascelino con una sonrisa: *–Gnothi kairon!*

–Los griegos son todos unos falsos– resumió Simón de Saint-Quentin. –Tan falsos que procuran engañar a un cristiano hasta en la hora del reloj.

–Hay personas falsas hasta en el occidente más cristiano. Será mejor que cada uno barra delante de su propia puerta– Ascelino tenía mucho interés en que no se produjera ninguna disputa. Estaba satisfecho con el resultado de aquella noche y deseaba regresar sin más percances junto con todo el grupo, puesto que ni siquiera Vito había provocado dificultades. Se habían enterado del camino que los llevaría sin ser vistos hasta el palacio del obispo, por lo que se encaminaron de regreso al velero papal.

Una vez llegados al puente se despidieron del amable árabe, quien rechazó con orgullo las monedas que le ofrecía fra'Ascelino.

–Afwan ashkurukum…– a la vez que también él daba las gracias con abundante palabrería: *–…ala suchbatikum…*– queriendo expresar que para él había sido un honor gozar de su compañía: *–… al-dschamila.*

Fra'Ascelino recelaba un tanto de aquel hombre a quien habían arrastrado por la ciudad nocturna hasta los mismísimos muros del palacio de Calisto sin que hubiese sido un guía demasiado útil, y al que nadie le había prestado mucha atención; incluso le pareció que se habían mostrado un tanto descorteses.

–Habéis hablado mucho y habéis visto poco– dijo el de Viterbo cuando ya no quedaba ningún oído extraño cerca; –mientras tanto, yo he ideado un plan– fra'Ascelino y Simón intercambiaron una sonrisa medio irónica, medio compasiva, pero siguieron escuchando: –Tres horas después de la misa matutina bajaré del barco con un tercio de nuestras tropas. Atravesaremos la ciudad en pequeños grupos, nos reuniremos en el cementerio de los Angeloi y rodearemos después con una cadena de guardias invisibles todo el palacio– la burla medio reprimida que expresaban el legado y su compañero afloró con mayor evidencia y tuvieron que hacer un esfuerzo para no reírse abiertamente. –Una hora después, o sea dos antes del mediodía, llevaréis el barco, remando, hasta el puerto. No queda ningún amarre libre, por lo que os colocaréis atravesados detrás de la trirreme quitando a ésta cualquier posibilidad de moverse, y os dirigiréis a sus tripulantes con el ruego amable y cortés de dejar bajar a tierra al legado apostólico. Después de otra hora más, éste abandonará el velero, sin prisas, haciendo ostentación de su dignidad, y se dirigirá a tierra cruzando para ello, una vez obtenido el correspondiente permiso, por la cubierta de la nave de Otranto y llevando a otro tercio de la tropa como séquito adecuado. Hará su entrada oficial en el palacio del obispo de modo que, a ser posible, sea el último en llegar. Como veréis– y el de Viterbo se dirigió a fra'Ascelino, que lo escuchaba con la cabeza gacha, –esto es importante; y si llegáis demasiado pronto os detendréis en el camino para rezar, subiendo las curvas en serpentina como si fuese un *via crucis*. Delante del portal me uniré a vos sin llamar la atención. El último tercio…

–¡Un momento, genial generalísimo!– se obligó fra'Ascelino a sí mismo a expresar el respeto que el plan de Vito le merecía, en efecto, aunque quiso añadirle un punto de ironía. –Haremos todo tal como lo habéis proyectado, pero Simón os acompañará...

–¡Y no os quitaremos las cadenas!– añadió este último con malicia. –¿Qué disponéis para el último tercio de nuestra tropa?

–Que permanezca a bordo e intente trabar amistad con los guardias que habrán quedado en la trirreme, de modo que, en el caso de que la condesa intente huir, puedan impedirlo con astucia y, en caso necesario, con violencia.

–En cualquier caso, ¡deben impedirlo hasta que llegue yo o el legado!– completó Simón. –Hasta entonces, lo único que vale para nuestro capitán es el sello papal del legado.

Habían cruzado el puente y alcanzado la nave. Simón mandó que volviesen a encadenar a Vito bajo cubierta y procedió a dar sus instrucciones al capitán y al maestro de remeros.

El reloj de Hefaistos dio la sexta hora de Héspero. Era medianoche.

Yarzinth encontró por fin a un joyero, que estaba a punto de cerrar el taller. No le agradó nada la pretensión del cocinero de liberar del collar a "Estix" cortándoselo sobre el cuerpo vivo; el perro, que enseñaba los dientes con un gruñido, le daba miedo. Pero Yarzinth fue contando un número tan considerable de monedas sobre el banco de trabajo que la avidez venció muy pronto al temor de ser mordido. No obstante, el artesano insistió en que le ataran al animal la boca y también las patas.

Cuando finalmente hubieron encontrado suficientes cuerdas, "Estix" puso dificultades. Intentaba morder las ataduras y a todo el que se le acercara demasiado.

En aquel instante Yarzinth vio que por el lado opuesto de la calle pasaba el joven conde de Otranto, arrastrando consigo a aquel extraño obispo que se tambaleaba ligeramente.

–¡Señor, joven señor!– exclamó en voz alta. –¿Os puedo pedir un favor?

Hamo estaba más que contento de poder zafarse de la molestia que le representaba su acompañante. Dejó plantado a Galerán y éste, al verse despojado de su apoyo juvenil, experimentó un gran disgusto que le llevó a ponerse a blasfemar, mientras "Estix" seguía gruñendo a todos.

–¡Os ruego que atéis esta cuerda alrededor de la cabeza y las fauces de "Estix" mientras yo le sujeto las mandíbulas!

Hamo se sentía incómodo con la idea de tener que acercarse tanto al morro del perro, pero consintió en ayudar al cocinero.

Cuando los dos se inclinaban sobre la cabeza del animal, que se retorcía e intentaba escapar, Yarzinth susurró:

–Señor, tengo la sospecha de haber descubierto a los "asesinos" que nos están buscando. Se trata de dos tipos disfrazados de sacerdotes nestorianos y que no tienen otra intención que llegar mañana…

Mientras tanto habían conseguido atarle el morro a "Estix" hasta el punto de que el perro ya no era capaz de abrir la boca y sólo emitía un gemido insistente. A Yarzinth se le partía el corazón, pero le hizo una señal al joyero para que iniciara su tarea.

–¿Dónde están ahora?– preguntó Hamo mientras resoplaba, pues no le había resultado fácil la tarea y además le daba asco el perro.

–Los he mandado a la cueva de los pecados, donde están las prostitutas baratas…

–¿Al templo de las hetairas?– Hamo se mostró de repente muy excitado. –¡Intenta librarme con decoro de ese borracho enmascarado de obispo y saldré en busca de Guiscard!

El joyero había cortado el collar con una lima muy fina y lo abrió hasta donde fue necesario para poder retirarlo. Yarzinth aflojó un poco las ataduras de "Estix" y el perro aulló con tono de reproche, lo que llevó a Hamo a dar un brinco, de puro susto.

–También yo he descubierto algo– susurró. –Y nada agradable por cierto. La curia católica de Roma nos envía a su espía más repelente. Lo he visto merodeando en torno a nuestro palacio. Hay peligro a la vista…

Arrojó una breve mirada sobre Galerán, ocupado en intentar hacer rabiar al perro atado propinándole empujones con su bastón, de modo que Hamo aprovechó la ocasión favorable y se retiró dando una rápida vuelta en torno a la esquina más próxima.

Pero Galerán se dio cuenta y le gritó con rabia a sus espaldas: –¡Juventud traidora, pérfida Bizancio!– y dio bastonazos en el aire aunque sin hacer ningún intento de seguir a su joven acompañante, como Yarzinth deseaba en el fondo de su alma.

En ese momento se presentó Lorenzo de Orta en el otro extremo de la callejuela del bazar, como un regalo caído del cielo. Yarzinth se apresuró a ir en su encuentro.

–¿Lleváis pergamino y almagre?– le espetó sin más preámbulos.

–Siempre lo llevo encima– dijo Lorenzo con ligera sorpresa.
–¿Queréis acudir al templo de Venus si os pago el gasto?
–¡Eso siempre!
–Pues llevad al obispo– y Yarzinth señaló con discreción a Galerán, que se tambaleaba apoyado en su bastón y parecía estar conversando con "Estix" –y conducidlo a la casa de placeres que ya sabéis…
–¡Sólo la conozco por fuera!– objetó Lorenzo con una sonrisa.
–Pues entrad de una vez. Hallaréis en el patio a dos nestorianos, uno alto y delgado y otro bajo y grueso…
–A mí me interesan las caras, querido Yarzinth, y ni los esqueletos ni los barrigudos.
El cocinero no quería perder tiempo y vació su bolsa del último dinero ofreciéndoselo a Lorenzo.
–Maestro, os compro por adelantado los retratos de esos hombres, pues tengo la más ciega confianza en vuestro inmenso talento– y arrastró al fraile a través de la calle, donde le presentó a Galerán, quien se cogió sin más del brazo a Lorenzo, que seguía resistiéndose.
–Al fin un cristiano en esta Babilonia pecaminosa: un discípulo que practica la castidad y la pobreza ¡Huyamos de este lugar en que todas las puertas están cerradas!– En efecto, el platero había atrancado la puerta de su taller y se alejaba a toda prisa. –Supongo que en alguna parte habrá una taberna que siga abierta– y arrojando una mirada pícara al franciscano con sus ojos ya enturbiados por el vino, prosiguió: –¡Supongo que san Francisco no os prohíbe un humilde trago del zumo de la vid!
Yarzinth cargó con el perro, atado como si fuese un saco, y se lo colocó atravesado sobre los hombros. El perro hacía tiempo que se había dormido, por lo que no se resistió. El cocinero recogió el collar de plata cuidadosamente recompuesto, sin que la más mínima señal traicionara que había sido cortado; pero aún le dolía en el alma el recuerdo del cruel corte practicado en la joya y se alejó con su pesada carga.
–¡Seguidme, pues!– se dirigió Lorenzo, resignado, a Galerán; y se alejó acompañado de éste.
El reloj de Hefaistos tocó la primera hora de Fósforo, portador de la luz, pero como su sonido metálico no les decía nada, los dos noctámbulos no se sintieron afectados por lo avanzado de la hora.

EL CEMENTERIO DE LOS ANGELOI

Constantinopla, otoño de 1247

El cementerio de los Angeloi se sitúa algo por debajo de la Hagia Sophia cuyas cúpulas resplandecen de día a través de los cipreses. De noche, el bastión que se encuentra a media altura entre el palacio de Calisto y los bazares, en cuyas callejuelas los comerciantes abren sus tiendas bajo las arcadas, era un oasis de tranquilidad al que Gavin solía acudir con cierta frecuencia.

Desde lejos se había percatado de una figura corpulenta que se erguía de pie sobre el muro que rodea las cruces y miraba hacia la ciudad, resplandeciente gracias a las muchas pequeñas hogueras encendidas en la noche. Para no asustar al extraño, el templario carraspeó audiblemente, aunque el otro ya lo esperaba con la espada desnuda, cuyo filo brillaba a la luz de la luna.

–*Baucent à la rescousse!*

–*¿Francés?*– preguntó una voz áspera, a la vez que el extranjero guardaba la espada.

–*Templi militiae!*– respondió Gavin. –Adicto al rey Luis– se había detenido. No sabía si sentirse a disgusto por tener que compartir con alguien su refugio preferido o si debía estar contento por trabar conocimiento con un extraño. –¿Y quién sois vos?

–¡Yves "el Bretón", al servicio de la corona de Francia!– la voz sonaba orgullosa y exigente.

–¡Gavin Montbard de Bethune!– se presentó el templario, quien se había acordado en seguida de la descripción que diera Lorenzo de aquel especial servidor de Luis, aunque no lo reveló con ningún gesto.

–De modo que también vos estáis aquí para enteraros de primera mano de las noticias y las novedades que la misión de los franciscanos trae de su visita al gran kan– no era una pregunta; el tono de voz daba a entender que suponía al templario al corriente de todo, pero éste prefirió callar de momento. –¿Esperáis que Pian del Carpine llegue a tiempo?

Gavin respondió en tono decidido:

–No dejará de acudir al encuentro con el embajador extraordinario del rey, el conde de Joinville– se trataban el uno al otro con evidente desconfianza.

–Habrá, pues, que honrar como se merecen a los auténticos infantes reales– "el Bretón" se sintió impulsado a abandonar el abrigo de sus precauciones. –Aunque no sé quien querrá hacer esos honores– añadió para amortiguar la impresión de sus palabras, –pero la verdad es que la ciudad padece una espera tensa que recuerda a todo buen cristiano la noche de Belén. ¡Nada más falta que aparezca la estrella sobre el palacio de Calisto!– añadió en son de broma.

–Aunque no se trata precisamente de un establo– adoptó también Gavin el tono liviano de una despreocupada charla; –¡pero mañana no faltarán a la reunión ni el borrego ni el asno!

–Yo soy un simple observador– se apresuró "el Bretón" a delimitar el alcance de su presencia. –El cargo oficial está encomendado al conde de Joinville.

–Creo que éste se guardará muy mucho de ejercerlo– opuso Gavin sus reservas, –¡por lo demás, tampoco era ésa su misión!

–Nadie subestima vuestra inteligencia, preceptor– dijo Yves, –pero los templarios están sujetos a cierto juramento que no permite dudar de su postura. ¿Supongo bien si creo que la Orden no querrá exponerse a la sospecha de que protege a esos niños?

Gavin se acercó un paso a su interlocutor.

–¿Y qué sabéis vos del juramento de los templarios?

–Yo soy de extracción humilde– se replegó Yves, –¡debéis perdonar al rey por elevarme a una situación que me permite hablaros de este modo!

–¡No hay rey que pueda permitírselo!– contestó Gavin, y su mano se acercó a la espada.

–Perdonad– añadió Yves apurado –la osadía de mi lengua por expresar tan estúpido pensamiento.

–Algún día os la cortarán por esa causa– rezongó el templario. –¡Aunque no sea capaz de mancillar el honor de la Orden! Por cierto, ¿a quién pretendéis reservar el aura del Mesías en vuestro cuento navideño?

Yves aceptó agradecido el giro que el templario daba a la conversación.

–La idea y la espera de la aparición de un Mesías que salvaría al mundo es, desde luego, muy anterior al nacimiento de Cristo; ya los esenios…

–Si conocéis las revelaciones de Melquisedek –detalle que, por cierto, me sorprende–, ¿por qué habláis con tanta ironía y desprecio de la presentación anunciada de los infantes como reyes de la paz? Hay que enfrentarse sin prejuicios a lo que parece ser un misterio; de lo contrario es preferible mantenerse alejado.

Yves contestó:

–Lo siento, pero yo creo que la época de los misterios y milagros ha pasado, y que nuestro mundo es gobernado hace tiempo por otros poderes.

–¿De dónde sacarían esos poderes el carisma necesario si no fuese por el misterio de la sangre?

–Dinero, oro, comercio– le opuso Yves con aspereza, –¡vos deberíais saberlo muy bien!

–¡Y vos deberíais luchar con vuestra lengua como Jacob luchó con el ángel!– lo amenazó Gavin.

–Jacob soñaba con ángeles que subían y bajaban por una escalera que conducía al cielo. Me parece que todos ellos vestirán muy pronto una capa blanca marcada con la cruz roja de extremos en forma de zarpa.

La imagen evocada divirtió al templario:

–Pues yo creo que los eremitas deberían servirles de ejemplo. Éstos consiguen sus visiones más intensas no a través del ayuno, sino después de pasar días y días guardando un silencio total. Esa práctica os podría alargar la vida...

–O llevarme al éxtasis, como a los *ri'fai*…

–Veo que también conocéis la mística islámica– sonrió Gavin, ahora ya con benevolencia. –En tal caso, creo que deberíais comprender el mensaje de los apócrifos, ya sean éstos de origen gnóstico o cristiano de los primeros tiempos, o de origen judío y esenio, o bien de procedencia *sufí* o del lejano oriente: todos ellos aceptan un mensaje común…

–¿La posibilidad de una realeza universal de la paz? ¡Jamás!

–El ansia de reconciliación…

–No lo creo, ¡jamás lo creeré!

–...¡reconciliación con nosotros mismos!– terminó Gavin la frase mostrándose paciente con el otro.

Yves se quedó mirándolo un instante.

–Eso sí lo acepto– dijo después de reflexionar unos instantes.

–Los niños podrían ser un símbolo de tal actitud– insistió el templario, aunque sin éxito.

–Es charlatanería pura– objetó "el Bretón", –que se trata de combatir. Mi rey Luis jamás podrá...

–Luchad contra vos mismo, Yves– le contestó el templario con aspereza; –de no hacerlo, ¡iréis a parar al infierno sin haberos reconciliado!– y le volvió la espalda.

–¡Nos volveremos a ver mañana al mediodía!– exclamó éste a sus espaldas, y Gavin no supo muy bien si se trataba de una burla, un aviso de que se preparara para el combate o un intento poco hábil de proponer un armisticio.

–¡Idos al diablo!– murmuró el preceptor mientras abandonaba el cementerio cruzando bajo el portal de hierro. ¡Debería haberle combatido con la espada en lugar de hablar! Yves "el Bretón" no era un caballero, pero por desgracia sí un enemigo que merecía ser tomado en serio. Se sintió disgustado consigo mismo y con aquel lugar, que había perdido para él todo atractivo.

Nicola della Porta luchaba contra el insomnio en su palacio de Calisto, situado muy por encima de Hagia Sophia y del cementerio de los Angeloi. Recorría los salones y entró en su cámara del tesoro, donde contó distraído las cajas en las que descansaban las joyas mas fáciles de transportar: sus "provisiones de emergencia", como solía llamarlas en son de broma, aunque en aquel instante no tenía ganas de bromear. Bajó a la cocina, esperando encontrar allí a Yarzinth, para que le preparara un par de huevos revueltos en la sartén con un poco de leche, pero sólo se encontró con unas grandes cucarachas que se alejaban a toda prisa corriendo por el suelo. Se tomó un poco de leche que encontró, y que estaba tibia.

Tras su encuentro con "el Bretón", Gavin ya no tenía muchas ganas de bajar hasta el puerto, donde podría haber redondeado su visión de los personajes con los que tendría que enfrentarse al día siguiente, tanto si acudían disfrazados como a cara descubierta. Sabía por los franceses que la curia estaría presente, aunque no sabía quién la representaría. No darlo por hecho habría significado subestimar gravemente las intenciones del Castel Sant'Angelo. Todos estarían debidamente representados, ¡incluso Federico, además de todo Occidente!

En cambio, lo que más le preocupaba era el Oriente; en este caso la parte invisible del mismo: los "asesinos" y los mongoles, aunque sabía que finalmente también acudiría el soberano local, el emperador Balduino, que era un poder débil en comparación con otros poderes, pero, no obstante, lo suficientemente fuerte como para imponer su voluntad dentro de los muros de la ciudad, aunque Nicola della Porta se mostrara despreocupado al respecto. El preceptor decidió regresar al palacio de Calisto.

Por la avenida bordeada de árboles que conducía, formando serpentinas, del palacio a la ciudad y al puerto subían unos jinetes que escoltaban un palanquín negro.

Justo a tiempo se dio cuenta de que eran sus propios compañeros templarios, y se retiró a la sombra. ¡La *grande maîtresse!* No tenía ganas de responder en aquel momento a sus preguntas. La comitiva cruzó a toda prisa delante de él y se desvaneció en la oscuridad de la noche.

¿Lo estarían buscando? Empezó a subir las escaleras con alguna desconfianza; después dio un rodeo y se detuvo un tiempo junto a la torre de Hefaistos hasta que el mecanismo del reloj hubo anunciado la segunda hora de Fósforo. A una hora tan avanzada se suponía que ya no habría peligro.

Yves "el Bretón" no estaba acostumbrado a que lo hicieran esperar, pero cuando vio que el cocinero, encorvado bajo el peso del perro atado sobre sus espaldas, atravesaba al fin la verja del cementerio, su disgusto se disipó. La falta de puntualidad de Yarzinth había tenido al fin y al cabo una ventaja: la de que su cita con el calvo no fuese descubierta por aquel templario arrogante que, sin embargo, tampoco parecía tonto y por lo visto se alarmaba con facilidad. Para evitar cualquier sorpresa desagradable de carácter parecido, Yves se apresuró a exponer en breves palabras su oferta y su petición. Extrajo una bolsa de sus vestiduras.

–Es plata– le aclaró a Yarzinth, que lo miraba confundido después de haber depositado con cuidado al perro dormido en tierra. –¿Qué te recuerda esta bolsa de monedas de plata? ¡Te recuerda el cráneo de un niño!– se apresuró "el Bretón" a dar él mismo la respuesta. –Si me traes mañana las cabezas de los niños te esperan otras dos bolsas como ésta, pero llenas de oro puro, cada una del peso que puedas levantar tú mismo con el brazo extendido hasta la altura de tus hombros…

Yarzinth lo miró con ojos muy abiertos y llenos de espanto cuando se dio cuenta de lo horrible de la propuesta.

–Dos bolsas llenas de oro serán tuyas, para que tú y tu fiel perrazo podáis vivir en paz hasta el fin de vuestros días, si me traes mañana las cabezas de los niños.

–¡No!– dijo Yarzinth. –¡No, no puedo hacerlo!

–¿Acaso quieres más a los niños que a tu perro "Estix"?

Yarzinth se sintió tan consternado ante semejante insinuación que se le escapó el gesto rapidísimo con que "el Bretón" había llevado la mano a la empuñadura de su espada. De repente vio que el filo brillaba encima de "Estix", el perro indefenso que dormía a sus pies.

–Podría matarlo ahora mismo– dijo Yves con frialdad, –y, desde luego, lo encontraré y lo mataré por bien que lo escondas. ¡Mi espada corta con mayor rapidez de lo que tú tardas en dispersar el almizcle!

La mano de Yarzinth se separó con desgana del frasco, pues había comprendido que no tenía elección.

–¿Por qué han de ser las cabezas?– tartamudeó. –¿No podrían...?

–¡No!– cortó Yves los pensamientos del cocinero, que vagaban en torno a una asfixia mientras los niños dormían, a un estrangulamiento silencioso o un envenenamiento indoloro. –Quiero las cabezas, *sus* cabezas: no otras cuya ausencia nadie notaría en la parte vieja de la ciudad. Me las traerás mañana antes de la puesta de sol, dentro de una cesta.

–¿A dónde he de llevarlas?– preguntó Yarzinth con la voz quebrada.

–Aquí. ¡Un cementerio me parece el lugar adecuado! –Yves no sonreía, pero su voz adoptó un tono burlón al darse cuenta del horror que atenazaba al calvo. –¡Te mereces este premio por no haber sido capaz de nada mejor que salvarle la vida a Yves "el Bretón"!– Sus propias palabras lo hicieron reír y sus carcajadas restallaron con un eco infernal en los oídos del cocinero.

"Estix" despertó y bostezó abriendo las fauces hasta donde se lo permitía la cuerda que le ataba el morro. Yarzinth se agachó y recogió al perro con ambos brazos. Yves le tendió la bolsa y se retiró.

El cocinero corrió tan deprisa como le permitía su carga para alejarse del cementerio y no dar a aquel demonio la satisfacción de ver las lágrimas que corrían por su cara y mojaban la pelambre de "Estix".

El obispo, con una estola de lana cubriéndole los hombros y los pies calzados con pantuflas de brocado, arrastraba sus pasos por el palacio cuando la guardia le pasó aviso de que un joven templario se había presentado ante el portal y deseaba hablarle.

–¡Hacedlo pasar!– Pensó que recibiría noticias de Gavin.

–¡Os pide que salgáis afuera!

Nicola se asustó, pues de repente recordó con febril espanto la existencia de los "asesinos" anunciados por Crean, que intentarían acercarse bajo cualquier disfraz. Aunque pronto estuvo seguro de que el caballero esbelto y de rasgos afeminados con quien se enfrentaba no era un "asesino" ismaelita.

–Guillem de Gisors– se presentó el joven. –Excelencia, ¡debéis seguirme adonde os guíe!

La mirada de Nicola recorrió indecisa la gran escalera que conducía hacia el portal exterior de su palacio. A la luz oscilante de las antorchas vio un palanquín escoltado por caballeros templarios cuya presencia le devolvió la confianza.

–Os aseguro que no sufriréis daño alguno– añadió Guillem con dulzura, y su rostro delicado se iluminó con una leve sonrisa mientras estudiaba las vestiduras del obispo. A Nicola le habría gustado probablemente encontrarse solo con aquel bello muchacho, aunque fuese en camisón de dormir; como de momento esto no parecía factible aceptó al menos el brazo que el joven le tendía y bajó los escalones recomponiendo en lo posible la dignidad de su aspecto.

Cuando llegó al palanquín negro vio que se abría un poco la cortina, y a través de la rendija una mano blanquísima y de formas delicadas le tendió un escrito sellado. El obispo reconoció de inmediato el sello. Se trataba de la carta dirigida por el gran kan al Papa; la carta que Crean, con ayuda de Gavin, había robado a los misioneros que regresaban de Mongolia y que en realidad debía descansar, resguardada y segura, en su cámara del tesoro.

–¿Cómo ha llegado esta carta a vuestras manos?– se dirigió indignado al cortinaje, pero la respuesta le llegó de labios del joven caballero.

–No preguntéis por el camino, ¡oíd más bien cuál es la meta!– El joven sacó un papel de su chaqueta. –Aquí tenéis la traducción del original, que está en idioma persa, escrito con letras árabes–. y lo puso en manos de Nicola, que se sentía confundido –Vuestro joven amigo…

–¿Hamo?– preguntó el obispo, asustado.

–El joven conde de Otranto dispone de una voz bien timbrada. Leerá este texto sin previo aviso, con lo que sorprenderá a todo el mundo y antes también de que Pian del Carpine pueda tomar la palabra– ¡Guillem de Gisors era un joven bello, parecía un ángel! –Vos, Nicola della Porta, procuraréis que el "mensajero parlante", es decir, vuestro joven amigo, no pueda ser visto después por nadie. ¡Lo mismo digo de la traducción escrita!

El obispo sintió un dolor como si le hubiesen clavado un cuchillo en el corazón. Incapaz de pronunciar palabra alguna, oyó una voz que salía de detrás del cortinaje como procedente de una tumba:

–¡Jurad!

Antes de que Nicola pudiese pensar en formular alguna objeción, el joven caballero había sacado la espada.

–¡De rodillas!– le exigió, extendiendo hacia él la hoja brillante. –¡Jurad por la vida del conde de Otranto que procederéis como os he dicho!

–¡Así sea!– exclamó el obispo con voz temblorosa. ¡Qué bello es este muchacho!, estuvo pensando al verlo con la espada tendida cual arcángel con la espada flamígera; pero al mismo tiempo sintió también un escalofrío nada agradable al considerar el peligro que corría la integridad física de su amado. *Hon hoi theoi philusin apothneskei neos*: y besó el acero frío.

–Debéis mantener el secreto– añadió Guillem. –¡No habléis con nadie de esto!– Después incluso le ofreció el brazo para que el obispo pudiese incorporarse de nuevo. –Y ahora debéis indicar a John Turnbull que acuda a nuestra presencia.

Nicola volvió a subir la gran escalera con paso inseguro y con la mente un tanto confusa. En una mano sostenía la traducción y en la otra el escrito de Guyuk dirigido a Inocencio IV; el sello estaba sin tocar. Una vez hubo llegado arriba dio órdenes a los guardias para que bajaran de inmediato al puerto y buscaran a Hamo, el hijo de la condesa.

El reloj de Hefaistos marcó la tercera hora de Fósforo. Sus campanadas no atravesaban más que débilmente los muros del palacio. En los salones reinaba el silencio; sólo se oía el fuerte ronquido de Sigbert, procedente de su dormitorio.

Había muy pocos que durmieran tan bien y con tanta placidez como dormía el comendador aquella noche.

La condesa sufría de pesadillas. Se despertaba cada dos por tres bañada en sudores reprochándose por no haber abandonado la ciudad al primer día, junto con los niños. A veces creía ver a su trirreme que se alejaba con las velas hinchadas; Clarion le hacía señas desde cubierta, pero ella mismo no estaba a bordo. Otras veces ordenaba a los remeros que se alejaran a toda prisa porque los acechaba una amenaza mortal, pero no se veía ningún remo saliendo de los flancos de la nave…

John Turnbull no había dormido. Intentaba cubrir con el manto blando y benefactor de la esperanza los problemas que lo aquejaban, la inseguridad mortificante, ciertos ramalazos de temor, los chispazos deslumbrantes de la revelación anunciada, cuando Gavin entró en su dormitorio.

–¿Qué quería que hiciera?– sus palabras sobresaltaron al asustado anciano.

–¡Nada!– masculló Turnbull. –Ni siquiera ha preguntado por vos; mandó que me sacaran de la cama a mí.

–¿Y qué más?– indagó el preceptor en tono rencoroso y con un tamborileo nervioso de los dedos sobre la empuñadura de la espada.

John se sentó en la cama.

–Sus órdenes revelaban su disgusto y su voz me llegó como un reproche, ¡después de todo lo que he tenido que sufrir para poder tener a los niños aquí, bajo nuestra protección!– el anciano se mostraba profundamente ofendido. –Ha sido capaz de decirme: "¿Todavía estáis soñando con las mismas locuras que hace tres años pusisteis por escrito, sin pedir autorización en cuanto al contenido y al destinatario, en aquel "gran proyecto", revelando así el grado de vuestra irresponsabilidad?" No pude verla, pero os aseguro que la *grande maîtresse* tenía la voz cargada de bilis y veneno. "¿Cómo hemos podido suponer que la edad os haría entrar en razón?" "Elía jamás recibió el escrito", me defendí. "Pero lo recibieron en el *Castel"*, me siguió reprendiendo. "Tuve que sacarlo con mi propia mano del archivo, aunque no encontré más que una copia." "¿Cómo lo explicáis?" La verdad es que no podía darle una explicación, y ella debió de interpretarlo como señal de mi obstinación. Después prosiguió con sus insultos: "¿Os imagináis acaso que un mosto sin fermentar os proporcionará un vino bueno sólo porque lo removéis con mucha dedicación?" "¿Acaso queréis que tire toda la cosecha?", me opuse a su pretensión. Ella prosiguió: "Debéis almacenar el mosto en toneles cerrados y callar en lugar de invitar a todo el mundo a una fiesta descabellada." Con estas palabras me despidió.

–¿Y qué haréis ahora? ¿Acaso pretende que desconvoquéis el espectáculo?

–¡Ni pensarlo!– graznó Turnbull. –Bajaré la guardia y atravesaré las líneas enemigas: el ataque es siempre la mejor defensa.

–¡*Vuestra* mejor defensa!– corrigió el templario. –¿Y si os falla la estrategia?

–Cuento con mis amigos, y cuento con vos, Gavin. ¡En este momento, una retirada dañaría más el honor de los infantes que la propia muerte!– El preceptor consideró con la frialdad propia de su mente que Turnbull se estaba entregando a una ilusión peligrosa. –Cerraremos el círculo en torno a los niños y blandiremos las espadas...

–John, todavía es demasiado pronto para emprender la última batalla. Esos niños son demasiado jóvenes, ¡todavía tienen la vida por delante! Puede que a un anciano *faidit* como sois vos, que siempre ha expuesto su vida a todos los peligros, le parezca deseable morir con orgullo y con la bandera en alto, ¡pero yo no deseo un fin así para los niños!– Gavin pensó que las palabras de la *grande maîtresse* no carecían de razón. –Si vos, John, consideráis que es irrevocable e irremediable presentar a los infantes reales, al menos debéis tomar precauciones ya que despreciáis ser cauto del todo.

–¡Ya os dije que debemos formar un círculo impenetrable en torno a ellos y protegerlos con nuestros cuerpos! ¿Me lo juráis?

–¡Eso sí lo prometo!

–Baucent à la rescousse!– exclamó el viejo, furioso y contento a la vez. –¡Ahora quiero dormir todavía un poco!

Yarzinth había liberado de sus ataduras las patas de "Estix", y el perro corría detrás de él sujeto a la cadena con la caperuza de cuerdas que Hamo le había confeccionado, y que era difícil de quitar, atada a la cabeza.

Así llegaron al muro exterior del palacio de Calisto, al lugar donde se encuentra la fuente del Sátiro. Yarzinth miró en torno suyo para observar si alguien asomaba por la solitaria avenida. Después subió al borde de la fuente y retuvo con la palma de la mano el agua que salía del cuello del ánfora. "Estix" intentó atrapar con la lengua un poco de agua de la concha. Yarzinth estuvo un buen rato con la mano apretada a la salida, hasta que un leve crujido le avisó de que la pareja enfrascada en su lucha cuerpo a cuerpo empezaba a separarse: el sátiro se retiró al interior de una cueva que se abrió en el muro, mientras el adorable dios del vino seguía sosteniendo el ánfora sobre la concha.

Yarzinth dejó entonces que el agua retenida saliese a chorro, se inclinó hacia "Estix", que lo observaba erguido, levantó al perro y se introdujo con él en la oscuridad de un pasillo. El sátiro retornó a su posición combativa y la avenida quedó sumida en el silencio como antes.

Poco después Yarzinth abandonó el palacio, procedente de los establos y sin perro y, tras haberse despedido reglamentariamente de los guardias del portal, salió a caballo. El golpe de los cascos de su cabalgadura resonó a través de la noche. El reloj de Hefaistos indicó con un sonido opaco la cuarta hora de Fósforo. El cielo nocturno sobre Asia Menor se iluminaba de cuando en cuando con el resplandor de un rayo lejano, procedente tal vez de una tempestad desencadenada en el interior del país. El trueno no se oía.

Lorenzo de Orta tenía la intención de acudir por el camino más rápido a la casa de citas, con la obligada compañía de Galerán, para encontrar a los "asesinos" que le había descrito el cocinero y fijar sus rasgos con ayuda del lápiz. No obstante, el camino le llevó a pasar por delante de tres tabernas que aún seguían abiertas, y cada vez tuvo que tomar un trago de la jarra que, sin su colaboración, habría vaciado solo el señor obispo de Beirut.

Muy pronto se dio cuenta Lorenzo de los efectos del vino, por lo que empezó a preocuparle la firmeza de su mano y la claridad de su visión. Galerán parecía un tonel sin fondo. Pero aunque había prometido a Lorenzo apoyarlo con todas sus fuerzas en aquella misión extraordinariamente peligrosa de atrapar a los "asesinos" ismaelitas, en el momento en que pisaron el patio pareció haber olvidado del todo la razón por la cual lo acompañaba.

El franciscano descubrió en seguida a los frailes sospechosos y Galerán aún alcanzó a presentar a su acompañante, el famoso retratista.

–Lorenzo de Orta es el mayor artista vivo de Italia en el campo del retrato humano. Debéis permitirle que se siente con nosotros y ejerza su arte en este lugar tan extraordinario sin ser molestado.

Los nestorianos asintieron halagados. Para que no les llamara la atención el hecho de que el objetivo auténtico de los esbozos eran sus rostros, Galerán, que había tomado asiento entre ambos, prosiguió murmurando y describiendo afanoso las características de las narices de los demás hombres que había en el patio:

–¿Veis aquel de la nariz larga, el hombre pálido de allí? ¡Imaginad el *pendant* correspondiente, que se le hincha impaciente debajo del caftán! O aquel de allí, el de la nariz ganchuda de Georgia, cuya espada, roja como el fuego, está a punto de reventarle el pantalón…

Aibeg y Serkis reían de buena gana mientras el lápiz de Lorenzo volaba sobre el pergamino. Tomaba medidas con el rabillo del ojo mientras las miradas de los frailes se movían con inocente alegría, imaginando las paráfrasis plásticas que Galerán les exponía.

–Aquel búlgaro con la nariz de patata, ¡cuánto tardará en reventarle el bombacho! O esos dos rum-seleúcidas, porteadores de Iconio, con sus pequeños picos de águila hambrienta que bajo el faldón incuba unos huevos gigantescos…

Galerán miró de soslayo al fraile y éste le avisó, asintiendo con la cabeza, que había finalizado la tarea.

–Todos ellos– se dirigió Galerán animoso a los dos nestorianos –os preceden a vosotros en la cola, por lo cual yo ahora...

–No sabéis lo que os perdéis– lo interrumpió Aibeg con amabilidad. –¡Sois nuestro invitado!– Mientras tanto Lorenzo se había escabullido hábilmente, como comprobó Galerán asustado.

–La renuncia significa evitar lo posible y elevar el gesto a virtud– devolvió Galerán la sonrisa de los nestorianos mientras intentaba ponerse de pie sin poder evitar un tambaleo. –A mí me atrae más el palacio del obispo latino.

–¿Y dónde está ese palacio?– preguntó Serkis con presteza cuando comprendió que el obispo achispado estaba firmemente decidido a dejar su compañía.

–Más allá de la ciudad vieja– eructó Galerán; –¡cualquier crío encontraría el camino!

Después de esto, el visitante de Tierra Santa abandonó el patio con pasitos torpes y apoyándose en el bastón. Los dos nestorianos sonreían socarrones mientras esperaban que cayera de bruces. Pero Galerán alcanzó sin tropiezos la salida y desapareció de su campo de visión.

Una mujer corpulenta, que seguramente pesaba tanto como los dos extraños frailes juntos, les hacía señas desde la puerta ampliamente abierta, que taponaba con las piernas separadas. Les había llegado el turno.

Guiscard insistió desde el mismo atardecer en que los guardias de la trirreme estuviesen más atentos que nunca, y dividió a la tripulación de modo que no bajaran a tierra más que en grupos de composición reducida y sólo durante tres horas; consideraba que eso era suficiente para que satisfacieran adecuadamente sus necesidades en el burdel o se cogieran una borrachera mediana. Envió primero a los más salvajes, que eran principalmente *moriscos*. Se reservó para el último grupo a los *pace dei sensi*, los más pacíficos, que no le encontraban atractivo ni a una ni a otra diversión, por lo cual quedaban expuestos a las burlas de los borrachos y los puteros; *pazzi dei sensi*, "los locos", era el nombre que les daban. Ésta era la manera que tenía el amalfitano de asegurarse de que al día siguiente todos tuviesen la cabeza aceptablemente despejada.

Él mismo sentía en el muñón de su pierna un tirón constante y ciertas punzadas, que le anunciaban que algo se estaba fraguando. Con el tiempo había aprendido a tomar sus precauciones.

Después de que las mujeres se hubiesen puesto de acuerdo acerca de los vestidos que llevarían al día siguiente y cuando Clarion ya se había retirado a dormir, el amalfitano pasó a inspeccionar de nuevo la trirreme. La nave descansaba tranquila y callada; no se oían peleas ni había protestas, un detalle que también era poco común. El hombre pasó su pata de palo por encima de la barandilla y bajó por la escalera de cuerdas, saludó a los dos árabes que le ofrecían té y siguió adelante a lo largo del muelle.

La galera del preceptor de los templarios descansaba justo al lado. Más hacia fuera, pero aún dentro de la bahía del puerto, se balanceaba la del gran maestre de la Orden hospitalaria de san Juan, mucho más ostentosa, y visiblemente decidida a mantener las distancias. Después seguía en el muelle una goleta con espolón, egipcia y de aspecto más sencillo, que mostraba junto al banderín del sultán también el águila teutónica, y finalmente el barco magnífico del embajador francés, en el que ondeaba la oriflama. ¡Por ningún lado se veía nada que pudiese levantar sospechas!

En cualquier caso, Guiscard decidió no alejarse demasiado de su trirreme; tampoco deseaba encontrarse en la ciudad vieja con un grupo suelto de sus marineros. Nunca le había gustado ser un aguafiestas, pero en aquel momento no sentía deseos ni de una cabalgata agitada sobre una armenia de vientre blando ni de meterle la tercera pierna entre las nalgas apretadas a una joven de Galitzia. En cambio sí sentía hambre, y le habría hincado el diente con mucho gusto a un cabrito tostado con tomillo, mejor si iba acompañado de vino tinto de Georgia, pues el de Trebisonda se vendía demasiado caro y los caldos de Crimea no resistían bien el viaje por mar.

El amalfitano olfateó los aromas que le llegaban de las hogueras abiertas sobre las que giraban los asados clavados en picas, levantó las tapas de las ollas, metió el dedo para probar la salsa en sartenes y marmitas y tomó asiento finalmente delante de una mesa donde no había más que una pareja tomando de un único plato un caldo de verduras en el que echaban pan y que consumían en silencio. Al parecer les faltaba dinero para pedir algo más.

Guiscard no estaba dispuesto a que le estropearan el apetito, de modo que pidió una pierna de cordero rosada, con mucho arroz y pimentón, y los invitó a que compartieran el festín. Aceptaron con expresión de hambre atrasada. El hombre siguió con la misma mirada hosca y en silencio, pero la joven, cuyo rostro bello y triste había fascinado desde un principio al amalfitano, intentó pedir disculpas por su situación, hablándole en un dialecto que le era desconocido. Por medio de un extraño idioma árabe mezclado con giros germanos y latinescos consiguieron entenderse al fin, pero cuando él preguntó de dónde procedían el hombre le cortó el discurso a la mujer:

–No queremos decirlo, nadie nos cree…

–¡...y además, no nos trae más que desgracias el decirlo!– completó ella la frase con amargura.

Guiscard pensó que podían ser gitanos, lo que era perfectamente posible por su aspecto, aunque los dos eran muy esbeltos y de alta estatura. Pidió otra ronda y les llenó los vasos de vino, consiguiendo así aflojar sus lenguas.

–Venimos de las montañas; por culpa de nuestro amor tuvimos que abandonar nuestro pueblo y a nuestra gente– le explicó la mujer de áspera belleza. –Hemos bajado a lo largo de la costa…

–¿Qué costa?

–La costa de Dalmacia. Siempre que Firouz– y señaló a su marido, –que es cazador y buen tirador, podía obtener un empleo de soldado resultaba que no podía quedarme yo, y lo que me ofrecían a mí en los puertos nos habría podido alimentar a los dos, pero habría destruido nuestro honor, tanto el suyo como el mío.

Guiscard se esforzó por no fijar la mirada con demasiada insistencia en la joven, pues comprendió que aquel hombre sufría cuando alguien miraba tanto a su mujer. Pero lo impresionó el orgullo de ésta mientras hablaba del honor de ambos, con una voz algo ronca y llena de melancolía que era perfectamente capaz de enloquecer a los hombres, y con la cual proseguía ahora, buscando con calma las palabras más adecuadas:

–Preferimos vivir de algún que otro trabajo ocasional en el campo, pues los dos sabemos arrimar el hombro cuando hace falta, ayudando en las cosechas y reparando enseres.

–Pero Madulain– la interrumpió el hombre con aspereza, –¿a qué viene explicar todo eso? Desde que William intervino en nuestras vidas ya no hay manera de poner orden en ellas, nuestras raíces están en el valle del *punt*...

–¿William?– dijo Guiscard, y dejó el vaso que estaba a punto de llevarse a la boca.

–¡Un soldado que habría hecho mejor en seguir siendo sacerdote!– repuso el hombre con amarga burla. –Cogió...

–Vosotros sois del pueblo de los *saratz*, ¿verdad que sí?– los dos asintieron, casi asustados. –No tengáis miedo, ¡no os voy a traicionar!– Guiscard les llenó el vaso y también el suyo. –¿Un flamenco robusto y algo pelirrojo? ¿Procedente de Otranto? ¿William de Roebruk?

–Sí– dijo la bella y pálida Madulain, –así se llamaba– y en sus ojos se encendió una chispa. –¿Lo conocéis?

–¡Y tanto!– respondió Guiscard. –Si no me hubiese sucedido el disgusto de la pierna durante nuestro viaje– y golpeó su pata de palo, –me habría quedado enterrado junto a él bajo el alud.

–¿Llegó por lo menos a ser feliz con Rüesch-Savoign?– inquirió Firouz, quien parecía de repente interesado en la historia. –Iban a celebrar la boda el mismo día en que nosotros abandonamos el *punt* y a los *saratz*...

–¿William casado?– se sorprendió ahora el amalfitano. –¡Increíble!– y sacudió la cabeza. –Tiene que haberse alejado de allí poco después de marchar vosotros...

–¡Pobre Rüesch!– dijo Madulain.

–¡Le está bien empleado!– murmuró Firouz, aceptando que la mujer lo mirara con reproche.

–Ella amaba mucho a William, y además– la mujer arrojó sus palabras como dardos hacia Firouz, –¡en otro caso, no estaríamos los dos aquí!

–Habría sido mucho mejor, ¡por supuesto!– gruñó Firouz a su vez, aunque cogió cariñoso la mano de su compañera.

–Tu mujer tiene razón– intervino Guiscard conmovido y conciliador. –Yo soy el capitán de la trirreme de Otranto– se tomó el tiempo de hablar con calma y volvió a llenar los vasos, vaciando la jarra del todo, –y vosotros podríais serme útiles en la nave. ¿Estáis de acuerdo?

Los dos lo miraron, y entre las pestañas de Madulain apareció una breve lágrima, aunque después fue ella la primera en recobrar la alegría. Abrazó a su marido hasta que éste se desembarazó de su abrazo, se puso de pie y levantó el vaso.

–¡Os serviremos con fidelidad, *rais!*– dijo con entonación solemne, y vació la copa.

En la residencia estival, Pian del Carpine estuvo toda la noche repasando los pergaminos que William y Lorenzo habían cubierto con su escritura, hasta que al fin entró Yarzinth en la habitación.

–Te traigo algunas frutas confitadas– dijo con voz melosa, pero Pian apenas levantó la vista. De modo que el cocinero se desnudó y extendió con deleite su cuerpo desnudo bajo las sábanas frescas. –¿No vienes?

–Quiero acabar de leer esto, es muy interesante.

–Es tu *Ystoria mongalorum*– dijo Yarzinth con orgullo y cariño.

–Ya lo sé– respondió el misionero después de algún tiempo, pues la imaginación se lo llevaba lejos de allí y lo hacía flotar en la gloria de su futura fama.

Yarzinth acabó por dormirse. Pian observó a su amante y "guardián", y sabía que con el término de su misión también llegaría a su fin aquella relación. Tal vez algún día echara de menos al calvo.

Pian volvió a la lectura.

–Qifa nabki min dhikra habibin / wa mansili bi saqti aluuwa / baina adduchuli fa haumali. Cuando vi que apagabas el fuego en nuestro hogar y llorabas sospeché que te había causado dolor– la voz oscura de Madulain mantenía fascinado al auditorio. El silencio se había establecido en torno a las hogueras en el puerto, donde hervía en gruesos calderos de cobre la "sopa marinera", cocida con toda clase de morralla que había traído la flotilla de pesqueros que regresaban al anochecer, a una hora en que no era precisamente la gente más delicada la que se reunía sobre los banquillos de madera y en torno a las parrillas encendidas.

–Afatimu mahlan ba'ada hadha / at-tadalluli wa in kunti qad / azma'ti sarmi fa adschmili. Cuando vi que habías puesto a tu camello preferido, el que solía llevarnos a los dos, la silla de montar temí que fueras a abandonarme.

El canto melancólico y ronco cubría casi todo el muelle donde ella estaba sentada junto a Firouz y Guiscard. Se acompañaba con un pequeño laúd.

–*Wa inna schifa'i abratun / muhraqatun fa hal 'inda / rasmin darisin min mu'auwili.* Cuando vi que nuestro lecho, el nido de nuestro amor, había quedado cubierto por una alfombra supe que me habías abandonado.

Madulain tocó un último acorde y sonrió a Firouz.

Una vez los dos hubieron recogido sus enseres y mientras caminaban juntos hacia el barco, Guiscard estuvo pensando en lo que diría William, ¡el viejo hijo de puta flamenco! Pero no le dijo a la pareja que el fraile formaba en cierto modo parte de la tripulación, ni que a aquella misma hora se encontraba en Constantinopla.

Al subir a la trirreme la guardia le comunicó que el joven conde había acudido muy excitado en busca del *capitano*, y que se había marchado de nuevo.

–¡Hamo l'Estrange!– resopló el amalfitano. –Supongo que será capaz de esperar hasta mañana por la mañana.

Clarion sí se dio cuenta de la aparición nocturna de Hamo en la trirreme, y oyó, después de un intercambio de palabras excitadas que la habían desvelado, que preguntaba por ella. Asimismo se enteró de que había rechazado con aspereza el ofrecimiento de despertar a la condesa. Durante un instante jugó con la idea de atraer a su lado al "pequeño hermano", hacerlo gozar del calor de su cuerpo, sentir su bello miembro endurecerse… ¡pero no! Introdujo con un gemido su propia mano entre los muslos y, después de unas cuantas manipulaciones que ella misma había maldecido mil veces, la imagen del cuerpo cubierto de cicatrices de Crean le provocó espasmos en el vientre.

BAJO EL SOL DE APOLO

Constantinopla, otoño de 1247

El reloj de Hefaistos proclamó con un sonido claro la quinta hora. Benedicto despertó y obligó a William, que seguía medio dormido, a que rezara con él por la salvación de su alma.

–*...ora pro nobis peccatoribus, nunc et in hora mortis nostrae*. Amén.

Una vez acabada la invocación a María, y cuando William ya iba a tenderse de nuevo en el lecho, comprobaron que los niños no estaban, aunque sus mantas seguían calientes.

–¡Estarán en el pabellón!– quiso tranquilizarse William.

Pero Benedicto sospechaba alguna desgracia.

–¿Y si los hubieran secuestrado?

–¿Quien iba a hacerlo?– murmuró William, y volvió a dormirse sin más. Benedicto permanecía despierto con la mirada fija en las aberturas redondas de la bóveda esperando poder ver el cielo. Pero sólo fue asomando la luz indirecta del amanecer que, conforme iba clareando el día, sumía el sótano en una atmósfera difusa y turbia de matiz gris azulado.

A Gavin lo satisfizo que la importante visita nocturna no hubiera preguntado por él. No sentía ganas en absoluto de seguir desperdiciando la noche ni de salir cabalgando para volver a su cobijo en la residencia estival.

De modo que despertó a Sigbert, que le preparó gustoso un lecho en su propia habitación. Pero después, y con la misma naturalidad, el caballero teutón recuperó su poderoso ronquido, de modo que a Gavin le fue imposible dormirse.

Volvió a levantarse, y mientras amanecía se alejó de nuevo a caballo de la ciudad con la intención de ponerse a la cabeza de sus caballeros templarios. Si los tenía a su lado para protegerle las espaldas podría resistir cuantos peligros lo amenazaran durante el día.

Una vez cruzada la muralla se vio de nuevo preso de la duda. Alcanzó una ermita próxima que parecía esperarlo al borde del camino, descendió del caballo y se arrodilló.

–Ave Maria, gratia plena, Dominus tecum, benedicta tu in mulieribus– rezó en voz alta, *–et benedictus fructus ventris tui, Jesus.–* Después volvió a calarse el casco y subió al caballo. *–Vive Dieu Saint-Amour!–* La luz ascendente prometía un día espléndido.

Lorenzo de Orta recorría como un perro vagabundo las callejas cubiertas de desperdicios nocturnos. Le gustaba la hora en que surge la primera luz del día con su color violeta anaranjado, que envuelve incluso durante breves instantes a los asilos de la pobreza en una atmósfera conciliadora de tonos apastelados. Al pequeño fraile le dolió una vez más no tener a mano tizas de colores para retener aquel esplendor, pues sólo con almagre no podía reproducir adecuadamente el ambiente. Pero se detuvo a pensar si no sería posible retener, como último cuadro idílico antes de retirarse, el pequeño carromato cubierto con un toldo que descubrió inmóvil junto al camino.

–¿Qué hay, bello extranjero?– oyó de repente una voz arrulladora que lo arrancó de su ensueño. Sólo entonces se dio cuenta de la mujer que estaba junto al pozo, lavándose el rostro y los pechos con agua fría.

–¿I-Inga...?

–¡Ingolinda de Metz!– lo ayudó ella a recordarla.

–Ya sé– acertó a comprender el fraile. –¡La de William!

–¡Al diablo con vuestro William!– lo regañó ella. –¿Dónde se encuentra ahora esa joya fulgurante de vuestra Orden?

–Yo qué sé– mintió Lorenzo, y dio un paso en dirección al carromato de la puta para desviar su atención.

–¡Alto!– dijo Ingolinda. –Ahora mismo no puedo estar a vuestro servicio– se le acercó mientras iba secándose el cuerpo con un paño y sus senos llenos bailaron ante las narices del fraile. –Tengo dentro a un obispo en persona, profundamente dormido... No, no penséis mal, el viejo me dio lástima: no sabía dónde acostarse en esta ciudad que no conoce; además, unos malhechores despojaron al pobre de lo último que llevaba encima, dejándolo casi en cueros– siguió charlando la mujer sin el más mínimo reparo.

–Dejad que lo mire un instante– rogó Lorenzo, –tal vez yo sepa...

Ella levantó un poco el extremo del toldo. Allí estaba Galerán durmiendo la mona sobre unos almohadones mugrientos de aquel lecho del pecado.

–Me lo llevaré y me ocuparé de él– dijo Lorenzo después de una breve reflexión. –En efecto, es el obispo de Beirut.

El pequeño fraile estaba rumiando que, si las fuentes de la imaginación de Galerán manaban con tanta expresividad cuando estaba cuerdo como cuando estaba bebido y lleno a rebosar de vino resinoso, el obispo podría hacerse cargo de la tarea de presentar a los infantes; tarea que, en principio, le había sido encomendada a él, Lorenzo.

Ingolinda se mostró divertida:

–Ahora resulta que, cuando falla la Iglesia, interviene al menos san Francisco para salvar la dignidad de sus miembros más esclarecidos– y entre ambos despertaron al durmiente, que les destinó un torrente de los peores insultos.

Lorenzo los soportó con paciencia.

–Excelencia– dijo después con amabilidad, –el obispo os proporcionará nuevas vestiduras, ¡pero debéis seguirme!

Galerán, que seguía bastante beodo y se tambaleaba aún, bajó de la covacha pecaminosa.

–¡Maldita puta, mujer perdida!– fue todo el agradecimiento que tuvo para Ingolinda. Pero ésta reía mientras Lorenzo arrastraba consigo al obispo charlatán con toda la prisa que le era posible.

Nicola della Porta se encaminó hacia el pabellón cuando el mensajero regresó del puerto sin traer a Hamo. No le gustaba acudir al laberinto subterráneo, aunque sabía que ya no había razones para temer la presencia del perro.

Encontró a Hamo completamente vestido y dormido sobre la alfombra. Los niños estarían seguramente en el sótano con los frailes; en cualquier caso, no los vio.

Despertó al muchacho. Hamo reaccionó con desagrado y se volvió hacia el otro lado. El sol matutino traspasaba las filigranas de piedra y rociaba el suelo y la alfombra con manchas claras, impedido de poder enviar al interior algún rayo deslumbrante. El pabellón siempre quedaba sumergido en una luz mágica ligeramente azulada, tanto si había luna llena como si fuera lucía el sol más resplandeciente del mediodía.

–Hamo– dijo el obispo, –¡tengo que hablar contigo!

–¡Déjame en paz!

El obispo se sentó en uno de los almohadones y sacó la hoja con la traducción de la carta. El ruido al desdoblarla despertó la curiosidad de Hamo más que cualquier invitación. De repente se sintió completamente despierto, pero entornó los ojos para no demostrarlo.

El obispo proclamó:

–Aquí hay un texto que deberás leer hoy en voz alta. Se trata de la traducción del escrito que el gran kan dirige al Papa de Roma.

–Ni lo pienses– dijo Hamo con toda decisión: –no soy un heraldo para tener que leerlo delante de toda la gente.

–Hamo, te ruego de todo corazón, aunque sea la última vez que tenga que pedirte algo...

–¡No!– contestó Hamo, que sentía un gran placer en rechazar el deseo tan emotivamente expresado por el obispo.

–Hamo– suspiró el obispo, –hay dos razones por las que debes aceptar esta tarea, pues solo tú puedes llevarla a cabo. Una de las razones es que la máxima autoridad te ha designado a ti...

–¿El Papa? ¿El señor ordena y todos obedecen? ¡Yo no!

–¡Hamo!– lo reconvino el obispo.

–¿Y la otra razón?– interrumpió el muchacho aquel sermón que esperaba. –¡Decídmela! Tal vez me convenza.

–No quería llegar a una situación en que tuviese que decírtelo, pues en realidad le correspondería a tu madre...

–¿Qué tiene ella que ver con esto?– preguntó Hamo disgustado, irritado y lleno de desconfianza. –Será mejor no hablar de ella si no quieres que me enfurezca.

–Quiero hablar de tu padre.

–¿El almirante?– Hamo no mostraba interés. –Jamás lo conocí.

–Es cierto que Enrique de Malta, conde de Otranto, aparece oficialmente como tu padre, pero en realidad procedes de la semilla de la dinastía de Gengis kan.

Se produjo un silencio prolongado. Hamo mantenía los ojos cerrados y el obispo miraba fijamente la filigrana de piedra que cerraba por encima de sus cabezas el pabellón formando una cúpula luminosa.

–Por eso desea Guyuk que sea yo quien lea su escrito– Hamo no había planteado una pregunta, sino formulado una observación segura y sencilla. Después dijo: –Bien, cumpliré la misión. Pero a ti no quiero verte nunca más. Prefiero que sea mi madre quien me cuente la historia de mi origen. Aléjate ahora, tengo que prepararme.

El obispo se incorporó en silencio. Sabía que había perdido para siempre al muchacho. Abandonó el pabellón *–dakryoen gelasasa–* sonriendo con los ojos arrasados de lágrimas y sin pronunciar palabra.

El reloj de Hefaistos anunció con un sonido opaco la sexta y última hora de Fósforo. Venus palidecía en el cielo matutino. Había salido el sol.

Cuando llegó a la residencia estival, Gavin Montbard de Bethune, preceptor de la Orden de los templarios, encontró a sus caballeros y sargentos vestidos y armados junto a los caballos. Se dirigió sin tardanza, atravesando el amplio parque, hacia el edificio secundario que había servido de hogar a Pian del Carpine, huésped involuntario del obispo, durante su prolongada estancia.

Como nadie respondiera a su llamada, y él se había hecho responsable de conducir al misionero con puntualidad y seguridad a su destino, entró sin hacer ruido. Encontró a Pian durmiendo, inclinado sobre su mesa de trabajo, donde había estado leyendo la *Ystoria mongalorum*. En la cama, también profundamente dormido, vio al cocinero.

Pero lo que más llamó la atención de Gavin, más allá del hecho en sí, fue la bolsa llena de monedas que descubrió junto al lecho del cocinero calvo al alcance de la mano de éste, que le colgaba hacia el suelo. El templario le dio un ligero puntapié a la bolsa y cayeron algunas monedas de plata. ¡Eran doblones franceses!

Pian se despertó a causa del ruido. Gavin disculpó su entrada.
–Siento molestaros, señor legado– evitó con mucho tacto dar a entender que había descubierto a Yarzinth durmiendo allí. –¡Es la hora! ¡Hoy es el gran día para vos, Pian del Carpine!

Lorenzo encontró a Nicola della Porta y a John Turnbull bajo el portal principal. Para sorpresa suya, el anciano reconoció de inmediato al obispo de Beirut y lo saludó con efusión. Galerán fue conducido en seguida al baño, donde le prepararon además un ropaje espléndido de gran ornato.

Nicola procuró que el dibujo con el retrato de los dos "asesinos" fuese clavado en seguida por los guardias en el portal, y los instruyó para que examinaran bien a cualquier visitante, rechazando a todo el que mostrara el menor parecido con los rasgos esbozados en el dibujo.

–¡Mucha atención!– añadió Lorenzo. –¡Ambos manejan el puñal con más rapidez que la que otro necesita para echar mano a la espada!

Turnbull se sentó junto al barreño lleno de agua caliente que despedía vapor, y le habló con insistencia y aire de contubernio a Galerán. Los criados aportaron "un pequeño regalo del dueño de la casa": un báculo de obispo cubierto de pedrería, además de una pesada cadena de oro con una cruz de ébano y un Cristo de marfil, por lo que el obispo procedente de Tierra Santa –¡no olvidemos nunca nuestras antiguas relaciones!– renunció a cualquier objeción y se hizo cargo sin protestar de la tarea ceremonial que le habían asignado.

–¿Por qué tanta prisa?– El puño enguantado del preceptor sujetó las riendas cuando Yarzinth, apurado porque se le había hecho tarde, quiso montar el caballo. –El obispo tendrá que esperar un poco– dijo el templario, –pues vos, Yarzinth, no sólo sois un maestro en el arte culinario sino, según me han dicho, también en el caligráfico. De modo que ahora mismo escribiréis la solicitud que os dictaré.

Yarzinth reconoció, por el tono en que le hablaba, que era inútil oponerse, lo que también le hacía notar la presión del puño que lo conducía a la cámara del preceptor. Allí encontró preparado el pergamino y el recado de escribir que necesitaba. Mojó la pluma en el tintero.

–"María, llena eres de gracia, santa Madre de Dios, Reina de los Cielos y de la Tierra"– le dictó Gavin con toda calma para que el escribiente pudiese seguir el ritmo. –"Tu servidor Gavin está dispuesto a emplear las humildes fuerzas que Tú le has concedido, empeñando incluso su vida para que el Infante real nacido de tu vientre no sufra daño alguno. Te ruego a ti, María, que Lo acojas cuando los poderes del infierno, los demonios, quieran echar mano de Él. Protégelo con Tus manos allí donde las mías no alcancen. *Per Jesum Christum filium tuum.* Amén."

Yarzinth escribía con rapidez y fluidez, aunque las palabras con que estaba redactada aquella petición inocentona le parecían del todo inútiles; ¡qué extraños pensamientos acosaban al preceptor en pleno día! No obstante, prescindió de cualquier observación para no perder más tiempo. Acabó con un enérgico "¡Amén!" y le tendió el pergamino al templario. Gavin se lo guardó sin desperdiciar ni una mirada en contemplarlo, lo que provocó aún más la irritación de Yarzinth.

–Cada hazaña tiene su premio– dijo Gavin, y le arrojó al cocinero una moneda de plata. Yarzinth la recogió y la reconoció de inmediato: ¡un doblón francés! Con la cabeza encendida montó y se alejó al galope, sintiéndose aún más furioso al darse cuenta de que se había ruborizado.

El preceptor hizo una señal a uno de sus hombres.

–¡Llevad esta hoja al puerto y entregadla en mano a Guillem de Gisors, a quien encontraréis en la nave del señor embajador del rey de Francia!

Guiscard ni siquiera se había acostado, se lavó brevemente la cara con agua fría, se engrasó el muñón de la pierna y decidió recuperar las horas de sueño cuando los señores hubiesen abandonado la nave. Tampoco tenía ganas de romperse la cabeza para idear alguna tarea conveniente que entretuviera a Firouz, quien ya se había presentado junto a él, por lo que le ordenó simplemente mantenerse a su lado.

La tripulación de la señora de Otranto se había reunido al completo en cubierta. El amalfitano envió una mirada interrogadora al cielo y examinó el agua justo en el momento en que la galera del gran maestre de la Orden de san Juan, introduciendo con golpes precisos sus remos en el agua, abandonaba el puerto dejando a popa una ola encabritada. En la cubierta de la nave estaban formados los caballeros vistiendo la capa negra adornada de una cruz blanca alargada en forma de espada; quizá no consideraran útil encontrarse con los templarios en la reunión prevista. También había desaparecido la tienda de los comerciantes árabes.

A una orden de Guiscard, los *lancelotti* levantaron los remos lanceados para enviar un saludo a la galera que se alejaba. En ese instante Guiscard vio que por el fondo del puerto se acercaba a todo trapo un velero papal. La nave mostraba el gallardete inconfundible en señal de que llevaba un legado a bordo, y su rumbo enfilaba recto a la trirreme…

XIII

LA REVELACIÓN

FORMACIÓN, SALIDA Y DESFILE

Constantinopla, palacio de Calisto, otoño de 1247 (crónica)

Aquella mañana me despertó un Yarzinth medio dormido que, para celebrar el día, había metido su corpachón en un chaleco verde oscuro adornado con cordones dorados en el pecho, pantalones estrechos de dos colores con las armas del obispo bordadas en oro y una amplia toga también con ellas: dos serpientes que se muerden la cola, emblema que yo recordaba haber visto antes en otro lugar.

Comprobé con mirada adormilada que los niños estaban allí, vestidos ya con las prendas mongoles; además escuché que Benedicto los instruía con palabras cariñosas para que no se mancharan mientras tomaban su vaso matinal de leche tibia. Seguí al cocinero, quien me alejó impaciente de aquel sótano que durante largas semanas nos había servido de dormitorio, comedor y escritorio. Había llegado el momento culminante y yo no sabía si estar contento o no.

Una vez arriba, Yarzinth me abandonó y se escabulló apresurado detrás de un telón pesado que separaba la sala llamada "centro del mundo" del escenario.

Eché un poco a un lado la cortina de terciopelo y observé a través de la rendija el pavimento de mármol blanquinegro, que aparecía en parte inundado de agua: Egeis y Propontis se encontraban a un palmo por debajo de la superficie líquida, con lo cual la primera fila de asientos quedaba convenientemente separada del proscenio en que me encontraba y donde más adelante debía presentarme.

A derecha e izquierda las hileras de gradas se estaban empezando a llenar de gente. Me parecieron seres extraños los que confluían en aquel lugar. Algunos saltaban –como si estuviesen en trance, con los ojos cerrados pero con paso seguro– de "tierra firme" a "tierra firme" con tal de alcanzar su sitio, otros gesticulaban como poseídos, bajaban y subían bailando y cantando por las gradas, acompañados del palmoteo entusiasta de sus adeptos. Yarzinth se mantenía en el centro del remolino como una roca en medio del oleaje, señalando a cada uno el lugar que le correspondía, ordenando a unos que se juntaran y a otros que se separaran.

Llegó la tripulación musculosa de Otranto, y con ella Clarion, que se escabulló por una puerta lateral en cuanto comprobó que en los sillones de la primera fila todavía no había tomado asiento nadie. Yarzinth señaló a las gentes de la trirreme el lado izquierdo –desde mi emplazamiento– y allí formaron delante de las gradas. Habían desplegado la bandera y formaban un cuadro impresionante con sus armas resplandecientes. Lo único que Guiscard no les había permitido llevar consigo eran sus larguísimos remos lanceolados.

Después fue Gavin quien hizo entrar a su pequeño ejército de templarios. Éstos llamaban la atención por la uniformidad de sus capas blancas con la cruz roja de extremos acabados en zarpa; sólo la cruz de Gavin era un poco mayor que las demás. Se situó a un extremo de la primera fila y sus caballeros ocuparon todo el flanco derecho de la sala.

–William, ¿qué haces aquí curioseando?– me sorprendió la voz del obispo. –¡Es hora de que te vistan!

Sus criados me llevaron a la cámara que había detrás del escenario y allí fue donde me encontré, por primera vez en mi vida, con Pian del Carpine, mi famoso hermano en la Orden. Supe de inmediato que era él, y lo mismo le sucedió a él conmigo, de modo que nos dirigimos mutuamente una sonrisa ún tanto forzada. Como los criados revoloteaban en torno a mi persona tampoco era el momento de pronunciar alguna palabra que pudiese aclarar nuestra situación. Por lo demás, el misionero se sentía atormentado por otras preocupaciones:

–Decid a vuestro obispo que no me presentaré si no tengo antes la carta en mis manos.

Alguien se apresuró a comunicarle la amenaza al obispo. En lugar de en el feo disfraz de chamán me embutieron en un ropaje de brocado de seda amarilla con apliques abundantes y decorativos, formados por ornamentos de terciopelo en color rojo y beige y rematados con hilos de oro; las vueltas de las mangas eran de seda china de color violeta claro, y las altas hombreras aparecían realzadas con terciopelo de color azul turquesa adornado con cenefas de oro. Lo más bonito, sin embargo, era el tocado, consistente en una gorra de fieltro rojo oscuro que terminaba a ambos lados en anchos cuernos, sujetos en su lugar con ricas piezas de filigrana de plata. De ambos extremos colgaban sendos tubos adornados con corales y piezas de ámbar, que me recordaban los valiosos recipientes donde suelen guardarse los rollos de la Tora que había visto en manos de los rabinos de la gran sinagoga de París. Me sentí como un sumo sacerdote del Antiguo Testamento; hasta llegué a pensar que si el gran kan de todos los tártaros hubiese querido elegir Papa propio podría haber presentado mi candidatura tal como iba yo trajeado.

Entretanto habían traído también a los niños, que me rodeaban saltando y bailando como si yo fuese un árbol cubierto de cintas, tal como solíamos adornarlos en mi juventud, en Flandes, cuando todo el pueblo rivalizaba entre risas y bromas por ver quién colgaba más coronas y guirnaldas de un árbol sin que éste se doblara.

Sólo Pian me miraba algo confundido, aunque se obligó a dedicarme una sonrisa. Lo más probable era que él, que se consideraba el personaje principal del acto, sintiera celos por la magnificencia y la dignidad de mi disfraz y el de los niños. Él sólo vestía el sencillo hábito marrón de los hermanos menores, aunque su bolsa de peregrino, probablemente un regalo de los mongoles, estaba compuesta de diferentes piezas de cuero artísticamente pespunteadas y los ornamentos resplandecían realzados con hileras de perlas; su calzado parecía ser de la misma procedencia. También eran valiosas mis botas puntiagudas de fieltro, con vueltas de color violeta forradas de terciopelo y con apliques de diferentes pieles. Debajo del amplio abrigo de ceremonia apenas se me veían los anchos pantalones amarillos que llevaba remetidos en las botas.

Salí de la habitación para mostrarme al obispo, quien en aquel momento hablaba con un guardia que le comunicaba que habían llegado a las puertas del palacio dos comerciantes árabes cargados de valiosos regalos.

–¿Para los niños?– preguntó Nicola algo confundido, pero después se acordó de las normas de seguridad que él mismo había impuesto. –¿Habéis comprobado si se parecen…?

–¡Los regalos son para vos, excelencia!– Estas palabras tuvieron el efecto de borrar de inmediato las reservas del obispo, sobre todo cuando el guardia añadió con entusiasmo: –Parecen tan ricos como si fuesen reyes de Oriente y grandes señores. Desean veros para…

–Ya está bien– le cortó Nicola la palabra, y en sus ojos se dibujó la avidez; –¡que Yarzinth reciba los regalos y les indique a sus portadores un puesto de honor!

También Della Porta se había vestido con todo su ornato, en el que se combinaban de una forma refinada diversas tonalidades de rojo, desde el bermellón luminoso hasta la púrpura casi violeta; no llevaba más joyas que una cruz de oro macizo y el famoso anillo episcopal. Me pareció una figura deslumbrante a la espera de una gran fiesta con huéspedes de máxima categoría, aunque daba la impresión de sentirse un tanto desgraciado a pesar de su activismo. Pero pensé que algunas personas nunca quedan satisfechas del todo, ¡parece que quieran atragantarse!

Nicola abrió la puerta hacia otra habitación y vi a un obispo que me era extraño y que, sentado sobre una caja, se agarraba a un bastón torcido. Aunque… ¿de verdad no lo conocía? El individuo levantó el rostro en un acceso de hipo y sus ojos me indicaron que era un pájaro de cuidado, adepto del vino. Y de repente esa nariz de bebedor pareció serme familiar.

Rápidamente recorrí con la mirada los demás personajes que había en la estancia: allí estaba Lorenzo, recitándole algo a Hamo; lo leía de un papel y Hamo intentaba repetirlo. Hice un esfuerzo por enterarme del tema, pero volvieron a cerrar la puerta.

Miré a mi alrededor. En el centro del escenario se levantaba una especie de altar hacia el que conducían unos escalones, pero aún estaba cubierto por una tela blanca. A derecha e izquierda había dos sillas a cada lado de la parte frontal. En una de ellas estaba sentado, erguido y tan blanco como la propia sábana, el viejo Turnbull. No se movía ni me prestó atención, aunque yo pensé que mi aspecto hubiese merecido al menos una breve consideración, pero sus ojos parecían apagados y descansaban fijos en el telón, como si desearan atravesarlo y avanzar más allá de la sala de la que nos llegaban voces amortiguadas y murmullos expectantes. Me llamó también la atención la blancura de su cabello, detalle que reforzaba la fragilidad de su figura; una figura cuyos pensamientos parecían muy alejados de lo que sucedía a su alrededor, como si escuchara el aleteo de unos ánades salvajes que cruzan por un cielo gris lechoso. Me retiré sin hacer ruido.

Después miré por una ventana redonda enrejada, y pude observar un trozo de la gran escalera y de la puerta principal que hasta entonces jamás había visto, ya que a mi llegada me habían trasladado en seguida al sótano. Con un ligero estupor vi que ascendían por la escalera soldados del Papa de aspecto solemne, como si fuesen en procesión. Probablemente acompañaran a unos monjes de los cuales, desde allí, sólo veía sus capuchas negras.

Hubo un revuelo junto al portal cuando dos frailes de aspecto extraño, uno muy delgado y otro gordo, intentaron entrar como si formaran parte del séquito de los monjes escoltados por los soldados del Papa; pero los guardias los rechazaron con fiereza y algunos incluso desenvainaron la espada. Los dos hombres gesticulaban excitados e intentaron pedir ayuda a los papales, pero ni los soldados ni los monjes reaccionaron ante sus gritos. Sin prestarles atención pasaron por delante de aquellos desgraciados, algunos con la mirada fija hacia adelante, otros con la cabeza gacha, mientras los frailes rechazados se daban golpes en el pecho y mostraban sus cruces. Los ahuyentaron como si fuesen perros callejeros sarnosos y los guardias incluso llegaron a lanzarles piedras.

Poco después volvieron a adoptar una postura respetuosa: les habían comunicado la proximidad de los franceses, que llegaban con la oriflama ondeando al viento, y del conde de Joinville montado a caballo. Lo reconocí de inmediato, aunque no lo había visto desde los días de Marsella, pero era difícil olvidar a un pavo tan vanidoso y tonto de remate. Confié en que su estupidez le impediría recordarme, porque podría ocurrírsele mostrar una renovada sorpresa: “¡En misión secreta! ¡Ja ja!”

Me apresuré a ocupar de nuevo mi sitio junto a la rendija en el telón que daba hacia la sala, pues ya estaban recubriendo la pared del fondo con una tela adamascada azul contra la que se destacaba con gran elegancia el altar blanco. A cada lado fue colocado un trípode, y los criados llenaron unos platos de líquido combustible e instalaron también otros recipientes similares, a derecha e izquierda, en los rincones del escenario, con el fin de procurar alguna iluminación. Mi corazón se sintió invadido por una sensación de solemnidad, pero mi curiosidad era aún mayor, por lo que me permití arrojar una última mirada por la rendija del telón antes de que me expulsaran de mi puesto de observación.

La sala se había ido llenando. La mayoría de los asistentes se habían sentado para no perder el sitio una vez conquistado. Debajo de las arcadas, frente a mí, donde desembocaban las gradas que ascendían desde la planta baja, vi a un legado papal y al embajador especial francés intentando rivalizar en cortesía, cediendo cada uno el paso al otro, aunque en realidad cada uno de ellos deseaba ser el último en entrar, lo mismo que la condesa, a la que vi escabullirse por una puerta lateral cogida del brazo de Sigbert. ¡Estaba seguro de que ella conseguiría superar a aquellos dos señores!

Cuando el eclesiástico cedió y entraron en la sala los soldados papales, antecediendo a los franceses, descubrí dos cosas: reconocí al joven fraile que en su día me recibió en Sutri: ¡fra'Ascelino! ¡De modo que el dominico había conseguido que le nombraran legado! Y también vi, junto al conde de Joinville, a Guillem de Gisors, el bello caballero templario a quien recordaba como acompañante fiel de un palanquín negro: ¡la *grande maîtresse!* Así pues, también ella tenía fija su atención en el acontecimiento aunque no asistiera en persona. Y de repente fui consciente de la importancia que tenía el acto, que antes jamás había relacionado conmigo mismo. Pues no se trataba sólo de los niños, ni mucho menos: la atención se centraba en "¡William y los infantes!"

–¿Qué pasa con mi carta?– oí rezongar en voz alta a Pian del Carpine a mis espaldas, de modo que hasta el obispo, que correteaba activo por allí, tuvo que oírlo.

–¡No levantéis la voz!– le susurró el obispo a Pian. –Hoy mismo y aquí la tendréis en vuestras manos–. Fra'Ascelino ocupó junto con otro compañero de la Orden un asiento en el lado derecho, y los demás monjes se sentaron en las gradas que había detrás. A su lado se instaló el abanderado; los soldados del Papa se daban empujones por permanecer cerca. Los templarios no se movieron del sitio hasta que Gavin ordenó que se adelantaran en dirección al escenario. El embajador francés ocupó asiento en el centro de la primera fila; a su lado se sentó Guillem de Gisors, que saludó a Gavin con una leve inclinación y el rostro ruborizado. El joven caballero estaba visiblemente confuso al ver que debía sentarse en un sitio tan prominente mientras el preceptor seguía de pie. Los soldados del rey de Francia se situaron frente a los papales y junto a los de Otranto. A la izquierda, delante de los asientos reservados para la condesa, se habían acomodado en el suelo de mármol los comerciantes musulmanes sobre sus piernas dobladas; delante de ellos colocaron unas cajas que ostentaban valiosos objetos, como recipientes de incienso cubiertos de piedras preciosas y platos de oro llenos de esencias aromáticas. Un poco mas acá el mármol estaba ya sumergido en el agua, y el espejo líquido reflejaba la imagen festiva del salón y de sus preclaros invitados.

Al fin entró también la condesa acompañada de Clarion y protegida por Sigbert, que hacía de caballero acompañante. Las dos mujeres disfrutaban de la escena; llevaban unos vestidos sencillos de elegancia muy refinada que no robaban esplendor a sus joyas y sus perlas, además de acentuar la figura esbelta y todavía encantadora de la condesa y la desbordante salud física de su hija adoptiva. En cambio sus camareras, para mayor contraste, se presentaron vestidas con toda la sencillez de un hábito de monja de color beige, excepto una. Casi se me saltaron los ojos de la cara, casi me caí a través del telón al centro de la sala, y en un primer instante pensé que no podía ser más que un engaño óptico: ¡el rostro de aquella camarera era igual al de Madulain! Yo seguía con la mirada fija en ella mientras aquel ser de ensueño, mi princesa de los *saratz*, ocupaba con elegantes gestos un asiento detrás de las demás como si fuese para ella lo más natural del mundo.

–¡William!– la advertencia de Yarzinth me arrancó de mis sueños dispersos. –El obispo ya está entrando en la sala.– El cocinero llevaba una peluca y una vara de heraldo en la mano y me hizo acudir a la parte posterior de las colgaduras adamascadas, donde ya estaban preparados Lorenzo y aquel otro obispo extranjero cuyo nombre recordé en ese mismo instante: Galerán de Beirut. También estaban allí Pian del Carpine y, en un rincón, Hamo con los niños, muy excitados estos últimos.

El hijo de la condesa iba vestido de mongol, pero llevaba un austero traje de guerrero muy bien cortado y de cuello alzado, botas altas adornadas con pieles y en la cabeza un casco artísticamente forjado con una punta larga en el centro. Todo ello lo hacía parecer más alto de lo que era en realidad; la verdad es que daba la impresión de no haber llevado otras ropas en su vida. Su rostro tenía una expresión severa.

Aunque en realidad ahora tendría que haberme conformado, busqué y encontré un agujerito a través del cual poder seguir observando una parte de la sala cuando abriesen el telón principal. De momento no tuve ocasión de hacerlo porque Hamo me hizo coger de la mano a los niños, que se apretujaron contra mí; después Yeza me confió que, antes que nada, tenía que hacer ahora mismo un pipí. Arrojé una mirada desesperada a Yarzinth y la empujé hacia la habitación vacía; Roç me siguió agarrado a mis faldones. Ordené a la niña que orinara en el centro de la estancia, poniendo cuidado en no salpicarme.

Pian se asomó por la puerta:

–¡Una auténtica mujer *jalja!*– Pero su sonrisa era una mueca. –Sólo te faltan unas trenzas largas metidas en fundas, ¡pero no te apures, te crecerán!– No comprendí a qué se refería, pero después pensé que posiblemente se estaría burlando de mis grandiosos cuernos, intentado ridiculizarlos al opinar que se trataba de un adorno femenino.

Arrastré a los niños de nuevo hacia afuera y nos colocamos otra vez detrás de la tela azul. En aquel instante estaban encendiendo los fuegos en los platos, y sus llamas arrojaron una luz fosforescente sobre el techo y las paredes iluminando con un trasfondo mágico el altar cubierto con la tela blanca. Yarzinth se adelantó, dio tres golpes con la vara en el suelo, y el pesado telón de terciopelo fue retirado hacia ambos lados.

–¡El sacerdote supremo de la Iglesia católica en Constantinopla, archidiácono de la Hagia Sophia, saluda a sus distinguidos huéspedes!– Hizo una pausa para dar tiempo a que todos saludaran con una leve reverencia al obispo, quien acababa de tomar asiento entre fra'Ascelino y Joinville. –¡Celebremos en primer lugar la santa misa!

El cocinero se retiró y vi que se adelantaba Galerán seguido de Lorenzo, que lo asistiría. Todos los asistentes se pusieron de pie; las damas y los más devotos cayeron de rodillas.

–Kyrie, kyrie, kyrie eleison!– inició su canto un coro de niños, invisibles para mí por estar situados más arriba de nuestras cabezas. Lo más probable era que aquellos hijos predilectos de Nicola se hubiesen instalado en un palco.

–Christe eleison!– respondió la voz profunda de Galerán sin traicionar para nada su adicción al vino. Por desgracia no podía

observarlo mientras celebraba el santo oficio por mucho que intentara torcer el cuello.

–Kyrie, kyrie, kyrie eleison!– respondieron de nuevo los niños, y pensé que en realidad se había reunido en honor mío un número considerable de personas, puesto que me encontraba en el "centro del mundo" y no había nadie más, ni en la sala ni detrás del escenario, que fuese capaz de reunir en sus manos tantos hilos de aquella historia. Pero, ¿quién había ido anudando con paciencia y talento tantos destinos a la vez? Era verdad que los niños ocupaban un primer plano y centraban el interés de todos, pero, ¿dónde estarían ellos sin mi presencia? De modo que consideré justo y adecuado que, después de pasar tantas privaciones y necesidades, un público sorprendido reclamara mi presencia: "¡William y los infantes!"

–Gloria in excelsis Deo– pronunció Galerán en su calidad de *praecantor*, y los niños respondieron con sus voces claras:

–Et in terra pax hominibus bonae voluntatis!– Los niños serían "elevados" tal día como hoy, pues así lo había ideado y ordenado el viejo John Turnbull, que seguía erguido en su silla. Probablemente sólo se le veía desde la parte izquierda de la sala, pero con toda seguridad el anciano causaba una impresión de gran dignidad y sabiduría, *hagia sophia,* y sin embargo me asaltaron las dudas de si todo se desarrollaría tan armoniosamente a partir del momento en el que el anciano intentara instituir la ceremonia del "enlace quimiológico". ¿Cuál sería la reacción de los invitados papales?

–Sanctus, sanctus, sanctus– retumbó el bajo profundo de Galerán. Había sido una maniobra inteligente incluir a aquel obispo en la ceremonia, pues nadie dudaba de que procedía de Tierra Santa, de modo que el acto no tendría un aspecto exagerado de casero complot bizantino en el caso de que los de Roma intentaran formular algún reproche en ese sentido. *–Dominus Deus Sabaoth!*

Seguí observando a través del agujero. En primera fila vi que se arrodillaba Clarion, cuyos ojos no se apartaban del joven templario a quien sus miradas ardientes atacaban como mil abejorros intentando acercarse a una flor. El joven dobló la rodilla –parecía sentirse confuso– como si aquel gesto de humildad le pudiese facilitar una mayor resistencia al pecado, aunque al mismo tiempo quedaba así a la misma altura que la seductora y con ello aún más expuesto al peligro. Como si el conde Joinville se hubiese dado cuenta de que el joven necesitaba protección o de que se estaba incubando una escena poco conveniente, dio un paso y, como por casualidad, acabó situándose entre ambos.

Gracias a este movimiento me llegó de repente la mirada insistente y fría de dos ojos al mismo tiempo que llenaba mis oídos el canto de *hosanna!* procedente del coro, aunque lo oía muy difuminado. Aquellos ojos pertenecían a un hombre que estaba de pie detrás del embajador y vestía el uniforme azul del rey cubierto de doradas flores de lis. Era el mismo hombre a quien habíamos encontrado entre las nieblas de la Camargue, el que había dado muerte a tres sargentos y a quien el prefecto llevaba en su carro –recordé la palidez de los muertos, sus cráneos partidos–. ¡Aquel hombre era Yves "el Bretón"!

¡Me parecía asistir a un desfile de fantasmas! ¡Fra'Ascelino, Madulain, Gisors! La visión del cuarto y último fantasma me proporcionó un susto de muerte, como si se hubiesen abierto las tumbas y la sala se estuviera llenándose con las momias de mi pasado extendiendo sus huesudas manos hacia mí. Un temblor me sacudió el cuerpo y sentí que un sudor frío me brotaba de la frente, de mis espaldas, de mis manos.

–*Agnus Dei, qui tollis peccata mundi:*

–*Dona nobis pacem!*– respondió el coro.

Recordé como una amenaza inolvidable desde el ensayo general que ahora, justo antes de mi propia entrada, debía presentarse el hermano Lorenzo de Orta, a quien mis labios se negaban a calificar de legado de su Santidad desde que había visto en la sala a otro que no estaría de acuerdo con que dicho título hiciera desmerecer su propio rango. Había llegado el momento en que Lorenzo debía anunciar la presencia del misionero Pian del Carpine, que venía de regreso de su misión ante los mongoles. ¿Dónde estaría Lorenzo?

Vi que John Turnbull se movía intranquilo en el sillón; después se inclinó hacia adelante con aire interrogador y observé que un ligero nerviosismo parecía extenderse por la sala. En aquel instante avanzó Yarzinth y dio tres golpes solemnes con la vara de heraldo; después anunció:

–¡Un mensaje del gran kan Guyuk!

Me volví hacia atrás y vi a Hamo avanzando como si surgiese de la nada. Con aquella ropa era difícil reconocerlo, al menos para los que no estaban tan familiarizados con su imagen como yo. Observé que Pian palidecía y Turnbull se quedaba rígido. Hamo sostenía en la mano un pergamino enrollado y esperó a que se hiciera el más completo silencio en la sala.

–"Nos, kan por mandato del cielo eterno y dotado de un poder tan inmenso como el océano, soberano del grande y prestigioso pueblo de los mongoles, emitimos la orden siguiente…"– Al principio la voz de Hamo sonó un tanto opaca, pero después adoptó un tono firme y muy viril. –"Ésta es una instrucción que dirigimos al gran Papa rogándole que la entienda y tome nota de ella. El presente escrito fue redactado tras tomar consejo y escuchar de la boca de vuestro emisario la solicitud de nuestro sometimiento. Para dar cuerpo a vuestras propias palabras deberéis acudir vos, gran Papa, con todos los reyes, a rendirnos homenaje. Entonces os podremos impartir las instrucciones que consideremos convenientes. Además nos habéis comunicado que sería para nosotros una ventaja aceptar el bautismo, y nos sometéis la invitación correspondiente. Sin embargo, no entendemos esa solicitud vuestra. Cuando seguís diciendo: «Yo soy cristiano por la gracia de Dios», os preguntamos: ¿Cómo vais a saber a quién perdonará Dios y en favor de quién derramará su gracia? ¿Cómo podéis saberlo para atreveros a expresar esa opinión? Por mandato de Dios han sido entregados a nuestro poder todos los imperios; desde donde nace el sol hasta donde el sol se pone todo está en nuestras manos. ¿Cómo podría nadie conseguir nada si no fuese por la voluntad de Dios? Si respondéis con el corazón honesto, en verdad deberéis decir: queremos obedecer y poner nuestros poderes a vuestros pies. Vos personalmente a la cabeza de los reyes, todos debéis acudir a rendirnos homenaje y poneros a nuestro servicio. En ese caso tomaremos nota de vuestro sometimiento. Pero si no aceptáis el mandamiento de Dios y obráis contra nuestra instrucción sabremos que sois nuestros enemigos."

Dios santo, pensé en aquel instante, ¡cómo es posible que cambie tanto el ambiente! La lectura pública de esa carta oficial dirigida a su señor Inocencio hunde absolutamente a Pian. ¿Cómo sacaría su cabeza de aquel lazo? ¡Y Turnbull, queriendo presentar a los infantes como portadores de paz, hará también el ridículo más espantoso! ¿Quién habría decidido aquella infame provocación? ¡Debo interrogar en seguida a Hamo!

Éste había puesto fin a la lectura con las frases siguientes:

–"Esto es lo que os comunicamos. Si obráis en contra, ¿cómo vamos a saber lo que sucederá entonces? Sólo Dios lo sabe."

En la sala reinó un profundo silencio, y después, partiendo de los papales y de los franceses, estalló el tumulto. Vi como Yarzinth arrastraba al joven conde hacia el fondo adamascado para después volver a adelantarse sin sentirse, al parecer, especialmente afectado. Desenrolló el pergamino, ahora en su mano:

–"Escrito al término de la asamblea, en el año 644 después de la *hégira*". Esto va dirigido a nuestros huéspedes musulmanes– anunció de buen humor, tras lo cual el tumulto en la sala se acalló un tanto. –Para los cristianos el escrito está fechado a principios de noviembre del año del Señor de 1246– y antes de que nadie pudiese impedirlo, Yarzinth acercó la mano que llevaba el pergamino al fuego de uno de los platos. El escrito se incendió brevemente y se descompuso en seguida, cayendo las cenizas al suelo.

–¡Mi carta!– Pian se había arrojado sobre él con desesperación, pero con un movimiento rápido que nadie habría podido imitar Yarzinth sacó de repente otro escrito, que entregó con una reverencia displicente al misionero. Pian dio vueltas al rollo, examinándolo: llevaba el sello de Guyuk, un sello intacto.

Yo había dado un salto para agarrar a Hamo detrás del fondo de damasco azul, pero no estaba allí, aunque me había asegurado antes de que nadie podría salir de aquel recinto. No me quedó otro remedio que regresar junto a los niños, que disfrutaban visiblemente con aquel revuelo y no deseaban otra cosa que poder presentarse al fin con sus disfraces mongoles. Tuve que retenerlos casi a la fuerza.

–Yo también sé explicar la historia de un gran rey, igual que Hamo– insistía Roç.

–Y además, ¡a él no le tocaba!– observó Yeza, que había memorizado con todo detalle el orden programado. –Ahora todo está patas arriba. ¡Es una jugarreta típica suya!– exteriorizaba la chiquilla su descontento.

Yo me rompía la cabeza tratando de adivinar dónde podía haberse escondido Hamo. ¡Sin duda Yarzinth era un brujo de mucho cuidado!

Lorenzo avanzó en un intento de salvar la situación, pero para redondear el desastre Yarzinth se adelantó a él presentándolo:

–Lorenzo de Orta, de la Orden de los hermanos menores de san Francisco de Asís.– "No lo hará", recé cerrando los ojos. Pero aquel heraldo del mismísimo demonio prosiguió con su voz más gélida: –¡Legado de su Santidad el Papa Inocencio!

Aquello era un golpe en el rostro del dominico que estaba abajo en la sala, pero no pude ver su reacción pues tuve que emplear todas mis fuerzas en sujetar a los niños, deseosos de adelantarse al escenario. La sala se vio sumida de nuevo en el silencio, aunque esta vez era un silencio helado.

–El soberano de poderes inmensos como el océano– inició Lorenzo su charla en un tono que pretendía dar a entender que se trataba de una broma, y de momento consiguió que algunos soltaran una carcajada reforzando así su posición aunque de inmediato volvieron a callar –que afirma con tanta suficiencia tener del lado de su pueblo el poder de Dios– algunos lo aplaudieron al oír estas palabras –tiene, como bien sabemos, dos caras: una muy cruel que todos conocemos, y de la que ha dejado buena prueba en Hungría, por lo que supongo que ha querido mostrarnos esa mueca amenazadora para recordárnoslo– el público de la sala parecía interesado en seguir el relato, aunque yo todavía no creía poder estar seguro de que hubiera pasado el peligro. –Pero también tiene otra cara, y ésta nos indica que es temeroso de Dios y no está tan seguro de la superioridad de los mongoles. El kan conoce muy bien el poder espiritual del Santo padre y el hecho de que el rey de Francia lo es "por la gracia de Dios"; por tanto, podemos considerar que esa otra cara del kan está cubierta de lágrimas y que se está mesando desesperado las barbas y dándose golpes de arrepentimiento en el pecho.– Consideré que Lorenzo habría representado un magnífico recitador de feria pues intercalaba pausas convenientes en las que su fantasía se ocupaba en seguir devanando hilo. –Cuando el misionero enviado por el Santo padre, el hermano Pian del Carpine, vio que el soberano de los tártaros se mostraba tan obstinado, se adelantó un paso y dijo: "¡Llevaré ese escrito dirigido al Papa, pero lo expondré ante los oídos de toda la Cristiandad y Dios te castigará!"– En aquel momento el silencio en la sala era tenso, y Lorenzo demostró que poseía la entereza suficiente como para interrumpir con gran maestría su monólogo precisamente en ese instante, dejándome boquiabierto. Después prosiguió: –Ahora mismo sabréis, por boca del famoso y sabio misionero, lo que dijo– y se retiró en el instante en que Pian había saltado sobre el escenario. Parecía tan excitado y furioso que no me atreví a albergar la esperanza de que supiese recoger la pelota que Lorenzo le había arrojado con tanta habilidad e inteligencia.

–"Dios te castigará, y te castigará por mediación mía– exclamó Pian en voz alta, como si tuviese al kan delante, –y el castigo consistirá en quitarte a los infantes reales que mi señor, el Papa, te envió en compañía del hermano William de Roebruk y a los que esperabas con tanta ansiedad, puesto que representan el bien del mundo, la sangre gloriosa de la reconciliación, la promesa de la paz, una paz que tanto necesitas. Los niños no te serán entregados, ¡no los tendrás hasta que muestres público arrepentimiento por haber escrito semejante carta!"– Pian sostuvo con aire triunfal la carta en alto, y después aún se permitió una extravagancia de comediante de la que yo jamás lo habría creído capaz. –El kan se enfureció y dijo: "¡Cómo te atreves"– resopló con la voz cambiada –"a hablarnos en ese tono! Pondremos tu cabeza allí donde tienes tus sucios pies. ¡Guardias! ¡Alcanzadme la espada del verdugo!"– la escena que describía Pian estaba consiguiendo entusiasmar al público. –Entonces afirmé: "¡Poderoso kan! Si me cortas ahora la cabeza cortarás el último hilo del que cuelga todavía una mínima posibilidad de que puedas abrazar algún día, después de arrepentirte y pedir perdón tal como te he aconsejado, a los infantes reales. No olvides una cosa: los niños crecen. Si pierdes demasiado tiempo un día, cuando ellos sean los reyes de la paz en este universo tanto en Oriente como en Occidente, te arrebatarán el poder. ¡A ellos les bastará hacer una señal con el dedo meñique!" Entonces el gran kan me abrazó, me colmó de costosos regalos e hizo promesa de arrepentimiento. Yo regresé y saqué a mi hermano William y a los niños de su escondite: aquí los tenéis– y finalizó con énfasis su balada: –¡William de Roebruk y los hijos del Grial!

¡Aquella era mi entrada! Pian miró orgulloso a su alrededor; yo agarré a Roç con la mano derecha y a Yeza con la izquierda, y salimos al escenario. Nos saludó el estruendo de unos aplausos que cayeron como una tromba sobre Pian, quien había demostrado ser un brillante actor, y también sobre mi humilde persona. La gente se había puesto de pie y estalló en un volcán de emoción y entusiasmo, aunque con quienes estaban más fascinados era con los niños, que se presentaron sonrientes y cogidos de la mano. Mientras los invitados se entregaban al éxtasis, Pian y yo dimos con humildad un paso hacia atrás; las ovaciones dirigidas a Roç y Yeza parecían no tener fin. Entonces vi que, en el fondo, el viejo John Turnbull despertaba de su aturdimiento. El "espectáculo" amenazaba con escapar de su control, por lo que pugnó por adelantarse remando con los brazos y, en efecto, consiguió calmar un tanto al público. Con su cabello blanquísimo y su hábito blanco también el anciano representaba una figura digna.

–Los hijos del Grial...– empezó a decir con voz que más parecía un graznido. De repente se levantó uno de los dominicos de hábito negro que estaban detrás de fra'Ascelino y, con un salto semejante al de un toro al que han puesto las banderillas, rompió a gritar:

–¡Es una farsa!– alzó el crucifijo para impresionar a la concurrencia. –Una estafa de los herejes…– Sus palabras acabaron en un gorgoteo y cayó de nuevo sobre el sillón, como si el diablo mismo lo hubiese agarrado por la nuca, aunque no me costó nada reconocerlo antes de que alguien le cubriese de nuevo la faz de lobo con la capucha: ¡Vito de Viterbo! ¡Al fin comprendí qué era lo que había estado esperando!

La intervención poco hábil de Turnbull bastó para que también el monje sentado junto a fra'Ascelino empezara a chillar:

–¡Traición, traición! ¡Apresadlos!– y los franceses, a quienes nadie se había referido, echaron a correr y tropezaron con los de Otranto, que intentaban proteger a los niños aunque nadie les había dado órdenes de hacerlo. Aún no había desenvainado nadie la espada, pero la confusión reinante fue suficiente como para que los soldados del Papa, que se adelantaron también, no pudieran atravesar la sala.

–¡Traición, traición!– clamaban también los esotéricos.

Agarré por las manos a los dos niños que, como les habían ordenado sonreír, seguían sonriendo mientras observaban el caos que se desarrollaba a sus pies, y los arrastré hacia el fondo del escenario, más allá del telón de terciopelo azul.

Allí me encontré con Yarzinth, que me gruñó cogiéndome por sorpresa:

–¡Quietos ahí!– Cuando quise atacarlo con los puños oí la voz estridente de la condesa que gritaba en la sala:

–Otranti, alla riscossa!– y en aquel instante se abrió el suelo bajo nuestros pies y caímos resbalando por un plano inclinado que nos depositó en una canaleta de cobre pulido.

–¡Uiii!– chilló Yeza. –¡Fíjate qué divertido!

Los niños se apretaban contra mí mientras bajábamos a toda velocidad resbalando por algunas curvas hasta acabar el viaje en lo más profundo del sótano, al que caímos por un agujero que había en la pared y del que yo siempre había pensado que era un hueco de ventilación. Fuimos a parar a las camas de la mazmorra, donde seguía acurrucado Benedicto.

–¡Hamo os espera en el pabellón!– dijo en cuanto nos vio.

Yo creía oír ya los pasos apresurados de nuestros perseguidores en la escalera, los golpes de sus espadas contra la puerta.

–¡Lástima no haberlo sabido antes!– exclamó Roç entusiasmado.

–Quién podía saber que Vito…– intenté explicarle el peligro de la situación.

–¡Me refiero a ese magnífico tobogán!– dijo el niño.

Me apresuré a empujarlo, primero a él y a Yeza después, hacia el pasillo.

–¡Rápido, rápido!– jadeé. –¡Hamo os llevará al barco!

–¡Somos ratoncitos...!– fue cantando Yeza mientras echaban a correr. Benedicto se me había acercado de un salto y lo abracé, sabiendo que debía rendir al fin el sacrificio para el que mi robusto cuerpo parecía predestinado. ¡Por una vez en la vida mi gordura tendría un sentido!

El tumulto se había acercado a la puerta, que no resistiría durante mucho tiempo la embestida. De modo que tomé carrerilla y me introduje como un tapón en el embudo que se abría en la pared.

Sentí la opresión en mis carnes, las costillas aplastadas. Pude oír el estruendo con que se abrió la puerta y me pareció sentir el aliento caluroso y húmedo del verdugo en la nuca. Había llegado mi última hora.

William, alcancé a pensar, perecerás como un héroe: ¡los niños están a salvo!

En aquellos momentos retornó a mi memoria la profecía que el vasco moribundo me había confiado al pie del Montségur: ¿acaso no me había comportado como un fiel guardián? ¡Hasta el último momento! ¡Mi vida por los hijos del Grial! ¡Acógeme en tu seno, muerte!

–María, en tus manos divinas encomiendo mi espíritu, ¡apiádate de mí!

La Madre de Dios no permitirá que caiga vivo en manos de Vito, pensé agradecido, y apenas lamenté que empezara a faltarme la respiración, que acabó convirtiéndose en un jadeo, hasta que se desvanecieron mis sentidos.

EL JUEGO DE ASHA

Constantinopla, palacio de Calisto, otoño de 1247

Lorenzo de Orta era el único aún capaz de distraer su mirada en los cuadrados blanquinegros en los que se resolvía el juego. Cierto que en la sala que representaba el "centro del mundo" reinaba un enorme tumulto, pero para aquel pequeño minorita que lo observaba desde arriba, situado detrás de uno de los cortinajes del escenario y sin ser visto por nadie, no se trataba de otra cosa que del ya antiguo juego sobre la Tierra, la eterna confrontación entre los poderes de la luz y de las tinieblas. Con una mirada rápida supo apreciar la situación que tan confusa les parecía a cuantos participaban en ella.

A sus pies, delante y hacia la izquierda, veía el triángulo de los de Otranto. Su lado más ancho alcanzaba desde el centro de las gradas hasta casi la mitad del centro del escenario. La punta más extrema era defendida por Sigbert, que representaba una torre y había arrastrado consigo a la condesa y a Clarion.

Los franceses, que en un principio se situaban a continuación de los primeros, delante de las gradas de la izquierda, habían avanzado en diagonal hacia la tribuna sin guardar ninguna disciplina, de modo que en su parte baja sólo permanecía despejado el lado derecho, pero no se habían atrevido a escalar el escenario. Así pues, éstos tenían en uno de sus flancos a los de Otranto y en el otro a los templarios, que seguían formando hacia la derecha, delante de las primeras gradas, un muro cerrado. Su preceptor no había dado más que un paso, impidiéndoles el avance en dirección a la sala.

Los papales intentaban avanzar también hacia la tribuna pasando por delante de los templarios, pero descubrieron que el camino estaba bloqueado por los franceses, más rápidos. Además les faltaba un jefe que ordenara la maniobra, pues sus mandos se habían retrasado y rodeaban al legado.

Ésta era la situación que se ofrecía a la vista de Lorenzo. Aún arrojó una mirada a la fila delantera de asientos. Aparte del obispo ya no había nadie sentado allí. A su derecha, los demás representantes de la curia rodeaban a fra' Ascelino y se mantenían a una distancia considerable de Nicola; a su izquierda se paseaba indignado el conde de Joinville, secundado por el joven Gisors, que tenía a sus espaldas a Yves "el Bretón". Las sillas de la condesa y de sus acompañantes estaban vacías.

Más atrás se veían los correspondientes criados y en las gradas había aún otros grupos de invitados que se movían a oleadas. A veces avanzaban, en parte por curiosidad, aunque siempre había alguno que pisaba el agua o empujaba a otro a meter los pies en ella levantando salpicaduras; más de uno cayó dentro. Sólo unos cuantos intentaron alcanzar, temerosos, la salida. La mayoría mantenía ocupadas las gradas, discutía a voces o murmuraba formando pequeños grupos. También había algunos solitarios que disfrutaban de la ocasión bailando extasiados encima de los asientos después de que les negaran el acceso al escenario. Sin inmutarse, procuraban atraer la atención emitiendo gritos y aullidos.

Los templarios seguían inmóviles, formando un muro. Con sus largas espadas desenvainadas y en vertical delante del cuerpo observaban con estoicismo aquel revuelo esperando que les llegara una orden de su preceptor. Pero Gavin Montbard de Bethune mantenía los ojos cerrados y apoyaba el mentón sobre la empuñadura de la espada.

El embajador francés, irritadísimo, admitió que Yves saltara sobre una silla y ordenara a los franceses retirarse. Con ello provocó que los papales se dispersaran del todo y los de Otranto acabaran por rodear la tribuna sin dejar ni un resquicio.

A través del griterío se oía aún la voz estridente de Simón de Saint-Quentin, que exclamaba: "¡Cogedlos! ¡No los dejéis escapar!", por lo que los falsos dominicos que rodeaban a Vito empezaron a tirar de las espadas que llevaban ocultas bajo el hábito.

–¡Paso al inquisidor!– tronó el de Viterbo arrastrando a sus guardianes a que asaltaran el escenario, lo que fue contestado con un grito que al unísono exhalaron los ocupantes de la sala, pues cada cual temía, cuando no por su vida, sí al menos a la Inquisición. Los invitados intentaron alcanzar la salida presas del pánico.

–¡Que nadie abandone la sala!– chilló Simón.

Fra'Ascelino asediaba al obispo:

–Como legado de su Santidad exijo...

Pero Nicola ya no tenía nada que perder:

–Mientras yo sea el dueño de esta casa...

–¡Estáis destituido!– intervino Simón, siempre chillando.

–¡Exijo un registro del palacio!– y fra'Ascelino empujó al otro con gesto destemplado.

–¡Estáis en vuestra casa!– El obispo se echó a reír, y retrocedió, dejando al otro plantado.

Sigbert se mantenía con la espada desenvainada delante de la condesa y de Clarion, de modo que todos daban un gran rodeo en torno al gigantesco caballero teutón, quien había tomado el mando sobre los de Otranto. En las gradas gesticulaban y cantaban sacerdotes y frailes de las más diversas confesiones. Un derviche bailaba, muchos lloraban.

–¡Dejadnos paso!– ordenó Gavin a Sigbert. –Yo me haré cargo de la protección de nuestros amigos en el escenario.– El templario procuró entonces que el obispo subiera con los demás, antes de hacer avanzar a sus hombres por el pasillo que los de Otranto les abrían de buen grado.

No sucedía lo mismo con los dominicos, que empujaban desde atrás. Simón se cuadró ante el robusto caballero teutón y gritó con voz chillona:

–¡Os excomulgaré a todos si no dejáis paso al inquisidor!– lo que le valió una risa estruendosa, pues los de Otranto iban bien armados y no esperaban más que la orden de poder abalanzarse sobre los papales.

Pero Sigbert mantuvo la misma serenidad que Gavin por el otro lado, y éste adoptó una postura neutral. Fue el obispo quien resolvió la situación al conceder a Vito, con un gesto de desprecio, su venia para registrar el edificio. El de Viterbo pasó con sus dominicos raudo ante el obispo, sin pronunciar palabra y furioso por el tiempo perdido.

–¡Yarzinth!– exclamó Nicola. –¡Muéstrale a este señor por dónde se va al sótano!– Pero el cocinero disfrazado de maestro de ceremonias había desaparecido.

Como el legado papal y Simón seguían al pie del escenario Vito aprovechó la ocasión para pedir a uno de los soldados que acompañaban a éstos que seccionara de un golpe de espada la cadena que unía sus grilletes. Después fue el primero en bajar corriendo por la escalera que conducía al sótano mientras agitaba furioso los extremos sueltos de la cadena.

El juego de Asha se iba trasladando más y más al escenario y, al faltarle los campos blanquinegros, perdió todo atractivo para su observador Lorenzo, que asistía al espectáculo sin exteriorizar ni un signo de pasión. Después, la partida se resolvió en una confusión total. No habría decisión, no habría vencedor, ¡sólo habría vencidos! ¡Los iluminados aparecerían cubiertos de manchas oscuras y los poderes de la oscuridad no sucumbirían bajo el efecto de la luz!

Joinville, que había reunido a un número suficiente de franceses en torno a la oriflama, ordenó que lo acompañaran hacia la salida mientras todo su cuerpo seguía temblando. Lorenzo se les adhirió sin llamar la atención, pues se conocían por haber realizado juntos el viaje de venida. Tomó sin más al embajador del brazo y ningún soldado del Papa se atrevió a impedirle que saliera de la sala aunque por detrás se oía la voz excitada de Simón:

–¡Detened al falso minorita! ¡No lo dejéis escapar!

Los únicos que permanecieron tranquilamente sentados en sus almohadones durante todo aquel revuelo fueron los dos comerciantes árabes, como si no les importara nada el espectáculo al que asistían. Lo que hicieron en cambio fue acercar más a su cuerpo las cajas donde estaban depositados los recipientes de incienso y las ánforas, para protegerlas de los soldados que los rodeaban en un continuo vaivén. Se miraban y sonreían.

La condesa estaba nerviosa:

–¿Y los niños?– le susurró temerosa a Sigbert.

–Hace tiempo que están en el pabellón– intentó tranquilizarla Clarion.

–¡O incluso en el barco!– quiso calmarla el caballero. –Hamo los habrá puesto a salvo.

–¡Vámonos de aquí!– insistió Laurence. –¡Necesito sentirme segura y tener los tablones de mi trirreme bajo los pies!

–¡Tranquila, tranquila!– gruñó Sigbert. –No llaméis ahora la atención. En cuanto vea la ocasión os conduciré al puerto.

Los templarios bajo el mando de Gavin habían cerrado el paso en torno a la mayor parte del escenario y, formando un muro infranqueable, consiguieron proteger a Turnbull, Galerán y Pian del ataque inmediato de los papales.

–¡Ya lo tenemos!– se oían algunas voces difusas y opacas, procedentes del sótano. –¡Ya hemos encontrado al falsario, ya lo tenemos preso!– Y los invitados restantes, junto con los soldados papales, empezaron a avanzar de nuevo hacia la tribuna, donde se les enfrentaron en seguida los de Otranto.

–¡Nada de violencia!– exclamó Sigbert con un trueno de voz dirigido a los suyos. –¡Veamos lo que ha sido capaz de descubrir el señor inquisidor!

La risa disolvió un tanto la tensión que reinaba en el ambiente, pero todos los que habían quedado allí esperando, por curiosidad, temor o devoción –y estos últimos eran mayoría– empezaron a empujarse unos a otros hacia adelante para encontrarse lo más cerca posible del lugar donde culminarían los sucesos.

EN EL REINO DE HADES

Constantinopla, otoño de 1247

Hamo apenas conseguía guiar la tambaleante embarcación y cruzar indemne entre las columnas. La pequeña barca se sacudía con tanta violencia porque él no estaba acostumbrado a hacerla avanzar con ayuda de una pértiga, y chocaba con las columnas que se elevaban de las aguas oscuras ante sus ojos formando un centenar de obstáculos adversos.

Los niños se agachaban en la proa, inmóviles. No tenían miedo, pero se esforzaban por "no volver más loco todavía" a Hamo.

¡De tener un par de remos normales, hacía tiempo que habría dejado atrás ese bosque subterráneo de pilares A todo ello se añadía un silencio aterrador, sólo interrumpido por alguna que otra gota que caía de las bóvedas y lo hacía estremecerse. ¿Habría alguien más dentro de la cisterna, oculto detrás de la próxima columna; saldría otra barca con la rapidez de una flecha desde un canal lateral o surgiría alguien que seguía su pista? Cada vez que miraba hacia otro lado perdía el rumbo; en cualquier caso, tampoco estaba del todo seguro de si no habría perdido ya la orientación y estaría dando vueltas inútiles mientras creía avanzar en zigzag. Las distancias entre columnas eran todas iguales y no se veía el final del lago, y mucho menos la única salida que al parecer existía. ¿Tal vez la habría pasado ya?

Hamo se propuso mantener simplemente un rumbo en línea recta, esperando llegar en algún momento a una pared a lo largo de la cual pudiera hacer avanzar la barca. El joven conde estaba tenso y, a la vez, miserablemente agotado.

Roç y Yeza tampoco le habían facilitado la tarea. Hamo sentía la responsabilidad como una pesadilla sobre su nuca, sobre su pecho, ¡en todo el cuerpo! La opresión amenazaba con cortarle el aliento. Esta vez no eran unos huérfanos cualesquiera salidos de ninguna parte, ¡además, tampoco estaba allí Guiscard para ayudarlo! Hamo había tenido que insistir mucho para que los niños se dieran prisa; ellos pretendían esperar a que William los siguiera e iban mirando constantemente hacia atrás por si lo veían. Esforzándose por no demostrar su propio temor, había conseguido convencerlos de que dejaran el pabellón, del que no obstante se empeñaron en llevarse sus juguetes preferidos: el puñal, el arco y las flechas. Una vez hubieron llegado a la cisterna subterránea los hizo bajar a la barca que estaba esperándolos, pero Yeza insistió en buscar otra y dejarla allí atada para cuando William consiguiera seguirlos, de modo que Hamo dedicó un tiempo a indagar bajo la gigantesca bóveda por si descubría otra barca entre los centenares de columnas, deseando al mismo tiempo abandonar cuanto antes aquel lugar en el que, como sabía, desembocaban muchos pasillos secretos. Sus perseguidores podían asomar en cualquier momento por alguno de ellos.

Finalmente encontraron una barca medio hundida y la arrastraron hacia el embarcadero para dejarla atada allí. No consintió en que la vaciaran de agua y se apresuró a continuar la huida. Para entonces le daba igual que los niños se enfadaran. Una vez más le habían comprometido a él, a Hamo: justo a quien nada quería tener que ver con todos aquellos tejemanejes de su madre y sus amigos; que sencillamente se había marchado por su cuenta después de caer el alud; que consideraba toda aquella historia del "gran proyecto" un fastidio inmenso. Precisamente sobre él había caído de pronto la responsabilidad de los niños y ahora no podía dejarlos atrás. ¡Tenía que resolver aquel problema! Como si el poder del destino, ese gran desconocido, hubiese escuchado en aquel momento sus lamentos mentales, vio de repente la escalera que ascendía desde el agua a lo alto del dique y le indicaba el final de la cisterna. Dio un último empujón con la pértiga y acercó la barca; Roç y Yeza saltaron sobre los escalones. Aún recordaban el camino recorrido a su llegada, y antes de que Hamo hubiese dejado la pértiga a un lado ellos ya habían alcanzado lo alto del muro.

–¡La reja está abierta!– gritó Yeza entusiasmada, y bajó por el otro lado. Roç la siguió al poco tiempo –siempre tardaba algo en acomodarse el arco correctamente en el hombro–; pero después, cuando Hamo acababa de atar la barca al noray, el niño volvió a presentarse, pálido como un muerto, en lo alto del dique.

–El portal se ha movido– dijo en voz baja, –aunque no hemos pisado el umbral– Añadió en seguida: –se movió como si quisiera cerrarse– Hamo volvió a recoger la pértiga, Roç colocó una flecha en el arco, y ambos se apresuraron a seguir a Yeza.

Ésta se encontraba en el centro del recinto, junto al tubo de cobre, y su aspecto revelaba cierta turbación.

–¡Creo que aquí hay alguien!– dijo.

En ese instante se cerró con gran estruendo la puerta de hierro a sus espaldas. Los dos batientes armados de puntas de acero se habían puesto en movimiento guiados por una mano invisible. Entonces vieron que las púas estaban dispuestas de modo que no habría podido salvarse ni un gato, ¡su cuerpo habría quedado atravesado y empalado por ambos lados!

Roç dijo, rompiendo el silencio aterrorizado de los tres:

–¡Apuesto a que la otra puerta también está cerrada!

–Regresemos a la barca– Hamo tiritaba como un álamo temblón. –Esto me da miedo– Pero Yeza había retrocedido ya hasta la reja, aunque no se acercó mucho. Le pareció demasiado peligrosa; las puntas de acero la miraban como ojos malignos y a ella le bastó con echar un breve vistazo.

–Ya no se puede abrir– proclamó con serena convicción. –Estamos encerrados.

Regresó a paso lento con los demás, que estaban junto a la falsa columna como si precisamente el tubo de cobre pudiese brindarles protección. Nadie pronunciaba una palabra y cada uno esperaba que la reja delantera, la que conducía hacia la cloaca, hacia la libertad, se abriera por sí misma para dejarles paso. Los batientes del portal, dotados también de afilados punzones, se apoyaban contra la pared y parecían estar esperando como espera la araña situada en un extremo de su tela a que alguien, empujado por un terror ciego o por ignorancia, tocara el mecanismo mortal. La pértiga que llevaba Hamo era demasiada larga para aquella estancia tan baja, por lo que golpeaba contra el techo y se le escapó de la mano. Al caer dio contra el tubo suspendido y provocó un sonido, repetido varias veces por el eco, que retumbó en la cámara dando un tono que de alguna manera sonaba tranquilizador.

Entonces Hamo recogió el madero y volvió a dar un golpe en el tubo, y después otra vez más, hasta llenar todo el recinto con su estruendo. Era pura desesperación lo que le llevaba a batir el cobre. Los niños se habían retirado algo para no quedar al alcance de la pértiga, que acabó por romperse en dos pedazos y, cuando ya iba apagándose el redoble, sus miradas cayeron a través de la reja delantera sobre la escalera que había detrás. Inmediatamente reconocieron por el pantalón quién era el individuo que acudía al lugar: era Yarzinth, y a su lado trotaba "Estix".

Esperaron a que aquellas piernas dieran dos o tres pasos más bajando los escalones; de repente les pareció que las botas se tomaban un tiempo y tardaban una eternidad, mientras germinaba en los prisioneros la esperanza de que se hubieran acabado sus penas y que por allí les llegara la salvación. Pero cuando apareció el torso desnudo cubierto de extraños tatuajes, con los musculosos brazos adornados con pulseras de plata y sosteniendo la gigantesca cimitarra, el curvo sable afilado en una mano, comprendieron que una amenaza sangrienta llenaba la cámara como el rayo de sol que atraviesa las nubes.

La mirada del cocinero aparecía vidriosa, se había transformado como si procediese de otro mundo. En torno a su frente calva llevaba una cinta roja, aunque no ofrecía el aspecto de un arrojado pirata. ¡Era el verdugo! El mismo verdugo que en el "Pabellón de los extravíos humanos" estuvo acechando por un agujero al pobre Benedicto, el mismo que por la noche no cesaba de dar vueltas alrededor de ellos. Yarzinth metió la mano entre las rejas y entró en la cámara sin hacer ruido, como era costumbre en él. "Estix" se quedó en posición de espera hasta que su amo hubo cerrado de nuevo la puerta detrás del animal.

Hamo no pudo retener su furia; levantó el resto de la pértiga partida, pues no tenía otro arma a mano, y se adelantó.

–¿Acaso piensas ahogarnos aquí? ¿Vienes a matarnos?

Intentó golpearlo, pero Yarzinth paró su torpe estocada y al mismo tiempo le dio una patada en el vientre que lo hizo caer hacia atrás.

–Dejadme en paz, Hamo– dijo con mucha tranquilidad; –nada tengo que ver con vos.

Yeza y Roç, que se habían quedado junto a la columna, se miraron uno a otro. La mirada de Roç rezumaba tristeza y luchaba por no estallar en lágrimas, pero seguía sosteniendo el arco con la flecha preparada en sus puños aunque éstos le temblaban. Yeza le sonreía para darle valor.

Hamo volvió a incorporarse a duras penas y arrojó una mirada a los niños:

–¡Primero tendrás que matarme a mí!– le gritó al cocinero, e intentó darle una patada en las piernas. Pero Yarzinth lo esquivó y "Estix" empezó a gruñir y a enseñar los dientes.

–¡No me obliguéis!– siseó Yarzinth irritado, pero de nuevo Hamo intentó golpearlo. Yarzinth se apartó y, mientras los niños lanzaban un grito aterrorizado, levantó el sable y le dio al joven conde con la empuñadura en la sien. Hamo cayó a tierra como un saco de arena mojada y el palo voló a un rincón.

El cocinero no desperdició ni una mirada en el joven inconsciente y dirigió sus pasos lentos hacia los niños.

–¿Por qué quieres matarnos?– le gritó Roç con voz quejumbrosa. Yeza no dijo ni una palabra; sus ojos verdes eran dos rendijas en las que refulgían, como chispas, el odio y la rabia.

–De rodillas los dos y cerrad los ojos– dijo Yarzinth con la misma voz suave con la que siempre los había mandado a dormir.

Roç obedeció, dobló una rodilla hasta tocar la piedra, bajó el arco, cerró los ojos y ofreció su nuca al cocinero que se acercaba. Yeza lo miraba fijamente, sin el menor gesto de querer humillarse. La mirada de la niña lo irritó tanto que volvió a dirigir los ojos hacia ella, aunque ya sostenía la cimitarra en alto.

En aquel instante Roç levantó el arco y disparó la flecha, que le penetró a Yarzinth exactamente debajo del ojo derecho. El cocinero lanzó un grito parecido al de un toro cuando arde el establo, se tambaleó hacia atrás y le gritó a su perro:

–¡A ellos, a ellos!– mientras él mismo iba retrocediendo paso a paso hacia la parte delantera de la cámara.

Los niños retuvieron la respiración. Pero poco antes de llegar a la boca abierta del portal detuvo Yarzinth sus pasos y empezó a reírse de un modo brutal de sí mismo y de sus víctimas. Era una risa horrible. Del ojo le brotaba una sangre oscura, pero la flecha no le había llegado al cerebro. El cocinero se la arrancó, junto con el ojo, y con puso fin al movimiento de su perro: "Estix" prefirió morder la punta de la flecha y lamer la masa gelatinosa pegada a ella. El cocinero no acertaba a verlo.

–¡A ellos, a ellos!– le gritaba mientras buscaba en el cinturón el frasco de almizcle.

–¡"Estix"!– exclamó Yeza con su voz clara algo ceceante, como solía sucederle a la niña cuando se excitaba. –¡Ven, querido "Estix"!– y el perro saltó con un ladrido alegre en la dirección de aquella voz tan conocida. Ella rodeó su cuello peludo con el brazo y el perro movió la cola.

Esta visión era demasiado para el ánimo de Yarzinth. El cocinero lanzó un grito terrible.

–¡"Estix"!– pero el perro no se movió. –¡"Estix"!– chilló el cocinero una vez más con una mezcla tenebrosa de amor profundamente herido y odio mortal. Blandió el sable: los cráneos hendidos de los niños serían igualmente útiles para el cumplimiento de su misión. ¡Les cortaría el cuello a aquellas criaturas insolentes!

El verdugo se acercó, tambaleándose y jadeando, a los niños. A Roç se le había caído al suelo del susto una nueva flecha que preparaba y no se atrevía a agacharse. Yeza se le adelantó puñal en mano; lo sostenía bien visible en el puño, haciendo exactamente lo contrario de lo que Guiscard le había enseñado. En su frente apareció la arruga vertical de la ira propia de su estirpe. Se acercó a Yarzinth, quien se había detenido con sorpresa. ¿Acaso la niña pretendía defenderse con un puñal contra su sable?

Después vio al perro, que trotaba detrás de la chiquilla. El ojo único que le quedaba al cocinero, y que ahora parecía el ojo enrojecido de un pez, se iluminó con un destello de ira. Retiró la tapa del frasco…

Yeza iba acercándose con el puñal tendido hacia adelante, alejado de su cuerpo, como si deseara deshacerse de él.

–Dámelo– susurró Yarzinth con voz aduladora. –Venga, ¡dame el puñal!

Yeza levantó el brazo como si se resistiera y ocultó el puñal detrás de su cabeza; sintió el filo de acero a través del cabello.

–¡Ahí lo tienes!– dijo, y lo arrojó contra Yarzinth.

El puñal no voló con rapidez, pero sí dando volteretas en el aire de modo que el hombre no pudo recogerlo ni desviarse. El elixir de almizcle se derramó sobre su pecho desnudo.

Aún antes de que su olor pudiese extenderse del todo, "Estix" dio un salto. Su choque arrojó a Yarzinth con fuerza contra el enrejado. El perro seguía colgado de su garganta y en el mismo instante se cerraron las mandíbulas con una dentellada mortal. Las puntas de acero traspasaron al amo y a su perro con un ruido que llevó a Yeza por primera vez a cerrar los ojos para no ver los aguijones que salían de la carne ni los chorros de sangre que empezaban a manar. Después se hizo el silencio.

En ese silencio fue Roç el primero en darse cuenta del crujido. En su ciega furia mortal "Estix" había arrancado casi totalmente la cadena de sujeción, clavada en el suelo a la misma distancia de Roç, que estaba junto a la columna, y de Yeza, que se situaba frente a la reja. Ambos se quedaron mirando el gancho, que iba girando lentamente ante su mirada.

Yeza se apartó a un lado y la cadena silbó por el aire, golpeando con gran estrépito contra la reja de hierro. La polea lanzó un breve gemido y la compuerta de roble de la esclusa cayó con un estruendo opaco en el único aliviadero del dique, al otro lado del portal enrejado cuyos espinos férreos sujetaban a los muertos. Después de esto se acalló el leve gorgoteo de agua que descendía por el canal. El nivel de líquido superó con rapidez el borde y empezó a apropiarse del suelo pétreo de la cámara formando charcas en continua expansión.

–¡Oh, "Estix"!– dijo Yeza. –¡No quise hacerlo!

Una vez cerrada la reja ante sus ojos la niña no se había vuelto más a mirar los cuerpos atrapados. Sólo Roç seguía con la mirada fija en el portal donde Yarzinth y su perro habían quedado suspendidos y aplastados, formando un único cuerpo. No podía apartarla de aquella imagen, aunque tampoco sentía deseos de acercarse.

–¡Tenemos que despertar a Hamo!– dijo después. Cogió la parte rota de la pértiga y dio un golpe contra el tubo de cobre. Yeza se acercó al canal, llenó ambas manos de agua y se colocó junto a Hamo, que seguía caído en el suelo. Dejó gotear el agua en su nuca y Hamo empezó a moverse con un gemido.

–Llegué a pensar que también estabas muerto– dijo la niña en voz alta. –Estamos en peligro de ahogarnos. Ahogarse es peligroso– añadió con entonación grave.

El agua tenía ya la altura de un dedo y alcanzó a Hamo. Éste se apoyó sobre un brazo y sacudió la cabeza, en la que asomaba una hinchazón sangrante.

–Levántate, Hamo– dijo Yeza. –¡Nos vamos a ahogar!

Roç daba golpes furiosos contra el tubo. Pero el sonido del cobre ya no era el mismo que antes retumbaba con gran estruendo; su tono se iba reduciendo más y más hasta parecerse al martilleo opaco procedente de un subterráneo. El agua había alcanzado ya el borde inferior del tubo y seguía ascendiendo.

EL ENROQUE

Constantinopla, palacio de Calisto, otoño de 1247 (crónica)

No volví en mí hasta que me arrastraron por la escalera del sótano para arriba, como si fuese un marrano acabado de sacrificar. Dos monjes negros me sostenían por los brazos, aunque no podía ver quién me sujetaba las piernas, porque mi cabeza colgaba hacia abajo e incluso llegué a golpeármela alguna vez contra los escalones, sobre todo cuando no tropezaba contra mi cabeza el tacón de alguna bota arrojándola hacia arriba. De modo que en realidad no se puede afirmar que hubiese "vuelto en mí". Estaba sangrando como un cerdo. Los esbirros de Vito debían de haberme arrancado con todas sus fuerzas de los ganchos del embudo, y yo conocía de sobras aquellas cuchillas que penetraban y se enroscaban sin remedio en la carne. Vito no se había entretenido mucho en tratarme con delicadeza y me sacaron de allí como se arranca un tapón atascado y demasiado grueso, más que nada por la rabia que sintió al ver que le había señalado el camino de huida tomado por los niños cuando ya era demasiado tarde para perseguirlos.

Finalmente llegamos hasta arriba, un detalle que registré agradecido sólo porque mi pobre cabeza ya no se veía obligada a contar los escalones golpe a golpe, puesto que, además, el bonito tocado que me habría protegido se había quedado enganchado entre las cuchillas del "último escape". Entonces fue cuando vi un hábito marrón que destacaba entre los demás hábitos negros y que hicieron pasar por encima de mi cuerpo. ¡Benedicto! De modo que también habían atrapado al polaco.

La carne me ardía como el fuego; el cráneo me retumbaba como si alguien hubiese estado golpeándolo como un tambor a lo largo de una prolongada batalla. Lo único que deseaba era que me dejaran caer al fin, que me dejaran acostado en la tierra y poder desangrarme en paz, para así evadirme hacia las nubes en las que se diluye el dolor junto con los sentidos. Pero en lugar de eso unas manos brutales me levantaron como si fuese una salchicha sangrante pinchada por mil tenedores. Ante mis ojos tenía a Vito, que empujaba a Benedicto hacia el estrado o más bien le hacía adelantarse a golpes; y observé que también a Pian lo habían obligado a personarse allí. Pude ver al gentío que, al principio nervioso y en silencio, jaleó después nuestra desgracia reuniéndose al pie de la tribuna, pues todos los visitantes que quedaban en la sala se acercaron a nosotros. Con el rostro desfigurado por la ira, Vito empujó a Benedicto hasta situarlo al lado del misionero y le levantó el brazo hacia lo alto como si fuese a proclamarlo vencedor en un combate de boxeo.

–¡He aquí al verdadero acompañante de Pian del Carpine!– gritó en desaforado tono de triunfo. –No fue William– y señaló jadeando a mi pobre y tambaleante cuerpo, parecido a una bolsa de gelatina; –en realidad fue Benedicto de Polonia quien…– Pero ya no pude oír sus gritos, pues me sentía por segundos más y más mareado.

–Huwa sadiq al-mubassir!– Los dos comerciantes árabes saltaron como gatos sobre el escenario y, mientras aún estaban en el aire, nacieron puñales de sus manos. El filo de uno de ellos se hundió en el pecho de Benedicto una vez, dos veces, tres veces; después el acero me amenazó con un vivo destello, pero sólo me dio en algún punto del hombro porque Vito se había arrojado enseñando su dentadura de lobo sobre el agresor. Un grito cortó la atmósfera:

–¡“Asesinos”!

Benedicto cayó al suelo, intentando agarrarse inútilmente a Pian. Su asesino, el más joven de los dos, dio un salto y se evadió por la pequeña ventana que daba al tejadillo de la entrada. Pero mi atacante ya no pudo salvarse. Vito había arrojado desde atrás el extremo suelto de la cadena que aún rodeaba sus manos en torno a la garganta del árabe, a quien estranguló con una maniobra de verdugo experto. El puñal se desprendió con un tintineo de la mano desmayada de aquel amable árabe mayor. Su cuerpo sin vida no llegó a caer del todo al suelo donde ya descansaba Benedicto, muerto y rígido, porque los puños poderosos de los templarios arrancaron su víctima al de Viterbo.

La puñalada que me dieron en el hombro fue para mí casi un golpe liberador. Al fin habían acabado por soltarme los dos monjes negros que me tenían sujeto para poner a su vez a salvo su pellejo. Me hundí sobre mí mismo, descansé y me quedé tieso e inmóvil. Seguramente la muerte ya se estaba apoderando de mi persona, aunque no entendía por qué mi cerebro seguía funcionando y poniendo tanta atención en cuanto sucedía. Hacía tiempo que ya no podía mover ni un músculo e incluso los globos de mis ojos se helaron como si fuesen de vidrio; aún veían, pero ya no podía hacerlos rodar. También mis oídos volvían a registrar con absoluta nitidez cualquier ruido.

La sala hervía y parecía querer derramarse como la leche de una olla que alguien ha olvidado retirar del fuego. Por entre las piernas de quienes me rodeaban vi que Sigbert reunía a los de Otranto en torno a la condesa y a Clarion, y que también Madulain estaba allí. Comprendí que nunca más volvería a hundir la mirada en los bellos ojos de mi princesa. Los vi retirarse de la sala con la bandera en alto, dejándome allí tirado, pero no podía llamarlos; con mucho gusto les habría encargado saludos para los niños antes de que acabara de morirse también mi cerebro, decirles que su William los vigilaría y los protegería incluso desde el cielo, ¡y que los amaba de todo corazón!

Pero Vito y Simón se dieron cuenta de la retirada de los de Otranto.

–¡No debéis permitir que huyan!– aulló el de Viterbo.

–¿Acaso queréis detenerlos?– se burló Simón. –¿Detenerlos también a ellos con las manos desnudas?

–No pueden escapar– intentó tranquilizar fra'Ascelino a los dos gallos de pelea. –¡Nuestro barco...!

Y miró por la ventana hacia el Cuerno de Oro, justo en el momento preciso para ver cómo el velero rápido del Papa salía del puerto a todo trapo.

–¡Alto!, ¡alto!– gritó Vito como si su voz pudiese alcanzar los oídos de las autoridades del puerto. –¡Que alguien...!

De la garganta de Vito ya no salía más que un jadeo. En seguida le dará un ataque, pensé, y también él habrá muerto. El fraile se había acercado a la ventana. Ahora se arrojará al vacío, supuse con alegría, pero se apoyó gimoteando contra el marco con la mirada fija puesta en el barco que se alejaba.

–Cómo pudo hacerme esto el capitán... ¡lo mataré!– y sacudió los puños haciendo sonar con estrépito los extremos sueltos de la cadena. –¿Quién podrá retener ahora a esa maldita condesa?

–¡Ya tendréis ocasión de atrapar a los niños!– se burló fra' Ascelino, aunque seguramente también a él le hervía la sangre de rabia. –Gracias a vuestra estrategia genial habéis cambiado nuestro barco por William de Roebruk, y ahora os lo podéis llevar como trofeo, a pie, cargado sobre vuestras espaldas...

El obispo ahondó complacido en el papel denigrante representado por el de Viterbo:

–Según mi recto saber y entender, ¡William no está en condiciones de ser trasladado!

En aquel momento vi reunirse todas las botas en torno a mi persona.

–¡William está muerto!– la voz de Gavin puso fin a la pelea. La mano del templario me acarició la frente ya fría, sin que yo pudiera sentirla, y cerró con gesto entendido los párpados encima de mis ojos inmovilizados...

EL HONOR DE OTRANTO

Puerto de Constantinopla, otoño de 1247

A Hamo le llegaba el agua a las rodillas y a los niños hasta el vientre. El nivel subía; lentamente, pero no dejaba de hacerlo. Estaban junto a la columna, lo único que en aquella estancia podía servir para agarrarse, si es que agarrarse tenía algún sentido. Ya habían renunciado a dar golpes con los dos trozos de pértiga contra el tubo de cobre, abollado y que ya no resonaba. Los maderos flotaban en alguna parte.

Los tres habían intentado hacer acopio de valor y sacudir la verja de atrás sin que nadie respondiera. No se atrevían a acercarse a la otra puerta. Sólo Yeza se había adelantado con la mirada fija en el puñal antes de que el agua lo cubriera del todo después de haber caído al suelo de piedra, debajo de donde se veían los dos cadáveres atrapados en la reja. Fue a buscarlo sin levantar la vista y lo guardó, como de costumbre, detrás de su cuello. Era todo lo que podía hacer.

La niña nunca se había imaginado que ahogarse fuese un proceso tan lento, casi aburrido. Tampoco Roç se lamentaba: estaba muy callado y muy serio. Solo Hamo gemía y se quejaba de su hinchazón. ¡Qué tonto había sido al pensar que podría moverse por la vida sin llevar un arma! Una de sus orejas estaba roja como un tomate, lo que no mejoraba su aspecto: más bien le daba un toque ridículo. ¡Hamo nunca sería un caballero! No hacía más que refrescarse el cráneo recogiendo agua con una mano y arrojándosela contra las sienes. En cuanto hubiese subido algo más el nivel de agua ya no tendría que agacharse, pero para entonces ella y Roç ya estarían ahogados…

¿Cómo sería eso, ahogarse? Ni siquiera sabían nadar como Hamo, porque en Otranto nunca les habían dejado salir ni acercarse al mar, o al menos al pequeño puerto donde descansaba la trirreme cuando estaba allí. ¡La condesa tenía la culpa! Ya podía esperar ahora su regreso, ya podía mandar que los buscaran por todas partes...

¡Jamás se le ocurriría la idea de mirar allí donde estaban! Lo más seguro era que tía Laurence ni siquiera se acercaría a la cloaca, por miedo a las ratas ¿Y Clarion? ¡Probablemente no haría otra cosa que lloriquear! Volvió con pasos lentos hasta donde estaban los hombres. Roç sí era un auténtico caballero, ¡su caballero! Lo rodeó con los brazos.

–Por lo menos estamos juntos– dijo la chiquilla en voz baja.

Una chispa de la misteriosa sonrisa que el niño vio en los ojos verdes le encendió también a él el ánimo.

–Agárrate– dijo con aspereza, y llevó la mano de la niña hacia la columna. De verdad, estaba muy contento de tenerla tan cerca. Yeza le hizo caso y puso su mano encima de la de él.

En aquel momento el tubo de cobre empezó a moverse, ¡los niños se dieron cuenta con mucha lucidez de que se movía!

Entonces Hamo puso también las manos en el tubo de cobre, cuando éste ya se estaba deslizando con un temblor hacia arriba, ¡de modo que alguien tiraba de él! No sabían si debían sujetarlo o soltarlo; en cualquier caso la lisura del cobre no admitió que lo retuvieran: el extremo abierto salió del agua con un sonido extraño y se deslizó delante de sus ojos hasta desaparecer en el techo de roca.

Les cayó arena y polvo en los ojos y descubrieron en el techo una abertura del tamaño de un escudo redondo que empezó a abrirse hacia un lado. La pesada piedra ajustada se desplazó con un crujido, después con un estruendo sordo. A través del agujero abierto no vieron el cielo azul, pero sí una luz más clara que la penumbra del recinto inferior. Oyeron voces y alguien hizo bajar una cuerda.

Aún se balanceaba ésta por encima de sus cabezas cuando empezó a descender por ella un templario, igual que baja un marinero del palo de un barco, y se metió con un chapoteo en el agua.

–¡Todos bien!– gritó hacia arriba. –¡Los niños están bien, y el joven conde también!

–Gracias– dijo Hamo, y lo ayudó a sujetar a Yeza, que el templario apretó contra su cuerpo cuando desde arriba empezaron a tirar de la cuerda.

–¡… así fue como pudimos salvar a los niños!– terminó el caballero su informe ante la cortina negra del palanquín.

–Traédmelos– dijo la voz procedente del interior.

El templario se retiró y se acercó al grupo que seguía rodeando el agujero en el suelo. Les hizo señas a Roç y Yeza, que estaban observando cómo Hamo salía de él por sus propias fuerzas. Después siguieron con curiosidad al caballero.

–¿Quién quiere vernos?– preguntó Roç, pero por toda respuesta el templario puso un dedo sobre sus labios y sonrió. –Ya entiendo– dijo Roç, –¡es un secreto!

Yeza se había adelantado y levantó despreocupadamente la cortina negra. En el interior vio sentada a una anciana que le tendió la mano para ayudarla.

–¡Ven, Roç!– gritó la niña a su compañero, que prefería examinar primero la caja negra por fuera.

–¡No te hagas esperar!– dijo el caballero que lo acompañaba, y dio a Roç un leve y amable empujón. El cortinaje se cerró detrás de los niños.

Hamo miró a su alrededor. Se encontraban dentro de un templo. Detrás de unas columnas se entreveía el Bósforo. La estatua de bronce de la diosa yacía acostada a un lado; en aquel momento estaban intentando incorporarla de nuevo con ayuda de barras y cuerdas. El grueso y redondo zócalo de piedra volvió a aposentarse sobre la abertura que les había servido de salida.

Hamo se dirigió a Guillem de Gisors, al que recordaba muy bien por haberlo visto sentado en primera fila, junto al embajador francés:

–¿Cómo sabíais que estábamos allá abajo?

–¡Temis nos lo indicó!– sonrió el agraciado caballero. Cuando vio por la expresión de Hamo que no entendía nada se lo aclaró. –La gente de aquí piensa que éste es el templo de Némesis, pero en realidad la estatua nos muestra a la diosa de la justicia: ¡en una mano lleva la balanza y en otra la espada!

–¿Cómo os puede haber comunicado la estatua que nosotros…?– seguía rebelándose la mente de Hamo buscando una relación lógica. Guillem prosiguió:

–El artista que creó la estatua la dotó de un mecanismo: en el momento en que abajo en el *balaneion* se desliza la cadena por la polea y cierra la esclusa Temis baja la balanza y levanta la espada. Mientras os buscábamos alguien llegó corriendo y gritó asustado que Némesis, la diosa de la venganza, había dejado caer con un movimiento repentino y horrísono los platos de la balanza elevando la espada, y que aquella era una señal adversa para la ciudad pues caerían sobre ella desgracias, peste, sangre y perdición. Pues bien– rió Guillem: –a aquel hombre tembloroso le cayó una lluvia de oro, porque por él supimos dónde estabais. También fue él quien nos enseñó la posibilidad de "ejercer la gracia del indulto".

Hamo se quedó pensativo:

–No sabéis las cosas horribles que sucedieron allá abajo antes de subir el agua. Creo que la gente tiene toda la razón al considerar que ese lugar le pertenece a Némesis…

–Ya nos hemos enterado. Pero nuestra señora os ruega que guardéis silencio acerca de lo sucedido.

–¡Qué decís!– exclamó Hamo. –¿No queréis que cuente a nadie la traición de Yarzinth? ¿Que no diga ni una palabra acerca de las rejas insidiosas y mortales con sus asquerosos espinos de hierro que…?

–¡Así es!– dijo Guillem muy serio. –Ni una palabra, ¡a nadie!– después esperó hasta ver calmada la excitación de Hamo. –Nuestra señora está furiosa porque los niños hayan estado expuestos a tal peligro. ¡No debía suceder!– y miró a Hamo con severidad. –Teneís que jurarlo.– Hamo se dio cuenta de que lo tomaban en serio, de que lo consideraban un hombre.

–Mis labios estarán sellados– prometió con aire solemne. –Pero, ¿y los niños?

–Se lo explicaremos y lo comprenderán.

Mientras, el templo había retornado a su estado anterior. La diosa volvía a sostener la espada y la balanza en posición de equilibrio. Los sargentos cogieron el palanquín y los caballeros de capa blanca adornada con una cruz roja terminada en zarpas empezaron a retirarse.

Descendieron por los jardines que rodean la ciudad vieja hasta alcanzar el muelle y lo recorrieron hasta tener la trirreme a la vista.

Los niños bajaron del palanquín, al parecer de muy buen humor. Cuatro templarios los acompañaron, a ellos y a Hamo, hasta que se encontraron justo enfrente de la nave. Roç y Yeza estaban ansiosos por subir a ella, pero Hamo, como el guerrero experto que era, se cercioró primero de que el camino hasta la trirreme estuviese libre de enemigos y no hubiese ninguna trampa preparada, y sólo después los soltó de la mano.

Al son de sus gritos de guerra los niños se abalanzaron sobre Guiscard, a quien saludaron con sus armas. El viejo guerrero los levantó en vilo y los volteó un par de veces apoyándose hábilmente en su pata de palo.

–Sabía que volveríais– dijo Guiscard con entonación alegre, y Hamo observó que la trirreme estaba lista para salir del puerto. –¡Me lo dijo Lorenzo de Orta cuando pasó por aquí!– prosiguió el amalfitano. –Después, el señor legado subió a bordo de la embarcación papal que estaba anclada a nuestro lado, presentó una carta sellada y ordenó que la nave zarpara. El capitán dudó primero, porque en realidad él había traído en el viaje de ida a otro legado, pero llegaron corriendo los dos sacerdotes nestorianos, los emisarios del gran kan, exclamando que todos estaban muertos y que dos asesinos habían matado al señor Ascelino y al señor Simón en el palacio del obispo, ¡y que lo mejor sería regresar de inmediato junto al Papa! Al oír tales noticias el capitán mandó izar las velas y dio a toda prisa órdenes de alejarse al timonel...– Guiscard respiró con un breve y furioso resoplido. –¡Yo estaba muy de acuerdo! No me gusta tener a un devoto del Papa delante de mis narices, ¡y mucho menos a mi lado!– el viejo bizqueó algo y le sonrió a Hamo. –Aunque creo que todo ello no fue más que una mentira refinada del minorita para quitarles el barco a los dominicos.

Hamo seguía algo trastornado; la oreja le ardía y su hinchazón le causaba violentas punzadas.

–¿De modo que hubo una auténtica lucha?– el amalfitano no quería creer que la herida fuese importante: más bien parecía sentir no haber estado presente en la escaramuza.

–De verdad, ¡fue emocionante!– exclamó Yeza contentísima. Había borrado ya de su mente la mayor parte de lo sucedido, como si no se tratase más que de sacudirse unas gotas de agua como las que caían ahora de sus pantalones mojados. –La gente aplaudía...

–¡...y chillaba!– intervino Roç. –Lorenzo les explicó una historia de un gran kan...

–...que quería cortarle la cabeza a otro, ¡todo por nosotros!– añadió Yeza con entusiasmo. –Y después nos fuimos de allí escapando por un tubo, ¡casi nos ahogamos!

Roç le arrojó una mirada como queriendo advertirle que no hablara demasiado, y Yeza interrumpió en seguida su relato.

–¿Y la condesa?– se dirigió Guiscard, preocupado, a Hamo.

–¡Ahí viene!– dijo éste queriendo escabullirse.

–¡Quedaos!– le susurró el amalfitano en voz baja. –¡En un caso de emergencia, los de Otranto deben permanecer unidos!– Con una sola mirada había advertido que las señoras venían acompañadas de Sigbert, quien avanzaba espada en mano, y que todos parecían muy excitados.

–¡Alejémonos en seguida de aquí!– exclamó la condesa apenas hubieron subido todos a bordo. –¡Despegad del muelle!– le gritó a Guiscard.

–¿Pero dónde está William?– preguntó entonces Yeza a Clarion, que parecía fuera de sí, y se dirigió en busca de ayuda al caballero teutón, el único que se había quedado mirando desde el muelle mientras soltaban ya los cabos.

–William está...

–¡William está herido y no puede viajar con nosotros!– exclamó la condesa con voz áspera. –¡Nos vamos!

–¡No!– gritó Roç, y dio un salto sobre la borda aterrizando en el muelle. –¡No sin William!

–¡Vuelve aquí en seguida!– chilló la condesa.

–¡No!– exclamó Roç con voz aguda. –¡Otranto! ¡Ayudadme!– El muchacho permanecía erguido sobre el muelle, y todos se dieron cuenta de la voluntad férrea que emanaba de él. –¡Vamos a buscar a William!

–¡Subid a esa criatura a bordo!– ordenó la condesa a Guiscard. –¡Traedlo aquí!– le gritó al caballero.

Hamo fue el primero en abandonar el barco y bajar a tierra.

–El honor de Otranto– se dirigió a los *lancelotti*, moriscos y arqueros que formaban un apretado grupo sobre cubierta y seguían en silencio el desarrollo de la disputa –¡exige que actuemos tal como dice Roç!

–¡La guardia se queda a bordo!– ordenó Guiscard. –¡Todos los demás seguid al comando!

Y entonces todos bajaron a tierra; esta vez los *lancelotti* llevaron sus remos terminados en hoces y la comitiva se puso en movimiento, encabezada por Roç y Hamo, quien rodeó con un brazo los hombros del niño.

–¡Has olvidado el arco!

–¡Tonterías de crío!– respondió Roç, cerciorándose de que llevaban la bandera.

–Mierda– dijo Yeza, –¡lástima que las mujeres no podamos ser caballeros!

–Podemos dedicarles un saludo– propuso Clarion, y despidió a los hombres con los brazos en el aire. Después vio que Yeza había escapado sigilosamente de su lado y, sin que los demás que permanecían a bordo se diesen cuenta, trepó por encima de la borda y corrió rápida como una ardilla detrás del grupo. Clarion contemplaba con orgullo la comitiva de guerreros que se movía en dirección a la ciudad vieja. Sigbert iba en último lugar, protegiendo la retaguardia, y todos consideraron que éste era un hecho tranquilizador: llevaba a Yeza cogida de la mano.

EL GRIAL SE DESVANECE

Constantinopla, otoño de 1247

–Exijo que me sea entregado ese sumo sacerdote hereje– el dedo de Vito parecía querer atravesar el muro impenetrable de los caballeros templarios, como si deseara clavar la lanza de su dedo en el cuerpo de John Turnbull. –¡Exijo su entrega a la Inquisición! Y también ese *episcopus Terrae Sanctae* debería…

Un gesto de fra'Ascelino consiguió que el de Viterbo tuviese que tragarse los últimos insultos. Uno de los soldados que sujetaban a Vito como si fuese un perro sospechoso de padecer la rabia le estranguló la voz apretando la argolla de hierro que rodeaba su cuello.

El escenario se había dividido en dos campos enemigos. El límite estaba formado por el muro de templarios que, sin discusión posible, ejercían el arbitraje de las armas. En un rincón de atrás, protegidos por los caballeros, se sentaban los acusados, John Turnbull y Galerán. Ambos simulaban no importarles un comino los clamores del de Viterbo. El anciano seguía sentado en una silla, inmóvil como una piedra y con la mirada vacía; el obispo de Beirut se movía intranquilo en su asiento, pero lo único que lo preocupaba era que no les dieran nada de beber. Delante de los templarios, que seguían silenciosos, permanecían juntos el preceptor y el obispo Nicola.

El otro campo del escenario lo ocupaban los papales. Vito estaba rodeado de soldados pontificios disfrazados con hábitos negros, que en parte simpatizaban con él o al menos no sabían si debían apoyar su agresividad contra el resto de los presentes o sujetar severamente a aquel fraile horrible tal como demandaba fra'Ascelino, el legado del señor Papa.

Los criados del obispo habían retirado el cadáver del "asesino" y Nicola ordenó depositar a los dos franciscanos delante del altar.

Cuando Pian del Carpine juntó las manos de los muertos sobre el pecho vio que de un bolsillo interior del abrigo tártaro que envolvía los restos mortales de William de Roebruk asomaba la punta de un escrito doblado. Como hasta entonces la suerte no le había favorecido en su trato con las cartas intentó hacerse con aquel pergamino sin que los demás se dieran cuenta.

Pero Simón, el dominico, no había dejado de vigilar a su hermano de Asís, ni siquiera mientras ejercía aquel "último acto piadoso".

–¡Fuera esas manos, minorita!– farfulló; y despues, en voz alta: –¿Acaso queréis robar a la curia otro documento más?– Dio un salto, y le arrancó a Pian la carta de las manos.

–¡Oigamos lo que dice!– decidió fra'Ascelino, y su compañero de Orden desplegó el escrito.

–...legado de su santidad Inocencio IV...– leyó Simón el contenido con voz recelosa –...dado en Sutri, en la vigilia de san Pedro, a.D. 1244...

–Ahora me acuerdo– dijo de repente fra'Ascelino después de contemplar el rostro de William: –era julio cuando el Santo padre estaba camino de Lyon; en efecto, ¡este hombre estuvo en Sutri!

–¡Una falsificación!– masculló Vito, a quien sus guardianes retenían con esfuerzo.

–Lo que demostraría que William de Roebruk tenía el encargo de llevar los niños a la corte de los mongoles...

–¡Jamás estuvo allí!

–¿Y los niños... tampoco?– fra'Ascelino trataba a Vito con tanta suavidad como si éste fuera ya uno más de los fallecidos.

–¡Ellos tampoco!– jadeó Vito, a quien el aro de hierro hacía bastante daño cada vez que sus manos se movían demasiado, de modo que ya tenía la nuca y las mandíbulas hinchadas. –¡Preguntadles!– añadió en son de burla, pues fue uno de los primeros en ver entrar a los de Otranto en la sala, que había quedado casi vacía.

Aparte de los "soldados de las llaves", que seguían delante de la tribuna con los pies mojados por el agua que inundaba el pavimento de mármol y les llegaba hasta los tobillos, y a quienes les daba rabia que el legado no les permitiera emplearse a fondo contra la docena justa de templarios arrogantes que ocupaban el escenario y a los que superaban en número, quedaban en el "centro del mundo" algunos personajes especialmente tenaces, superactivos o curiosos incansables que, unos sumidos en oración, otros cantando, tamborileando o bailando en pleno éxtasis, proporcionaban un trasfondo sonoro suficiente como para que nadie se hubiese dado cuenta del ruido de armas y de pisadas que causaban los soldados cuya comitiva avanzaba en silencio, encabezada por un niño lleno de valor.

–¡No saquéis las armas!– ordenó la voz áspera del preceptor cuando vio que algunos de los papales echaban mano de sus espadas. Los hombres obedecieron sin más la orden de aquel hombre extraño al darse cuenta, por el semblante que traían los de Otranto, de que no harían prisioneros, y además, con sus remos lanceados que sobresalían amenazadores, parecían estar al acecho de toda mano que cometiera una imprudencia. De modo que los papales de abajo se apartaron a un lado, el legado y los suyos que permanecían en el escenario se retiraron hasta verse protegidos por el muro de templarios, y los soldados de la sala acabaron por retirarse temerosos hacia las gradas.

Ni siquiera Vito fue capaz de decir algo. No se oía ni una palabra; los cantos y tamborileos habían cesado de golpe y todos miraban a Roç quien, sin mostrar la más ligera inseguridad, se situó entre los soldados pontificios, pidió a Hamo que le tendiera la bandera, y se llevó el paño con toda seriedad a los labios.

Hamo quería hacer lo mismo, pues en lugar de disgusto el gesto del muchacho le había causado, por inesperado, una profunda impresión; entonces vio que los ojos de los presentes se dirigían hacia la entrada. En la puerta abierta vieron la figura imponente del alemán de la Orden teutónica apoyado en su ancha espada. De su sombra se desprendió la figura delicada de Yeza que, como una visión, atravesó completamente sola la sala vacía hasta llegar al centro de la misma. Una vez allí se detuvo y dirigió la mirada de sus ojos verdes con firmeza hacia el escenario, donde se tropezó con los ojos de Vito, que la miraba lleno de odio aunque incapaz de emitir un sonido.

Yeza dobló la rodilla en un gesto delicado de humildad.

–Oremos– dijo con voz firme, y se arrodilló.

Y cuantos quedaban en la sala cayeron de rodillas, uno después de otro, como una oleada suave que arrastrara en su movimiento a todos los presentes. Incluso los que seguían en la tribuna fueron incapaces de sustraerse a la magia del momento.

Primero fueron los templarios, aunque doblaron una sola rodilla, y después se arrodilló para rezar el obispo Nicola mientras Pian se arrojaba del todo a tierra. Y, de repente, el grupo de dignatarios papales se encontró solo, pues sus soldados, abajo en la sala, hacía tiempo que habían seguido el ejemplo de la niña. Fra'Ascelino se encogió levemente de hombros y se arrodilló también, seguido por Simón, aunque éste tuvo un gesto de impaciencia. Vito fue el único que se mantuvo erguido. Pero después, ya fuese obligado por la mirada de Yeza o por la presión ejercida por el soldado que tiraba de la argolla que le rodeaba el cuello, también Vito acabó arrodillándose.

Todos rezaron en silencio, aunque lo más probable es que no rezaran por lo mismo ni con la misma devoción que Galerán. Incluso Turnbull despertó de su rigidez y juntó las manos, a la vez que inclinaba resignado su cabeza de anciano: ¡Ahí estaban los infantes reales, los hijos del Grial! El error había sido suyo. Él no había sido elegido para consagrarlos: ¡se habían consagrado ellos mismos! Así pues, consideró que debía darle gracias a Dios.

Yeza se incorporó, envió una breve señal de asentimiento a Roç y regresó junto a Sigbert. Los arqueros mantenían sus arcos tensados dirigidos contra todos; los moriscos treparon al escenario, depositaron el cuerpo de William sobre un largo escudo normando, y lo cubrieron con la bandera; los *lancelotti* lo cargaron a hombros y abandonaron la sala con disciplina férrea y amenazadora, pero sin prisas. Tardaron algún tiempo, y tan sólo cuando el último soldado de la condesa hubo abandonado la sala se atrevió a abrir la boca uno de los que quedaban atrás.

–Ahora supongo que también nosotros podremos abandonar este lugar– dijo fra' Ascelino arrojando al obispo una mirada que expresaba todo menos agradecimiento. Aunque estaba demasiado cansado como para romperse la cabeza por la humillación que acababa de sufrir.

Fue Vito quien rompió el encantamiento.

–Todos habéis colaborado en esta traición– los acusó sin levantar demasiado la voz. –¡Todos os habéis conjurado contra el Papa y la Iglesia!– Vito había comprendido instintivamente que su denuncia sonaría más grave si no se rebelaba ni gritaba. En efecto, lo dejaron hablar. –¡Ese emisario mongol que pretende haber llegado de la corte del gran kan es, en realidad, el bastardo de la condesa de Otranto!– Vito intercaló una pausa, pero esperó en vano descubrir entre su auditorio alguna reacción de sorpresa asustada o culpabilidad. No le hicieron el favor. –El falsario William ha tenido su merecido castigo: ¡ha descendido al infierno! ¡También Benedicto sabrá por qué reencuentra allí a su compañero! ¡Lorenzo de Orta es un espía y un traidor, y Pian del Carpine culpable de perjurio!

–Pax et bonum!– respondió en son de burla Simón de Saint-Quentin. –¡Es bien sabido que los franciscanos no son más que herejes y traidores!

Fra' Ascelino se vio obligado a intervenir:

–Todos eran legados nombrados por el Papa– reprendió a los gallos peleones, y después, dirigiéndose a Vito: –¡Y dos frailes han muerto por culpa tuya!

Pero entonces la voz del de Viterbo estalló en un aullido:

–¡Ya te gustaría, Anselmo de Longjumeau, presentarte con esa versión ante el Papa!– El soldado pontificio cuya tarea era impedir, tirándole de la argolla, que Vito hablara no prestó atención al gesto del legado, porque sentía gran curiosidad por oír la continuación del relato de boca del de Viterbo. Éste volvió a bajar el tono de su voz para adaptarla al relato de la conjura desvelada. –¡He comprendido tu traición, fra' Ascelino! Querías que yo fuese testigo de tu encuentro "casual" con los "asesinos", a quienes mostraste el camino y con quienes acordaste los asesinatos...

–¡Tapadle la boca!– gritó Simón, pero ninguno de los soldados se atrevió; bastante contentos estaban con que Vito no consiguiera romper las cadenas.

–¿Y por qué? ¡Para eliminar testigos! ¡Ejemplos que te eran molestos porque tú fallaste estrepitosamente en tu misión! ¡Pian habría sido el próximo si yo no hubiese retenido a ese "asesino" que estaba a sueldo tuyo! ¡Después me habría tocado el turno a mí!

–¿Y por qué no recuperar el tiempo perdido?– tronó una voz que hasta entonces no se había hecho oír. Yves "el Bretón" había regresado y estaba de evidente mal humor. –¿Por qué no lo tiráis por la ventana?– propuso, y lo decía en serio. –Diremos que "¡murió en un intento de fuga!" Os ayudaré con mucho gusto– Yves se dispuso a subir al estrado.

–¡Por mí, haced con él lo que queráis!– exclamó Simón de Saint-Quentin, y era visible que no le desagradaba la propuesta.

Sin embargo, Gavin y fra'Ascelino, unidos en una extraña alianza, se opusieron a "el Bretón" y rechazaron mudos el intento, de modo que Yves se detuvo donde estaba. Pensó que no valía la pena luchar con el templario por un personaje como Vito.

–¡Vito de Viterbo queda detenido!– declaró el obispo formalmente. –¡Será entregado a la justicia del emperador, acusado de asesinato!

–No hagáis el ridículo, Ilustrísima– lo reprendió con suavidad fra'Ascelino. –Guardad vuestras últimas actuaciones como obispo de nuestra Iglesia para algún proceder más digno: por ejemplo, para enterrar a ese pobre hombre– y señaló a Benedicto, –pues podéis estar seguro– aquí sonrió con delicadeza –de que a Vito de Viterbo lo espera alguien en el Castel Sant'Angelo que será un juez mucho más terrible para él que cualquier verdugo de Constantinopla. ¡Volved a ajustarle las cadenas!

En aquel instante Vito se tiró al suelo con un movimiento rápido como un rayo. Los soldados pensaron que había tropezado, pero cuando lo ayudaron a incorporarse vieron que en su mano brillaba un arma: ¡el puñal del "asesino", que él había descubierto allí tirado! Los soldados retrocedieron y Vito alcanzó de un salto el hueco de la ventana.

–¡No me devolveréis al *Castel!*– gritó dispuesto a saltar. –¡Ni tú, fra'Ascelino, lacayo miserable, peón fracasado; ni tú, Yves, matón por la gracia del rey!

Vito arrojó una mirada hacia atrás para estimar correctamente la distancia a que debía saltar teniendo presentes la inclinación y el grosor del tejadillo. Pero cuando volvió a mirar al frente vio que tenía debajo, pegado a la pared como un lagarto, al más joven de los "asesinos".

Entre los que estaban en el escenario nadie se dio cuenta, y Vito no pudo remediarlo: el cuchillo del "asesino" le cortó, de un único y calculado tajo, ambos tendones de Aquiles. Vito cayó de la ventana sin ser capaz siquiera de lanzar un grito; su cuerpo golpeó el tejadillo, y acabó con los huesos destrozados en la escalera que conduce a la entrada.

–Se ha juzgado a sí mismo– dijo fra'Ascelino en voz baja. –¡Todos lo habéis visto!– se dirigió a los soldados, que parecían asustados.

–Venid con nosotros, Pian del Carpine– dijo Simón, –pero antes debéis confesar al fin…

–¡Sólo daré cuenta de todo ante el propio Papa!– ladró el misionero un tanto trastornado. Y como viera que Yves "el Bretón" subía al escenario con el fin de acercarse a la ventana y arrojar una mirada hacia afuera, a lo que nadie más se había atrevido hasta entonces, Pian se lanzó a pedirle socorro a voz en cuello:

–¡Me pongo bajo la protección del rey de Francia! ¡Llevadme a Lyon!

Simón se desinteresó de él; su mirada cayó en cambio sobre John Turnbull quien, no obstante, estaba fuera de su alcance detrás del muro infranqueable formado por los templarios.

–¿Y el santo Grial?– se le ocurrió burlarse al dominico. –¿Qué hay del santo Grial?

Y Simón arrancó con rápido movimiento el paño del altar, como si el misterio estuviese oculto debajo. Pero allí no había más que una piedra desnuda.

Entonces dejó caer con descuido la sábana manchada de sangre, y ésta fue a cubrir el rostro pálido de Benedicto de Polonia, de quien ya nadie se acordaba.

Los papales marcharon con las manos vacías. Yves "el Bretón" condujo a Pian fuera de la sala; un Pian apesadumbrado que se retiró no sin haber recogido todas sus pertenencias y haberse cerciorado de que estaban entre ellas tanto la carta del gran kan como su *Ystoria mongalorum*. Los criados del obispo lo ayudaron a retirar el equipaje. Los templarios se ocuparon del viejo Turnbull. Gavin se despidió con breves palabras de su anfitrión. Bajo el alto portal de la sala lo esperaba Sigbert.

TRIONFO FINALE

Puerto de Constantinopla, otoño de 1247 (crónica)

Cuando extendieron el paño de la bandera sobre mi cuerpo un soplo rozó mi cara y salí flotando, ingrávido, de aquel lugar. No obstante, el hecho de darme cuenta de mi existencia me hizo pensar que tal vez no hubiese muerto todavía, y cuando comprendí que era capaz de reflexionar me vi reforzado en la idea de que seguía vivo, aunque ya me había ido familiarizando con mi fallecimiento. No comprobé que se trataba de la bandera de Otranto hasta más adelante, cuando me decidí a volver a abrir los ojos que Gavin me había cerrado con tanta delicadeza. ¿Acaso no fue también el templario quien me asistió, al comienzo de mis aventuras, junto a "la Loba", cuando sufrí aquel desmayo cataléptico, y quien después hizo que fuera el compañero de los niños, que desde entonces han sido mi destino? En aquella circunstancia sólo me había propinado un empujón que debería haberme servido de advertencia, pero esta vez el perjuicio sufrido había sido mayor.

Después sentí que la parálisis iba retirándose de mis miembros, y éstos empezaron a picarme. Era probable que la puñalada del "asesino" contuviera trazas de veneno y que éste me hubiera salvado la vida, evitando que me desangrara o sufriera una infección, pero sobre todo había suprimido los dolores a que había quedado expuesto por el brutal trato que me dieron Vito y sus compinches. ¿Acaso seguía aún en manos de éstos? ¿Quién me estaba transportando como si fuese un barco que se balancea en el agua, dónde me encontraba?

Oí como un retumbar lejano las pisadas de la tropa que me acompañaba, el tintineo metálico de sus armas. Los gritos de entusiasmo y los aplausos de la multitud agolpada en las calles que cruzábamos se deslizaban como nubes que pasan de largo. Abrí un poco los ojos y vi que un paño me tapaba la nariz y que tenía las manos unidas sobre el pecho; entonces intenté tensar las falanges de los dedos, que se movieron, y pude tirar del paño, apartándolo con cuidado a un lado, hasta conseguir que se abriera una rendija por la que poder observar los rostros de la gente que presenciaba nuestro paso con expresión conmovida. Algunos se sonaban, otros exclamaban en griego "¡Muera Roma!" y "¡Vivan los hijos del Grial!" a la vez que blandían los puños.

Pude ver la nuca del hombre que iba delante de mí, uno de los que me transportaban, y por el pañuelo azul y amarillo que llevaba al cuello supe que era uno de los de Otranto. Los mismos colores ostentaba la bandera bajo la cual descansaba yo, el héroe muerto en feroz combate.

Me pasearon tan cerca de las caras de los mirones y los dolientes, de los furiosos y los curiosos –algunos subidos sobre los hombros de otros curiosos– que hubiese podido rozar sus labios, besar a los niños de pecho que las mujeres más jóvenes sostenían en alto. En algún momento alcancé a ver a Ingolinda. Le guiñé un ojo, pero ella miraba hacia arriba, seguramente a la bandera, a la vez que exclamaba: "¡Ay, mi pobre William!" y sus bellos ojos se llenaban de lágrimas… ¡Ya había pasado!

Después descendimos por las callejuelas escarpadas de la ciudad vieja; tuve miedo de caerme del escudo y apoyé inconscientemente mis talones contra el borde. Al doblar una curva pude ver la punta de nuestra comitiva. En cabeza iba, erguido y consciente de su dignidad, mi pequeño Roç, con Hamo a su lado, y este último volvía de vez en cuando la cabeza para atrás, cerciorándose así de que yo seguía encima del escudo. ¿No me hacía señas?

Después vi que Roç se detenía para que la comitiva desfilara delante de él; dentro de poco llegaría a su altura, pero en aquel instante la columna cambió de dirección y no volví a ver más que rostros extraños. De repente escuché de nuevo las voces de los niños, ¡y para mí fue como si se abriese el cielo!

–Aunque no pueda ayudar a transportarlo– mi pequeño Roç parecía sentirlo mucho –estoy contento de tener a William tan cerca.

¿Dónde estarían ahora, tal vez caminaran debajo del escudo? La voz de Yeza me confirmó definitivamente en esta suposición.

–A William le habría gustado; ¡siempre dijo que quería ser nuestro protector y nuestro escudo!

–¡Pero ya no lo tendremos con nosotros!– se lamentó Roç. Di por seguro que la niña le rodearía en ese momento los hombros con el brazo…

–¡Piensa en lo que dijo la señora!

–A no ser porque tenía el cabello tan blanco– reflexionó Roç en voz alta –podría imaginarme que fuese nuestra bondadosa madre.

Yeza parecía estar de acuerdo:

–Recuerda que dijo: "No temáis. Estaré con vosotros hasta el fin de los días."

–¡Pero si no tengo miedo!– repuso Roç queriendo parecer valiente, aunque me di cuenta de que estaba luchando con las lágrimas. –Y tú tampoco debes tener miedo, acuérdate que dijo: "¡Amaos uno a otro tal como os amo yo a vosotros!"

En el silencio que siguió, roto tan sólo por los pasos de la marcha, el ruido de las armas y los aplausos y exclamaciones de júbilo de los espectadores en las estrechas callejuelas de la ciudad vieja, me pareció percibir, sin embargo, que los niños lloraban en silencio. Me vi tentado de alargar una mano para acarariciarles la cabeza, pero no sabía si convendría hacerlo.

–Ahora debes volver a encabezar la marcha– oí la vocecita medio ahogada de Yeza. –¡Vuelve con la bandera! Yo me quedaré con Sigbert en la retaguardia. ¡No nos pasará nada!– Seguramente fue imaginación mía, pero me pareció oír cómo se alejaban sus pasitos.

Arrojé una última mirada hacia adelante y me tranquilizó mucho ver las hojas brillantes de las hoces en los remos de los *lancelotti*, los arcabuces en sus hombros, las estrellas matutinas, los garfios de abordaje y las hachas de los moriscos. Y después llegamos al puerto, donde nos encontramos con los franceses del conde de Joinville, que bajaron el estandarte con la oriflama real con flores de lis bordadas para saludar el cadáver de William de Roebruk. Me sentí conmovido, aunque tal vez fuese la brisa llegada del mar lo que hizo brotar mis lágrimas.

Mis porteadores me subieron a bordo de la trirreme.

–¡Adiós, William!– oí murmurar a Sigbert el gruñón, que probablemente se quedaría atrás en el muelle, y también la voz de la condesa dijo con una entonación cariñosa y algo ronca que jamás le había oído antes:

–¡Todo irá bien, muchacho!– ¿Acaso le dirigía estas palabras a Hamo, su hijo recuperado? ¿Estaría sollozando? No, seguro que no. –¡En marcha!– ordenó después con el mismo tono de voz que estaba yo acostumbrado a oírle.

–Agli ordini, contessa!– respondió el bravo amalfitano.

A mí me habían dejado en la proa, delante del toldo. Oí el chapoteo de los remos al entrar en el agua y un golpe de viento levantó la bandera dejándome media cara al descubierto. Me hacía un poco de cosquillas, aunque nadie se preocupaba de mí y así me parecía bien, pues me encontraba perfectamente.

Salimos al mar. En cierto manera, al modo un tanto profético de John Turnbull, se había cumplido el propósito del "gran proyecto". No tenemos una flota grande y numerosa –omnipresente pero que jamás puede ser apresada–, iba pensando yo, pero estamos en el mar, somos libres y estoy vivo.

Mi mirada abarcó, además de la pata de palo del bueno de Guiscard, a una Laurence erguida que tenía a Clarion a su lado. La condesa rodeaba con un brazo los hombros de Hamo y más allá, en el último extremo de popa donde ondeaba el gallardete, veía a los niños sentados y mirando juntos el oleaje que levantaba la poderosa trirreme. Sus piernas colgaban hacia abajo y se mojaban con salpicaduras de espuma. Algunas gotas finísimas de agua salada llegaron incluso hasta mí. Detrás se hundía la ciudad del Bósforo entre las nieblas del sol del atardecer que iluminó, por última vez para nosotros, sus cúpulas doradas y las poderosas torres.

"¡Con vosotros hasta el fin de los días!" Sonreí y me sentí feliz.

OBSERVACIONES DEL AUTOR

Personajes y citas en idiomas extranjeros

Prólogo

Grial: El Grial era el gran secreto de los cátaros, conocido sólo por los iniciados. Hasta la fecha sigue sin aclararse si se trataba de un objeto, una piedra, un cáliz (que contendría algunas gotas de la verdadera sangre de Cristo), un tesoro, o de ciertos conocimientos en torno a cuestiones (como la prolongación de la dinastía del rey David, que pasando por Jesús de Nazaret habría llegado a Occitania). En esta dirección apunta también la teoría de que "saint Grial", "santo Grial" o "san Grial" debería leerse, en realidad, *sang réal*, es decir: "sangre real". Ya en el terreno de la alquimia, el Grial se identifica con la "piedra filosofal", y en la mitología reaparece con los caballeros del santo Grial que asisten a la mesa redonda del rey Arturo.

de la crónica...: fragmento del escrito que William de Roebruk dirigió a un hermano minorita.

William de Roebruk: nació en 1222 en el pueblo de Roebruk (también Rubruc o Roebroek), en Flandes, siendo bautizado con el nombre de Willem. Ingresó en la Orden de los frailes menores y estudió en París bajo el nombre de Guglielmus.

Montségur: el más famoso de los castillos cátaros, situado encima de un peñón, o *pog*, de Ariège (condado de Foix). En 1204 fue ampliado a instancias de Esclarmonde de Foix hasta transformarlo en fortaleza. Antiguamente hubo en ese mismo emplazamiento un lugar de culto celta. Aún hoy puede visitarse la ruina del Montségur, bastante bien conservada.

herejía: los cátaros (del griego "hoi catharoi" = los "puros" o "perfectos") constituyeron un movimiento radical renovador de confesión católico-romana, aunque separado de la Iglesia oficial. En un principio esta corriente se localizó en el Languedoc, en el suroeste francés, pero en su expansión traspasó los Pirineos e invadió toda la región provenzal, cruzando incluso los Alpes, hasta alcanzar la Lombardía y los Balcanes. La teoría de los "puros" tuvo su antecedente en las primeras comunidades cristianas, la diáspora judía y los druidas celtas. A lo largo del siglo XII y bajo la influencia del gnosticismo y del dualismo maniqueo, registró un desarrollo tan intenso que fue considerado un peligro por Roma. Entre la población común, los herejes gozaban de gran prestigio por la austeridad de sus sacerdotes, aunque también la nobleza local se adhirió a los cátaros por no reclamar éstos ninguna parcela de poder terrenal, a diferencia de la Iglesia romana. La herejía cátara era abrazada con alegría por los adeptos, a quienes prometía el paraíso a la vez que atraía y unía a la nobleza en la nostalgia común de alcanzar el santo Grial.

emperador de Constantinopla: después de que Venecia modificara la meta de la cuarta cruzada, ésta culminó en 1204 con la conquista de Constantinopla (la antigua Bizancio), donde los cruzados europeos proclamaron el imperio latino. Balduino IX, conde de Flandes, fue consagrado primer emperador con el nombre de Balduino I (16-5-1204 a 15-4-1205).

obolus: "óbolo" en latín, originalmente una pequeña moneda griega.

viribus unitis: latín, significa "con fuerzas unidas".

san Luis: Luis IX, rey de Francia (desde 8-11-1226 hasta 25-8-1270), obtuvo aún en vida el sobrenombre de "santo" (Saint Louis).

Federico II: emperador del "Sacro Imperio Romano-Germánico" (22-11-1220 a 13-12-1250). De su madre, Constance d'Hauteville, heredó también el reino de Sicilia.

san Francisco: Francisco de Asís (1181 a 3-10-1226) nació con el nombre de Giovanni Bernardone. Fundó la Orden de los hermanos menores, *ordo fratrum minorum* (O. F. M.), también llamada de los franciscanos.

Vito de Viterbo: nació en 1208, hijo bastardo de un miembro de la familia Capoccio, de gran influencia en la curia vaticana. Perteneció a la orden de los dominicos.

Papas: el día 22-8-1241 falleció Gregorio IX, quien fue encarnizado enemigo del emperador. Le sucedió Celestino IV (25-10 hasta 10-11-1241), antes Goffredo di Castiglione, cardenal obispo de Milán y simpatizante de la familia imperial germánica, por lo que fue eliminado para dar paso a Inocencio IV (25-6-1243 hasta 7-12-1254), antes Sinibaldo Fieschi, conde di Lavagna, cardenal obispo de Génova. A instancias suyas, Federico fue destituido como emperador en el concilio de Lyon (28-6 hasta 17-7-1245).

asesinato del inquisidor en Avignonet: el día del Corpus de 1242, algunos caballeros occitanos, bajo el mando de Pierre-Roger de Mirepoix, asesinaron a Guillaume Arnaud, inquisidor de Tolosa, y a sus ayudantes.

Escila y Caribdis: estrecho marino lleno de remolinos que se menciona en la *Odisea*; actualmente se localiza cerca de Messina.

"asesinos": miembros de una secta secreta de confesión chiíto-ismaelita, con sede principal en Alamut (Persia), la cual en 1196 se difundió también por Siria. En este último país, su primer gran maestre fue el caíd Rashid red-Din Sinan, famoso y temido bajo el sobrenombre de el "Anciano de la montaña". El término "asesino" se deriva, al parecer, de "hashashin" (se afirmaba que los seguidores de la secta hacían amplio uso del hachís), y se aplica aún hoy en todo el espacio mediterráneo al homicida que mata con alevosía. El sobrenombre "Anciano de la montaña" fue heredado por todos los sucesores del primero.

tártaros: nombre que se daba a los pobladores de las estepas del lejano oriente que invadieron Europa por primera vez allá por 1240. Sólo después se fue imponiendo el término más preciso de "mongoles".

I Montségur

EL ASEDIO

Tolosa: condes de Tolosa. Después de Raimundo VI (1194 a 1222), fue el hijo nacido de su (cuarto) matrimonio con Joan Plantagenet (hermana de Ricardo Corazón de León), Raimundo VII, quien heredó el título de conde, entonces sólo nominal, hasta que reconquistó Tolosa en 1218 (arrebatada a Simón de Montfort), aunque en 1229, en el acuerdo de Meaux, perdió definitivamente el condado, que recayó en Francia.

En 1242 se produjo el último intento fracasado de recuperarlo y en 1249 murió el último legítimo "comte de Tolosa".

vizcondes de Foix: nobles estrechamente emparentados con la estirpe de los Trencavel. El hermano de la famosa Esclarmonde, Roger-Bernard II, había muerto en 1241. Le sucedió Roger-Bernard III, cuyo hermano bastardo "Lops de Foix" llegó a ser un temido *faidit* (v. más abajo). La hermana de éste fue Esclarmonde d'Alion.

Guy de Levis: la estirpe de los Levis obtuvo, después de la cruzada contra los herejes adeptos del Grial (1209-1213), el vizcondado de Mirepoix (vescomtat de Miralpeix). Una Isabel de Levis fue madre de Marie de Saint-Clair.

Esclarmonde de Perelha: (en francés: de Pereille), no debe confundirse con la "gran Esclarmonde" de Foix, "hermana de Parsifal".

parfait, parfaite: así se denominaban en Francia los "puros" o "perfectos" que ingresaban en la comunidad religiosa de los cátaros. También se les denominaba "buonhommes".

LOS MONTAÑESES

montagnards: francés, "montañeses, zapadores de montaña".

donjon: en los castillos normandos, torre principal fortificada.

barbacana: en su origen es la tronera por la que se dispara desde el castillo; más tarde se denominará así toda la estructura exterior de una fortaleza.

consolamentum: consagración dispensada ante la muerte aceptada voluntariamente por los cátaros. A dicho "consuelo" ya sólo le sigue la *endura*, que representa el último recorrido "duro" antes de alcanzar la "puerta del paraíso".

"La loba": nombre de guerra de una "*parfaite*" cátara, Roxalba Cecilia Estefanía de Cabaret (Cab d'Aret), nacida en 1194. Pertenecía a la nobleza occitana; su primo Pierre-Roger de Cabaret era cabecilla de los "*faidits*".

LA BARBACANA

adoratrix murorum: latín, "adoradora de los muros".

macte anime: latín, "con buen ánimo".

Gavin Montbard de Bethune: nació en 1191, preceptor de la casa de la orden del Temple en Rennes-de-Château. André de Montbard fue, por instigación de su sobrino Bernard de Clairvaux, uno de los fundadores y cuarto gran maestre de la Orden de los templarios, fundada después de la primera cruzada. Conon de Bethune, perteneciente a una noble familia occitana, fue un famoso trovador fallecido en 1219. Su hijo fue de 1216 a 1221 regente del imperio latino; murió en 1224. En 1209, Gavin era un caballero joven y fue elegido por los cabecillas de la cruzada para actuar de heraldo y ofrecer al vizconde de Carcasona (Trencavel = Perceval = Parsifal) una retirada honrosa. Simón de Montfort rompió la palabra dada, el vizconde fue hecho prisionero y asesinado después.

quidquid pertinens vicarium...: en latín, "en lo que se refiere al vicario (de Cristo), al parto virginal, al Hijo y al Espíritu Santo..."

Sefirot: escala de las diez perfecciones de la naturaleza divina según la cábala hebrea = belleza, etc.

Portiuncula: capilla cerca de Asís, punto de partida del movimiento franciscano, ahora enterrada bajo una catedral.

laudato si' mi' Signore...: italiano, "bendito sea el Señor por mi hermano viento y por el aire y las nubes, por la alegría..." (del *Cantico delle creature*, el "Canto al sol" de san Francisco de Asís [1225]).

laudate e benedicte mi' Signore...: italiano, "alabado y bendito sea el Señor, démosle las gracias y sirvámoslo con humildad" (ídem).

Bertrand en-Marti, obispo cátaro, sucesor de Guilhabert de Castres.

tregua Dei: latín, tregua respetada en los días festivos.

conditio sine qua non: latín, condición indispensable para que algo se cumpla.

"grande maîtresse": francés, término despectivo con el que se calificaba a las contadas grandes maestres femeninas, en este caso Marie de Saint-Clair, nacida en 1192, que accedió al cargo de gran maestre de la *Prieuré de Sion* (1220 a 1266), tras la muer-

te de su marido Jean de Gisors. Guillem de Gisors, su hijastro, nacido en 1219, fue después sucesor suyo e ingresó en 1269 en la "orden del Barco y de la doble media Luna", fundada por Luis IX para los nobles que participaron en la sexta cruzada.

pacta sunt servanda: latín, "los pactos deben cumplirse".

autodafé: "auto de fe", término habitualmente utilizado para referirse a la quema de herejes en la hoguera.

LA ÚLTIMA NOCHE

maxima constellatio: latín, constelación de planetas que según la astrología adquiere un significado importante.

credentes: latín, creyentes (cátaros) o novicios merecedores de la instrucción previa para acceder al rango de *parfaits*.

Constancio de Selinonte: nació en 1215, hijo del visir egipcio Fakhr ed-Din y de una esclava cristiana, con el nombre de Faress ed-Din Octay. El joven emir fue enviado por su padre a Sicilia, a la corte del emperador Federico, a quien aquél admiraba profundamente. Federico lo armó caballero con el título de "príncipe de Selinonte"; actuó después al servicio del sultán de El Cairo con el nombre de guerra "halcón rojo".

Sigbert von Öxfeld: nació en 1195, sirvió bajo su hermano Gunther al obispo de Asís, se adhirió en 1212 a la cruzada infantil y cayó prisionero de los egipcios para ingresar después de su liberación en la Orden teutónica. Fue comendador de la misma en Starkenberg.

INTERLUDIO NOCTURNO

san Alberto Magno: (1193 a 1280), dominico, filósofo, maestro de santo Tomás de Aquino.

Roger Baconius (Bacon): (aprox. 1214 a 1294), franciscano y escolástico inglés; estudió en París en la década de los años treinta.

Nasir ed-Din el-Tusi: (1201 a 1274), árabe, científico universal.

Ibn al-Kifti: (1172 a 1248), sabio árabe, autor de una crónica de médicos famosos.

gesta Dei per francos: latín, "gestas de Dios a través de los francos".

sublimatio ultima: latín, "última sublimación", término tomado de la alquimia.

lapis excillis, lapis ex coelis: latín, "piedra excelente, piedra celestial", términos tomados de la disputa en torno a la interpretación del Grial; v.t. "*Das grosse Werk* = la gran obra" de Wolfram von Eschenbach.

pax et bonum: latín, fórmula de saludo de los franciscanos (en italiano: *pace e bene*).

misterios: teorías secretas de los griegos.

gran maestre de San Juan de Acre: tras la reconquista de Jerusalén por Saladino (en 1187), San Juan de Acre (Akkon) fue proclamada capital del reino de Jerusalén.

ultramar: (en francés *outremer*), nombre que en la época se daba a Tierra Santa, y que más adelante pasó a referirse a todas las posesiones situadas allende los mares.

esotérico: griego, materia propia de conocimientos ocultos sólo accesibles a los iniciados.

apócrifo: griego, "escritos secretos", no reconocidos oficialmente.

baucent, también *beaucéant:* francés, la bandera de guerra de los templarios.

à la rescousse: francés, "¡en mi ayuda, a mi rescate!".

la "gran obra": hacerse con la "piedra filosofal" –en términos alquimistas, con el catalizador que transforma los metales inferiores en oro– equivale en términos metafísicos a alcanzar la sabiduría divina (v.t. *sublimatio ultima*).

Deus vult: latín, "¡Dios lo quiere!"; en latín vulgar/italiano: *Deus lo volt!*

MAXIMA CONSTELLATIO

Diaus vos benesiga: provenzal, "¡Dios os bendiga!"

aitals vos etz forz…: provenzal, "que seais fuertes para poder defender…"

n'Esclarmunda, vostre noms significa…: provenzal, "Esclarmunda, vuestro nombre significa que daréis al mundo una luz clara, que sois pura, que jamás hicisteis nada que no fuera

conveniente; de modo que sois digna portadora del tesoro representado por ese nombre".
ay, efans…: provenzal, "ay, niños, ¡que Dios os proteja!"

II El rescate

"LA LOBA"

les enfants du mont: francés, "los niños de la montaña".
faidits: francés "los proscritos" (del árabe *faida*).
Vive Dieu Saint-Amour: francés, "¡viva el Dios del Santo Amor!", grito de guerra de los templarios.

LE TROU DES TIPLI'ES

trou' des tipli'es: francés, "el agujero de los templarios", mofa que aún hoy es el nombre de una ruina en el suroeste de Francia (cerrada al público).
insha'allah!: árabe, "hágase la voluntad de Dios".
Crean de Bourivan: nació en 1201, hijo natural de John Turnbull; su madre fue la cátara Alazais d'Estrombezes (murió el 3-5-1211 en la hoguera). Fue educado por el noble cuyo apellido ostenta en el castillo de Belgrave, en el sur de Francia. John Turnbull le concedió el feudo (muy disputado) de Blanchefort, en Grecia, con cuya heredera Elena Champ-Litte d'Arcady se casó Crean en 1221. Después de la muerte violenta de ésta se convirtió al Islam e ingresó en la secta de los "asesinos" sirios.
langue d'oc: lengua de Occitania = provenzal.

LA HOGUERA

le bûcher: francés, "la hoguera".

Camp des Crematz: provenzal, el "campo de los quemados", aún hoy se denomina Champ des Crémats la pendiente que hay debajo del Montségur.

Dieus recepja las armas...: provenzal, "Dios reciba las almas".

XACBERT DE BARBERÁ

Xacbert de Barberá: llamado también *Lion de combat*, (1185 a 1273), guerrero occitano, tuvo que exiliarse repetidamente a causa de su permanente lucha contra el rey de Francia (Tolosa 1218/19 y Carcasona 1240/41), participó después en la conquista de Mallorca bajo el rey don Jaime I de Aragón (1213 a 27-7-1276) y se retiró finalmente, protegido por este último, al fuerte de Quéribus.

Wolfram von Eschenbach: (1170 a 1220), poeta medieval germano, compuso en 1210 la obra épica *Parsifal,* basada en el antecedente francés de Chrétien de Troyes, y en 1218 el poema épico de las cruzadas Willehalm, además de Titurel y otras.

Trencavel: nombre de la estirpe de los vizcondes de Carcasona (vescomtat de Carcassona). Como la casa reinante en Occitania, de origen godo, se titulaba sencillamente "condes de Tolosa", los condados situados alrededor se contentaban con el título respetuoso de "vizcondes". El nombre de los Trencavel adquirió fama legendaria y se transformó en "Parsifal" (Perceval = Tranchez-bel = corta-bien, corta por en medio).

Parsifal: históricamente fue Ramón-Roger II de Carcasona, nacido en 1185, hecho prisionero y asesinado en Carcasona en 1209, al comienzo de la cruzada contra el santo Grial, llamada también "guerra de los albigenses".

Simón de Montfort: (1150 a 1218), conde de Leicester, casado con Alix de Montmorency, encabezó en 1209 la cruzada y fue su beneficiado directo en nombre de Francia; usurpó el trono de los condes de Tolosa, ocupó esta última ciudad en 1215 al lado del delfín Louis VIII, volvió a perder la ciudad a manos de Raimundo y murió durante el asedio por el disparo de una catapulta. Su familia tuvo durante mucho tiempo una influencia considerable en Tierra Santa.

Occitania: región del suroeste de Francia; políticamente se identifica más o menos con el entonces muy poderoso condado de Tolosa.

Ramón-Roger III: nació en 1207, hijo de Parsifal; murió en 1240 durante la batalla con que intentó reconquistar Carcasona.

Oliver de Termes: nació en 1198; su padre, Ramón de Termes, fue asesinado después de la caída de la ciudad en 1211; su tío Benoit de Termes fue obispo cátaro de Razes. La ciudad de Termes fue entregada a Alain de Roucy, que en 1213 diera muerte al rey Pedro II de Aragón en la batalla de Muret. Oliver fue un *faidit*, un proscrito, que apoyó al último de los Trencavel. Después del fracaso de éste se pasó a los franceses y se convirtió en enemigo encarnizado de Xacbert de Barberá, quien seguía resistiendo al rey de Francia.

canço: provenzal, "canción".

EL ASNO DE SAN FRANCISCO

nolens volens: latín, "sin quererlo".

inter pocula: latín, "entre copas".

LOS GITANOS

Aigues Mortes: puerto rectangular fortificado que Luis IX hizo construir en la región pantanosa de la Camargue, para uso de los cruzados.

Iglesia del Amor: organización eclesiástica de los cátaros.

sirventes: en su origen, nombre que se daba a los cantos religiosos; después pasó a calificar los versos burlones con que los trovadores se referían a determinadas personas.

armigieri: italiano, "maestros armeros"; los responsables de las armas no gozaban en la Orden del Temple del mismo rango militar que los caballeros. Su distintivo era una cruz roja sobre hábito negro.

Conde Jean de Joinville: nació en 1225, senescal de la Champagne; tomó parte como cronista en la cruzada de Luis IX.
Yves "el Bretón": nació en 1224, antes sacerdote, matón indultado por el rey Luis IX a cuyo servicio entró; más adelante ingresó en la orden de los dominicos.
"árbitro máximo": sobrenombre de Luis IX, quien –al suponérsele más allá de cualquier duda en cuanto a su catolicidad– actuaba de intermediario entre el emperador y el Papa.
poverello: italiano, "pobrecillo", apodo de los franciscanos

III *In fugam Papa*

in fugam papa: latín, "el Papa huido".

EL *MAPAMUNDI*

mapamundi: el mapa del mundo.
Castel Sant'Angelo: en italiano, castillo del Santo Ángel, edificado sobre la tumba del emperador Adriano.
Capoccio: Rainiero de Capoccio nació en 1181; fue cardenal diácono de Santa María in Cosmedino; en 1261, delegado de la curia para el desarrollo de la Orden franciscana. Perteneció a la orden del Císter y era señor de Viterbo. Pedro de Capoccio, primo del primero, fue cardenal diácono (1244 a 1259) de "San Jorge *ad velum aureum*".
personae sine gratia: latín, personas que no merecen el indulto.
Dchebel al-Tarik: árabe, "peñón de Tarik", el de Gibraltar, llamado así en recuerdo del guerrero de la dinastía de los Omeya que desembarcó allí en 711, procedente de Tánger, y derrotó al ejército de los visigodos bajo Rodrigo.
hic sunt leones: latín, "aquí hay leones".
divina Hierosolyma: latín, "Jerusalén divina".
Chrisoqueras: griego, el "Cuerno de Oro".

patriarcado de Aquilea: plaza de soberanía eclesiástica. En 1445 pasa a manos de la Serenísima (República de Venecia).

caput mundi: latín, "cabeza" o "capital del mundo", Roma.

Horda de Oro: Kanato mongol que fue independiente bajo Batú, nieto de Gengis kan. En la actualidad, Bielorrusia.

batalla de Liegnitz: tras la conquista de Kiev, el 6-12-1240, las fuerzas mongoles de Batú se dividieron y bajo el mando de su primo Baidar atacaron, el 9-4-1241, a los ejércitos unidos del rey de Polonia y del duque Enrique II de Silesia, siendo éstos derrotados y destruidos.

batalla del río Sajo: Batu y su general Subutai vencieron a las fuerzas del rey Bela de Hungríael el 11-4-1241.

Gregorio IX: Papa (19-3-1227 a 22-8-1241), Ugolino di Segni, cardenal obispo de Ostia, desde 1220 cardenal protector de los franciscanos.

sacerdote Juan: figura legendaria de un supuesto rey-sacerdote cristiano en el lejano oriente, el preste Juan de las Indias, del que occidente esperaba obtener ayuda en la época de las cruzadas. Durante algún tiempo se creyó que el propio Gengis kan (de religión cristiano-nestoriana) era dicho personaje, pero las invasiones mongólicas de 1240/41 demostraron el error. Más tarde se pensó que el sacerdote Juan podría ser, como la reina de Saba, un rey copto de Abisinia.

Ogodai: gran kan de los mongoles, murió el 11-12-1241 en Karakorum.

kuriltay: asamblea o dieta de los mongoles. En una ocasión duró cinco años, hasta que los herederos se pusieron de acuerdo en nombrar gran kan a Guyuk, hijo mayor de Ogodai.

spaventa passeri: italiano, "espantagorriones", o "espantapájaros".

omnes praelati…: latín, verso satírico referido al secuestro y aprisionamiento de una nave genovesa cargada de cardenales, por Enzo, hijo natural del emperador, con ayuda de marinos pisanos (3-5-1241): "Todos los prelados / obedientes al Papa / más tres legados / fueron apresados"

bastardo de carnicera: alusión malévola a las dudas que rodearon el nacimiento legítimo de Federico II en Jesi (26-12-1194): se rumoreaba que su madre, la heredera normanda Constancia, adoptó en secreto, a los cuarenta años, al recién nacido de una carnicera del lugar.

amante del emperador: tercera y última esposa de Federico, Isabel de Inglaterra (hermana del rey Enrique III); murió en 1241, en el parto de su tercer hijo.

suicidio del primogénito: el hijo mayor del emperador, Enrique VII, considerado por su padre culpable de las revueltas registradas en el imperio, fue condenado a internamiento en una fortaleza de Apulia. Durante el traslado se suicidó, el 10-12-1242, arrojándose con su caballo al abismo.

traición de Viterbo: 9-9-1243. La revuelta contra la guarnición que el emperador mantenía en la ciudad fue instigada por Rainiero de Capoccio y apoyada por Roma. Se le prometió retirada honrosa a la tropa, pero el incidente terminó con una agresión en la que fue hecho prisionero el *margrave* imperial Simón de Tuscia (Toscana).

canis Domini: latín, "perro del Señor", término formado alterando el orden de las palabras *Domini canis* (dominicos).

Elía de Cortona: nació en 1178, de la familia de los barones de Coppi, de sobrenombre *il bombarone* (en italiano, "el buen barón"). Ingresó en 1211 en la Orden de san Francisco, de la que llegó a ser provincial de Toscana en 1217. De 1218 a 1220 fue provincial de Siria, en 1221 vicario de Francisco, en 1223 ministro general de la Orden; reelegido en 1232; destituido el 15-5-1239. Se retiró a Cortona: primera excomunión. Elía fue seguidor de Federico y residió en 1242/43 como embajador del emperador en Constantinopla, donde puso fin a la disputa entre el emperador latino Balduino II [1228 a 25-7-1261] y el emperador griego Juan III Vatatse, quien casó con la hija natural del emperador Federico, Ana-Constanza. En 1244 regresó a Cortona portando la sagrada reliquia de la Vera Cruz. El mismo año, el nuevo ministro general Aimone, un inglés, invitó a Elía a asistir al capítulo general de la Orden, convocado en Génova para el 4-10-1244. Elía se disculpó por escrito y no asistió.

VANA ILUSIÓN DEL FUGITIVO

idiota: palabra griega que califica al que es excluido o marginado de la sociedad.

monte Argentario: (costa meridional de la Toscana), situada delante de la región pantanosa y boscosa de la "Maremma".
incubus: en latín, "pesadilla".
san Juan Bautista: día festivo, 1 de julio (a.D. 1244).

IL *BOMBARONE*

patriarca de Antioquía: Alberto de Rezzato (1226 a 1245/46)
Rukn ed-Din Baibars: nació en 1211, de sobrenombre "el arquero", emir mameluco que más adelante usurpó el rango de sultán y mostró gran empeño en destruir todos los asentamientos cristianos importantes en Tierra Santa.
stemma: escudo (eclesiástico).
Papa Urbano II: (12-3-1088 a 29-7-1099). Convocó en 1095 la primera cruzada en el concilio de Clermont.
emperador Juan III Ducas, llamado también *Vatatse:* (1193 a 1254). Tras la fundación del imperio latino en 1204, la casa imperial bizantina se refugió en Asia Menor, estableciendo allí el imperio de Trebisonda y el imperio de Nicea. Este último, bajo Miguel VIII Paleólogo, sucesor del Vatatse, puso fin en 1261, con ayuda de los genoveses, al imperio latino bajo Balduino II.

IV Huellas borradas

CONTRA EL ANTICRISTO

intricata... composita... cantata: latín, "intrigas… compuestas… cantadas".
San Albano: abadía en Herfortshire, Inglaterra

almirante Enrico Pescatore: en 1221, Federico II envió a éste como adelantado suyo a Damieta, pero no pudo impedir que la ciudad fuese devuelta al sultán El-Kamil. En agosto de 1225 fue a buscar por encargo del emperador a la juvenil novia de éste, Yolanda, a San Juan de Acre, y la trasladó a Brindisi, donde se celebró la boda el 9-11-1225. En premio a sus méritos, Federico lo nombró conde de Malta.

Laurence de Belgrave: nació en 1191, hija del matrimonio morganático entre Livia de Septimsoliis-Frangipane y Lionel Lord Belgrave, aliado del de Montfort y posterior protector de la *Resistenza*. Laurence fue nombrada en 1212 abadesa del convento de carmelitas en el Monte Sacro de Roma; en 1217 la amenaza de la Inquisición la obligó a huir de Italia y se dirigió a Constantinopla. Allí fundó un burdel y más adelante fue famosa y temida como pirata y mercader de esclavos. Su sobrenombre era "la abadesa". En 1228 casó con el almirante y se convirtió en condesa de Otranto. En 1229 nació su hijo Hamo, que llevaría el sobrenombre de *l'Estrange*.

Clarion: nació en 1226 como "producto secundario" de la noche de bodas de Brindisi (9-11-1225). Federico II dejó embarazada a Anaïs (hija del visir Fakhr ed-Din), doncella de honor de Yolanda. Clarion fue criada en Otranto y Federico le concedió el título de condesa de Salento.

bismillahi al-rahmani al-rahim: en árabe, "en nombre de Alá, el misericordioso". Invocación que antecede a cada *sura* del Corán.

qul a'udhu birabbi al-nasi...: árabe. Dice: "Busco refugio en el Soberano de los humanos, el rey de la humanidad, ante las malévolas insidias del vil murmurador que le susurra al corazón del ser humano, saliendo del *dshinn* y del hombre" (Corán, *sura* Al-Nas).

Guido della Porta: nació en 1176, hijo natural de Livia di Septemsoliis-Frangipane y del *margrave* Guillermo de Montferrat. De 1204 hasta su muerte en 1228 fue obispo de Asís, con el nombre de Guido II. En su guardia sirvió durante breve tiempo (en 1212) Sigbert von Öxfeld y, entre 1204 y 1209, John Turnbull fue secretario suyo.

Geoffroy de Villehardouin: nació en 1150. Mariscal de la Champagne e historiador (*Histoire de la conquête de Constantinople*); a partir de 1204, mariscal del imperio latino; de 1210 a 1218 príncipe de Acaya, vasallo de John Turnbull (en Blanchefort, que después heredó Crean de Bourivan).

Anna: amor juvenil de Sigbert, que lo acompañó en 1212 a la cruzada infantil y acabó en el harén del visir Fakhr ed-Din. Madre de Fassr ed-Din Octay.

qul a'udhu birabbi al-falqi…: árabe. Dice: "Busco refugio en el Señor de la mañana ante la malignidad de lo que fue creado … y ante la malignidad de los que soplan sobre los nudos de las relaciones mutuas para deshacerlos, y ante la malignidad del envidioso cuando envidia" (Corán, *sura* al-Falaq).

pax mediterranea: el concepto de la "paz mediterránea" se debe al emperador Augusto.

EL SACRIFICIO DE BECCALARIA

eufemismo: del griego, imagen idealizada.

EL "GRAN PROYECTO"

de profundis…: latín, "de lo más profundo te imploré, Señor".

MUERTE EN PALERMO

Ricardo de Cornwall: nació en 1209, hermano de Enrique III, sobrino de Ricardo Corazón de León, conde de Cornwall desde 1225. Fue huésped de Federico II en Sicilia a su regreso de la cruzada, en 1240/41. Más adelante, después de la muerte de Federico, fue nombrado antirrey alemán (13-1-1257 a 2-4-1272), junto a Alfonso de Castilla, en oposición al aspirante de la casa de los Hohenstaufen (Manfredo). Murió en 1272.

Alfonso X, rey de Castilla: de sobrenombre "el Sabio" (1252 a 4-4-1284). Antirrey alemán (1-4-1257 a 1275) (renunció);

hijo de Fernando III el Santo, rey de Castilla y de León. Su madre fue Beatriz de Hohenstaufen.

Hija de Arturo: hace referencia a la relación legendaria entre los cátaros y los caballeros de la "mesa redonda" del rey Arturo, a Parsifal y los caballeros del Grial.

capella palatina: capilla normando-bizantina en la primera planta del palacio real de Palermo.

JUEGOS ACUÁTICOS

meden agan: griego, no demasiado.

gran maestre de la Orden de caballeros teutónicos: en el caso presente, Hermann II von Salza (1210 a 30-2-1239), el más importante y más fiel amigo del emperador, que realizó repetidos intentos para reconciliarlo con el papado.

el-Kamil: sultán de El Cairo (1249 a 1280).

Aiyub ó Ayub: sultán de El Cairo (1238 a 1249).

Oi llasso…: poema escrito por el propio Federico II y dedicado a "la flor de Siria" Anaïs, hija del visir.

LA CONDESA DE OTRANTO

trirreme: velero de guerra dotado de tres cubiertas para remeros.

Conrado IV: nació el 25-4-1228, hijo y sucesor de Federico II con el título de rey de Alemania. Su madre fue Yolanda (que murió de parto) y al nacer adquirió el título nominal de "rey de Jerusalén". Casó el 1-9-1246 con Isabel de Baviera (hija de Otón II, de la casa Wittelsbach) y de este matrimonio nació Conrado V, llamado "Conradino", último monarca de los Hohenstaufen.

conde Jean-Odo de Monte Sión: nombre de guerra de John Turnbull. Se supone que su madre fue Héloise de Gisors (nacida en 1141), quien, al parecer contra la voluntad de su familia, que se derivaba en línea directa de los Payens (fundadores de la Orden del Temple) y de los condes de Chaumont, contrajo matrimonio con Rodrigo de Mont, hermano del obispo de Sitten ("Sion", Valais, Suiza); de esta unión morganática nació, probablemente en 1170 (o en 1180) Jean-Odo. De 1200 a 1205 fue secretario de Geoffroy de Villehardouin; desde 1205 a 1209 estuvo al servicio de Guido II, obispo de Asís; de 1209 a 1216 se sumergió en la *Resistenza* clandestina contra Simón de Montfort; de 1216 a 1220 sirvió a Jacques de Vitry, obispo de San Juan de Acre, después al sultán el-Kamil. En 1221 emprendió viaje a Acaya, después estuvo repetidas veces en Asís. Incluso el nombre de su feudo en el Peloponeso, "Blanchefort", indica que mantuvo una relación intensa con los templarios y con la asociación secreta llamada *Prieuré* de Sión, a la que pertenecieron también Bertrand de Blanchefort (gran maestre de los templarios) y los Gisors. (v. t. Peter Berling, *Franziskus oder Das zweite Memorandum*).

ordo equitum theutonicorum: latín, Orden de los caballeros teutónicos.

Blanchefort: nombre del feudo que en Acaya poseía John Turnbull, y que recibió de Geoffroy de Villehardouin en premio a sus servicios. Este feudo lo heredó después su hijo natural, Crean de Bourivan, cuando Blanchefort había pasado a manos de la familia Champ-Litte d'Arcady, con cuya hija Helena contrajo matrimonio Crean.

reine innocente: francés, "reina inocente", una variedad de lirio.

allahu akbar: árabe, "Alá es grande".

wa-Muhammad rasululah: árabe, "y Mahoma es su profeta".

LADRONES VIAJEROS

advocatus diaboli: latín, "abogado del diablo", labor que le corresponde al examinador crítico en los procesos de canonización.

V El oído de Dionisio

Dionisio: en la mitología griega, dios del vino, de la embriaguez y de los misterios; en latín corresponde a Baco. "El oído de Dionisio" es una construcción arquitectónica (embudo de resonancia) a través de la cual se oye perfectamente lo que se habla en otra estancia alejada.

UNA PUERTA SIN FALLEBA

Lucera: al pacificar el reino de Sicilia, Federico II deportó a una parte de los sarracenos rebeldes y los asentó en Apulia, en la ciudad de Lucera, fundada con este propósito. Con el tiempo, los sarracenos formaron la tropa más entregada y fiel al emperador.

apage Satana: griego, "¡apártate, Satanás!"

EL CASTILLO DE QUÉRIBUS

picardinos: soldados de la Picardía francesa; infantes que luchaban con "picas".

Los cuatro jinetes del Apocalipsis: figuras alegóricas del Apocalipsis de san Juan, que representan: peste, guerra, hambre y muerte.

LA MINA CIEGA

aurum purum: latín, oro puro.

vasama la uallera: en dialecto napolitano, "¡bésame los huevos!"

HISTORIAS DE MUJERES

maestro venerabile: italiano, alocución dirigida al maestre de una Orden o de una logia.

Patrimonium Petri: latín, "Patrimonio de San Pedro", las propiedades que en la Edad media constituían el Estado Pontificio: Latium, alguna parte (en litigio) de la Toscana, de Umbria y de las "marcas" de Bolonia, Ferrara y Ancona.

preces armatae: latín, peticiones urgentes.

Boecio: Anicius Torquatus Severinus Boetius, filósofo y político romano, autor de la *Consolatio Philosophiae*, 480 a 524 (murió ejecutado).
status quo ante: latín, "el mismo estado de antes".
Giovanni Pian del Carpine: (llamado también *Piano di Carpinis*): (aprox. 1182 a 1252), primer Protector de Sajonia, autor del *Liber Tartarorum*.
Jacobitas: movimiento en la Iglesia de los primeros tiempos del cristianismo, seguidores del apóstol Santiago.

AIGUES MORTES

Peire Vidal: trovador occitano (1175 a 1211).
Drut: provenzal, el "Enamorado", apodo referido a Roger-Bernard II de Foix.
tierras de la corona: la hija del conde Raimundo VII y última heredera de Tolosa, Juana, fue prometida cuando aún era niña a Alfonso de Poitiers (hermano de Luis IX). El padre de Juana fue retenido en París hasta la consumación del matrimonio. Con ello, Tolosa se convirtió en provincia francesa.

EL PALANQUÍN

Virgilio: Publius Virgilius Maro, poeta romano (70 a 19 a.C.), profetizó en su *Bucolica* (aprox. 40 a.C.) el advenimiento de una "era de oro" tras el nacimiento de una criatura "santificadora".

VI *Canes Domini*

EXCOMUNIÓN Y CONDENA

soldados de las llaves: tropas papales (por las llaves cruzadas que ostenta el escudo pontificio) *conde Raimundo-Berengar IV:* 1209 a 19-8-1245. Sus cuatro hijas se casaron: Margarita (1234) con Luis IX, rey de Francia; Leonor (1236) con Enrique III, rey de Inglaterra; Sancha (1244) con Ricardo de Cornwall, rey de Alemania; Beatriz (1246) con Charles d'Anjou (hermano de Luis IX), que en 1265 fue coronado rey de Nápoles (decapitación de Conradino); el Sacro Imperio perdió Provenza.

duque Bertholdo de Merano: patriarca de Aquilea (27-3-1218 a 23-5-1251).

Tadeo de Suessa: juez del tribunal supremo, fiel a Federico II, fue muerto el 18-2-1248 durante la rebelión de Parma y la destrucción de Victoria, ciudad-campamento del emperador.

stupor mundi: latín, "estupor del mundo", sobrenombre de Federico II, pero que aún no ostentaba cuando nació el 25-12-1194 en la plaza de mercado de Jesi. Para anular cualquier duda en torno a su nacimiento legítimo, la madre mandó montar una gran tienda en dicha plaza, obligando a dieciocho prelados, cardenales de Roma y obispos del entorno a asistir al parto.

iella: italiano (del árabe), "desgracia, mala suerte".

mal'occhio: italiano, "mal de ojo".

EL AMALFITANO

erostrático: deriv. de Eróstrato, incendiario griego que destruyó en 356 a.C. el templo de Éfeso una de las siete maravillas del mundo.

LA *GRANDE MAÎTRESSE*

San Pedro: basílica construida en Roma sobre la tumba de san Pedro (muerto aproximadamente en el 65, en el circo de Nerón), construcción fechada en 324 bajo el emperador Constantino I (307 a 337), inaugurada el año 326 por el papa Silvestre I (314 a 347).

Enzo: (1216 a 1272), hijo natural de Federico II, rey de Torre y Gallura (Cerdeña), muerto en Bolonia, en prisión.

Marie de Saint-Clair: nació en 1192; casó en 1220 con Jean de Gisors, estando éste ya en su lecho de muerte, para asegurar la sucesión como gran maestre de la Orden Prieuré de Sión al niño Guillem (nacido en 1219), cuya madre Adelaida de Chaumont había muerto de parto; se la considera madre de Blanchefleur (1224 a 1279), hija del emperador.

rey Felipe II Augusto de Francia: (1180 a 14-7-1223). Su delfín fue el posterior Luis VIII, rey de Francia (1223 a 8-11-1226); a éste le sucedió su hijo, Luis IX.

Jean de Brienne: casó el 13-9-1210 con la heredera del reino de Jerusalén, María "la Marquise". Ésta murió de parto al nacer su hija Isabel II, llamada Yolanda.

Pelayo: (Pelagius Galvani O. S. B.), de procedencia española (?); cardenal obispo de San Albano (1213 a 1229) y en varias ocasiones legado papal, primero en el imperio latino y después en la cruzada llamada "de Damieta" (1217 a 1221); se esforzó más adelante por la absorción de la Iglesia armenia y la sucesión en el trono de Chipre.

gran maestre de los hospitalarios: entonces era Guarin I de Montague (1208 a 1230).

Inocencio III: (1198 a 1216). Lotario Conti, conde de Segni, fue de 1197 a 1215 tutor del joven Federico II; pasó después a ser su más encarnizado enemigo al no cumplir el emperador la promesa de organizar las cruzadas.

Honorio III: Papa (18-7-1216 a 18-3-1227), Cencio Savelli, cardenal obispo de San Giovanni, padrino de Federico II; durante toda su vida trató a su pupilo con benevolencia.

vita sicarii: latín, vida de sicario.

venefex: latín, "envenenador, mezclador de venenos".

Pourquoi cette éjaculation...: francés, "¿por qué esa eyaculación precoz? ¿Vuestro *coq* (gallo, pene) ya no era capaz de preconizar? (juego de palabras entre "précox", "coq" y "préconiser").

Esclarmonde: condesa de Foix, la Esclarmunda del poema del Grial, era hija de Parsifal; su hijo Bernard Jourdain casó con India de Toulouse-Lautrec (hermana de Adelaida, madre de Parsifal), de donde se deriva la confusión entre varias generaciones, lo que llevó a pensar que Parsifal y Esclarmunda eran hermanos. En 1207 dio la orden de fortificar el *pog* de Montségur (cuya primera piedra había sido puesta el 12-3-1204) y convertir así el castillo en refugio del santo Grial de los cátaros; debió de morir poco después.

Domingo: Domingo Guzmán de Caleruega (1170 a 1221), superior de Osma, fundó en 1207, en Fanjeaux, el convento de mujeres de Notre Dame de Prouille, y en 1216 la Orden dominicana (*ordo fratrum praedicatorum* = O. P.), o de "predicadores ambulantes", dedicada a la conversión de los cátaros. En 1220 fue confirmada como Orden mendicante; a partir de 1231/32 encargada de la "inquisición" de los herejes. Su fundador, predicador fanático e infatigable, fue canonizado en 1234.

prati: italiano, "praderas" situadas sobre la margen derecha del Tíber.

transtiberim: latín, "más allá del Tíber"; en ital. Trastevere, barrio de Roma, único construido en la orilla derecha del río e incluido en la muralla, para proteger el puerto de Ripa.

Capet: dinastía de los reyes de Francia. El primero, Hugo (987 a 996), tomó el nombre de la palabra "cappa". Los Capet desplazaron a los Merovingios del trono y lo conservaron hasta la Revolución Francesa.

panecillo caliente: último aviso de los "asesinos" que, según la crónica, era conocido ya en tiempos de Ricardo Corazón de León y de Saladino. El calor del panecillo demostraría que eran capaces de introducirse en secreto hasta en los últimos rincones privados.

TORMENTA SOBRE APULIA

pupazzi: italiano, "muñecos, monigotes".

sine glossa: latín, "sin comentario", "sin más", se refiere aquí en sentido burlón al llamado "Testamento de san Francisco".

bismillahi al-rahmani al-rahim…: en el nombre de Alá, el Misericordioso. Toda alabanza corresponde a Alá, Señor del universo, el misericordioso, soberano del día del juicio. Sólo a Ti servimos, sólo a Ti rogamos nos ayudes. Guíanos por el camino recto, el camino de aquéllos que gozan de Tu benevolencia, no el de aquéllos a quienes tienes rencor ni el de aquellos que yerran. Amén (invoca a la oración).

PLATOS ROTOS

zelanti: minoritas fanáticos seguidores de la *regula sine glossa*, el testamento de san Francisco, no reconocido por la Iglesia.
salsicce: italiano, "salchichas".

DESTELLOS QUE PARECEN RAYOS

Avlona: lugar en la costa de Dalmacia, frente a Otranto.

LOS REALES INFANTES

boda quimiológica: unión de elementos polares contrapuestos, llamada también *coincidentia oppositorum*; en el simbolismo hermético de los alquimistas, ésta califica el "acto de creación", ya sea químico o espiritual, necesario para que "nazca" o "se origine" algo nuevo.
Hermes Trismegisto: griego, "Hermes el triplemente mayor"; los diecisiete libros que se le atribuyen proceden probablemente de los primeros siglos d.C., de la escuela esotérica de Alejandría. Tratan temas astrológicos, rituales del templo, medicina.

DUDAS EDIFICANTES

sunna: árabe, "tradición"; sunnitas = seguidores del califato elegible, en oposición a los chiítas, que defienden la descendencia directa del profeta (también llamados fatimidas).
en una montaña: alusión a la leyenda del monte de Kyffhäuser donde se ocultaría Federico I Barbarroja. Más adelante la leyenda fue ampliada para acoger en el mismo lugar también a Federico II.

EL ALUD

saratz: aprox. en 850, un grupo de guerreros árabes (que por aquella época dominaban todo el sur de Italia y Sicilia, conquistada a los griegos) alcanzó (probablemente subieron a lo largo del río Po y pasaron por Venecia) los Alpes y se asentó allí (en el actual cantón de los Grisones, Suiza), tras haberse mezclado con los montañeses oriundos de la región.

VII Los *Saratz*

EL "CARDENAL GRIS"

ordo fautuorum minorum: latín, juego de palabras que significa "orden de los menores bobos".
carpe diem!: latín, "¡aprovecha el día!"
logos: griego, "palabra, mente".
homo agens: latín, hombre activo.
humores: en la edad media, los cuatro jugos corporales típificantes.
omissis: latín, "suprimido, omitido" (término especial de los copistas).
Dei Patris Immensa: encíclica papal de Inocencio IV, del 5-3-1245, entregada al legado Lorenzo de Orta al emprender éste la misión que le llevaría a la corte de los mongoles. Lo importante no era que las tres primeras palabras dieran un sentido, sino que no fueran repetidas en ninguna otra encíclica.

EL PUENTE DE LOS SARRACENOS

ma lahu lajm abayd...: árabe, "¡qué carnes tan blancas tiene! ¿ricitos rojos?... ¿como un cerdito? ... ¡pero envuelto en la bandera del emperador!"
guarda lej: retorromano, "guarda del lago".
guarda gadin: retorromano, "guarda del valle".
diavolezza: italiano, "la diabólica".
landgrave (de Turingia): Enrique Raspe (1242 a 17-12-1247), antirrey alemán (22-5-1246 a 17-12-1247); cuñado de santa Isabel de Hungría. Con él se extinguió la estirpe de los ludovingios: en la

guerra de Sucesión (que duró hasta 1264), Meissen pasó a pertenecer a la familia de los Wettin; Turingia y Hesse a la de Brabante.

graffittisti: italiano, ténica especial de decoración de paredes que consiste en "rascar" sobre varias capas de pintura.

duque Welf I de Baviera: casó con Matilde, margravesa de Tuscia, diez años mayor que él. En 1077 (después de la humillación del emperador en Canosa) intentó impedir que éste, Enrique IV (1056 a 1106), regresara a tierras germanas, donde los príncipes electores habían proclamado entretanto antirrey a Rodolfo de Suabia.

Servi Camerae Nostrae: latín, "servidores de nuestras cámaras"; edicto de Federico II en 1236 para proteger a los judíos, que de este modo quedaban directamente subordinados al emperador.

guarda del punt: retorromano, "guarda del puente"

HIERROS CANDENTES

carcer strictus: latín, "régimen estricto de encarcelamiento".

carnifex: latín, "verdugo".

questor: del latín, "juez instructor, fiscal del estado".

INP + F + SS: abrev. de: In Nomine Patris et Filii et Spiritus Sancti.

INRI: abrev. de: Iesus Nazarenus Rex Iudaeorum.

LA IGLESIA AHUMADERO

per omnia saecula saeculorum: latín, "por los siglos de los siglos".

civitas: latín, en su origen "virtud cívica romana", aquí: civismo, civilización.

CONJURA BIZANTINA

Nicola della Porta: nació en 1205 en Constantinopla (hijo natural de Guido II, obispo de Asís; madre desconocida); nada más morir su padre ascendió en 1228 a obispo de Spoleto, y en 1235 fue destinado al imperio latino.

abuela: Livia di Septemsoliis-Frangipane (madre de Guido della Porta y también de Laurence de Belgrave).

uk estin udeis, hostis uch hauto philos: griego, "cada uno es el mejor amigo de sí mismo".

Jean de Brienne: cuando el rey Juan de Jerusalén perdió su reino a raíz del matrimonio de su hija Yolanda con Federico II (el germano rompió la palabra dada de apoyarlo), se puso primero al servicio del Papa, y en 1229 fue nombrado regente y co-emperador del emperador-niño Balduino II (1228 hasta 1261) de Constantinopla, cargo que desempeñó hasta su muerte en 1237.

chrysion d'uden oneidos: griego, "el oro no mancha".

politikos: término griego, significa "hombre que piensa y actúa socialmente".

Hydruntum: latín, nombre de Otranto, tomado del griego.

kai kynteron allo pot' etles: griego, "... cosas peores (más perrunas) has sufrido".

arche hemisy pantos: griego, "el comienzo es la mitad del todo".

Hasan-i-Sabbah: procedente de Quom (se desconoce su fecha de nacimiento), fundó en 1090, en la ciudad de Alamut o "Nido de águilas" (situada en la cordillera de Jorasam, al sur del mar Caspio, sobre la ruta de la seda) la secta secreta de los "asesinos" y fue el primer gran maestre de la misma. La Orden tuvo una organización muy rígida (que más adelante sirvió de ejemplo a los templarios), limitada a un círculo reducido de iniciados, los "da'i"; disponía además de otro círculo más amplio de "fida'i", solicitantes de ingreso, que prometían obediencia absoluta (hasta la muerte). Hasan-i-Sabbah murió en 1124. Desde 1221 la Orden fue regida por Muhammad III, quien había ascendido a gran maestre a los nueve años.

keyf (también: *kaif*)*:* estado de embriaguez del alma inducido por el consumo de hachís/marihuana.

gerasko d'aiei polla didaskomenos: griego, "envejezco y sigo aprendiendo".

hos mega to mikron estin en kairo dothen: griego, "qué grande llega a ser lo pequeño en el momento oportuno".

VIII El solsticio

solsticio: latín, punto de inversión de la radiación solar, en verano (junio) y en invierno (diciembre), con la noche más corta, y más larga.

LA CÁMARA DE TESOROS DEL OBISPO

Estix: en la mitología griega, río que se cruza al dejar el mundo de los vivos y alcanzar el reino de los muertos (el Hades).
Vitellaccio di Carpaccio: italiano, burla de los nombres "Vito" y "Capoccio"; *vitellaccio* es un ternero torpe y tontorrón; *carpaccio* es un plato de carne cruda, cortada en tiras muy finas.
Damasco: capital de Gezira, "ciudad soberana y franca", que representaba en el mundo islámico un tercer poder entre Bagdad (sede del califa) y El Cairo (sede del sultán). Su cabeza visible era el "malik" (rey). Homs, Hama y Kerak eran emiratos sirios que, al igual que Damasco y Alepo (entonces capital oficial de Siria), estaban en manos de los ayubíes.
Ho chresim' eidos uch ho poll' eidos [sophos]: griego, "[sabio es] quien sabe cosas útiles, no quien sabe muchas cosas"
ariston men hydor, ho de chrysos: griego, "el agua es un bien apreciable, pero el oro…"
kyrie eleison: griego, "Señor, apiádate".

TRIBUTO DE AMOR

lingua franca: latín, nombre habitual que se daba a la lengua de los francos (franceses), aunque en este caso quiere significar: habla franca (libre y sincera).

EL MENÚ

efebos: en griego, muchachos adolescentes.
Al-salih al-Din Aiyub: el nombre del sultán Aiyub incluye el de su famoso tío-abuelo Saladino. Aiyub era hijo del sultán el-Kamil, que a su vez era hijo del sultán el-Adil (hermano de

Saladino), siendo el padre de ambos el general Nadjm Aiyub, fundador de la dinastía de los Ayubíes (reinó de 1171 a 1254). Nadjm Aiyub murió en 1173. Su hijo Salah ad-Din (Saladino) desplazó en 1171 a la dinastía de los fatimidas, se proclamó en 1176 sultán de Egipto y de Siria, reconquistó en 1187 Jerusalén de los cristianos y murió el 3-3-1192. El-Adil (Safadino, hermano de Saladino) se impuso hacia finales de 1201 como sucesor sobre los hijos de éste; murió el 31-8-1218. Después de su muerte el imperio fue repartido entre sus tres hijos: el-Kamil, sultán de Egipto (El Cairo), murió el 8-3-1238; el-Mu'azzam, sultán de Siria (Alepo), murió el 11-11-1227; al-Ashraf, soberano de Gezira (Damasco), murió el 27-8-1237. As-Salih Aiyub sucedió a su padre el-Kamil en el trono de El Cairo; murió el 23-11-1249.

speude bradeos: griego, "¡ir despacio para llegar lejos!"

VÍSPERAS DE BODA

maison d'arrêt: francés, "lugar de estancia obligada".

arzobispo de Maguncia: Sigfrido III de Eppstein (oct. 1230 a 9-3-1249).

Isabel de Baviera: (1227 a 1273), hija del duque Otón II de Baviera, contrajo matrimonio con el hijo del emperador, Conrado IV (1228 a 1254; desde 1237, rey de Alemania); de esta unión nació Conradino (en 1252, decapitado en 1268).

UN FRANCISCANO MAREADO

Taj al-Din: gran maestre de los "asesinos" de Masyaf, Siria, a donde llegó destinado desde la sede principal de Alamut; su mando está documentado entre 1240 y 1249.

reina madre Alicia de la Champagne: de 1229 hasta su muerte en 1246 fue regente del reino de Jerusalén; casada con Hugo I de Chipre. La regencia pasó a su hijo Enrique I de Chipre. Éste casó en 1237 con Estefanía de Armenia, hermana del rey Hetum, produciéndose una reconciliación entre Armenia y Antioquía (disputa eclesiástica).

IX Sobre la pista del fraile

UN BAÑO CALIENTE

amor vulgus: latín, "amor común, vulgar".

TRAMPA RATONERA

requiem aeternam...: latín, "Señor, dales reposo eterno y que la luz eterna los ilumine. Amén".

Bernardo de Clairvaux: (aprox. 1090 a 20-8-1153), de origen noble (padre: de Chatillon, madre: de Montbard) ingresó en 1112 en la orden del Císter y fundó en 1115 el convento reformado "Clara Vallis". En 1130 decidió con su voto la elección del papa Inocencio II, en 1140 condenó al renombrado escolástico Abelardo, en 1145 acompañó al legado papal Alberico en una misión contra los herejes albigenses. Sus prédicas fueron decisivas para el inicio de la segunda cruzada (1147 a 1149). En 1174 fue proclamado santo. Su tío André de Montbard figura entre los fundadores de la orden del Temple.

rey Dagoberto III: (711 a 715), famoso rey de los merovingios, murió asesinado.

Plantagenet: Matilde de Inglaterra, última heredera normanda, casó en 1128 con el duque Godofredo de Anjou, dando origen a una nueva dinastía llamada "Plantagenet" (por el adorno de *planta genestra* en el casco de los angovinos). Ricardo Corazón de León fue nieto de Matilde.

DISGUSTO EN OSTIA

palle: italiano, literal "huevos", fig. "no tener huevos = no tener valor".

duque Enrique II de Brabante (12335 a 1248), casó con Sofía, *landgravesa* de Turingia. Los duques de Brabante se denominaban antes duques de Baja Lorena.

Guillermo, conde de Holanda: (1234), antirrey alemán (3-10-1247 a 28-1-1256) tras la muerte de Enrique Raspe de Turingia.
in pectore: latín, literal "[guardar] en el pecho", fig. "[guardar] en la trastienda, tener la intención secreta de…"
Carlotto: Enrique Carlotto (1238/39 a 1253), hijo del (tercer) matrimonio de Federico II con Isabel de Inglaterra; a partir de 1247 fue regente de Sicilia.
terra ferma: latín, "tierra firme", término que se aplicaba en Venecia para distinguir las tierras continentales de sus propiedades insulares en la laguna.
Laus Sanctae Virgini: latín, "alabada sea la santísima Virgen", en este caso: nombre de una nave.
taglio: italiano, "corte";
testa o croce : italiano, "cara o cruz".

WILLIAM, PÁJARO DE MAL AGÜERO

et quacumque viam dederit…: latín, "sea cual sea el camino que nos muestre Fortuna, lo seguiremos" (Virgilio).

X *Chrisoqueras*

LA "ABADESA"

ex oriente lux: latín, "del oriente [nos viene] la luz".
fica: italiano, "higa, coño".
Santa Clara: (1195 a 11-8-1253), siguiendo el ejemplo de Francisco de Asís, fundó en San Damiano (el 18-3-1212) la Orden de las Clarisas, siendo nombrada, el 27-9-1212, abadesa de la misma.

A LA ESPERA

asparagoi: griego, "espárragos".

trajana: griego, "sémola de trigo sarraceno".
sacrae domus militiae...: latín, "señores y guardas del sagrado templo de Jerusalén".
Ganímedes: en la mitología griega (*Ilíada* 20,232), un bello adolescente elevado al Olimpo para llenarle la copa a Zeus.
Belvoir: castillo de los "sanjuanistas" (por su santo patrón), llamados entonces aún "hospitalarios", de la Orden de caballeros hospitalarios de Jerusalén, fundada en 1118 (como reacción a la fundación de la Orden del Temple, de la misma época); más adelante se retiraron de Tierra Santa y se trasladaron a Rodas y Malta: "malteses".
podestà: italiano, "alcalde, cabeza de un municipio".
akuein ta legomena, prattein ta prosejomena: griego, "oír lo que se dice, hacer lo que se oye".
agraphos nomos: griego, "ley no escrita, regla de juego".
aei gar oi piptusin hoi dios kyboi: griego, "¡pues siempre bien caen los dados de Zeus!"

FALSIFICATIO ERRATA

falsificatio errata: latín, "falsificación con errores".
thalatta, thalatta!: griego, "¡el mar, el mar!", exclamación famosa que aparece en *Anabasis*, de Jenofonte.
anabasis: griego, literal "ascenso".
mongoles: Timuyín, quien adoptó después el título de Gengis kan, fue quien unió las tribus tártaras –que después pasaron a denominarse mongoles–, y dio origen a una dinastía. Murió en 1227 y dejó cuatro hijos: Yuci, Yagatai, Ogodai y Tuli. Ogodai, quien lo sucedió en el título de gran kan, no tuvo como sucesor a su nieto, como estaba previsto, sino que (por instigación de su viuda, la katuna Toragina) le sucedió en 1246 su hijo mayor Guyuk. El rey Hetum de Armenia delegó a su hermano Sempad para rendirle honores. Guyuk estaba casado con la *oghul* Qaimach o Qaimich, que después de la muerte de aquél, en 1248, se hizo cargo de la regencia. Sin embargo, no fueron los hijos de Guyuk quienes accedieron al título de gran kan, sino los de Tuli, cuya viuda Sorghaqtani, princesa de Kara-jitay, procuró que la asamblea o *kuriltay* nombrara gran kan primero a Möng-

ke, después a Kublai (primer emperador de China), mientras su tercer hijo Hulagu accedió al título de ilkan de Persia. Batu, hijo de Yuci, se distanció del gran kanato y fundó, junto con su hijo Sartaq, el kanato de la "Horda de Oro"

Baitchú: general mongol y gobernador, invasor de Mesopotamia, sometió a Bohesmundo IV de Antioquía.

Cum Non Solum: latín, bula papal del 13-3-1245, extendida por Inocencio IV para la misión de Pian del Carpine en tierras mongoles.

LA TRIRREME

Propontis: el mar de Mármara.

tetlathi de kradie: griego, "¡aguanta, corazón mío!"

dis kai tris to kalon: griego, "¡lo bello [no una vez, no], dos, tres veces!"

pater filiusque: latín, "Padre e Hijo".

pauci electi: latín, "pocos son los elegidos".

gnothi seauton: griego, "¡conócete a ti mismo!"

seduta: italiano, "sesión".

dictum: latín, "sentencia".

me kinein kakon eu keimenon: griego, "un mal bien instalado, mejor no moverlo [removerlo]".

all'etoi men tauta theon en gunasi keitai: griego, "¡En verdad! ¡Ahora todo descansa en el seno de los dioses!"

as-salamu 'alaina…: árabe, "la paz sea con nosotros / y con los servidores devotos de Alá".

allah karim: árabe, "[hágase la] voluntad de Alá".

XI En el laberinto de Calisto

EL PABELLÓN DE LOS EXTRAVÍOS HUMANOS

Justiniano I: nació en 483, emperador bizantino (527 a 565). Influido por su esposa Teodora (508 a 548) clausuró en 529 la escuela de filosofía de Atenas, destruyó en 533 el imperio de los vándalos (Sicilia, Cerdeña) y en 535 el de los ostrogodos en Italia; promulgó en 534 el código civil "Corpus Iuris Civilis".

Temis: diosa griega de la justicia.

Némesis: diosa griega de la venganza.

sarcófago: ataúd de piedra, en griego, literalmente, "tragador de carne".

polla ta deina k'uden anthropu deinoteron: griego, "[existen muchos monstruos, pero] no existe monstruo mayor que el ser humano".

VENERABILIS

días alciónicos: del griego, días de felicidad, paz, serenidad

Teodosio II: emperador bizantino, nació en 401, reinó de 408 a 450.

tes d' aretes hidrota theoi proparoithen ethekan: griego, "delante de la culminación pusieron los dioses el sudor".

athanatoi makros de kai orthios oinos es auten: griego, "...¡los inmortales! ¡Largo y escarpado es el camino!"

nike, nike!: griego, "¡victoria, victoria!"

kyklos ton anthropeion pregmaton: griego, "el ciclo de los asuntos humanos".

brachys ho bios, he de techne makra: griego, "la vida es breve, el arte perdura".

oida uk eidos: griego, "sé que no sé nada"

esfera armilar: instrumento clásico de astronomía que mide los ángulos y representó, junto con el astrolabio, el equipamiento preferido de la astrología hasta la época moderna. Su invención se atribuye a Tales o Anaximandros (siglo IV a.C.)

sol invictus: deidad romana de la época tardía

amas: conjunción de las "luces principales", el sol y la luna, o en general la conjunción masiva de como mínimo tres planetas.

águila: antiguo signo zodiacal, sustituido más adelante por el escorpión. En astrología aún se atribuye a san Juan Evangelista.

ágape: griego, el amor puro, general y divino, en oposición a *eros* y *filos* (amistad)

kairon gnothi: griego, "¡reconoce el momento [adecuado]!"

EL "ÚLTIMO ESCAPE"

adjutorium nostrum...: latín, "nuestra ayuda está en el nombre del Señor / Creador del cielo y la Tierra".
mega biblion mega kakon: griego, "libro grande, mal grande".

PRISIONERO DEL LEGADO

nestorianos: seguidores de Néstor, patriarca de Constantinopla (murió en 451). Fueron expulsados del imperio romano en 431, después del tercer concilio de Éfeso, y fundaron una Iglesia en Persia, con patriarcado en Ctesifonte. Fueron misioneros en India, China y África, y también entre los mongoles, aunque sin desplazar al chamanismo.

XII *Conjuntio fatalis*

conjunctio (fatalis): latín, en astrología, coincidencia estrecha entre como mínimo dos planetas.

ENSAYO GENERAL

emperador Balduino II: (1228 a 25-7-1261, en que fue destituído, murió en 1273); sus padres fueron Pedro de Courtenay (emperador latino de Constantinopla, del 9-4 al 11-7-1217) y Yolanda de Flandes (murió en 1219). Balduino casó con María de Brienne, nacida del tercer (y último) matrimonio de Jean de Brienne (con doña Berenguela de Castilla).
chamanismo: sacerdocio libre, no organizado en forma de casta o religión, que extrae su iniciación de una unión mística con la naturaleza, los animales y los elementos. Busca la reconciliación del hombre con el universo a través de una apreciación global de los problemas y una autorrealización mística.

aequinoctium: equinocio, igualdad del día y la noche, como sucede al comienzo de la primavera y el otoño (marzo y septiembre).
eo ipso: latín, "por sí mismo".
Kuno (Conon) de Bethune: regente del imperio latino (1216 a 1221), murió en 1224.

LA HORA DE LOS MÍSTICOS

parasimile: latín, comparación..
allahu akbar...: árabe, "Alá es el más grande, doy fe de que no hay dios fuera de Alá".
as-salamu alaika: árabe, "¡la paz sea contigo!"
derviche: del árabe, "el que se encuentra en el umbral"; "buscadores de la verdad", islámicos que intentan profundizar en sus conocimientos por medio del éxtasis; organizados en Órdenes.
sufí: del árabe, sabios que elevan la búsqueda espiritual al rango de ciencia y se sirven también de la meditación; tuvieron gran influencia sobre los escolásticos occidentales en la Edad Media. Su representante más conocido era entonces Ahmed Badawi, nacido en 1199 en Fez (Marruecos), que vivió en La Meca y tuvo visiones en las que se le aparecía el profeta Mahoma; murió en 1277.
Mevlana Jellaludin Rumi: místico *sufí*, procede de Afganistán, huyó de los mongoles al sultanato rum-seleúcida (Konya); en 1244 fue discípulo de Shams-i Täbrisi. Dice la leyenda que inventó el baile arremolinado de los derviches llamado "sema", que expresa el dolor por el asesinato de Shams. Su obra más famosa es el libro Mesnevi, escrito en lengua persa.
culto de Mitra: misterios procedentes de Persia (siete grados de iniciación), muy marcados por ideas helenísticas; llegó a ser una de las religiones más importantes en el imperio romano, sobre todo entre los militares.
hiperbóreos: teóricos de una cultura importante que habría existido aprox. 6.000 a.C. en Europa (Atlántida, Stonehenge, Carnac), y que habría dado lugar a la mitología griega.
Thot: dios egipcio de la escritura y la sabiduría.
Jas: código de leyes mongol.
Zaratustra, Zoroastro: fundador de una de las religiones más antiguas del mundo, que vivió aprox. entre 1700 y 1500 a.C. e

influyó en los esenios judíos, llegando en 600 a.C. a ser, en forma de *parsismo*, religión oficial en Persia. Los escritos Avesta que se conservan tienen un equivalente en la mitología del Rigveda indio. Basándose en las religiones naturalistas (fuego y agua), Zaratustra define al dios creador Ahura Mazda y a su contrario Ahriman, el destructor. La contradicción cósmica de dos fuerzas opuestas en el universo (como en el yin-yang taoísta) condujo a la invención del "juego de Asha", el ajedrez ritual.

Buda: fundador de la religión budista, vivió en la India de 550 a 480 a.C.

lama: sacerdote budista de la región étnica tibetano-mongol, cuyo jefe supremo es el Dalai-Lama.

parsi: "adoradores del fuego", seguidores de Zoroastro (Zaratustra) de Persia que, perseguidos por los árabes, se desplazaron a la India en 766 d.C.

coptos: en griego, "aigyptos = egipcios", una de las primeras Iglesias cristianas que se estableció en Egipto y Etiopía. Sus eremitas vivían en comunidades influidas por los esenios y fueron ejemplo para la posterior creación de conventos religiosos en Europa (Jerónimo y Benito de Nursia).

starets: del ruso (= viejo), ermitaño de religión ortodoxa oriental, de vida marcadamente contemplativa.

maniqueos: basada en el dualismo de Zaratustra (Zoroastro), Mani (242 a.C.) fundó en Persia una religión ariano-gnóstica, que tuvo importancia hasta la Edad Media e influyó mucho en los cátaros.

patarinos: seguidores de un movimiento reformador del clero que nació en 1056 en "Pataria", barrio de los pobres de Milán.

bogomilos o *bogumilos:* seguidores de uno de los primeros movimientos cristianos dualistas, gnósticos y herejes según la Iglesia católica, que partió de Bulgaria. Influido por los esenios, fue asumido después por los cátaros.

andreanos: debe suponerse que se refiere aquí a los discípulos del apóstol Andrés, pues no puede tratarse aún de los seguidores de Juan Valentinus Andreae "Rosacruz".

jovianos: creyentes de una herejía surgida bajo el emperador romano Jovian (363 a 364).

brahmanes: sacerdotes de la primera casta hindú. Su organización (dentro del budismo) data del siglo I.

Confucio: filósofo y costumbrista chino (551 a 479 a.C.)

iluminismo: escuela persa (siglo XIII) que no dio lugar a la fundación de una Orden; importante por su teoría de los colores y la luz. Sus representantes más famosos son: Al-Kubra (nació en 1145, viajó por la India y Egipto), Ibn Arabi y Suhrawardi. Influyó en los *sufi*. *gnósticos:* del griego "gnosis" = conocimiento. Su centro principal fue Alejandría. Fe cristiana en un dios trascendental, misericordioso y bueno, pero alejado del cosmos.

pitagóricos: seguidores de las ideas de Pitágoras (centro de oro, sección, triángulo); centro en la escuela de Crotona (Calabria).

neoplatónicos: adeptos de una doctrina filosófica surgida en el siglo III en Alejandría. Representantes más conocidos: Plotino y Porfirio. Combina la mística con las enseñanzas de Platón.

esenios: hermandad o secta secreta judía, cuya existencia se sitúa aproximadamente en 150 a.C. a 100 d.C. junto al mar Muerto (Qumran). Se considera su fundador al legendario "maestro de justicia" Avatar Melquisedek. El mismo maestro invisible existe entre los *sufí* con el nombre de Khidr-Elías. Los esenios esotéricos combinaron la doctrina monoteísta de Moisés y Zaratustra. Se afirma que Jesús de Nazaret fue esenio.

caldeo: pueblo de Mesopotamia, sucesor del asirio, aprox. 626 a.C. Bajo sus sumos sacerdotes floreció la astrología en occidente (biblioteca de Nínive, destruida en 612). Más adelante se empleó el término "caldeo" para señalar a astrólogos y adivinos.

ismaelitas: secta chiíta extendida sobre todo en oriente (Paquistán). Su jefe supremo es el Aga kan. De ella nacieron los "asesinos".

LA NOCHE DE "ESTIX"

ektos teichos: griego, "extramuros".

sphagei! dolophonoi!: griego, "¡matones! ¡asesinos!"

lestai: griego, "ladrones".

Hefaistos: dios griego del fuego y de la fragua.

horologion: griego, "reloj, mecanismo de relojería".

afwan ashkurukum…: árabe, "nada que agradecer (de nada)… soy yo quien debe agradecer… vuestra compañía".

sigillum: latín, sello.

Angeloi: soberanos bizantinos.
Melquisedek: v. *esenios.*
ri'fais: línea de derviches derivada de Ahmed Ri'fais, quien nació en 1106 en Basra y murió en 1183; hasta hoy existen grupos en Siria y Egipto; son conocidos por la fanática rigidez con que cumplen los períodos de meditación, silencio y abstinencia, pero sobre todo por sus extraordinarias técnicas para entrar en éxtasis.
hon hoi theoi philusin apothneskei neos: griego, "el que es amado por los dioses muere joven".
pace dei sensi / pazzi dei sensi: italiano, juego de palabras: "(en la) paz de los sentidos / locos".
oriflama, aurifiamma: bandera del rey de Francia: flores doradas de lis sobre campo azul.
rais: árabe, "jefe, caudillo, capitán".
quifa nabki min…: de una canción de amor árabe, de Imru'ul Quais (siglo VI).

BAJO EL SOL DE APOLO

dakryoen gelasasa: griego, "sonriendo entre lágrimas" (Ilíada 6,484).

XIII La revelación

FORMACIÓN, SALIDA Y DESFILE

veni creator Spiritus: latín, "ven, espíritu creador".
Hagia Sophia: griego, "Divina Sabiduría".
hégira: fecha de salida del Profeta (15-6-622) de La Meca a Medina, comienzo del calendario musulmán.

enroque: jugada de ajedrez en la que se cambia la posición del rey y de una torre.
huwa sadiq al-mubassir: árabe, "éste es el verdadero acompañante del misionero".
balaneion: griego, "baño".

AGRADECIMIENTOS

Agradezco a Walter Fritzsche el valor de haber aceptado el tema y el ánimo constante dado al autor para agotar en profundidad las posibilidades que ofrecía.

Agradezco al doctor Helmut W. Pesch el sacrificio de haber revisado desde su completísima formación humanística, palabra por palabra, las más de mil páginas del manuscrito.

Agradezco al profesor Achim Kiel, de Braunschweig, y a su colaborador Achim Przygodda, la atención sensible prestada a mis intuiciones y la muy interesante ayuda para su traslado a imágenes reales.

Agradezco, *last not least*, también a mi agente literario Michael Görden por haberse constituido una vez más en mi interlocutor fiable, de valor inapreciable frente al cúmulo de material e ideas de su protegido.

Agradezco la ayuda de la arabista doctora Gisela Ruppel, de la Universidad Libre de Berlín; en cuestiones litúrgicas, la del profesor de historia de la música en la Universidad de Aquila, Dario della Porta; en historia de las Órdenes religiosas, de la doctora Claudia von Montbart, del Instituto del Banco Mundial, París; en investigación de sectas y doctrinas secretas, del profesor Wieland Schulz-Keil, de Uppsala; los consejos lingüísticos del doc. priv. Peter H. Schroeder, de París; el apoyo *sui generis* de Dieter Geissler, Leonardo Pescarolo, Philipp Kreuzer; y finalmente agradezco a mi padre haberme transmitido el amor por la historia escrita.

Escribí este libro a mano. Las aproximadamente 1.600 páginas del manuscrito fueron introducidas en el ordenador, con paciencia y aplicación infinitas, por Simone Pethke, Angelika Hansen, Numi Teusch, Bettina Petry, Sabine Rohe y Arnulf.

Debo un agradecimiento especial a la editorial Gustav Lübbe, que me ayudó con tan buena disposición en las fases más difíciles de producción y acabado.

He tenido en cuenta las crónicas y los documentos de la época, como: Jean de Joinville, *Chronicles of the Crusades*, edit. The Estate of M.R.B. Shaw, 1963; *Kaiser Friedrich II*, edit. Klaus J. Heinisch, Winkler-dtv, 1977; *Die Kreuzzüge aus arabischer Sicht*, edit. Francesco Gabrieli, Winkler-dtv, 1973; aunque para mí habría sido imposible escribir una novela situada en la alta Edad media sin la ayuda de Steven Runciman, *A History of the Crusades*, Cambridge University Press, 1954, a quien tanto debo. Además de su *opus magnum*, me fueron muy útiles: Otto Rahn, *Kreuzzug gegen den Gral*, Urban Verlag, Friburgo i.B., 1933; Eugen Roll, *Die Katharer*, J. Ch. Mellinger, Stuttgart, 1979; Jordi Costa i Roca, *Xacbert de Barberá*, Llibres del Trabucaire, Perpignan, 1989; John Charpentier, *L'Ordre des Templiers*, Klett-Cotta, Stuttgart, 1959; Hans Prutz, *Entweihung und Untergang des Tempelherrenordens*, G. Grote'sche Verl., Berlín, 1888; Bernhard Lewis, *The Assassins*, Weidenfeld & Nicholson, Londres, 1967; Edward Burman, *Gli Assassini*, Convivio - Nardini edit., Florencia, 1987; Bertold Spuler, *Geschichte der Mongolen*, Artemis, Zürich, 1968; Gian Andri Bezzola, *Die Mongolen in abendländischer Sicht*, A. Francke, Berna, 1974; Friedrich Risch (edit.), *Johan de Piano Carpini, Reisebericht 1245 - 1247*, Leipzig, 1930; Friedrich Risch (edit.), *Wilhelm Rubruk, Reise zu den Mongolen 1253 - 1255*, Leipzig, 1934; y finalmente mi propia obra, junto con el índice y el anexo: Peter Berling, *Franziskus oder Das zweite Memorandum*, Goldmann, München, 1989 (2ª edic. 1990).

Roma, 1 de mayo de 1991
Peter Berling

MAPAS

Reino de Escocia
Reino de Dinamarca
Irlanda
Reino de Inglaterra
Londres
Frisia
Ducado de Sajonia
Roebruk
Ducado de la Baja Lorena
Landgraviado de Turingia
Ducado de Franconia
Gisors
París
Ducado de Bretaña
Ducado de la Alta Lotaringia
Ducado de Normandía
Reino de Francia
Ducado de Suabia
Condado Anjou
Condado de Poitou
Reino de Arelate
Ducado de Aquitania
Reino de Italia
Ducado de Gascuña
Margraviato de Toulouse
Margraviato de Provenza
Albi
Toulouse
Aigues Mortes
Languedoc
Marsella
Reino de Navarra
Reino de Portugal
Reino de Castilla
Reino de Aragón
Córcega
Roma
Cerdeña
Baleares
Califato de Córdoba
Emirato de Granada
Cartagena
Djebel-el-Tarik
Tingis
Argel
Túnez

Condado de Toulouse
Albi
Languedoc
Toulouse
Aigues Mortes
Condado de Provenza
Carcasona
Fanjeaux
Mirepoix
Termes
Marsella
Foix
Quéribus
Montségur
Reino de Aragón
Prusia
Polonia
Ducado de Hungría
Horda de Oro
Reino de Servia
Bulgaria
Constantinopla
Reino de Constantinopla
Reino de Nicea
Despotado de Epiro
Reino de Armenia
Alepo
Patriarcado de Antioquía
Qaramán
Acaya
Masyad
Reino de Creta
Damasco
Akkon
Jerusalém
Reino de Jarusalém
Cirene
Damieta
Gaza
Alejandría

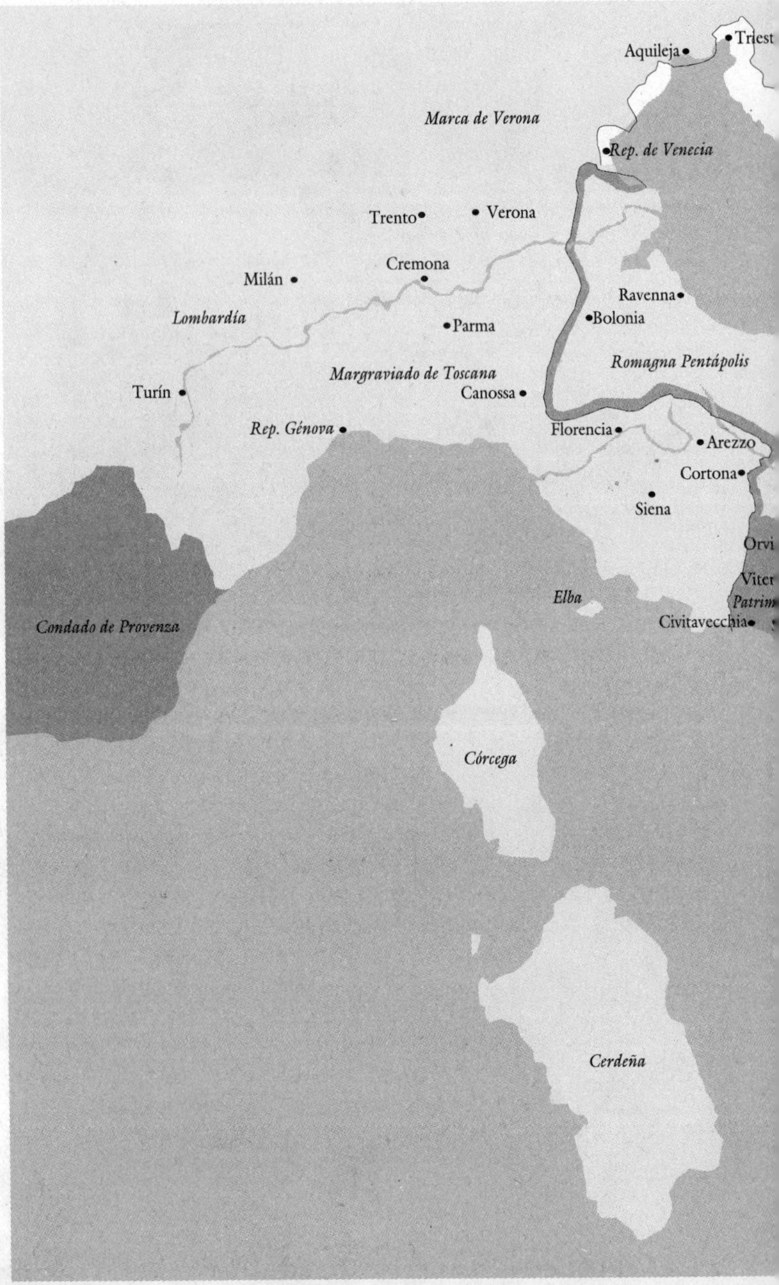
Triest
Aquileja
Marca de Verona
Rep. de Venecia
Trento
Verona
Cremona
Milán
Ravenna
Lombardía
Parma
Bolonia
Romagna Pentápolis
Margraviado de Toscana
Turín
Canossa
Rep. Génova
Florencia
Arezzo
Cortona
Siena
Orvi
Viter
Patrim
Elba
Condado de Provenza
Civitavecchia
Córcega
Cerdeña

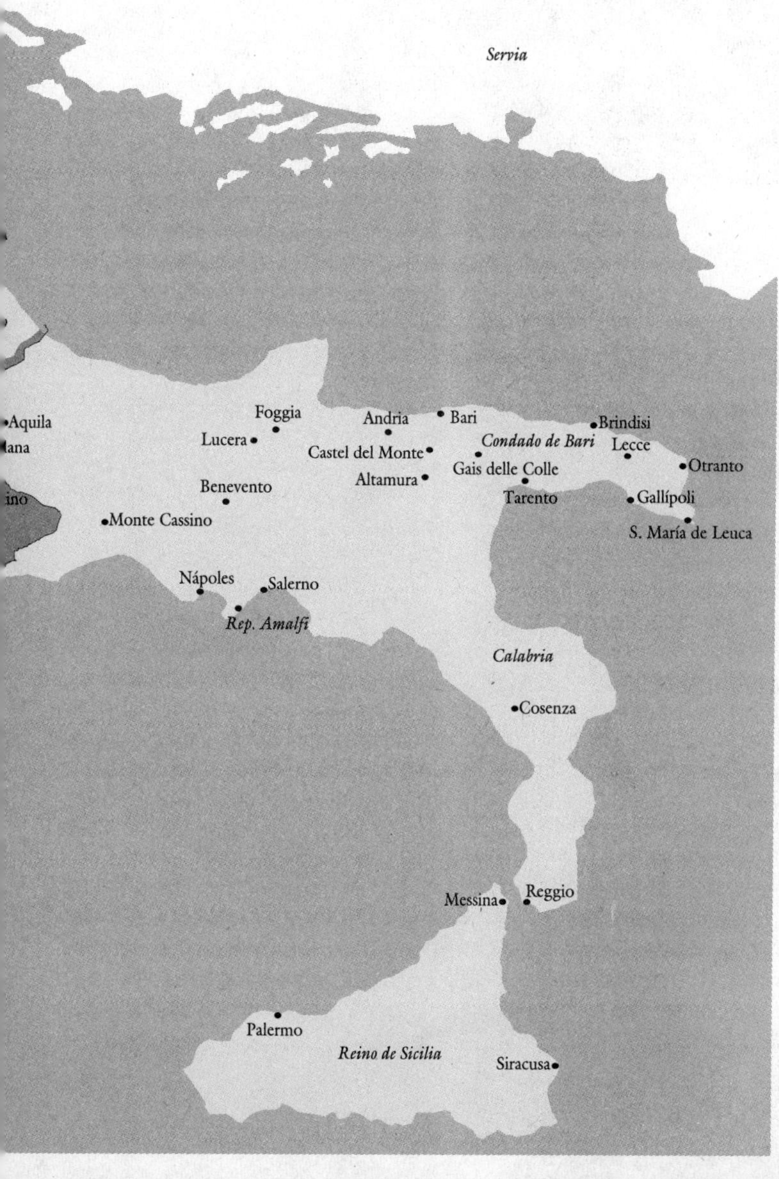
Croacia
Servia
•Aquila
ana
ino
Foggia
Lucera
Andria
Bari
Brindisi
Castel del Monte
Condado de Bari
Lecce
Gais delle Colle
Otranto
Altamura
Benevento
Tarento
Gallípoli
Monte Cassino
S. María de Leuca
Nápoles
Salerno
Rep. Amalfi
Calabria
Cosenza
Reggio
Messina
Palermo
Reino de Sicilia
Siracusa

ÍNDICE

In fugam Papa

Huellas borradas

El oído de Dionisio

Canes Domini

Los *saratz*

El solsticio

La pista del fraile

Chrisoqueras

En el laberinto de Calisto

Conjunctio fatalis

La revelación

BEST SELLER

Los pilares de la Tierra, Ken Follett
Alto riesgo, Ken Follett
La casa de los espíritus, Isabel Allende
Baudolino, Umberto Eco
Armonía rota, Barbara Wood
Sushi para principiantes, Marian Keyes
Yo, puta, Isabel Pisano
El Salón de Ámbar, Matilde Asensi
Iacobus, Matilde Asensi
Como agua para chocolate, Laura Esquivel
Tan veloz como el deseo, Laura Esquivel
El amante diabólico, Victoria Holt
Hielo ardiente, Clive Cussler
A tiro, Philip Kerr
Las chicas buenas van al cielo y las malas a todas partes, Ute Herhardt
Claire se queda sola, Marian Keyes
La soñadora, Gustavo Martín Garzo
Fuerzas irresistibles, Danielle Steel
Casa negra, Stephen King y Peter Straub
El resplandor, Stephen King
Corazones en la Atlántida, Stephen King
IT, Stephen King
Dioses menores, Terry Pratchett
Brujerías, Terry Pratchett
Picasso, mi abuelo, Marina Picasso
Saltamontes, Barbara Vine
Chocolat, Joanne Harris
Muerte en Cape Cod, Mary Higgins Clark

DEBOLSILLO

CONTEMPORÁNEA

Cien años de soledad, Gabriel García Márquez
El otoño del patriarca, Gabriel García Márquez
Crónica de una muerte anunciada, Gabriel García Márquez
El amor en los tiempos del cólera, Gabriel García Márquez
El coronel no tiene quien le escriba, Gabriel García Márquez
Los funerales de la Mamá Grande, Gabriel García Márquez
El general en su laberinto, Gabriel García Márquez
Increíble y triste historia de la cándida Eréndira y de su abuela desalmada, Gabriel García Márquez
La mala hora, Gabriel García Márquez
Ojos de perro azul, Gabriel García Márquez
Cuentos de Eva Luna, Isabel Allende
Diario de Ana Frank, Ana Frank
La isla del día de antes, Umberto Eco
India, V.S. Naipaul
Una casa para el señor Biswas, V.S. Naipaul
El inmoralista, André Gide
El maestro y Margarita, Mijaíl Bulgákov
Por la parte de Swann, Marcel Proust
Encerrados con un solo juguete, Juan Marsé
Esperando a los bárbaros, J. M. Coetzee
Caballería Roja/Diario de 1920, Isaak Bábel

DEBOLS!LLO

ENSAYO

La Galaxia Internet, Manuel Castells

Fast Food, Eric Schlosser

Articulos y opiniones, Günter Grass

Anatomía de la agresividad humana, Adolf Tobeña

Vivan los animales, Jesús Mosterín

Cuaderno amarillo, Salvador Pániker

Fuera de lugar, Edward Said

Las batallas legendarias y el oficio de la guerra, Margarita Torres

Pequeña filosofía para no filósofos, Albert Jacquard

Tras las claves de Melquíades, Eligio García Márquez

Pájaro que ensucia su propio nido, Juan Goytisolo

El mundo en un click, Andrew Shapiro

Felipe V y los españoles, Ricardo García Cárcel

¿Tenían ombligo Adán y Eva?, Martin Gardner

Comprender el arte moderno, Victoria Combalía

El mito de la educación, Judith Rich Harris

La conquista de la felicidad, Bertrand Russell

AUTOAYUDA

Caminos de sabiduría, Wayne W. Dyer

Tus zonas sagradas, Wayne W. Dyer

La undécima revelación, James Redfield

Todo lo que necesitas saber para educar a tus hijos, Bernabé Tierno Jiménez

Soy mujer y pretendo trabajar, Lídia Guinart

Cómo decir no sin sentirse culpable, Patti Breitman y Connie Hatch

Educar adolescentes con inteligencia emocional, Varios autores

Padres a distancia, William Klatte

Hambre a la moda, Mary Pipher

El vendedor más grande del mundo, Og Mandino

El vendedor más grande del mundo II, Og Mandino

DEBOLS!LLO

Clásicos

Don Quijote de la Mancha, vols. I y II, Miguel de Cervantes. *Edición de Florencio Sevilla Arroyo*

Poema de Mio Cid, *Edición de Eukene Lacarra Lanz*

El conde Lucanor, Don Juan Manuel. *Edición de José Manuel Fradejas Rueda*

La Celestina, Fernando de Rojas. *Edición de Santiago López Ríos*

Poesía, Jorge Manrique. *Edición de Giovanni Caravaggi*

Poesía, Garcilaso de la Vega. *Edición de José Rico Verdú*

Lazarillo de Tormes. *Edición de Florencio Sevilla Arroyo*

La vida del Buscón, Francisco de Quevedo. *Edición de Edmond Cros*

Peribáñez y el Comendador de Ocaña, Lope de Vega. *Edición de José María Díez Borque*

La vida es un sueño, Pedro Calderón de la Barca. *Edición de Enrique Rull*

Don Juan Tenorio, José Zorrilla. *Edición de Jean-Louis Picoche*

Rimas, Gustavo Adolfo Bécquer. *Edición de Enrique Rull*